赵鸿飞 ◎ 著

咸酸之外

宋人视野中的唐诗

中西书局

图书在版编目（CIP）数据

咸酸之外：宋人视野中的唐诗/赵鸿飞著.—上
海：中西书局，2023.12
ISBN 978-7-5475-2189-2

Ⅰ. ①咸… Ⅱ. ①赵… Ⅲ. ①唐诗—诗歌研究—中国
—宋代 Ⅳ. ① I207.22

中国国家版本馆 CIP 数据核字（2023）第 210498 号

咸酸之外：宋人视野中的唐诗

赵鸿飞　著

责任编辑　唐少波
装帧设计　黄　骏
责任印制　朱人杰

出版发行　上海世纪出版集团
　　　　　　®中西书局（www.zxpress.com.cn）
地　　址　上海市闵行区号景路 159 弄 B 座（邮政编码：201101）
印　　刷　启东市人民印刷有限公司
开　　本　700 毫米×1000 毫米　1/16
印　　张　23.25
字　　数　505000
版　　次　2023 年 12 月第 1 版　2023 年 12 月第 1 次印刷
书　　号　ISBN 978-7-5475-2189-2/I·245
定　　价　98.00 元

本书如有质量问题，请与承印厂联系。电话：0513-83349365

目　录

绪　论

　　诗歌作为中国文学的标志性体裁之一，在唐代的发展达到了登峰造极的地步，为后世确立了一个心怀艳羡而又难以企及的标准和范式，与此相伴的是对唐诗的学习与研究，也成为一个重要的学术领域——唐诗学关注的主要内容。

　　文学批评史视域下，宋代诗学体系中的唐诗研究，及其美学品格与学术表达，是唐诗研究的学术史，可以上溯到唐诗诞生以至繁荣的当朝，下至于当今。回顾唐诗研究的学术历程，对唐诗研究做还原性的描述和概括，可以使人对于唐诗研究的学术史有更加清晰和明了的整体观照，并从中发掘其宝贵的财富，以期对当下的文学批评话语体系建设给予一定的启迪。同时，也可以深化对原有问题的研究，并为未来的研究开辟新的门径。研究方法上应当力求推陈出新，融古贯今，更加科学，更加符合学术规范。

　　从最初的唐人选唐诗，到宋元明清，乃至当下在内的整个唐诗学术史的研究是一个庞大的系统工程，对于唐诗的挖掘整理与研究探讨，可以说代不乏人，这便构成了有关唐诗研究学术史的一个完整谱系，宋代对唐诗的研究理所当然也是这个谱系当中的重要一环。

　　完整的唐诗学学术通史的构建，需要学者们殚精竭虑、筚路蓝缕、勠力同心，才有可能完成。完整的唐诗学史是历时性的，没有历代唐诗研究者对唐诗的整理、编纂、评判以及由此产生的各种集子、论著，就没有历代唐诗学。譬如殷璠《河岳英灵集》专收盛唐诗，标举盛唐声律、兴象和风骨皆备的审美趣味；在《唐文粹》重视古调的影响下，南宋郭茂倩编纂的《乐府诗集》，其中相和歌辞、清商曲辞、杂曲歌辞，特别是近代曲辞和新乐府辞，收有大量唐诗，为研究唐诗与音乐的关系、唐代诗人对乐府旧题的运用，提供了新乐府的完整材料，是一部专门性的重要文献资料；宋末元初方回的《瀛奎律髓》，从诗风、诗境、诗眼、句法等方面去研究唐、宋近体诗的联系，提出"一祖三宗"之说，标志近体诗的研究向专门化、精细化方向的发展；明初高棅《唐诗品汇》，吸收元代杨士宏《唐音》分"始音""正音""遗响"的编选特点，把唐诗的三分类扩展为九分类，形成以品评、分体、分类加以统一的体例，又把主盛唐格调说和严羽的妙悟说统一起来，成为对明清两代有重大影响的综合性诗选评的专书。清代唐诗学，由于学术空气浓重，义理、考据之学盛行，其唐诗编选、注释、研究形成了大融会、大贯通、大总结的局面，诸如金圣叹《贯华堂选批唐才子诗》和《唱经堂杜诗解》、王夫之《唐诗评选》、王士祺《唐贤三昧集》、沈德潜《唐诗别裁集》等，唐诗学臻于登峰造极。

同时，唐诗学史也有共时性。在诸多诗话、笔记、杂谈、序、跋、叙、书、碑、铭、志等对唐诗的评判中，形成并不断丰富的富有民族特色的范畴概念，譬如情、性、心、志、神、气、理、韵、味、格、调、体、名、实、言、辞等等，共同构成了创作论、灵感论、风格论、诗体论、语言论、声律说、意境说、情志说、性灵说、格调说等等范畴。①

19 世纪与 20 世纪之交，传统学术形态与新型唐诗观并行不悖。属于前者的如陈衍《石遗室诗话》及其《续编》、王闿运《湘绮楼说诗》、沈曾植《海日楼札丛》、高步瀛《唐宋诗举要》等，多还承袭以往的诗话、诗品、笔记、选批、论诗诗等形式来诠释和品评唐诗，在思想见解上也不出前人藩篱。属于后者的如胡适于 1915 年发表《读白居易〈与元九书〉》和《读香山诗琐记》两文，以理想主义与实际主义（即写实主义）的分派来解说唐诗，开了引西方文论入唐诗研究的新风气。同年 9 月起，吴宓在《清华周刊》上连续载出其《余生随笔》，1922 年，梁启超发表《情圣杜甫》，在唐诗研究领域鲜明地树立起了人本的旗帜。

1920—30 年代，一批具有新观念和新形态的唐诗研究著作陆续产生。这一时期中贡献显著者有闻一多的《唐诗杂论》和《闻一多说唐诗》、朱自清的《〈唐诗三百首〉指导大概》和《经典常读》、钱锺书的《谈艺录》诸家。陈寅恪《元白诗笺证稿》和岑仲勉《唐人行第录》所创"以诗证史""以史证诗"的方法，将史学与诗学熔为一炉，不仅丰富了诗、史双方的研究资料，还广泛涉及唐代社会经济、政治、科举、教育、学术、文艺、民俗、宗教以及民族交往、国际交流与诗歌创作间的多重互动关系，展现出文学与人生诸方面纵横交错的复杂图景。

1950 年代，人们开始在唯物史观的指导下，普遍关注文学反映现实生活的功能，侧重从社会经济、政治变革的角度来把握唐诗流变，并努力发掘作家创作与人民群众生活实践之间的种种关联。这在周祖譔《隋唐五代文学史》、王士菁《唐代诗歌》、人民文学出版社 1959 年编《唐诗研究论文集》、刘开扬《唐诗论文集》、杨公骥《唐代民歌考释及变文考论》里均有所反映，但其局限也是有目共睹的。

改革开放以来，唐诗学研究也迎来了新的机运。诗篇辑佚方面，孙望、童养年等均有出色成绩。其中陈尚君先生尤为引人注目，其《全唐诗续拾》六十卷收诗 4 300 余首，并将孙望、童养年等人辑佚所得统一整理、汇编为《全唐诗补编》，删繁订误，共得诗 6 300 余首，1992 年由中华书局出版。此外，在诗集笺注、诗人诗作考订、书目版本研究、研究资料集成诸方面都有显著成绩。值得提及的成果有詹锳主编的《李白全集校注汇释集评》和刘学锴、余恕诚的《李商隐诗歌集解》，均带有结集性质。傅璇琮有《唐代诗人丛考》，特别是傅主编并由全国二十多位学者专家通力合作而成的《唐才子传校笺》

---

① 黄炳辉《唐诗学历史回顾和走向预测》，《厦门大学学报》（哲社版），1996 年第 1 期。

一书，对唐代四百余诗人的生平事迹加以爬罗梳理，堪称集大成之作。此外还有万曼《唐集叙录》、孙琴安《唐诗选本六百种提要》、陈伯海与朱易安《唐诗书录》等①。

这一时期的研究领域也大为开阔，对作家的研究不仅局限于几个大家，时代上也不限于盛唐，许多中晚唐的二三流诗人均有所涉及。杜晓勤《初盛唐诗歌的文化阐释》、尚定《走向盛唐》、葛晓音《诗国高潮与盛唐文化》、蒋寅《大历诗风》与《大历诗人研究》、尚永亮《元和五大诗人与贬谪文学考论》等，视野恢宏，笔力雄健，洵为力作。在内容

《全唐诗》康熙四十六年扬州诗局刻本
（北京故宫博物院藏）

上涉及科举、音乐、士风、文风、绘画、佛教、禅宗、道教、舞蹈等方面。陈允吉《唐音佛教辨思录》、查屏球《唐学与唐诗》、张明非《唐诗与舞蹈》、朱易安《唐诗与音乐》、陶文鹏《唐诗与绘画》、陈飞《唐诗与科举》、陈华昌《唐代诗与画的相关性研究》等皆为一时之选。

在唐诗学史的撰著上，则有朱易安《唐诗学史论稿》和黄炳辉《唐诗学史述论》，二书为相关研究起到了道夫先路的作用。傅明善《宋代唐诗学》出版，标示着唐诗学史的撰著已推进到了断代研究的阶段。同时还出现了专题及分支形态的著作，如齐治平《唐宋诗之争概述》、许总《杜诗学发微》、简恩定《清初杜诗学》、蔡瑜《唐诗学探索》等。

1988年，陈伯海《唐诗学引论》问世，此书围绕唐诗的总体观，展开了对唐诗的分期、分派、分体乃至各类题材、意象、法式、风格交替变换的具体演进过程等的研究，从"正本""清源""别流""辨体"等角度，对唐诗的特质、渊源、流变、体式等作了翔实的考察。该书逻辑严密，自成体系，成为新时期唐诗学研究史上的一部杰作。②

2015年，由陈伯海先生主持并完成的上海市社科"十二五"规划重大项目"唐诗学建设工程"的最终成果《唐诗学书系》包括八种专书：《唐诗书目总录》《唐诗总集纂要》《唐诗论评类编》《唐诗学文献集粹》《唐诗汇评》《唐诗学史稿》《唐诗学引论》《意象艺术与唐诗》，计900余万字，由上海古籍出版社出版。其宗旨强调以治专门之学的态度来对待唐诗研究，而不停留于一般的事象考证或作家作品论析。主要注重唐

---

① 陈伯海《学术的生命在于创新：20世纪唐诗研究的发展道路》，载《中文自学指导》，2003年第1期。
② 胡建次《新时期以来唐诗学研究述论》，载《思想战线》，2003年第6期。

诗目录学研究、唐诗文献学研究和对唐诗的理论性总结诸方面。书系各有分工而又相互配合，从目录学、史料学直至理论性研讨，将唐诗学的构建形成为一个完整系列。可谓"体大思精，笼罩群言"，对于推进唐诗学的建设，使其日益发展成熟，厥功至伟。[1]

这一时期的唐诗学研究成就斐然，但总体上的仍有不足：第一，对唐诗研究美学品格的探讨上还显得较为浮泛和单薄，研究一般多满足于鉴赏性、考证性及阐释性研究，对唐诗本身与唐诗研究美学品格的抽绎研究略显欠缺，对唐诗作为独特范型的本体性研究也还有待加强。第二，在唐诗研究的学术表达上，亦即唐诗学史的撰著上，或局囿断代，或偏重专题，个中一些材料和论述也尚嫌粗糙缺略，离学科发展的时代要求尚有差距。因此，对唐诗学史的通观、细致的把握，仍有待进一步开拓。第三，唐诗学研究的对象和范围仍有待进一步拓展。今后的唐诗学研究应该以更加开放宏通的视域、更为深邃的理性辨识，不断拓展研究领域，广泛扩展研究对象，旧学深沉，新知邃密，从而将其推上一个新台阶[2]。

本书以文学批评史为切入点，以宋代唐诗研究学术史为研究对象，开展断代唐诗学术史研究。旨在考察在宋代大一统文化体系内与文化背景下，以及各种文化因素交融共生、互相促进、共同繁荣的基础上，宋代唐诗学发展演进的基本情况，力求全面把握宋代唐诗学研究的对象、范围、体系和特点等，从宋代唐诗学的层面分布、演进历程、研究方法及其特征、历史地位诸方面，显示其整体的构架体系。试图开掘其时代特征及其美学风貌，进而察来知往，以古鉴今，对今天的唐诗研究史和文化建设起到一定的推动和促进作用。

关注和研究的主要内容

一是宋代唐诗研究的理论成果及其在文学批评史上的主要贡献；二是宋代唐诗研究与宋诗创作之关系；三是宋代唐诗研究主要文献鸟瞰。

预计突破的重点、难点

一、关于重要文献的整理。文献是整个课题研究开展的基础和前提，有宋一代唐诗研究的文献卷帙繁富，汗牛充栋。既有唐诗总集、别集、选集、诗话、笔记、史书、类书、丛书，也有诸多序、叙、书、议、论、跋、诗论、论诗诗、墓碑、墓志、墓铭等，这些都是凝聚了宋人研究唐诗精粹的珍贵文献。对其进行鉴别、梳理，去芜存菁，分析研究，是本书的重点。

二、宋代唐诗学展开与演进的又一表现为理论批评与学术探讨的逐步深入。宋代诗

---

① 陈伯海《"唐诗学"学科的基本架构——〈唐诗学书系〉总序》，载《学术界》，2015 年第 6 期。
② 胡建次《新时期以来唐诗学研究述论》，载《思想战线》，2003 年第 6 期。

学的主要载体是选本、诗话、笔记及文人在相互交往中所写的序、跋、书信,还有评点、赏析等。宋人对唐诗的批评探讨,既有历代唐诗研究的共性,也有自身独特的美学品格与学术表达方式。如何从文学批评史角度上对宋代唐诗研究的美学品格与学术表达进行学理分析和理论阐释,是本书的难点。

三、宋诗创作与唐诗创作手法、美学观念和诗学趣尚的接受与消解。它们之间的关系十分密切,宋代诗歌的发展是在对前代唐人诗作的学习过程中建构起来的。"西昆体"之取代"白体"成为新的诗歌创作潮流,有着鲜明的北宋士人心态嬗变痕迹;"钱幕"文人集团的文学活动在北宋诗风演变中起了重要的作用;经过庆历、嘉祐、元祐三个文学高潮时期的发展,宋代诗歌最终形成自己的独特风貌。南渡后,迭经"中兴四大诗人"的推阐,及其后"江湖诗派"的消长,有宋一代诗歌美学风尚的递嬗呈一种马鞍状走势。描述和还原这一时期宋人诗歌创作与唐诗创作手法、美学观念和诗学趣尚的接受与消解,是本课题的又一重点与难点。

主要目标

立足于对宋代唐诗研究的美学品格与学术表达的宏观把握与总体性探究,踵事增华,继往开来,在总结、吸收、借鉴前贤已有成果和经验的基础上,为宋代唐诗研究提供一种新的视角,对唐诗学研究给予一定的推动和促进作用,最终以发扬民族优秀文化传统并促进其推陈出新为旨归。

研究的基本思路

首先,从基本文献入手,确立整个课题研究的基础。既往唐诗研究的成果甚丰,大量散见于诗话、笔记、序跋、书信、年谱、志传、目录、评点乃至选本、别集整理等,通过广泛搜采宋代有关唐诗的各种评论和研究资料,按一定的线索予以条贯组合,厘清宋代唐诗学的基本层面之分布情况,为本书的研究提供充实的一手资源。同时亦可借以发现并把握本书赖以构建和发展的内在逻辑,有助于进一步的学理提升与理论概括。

其次,着重以文学批评史为视角,将本课题置于宋代整个文化的大背景下,全面考察与梳理宋代文化生态、文学风尚、审美趋向,以及士人的文化心态,考察宋代文化之所以高度繁荣与人文精神之所以大力弘扬的时代因素,揭示出这一文化背景下宋代唐诗研究的美学品格及其学术表达的呈现方式。

第三,尽量做还原性的研究,梳理宋代唐诗研究与接受及其学术表达的历史脉络,寻绎其整体走向背后的诗学追求与美学品格。前已述及,整个宋代诗歌审美趋向大致呈现一种马鞍状的态势,这与诗人对唐诗的研讨借鉴是密不可分的,本书尝试还原和描述这一走势。

坚持宏观与微观相结合、个案研究与史实考证相结合、文本细读和综合阐释相结合,以宋代唐诗研究的各个层面为考察对象,采取贯通性的文史哲跨学科综合研究,在充分占有材料的基础上，努力还原彼时社会文化生态对本书研究对象影响的原貌，并作出更符合历史逻辑的阐释，力求对宋人唐诗研究的美学品格与学术表达作出新的概括和定位。

特色与创新之处

其一，以文学批评史为切入点，关注宋人唐诗研究的美学品格与学术表达。中国古代的文学批评具有强烈的历史意识，常以历史的眼光评判文学，成为中国文学思想的一大鲜明特征。"知人论世"除以政治教化观念论人论世外，更趋于全面地观察作者的才性、志气、情趣、品德以至生活中相关的细节、审美追求、审美品格，含纳着对主体的视野逻辑、历史个性的关注，对作为审美主体人的重视。至于对作品文情辞采的评论，几乎所有的诗话、词话、评点均有涉及。古人称之为"品藻"与"流别"，它们的兴起，与魏晋以降人的自觉和批评的自觉同步，与"知人"的"才性""知音"并举，说明了对语言的审美分析始终维系着内在的历史审视之光，横向的语言品级比较说明人品的高低，纵向风格的评说则开掘继承与创新的关系。有鉴于此，本书力求全面把握宋代唐诗研究的对象、范围、体系、特点等，从宋代唐诗研究的层面分布、演进历程、研究方法及其特征、历史地位诸方面，显示其整体的构架体系，从而对整个唐诗学术通史的构建做一点基础性的积累工作。

其二，宋人对唐诗整体美学范式的研究与接受，是宋诗得以自成一家的学术前提与逻辑必然。从宋初三体（白体、晚唐体、西昆体）、北宋中期欧阳修倡导的诗文革新运动，到苏黄诗风及其"江西诗派"的盛行，再到南宋时期"中兴四大诗人"与"四灵诗人"的大行其道，宋诗发展的每一步端赖对唐诗的研习与借鉴。可以说，宋诗的发展同宋人对唐诗研究与接受的进程大致是同步的，宋人在对"唐音"典范的步武与扬弃中，完成了"宋调"美学品格的定位与成熟，又在宋末对唐诗典范的回归中使宋诗趋于式微。正是在这种"因创"与"沿革"，呈马鞍状的道路上，宋人呈现出自己唐诗研究的美学品格与学术表达的整体风貌。

其三，研究方法上，本课题属跨学科研究，文学、哲学、史学、宗教、逻辑等均有所论及。有宋一代，关于唐诗研究的文献资料可谓汗牛充栋、浩如烟海，这一方面为课题的研究提供了充分的材料，另一方面也为整个工作的全面推进带来了难度和不力。这就要求必须对资料进行全面的清理，从中理出头绪，精细考辨，体察入微，推理得当，综合运用哲学、史学、宗教、诗学、考据、文献、版本、目录等学科的相关知识，对大量材料作出拣择，去粗取精，去伪存真，使得整个课题的进行建立在扎实稳妥的文献基础之上，进而运用宏通开阔的理论视野，对研究内容作出全面精当的阐释，得出妥帖的结论。

第一章

标本与范式：宋代唐诗选本的
批评价值指向与文学批评史意义

第一节　唐代唐诗选本回顾

　　一代有一代之文学。唐代文学，特别是诗歌艺术的发展已臻登峰造极的地步，可谓名家辈出，佳作如林。各种题材，各种风格，各种流派的诗作纷纷登场，异彩纷呈，琳琅满目。从诗歌的思想内容到艺术形式，从题材到体裁，唐诗都更加成熟，更加完美，形成了我国古代诗歌发展史上一座无与伦比的高峰，迎来了诗歌艺术发展的黄金时代。伴随着唐诗艺术自身的鼎盛与繁荣，作为文学批评方式之一的选本，在唐代也已呈现出与前代迥异的风貌。就选本本身而言，其渊源可上溯到先秦时代，尽管《史记》《汉书》中的孔子"删诗说"一再遭人质疑，但至少有一点可以肯定，那就是，选本作为文学批评的观念业已开始萌芽。随后，选本这一批评的方式与其后出现的其他各种序跋、批注、评点、诗话、词话、笔记等一起成长，形成了我国古代文学领域里品类齐全的文学批评格局。

　　毫无疑问，作为一种文学批评的形式或方式，选本必然承担着相应的批评职责与批评功能，并按照自身的机制，有效地发挥和实现这种职责和功能。选本首先体现出来的是一种选家主观意志的物化形态。就是说，一个选本，总是由某个或某些个选家按照既定的选择标准，选择意图，在一定的范围内，对作品进行取舍和拣择，把符合选家自身审美价值判断的作品保留下来，反之，则加以淘汰。最后，这些经过挑选拣择的作品以结集的方式出现，便完成了选本的最后形态。如此，选本的批评意义与批评价值及其批评指向，就与选家自身的文学素养、批评观念、价值判断、审美品位及其身世经历密切相关，同时也不能不受选家所处时代风尚、学术思潮、文化背景和文学批评风会等外部因素的制约。另外，被选择的作品，也或多或少地对选家自身，以及对选本的最后定型起到一定影响。

　　唐代的唐诗选本是与唐诗自身的繁荣同步进行的。据《全唐诗》统计，该书共收诗48 900多首，诗人2 200余人，这就为选家提供了无比丰裕的选择空间，同时也给选家带来了令人目眩的困惑与游疑：究竟哪些诗人的哪些作品是优秀的，如何选择才能更符合唐诗创作的实际，更全面地反映唐诗的整体面貌。这就不能不衡量出一个选家是否具有真知灼见，是否具有披沙拣金的识鉴。诗人的创作异彩纷呈，各有千秋，选家的选本也不可能千人一面，众口一词，势必呈现出各自不同的视角、不同的方式以及不同的价值取向。

从数量上来看，有唐近三百年，从初唐到晚唐，差不多唐诗的每一个发展阶段都有选本问世。陈尚君先生在《唐人编写诗歌总集叙录》一文中，稽考出 137 种唐诗选本，较吴企明先生《唐人选唐诗流散考异》和孙琴安先生《唐诗选本六百种提要》多出 80 多种，另存目 50 多种，差不多每隔两年，就有一个唐诗选本问世。孙琴安先生指出，以所选时间而言，有唐人诗和前代诗的合选本，如惠静《续古今诗苑英华集》、刘孝孙《古今类聚诗苑》、李康成《玉台后集》《丽则集》。也有独选李唐一代诗的选本，如顾陶《唐诗类选》、韦庄《又玄集》。还有专选李唐某一时期的选本，如专选初唐诗的孙季良《正声集》、佚名《搜玉小集》；专选盛唐诗的有殷璠《河岳英灵集》、元结《箧中集》、曹恩《起予集》；专选中唐诗的有窦常《南熏集》、高仲武《中兴间气集》等。又有专选某一代诗的选本，如《朝英集》《大历浙东联唱集》等。以所选诗人的籍贯或作诗的地点而言，则有"只录吴人"的殷璠《丹阳集》，专选袁州人士的刘松《宜阳集》，专选闽人诗的黄滔《泉山秀句诗》，选录段成式、温庭皓等人襄阳酬唱之作的《汉上题襟集》《彭阳唱和集》，《汝阳集》《吴蜀集》亦属此类。以所选诗人的身份而言，则有"但记朝士"的《珠英集》，专选道家神仙隐逸诗的王贞范《洞天集》，专选唐代女诗人作品的蔡省风《瑶池新咏集》等。再以所选诗歌的题材而言，则有专选省试诗的柳玄《同题集》，专选投礼部行卷诗的王毂《临沂子观光集》，专选艳情诗的《烟花集》等。又以所选诗歌的体裁而言，则有专选五七言绝句的《元和三舍人集》，专选律诗的如倪宥《文章龟鉴》(胡震亨《唐音癸签》卷三十一载) 等。①

由于选择主体的不同背景、不同观念、不同好尚，因而体现出来的选本在选诗的标准、目的、动机，以致所呈现出来的批评导向，也就各不相同。一般而言，以往前代的文集多以时间为序，或按文体分类来编选作品，譬如《文选》中的作品被分为三十七类，实际上可分为诗、赋、骚、杂文四类，均以时间的先后排列。唐人选唐诗则各有面目，具有较强的主观性。殷璠《河岳英灵集》以兴象、风骨为准的，多选古体诗，分上中下三卷，盖仿南朝梁锺嵘《诗品》之例，并于各家姓名之下加评语，所取诗范围从开元二年 (714) 至天宝十载 (751)，标举王昌龄，选其诗作 16 首。芮挺章《国秀集》以初盛唐诗人为主，以时间先后为序，标举"彩色相宣，烟霞交映"②。高仲武《中兴间气集》多收五言，尤多五律，皆中唐肃代年间诗人。这几种选本或可称为唐诗选本的范式。亦有既不以诗体为序、也不以作家时代先后为序而编次混乱的本子，如《搜玉小集》"既不以人叙，又不以体分，编次

① 参阅孙琴安《唐诗选本六百种提要》，陕西人民教育出版社，1987 年，第 3—4 页。
② ［唐］芮挺章《国秀集序》，载《唐人选唐诗新编》(增订本)，傅璇琮、陈尚君、徐俊编，中华书局，2014 年，第 280 页。增订本收录了十六种唐人选集，以下出现除首次注引外，不赘。

参差，重出叠见，莫能得其体例"①，《才调集》"随手成编，无伦次"②。

不论唐诗及唐人选唐诗如何繁复多样，绚烂多彩，如果以更广阔的视野，将唐代诗歌还原于整个文学发展的巨大流程之中，给予宏观的观照，就可以顺理成章地得出以下几点意见。

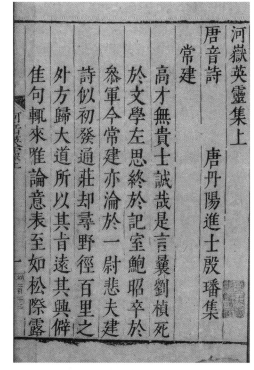

《河岳英灵集》明刊本

一、唐人选唐诗，为诗歌的学习与写作提供了可资取法的模本与范式

诗歌艺术乃至整个文学的发展，都不能割断与前代的联系而凭空而生，势必要借鉴前代已有的艺术成果，在新的条件下加以继承和发展，以期发扬光大，所谓"若无新变，不能代雄"③，文学发展史也进一步为此提供了丰富的证据。南朝梁刘勰《文心雕龙·时序》在列举了唐（尧）虞（舜）夏商周汉魏晋宋齐时代文学发展的不同特色后总结说："蔚映十代，辞采九变。枢中所动，环流无倦。质文沿时，崇替在选。中古虽远，旷焉如面。"④指出了文学总是在不停地运动，不停地变化，而每一次变化都是在继承前代已有成果基础上的新变，而前代的文学成就势必会对后代的文学兴废、推移及流变产生极大的影响。当然，这种影响不可一概而论，既有良性的，也有非良性的，这就需要进行甄别，去粗取精，去伪存真。

《国秀集序》谈到诗歌的发展时，就流露出了颇为不满的声口："风雅之后，数千载间，词人才子，礼乐大坏，讽者溺于所誉，智者乖其所之，务以声折为宏壮，势奔为清逸。此蒿视者之目，聒听者之耳，可为长太息也。运属皇家，否终复泰，优游阙里，惟闻子夏之言；惆怅河梁，独见少卿之作。及源流浸广，风云极致，虽发词遣句，未协风骚，而披林撷秀，接厉良多。"所以，选家芮挺章要把自开元以来至天宝三载的诗作"遣

---

① ［清］永瑢等《四库全书总目》（全二册）卷一百八十六，中华书局，1965 年影印清武英殿刻本。以下凡称引四库《总目》或《提要》内容皆出此本，下引不赘。

② ［明］胡震亨《唐音癸签》卷三十一，清文渊阁四库全书本。下引不赘。

③ ［南朝梁］萧子显《南齐书·文学传论》，中华书局，1972 年，第 908 页。下引不赘。

④ 黄叔琳《增订文心雕龙校注》（全三册）卷九，李详补注，杨明照校注拾遗，中华书局，2012 年，第 538 页。下引不赘。

谪芜秽，登纳菁英"，以"成一家之言"。

严羽在《沧浪诗话》谈诗体流变时给出了一条十分明晰的脉络："风雅颂既亡，一变而为《离骚》，再变而为西汉五言，三变而为歌行杂体，四变而发为沈宋律诗。"[1] 认为《诗经》是诗歌的源头，其他诸体都不过是支流。要继承就必须有所依据，明了所要继承的对象。收集、编选、刊刻他人的作品流布于世，其目的是不言自明的，那就是鼓吹或标榜某些作家作品及其风格，提高其知名度，进而树立某种可供效仿的范式，鲁迅曾说："凡是对文术自有主张的作家，他所赖以发表和流布自己主张的手段，倒并不在作文心，文则，诗品，诗话，而在出选本……选本可以借古人的文章寓自己的意见……如此，则读者虽读古人书，却得了选者之意，也就逐渐和选者接近，终于就范了。"[2] 这样，唐人的唐诗选本承担这种典型示范的功能也就是水到渠成，势所难免。

二、唐人选唐诗是对唐诗辉煌成就的总结、回顾与反思

近三百年的唐诗创作，其成就的辉煌自是不言而喻。选家及其选本在总结、回顾和反思这些成就时，无疑起到了不可替代的作用。差不多唐诗创作的每一次高峰过后，都有相应的选本紧随其后。

崔融的《珠英学士集》就是专选初唐人诗的选本，因此书已佚，仅能从宋晁公武《郡斋读书志》中略窥其貌，据该书《珠英学士集》一则云："右唐武后朝诏武三思等修《三教珠英》一千三百卷，预修书者凡四十七人，崔融编集，其所赋诗各题爵里，以官班为次，融为之序。"[3]《唐会要》卷三十六、《玉海》卷五十四、《崇文总目》等对此均有记载。王重民先生曾在巴黎和伦敦见此书残卷两卷，经与《全唐诗》校阅，共得初唐诗人元希声、房元阳、杨齐哲、胡皓、乔备、李适、崔湜、王无竞、刘知几、马吉甫的佚诗27首并辑入《敦煌诗录》中。

胡震亨《唐音癸签》卷三十一还提到了另一初唐诗选本："唐人选唐诗……选初唐有《正声集》，孙季良撰，三卷。《唐新语》云，以刘希夷诗为集中之最。"已佚。"刘希夷，一名挺之，汝州人。少有文华，好为宫体，词旨悲苦，不为时所重"，因孙季良《正声集》推崇，"由是稍为时人所称"。[4] 可见此佚本在当时尚有一定影响力。

盛唐诗选本当以殷璠《河岳英灵集》最负盛名，该选本标举风骨兴象，以识鉴精到、品评得当、取舍公允而为唐人选唐诗中出类拔萃者。在《集论》中殷璠强调"既娴新声，复晓古体；文质半取，风骚两挟；言气骨则建安为传，论宫商则太康不逮"[5]，对盛唐诗

---

① ［宋］严羽《沧浪诗话》，普惠、孙尚勇、杨遇青评注，中华书局，2014 年，第 39 页。下引不赘。

② 鲁迅《汉文学史纲要》附《选本》，凤凰出版社，2009 年，第 89 页。

③ 《郡斋读书志校证》卷四下，孙猛校证，上海古籍出版社，1990 年。下引不赘。

④ ［唐］刘肃《唐新语》卷八，清文渊阁四库全书本。

⑤ 载《唐人选唐诗新编》（增订本），中华书局，2014 年，第 157—158 页。下引不赘。

歌的创作经验进行了总结。孙光宪评曰："惟丹阳殷璠，优劣升黜，咸当其分，世之深于诗者，谓其不诬。"[1]且此书首创选诗与评诗相结合的选本体例。

稍晚的高仲武《中兴间气集》即遵从其体例，分上下两卷，也是选评结合，共选诗人二十六家，始于钱起，止于张南史，凡 134 首，皆中唐肃、代二朝诗，以"体状风雅，理致清新"（《唐中兴间气集序》）[2]为鹄的，推崇钱起、郎士元，对至德初（756）至大历末（779）这二十三年间的一些代表性诗人作了一系列评价。

韦庄《又玄集》和韦縠《才调集》均选录了晚唐诗，两选也都有名，但以后者所选晚唐诗的比例较大，以"韵高而桂魄争光，词丽而春色斗美"[3]为选录标准，多清丽风流之作，其中选韦庄最多，达 63 首。

这些选家或许当初并未有这种清醒的理论自觉，对前代的创作得失进行总结、回顾与反思，但在客观上却起到了这种作用。众所周知，唐代文学承魏晋南北朝，特别是齐梁华靡文风之余绪，初唐时绮艳文风仍占据主导地位，骈体文的蔓延与流布，"上官体"的出现与盛行就是明证。到"四杰"出现，他们作品中反映出来的生活视野逐渐开阔，诗歌的基调转向昂扬壮大，新的风格渐露萌芽。诚如闻一多先生所说："正如宫体诗在卢、骆手里是从宫廷走到市井，五律到王、杨的时代是从台阁移至江山与塞漠。"[4]陈子昂登上文坛后更是大声疾呼，反复陈说，力倡"风雅兴寄"，对转变初唐诗风起了振聋发聩的作用。

经过近百年的努力和探索，唐代文学终于迎来了盛唐时期的高度繁荣。可以说，盛唐诗歌的主要美学风格就是追求一种厚重昂扬的气派，兴象玲珑的意境，自然葱茏的美感和劲爽健朗的风骨，这无疑是盛唐诗歌的主流。[5]中唐大历后，诗坛风会渐移，逐步转入对于宁静、闲适而又冷落寂寞生活情趣的偏爱，以及对于清丽、纤细之美的追求。这种情况下，在理论上就势必相应地主张丽词、高情、远韵，着眼于艺术形式与艺术技巧的探讨。到了晚唐五代，虽然有韩柳、元白的事功文学主张，但从总体上看，这一时期的诗坛乃至整个文坛已是江河日下，颓势难移。追求细美、幽约、绮艳、清丽已是大势所趋，这些无不通过选本这一独特的形式折射出来。

三、唐诗选本是选家各自审美理想的呈现

如前所述，唐人选唐诗各有不同的审美标准，即以现存的十余种唐人选唐诗而言，《河岳英灵集》崇尚风骨兴象；《国秀集》标举"缘情而绮靡，风流婉丽"；《箧中集》推重

---

① ［五代荆南］孙光宪《白莲集序》，载《唐代湘人诗文集》，黄仁生、陈圣争校点，岳麓书社，2013 年，第 301 页。

② 载《唐人选唐诗新编》（增订本），中华书局，2014 年，第 451 页。下引不赘。

③ ［五代后蜀］韦縠《才调集叙》，载《唐人选唐诗新编》（增订本），中华书局，2014 年，第 919 页。

④ 闻一多《唐诗杂论·四杰》，中华书局，2009 年，第 26 页。

⑤ 参阅罗宗强《隋唐五代文学思想史》，中华书局，2003 年，第 90—118 页。

质朴淳雅的五古；《中兴间气集》瞩目于"体状风雅，理致清新"的大历钱起、郎士元一路；《才调集》突出中晚唐"韵高词丽"的近体艳情诗，激赏元白、李商隐；《极玄集》亦以"清丽"为宗。各选本都是选家从不同的视角切入，都在标举不同的审美诉求，也基本上都实现了自己的审美理想。

胡震亨《唐音癸签》卷三十一对此有极好的论述："唐人自选一代诗，其鉴裁亦往往不同。殷璠酷以声病为拘，独取风骨；高渤海力诋《英华》《玉台》《珠英》三选，并訾璠《丹阳》之狭于收，似又专主韵调；姚监因之，颇与高合，大指并较殷为殊。详诸家每出新撰，未有不矫前撰以为说者，然亦非其好为异若此。诗自萧氏《选》后，艳藻日富，律体因开，非专重风骨裁甄，将何净涤余疵，肇成一代雅体？逮乎肄习既一，多乃征贱，自复华硕谢旺，娴婉代兴，不得不移风骨之赏于情致，衡韵调为去取，此《间气》与《极玄》视《英灵》所载，各一选法，虽体气斥两，大难相追，亦时运为之，非高、姚两氏过也。观当日诡异浸盛，晚调将作，二集都未有收，于通变之中，先型仍复不失，则犹斤斤禀殷氏律令，其相矫实用相救尔。"

《四库全书总目·御选唐诗》云："诗至唐，无体不备，亦无派不有。撰录总集者，或得其性情之所近，或因乎风气之所趋，随所撰录，无不可自成一家……盖求诗于唐，如求材于山海，随取皆给。而所取之当否，则如影随形，各肖其人之学识。"诗歌选本，作为特定时代的接受者，又必然受选家所立身之时代、所熏染之学说的影响，在选录的作品中体现时代的审美风尚与美学观念，同时也必然符合选家个人审美情趣和价值标准。

四、诗歌选本是选家个体人格精神的彰显与实现自身价值的途径之一

唐代是我国封建社会经济文化发展的鼎盛期，在当时的世界格局中，其综合国力是首屈一指的。两《唐书》与《唐六典》《通典》《资治通鉴》《唐会要》等均有记载，从中宗神龙元年（705）到玄宗天宝十四载（755），短短 50 年的时间里，人口就从 3 714 万增加到 5 292 万，增幅达 40%。人口激增说明社会安定，经济富裕，物价不升反降。"人家粮储，皆及数岁"[①]，"四方丰稔，百姓殷富……路不拾遗，行者不囊粮"[②]。开元年间，"海内富实，米斗之价钱十三，青、齐间斗才三钱，绢一匹钱二百"（《新唐书·食货志》）[③]；天宝年间，人均粮食达到七百斤。杜甫《忆昔二首其二》云："忆昔开元全盛日，小邑犹藏万家室。稻米流脂粟米白，公私仓廪俱丰实。"唐都长安成为国际性的大都市，王维《和贾舍人早朝大明宫之作》"九天阊阖开宫殿，万国衣冠拜冕旒"，形象地描绘了当时的盛况。士人的精神面貌总体上是昂扬向上，积极进取的，具有投身社会和参与政治的强烈愿望，而且

① ［唐］元结《问进士·第三》，载《唐宋人寓湘诗文集》，黄仁生、罗建伦校点，岳麓书社，2013 年，第 139 页。

② ［唐］郑綮《开天传信记》，载《教坊记》（外三种），吴企明点校，中华书局，2012 年，第 79 页。

③ ［宋］欧阳修、宋祁《新唐书》（全二十册），中华书局，1975 年，第 1346 页。下引不赘。

具有高度的自尊自信。表现在诗歌中，就是努力追求一种博大、雄浑、深远、超逸的大格局和大气象。当然，唐朝各个时期的发展状况并不平衡，不可一概而论。

元结（719—772），字次山，号漫郎、聱叟等，河南（治今洛阳）人，居鲁山（今属河南）。少年时倜傥不羁，十七岁始折节读书，从元德秀学，天宝十二载（753）进士及第，曾官右金吾兵曹参军、水部员外郎、著作郎、道州刺史、容管经略使等职。元结关心民生疾苦，曾作《悯农诗》《系乐府十二首》《春陵行》《贼退示官吏》等诗，开新乐府运动之先声，杜甫《同元使君春陵行》赞曰："道州忧黎庶，词气浩纵横。"其散文实为韩、柳古文运动的先驱，欧阳修称其"笔力雄健，意气超拔，不减韩之徒也"（《唐元次山铭》）[1]。元结论诗，反对"拘限声病，喜尚形似"[2]的风气，要求诗歌能"极帝王理乱之道，系古人规讽之流"[3]，提倡淳古淡薄、质朴自然的诗风。所以，他辑箧中所存沈千运、王季友、孟云卿等七人24首诗编成《箧中集》，很好体现了其诗学宗旨，部分实现了其人生价值。

殷璠与高仲武都是落魄之士。就读书人而言，兼济天下，平步青云，差不多是每一个人的理想，实现这个理想的途径就是参加科举考试，以此成为博取功名，实现自身价值的最佳途径，所谓"学成文武艺，货与帝王家"。但他们在科举上均无建树，就不得不退而求其次。好在传统儒家思想为知识分子提供了另外的人生价值取向，"穷则独善其身，达则兼济天下"；君子有三不朽："立功、立德、立言"。如若立功、立德都不可能，就只好求立言了。他们虽也写诗，但诗名并不显著，只能采取编写诗歌选本这种方法，借选本的广泛流布，以彰显自己的识鉴与魅力。从选本的命名来看，《河岳英灵集》《中兴间气集》，都蕴含着一种极高的人格期待和情感诉求。何谓"英灵"，何谓"中兴"，势必以自己的价值尺度去衡量，去品鉴，才能求得满意的答案。

殷璠在对诸多诗人进行品评月旦时，很多是游离于诗歌本身之外，从非文学的角度切入的。如评常建："高才无贵仕，诚哉是言。曩刘桢死于文学，左思终于记室，鲍照卒于参军，今常建亦沦于一尉，悲夫！"上来就一通感慨，且是替古人抱屈，其情感指向不言而喻。评李白："白性嗜酒，志不拘检，常林栖

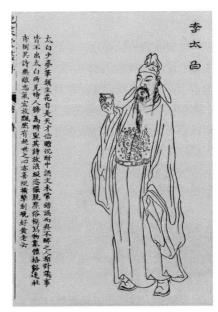

李白（清《晚笑堂画传》）

---

① 载《欧阳修全集》（全六册），李逸安点校，中华书局，2001年，第2262页。
② ［唐］元结《箧中集序》，载《唐人选唐诗新编》（增订本），中华书局，2014年，第362页。
③ ［唐］元结《二风诗论》，载《唐元次山文集》卷第一，清文渊阁四库全书本。

十数载，故其为文章，率皆纵逸。"评王季友："季友诗，爱奇务险，远出常情之外，然而白首短褐，良可悲夫！"评李颀："惜其伟才，只到黄绶。"评高适："适性拓落，不拘小节，耻预常科，隐迹博徒，才名自远。"评孟浩然："余尝谓祢衡不遇，赵壹无禄，其过在人也。及观襄阳孟浩然磬折谦退，才名日高，天下籍甚，竟沦落明代，终于布衣，悲夫！"如此等等，不一而足，流露出对沦落不偶、人生失意的深深慨叹。与其说是在评价别人，不如说是夫子自道。他标举风骨，更是选家崇尚昂扬健朗、正气浩然人格的有力证明。

至于高仲武，则更如此。他在《集论》陈述自己的选诗缘由、背景后说："古之作者，因事造端，敷弘体要，立义以全其制，因文以寄其心；著王政之兴衰，国风之善否。岂其苟悦权右，取媚薄俗哉！"对诗歌的社会功能进行了充分的肯定，同时也斩钉截铁地对"苟悦权右，取媚薄俗"的倾向表示了不容置疑的否定与唾弃。在其另一文《纪苏涣文》中，描述一位"不平者"苏涣文，此人本是无赖，"巴人号曰白跖"，"以比庄蹻改过向学，乡试擢第，累迁至御史，曾作变律诗十九首，高仲武认为"其文意长于讽刺，亦有陈拾遗一鳞半甲，故善之"，所以"不可弃其善，亦以深戒君子之意也"。[1] 但取其善，取其类似于陈子昂的风骨与精神，并不因人废言。不难看出其中寄予着高仲武自己强烈的淑世情怀。

其他诸选家也未尝不如此，只是各人情况稍异，须作具体分析，限于篇幅，兹不赘述。

总之，唐人选唐诗，是我国文学批评史上出现的一个新景观，其意义不仅在于丰富了原有文学批评的形式与内容，更重要的是开启了下一代唐学与唐诗研究的新领域、新途径、新格局，构成了后世特别是明清之际文学批评实践的重要组成部分，"唐诗选"或"选唐诗"成为一种独有的文化现象。唐代以后，宋元明清，"唐诗选"或"选唐诗"代不乏人，蔚成风气，且高潮迭出，佳作屡现，这些都有待我们作进一步的探索与研究。[2]

第二节　宋代唐诗选本概况

较之唐代的 130 多种唐诗选本，宋人选唐诗的风气不是很盛，见之于典籍、书目著录的也不过 70 余种（当然尚有待于进一步搜求），是较为逊色的了。流传至今的也为数不多，就目前而言，仅有十几种行世，如王安石《唐百家诗选》、洪迈《万首唐人绝句》、赵师秀《众妙集》、刘辰翁《王孟诗评》、周弼《三体唐诗》等。诗歌艺术发展到唐代，可谓已臻绝顶，几至题无剩义的地步。各种题材、体裁，各种表现手法和风格都已经出现，并达

---

① ［清］董诰辑《全唐文》（全十一册）卷四五八《纪苏涣文》，中华书局，1983 年影印嘉庆内府本。

② 本节内容曾在《西北师大学报》2009 年 4 月增刊发表过，此次收录对于参考文献及引文有修订。

到了十分精致的地步。可以说唐人已经将诗歌的所有艺术空间都开拓殆尽，几乎没有给宋人留下什么余地，宋人要想锦上添花，再创佳绩，是十分困难的。

明人胡应麟十分精当地指出："甚矣，诗之盛于唐也。其体，则三四五言，六七杂言，乐府歌行，近体绝句，靡弗备矣；其格，则高卑远近，浓淡浅深，巨细精粗，巧拙强弱，靡弗具矣；其调，则飘逸深雄，深沉博大，绮丽悠闲，新奇猥琐，靡弗诣矣；其人，则帝王将相，朝士布衣，童子妇人，缁流羽客，靡弗预矣。"[1] 其实，诗到晚唐，气势已尽，此后承诗而继之者在词而非诗也。作为一种诗歌艺术的变体，词是一种新兴的表现形式，它与诗歌的渊源自不待言，在形式上也与传统诗歌不尽相同，句式不再整齐划一，而是长短不齐。题材内容、表现手法、艺术风格等也各有自己的新面目。

晚唐五代，西蜀与南唐文学堪称一时之盛，就是以词而非诗特出，李煜、李璟、孟昶、韦庄、和凝、冯延巳、孙光宪等皆以填词擅场，传统诗歌已成余响。到五代，词的发展更是蔚为大观，这种新的艺术形式为宋人驰骋才情提供了新的艺术舞台，欧阳修、苏轼、秦观、柳永、周邦彦、姜夔、李清照等大家，更是独步当时，辉映后代，使词与诗在文学史上取得了分庭抗礼的资格，宋词与唐诗一道，并称为一代文学的标志。加之宋代说话艺术的勃兴，小说这种艺术形式也获得了新的发展机遇，也为一部分文人学士提供了又一抒发情致、逞才显艺的天地。在这样的形势之下，传统诗歌原先璀璨耀眼的光芒，在众多后起艺术形式的辉映下，相对黯淡了许多。所以，尽管宋人作了种种努力，试图使"宋调"超迈"唐音"，至少也要并驾齐驱，但这种努力总起看来差强人意。"唐音"毕竟是"唐音"，"宋调"依旧是"宋调"，时运使然，亦非人力所能为。

平心而论，宋代诗歌，的确远逊"唐音"。限于作者天才与好尚不同，得其大者为大家，得其小者为小家，即其事者，亦不过模仿汉魏六朝。故有宋一代，能出汉魏六朝及唐人者，除数人而外，尚不多见。杨万里在《江西宗派诗序》中写道："昔者诗人之诗，其来遥遥也。然唐云李、杜，宋言苏、黄，将四家之外，举无其人乎？门故有伐，业故有承也……今夫四家者流，苏似李，黄似杜，苏、李之诗，子列子之御风也；杜、黄之诗，灵均之乘桂舟驾玉车也。无待者神于诗者欤？有待而未尝有待者，圣于诗者欤？"[2] 他将唐宋两大诗坛领袖推了出来，但仅仅是"苏似李，黄似杜"，李白与杜甫以神与圣居于诗坛艺术的最高殿堂，宋人及后人似乎也无法超越了。

自宋初至庆历年间，宋代诗坛诗人之多，亦不减盛唐。开国之初，"西昆"诸公风头正劲，宗法义山，用典必深奥晦涩，对偶惟工丽典切。王禹偁、徐铉学乐天，号"白体"。同时，寇准、魏野、林逋等学晚唐，其中最逼真的当推九僧，欧阳修《六一诗话》云："国朝浮图，以诗名于世者九人，故时有集，号《九僧诗》，今不复传矣。余少时闻人多称之。其一曰惠崇，余八人者忘其名字也。余亦略记其诗，有云'马放降来地，雕

① ［明］胡应麟《诗薮》外编卷三，光绪广雅书局丛书本。下引不赘。
② 载辛更儒《杨万里集笺校》（全十册）卷七九，中华书局，2007 年，第 3231 页。下引不赘。

盘战后云'，又云'春生桂岭外，人在海门西'。其佳句多类此。其集已亡，今人多不知有所谓九僧者矣。是可叹也！当时，有进士许洞者，善为辞章，俊逸之士也。因会诸诗僧分题，出一纸约曰：'不得犯此一字。'其字乃山水风云竹石花草雪霜星月禽鸟之类，于是诸僧皆搁笔。"①揭示出这派诗人诗境的狭窄逼仄，其他诸派也大都类此。

司马光《温公续诗话》云："所谓九诗僧者：剑南希昼、金华保暹、南越文兆、天台行肇、沃州简长、青城惟凤、淮南惠崇、江南宇昭、峨嵋怀古也。"②方回《瀛奎律髓》亦收有九僧诗多首，计有保暹《秋径》《宿宇昭师房》，行肇《郊居吟》，文兆《宿西山精舍》，简长《送僧南归》《赠法律诗》，惟凤《与行肇师宿房山栖贤寺》《送陈豸处士》，宇昭《寄保暹师》等。

稍后，苏舜钦、梅尧臣等人，力矫西昆声偶之弊，变革诗风，厥功至伟。《六一诗话》曰："圣俞、子美齐名于一时，而二家诗体特异。子美笔力豪隽，以超逸横绝为奇；圣俞覃思精微，以深远闲淡为意。"清人叶燮评价："开宋诗一代之面目者，始于梅尧臣、苏舜钦二人……自梅、苏变尽昆体，独创生新，必辞尽于言，言尽于意，发挥铺写，曲折层累以赴之，竭尽乃止。"③苏、梅二人从诗歌的题材、情感、语言各方面进行了新的尝试，成为对西昆体的反动，为宋诗的发展开辟了新的出路。

一直至此，宋代诗坛上仍未有像样的唐诗选本问世，王安石《唐百家诗选》可谓一枝独秀，这是王安石作三司判官时所为。查阅清蔡上翔《王荆公年谱考略》和顾栋高《王安石年谱》，以及时贤撰著，云该选本编纂至刊刻成书历时约有数十年之久。后来，金华人时少章对此书进行了笺注和评点，元吴师道《吴礼部诗话》云："其书《唐百家诗选》后诸评，深知唐人诗法者也。"④《唐百家诗选》共二十卷，时氏不厌其烦，在每卷后都有评语，足见其用心之殷。且其评语大多精当，深为后人推服，胡应麟《诗薮》杂编卷五说："右时氏诸评，在严羽卿前，往往符合，详载《吴正传诗话》中。宋一代惟知老杜瘦劲，晚唐纤靡，时独推毂盛唐，而于晚唐诸子，直目以小才。又李颀、王昌龄，近方大显，而时先呕赏之，其识故未易及，第自运不称耳。"

此外，据孙琴安先生《唐诗选本六百种提要》称，尚有其他一些选本，如杨蟠亦《唐百家诗选》十卷，孙为《唐诗主客集》，张九成《唐诗该》，刘充《唐诗续选》，以及佚名的《唐五言诗》《唐七言诗》《唐贤诗范》《唐名僧诗》《唐三十二僧诗》《唐诗杂》等多种，大多亡佚，没有多大影响。南宋时期，倒是颇有几部有影响的唐诗选本，如洪迈《万首唐人绝句》，赵师秀《众妙集》《二妙集》，柯梦得《唐贤绝句》，刘克庄《唐五七言绝句》《唐绝句续选》等。谢枋得《注解章泉涧泉二先生选唐诗》，刘辰翁《王孟诗评》也较有

---

① 载清何文焕辑《历代诗话》（全二册），中华书局，1981年，第266页。下引不赘。

② 同上，第280页。下引不赘。

③ [清]叶燮《原诗》外篇下，清康熙叶氏二弃草堂刻本。

④ 《吴礼部诗话》，载丁福保《历代诗话续编》（全三册），中华书局，1983年，第611页。所有时氏评语均载此本，下引不赘。

名。影响较大的当属周弼《三体唐诗》，专选唐人七言绝句、七言律诗和五言律诗，故称"三体"。

宋代唐诗选本在内容上多推重中晚。王安石《唐百家诗选》虽然选录了王建 92 首、岑参 81 首和高适 71 首，但盛唐诗人中最负盛名的李白、杜甫均无一首入选，初唐四杰王杨卢骆及沈佺期、宋之问亦如此，入选 104 家诗人，大半是中晚唐人，如大历十才子，贾岛、卢仝、皮日休、杜荀鹤、韩偓等人。胡应麟《诗薮》外编卷四云，"荆公《百家》，缺略初盛"，也指出了这一点。唐代张为有《诗人主客图》，对中晚唐诗人以主客编次，然所引诗甚少，有的仅录诗句，有的缺诗，宋代佚名曾重辑此书但该书已佚。纪晓岚《张为主客图序》云，对"此书孤行唐末，人无异词"，虽有疑问，亦不乏肯定，"因抄而存之，识诸卷首"。① 赵师秀的《二妙集》则只收晚唐贾岛和姚合之诗，其中选贾岛 81 首，姚合 121 首，以五言居多，特别是五言律诗。

也有一些专录唐代僧人之诗，李龏《唐僧弘秀集》即如此。是书收录唐代僧人之诗凡 52 人，诗作 500 首。其中较有名者有皎然、灵澈、无可、贯休、齐己、文秀、法照等人，"或取于各僧本集，或出于诸家纂录，皆有拔山之力，搜海之功，风致不尘，一字弗赘，发音雄富，群立峥嵘，名曰《唐僧弘秀集》"。② 《宋史·艺文志》载，"《唐三十二僧诗》一卷"；近人叶德辉《宋秘书省续编到四库阙书目》称，"《唐名僧诗》一卷"。可知此二书亦为收录唐代僧人诗之选，惜均为佚名所撰，原书亦已不存。

殷璠《河岳英灵集》开选评结合之例，为后来的唐诗选本提供了一个范式，使选本的批评价值更为彰显，也由此诗选家的评选水准大为精进，成为衡量选家识鉴高低的一个标准。嗣后，高仲武继起，《中兴间气集》亦因选择精当品评独到而为人所重。其实高仲武获益之处并非殷璠一家，锺嵘《诗品》对他的影响亦不可忽视。在具体的操作上，从高仲武的品评思想、选评格式以及品评用语都可看出这方面的影响。譬如高氏在书前以一篇序言阐明其理论主张和审美标准，以上下卷来次第诗人，联系作者的社会地位、背景及其逸闻趣事来进行品第，追溯诗人诗作的源流诸方面都与《诗品》有一脉相承之处。到了宋代，这种选评结合的方式仍然在新的时空条件下继续发挥新的作用。

除前面提到过的时少章批王安石《唐百家诗选》外，《注解章泉涧泉二先生选唐诗》也采用选评注结合的方式进行。原书由赵蕃、韩淲选，谢枋得注。赵蕃，字昌父，号章泉，祖籍郑州；韩淲，字仲止，号涧泉，祖籍雍丘（今河南杞县）。二人约生活于南宋中期，皆侨居信州（今江西上饶），并有文名，而赵氏尤甚。朱熹《答徐斯远（三）》云"昌父志操文词，皆非流辈所及"③，足见其当时影响之大。

谢枋得，字君直，号叠山，信州弋阳人，宋宝祐四年（1256）与文天祥同科中进士。

---

① 转引自张宏生、于景祥《中国历代唐诗书目提要》，辽海出版社，2014 年，第 99 页。

② ［宋］李龏《唐僧弘秀集序》，清文渊阁四库全书本。

③ 载曾枣庄、刘琳编《全宋文》（全 360 册，第 248 册）《朱熹》，上海辞书出版社，2006 年，第 99 页。朱文下引不赘。

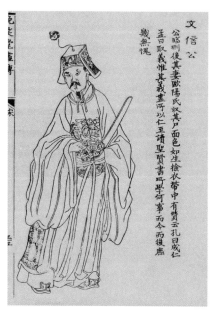

文天祥（清《晚笑堂画传》）

除注此书外，尚有《文章轨范》《叠山集》等。该书共五卷，专选唐人七言绝句，共101首。其中刘禹锡最多，有14首，杜牧8首，许浑5首，李商隐、韦庄各4首，王昌龄2首，贾至、王维、高适、岑参、白居易等，也不过每人一首。南宋人多宗晚唐，此书亦以晚唐为尚，亦为一时风会所致。胡应麟《诗薮》外编卷四云："章泉《唐绝》，仅取晚中。"阮元称，"枋得之注，能得唐诗言外之旨，可以为读唐诗者之津筏"①，评价甚高。谢注皆在诗后甚详，犹如串讲，故《提要》所赞，实非虚语，后高棅《唐诗品汇》诸本亦常引用其注解。

《诗林广记》为宋末元初蔡正孙所编撰，蔡字粹然，号蒙斋野逸，是谢枋得门人。其自序末题"岁屠维赤奋若"，时为至元二十六年己丑（1289），已入元多年，而不用元年号，其忠宋之心甚明。②该书前后集各十卷，是一部晋、唐、宋诗的合选，编者不仅选诗，而且还搜集有关的诗话等资料附载于相关的作者和诗篇后面。这些后附资料与相比照的诗篇，往往散出于百家之手，即使号称博雅君子，也未易遍观。编者序曰，"冥搜旁引，而丽于各篇之次，凡出于诸老之所品题者，必在此选"，这对于了解所选诗的典实和艺术性很有帮助，也是此书的一大特色。此书前集选晋、唐诗人三十人，后集选北宋诗人二十九人，共选诗和附诗671首，引诗话等资料性质的典籍170余种。选录的标准是"脍炙人口者"，如李白《望庐山瀑布》《登凤凰台》《乌栖曲》《乌夜啼》《永王东巡歌》等，杜甫《和早朝大明宫》《春望》《登岳阳楼》《江畔独步寻花》《羌村》等，刘禹锡《无衣巷》《玄都观赠看花诸君子》《再游玄都观》等，韩愈的《听颖师弹琴》，柳宗元的《江雪》，王维《送元二之安西》《山中》，李商隐《锦瑟》《对雪》，杜牧《赤壁》《华清宫》，孟浩然《临洞庭》，韦应物《滁州西涧》，白居易《咸阳原上草》，孟郊《登第》，贾岛《渡桑干》，等等。此外，尚有卢仝、郑谷、李长吉等十六人的篇什，都确是"脍炙人口"之作。③

《竹庄诗话》名曰诗话，实际上是诗歌选本与诗话的合编。卷一分《讲论》《品题》两部分，《讲论》是讲诗歌的总论，《品题》是从诗的格调等方面结合作家进行论述。卷二

① ［清］阮元《四库未收书提要》，载《揅经室集》（全二册），邓经元点校，中华书局，1993年，第1192页。以下正文述及该《提要》内容皆本此版，下引不赘。

② 参阅傅璇琮、程章灿《宋才子传笺证 南宋后期卷·蔡正孙传》，辽海出版社，2011年，第812页。

③ 参阅《诗林广记·重刊序／蔡正孙自序》，常振国、绛云点校，中华书局，1982年，第1—2页／第3页。

至卷十，选两汉、建安、六朝及唐宋人诗 403 首，是后代诗选与诗话的结合，在每个朝代、作家或作品前酌量选录诗话。卷十一到卷二十为《杂编》，是按题材或风格相类来编辑，以供读者学习比较和使用。如卷十一把三首有关华清宫的诗编在一起，卷十二把杜甫《北征》同韩愈《南山》编在一起，历来是将此二诗相提并论的。在这部分诗前，也酌量附有诗话，共十卷，是编者极为看重的部分。卷二十一到二十二是分类诗选，分《方外》《空闲》《闺秀》三类，《杂编》同这三类共收诗 471 首。卷二十三到二十四是警句。

　　宋代唐诗选本的出现，首先是对作为文学遗产的唐诗文献资料的整理。经过五代战乱，文献凋丧，卷帙散佚，到宋代，唐诗文献已十不存一二。在宋代新的文化政策的鼓荡和激励之下，对唐诗文献的整理便成为整理前代文学遗产的重要问题之一。这方面工作卓有成效，如前所述，就选本而言，就有王安石《唐百家诗选》、洪迈《万首唐人绝句》、赵师秀《众妙集》、刘辰翁《王孟诗评》、周弼《三体唐诗》、柯梦得《唐贤绝句》，刘克庄《唐五七言绝句》《唐绝句续选》，谢枋得《注解章泉涧泉二先生选唐诗》，杨蟠《唐百家诗选》，孙为《唐诗主客集》，张九成《唐诗该》，刘充《唐诗续选》，以及佚名的《唐五言诗》《唐七言诗》《唐贤诗范》《唐名僧诗》《唐三十二僧诗》《唐诗杂》等多种。

　　其次是作为创作和学习的范式与模本。诗歌艺术发展到唐代，可谓已臻绝顶，几至题无剩义的地步。宋人要想在诗歌创作上有新的作为，就必须进行创新。但创新不是向壁虚构，不是一无依傍，亦非无源之水，无本之木，这个源和本就是唐诗，唐诗就成为宋人取资的重要资源之一。因此大量唐诗选本的出现就是顺应了这种诗歌创作取法前代的时代潮流。其中最具代表性的就是洪迈《万首唐人绝句》和周弼《三体唐诗》，其示人以法度和范式的倾向十分明显。

　　再次，唐诗选本作为一种特殊的文学批评方式，也体现了选家的诗学批评取向。宋代唐诗选本是在新的历史时空下出现的文学批评方式，是宋代诗歌在广泛学习唐诗的基础和前提下，实现新的突破，完成由"唐音"向"宋调"转变的过程中的产物，既有传统选本的基本特征，又有贯穿和体现新的时代审美风尚。这些新的唐诗选本，是宋代选家和批评家诗学观念和审美理想的共同体现，也是宋代诗坛整体走向和流变的反映。因此，对这一时期的选本进行认真的梳理和研究，对于唐诗学乃至整个诗学研究领域而言，都有十分重要的作用和意义。

第三节　宋代唐诗选本存目述略

　　宋代唐诗选本，流传保存至今的有十余种，与唐人选唐诗保存至今的情况相差无几。但宋代发达的社会经济和繁荣的文化事业，以及科考、刊刻和印刷事业的突飞猛进，再加上书院制度的兴盛，这些对诗文选本不能不是一个极大的促进。鉴于此，宋人的唐诗选本，无论数量上，还是质量上，理论上应该不会逊色于唐人。笔者多方搜求，翻阅众多书目，寻章摘句，认真爬梳，收获甚丰。兹将所闻见之宋人唐诗选本存目论列如下，一则作为本编立论之依据，再则公诸师友同好，学界群彦，以便共同切磋，共同进益。①

《唐百家诗选》清康熙仿宋刊本

1.《唐百家诗选》，王安石编。《四库全书总目》提要（下略称），"《唐百家诗选》二十卷，旧本题宋王安石编"；陈振孙《直斋书录解题》云，"王安石以宋次道家所有唐人诗集选为此编"②；晁公武《郡斋读书志》卷四下谓，"皇朝宋敏求次道编"。余嘉锡《四库提要辨证》对此考订甚详，云《读书志》恐不可信。此书版本甚多，复旦大学图书馆藏有商务印书馆 1928 年版涵芬楼仿古活字印刷本，前有宋倪仲傅和清宋荦的《序》各一篇，以及王安石的原序。该书选唐诗人 104 家，诗 1 247 首，入选最多的诗家是王建，达 92 首；其次是皇甫冉 85 首，岑参 81 首，高适 71 首，韩渥 59 首，李白、杜甫、王维、韩愈、柳宗元、元稹、白居易、刘长卿、刘禹锡、李商隐、杜牧、韦应物等诸大名家皆一首不录。

2.《会稽掇英总集》，孔延之编。《四库提要》："宋孔延之编。前自有序……以会稽山水人物，著美前世，而纪录赋咏，多所散佚。因博加搜采，旁及碑版石刻，自汉迄宋，凡得铭志歌诗八百五篇，辑为二十卷，各有类目。前十五卷为诗，首曰州宅，次西园，次贺监，次山水，分兰亭等八子目。次寺观，分云门寺等四子目，而以祠宇附之。次送别，次寄赠，次感兴，次唱和。后五卷为文，首曰史辞，次颂，次碑铭，次记，次序，次杂文。……所录诗文，大都由搜岩剔薮而得之，故多出名人集本之外，为世所罕见。如大历浙东唱和五十余人，今录唐诗者或不能举其姓氏，实赖此以获传。""自汉迄宋"，是一部通代诗歌选本，"会稽山水人物"，而且专门致力于地方即诗歌会稽山水人物的"纪录赋咏"。

---

① 孙琴安《唐诗选本六百种提要》是笔者这部分工作的重要参考书之一，从中获益良多，存目中凡有借鉴孙先生大作之处，为避免繁琐，不再一一标明出处，皆以 ※ 标出，以示不敢掠美。
② ［宋］陈振孙《直斋书录解题》，徐小蛮、顾美华点校，上海古籍出版社，1987 年。下引不赘。

3.《会稽掇英续集》，待考。《直斋书录解题》卷十五云："《会稽掇英集》二十卷，《续集》四十五卷。熙宁中郡孔延之、程师孟相继纂集；其续集则嘉定中汪纲俾郡人丁燧为之。"《宋史·艺文志》(集类) 存目曰："程师孟《续会稽掇英集》二十卷。"据此推测，前集已"自汉迄宋"，续集或多半与唐诗无涉。

4.《古今岁时杂咏》，蒲积中编。《四库提要》："《古今岁时杂咏》四十六卷，宋蒲积中编。积中履贯未详。初，宋绶有《岁时杂咏》二十卷。晁公武《郡斋读书志》谓：'宣献昔在中书第三阁，手编古诗及魏晋迄唐人岁时章什，厘为十八卷，今益为二十卷。'积中因其原本，续为此书。……晁公武载绶原本诗一千五百六首，而此本二千七百四十九首，比绶所录增一千二百四十三首。则一代之诗，已敌古人五分之四，其搜采亦可谓博矣。其书自一卷至四十二卷为元日至除夜二十八目，其后四卷则凡只题月令而无节序之诗皆附焉。"元马端临《文献通考·经籍考》[1]（下略称）引晁说。今有石城书屋抄本四十六卷本，藏于北京图书馆。

5.《严陵集》，董弅编。《四库提要》："《严陵集》九卷，宋董弅编。弅，东平人，逌之子也，自署曰广川，盖欲附仲舒裔耳。绍兴间知严州，因辑严州诗文，自谢灵运、沈约以下，迄于南宋之初。前五卷皆诗，第六卷诗后附赋二篇，七卷至九卷则皆碑铭、题记等杂文。"清阮元《文选楼藏书记》、清吴寿旸《拜经楼藏书题跋记》、清陈揆《稽瑞楼书目》、清张金吾《爱日精庐藏书志》、清陆心源《皕宋楼藏书志》、瞿启甲《铁琴铜剑楼藏书目录》、傅增湘《藏园订补郘亭知见传本书目》等均有著录。

6.《四家诗选》，王安石编。《直斋书录解题》："《四家诗选》十卷。王安石所选杜、韩、欧、李诗。其置李于末，而欧反在其上，或亦谓有所抑扬云。"《文献通考》引陈氏语。

7.《唐宋类诗》，待考。《郡斋读书志》："《唐宋类诗》二十卷。右皇朝僧仁赞序，称罗、唐两士所编，而不载其名，分类编次唐及本朝祥符已前名人诗。"《文献通考》同上。《宋史·艺文志》："罗、唐二茂才《重校唐宋类诗》二十卷"，又"僧仁赞《唐宋类诗》二十卷"。

8.《唐宋诗后集》，佚名编。《宋史·艺文志》著录"《唐宋诗后集》十四卷"，未署编者姓名。

9.《丹阳类稿》，曾旼编。《郡斋读书志》："《丹阳类稿》十卷，右皇朝曾旼编。……元丰中，旼守官于其地，因采诸家之集，始自东汉，终于南唐，凡得歌诗赋赞五百余篇。"《文献通考》引述类同。

10.《润州类集》，曾旼纂。《直斋书录解题》："监润州仓曹曾旼彦和纂始东汉终南唐京口诗集十卷、续二卷。"《文献通考》同。《宋史·艺文志》亦著录。张邦基《墨庄漫

---

① ［元］马端临《文献通考》(全十四册)，上海师大古籍所、华东师大古籍所点校，中华书局，2011 年，第 6687 页。下引不赘。

录》卷九："曾旼彦和，博学之士。"史弥坚《嘉定镇江志》卷十六载："曾旼，元丰间以秀州军事推官监润州，籴纳仓军事推官，今从事郎也。太守许遵令旼采诸家文集，始自东汉、终于南唐歌诗赋赞五百余篇，厘为十卷，名曰《润州类集》。"

11.《京口诗集》，熊克编。《直斋书录解题》："《京口诗集》十卷，《续》二卷。镇江教授熊克集开宝以来诗文本二十卷，止刻其诗。续又得二卷，自南唐而上，曾所遗者，补八十余篇。"《宋史·艺文志》亦著录。

12.《云台编》，耿思柔纂。《郡斋读书志》："右皇朝耿思柔纂华州云台观古今君臣所题诗什。"《文献通考》引晁说。

13.《清才集》，刘禹卿编。《郡斋读书志》："《清才集》十卷，右皇朝刘禹卿编辑古今题剑门诗什铭赋，蒲逢为之序。"《文献通考》同。

14.《唐僧诗》，法钦编。《直斋书录解题》："《唐僧诗》三卷，吴僧法钦集唐僧三十四人诗二百余篇，杨杰次公为之序。"《文献通考》同。

15.《古今绝句》，吴说编。《直斋书录解题》："《古今绝句》二卷。吴说、傅朋所书杜子美、王介甫诗。师礼之子，王令逢原之外孙也"。《宋史·艺文志》："吴说编《古今绝句》三卷。"《文献通考》，傅增湘《藏园订补邵亭知见传本书目》，江标《宋元本行格表》，瞿启甲《铁琴铜剑楼宋金元本书影》亦作三卷。今存三卷本宋刻本（卷中配清抄本），藏北京图书馆。

16.※《唐绝句选》，柯梦得编。《直斋书录解题》："《唐绝句选》五卷，莆田柯梦得东海编。所选仅一百六十六首，去取甚严；然人之好恶，亦各随所见耳。"《文献通考》类同。

17.※《唐绝句选》，林清之编。《直斋书录解题》："《唐绝句选》四卷。仓部郎中福清林清之直父以洪氏绝句钞取其佳者，七言一千二百八十，五言一百五十六，六言十五首。"《文献通考》同。

18.※《万首唐人绝句》，洪迈编。《四库提要》："《唐人绝句诗》九十一卷，宋洪迈编。……迈于淳熙间录唐五七言绝句五千四百首进御。后复补辑得满万首，为百卷，绍熙三年上之。"《直斋书录解题》："《唐人绝句诗集》一百卷，洪迈景卢编。七言七十五卷，五言六言二十五卷，各百首，凡万。上之重华宫，可谓博矣。而多有本朝人诗在其中，如李九龄、郭震、滕白、王嵒、王初之属。其尤不深考者，梁何仲言也。"《文献通考》："后村刘氏曰：野处洪公编唐人绝句仅万首，有一家数百首并取不遗者，亦有复出者，疑其但取唐人文集、杂说，令人抄类而成书，非必有所去取也。"此书版本甚多。有101卷本，明嘉靖十九年陈敬学德星堂刻本，藏于北京图书馆；文学古籍刊行社（1954年成立，1989年后并入人民文学出版社）1955年影印该本流布于今。

19.《声画集》，孙绍远编。《四库提要》："《声画集》八卷，宋孙绍远编。绍远字稽仲，自署曰谷桥，未知谷桥何地也。所录皆唐宋人题画之诗，凡分二十六门：曰古贤、曰故事、曰佛像、曰神仙、曰仙女、曰鬼神、曰人物、曰美人、曰蛮夷、曰赠写真者、曰风云雪月、曰州郡山川、曰四时、曰山水、曰林木、曰竹、曰梅、曰窠石、曰花卉、曰屋舍器用、曰屏扇、曰畜兽、曰翎毛、曰虫鱼、曰观画题画、曰画壁杂画。"宋尤袤《遂初堂书目》，清初王士禛《渔洋书跋》，清乾隆《钦定续文献通考·经籍考》（下略称），清末缪荃孙《艺风藏书记》，傅增湘《藏园订补邵亭知见传本书目》《藏园群书经眼录》《双鉴楼善本书目》亦著录此书。今有清康熙间曹寅刊本（楝亭藏本）与四库全书本存世。

20.《唐僧宏秀集》，李龏编。《钦定续文献通考》："李龏《唐僧宏秀集》十卷。……是编乃选唐代释子之诗，凡五百首。前有宝祐六年龏自序。自皎然以下，凡五十二人。"《四库提要》沿用，并说"采撷颇富，而亦时有不检"。《北京图书馆善本书目》《中国善本书目》均有著录，有宋刻本现存台北"中央图书馆"。此外尚有明万历四十七年沈春泽刻本、明黄鲁曾刻本、明末毛氏汲古阁刻本等。

21.《翦绡集》，李龏编。《钦定续文献通考》："李龏《翦绡集》二卷。龏字和父，号雪林，菏泽人。……是编集唐人之句，上卷凡二十八首，皆古体，惟五律一首；下卷凡九十首，皆七言绝句。"《四库提要》类此，并补述："殆以艰于属对故耶！不及石延年、王安石、孔平仲所集多矣。"

22.※《众妙集》，赵师秀编。《四库提要》："《众妙集》一卷，宋赵师秀编。……是集录唐代五七言律诗，起沈佺期，讫王贞白，共七十六人，不甚诠次先后。五言居十之九，七言仅十之一。"《郡斋读书志》："《众妙集》一卷，右汴人赵师秀编沈佺期、卢象、王维、孟浩然、钱起、周贺、于武陵、李频、秦系、刘长卿、李嘉祐、杨巨源、刘得仁、朱庆馀、雍陶、郎士元、崔涂、皇甫曾、皇甫冉、包佶、司空曙、耿沣、严维、李端、韩翃、戴叔伦、卢纶、祖咏、綦毋潜、方干、灵一、无可、护国、贯休、岑参、张众甫、张南史、周朴、张蠙、张祜、李季兰、许浑、张佐、马戴、张循之、张继、章八元、李益、张乔、吕温、于鹄、崔颢、项斯、崔峒、包何、窦常、赵嘏、薛能、刘威、郑谷、韩偓、罗隐、李群玉、皮日休、杜荀鹤、张籍、任藩、刘商、杨发、处默、戎昱、于良史、王湾、林宽、刘禹锡、王贞白七十六人之作。"今有明末毛氏汲古阁本、四库全书本存世，台北故宫博物院即藏有汲古阁刊诗词杂俎本。

23.※《二妙集》，赵师秀编。《郡斋读书志》："《二妙集》一卷，右汴人赵师秀选贾岛、姚合诗也。"刘克庄《后村诗话》："亡友赵紫芝选姚合、贾岛诗为《二妙集》。其诗语往往有与姚、贾相犯者。按贾太雕镌，姚差律熟，去韦、柳尚争等级。"《铁琴铜剑楼藏书目录》："《二妙集》一卷，旧抄本。此书以赵师秀所编。二妙者，贾阆仙、姚武功诗也。"

24.※《三体唐诗》，周弼编。《四库提要》："《三体唐诗》六卷，宋周弼编。弼有《汶阳端平诗隽》，已著录。是编乃所选唐诗，其曰三体者，七言绝句、七言律诗、五言律诗也。首载选例，七言绝句分七格，一曰实接、一曰虚接、一曰用事、一曰前对、一曰后对、一曰拗体、一曰侧体；七言律诗分六格，一曰四实、一曰四虚、一曰前虚后实、一曰前实后虚、一曰结句、一曰咏物；五言律诗分七格，前四格与七言同，后三格一曰一意、一曰起句、一曰结句。"清初黄虞稷《千顷堂书目》及《钦定续文献通考》均著录。瞿启甲《铁琴铜剑楼藏书题跋集录》载，"《笺注唐贤绝句三体诗法》二十卷"。

25.《分门纂类唐歌诗》残本，赵孟奎编。原书卷帙浩繁，分八类，计有天地山川类三十二卷、朝会宫阙类八卷、经史诗集类三卷、城郭园庐类二十卷、仙释观寺类十二卷、服食器用类十一卷、兵师边塞类二卷、草木虫鱼类十二卷，共一百卷。已近乎四百多年后清代《全唐诗》的规模体量。《藏园订补郘亭知见传本书目》载："（增）宋赵孟奎编。孟奎字文耀，宋太祖十一世孙，宝祐丙辰文天祥榜进士，官至秘阁修撰。是编原书凡一百卷，自序云得一千三百五十三家，四万七百九十一首。此本依绛云楼旧藏过录，仅存天地山川类五卷，草木虫鱼类六卷。……缺佚虽多，然全书体例由是可推。……○阮氏以进呈。○粤雅堂刊本。（补）……宋刊本，十行十八字，白口，左右双栏。存天地山川类五卷，草木虫鱼类六卷，共十一卷。有毛扆、顾广圻等跋，瞿氏铁琴铜剑楼藏。此为仅存宋本，传世抄本均从此出。○清曹寅家影写宋刊本，十行十八字，存十一卷，即从前记宋刊本影出。余取宛委别藏本校之，乃知阮氏进呈时颇有改动……"[1]阮氏指阮元，从中可窥其版本源流。《铁琴铜剑楼藏书题跋集录》、吴寿旸《拜经楼藏书题跋记》（搜佚四册）亦有著录。

26.《分门纂类唐宋时贤千家诗选》二十二卷，刘克庄撰。《四库未收书目提要》云："宋刘克庄撰。克庄有后村集五十卷及诗话十四卷，四库全书已著录。兹其所选唐宋时贤之诗，题曰后村先生编集者，著其别号也。是书为向来著录家所未见。惟国朝两淮盐课御史曹寅曾刻入楝亭丛书中。……书分时令、节候、气候、昼夜、百花、竹林、天文、地理、宫室、器用、音乐、禽兽、昆虫、人品十四门，每门附以子目。大致如赵孟奎分类唐诗歌，所选亦极雅正，多世所脍炙之什。"缪荃孙《艺风藏书续记》、傅增湘《藏园订补郘亭知见传本书目》《双鉴楼善本书目》《藏园群书经眼录》亦著录。

27.※《唐百家诗选》，杨蟠撰。项士元《台州经籍志·总集类》载："《唐百家诗选》十卷，宋临海杨蟠编。今未见。"其按语云："王本已本《四库》。邵博《闻见后录》谓其书乃群牧司吏人定，蟠之删改，或亦因其冗杂之故欤？"王士禛《蚕尾续集》云："与王介甫所辑二十卷本微异。"有学者认为，"此本乃曾藏于汲古阁的南宋初年刻二十卷本残卷，因前有杨蟠序，被书贾挖补后冒充十卷完本，故被宋牼认定为杨蟠改窜的十卷"[2]。

28.※《唐五言诗》，佚名编。尤袤《遂初堂书目》有"《唐五言诗》"。袤为南宋初人，故此书当在北宋末或南宋初编成。

29.※《唐七言诗》，佚名编。《遂初堂书目·总集类》有"《唐七言诗》"。其成书年代同上。

30.※《唐贤诗范》，佚名编。《宋秘书省续编到四库阙书目》录有"《唐贤诗范》三卷"。

① 《藏园订补郘亭知见传本书目》，清莫友芝撰，傅增湘订补，傅熹年整理，中华书局，2009年，第1537—1538页。下引不赘。
② 陈斐《〈王荆公唐百家诗选〉版本源流考述》，南阳师范学院学报（社会科学版），2012年第11期。

此本在韩国发现，熙宁元年（1068）编，系现存最早宋人所编唐诗选本。

31.《精选唐宋千家联珠诗格》二十卷，于济、蔡正孙编。《藏园群书经眼录》曰："朝鲜古刊本，十行十七字，黑口单栏。题'鄱阳默斋于济德夫、建安蒙斋蔡正孙粹然编集。'选唐宋人七绝，摘其体格不同者，分类次列，且加以评语及增注，皆为初学肄习之用也。有蒙斋野逸叟蔡正孙序。"①杨守敬《日本访书志》《留真谱初编》、李盛铎《木樨轩藏书题记及书录》皆著录。今有明弘治十五年（1502）朝鲜刊本，藏于台北故宫博物院。

32.《诗翼》，何无适、倪希程撰。《四库提要》："《诗翼》四卷，旧本题宋何无适、倪希程同撰。……杂撮唐杜甫、李白、陈子昂、韦应物、韩愈、柳宗元、权德舆、刘禹锡、孟郊、宋苏轼、黄庭坚、欧阳修、王安石、陈师道、陈与义、秦观、张耒、郭祥正、张孝祥诗为四卷，而以陆游一首终焉，命曰《诗翼》。"并认为此书是伪作，姑置此存疑。明初杨士奇《文渊阁书目》存目"《唐宋诗翼》一部一册"，该书不署撰者。

33.《唐初四家集》。《藏园订补郘亭知见传本书目》："（补）《唐初四家集》八卷。明刊本，十行十八字。收王勃、杨炯、卢照邻、骆宾王四家，每家二卷，有赋、诗而无文。前宝庆元年谢枋得序。"《藏园群书经眼录》说，此本"雕刻甚精整"。但均未提编者。疑为序者（谢枋得）所编。

34.《章泉涧泉二先生选唐人绝句》。《藏园订补郘亭知见传本书目》："（增）《章泉涧泉二先生选唐人绝句》五卷，赵蕃、韩淲同编，谢迭山注，胡次焱笺。○明宣德甲寅刊。○近有重刊本。○嘉庆末阮氏曾进呈。（补）《注解章泉涧泉二先生选唐人绝句》五卷，赵蕃、韩淲编，谢枋得注。明刊本，八行十六字，白口，左右双栏，注双行低一格十五字。有谢枋得序。"《藏园群书经眼录》著录为"《注解章泉涧泉二先生选唐人绝句》"。此书版本甚多，如日本弘化四年（1847）三余堂刻本，藏于上海图书馆。复旦大学图书馆有清光绪八年（1882）京都豫章别业《谢迭山先生评注》四种合刊本，题作《叠山先生注解章泉涧泉二先生选唐诗》）。

35.《丽则集诗》。《铁琴铜剑楼藏书目录》："《丽则集诗》三十五卷，宋刊本。不著编辑姓氏，亦无序跋。方虚谷谓吕成公所纂。盖因成公有《丽泽集说》也。凡《乐府》一卷，《文选》一卷，陶靖节一卷，王无功、沈佺期、陈伯玉、孟浩然、王摩诘、张说之、高达夫、储光羲一卷，杜子美四卷，李太白、元次山、韦应物一卷，钱起、李嘉祐、刘长卿、武元衡、韩退之一卷，孟东野、张文昌、卢仝、刘叉、李长吉、贾岛一卷，柳子厚、刘梦得、吕化光、李益一卷，元微之、白乐天一卷，杜牧之、王建、李文饶、张祜、李义山、温庭筠、姚合、方干、鲍溶、陆鲁望、郑谷、罗隐、许用晦一卷，王荆公《唐百家诗选》一卷，本朝四言古诗一卷，乐府歌行附杂言二卷，五言古诗六卷，七言古诗一卷，五言律诗二卷，七言律诗三卷，五言绝句一卷，七言绝句三卷，杂体诗一卷。"《铁琴铜剑楼宋金元本书影》类同。

---

① 傅增湘《藏园群书经眼录》（第 2 版），中华书局，2009 年，第 1245—1246 页。下引不赘。

36.《王摩诘诗集评》七卷，刘辰翁评。选王维诗，今存，有明万历凌濛初朱墨套印本、明人汇刻《刘须溪批评九种本》等。刘辰翁，南宋末诗人。字会孟，号须溪。吉州庐陵（今江西吉安）人。景定进士，入元不仕。评点杜甫、王维、李贺等诸家之作，开后代评点风气。有《须溪集》《须溪词》存世。

37.《孟浩然诗集评》二卷，刘辰翁评。选孟浩然诗，今存。亦有清光绪己卯（1879）年孟春碧琳琅馆重刻本，将王、孟二诗合为《王孟诗评》，其中王诗七卷，分别为五古、七言歌行、五律、七律、五言排律、五绝（六绝附）、七绝；孟诗分上下两卷，卷上为五古、五律，卷下为五律（排律附）、七古、七律、五绝和七绝。

杜甫（清《晚笑堂画传》）

38.《杜工部诗集评》二十卷，刘辰翁编。选杜甫诗，今存，有明人汇刻《刘须溪批评九种本》。

39.《李长吉歌诗评》四卷，刘辰翁编。选李贺诗，今存，有明人汇刻《刘须溪批评九种本》。

40.※《唐名僧诗》，佚名编。《宋秘书省续编到四库阙书目》著录，"《唐名僧诗》一卷"。视其书名，当亦专选唐代僧人之诗。

41.※《唐三十二僧诗》，佚名编。《宋史·艺文志》著录，"《唐三十二僧诗》一卷"。视其书名，当亦专选唐代僧人之诗。

42.※《唐诗该》，张九成撰。九成字子韶，钱塘（今浙江杭州）人。《光绪杭州府志·艺文志》载："《唐诗该》，宋钱塘张九成撰。"《海宁州志稿·艺文志》亦云，"宋张九成……《唐诗该》"。卷数不详，今不传。

43.《唐杂诗》，佚名编。《宋史·艺文志》著录，"《唐杂诗》一卷"。明柯维骐《宋史新编·志四十》云："《唐杂诗》一卷"。

44.《唐省试诗集》，佚名编。《宋史·艺文志》云，《唐省试诗集》三卷"。明柯维骐《宋史新编·志四十》著录，"《唐省试诗集》三卷"。

45.《唐诗续选》，刘充编。《宋史·艺文志》云，"刘充《唐诗续选》十卷"。明柯维骐《宋史新编·志四十》载，"刘充《唐诗续选》十卷"。但续何人之唐诗选本不详。

46.《杭越寄和诗集》，佚名编。《宋史·艺文志》载，"元稹、白居易、李谅《杭越寄和诗集》一卷"。故知此集为元白李三人唱和之集。

47.《唐十九家诗》，佚名编。《宋史·艺文志》著录，"《唐十九家诗》十卷"。

48.《唐宋诗后集》，佚名编。《宋史·艺文志》著录，"《唐宋诗后集》十四卷"。

49.《大唐风雅》，孙伯温编。《南昌府志·艺文志》载："孙伯温……《大唐风雅》四卷"。《丰城县志·艺文志·书目》亦载。明章潢《(万历)新修南昌府志》、清谢旻《(康熙)江西通志》均有传，略云："孙伯温，字南叟，丰城人。幼端庄，读书敏悟，绍兴进士。调龙城教官，改知新昌县。……博学，工诗文，有集若干卷。"

50.《唐诗选》，曾几撰。元杨士弘《唐音序》云："余自幼喜读唐诗，每慨叹不得诸子之全诗。后观诸家选本，载盛唐者独《河岳英灵集》……他如洪容斋、曾茶山、赵紫芝、周伯弼、陈德新诸选，非所择不精，大抵略于盛唐而详于晚唐也。"① 此书不传，卷数不详。曾几，赣州人。字吉甫、志甫，号茶山居士，南宋诗人，有《茶山集》。

51.《唐五七言绝句》，刘克庄编。《四库未收书目提要》："案：《后村大全集》内有《唐五七言绝句选》及《本朝五七言绝句选》《中兴五七言绝句选》三序，或锓版于泉、于建阳、于临安，则克庄在宋时固有选诗之目，此则疑当时辗转传刻，致失其缘起耳。"《唐五七言绝句》序云："余家童子初入塾，始选五七言各百首口授之。切情诣理之作，匹士寒女不弃也，否则巨人作家不录也。惟李、杜当别论。"从上可知此书清乾嘉时已佚，但从刘序中能一窥其概貌。清莫友芝《郘亭知见传本书目》抄阮元按语。

52.《唐绝句续选》，刘克庄编。其《序》曰："余尝选唐绝句诗，即刻行于莆、于建、于杭。后十余年，觉前选太严而名作多所遗落。或徼余曰：子徒知病野处之详，而不知议者病后村之略也。余曰：谨受教。乃汇诸家五七言，各再取百首，名《续选》。内五言仅得七十首，以六言三十首足之。……"② 此本亦佚。

53.《续唐绝句》，时少章编。胡应麟《诗薮》杂编卷五："《正传诗话》又记：时于洪景卢《万首唐绝》外，更集得一千二百篇，名《续唐绝句》。其学该洽又如此，惜今不传。"近人胡宗懋《金华经籍志》亦载。时少章，字天彝，号所性，南宋金华人；师吕祖谦，为吕门得意弟子。吴师道，字正传，亦金华人；元代学者，以礼部侍郎致仕，有《吴礼部文集》。

54.※《赘笺唐诗绝句》，胡次焱编。此书一名《唐诗绝句附注》，《徽州府志·艺文志》载，"婺源胡次焱……《唐诗绝句附注》一卷"。《四库总目·梅岩文集》条下云："次焱字济鼎，号梅岩，晚号余学。……在宋元作者中，尚未能自辟门户，而其人有陶潜栗里之风，故是集至今犹传。集中有《赘笺唐诗绝句序》，称叠翁注《章涧二泉先生选唐绝句》，次焱复为赘笺。"今存明正德十三年(1518)刊本，分藏于中山大学图书馆和宁波天一阁。

55.《批唐百家诗选》，王安石编，时少章批。《吴礼部诗话》载："时天彝诗见下卷，其书《唐百家诗选》后诸评，深知唐人诗法者也，悉录于后。"

56.《唐四家诗》三十二卷，佚名编。《嘉业堂藏书志》载："《王摩诘集》《孟浩然集》

---

① 载张宏生、于景祥《中国历代唐诗书目提要》，辽海出版社，2014年，第193—194页。

② 载曾枣庄、刘琳编《全宋文》(第329册)《刘克庄》，上海辞书出版社，2006年，第142页。刘文下引不赘。

《高适集》《岑嘉州集》，源出于宋，刊刻精雅，又为善本。"

57.《**唐诗纪事**》，计有功撰。《四库提要》载："《唐诗纪事》八十一卷，宋计有功撰。有功字敏夫，其始末未详。……是集乃留心风雅，采摭繁富，于唐一代诗人，或录名篇，或纪本事，兼详其世系爵里，凡一千一百五十家。"胡震亨《唐音癸签》卷三十一云："计氏此书，虽诗与事迹、评论并载，似乎诗话之流，然所重在录诗，故当是编辑家一巨撰。"《千顷堂书目》《钦定续文献通考》《天禄琳琅书目》《嘉业堂藏书志》均载此书。

58.《**竹庄诗话**》二十四卷，何汶撰。《四库提要》云："不著撰人名氏。钱曾《读书敏求记》记曰：竹庄居士，不知何时人。遍搜古今诗评杂录，列其说于前，而以全首附于后，乃诗话中之绝佳者。考《宋史·艺文志》有何溪汶《竹庄诗话》二十七卷，盖即此书。惟今本二十四卷，其数少异。或传写佚其三卷，或后人有所合并，或《宋史》误四为七，均未可知。然出自宋人则无疑也。是书与蔡正孙《诗林广记》体例略同，皆名为诗评，实如总集。使观者即其所评与原诗互相考证，可以见作者之意旨，并可以见论者之是非。视他家诗话但拈一句一联而不睹其诗之首尾，或浑称某人某篇而不知其语云何者，固为胜之。惟正孙书以评列诗后，此以评列诗前，为小变耳。"余嘉锡《四库提要辨证》曰："元方回《桐江集》卷七有《竹庄备全诗话考》云：'《竹庄备全诗话》二十七卷，开禧二年丙寅处州新德安府教授何汶所集也。第一卷载诸家诗话议论，第二十六、二十七卷摘警句，中皆因诸家诗话为题，而载其全篇，不立己见己说，盖已经品题之诗选也。'……汶为何澹之群从昆弟，澹字自然，处州龙泉人，《宋史》卷三百九十四有传。其兄弟皆单名，从水，《艺文志》题为何溪汶者，误也。疑溪为汶之别号，脱去一字。汶于诗话虽附录全篇，而所摘警句仍只是一句一联，《提要》遽以为皆可睹其诗之首尾，胜于他家，知其匆匆翻阅，未及终卷矣。"①

59.《**诗林广记**》，蔡正孙撰。《四库提要》载："《诗林广记》前集十卷，后集十卷，宋蔡正孙撰。……其书前集载陶潜至元微之共二十四人，而九卷附录薛能等三人，十卷附录薛道衡等五人。后集载欧阳修至刘攽二十八人，止于北宋。……两集皆以诗隶人，而以诗话隶诗。各载其全篇于前，而所引诸说则下诗二格，条列于后，体例在总集诗话之间。"

60.《**古今诗统**》，刘辰翁编。明朱睦㮮《万卷堂书目》："《古今诗统》六卷，刘辰翁。"明末王道明《笠泽堂书目》曰："《古今诗统》二册，刘辰翁编。"（见《稿抄本明清藏书目三种》）清初倪灿《补辽金元艺文志》："刘会孟《古今诗统》六卷。"《千顷堂书目》、清钱大昕《元史艺文志》、清魏源《元史新编·艺文志》等均言"六卷"。观其书名，当为通代诗选，既然是"古今诗统"，自然不会不含唐诗。

61.《**诗林万选**》，何新之编。明王圻《续文献通考》："《诗林万选》，何新之著。新之，西安（在今浙江衢州）人。仕至枢密院编修，采唐宋诗为此书。"清厉鹗《宋诗纪事》：

"新之字仲德，号横舟。……后知忠安军，死节。有《诗林万选》。"《万卷堂书目》《千顷堂书目》《补辽金元艺文志》与清龚曾筠《浙江通志·经籍》等俱有记载。

62.《续本事诗》，待考。宋郑樵《通志·艺文略》载，"《续本事诗》二卷"，未言撰者。《宋史·艺文志》亦同。《郡斋读书志》曰：《续本事诗》二卷。右伪吴处常子撰，未详其人。自有序云：比览孟初中《本事诗》，辄搜箧中所有，依前题七章类而编之。然皆唐人诗也。"陶宗仪《说郛》则谓是"聂奉先《续本事诗》"，其"市语"条云："今时市语答人真实事，则称'见来'。此语盖已久矣，坡赠黄山人诗云：'面颊照人元自白，眉毛覆眼见来乌。'以此。"[1]可见亦述及宋诗。

63.《临川集咏》，郑彦国编。宋谢逸《溪堂集·临川集咏序》曰："山川之胜，风物之美，有目者皆可见，有口者皆可言。至于声之笔舌，曲尽其妙，垂于后世，而传之无穷，非工于诗者不能也。临川在江西，虽小邦，然濒汝水为城，而灵谷、铜陵诸峰，环列如屏障，四顾可抱。昔有王右军、谢康乐、颜鲁公之为太守，故其俗风流儒雅，喜事而尚气。有晏元献、王文公之为乡人，故其党乐读书而好文词，皆知尊礼。搢绅士大夫，自古及今游是邦者，不知其几人矣，皆湮灭无闻，独形于篇什者，可考而知也。郡人郑彦国，得其诗数百首，编为五卷，名之曰《临川集咏》，后之君子欲知此邦山川之胜，风物之美，不必登临周览，展卷可知也。"

64.《韦孟全集》，刘辰翁批点。《中国古籍善本书目·总集类》曰："《韦孟全集》七卷，宋刘辰翁批点，明袁宏道评，明刻本。《韦苏州集》五卷，唐韦应物撰；《孟襄阳集》二卷，唐孟浩然撰。"

65.《碛砂唐诗》，周弼选，圆至注。《四库总目·唐诗说》提要："考都穆《南濠诗话》曰：'长洲陈湖碛砂寺，有僧魁天纪者居之，与高安僧圆至友善，尝注周伯弼所选《唐三体诗》，魁割其资，刻置寺中，方万里特为作序，由是《三体诗》盛传人间。今吴人称《碛砂唐诗》是也。'则其来已久矣。"作序者方万里，字子万，严州（今浙江建德）人，奉母寓于吴。宁宗嘉定四年（1211）进士，《全宋诗》存诗二首。《北京师范大学图书馆中文古籍书目》云有："清三经堂刻本，四册。"

66.《文苑英华》一千卷。《四库简明目录·总集类》："宋太平兴国七年，李昉等奉敕撰。盖以续《昭明文选》，故《文选》讫于梁初，此书即托始梁末，而下迄于唐。然南北朝之文十之一而弱，唐代之文，十之九而强，往往全部收入。"《郡斋读书志》："《文苑英华》一千卷……雍熙三年十二月壬寅上之，赋五十卷，诗一百八十卷，歌行二十卷……"唐诗当不在少数。

67.《乐府诗集》一百卷，郭茂倩编。《郡斋读书志》曰："（该书）取古今乐府，分十二门。"《四库提要》："是集总括历代乐府，上起陶唐下迄五代，凡郊庙歌词十二卷、燕射歌词三卷、鼓吹曲词五卷、横吹曲词五卷、相和歌词十八卷、清商曲词八卷、舞曲歌词

---

① ［元］陶宗仪《说郛》卷八十，清文渊阁四库全书本。

五卷、琴曲歌词四卷、杂曲歌词十八卷、近代曲词四卷、杂谣歌词七卷、新乐府词十一卷。其解题征引浩博、援据精审，宋以来考乐府者无能出其范围。"所选唐代乐府诗，蔚为大观。

68.《千家诗》，谢枋得编。明清以来坊间流传的蒙学读物《千家诗》，有题作谢枋得编选者，应系托名之作。清梁章钜《浪迹续谈》："今村塾所谓《千家诗》，上集七言绝八十三首，下集七言律三十九首，大半在后村选中。盖据其本而增删之，故诗仅数十家，而仍以千家为名。下集忽有明太祖送杨文广征南之作，又或作《赠毛伯温南征》，实不可解。可知增删之者，出自明人也。"[①]因如今市面署作宋谢枋得与明（或清）王相《千家诗》合刊的版本颇多，故录而存之。

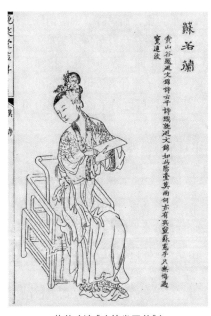

苏蕙（清《晚笑堂画传》）

69.《回文类聚》，桑世昌编。陈振孙《直斋书录解题》："《回文类聚》三卷，桑世昌泽卿集。以璇玑图为本初，而并及近世诗词，且以至道御制冠于篇首。"《文献通考》因之。《宋史·艺文志》、钱谦益《绛云楼书目》、孙星衍《孙氏祠堂书目内编》、清末丁立中《八千卷楼书目》、傅增湘《藏园订补郘亭知见传本书目》等亦载。《四库提要》所述尤详："《回文类聚》四卷，补遗一卷，宋桑世昌编。世昌有《兰亭考》已著录。考刘勰《文心雕龙》曰'回文所兴，则道原为始'。梅庚注谓'原'当作'庆'，宋贺道庆也。盖其时《璇玑图诗》未出，故勰云然。世昌以苏蕙时代在前，故用为托始，且绘像于前。卷首以明创造之功，其说良是。然《艺文类聚》载曹植《镜铭》八字，回环读之无不成文，实在苏蕙以前，乃不标以为始，是亦稍疏。又苏伯玉妻《盘中诗》，据《沧浪诗话》。

自《玉台新咏》以外，别无出典。旧本具在，不闻有图。此书绘一圆图，莫知所本。考原诗末句，称当从中央周四角，则实方盘而非圆盘，所图殆亦妄也。唯是咏歌渐盛，工巧日增，诗家既开此一途，不可竟废，录而存之，亦足以资博洽。是书之末，有世昌自跋，称至道御制登载卷首。此本无之，殆传写佚脱欤。其补遗一卷，则国朝康熙中苏州朱存孝所采，兼及明人。然于明典故中所载御制回文诗三十图在耳目前者，即已不收，则所漏亦多矣。姑附存以备参考云尔。"今存四卷本明万历四十四年刻本，藏北京图书馆。此乃关于回文诗的专门选本。

---

① 载孙锦标《通俗常言疏证·千家诗》，邓宗禹标点，中华书局，2000版，第470—471页。

70.《诗准》四卷，何无适、倪希程辑。《藏园群书经眼录》："《诗准》四卷，宋何无适、倪希程辑，存二卷。宋刊本，半叶十一行，行十八字，白口，左右双栏。版心上记字数及刻工人名，有李林、王昭等字，鱼尾下标'诗'一字。首行题'诗准卷之一'，次行顶格阴文题'歌诗正体'，以下凡笾铭各类标题均用阴文。三行低一格题'雅比'二字，加墨圈，以下风雅颂等亦加墨圈以别之。空一格，'虞书帝庸作歌曰'云云。"此宋本今藏国家图书馆。《藏园订补郘亭知见传本书目》、张元济撰（顾廷龙续）《涵芬楼烬余书录》亦录。

71.《昆山杂咏》三卷，龚昱编。《中国版刻图录》："《昆山杂咏》，宋龚昱辑，宋开禧三年昆山县斋刻本。……八行，行十五字。白口，左右双边，录唐宋人歌咏昆山名胜物产之作。"《文渊阁书目》、明焦竑《国史经籍志》、清汪士钟《艺芸书舍宋元本书目》，及《铁琴铜剑楼宋金元本书影》《藏园群书经眼录》等均著录。此宋本今藏国家图书馆。[①]

第四节　宋代唐诗选本综论

宋代唐诗选本当然不止上述种种，大多未见流布，亦未见著录于典籍或书目，恐怕应归结于历史的原因。明代胡应麟在《诗薮》外编卷三谈唐诗选本时曾言："要皆唐末五代人所集。当宋盛时，相去不远，存者应众。第尤延之蓄书最富，《全唐诗话》已无一见采；计敏夫撼拾甚详，《唐诗纪事》亦俱不收；至陈、晁二氏书目概靡谈及者，则诸选自南渡后，湮没久矣。姑识此，以资博洽。宋苏易简、晏同叔有选，今惟洪景卢、赵昌父等十余家传云。"所言极是。不过较之唐代而言，宋代的唐诗选本当然有自己的独特风貌，显示着宋人的眼光与识鉴，在整个中国古代文学批评史上也呈现着新异的光彩，体现着宋代选诗家的诗学观点、批评意识与批评方法，也体现着选本这种批评模式在新的时空条件下演进嬗变的轨迹。

一、关于选家身份的变化

作为文学批评方式之一的诗文选本，同创作本身一样，必然会昭示着创作主体即作家，与批评主体即选家的社会属性与文化归属，宋代自然也不例外。据陈尚君先生《唐人编写诗歌总集叙录》，唐代有唐诗选本大约130多种，在100多位选家中，大多为一般的文人学者。或者换句话说，选家大多秉持民间立场，意识形态色彩不是特别突出。与前代相比，宋代选家的身份基本上保持了一贯的民间立场和民间身份，但在新的历史条

---

① 　参阅张智华《南宋唐诗选本叙录》，载《文献》季刊，2000 年第 1 期。

件下，也有一些新的现象和新的情况出现，呈现出一种与社会生活和创作本身一样繁复的多样性与丰富性。

首先，主流意识形态的彰显。就目前所知，在宋代的唐诗选家中，王安石是颇具特色的。作为一位举足轻重的政治家，其所奉行的无疑是功利主义文学观。他的《四家诗选》《唐百家诗选》就是这种指导思想的下的产物。

《四家诗选》选李白、杜甫、韩愈、欧阳修四家诗，四家的次序先后是杜甫、欧阳修、韩愈、李白，推崇的是杜甫那种"悲欢穷泰，发敛抑扬，疾徐纵横，无施不可"的精神，而不满意于李白的"豪放飘逸"。[①] 个中原因自然不难明白。杜甫"致君尧舜上，再使风俗淳"(《奉赠韦左丞丈二十二韵》)的强烈用世之心以及被称为"诗史"的"三吏""三别"等诸多篇什，与其说是与荆公自己的文学思想合拍，还不如说是与其政治理念相一致更为恰当，杜甫、欧阳修、韩愈这些极力鼓吹儒家正统观念的人物，能受到他的推崇自然不言而喻。至于李白的受冷落，也并不难理解。联系王安石"有补于世"的功利主义文学观及其位居宰辅的政治地位与文化身份，这一点就会豁然开朗。当然，李白的诗歌成就毕竟是一个客观的存在，王安石对此不能视而不见，还是给予了足够的评价，这也可见荆公的胸襟与器识。

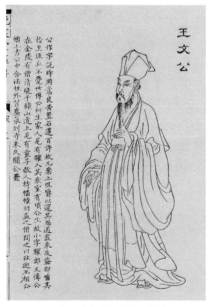

王安石（清《晚笑堂画传》）

《唐百家诗选》是王安石的另一部重要选本，尽管其选录旨趣受人诟病之处甚多，但并非"不可解"，根源仍与其彰显主流意识形态的功利主义文学观密不可分。宋初"西昆体"的盛行，于世无益已是不争的事实，对此，王安石当然不会袖手旁观。此选多取苍老一格，似欲矫其所失。明何良俊《四友斋丛说》卷二十四说此编"大半是晚唐诗"[②]，胡应麟《诗薮》外编卷四说其"缺略初盛"。但这也不能孤立地看，而应将《唐百家诗选》与其《四家诗选》合而观之，则荆公心意自明。此外，荆公面对盛唐诗坛空前绝后的繁荣，不甘人后，意欲为宋代诗坛别开一新生面的自信也隐然其中，大家固然值得追慕仿效，但一味模仿，势必失掉自己，还不如不立法式、自由发挥了，这样或许倒还可以开出一条新路。

---

① 本句对李、杜的评语原出自宋范正敏《遁斋闲览》，此书今已无传本。后或最早记载于宋胡仔《苕溪渔隐丛话》(下简称《渔隐丛话》)前集卷六《杜少陵》，清文渊阁四库全书本。胡仔此著，下引不赘。

② ［明］何良俊《四友斋丛说》，中华书局，1959年，第216页。下引不赘。

洪迈无疑也是体现主流意识形态的选家之一。据《宋史·洪迈传》载，洪迈曾"预修《四朝帝纪》，进敷文阁直学士……寻以端明殿学士致仕，是岁卒，年八十。卒赠光禄大夫，谥文敏"(中华校订本)[①]。是一位可以接近权力中心的文学侍臣，《万首唐人绝句》就是进呈孝宗皇帝御览的。其自述："向所进唐诗绝句，选择甚精，备见博洽。今赐茶一百夸，清馥香一十贴，熏香二十贴，金器一百两"，可谓备极恩宠；在谢表中，洪迈表达了对圣恩眷顾的感激之情，"即时出城迎拜，还家望阙谢恩"，"光塞门阑，欢倾里社"，"允谓非常之赐，真为不朽之荣"。[②] 从唐人选唐诗，一直到宋人、明清人选唐诗，选家受到这样的隆遇是不多见的。

　　《万首唐人绝句》的取材途径，主要来源是作家别集，洪《序》云："考《艺文志》所载，以集著录者，几五百家"；再是当时流行的各种小说、传记等，"又取郭茂倩《乐府》，与稗官小说所载仙鬼诸诗，撮其可读者，合为百卷"。此外当然也还包括当时流行的唐人小说，其中夹杂大量诗歌的作品屡见不鲜，所在多有，如何延之《兰亭始末记》、沈亚之《秦梦记》、佚名的《感异记》《唐晅》、张鷟《朝野佥载》中的《武承嗣》等，也成为其取材的对象。他在《万首唐人绝句序》中还提到了他选录绝句的又一对象，即郭茂倩的《乐府诗集》。《乐府诗集》共一百卷，分郊庙、燕射、横吹、鼓吹和清商曲辞等十二类。其中"新乐府辞"是唐代诗歌，共十一卷，约五百首诗，多为名家，如王维、李白、杜甫、张九龄、王昌龄、孟郊、贾岛、白居易、杜牧、李商隐、刘禹锡、温庭筠、李贺等。所选诗作亦多名篇，像李白《静夜思》、杜甫《哀江头》《悲陈陶》《悲青坂》《哀王孙》《兵车行》、卢纶《塞下曲》六首等。

　　其次，南宋末期"四灵诗派"及其《众妙集》《二妙集》的出现，是知识精英阶层在剧烈的社会动荡中被逐渐边缘化的结果，带有浓郁的下层知识分子审美理想的色彩。彼时政局动荡，国势日颓，文学也每况愈下。"永嘉四灵"的布衣身份，沦落不偶的生活境遇，自然使得他们的诗风清苦冷僻，器局狭小，独尊晚唐贾岛、姚合等人清苦诗风为圭臬，专于格律，意平语诡，而多伧气。由于主清切、镂小景，刻画太盛而流于纤仄。故《四库总目》对四灵之一徐照《芳兰轩集》所撰的提要云："盖四灵之诗，虽镂心鉥肾，刻意雕琢，而取径太狭，终不免破碎尖酸之病。"

　　而被推为"四灵之冠"的赵师秀与其编选的《众妙集》，《四库提要》评价："……起沈佺期、讫王贞白、共七十六人，不甚诠次先后。……师秀之诗，大抵沿溯武功一派，意境颇狭，而是集乃以风度流丽为宗，多近中唐之格。"《二妙集》亦为赵师秀所编，专选贾岛、姚合二家之诗。这两部选本，如前所述，得到的评价都不甚高。宋赵汝回《瓜庐诗序》评四灵诗说，"冶择淬炼，字字玉响，杂之姚、贾中，人不能辩"[③]，专以炼句为

① [元]脱脱等《宋史》(全四十册)，中华书局，1977 年，第 11573—11574 页。下引不赘。
② [宋]洪迈《万首唐人绝句·重华宫投进札子》，清文渊阁四库全书本。下引不赘。
③ 祝尚书《宋集序跋汇编》(全五册)，中华书局，2010 年，第 1929 页。

工，而句法又以练字为要。基本上贯彻了赵师秀本人及其"四灵诗派"的诗学理想和审美取向。

第三，理学家的参与使宋代选家带上了某些理学化的色彩。"理学"指的是宋代周、程、朱、陆及明代王阳明探讨性、理、道、器等问题的儒家哲学思想。作为宋代学术思想的理学对宋代文学的影响不可谓不大，因而文学与理学的联系也就不可避免。当然，理学家、政治家、古文家，以至诗人、选家的身份未必是单一的，有时可以是双重的、交叉的，只是侧重点不同而已。譬如以"二程"为代表的理学家，其文学观明显是呈现重"道"尚"理"的特点，贯彻在选本批评中，就是强调以理为宗的选择标准，崇尚理趣，追求平淡。真德秀《文章正宗纲目序》开宗明义："正宗云者，以后世文辞之多变，欲学者识其源流之正也……夫士之于学，所以穷理而致用也，文虽学之一事，要亦不外乎此。故今所辑，以明义理、切世用为主，其体本乎古、其指近乎经者，然后取焉，否则辞虽工亦不录。"① 故在理学家看来，"穷理致用"才是文章的"正宗"。吕祖谦《古文关键》、楼昉《崇古文诀》、谢枋得《文章轨范》等，大致不出这种路数，唐诗选家身份之变化不过是这种变化体现之一。

赵蕃（1143—1229）、韩淲（1159—1224）皆宋室南渡后生人（都生在上饶），祖籍均在中原。他俩合选的《选唐人绝句》，在二位故世多年之后，得另一位堪称后辈乡亲的文人志士谢枋得（1226—1289，宋亡被俘，绝食死节）看重并注解，广为传布，可谓幸焉。此书有多种书目著录（见前述），《四库未收书提要》云："案：章泉者赵蕃，字昌父，涧泉者韩淲，字仲止，皆江西上饶人。为清江刘子羽之门弟子。当时名人魁儒，如叶适，汤汉皆推重之。此书五卷，自韦应物至吕洞宾，共五十四人，计诗一百单一首，皆七言绝句也。而李白、杜甫、韩愈、元稹之流皆不在选。惟刘禹锡选至十四首，为最多。其余诸家皆寥寥，盖其体例出于唐人，故与《极玄集》之类相似。枋得之注，能得唐诗言外之旨，可以为读唐诗者之津筏。卷端有枋得自序，序为建安王道可而发。此书世罕传本，惟钱曾《也是园书目》有之，而不载于《敏求记》。枋得之书，传世甚少，《宋史》本传、艺文志皆不载。书以人重，不仅以罕觏为珍也。"清范邦甸《天一阁书目》、清丁丙《善本书室藏书志》等亦著录。不过，谢注颇得唐人意旨，能为读者指点门径。

明谢榛《四溟诗话》云："赵章泉、韩涧泉所选唐人绝句，惟取中正温厚，闲雅平易。若夫雄浑悲壮，奇特沉郁，皆不之取。惜哉！"② 但大致说来，南宋人更看重所选诗人诗作中体现出来的理趣，以及语言风格上的平易，这些都与理学家的价值取向有近似之处，对于丰富文学审美风格的多样具有某种促进意义。

理学家的文学观重道轻文，穷理致用，追求平淡，是一种明显的功利主义和实用主义文学观。这种价值取向，对于宋代文学的影响几乎无处不在，如盐入水中，似无实

① 载曾枣庄、刘琳编《全宋文》（第 313 册），上海辞书出版社，2006 年，第 177 页。下引不赘。
② 载丁福保《历代诗话续编》（全三册），中华书局，1983 年，第 1161 页。下引不赘。

有，倘若一一具体坐实，殊非易事。

　　第四，宋代诗文选家的多样化，还可以从"江湖诗派"的得名得到新的阐释。江湖本是布衣隐士的栖居之所，江湖诗人多为落第的举子，或仕进蹭蹬的仕宦，其生存方式介于官与民之间。由于功名难遂，进退无据，只得流寓江湖，靠献诗卖艺来维持生活。或游走干谒于公卿权要之门，或结友招群于市井之间，摹写山林，交游唱和，故称为"江湖派"。艺术上都反对江西诗派而崇尚晚唐诗，但格局较四灵稍开阔，取材较广泛，表现手法也较灵活多样。语言上强调通俗，但又认为"资书以为诗失之腐，捐书以为诗失之野"（刘克庄《韩隐君诗序》）。宋宁宗时中过解元的陈起，与江湖派的得名有直接关系。此人一边在临安开设书坊，刊刻并出售书籍，一边作诗会友，与这些江湖诗人往来酬唱，并编选他们的作品刊刻出版，彼此保持着密切的关系。其书肆为江湖诗人提供了一个发表作品、切磋诗艺的平台。宝庆元年（1225），他刊刻的《江湖集》问世，遂使"江湖诗派"得以确立其诗坛地位。这些也从一个侧面反映了宋代文人与商业文明的结盟，文化资本与商业市场的联姻，给文化的传播带来了新的影响和机遇，这是前代所没有的新气象。

　　刘克庄，字潜夫，号后村，莆田（今属福建）人。一生历孝宗、光宗、宁宗、理宗、度宗五朝，是江湖诗人中官位最高、年寿最长、阅历最为丰富的作家。他编选的《分门纂类唐宋时贤千家诗选》22卷，分14门、133类、442目。选录唐、五代和宋诗人556家，作品1 481首。此编因颇具特色而流传甚广，成为名选。

　　此外，他还编选了《唐五七言绝句》《唐绝句续选》，二书均佚。

　　《唐绝句续选序》曰："（续前述）盖六言犹难工，柳子厚高才，集中仅得一篇，惟王右丞、皇甫补阙所作绝妙，今学古者所未讲也。使后世崇尚六言自余始，不亦可乎？前选未选李、杜，今并屈二公印证。宝祐丙辰秋，后村序。"可见此书之概貌与去取趋向。

　　由于选家的身份不同，他们的诗学倾向也不尽相同，因而在选本中也就体现出不同的去取标准和各异的审美取向，呈现着种种的形态与多样的风貌，使得唐诗选本这个独特的文化和文学园地琳琅满目，色彩缤纷。

　　总而言之，宋代唐诗选本这种独特的文化和文学现象，其背后的文化动因错综而复杂，深远而悠久，是一个值得深入研究和探讨的重要课题，需要我们不断的深入开掘，继续探索，庶几可以近之。

二、选本数量在时代先后及地域上的南北差异

　　就时代先后而言，北宋唐诗选本的数量不如南宋，质量上也难以比肩。北宋时影响最大的唐诗选本无疑当属王安石的《百家诗选》和《四家诗选》。这一方面是由于王安石在文坛及政坛上举足轻重的地位而得以认定，另一方面也是选本自身的质量所决定。而南宋有影响的唐诗选本则不胜枚举，如洪迈《万首唐人绝句》、刘克庄《分门纂类唐歌

诗》、周弼《三体唐诗》、柯梦得《唐绝句选》、谢枋得《注解章泉涧泉二先生选唐人绝句》、赵师秀《众妙集》《二妙集》等，都是颇有影响的唐诗选本。原因固然很多，但其中一个重要的原因恐怕也不容忽视，那就是技术因素。印刷术虽然在北宋一直承袭唐代的雕版印刷技术，但效率极为低下。宋初在成都雕刻印刷《大藏经》共1 076部、5 048卷，仅雕版就有13万块，耗时十二年才完成，人力物力消耗之大就更难以计数。仁宗庆历年间（1041—1048），毕昇发明了活字印刷术，成为印刷技术史上的一个里程碑，也是人类文明史上的重要事件。但是一种新技术的发明推广，并非一朝一夕之事，需要假以时日。所以直到南宋，唐诗选本的大量涌现与传播媒介和传播工具的改善等技术因素恐不无关系。至于地域上差异造成宋代南北方在唐诗选本数量上的不平衡，呈现南多北少之势，本文稍后的部分将从政治文化中心的南移及南北文化的地域差异诸方面作探讨，此不赘述。

三、宋代唐诗选本的功能

选本的价值就在于其按照一定的标准，寓批评于选录当中。通过挑选拣择，去粗取精这一具体的批评实践来传达选家的批评意图，阐明或张扬某种文学理念。批评的功能，毫无疑问应当是选本首先要承担的职责和功能，不过，这种功能不是以单一的形式与面貌出现的。就是说，选本所担负的功能不仅仅是批评这一种功能，它有时也负载了指导写作、应试指南，甚至是商业促销的功能。换言之，选本的批评功能与实用功能是兼而有之的。一般来说，除批评功能外，选本的其他功能越多，其文学批评的价值也就越低。

先谈唐诗选本的批评功能。批评功能的实现通常是通过对作品时代先后、诗体形式、诗歌题材以及入选诗人诗作的多寡、次第等加以彰显，并于其中蕴含选家的批评意见。王安石的《四家诗选》选李、杜、韩、欧四家诗，见出他对唐代诗坛的总体看法是遵尚李、杜、韩等盛中唐诗风的。但在具体的次第上，却颇耐人寻味，以杜甫为第一，李白最末等。元稹《唐故工部员外郎杜君墓系铭》首次提出"李杜优劣论"，其后关于这一话题亦多有争论，王安石的《四家诗选》可以说是这一争论的继续。实际上，李杜两家诗是春兰秋菊，各擅胜场，没有必要强分高下，选本所呈现的只不过是选家的一己之见，读者与论者自可仁智互见。而王氏的理由是：

> 白之歌诗，豪放飘逸，人固莫及，然其格止于此而已，不知变也。至于甫，则悲欢穷泰，发敛抑扬，疾徐纵横，无施不可。故其诗有平淡简易者，有绮丽精确者，有严重威武若三军之帅者，有营迅驰骤若泛驾之马者，有淡泊闲静若山谷隐士者，有风流酝藉若贵介公子者。盖其诗绪密而思深，观者苟不能臻其阃奥，未易识其妙处，夫

岂浅近者所能窥哉？此甫所以光掩前人，而后来无继也。①

　　对于李白诗歌的豪放飘逸，王安石无疑是持肯定态度的。若仅以此而论，李白为天下第一则当之无愧，所谓"人固莫及"。但这是李白的长处，同时也是他的短处，因为仅此而已，而杜甫则相反。在他的眼里，杜甫是众体具备，无所不能。李白仅是某一方面的杰出者，是偏才，而杜甫则是集大成的全才。此外，亦另有他因："公曰：'白诗近俗，人易悦故也。白识见污下，十首九首说妇人与酒，然其才豪俊，亦可取也。'"②除了风格单一之外，还指出李白诗内容的浅近低俗，这才是王荆公尊杜抑李的核心之所在。与其本人所处的身份地位，关系甚大。当然，李白的诗歌成就毕竟是一个客观存在，他对此不能视而不见，还是给予了足够的评价。

　　赵师秀有两种唐诗选本《众妙集》与《二妙集》。前者选唐诗人 76 人 228 首诗作，多收方干、灵一、无可、护国、贯休、杨发、处默、戎昱、于良史、王湾等小家，所选之诗也未必是名篇。如前所述，该选可视为一个以五言律诗为主的唐诗选本。《二妙集》只选贾岛、姚合二家诗，共 201 首诗（贾 80 首，姚 121 首），仍以五律为主，其总的旨趣与倾向与《众妙集》并无二致。"二集"的出现与"四灵诗派"的诗学旨归是互为表里、相得益彰的。作为江西诗派的对立与反动，他们鄙视欧阳修、梅尧臣以来包括江西诗派的诗，而趋向于林逋、潘阆、魏舒等承袭晚唐风气之作。虽然口头上提倡唐诗，实则排斥杜甫，崇尚晚唐，而以贾岛、姚合二家诗为"妙"。其诗体的特点大致有以下数端：题材局限于流连山水；轻古体，而重近体，尤重五律；就律体而言，多以首尾二联切题，颔联和颈联不必切题，此二联主要以写景为主，写意次之，锻炼雕琢，刻意求工；野逸清瘦的情趣是其追求的主要审美导向。在这种诗学倾向指导下催生的《众妙集》与《二妙集》，反过来又促进了这种诗歌的创作，形成了一个双向互动、互为表里的格局。

　　赵韩二位选、谢枋得注《注解章泉涧泉二先生选唐人绝句》，也是宋代著名的唐诗选本之一。谢《序》曰：

　　　　幽不足动天地、感鬼神，明不足厚人伦、移风俗，删后真无诗矣。韩退之以三代文章自任，诗则让李、杜、《三百篇》，之后便有杜子美名言也。唐人学子美多矣，无其志终无其声音。独绝句情思幽妙，可联辔齐驱于变风境上。章泉、涧泉二先生诲人学诗自唐绝句始，熟于此杜诗可渐进矣。建安王道可抗志力学，不为世所易，问枋得曰："叶水心、汤文清咸以章泉、涧泉为上饶师，先生道德风操可得闻乎？"枋得略说："二先生选唐绝句，与道可共观，其微言绪论关世道、系天运者甚众，何

①　[宋]胡仔《渔隐丛话》前集卷六引《遁斋闲览》，清文渊阁四库全书本。
②　同上引《钟山语录》，清文渊阁四库全书本。

日从容为子诵之。"广信谢枋得君直序。①

但其明显的倾向是追步晚唐，与整个南宋诗坛多宗晚唐的风气是一致的。前述各家所言，均不失中肯之论。选家的意旨，通过谢氏的注解更加清晰地得以凸显出来。譬如卷一：

在韦应物《滁州西涧》下注曰：

刘禹锡（清《晚笑堂画传》）

幽草而生于涧边，君子在野，考槃之在涧也。黄鹂而鸣于深树，小人在位，巧言如流也。潮水本急，春潮带雨，其意可知，国家患难多也。晚来急，危国乱朝，季世末俗，如日色已晚，不复光明也。野渡无人舟自横，宽闲之野，寂寞之滨必有济世之才，如孤舟之横野渡者，牧君相不能相用耳。

在刘禹锡《自朗州戏赠看花诸君子》下注曰：

刘禹锡坐王叔文党，贬司马，后召出为刺史。相怜其才，召至京师，见新贵满潮，作看花诗以讥之，时论以为轻薄，又黜。"紫陌红尘拂面来，无人不道看花回"，奔趋富贵者汩没尘埃，自谓得志如春日看花，红尘满面也。

"玄都观"②喻朝廷，"桃千树"喻富贵无能者。"尽是刘郎去后栽"，满朝富贵无能者，皆刘郎去过后宰相所栽培也。

《乌衣巷》一诗下注长达六百多字，既引了李白、许浑、王安石、叶適等人的怀古感旧之作，也追述了石头城昔日的繁华，接下来逐句串讲，开掘其言外之意。这样的注解追来溯往，委婉致意，曲尽其详，对理解诗意确实助益良多，但同时也不可避免地带来一个弊端，就是题外发挥枝蔓太多，有时未免穿凿附会，脱离实际，有过度解读之嫌。不过，这样一来，就使得选家的意图进一步明朗化、具体化，为读者确立了经典及其解

---

① 载《谢叠山先生评注》四种合刊本，题作《叠山先生注解章泉涧泉二先生选唐诗》。清光绪八年京都豫章别业刻本，复旦大学图书馆藏。下引不赘。

② 按：清刻本"玄"作"元"，因避康熙"玄烨"名讳故。此引恢复原字。

读范式。读者可借此直接领悟到选家对诗歌风格、艺术个性的追求和推尊，与读者进行高效交流，使选家的文学批评思想逐步融解为读者的阅读感受，从而达到对自己批评理念的渗透与贯彻。

时少章的《批唐百家诗选》是又一带有批注的唐诗选本。《唐百家诗选》原为王安石名选，时氏不厌其烦，几乎在每卷后都有评语，所选百家，不论大小，悉数皆评。如第一卷结语："张承吉云：'孟简虽持节，襄阳属浩然。'所以自处者如此。而韩窆方讶其不来，多见其不知量。卢象开元时人，诗亦清妙，要非后来所及也。"略举一例，后有详述。

时氏所做的批注评点，结合诗人身世、诗歌风格及其诗歌的先后传承诸方面，知人论世，全方位进行解读注释，对于体现选家之意、感悟诗作内蕴，起了不可替代的作用。这些精到的见解连同选本本身，一起构成了选家的批评指向，使得该选完成了一次成功的批评实践，也圆满地实现了选本的批评意图。这种集文本选择、诗意注解、艺术评点和选家批评于一身的独特方式，使得选本的批评功能得以进一步延伸，以一种润物无声的方式，悄然将自己的批评思想渗透到了具体诗人的诗歌创作实践当中去，实现了选本的批评价值导向。

总起来看，选本是选家文学批评思想的有效载体，批评功能无疑是选本的首要功能，但并非唯一的功能。譬如洪迈的《万首唐人绝句》，从其序言可知，此书不过是洪迈暮年为儿童上课的启蒙读物，其实用功能十分明显。因为绝句这种体裁形式字数少，短小精悍，少则二十字，多则二十八字，便于诵读记忆。只是一个偶然的机会，才为宋孝宗所知。孝宗收集唐诗绝句的目的不过是用来"书扇"，是作为一种附庸风雅的装饰品。而洪迈积极阿附此事，随后"又讨理所未尽者"进一步扩大规模，以至"又取郭茂倩《乐府诗集》与稗官小说所载仙鬼诸诗"，就有些为选而选的味道了。这么做的原因是不言而喻的，那就是皇上的嘉许与自我的虚荣。孝宗确实也赏赐丰厚。这样名利双收，动力可谓大矣。其实就文学批评的意义而言该选本的意义不是很大，是为选而选，为求其全，为凑满万首之数，不惜将若干非唐人的作品掺入其中，以审美标准的沦丧为代价，未免有些本末倒置，是不足取。不过，该选对唐人绝句进行了第一次大规模的搜集与整理，保存了大量材料，便于后人进一步开掘整理，这一点功绩还是不可抹杀。

这种以实用为旨归的选本，洪迈不是唯一一家。后来刘克庄也编选了一本《唐五七言绝句》，如其自序所述，也是给儿童用的启蒙读物，较之洪迈的《唐人万首绝句》应当是一种进步。可惜失传了。

周弼《三体唐诗》选了唐人七绝173首，七律150首，五律201首，在当时流传甚广。他所提倡的"四实四虚"，是颇为实用的诗歌写作技法指南。对于每一格，周弼都在书前《选例》中加以说明。如，七律之"实接"："截句之法，大抵第三句为主。以实事寓意，接处转换有力，若断而续，涵蓄不尽之趣。此法久失其传，世鲜有知之者矣"；五律之"前虚后实"："前联写情而虚，后联写景而实。实则气势雄健，虚则态度谐婉。轻前重后，剂量适均，无窒塞轻佻之患。大中以后多此体，至今宗唐诗者尚之"；卷一之"用事"："诗中用事，易于窒塞，况二十八字之间。尤难堆叠，必融事为意，乃为灵动，若失之轻率，则又邻于里谣巷歌，可击筑而讴矣"；"咏物"："唐末争尚此体，不拘所咏，别入外意，而不失摹写之巧，有足喜者"。① 而且每一格后面都紧接着举诗为例，具体进行指导说明。这样的理论联系实际，对指导诗歌的写作具有相当的示范作用。当然，《三体唐诗》的价值不仅在于此，他的选择标准、他的诗学观和他的批评倾向，也都是独具面目的，需要作进一步的深入分析，方可作出恰如其分的结论。

唐诗选本的这种实用功能，与当时科场应试张力下的古文选本的功能一样，是为应试者在科考中出人头地而提供的一种力求技压群雄的"武功秘籍"。这样的选本有一大批，诸如吕祖谦《古文关键》一书，目的就是教授初学，专选韩、柳、曾、王、欧、苏氏父子七家之文。其"论作文法"云，"笔健而不粗，意深而不晦，句新而不怪，语新而不狂。常中有变，正中有奇。题常则意新，意常则语新。结前生后，曲折幹旋，转换有力，反复操纵"，强调文章的命意与语句的关系；"看文字法"曰，"学文须熟看韩柳欧苏，先见文字体式，然后遍考古人用意下句处。……第一看大概主张；第二看文势规模；第三看纲目关键，如何是主意首尾相应，如何是一篇铺叙次第，如何是抑扬开合处；第四看警策句法，如何是一篇警策，如何是下句下字有力处，如何是起头换头佳处，如何是缴结有力处，如何是融化屈折剪截有力，如何是实体贴题目处"，这既是欣赏论，实际上也是创作论。② 从大概主张、文势规模、纲目关键、警策句法等若干方面，为具体写作实践指示门径。

谢枋得《文章轨范》所选文章的范围，虽然从三国到南宋，时间跨越千载，但所选作家仅 15 人，文章共 69 篇。其中韩愈 32 篇，将近一半。文章并不按时代先后为序，而是按照指导作文的法则排列，分为"放胆文"与"小心文"。卷一论"放胆文"曰："凡学文，初要胆大，终要心小。由粗入细，由俗入雅，由繁入简，由豪荡入纯粹。此集皆粗枝大叶之文，本于礼义，老于世事，合于人情。初学熟之，开广其胸襟，发舒其志气，但见文之易，不见文之难，必能放言高论，笔端不窘束矣。"③ 认为初学古文应当胆大，胸襟开阔，不要有什么顾虑。

除此之外，尚有楼昉《崇古文诀》、真德秀《文章正宗》等，都是为了应付科举考试的功利目的而编撰的古文选本。所不同的是，楼昉是古文家，侧重点专注于文章作法，全书三十五卷，选先秦至宋人所作诗文 250 余篇，议论文、抒情文，甚至滑稽小品也加以选录。譬如韩愈《祭兄子老成文》《毛颖传》《送穷文》，柳宗元《东祠戴氏堂记》《梓人传》《种树郭橐驼传》，苏轼《喜雨亭记》等，而且也进行了精彩的评点。例如：卷四

---

① 本段引文见周弼《三体唐诗·选例》，清文渊阁四库全书本。下引不赘。
② ［宋］吕祖谦《古文关键·总论》，清文渊阁四库全书本。
③ ［宋］谢枋得《文章轨范》卷一，清文渊阁四库全书本。

评司马迁《答任安书》云，"反复曲折，首尾相续，叙事明白，读之令人感激悲痛，然看得豪气犹未尽除"；卷十六评范仲淹《岳阳楼记》曰，"首尾布置与中间状物之妙不可及矣，然最妙处在临了断遣一转语，乃知此老胸襟字量直与岳阳洞庭同其广大"；卷十八评欧阳修《醉翁亭记》云，"此文所谓笔端有画，又如累叠阶级一层高一层，逐旋上去都不觉"。①

而真德秀本人则是一位道地的理学家，其《文章正宗》充分反映了理学家的论文理念。其《文章正宗纲目序》明确"以明义理、切世用为主""其体本乎古，其指近乎经"作为自己的选录标准，推崇理学的倾向十分鲜明。在选目上，《文章正宗》分为辞命、议论、叙事、诗歌四类，为人们提供了大量的诏书、论谏、章表、赞颂、碑铭及序、记、传等方面的范文。其重道明理，为现存秩序的稳定，为整个封建社会的长治久安的功利目的是相当明显的。应当说，真德秀的《文章正宗》的实用功利主义是远远大于其文学意义的。这实际上也是理学家重道轻文思想在文学批评具体实践中的具体表现，对此我们应当有全面的认识，不可一叶障目。

当然，这些或许不是直接与唐诗选本相联系，但由此亦可想见，在这种众多元共生的文化生态下，唐诗选本的功能指向也不可能是单一向度，而是错综复杂，互相联系的，需要我们作更进一步的全面研究与分析，不可一概而论。

四、宋人唐诗选本中理论关注的焦点

作为一种文学批评方式的唐诗选本，当然是作为批评家的选家，按照自己的批评观念制定相应的取舍标准，然后根据这一标准，以"选"的方式对作家作品进行排列，以此达到选家意欲阐明、张扬或强化诗学观念的目的，实现自己的批评价值导向。美国比较文学的奠基者雷纳·韦勒克说：

> 按照我的想法，批评史不能仅仅讨论永恒的本文，而且不应被贬低为通史或文化史的一个分支……我有一个观点：我必须对本文和作者进行选择。想要一种完全中立的、纯粹说明性的历史，在我看来只是幻想。任何历史都不能没有一种思想倾向、某种对未来的预感、某种理想、某种标准以及某种事过后的聪敏；许多东西必定是"回顾性"的，我不免要从我自己有利的角度来选择和判断；我承认，文学批评是人的一种独特的活动，从它本身来看就值得研究，正如我相信并可以论证自古就有称为"文学"的一批独特的作品一样。它的审美特质，它那通常称之为"美"的东西，以及它对单个个人和整个社会的影响，都值得我们去重视。没有文学，世界将

---

① ［宋］楼昉《崇古文诀》，清文渊阁四库全书本。

会枯燥无味，难以想象；反之，文学需要批评来提供理解、筛选和判断。[1]

强调选本及其选择标准的重要性及其意义，作为批评史和作为批评方式之一的选本，没有方向，没有倾向，没有标准是不可想象的。而且，这种方向、倾向和标准都"要从我自己有利的角度来选择和判断"。就是说，作为批评家的选家，其主体意识不能弱化，批评立场不能缺席，而只能在"选"的实践中加以强化，必须以批评家自己的眼光为准的。选家或曰批评家的使命重大，可谓任重而道远。

就宋代唐诗选本而言，批评家当然有自己的批评观念与选择标准。较之以唐代唐诗选本，唐人似乎更重"意"，而宋人则更突出"法"的意义。唐代选家重"意"，落脚点一般更多在审美观照上。元结《箧中集》仅选沈千运、王季友等七人诗作24首，所录诗人皆"名位不显，年寿不将"，他不满于初唐"以流易为词，不知丧于雅正"的诗坛风气，因而有意提倡"雅正"的五言古体诗。[2]《四库提要》谓此书所选"皆淳古淡泊，绝去雕饰"，是比较准确地抓住了是选的审美意向的，以至于后来王安石《唐百家诗选》对其尽取不遗，可见其选择之精严。殷璠《河岳英灵集》专选盛唐诗人，独标风骨兴象，为唐诗选本确立了一个审美范式。芮挺章《国秀集》以"彩色相宣，烟霞交映，风流婉丽"为宗，专选玄宗朝前三十年的诗作。高仲武《中兴间气集》始于钱起，止于张南史，皆中唐肃、代二宗时诗，高氏不满彼时的多个选本，以"殆革前弊，但使体状风雅，理致清新"（《唐中兴间气集序》）[3] 为旨归。姚合《极玄集》仍以中唐为重，多选"大历十才子"之诗，尤以无虑为多。嗣后韦庄《又玄集》颇有续姚合之意，范围稍微扩大，初盛中晚各期均收，"但掇其清词丽句"。[4] 韦毂《才调集》在现存选本中规模最大，共十卷、一千首，古

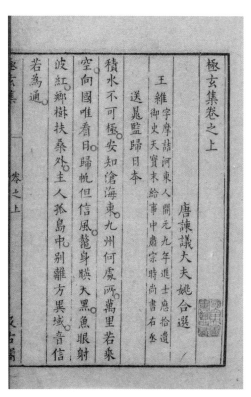

《极玄集》明毛氏汲古阁刊本

① ［美］雷纳·韦勒克《近代文学批评史》，杨自伍译，上海译文出版社，2005年，第16—20页。
② 参阅元结《箧中集序》，《唐人唐诗新编》（增订本），中华书局，2014年，第362页。
③ 载《唐人选唐诗新编》（增订本），中华书局，2014年，第451页。
④ 参阅韦庄《又玄集序》，载《唐人选唐诗新编》（增订本），中华书局，2014年，第773页。

律杂歌，各体皆收，"韵高词丽"是其选录的准则和美学标准，名为"才调"，良不诬也。

从元结到韦縠，从《箧中集》到《才调集》，几乎每家都标举着"雅"或"丽"这样的艺术审美导向，更多的是从诗歌艺术本身出发去开掘其内在的审美意蕴，而较多忽视了功利的因素，文学之外的因素虽有所附加，但并没有过度。这与整个唐代，特别是盛唐开元年间蓬勃向上、充满自信的强盛国力是分不开的，没有消极的颓废，也不是为艺术而艺术，其发展的轨迹与盛唐气象是相一致的。

宋代的唐诗选本就大的氛围而言，已经大为不同了。前面说过，诗歌艺术在唐代已臻极致，要想在原来诗歌艺术的基础上有所作为，其难度是不言而喻的。面对唐诗这座令人叹为观止的诗歌艺术上的珠穆朗玛峰，宋人思考的是自己诗歌的出路。是就此止步，还是另辟蹊径，何去何从，生死攸关。正是在这样的时代文学生态环境下，宋人开始了对唐诗的学习、研究、批评和接受。这个过程是漫长的，非一朝一夕所能奏效。有宋一代，从北宋到南宋，三百年左右的时间里，宋人差不多都在致力于这个问题的探讨与解决。当然，这个问题的答案，并不会像代数方程那样，最后势必要有一个明明白白的标准答案。其实，在问题的探讨过程中，就已经部分地给出了答案。答案的正确与否也已经通过创作实践的反馈，得到了部分的或者全体的解答与验证。不论何种探讨的途径与方式，其实都不外一个"法"字，亦即宋人一直致力于寻找超越唐诗的"方法"，这个"方法"也是宋人论诗学诗的"方法"。

自明代高棅（字廷礼）在其《唐诗品汇》中提出"初盛中晚"一说后，遂成后来论唐诗体制及分期之定谳，时至今日仍被论者奉为圭臬。《唐诗品汇总叙》开篇云："有唐三百年诗，众体备矣。故有往体、近体、长短篇、五七言律句、绝句等制，莫不兴于始，成于中，流于变而陊之于终。至于声律兴象，文词理致，各有品格高下之不同，略而言之，则有初唐、盛唐、中唐、晚唐之不同。"[1] 又依此四期细分为正始、正宗、大家、名家、羽翼、接武、正变、余响、旁流等九格，再将各个作家的各体作品分别品类，纳入到此九格之中。从纵向看，注意到了每一个时期诗歌发展的总体风格；从横向看，则又兼顾了同一时期各个不同作家的艺术成就，将时代与诗人、诗作及其艺术风格联系起来。在各个时期中，他最为看重的是盛唐，盛唐中又依各人风格的差异及其成就之高下分为正宗、大家、名家、羽翼四类。对于研究和学习唐诗，揭示唐代各时期诗歌的风貌和不同作家的艺术风格，《唐诗品汇》的意义是不同寻常的。

在此之前，宋人对唐诗的看法远未达到这样清晰明了的地步，也远未达到这样一致的共识，仍然处于一个鸿蒙初辟的阶段，犹如盲人摸象，各执一词。

宋初徐铉、李昉、王禹偁等学习白居易平易浅切的闲适诗，被尊为"白体"，或"香山体"，这与当时的历史文化背景是密切相关的。宋朝的建立，结束了五代十国的分裂局

---

① ［明］高棅《唐诗品汇》（全七册），汪宗尼校订，葛景春、胡永杰点校，中华书局，2015 年，第 7 页。下引不赘。

面，政局稳定，经济复苏，再加上统治者的右文政策，使文人士大夫获得了一个安定悠闲的生活环境，君臣之间及大臣、友朋之间诗歌唱和之风盛行。淳化二年（991），太宗手书"玉堂之署"，当时有苏易简、李至、梁周翰、杨徽之等臣僚同观，"各赋诗以记其事，宰相李昉、张齐贤，参知政事贾黄中、李沆亦赋诗以贻易简，易简悉以奏御"①。这些唱和之作辑为《禁林宴会集》，是宋人唱和诗中结集最早的一种。

稍后于白体诗，有所谓"晚唐体"诗的流行。这派诗人多为隐士或僧人，他们追慕中晚唐之交贾岛、姚合的诗风，多描摹凄清幽寂的山水景物，发挥超尘出世的隐逸之趣。这与宋初统治者热衷佛道、优礼隐士的倾向有密切的关系。潘阆、魏野、林逋及"九僧"是该派诗人中的代表。针对晚唐体诗境的狭窄逼仄以及诗风的清瘦野逸，人们将目光投向晚唐的另一位大家李商隐。如果说，北宋晚唐体的诗风是一种盛世清音，那么另一批诗人则是意图唱出雍容典雅之调，装点出新朝的富丽宏伟之境，这便是西昆诸人的登场。杨忆在《西昆酬唱集序》中说，"时今紫微钱君希圣、秘阁刘君子仪，并负懿文，尤精雅道，雕章丽句，脍炙人口，予得以游其墙藩而咨其模楷"②，由此见出其美学趣向。他们以义山诗为楷模，饰以典丽藻绘与学问典故。其内容主要是咏物及吟诵优游富贵的生活，表现为雍容典雅、富丽精工的风格特色。西昆体的出现使宋诗从山水林泉、风云月落的狭小境界中跨越出来，展现出较为广阔的视野。同时以其典丽的辞藻、丰厚的学养、多样的技巧为以后的宋诗人提供了一个足资借鉴的先例。方回对其评价较为中肯："此昆体诗一变，亦足以革当时风花雪月、小巧呻吟之病，非才高学博，未易到此。久而雕篆太甚，则又有能言之士变为别体，以平淡胜深刻。时势相因，亦不可一律立论也。"③从文学自身的因革递嬗来评价其得失，是较为公允的。另一方面，其美学导向又不可避免地产生某些负面效应。"杨亿、刘筠作诗务积故实，而语意轻浅。一时慕之，号西昆体，识者病之"④；"杨亿穷妍极态，缀风月、弄花草，淫巧侈丽，浮华纂组"⑤。宋刘攽《中山诗话》载：

> 祥符、天禧中，杨大年、钱文僖、晏元献、刘子仪以文章立朝，为诗皆宗尚李义山，号西昆体，后进多窃义山语句。赐宴，优人有为义山者，衣服败敝，告人曰："吾为诸馆职挦扯至此。"闻者欢笑。⑥

① ［宋］李焘《续资治通鉴长编》（全二十册）卷三二，上海师大古籍所、华东师大古籍所点校，中华书局，2004年第2版，第727页。下引不赘。
② 载祝尚书《宋人总集叙录·西昆酬唱集》，中华书局，2004年，第14—15页。
③ ［元］方回《瀛奎律髓》卷三《怀古类》，清文渊阁四库全书本。下引不赘。
④ ［宋］魏泰《临汉隐居诗话》，载何文焕《历代诗话》，中华书局，1981年，第328页。下引不赘。
⑤ ［宋］石介《徂徕石先生文集·杂著·怪说中》，陈植锷点校，中华书局，1984年，第62页。
⑥ 载清何文焕辑《历代诗话》（全二册），中华书局，1981年，第287页。下引不赘。

诸多批评与指责，的确击中"西昆体"诗人雕琢堆砌、玩弄辞章的弊病，不为无见。

无论是香山体、晚唐体，还是西昆体，都是以自己崇尚的唐代使人为师法对象来宗唐学唐的，企图在"唐风"的沃土上培育"宋调"的参天大树。西昆之后欧、苏等人的力倡诗文革新运动，以及严羽的"自出己意以为诗"，力变"唐人之风"，也是一条学唐之路，这两条路在宋代几乎并行不悖。随着理学的兴盛，"尚理"成为宋诗的一个基本趋向，"尚法"成为宗唐学唐的一个基本内容，而宗唐学唐的实际指向又可归结到宗杜学杜。

江西诗派就是以尚法为宗，将"出己意"与"宗杜"相结合，成为两宋最具代表性、影响最大的宋诗流派及其诗学流派。"夺胎换骨""点铁成金"是江西诗人奉为作诗的根本大法，它对后来诗歌创作的影响之大已为人所熟知。在这样的理论视角烛照下的宋代唐诗选本，也很注重法的揭示。这个法就是具体的作诗之法，从用意、用事、练字、造句等无所不备，但一般侧重于形而下层面上的技巧之类。

前述《三体唐诗》示人以法的痕迹最为明显。实际上，每一格就是一种作诗的具体方法。宋人唐诗选本对"诗法"的注重，归结起来大致不外章法、句法、景法、事法等数端。

五、宋人唐诗选本的批评方法

从广义上讲，宋人选唐诗的行为既是一种审美鉴赏活动，也是一种文学批评的实践过程。但其终极的价值指向就在于以"唐音"为楷模，通过学习、揣摩、感悟、融化、吸收，最终创作出自己的"宋调"来。在具体的批评方法和方式上，则呈现着不同的形态。有的呈显性状态，如《三体唐诗》，有的呈隐形状态，如王安石的《唐百家诗选》和赵师秀的《众妙集》《二妙集》等。关于文学批评的方法，刘明今先生在"中国古代文学理论体系"之《方法论》一书中有十分精辟的论述，针对整个古代文学理论的批评实践，他将批评的方法概括为四大类别，即知人论世，附辞会意，品藻流别，明体辨法，可谓高屋建瓴，要言不烦。

具体到宋代唐诗选本，就其文本构成方式而言，大多由以下几个部分构成：作为选本存在的主要价值的体现，意即所选各个时期不同诗人的诗作本身；作为选本理论含量最为富集的序跋部分，包括范例、发凡、总论、缘起等，以及选本编选的根由、宗旨、原则、方法、过程与选家的审美好尚、文学观念大都会在这一部分加以表述；再就是选本的批评与评点部分，这一部分有的选本有，有的则没有。应当说，这些都是比较能体现选家独特批评视角及其具体批评方法之丰富多彩的。譬如批注的形式有眉批、尾批、旁批、点批、题下批等等；注的形式则有评注、简注、题注、双行夹注、诗尾总注、训、解、证等；评点的形式则有单点、双点、单圈、双圈、全圈、卷圈等。这些因素共同构成了选本这种独特的文学批评品类，洋溢着独特的批评品格。如上所言，这些方法大致可归结为隐性批评与显性批评两大类型。

（一）显性批评

宋代唐诗选本的显性批评功能，最主要也是最集中的部分，当然要推每一家选本中的序跋、缘起、凡例、集论、杂述和批注评点了。关于这些内容，作为本书进行宋人唐诗选本个案研究的重要内容及主要研究对象，在稍后的篇幅中将作详细论列。此处仅就另外一些内容，如批注与评点所彰显的批评功能展开论述。

批注或评点是选本的派生物，离开这些批注与评点，对选本批评功能的发挥并不构成大的损害，甚至完全可以说不受影响。但批注与评点则须臾不可离开选本而单独存在，它与选本的关系类似于皮之与毛，皮之不存，毛将焉附？单纯就外在形式看，批注与评点也是十分丰富的。就位置而言，有文前评、文后评、文中评。文中评又有旁批、点批、夹批、眉批和题下批。就所用的符号而言，有圈有点，圈又分单圈、双圈、重圈、连圈；点又分单点、双点、连点。圈点的功能有二：表示句读段落；表示褒贬抑扬。注则有简注、评注、题注、双行夹注、诗尾总注及训、解、证等。总体来看，这种批评的方式是随意的、零散的，作者或者即兴而发，或者借题发挥。即使是有意专门进行评点批注的人，尽管散金碎玉，时有灼见，实际上也是难以成为一个完整体系的。但是，作为一种独特的批评方式，它所承载的批评功能不会因为其形式上的琐碎而有所减损。恰恰相反，正是其形式上的这种与众不同，才使其独特的批评魅力得以充分发挥和彰显。

宋代唐诗选本的批注评点所在多有，负盛名的也不少，诸如，时少章《批唐百家诗选》、谢枋得注《章泉涧泉二先生选唐诗》、刘辰翁《王孟诗评》、胡次焱《赘笺唐诗绝句》等。这些评点或批注，少则一字或数字，多则几十、上百或是上千字，或解题释义、或串讲诗句、或鉴赏品评诗句、或着眼于章法句法、或关注于艺术风格、或专注于发幽掘微、指瑕摘误，都从不同角度对选家及其选本的批评指向加以进一步的彰显与发挥。时少章《批唐百家诗选》当为这方面的一个突出代表。

时少章《续唐绝句》，已佚。据吴师道《敬乡录》卷十一（四库本）有关时氏的一篇简述，可略知其生平。文曰："少章字天彝，由乡贡入太学，登宝祐癸丑进士第。天才绝出，博极群书。初授丽水县主簿，用荐改授婺州添差教授，兼丽泽书院山长。未几，改南康学教授，兼白鹿洞书院山长。逾年，擢史馆检阅，以凌躐劾罢，授保宁军节度掌书记，卒不大显而终。天彝自负甚高，登第时年近六十，为忌妒者沮格。既而子女婚丧，落落不偶，感激自伤。平生所著《易》《诗》《书》《论语》《孟子》大义六十余卷。又有《论孟》《诗赞》《说易卦赞》、杂文、古歌诗数千篇，总为《所性稿》五十卷，《日记》十卷。三山郑士懿曰：'孤俊峭拔，自成一家，真一世瑰伟人，良不虚也。'"

时天彝所做的批注，主要着眼于诗人的艺术风格，在评价诗人艺术风格时又从不同角度以不同方式切入。卷二、卷三评高适、岑参曰："高适才高，颇有雄气，其诗不习而能，虽乏小巧，终是大才。岑嘉州必与子美游，长于五言，皆唐诗巨擘也。"就是将二人雄奇豪迈的诗风与自身的才力与经历相结合，所以二人"皆唐诗巨擘也"。

卷一谈到薛稷与孟浩然诗时，又将其诗风与诗人自身的气节相联系，道："薛稷诗，明健激昂，有建安七子之风，不类唐人，其字伟丽，亦称之，不自珍惜，附丽匪人，至污斧锧，为士君子所戒，有才而无学，良不可哉。孟浩然高抗有节，一时豪杰，翕然慕仰，非特以其诗也。"首先指出薛稷诗风，接着便惜其"附丽匪人"，慨叹其"有才而无学"，不足为训。虽是在品诗，实是在品人。

有的也将诗风与时代风会挂钩，卷四评曰："自储光羲而下，王建、崔颢、崔国辅，皆开元、天宝间人，词旨淳雅，盖一时风气所钟如此。元和以后，虽波涛阔远，动成奇伟，而求其如此等邃远清妙不可得也。"认为盛唐诗人诗词旨淳雅是因一时风气所钟，中唐元和之后，

孟浩然（清《晚笑堂画传》）

由于时运代移，诗人虽也有阔远、奇伟之作，但终究已显出末世之象，以致求"邃远清妙不可得也"，确是极有见地的议论。

有时也通过比较见出几位诗人水平的高下，卷十二评曰："杨巨源始与元、白学诗，而诗绝不类元、白。王建自云绍张文昌，而诗绝不类文昌。岂相马者，固不在色别乎？巨源清新明严，有元、白所不能至者。建乐府固傲文昌，然文昌姿态横生，化俗为雅，建则从俗而已，驯致其弊，便类聂夷中"。指出了杨巨源、张籍、王建三人诗风的差异，且三人虽有所本，但绝非照猫画虎，仅得皮毛，而是青出于蓝，有所精进。

知人论世是时少章评注的一个重要方法，卷十三说："武元衡、令狐楚皆以将相之重，声盖一时。其诗宏毅阔远，与灞桥驴子上所得者异矣。"借以说明人的身份地位不同，诗礼簪缨、钟鸣鼎食之人与瓮牖绳枢、盆釜瓦灶之人，八抬大轿与灞桥驴子，不同身份的诗人在不同的生存空间下所作诗的境界、风格和气象必然有极大的差异。

卷十四谈到李涉的诗风时，差不多讲了一个完整的故事："宪宗将吐突承璀，李绛、白居易争之甚苦，仅能略出之。淮南李涉探上意，知承璀恩顾未衰，遽上言，兵不可罢，承璀亲近信臣，不可出。知匦使孔戣责消不受，涉行货于他径，达之上前。戣奏涉奸罔滔天，遂被远贬。其为人为此，而诗句精熟有足赏者，世方以言取人，果可信乎？"这里实际上牵涉到一桩公案。《唐诗纪事》载："（涉）宪宗时，为太子通事舍人，投匦言吐突承璀冤状。孔戣知匦事，表其奸，逐为峡州司仓参军。始戣见其副章，诘责不受。涉乃行赂，诣光顺门通之，故戣极言涉奸险欺天，请加显戮。"[①]据上可知，李涉之为人

---

① 《唐诗纪事校笺》（全八册），王仲镛校笺，中华书局，2007年，第1559—1560页。下引不赘。

确有不够检点之处，但其诗如时氏所言也确实"精熟有足赏者"。"世方以言取人，果可信乎"，时氏此言论人的成分远大于论诗，见出他有时似乎更关心诗歌以外的东西，或许有以道德评判取代文学批评的倾向。

卷二十评吴融、韩偓之诗："子华、致光，著名晚唐，俱直翰苑，以文章领袖众作。方昭宗时，群邪内讧，凶顽外擅，致光间关其间，执意弥坚，如不草韦诏范诏，凛然有烈丈夫之风，非子华所能及也。然其诗过于纤巧，淫靡特甚，不类其所为。或言《香奁集》和凝所作，误怪之致光，岂信然邪？"对韩偓的政治操守和人格气节给予了极高的评价，俨然盖棺定论的人物鉴定。

对于中晚唐诗风，时评颇有不满，卷十五云："卢仝奇怪，贾岛寒涩，自成一家。张祜乐府，时有美丽。赵嘏多警句，能为律诗，盖小才也。朱庆馀，张籍门人，传其诗法，然独以《闺怨》一篇知名于时，此集乃不录。于鹄、曹唐，仅如侯虫自鸣者耳。"卷十六说："许用晦工为七言。项斯亦师张水部，自以字清意远，近物为工，然格律卑近，渐类晚唐矣。至李频，则真晚唐也。"卷十九说："三刘二曹，如负蝂升高，虽穷智力，要为有限。崔鲁粗有法度，玄英、荀鹤卑陋已甚。退之所谓蝉噪，非此也邪。"

王安石所选的百家诗人，几乎全被评上。如前述，胡应麟（《诗薮》杂编卷五）对时氏评语识鉴之精极为推许。

胡次焱《赘笺唐诗绝句》持论并不高深，亦无新异之处，不同于周弼《三体唐诗》对诗艺技法的专注，以及严羽《沧浪诗话》对诗学理论的探讨，但其对唐诗的分析评点则不无精到之论。如对杜牧《送隐者》："无媒径路草萧萧，自古云林远市朝。公道世间惟白发，贵人头上不曾饶。"胡氏评点曰：

猥见此诗，首以"无媒"，当从此二字发明。士在山林如女在室，女无媒不嫁，士无介不见，昌黎所谓以石生为媒是也。路径草荒与市朝相远，无媒故耳。后二句所以宽隐者之心，若曰人老头白，初无穷达贵贱之分。隐于云林者，老固发白，显于市朝者老亦发白，不以贵人而饶之，则隐居云林亦羡乎？所以宽其心而坚其志，虽无媒可以浩然自得矣。[1]

"无媒"原本是指女子因无冰人作伐，而长期待字闺中，怨艾自生，此处其实是一种隐喻，胡氏由此以"女无媒不嫁"之事，联想并引申出"士无介不见"之义，将原诗中不得已而为之的被动无奈之举，转变成一种坚持操守者主动的自我选择，而这种抉择很大程度上又具有了自励与自傲的道德优越感。这种评点分析，联系诗人及其诗作本身，并结合评点者生平的生平阅历与情感体悟，透露出某种人世艰辛的苍凉况味。

（二）隐形批评

所谓隐性批评，顾名思义，就是不为人所一目了然，而是将其批评意图隐合于选本

---

① ［宋］赵蕃、韩淲辑，谢枋得、胡次焱注《唐诗集注五卷》，明正德十三年潘选刻本。

文本的背后，我们能够感到其巨大的存在，但又不能具体指涉其意义所在，而需要读者凭借识力去体悟领会。选家的编选意图，实际上就是选家意欲的、能体现自己的文学批评观和审美理想的选录标准，有时它不直接诉诸文字，而是通过具体的时代，具体的诗人以及入选作品的多寡，排列次序的先后加以体现。

1. 对不同时代唐诗作品的推宗

唐诗发展的各个阶段，无论初盛中晚都各具特色，有自己不同的面貌，但大多数人还是较为推重盛唐时期的诗作。严羽在《沧浪诗话》中不止一次地嘉许盛唐之诗，其《诗辨》曰："论诗如论禅，汉、魏、晋与盛唐之诗，则第一义也；大历以还之诗，则小乘禅也，已落第二义矣；晚唐之诗，则声闻辟支果也。"《诗评》云："大历以前分明别是一副言语，晚唐分明别是一副言语，本朝诸公分明别是一副言语，如此见得，方许具一只眼。"

方回《瀛奎律髓》卷十曰："予选诗以老杜为主。老杜同时人皆盛唐之作，亦皆取之。中唐则大历以后、元和以前，亦多取之。晚唐诸人，贾岛开一别派，姚合继之，沿而下，亦非无作者，亦不容不取之。"

元杨仲弘说："诗莫盛于唐，尚矣！唐之诗，燕、许、陈、宋肇其源，高、岑、王、孟畅其流。嗣后累累迭出，争相轧胜，非不杰，然皆名家也。然言唐诗者，类以李、杜为称首，何哉？盖天宝之间，国事颠覆，太白、少陵目击时艰、激烈于心而托之辞，直述兴致，迫切情实，其间虽出入驰骤于烟霞水月之趣，而爱君忧国，其所根柢者居多，是故上参天道，下植人纪，中扶世道，风雅以后不可少也。二家以后言诗者，吾惑焉，西昆、香奁，纤秾妖冶之音作于是，抽黄对白、掇花拾草者寖以昌焉，诗道于是乎亡矣。"[1]

各家对盛唐之诗不遗余力地大力加以推崇，看来不是没有根据的。这是由于开元天宝年间，唐王朝经济繁荣国力强盛，文化昌明，新兴士阶层的崛起，涌现出大批禀自然山川英灵之气，充满昂扬进取精神、禀赋卓异的诗人群体，诸如以王维、孟浩然为代表的山水田园诗派，以岑参高适为代表的边塞诗派，以及其他许多各具特色大放异彩的著名诗人。他们将初唐前辈所开拓探索的诗歌创作道路进一步加以深化，将建安风骨与六朝绮丽畅朗相结合，合南北诗风之长融刚健与柔靡于一体，气韵天成，文质彬彬，如同殷璠所标榜的"神来、情来、气来"，"既多兴象，复备风骨"，形成所谓的盛唐气象。除了境界的高大开阔外，盛唐人在诗歌体裁的开拓上也其功阙伟，律诗得以定型，五古、七古、乐府、歌行、绝句等都不断变化创新，有了长足的发展。宋代的唐诗选家自然不会无视唐诗发展过程中的这些亮点，在他们的选本中都有足够的表现。譬如，吕祖谦《丽则集诗》（共35卷，详见前述），入选的72位诗人，盛唐诗人只有7人：孟浩然、王维、李白、杜甫、张说、高适、储光羲，但盛唐时期的代表诗派及其代表作家均在其中，就

---

① ［元］杨仲弘《宋国史柴望诗集原序》，载《柴氏四隐集》，清文渊阁四库全书本。

所选诗歌的数量及其篇幅来说，也颇能说明问题。其中，杜甫独占四卷，另外无一人占一卷，如李白、元结、韦应物合一卷，元稹、白居易合一卷，而其他中晚唐诗人则四人以上甚至十余人合为一卷，由此也见其出对盛唐诗歌的重视。

刘辰翁《王孟诗评》，乃后人将前述刘氏评点《王摩诘诗集评》七卷、《孟浩然诗集评》二卷合刊而成。刘评语简明扼要，对后世尤其是明代诗评家影响甚大，并被唐诗选本所引用。胡应麟《诗薮》外编卷四云："严羽卿之诗品，独探玄珠；刘会孟之诗评，深会理窟；高延礼之诗选，精极权衡。三君皆具下大力量、大识见，第自运具未逮。"评价是相当高的。

王安石《唐百家诗选》，入选首位是中唐王建92首，其次皇甫冉85首，盛唐岑参81首、高适71首、孟浩然33首、分列三、四、六位，韩偓59首第五，第七、八、九是李颀24首、王昌龄23首、储光羲21首。此选颇受人诟病，一些素享盛名的诗人均未收入。但其《四家诗选》中则专门将李、杜选入其中，但将杜甫置于首位，李白叨陪末位，而韩愈、欧阳修分居二、三位。三位唐人中间插入一位宋人，未免有点突兀，虽然四人的文学成就都是毋庸置疑的。

蔡振孙的《诗林广记》虽说是一部集诗话、诗选于一身的特殊形态的选本，但在入选的唐代诗人中，将李白、杜甫置于前列，且每人各占一卷的篇幅，而韦应物、刘禹锡各占一卷，韩愈、柳宗元、王维三人合占一卷，李商隐、王建、杜牧三人合占一卷，则分列于后，对盛唐及其代表诗人之推重显而易见。

何汶《竹庄诗话》与《诗林广记》一样，亦为诗话、诗选合一之选，共选两汉、建安、六代及唐代诗人403首诗。从卷五到卷八选唐诗人李白、杜甫、韩愈、柳宗元四家，以李白居首，杜甫次之。但杜诗作有78首，李白则只有14首。他们入选的诗作，一般多为名篇，诸如《蜀道难》《乌栖曲》《关山月》《望庐山瀑布二首》《自京赴奉先县咏怀五百字》《奉赠韦左丞丈二十二韵》《闻官军收河南河北》《哀江头》《兵车行》《登岳阳楼》《秋望》等。从卷十一到卷二十的《杂编》，以风格或题材相类编次，其中仍然选了杜甫的九首诗，都是名篇，如《赠卫八处士》《新安吏》《石壕吏》《新婚别》《垂老别》《无家别》《夏夜叹》等。

宋人唐诗选本中对中晚唐的推重也所在多有。赵师秀《众妙集》收刘长卿诗最多，达23首，周贺、李嘉祐、皇甫冉各9首，刘禹锡、钱起各8首，王维、卢纶、崔涂、方干各7首，李颀、司空曙各6首，朱庆馀、戴叔伦、耿沣、杜荀鹤各5首，余皆4首以下，对中晚唐诗人的推崇不难看出；至于《二妙集》干脆就只选晚唐代表诗人贾岛、姚合了。谢枋得《注解二泉先生选唐诗》选刘禹锡最多，有14首，杜牧8首，许浑5首，李义山、韦庄各4首。周弼《三体唐诗》选中唐刘长卿等66人，晚唐李义山等52人，而初唐仅王勃等6人，盛唐16人。重视中晚，尤其是中唐的倾向十分明显。

在唐诗发展的历史上，盛唐可以说是其成熟期，中晚唐可以说是诗歌艺术的转折与深化期，逐步走向多样化、体派繁荣、诗法蓬勃发展的阶段。一方面，沿着《诗经》以来直到杜甫的道路，关注现实，面向社会。元结与《箧中集》的作者们专尚质朴，取径偏狭，审美情趣上有浓郁的复古倾向，韩、孟诗派的瘦硬艰涩与此不无关系。元、白新乐府运动的理论及其创作的题材与形式恐怕亦肇始于元结《二风诗论》所言"极帝王理乱之道，系古人规讽之旨"的文学主张。另一方面，王、孟山水田园诗派的雍容安适，和高、岑边塞诗派的飞扬蹈厉，在中唐的流风余韵，其气度韵味固不可与盛唐同日而语，但在新的历史条件下也各有新面貌。刘长卿、韦应物等江南诗人与大历十才子的山水、酬唱之作，也体现了乱离之世的世态百相与人间况味。李益的边塞诗也不可避免地沾染了时代大氛围带来的感伤、衰杀与消极气息。严羽《沧浪诗话·诗评》："大历之诗，高者尚未失盛唐，下者渐入晚唐矣。"方回《瀛奎律髓》卷四："大抵中唐以后人多善言风土，如西北风沙酪浆毡幄之区，东南水国蛮岛夷洞之处，亦无不曲尽其妙。"从不同角度指出中唐诗歌从内容到手法、风格等各方面都发生转折变化的特点。

晚唐国运已是江河日下，到了分崩离析、岌岌可危的地步。《资治通鉴·唐纪》载："于斯之时，阉寺专权，胁君于内，弗能远也；藩镇阻兵，陵慢于外，弗能制也；士卒杀逐主帅，拒命自立，弗能诘也；军旅岁兴，赋敛日急，骨血纵横于原野，杼轴空竭于里闾。"[1]指出唐王朝后期宦官专权，藩镇割据，骄兵难制，战乱蜂起，赋税沉重，民间贫困罄尽的残酷现实。更由于秉国者自身的腐败，使得大批士人晋身无阶，沉郁下僚，士风及其人情世态也发生了极大的变化。有的人心系天下，关心国政，但最终的失望是不可避免的。抱负的落空与身世的沦落，使得大部分士人心灰意冷，意兴阑珊，只能通过诗篇加以排遣，如杜牧、许浑者流。有的人则沉湎于歌舞酒筵，声色犬马，在依红偎翠中流连光景，醉生梦死，如温庭筠、韩偓者流。有的看淡功名，心底淡然，处处流露出平安闲淡、终老烟霞的淡泊情思，如皮日休、陆龟蒙者流。也有的身处乱世，耳闻目睹、心绪难平，乱世之感与时世讽喻便时时形诸笔墨，如郑谷、韦庄、罗隐者流。但无论如何，晚唐诗歌的体制、格力、气象、格局都难以与盛唐，甚至难以与中唐争胜。所能用力处，就只剩下了凭技巧一较高下的角逐，贾岛、姚合等人的苦吟诗派便是最有名的代表。

杜牧（清《晚笑堂画传》）

---

① ［宋］司马光《资治通鉴》（全二十册）卷第二百四十四唐纪六十，元胡三省音注，中华书局，1956年，第7880—7881页。下引不赘。

对于晚唐诗风的这种变化，也有不少人进行评说。欧阳修《六一诗话》云：

> 唐之晚年，诗人无复李、杜豪放之格，然亦务以精意相高。如周朴者，构思尤艰，每有所得，必极其雕琢，故时人称朴诗"月锻季炼，未及成篇，已播人口"。其名重当时如此，而今不复传矣。

沈括《梦溪笔谈》卷十四曰：

> 晚唐士人专以小诗著名，而读书灭裂，如白乐天《题座隅》诗云"俱化为饿莩"，作孚字押韵。杜牧《杜秋娘》诗云"厌饫不能饴"，饴乃饧耳，若作饮食当音饲。又陆龟蒙作《药名》诗云"乌啄藁根回"，乃是乌喙，非"乌啄"也；又"断续玉琴哀"，药名止有续断，无断续。此类极多，如杜牧《阿房宫赋》误用"龙见而雩"事，宇文时斛斯椿已有此谬，盖牧未尝读《周》《隋书》也。[①]

计有功《唐诗纪事》卷六十六云：

> 唐诗自咸通而下，不足观矣。乱世之音怨以怒，亡国之音哀以思，气丧而语偷，声烦而调急。甚者恧目褊吻，如戟手交骂。大抵王化习俗，上下俱丧，而心声随之，不独士子之罪也，其来有源矣。司空图辈，伤时思古，退已避祸，清音泠然，如世外道人，所谓变而不失正者也。余故尽取晚唐之作，庶知律诗末伎，初若虚文，可以知治之盛衰。

杨万里《黄御史集序》曰：

> 诗至唐而盛，至晚唐而工。盖当时以此设科而取士，士皆争竭其心思而为之，故其工，后无及焉。时之所尚，而患无其才者，非也。诗非文比也，必诗人为之。如攻玉者必得玉工焉，使攻金之工代之琢，则窳矣。而或者挟其深博之学，雄隽之文，于是檃括其伟辞以为诗，五七其句读，而平上其音节，夫岂非诗哉？至于晚唐之诗，则攘而诽之曰：锻炼之工不如流出之自然也，谁敢违之乎？

方回《瀛奎律髓》卷四十二曰：

> 后山学老杜，此其逼真者。枯淡瘦劲，情味幽深。晚唐人非风花雪月禽鸟虫鱼

---

① ［宋］沈括《梦溪笔谈》卷十四《艺文》，金良年点校，中华书局，2015年，第144页。下引不赘。

竹树，则一字不能作。九僧者流，为人所禁。诗不能成，曷不观此作乎。

各家的议论，有褒有贬。但无论褒贬，都指出了晚唐诗确有衰飒寒俭、气格卑下的特点及其原因。尽管晚唐诗在气韵、格调等方面的确难与盛中唐之诗比肩，但在艺术技巧的追求与探索上并不比前代逊色。吴可《藏海诗话》云："唐末人诗，虽格不高而有衰陋之气，然造语成就。今人诗多造语不成。"① 见出晚唐诗人对艺术技巧的追求不遗余力，也产生了一批颇有成就者，"俊爽若牧之，藻绮若庭筠，精深若义山，整密若丁卯（许浑），皆晚唐铮铮者"（胡应麟语）。刘克庄认为许浑："其诗如天孙之织，巧匠之斫，尤善用古事，以发新义。其警联快句，杂之元微之、刘梦得集中不能辨。"（《后村诗话》）② 宋范晞文《对床夜语》亦云，"（七言律诗）李杜以后，当学者许浑而已"，并举其警句"风传鼓角霜侵戟，云卷笙歌月上楼"等。③

此外，赵嘏"残星几点雁横塞，长笛一声人倚楼"（《倚楼》），郑谷"雨昏青草湖边过，花落黄陵庙里啼"（《鹧鸪》），李群玉"请量东海水，看取浅深愁"（《雨夜》），崔涂"蝴蝶梦中家万里，杜鹃（一作子规）枝上月三更"（《春夕》），徐凝"天下三分明月夜，二分无赖是扬州"（《忆扬州》），张祜"一声何满子，双泪落君前"（《宫词》），贾岛"鸟宿池边树，僧敲月下门"（《幽居》），姚合"马随山鹿放，鸡杂野禽栖"（《闲居》）等，均是着意写成，却颇为工整、精警，不用典故，不镶嵌奇字，以平常之语，获得了不凡的艺术效果，向来为人所称道。所有这些，都与"尚理""尚法"的宋人声气相一致，因而激起他们的共鸣，心向往之，引为同调，从而大加赞扬也就在情理之中了。

2. 关注唐诗的体裁形式也是宋人唐诗选本隐性批评方式之一

不同的诗体，所承载的审美功能与所折射出来的理性之光是不同的。保留在《诗经》中二节拍的四言句，带有很强的节奏感，构成《诗经》中整齐韵律的基本单位，于古朴中体现出典雅端正，这与其时诗歌发展的现状及其美刺功能是相一致的。所以，刘勰《文心雕龙·章句》说："至于《诗》《颂》大体，以四言为正。"

汉代五言诗逐渐兴起，《古诗十九首》代表了文人五言诗的最高艺术成就，《文心雕龙·明诗》称之为"五言之冠冕"，原因就在于他们的风格平易淡远，语言浅近自然，没有可以雕琢之痕，表达的思想感情曲折婉致。鲁迅《汉文学史纲要》说："其词随语成韵，随韵成趣，不假雕琢，而意志自深，风神或楚骚，体式实为独造，诚所谓'寓神奇于温厚，寓感怆于和平，意愈浅愈深，词愈近愈远'者也。"④ 较之四言诗，五言诗的出现当是一个不小的进步。

锺嵘《诗品总序》云："夫四言文约意广，取效风、骚，便可多得。每苦文繁而意

---

① ［宋］吴可《藏海诗话》，载丁福保《历代诗话续编》（全三册），中华书局，1983年，第329页。

② 辛更儒《刘克庄集笺校》（全16册）《诗话》，中华书局，2011年，第7029页。下引不赘。

③ 载丁福保《历代诗话续编》（全三册），中华书局，1983年，第422页。《对床夜语》本此不赘。

④ 鲁迅《汉文学史纲要》第八篇《藩国之文术》，凤凰出版社，2009年，第55页。

少，故世罕习焉。五言居文辞之要，是众作之有滋味者也。故云会于流俗。岂不以指事造形，穷情写物，最为详切者邪！"①四言诗四字二节的体制结构，节奏虽鲜明，但句式、节拍短促单调，韵律上也显刻板，无顿挫之美。五言诗则适应了语言发展由简到繁的规律，五字之中可容纳单音词或双音词，节奏上较四言诗为舒缓，也便于语意含蓄。

七言诗的出现亦可溯源到汉代，如张衡的《四愁诗》全诗皆为七言句，除每章首句中间有"兮"字外，其余都是标准的七言诗句，是后代七言歌行的先声。班固的《竹扇赋》也是一首完整的七言诗，此外，张衡《思玄赋》的结尾亦如此。魏晋时期作七言诗的人逐渐多了，也较有成就，如曹丕的《燕歌行》，鲍照的一组七言歌行《拟行路难》十九首等。曹睿、陆机、谢灵运、谢惠连等人都仿作过《燕歌行》，到了唐代这种诗体才蔚为大观。南北朝时期，声律论的出现，标志着人们对诗歌形式的认识有了一个新的发展和重要的突破，也标志着人们对诗歌艺术的追求到了无以复加的地步。尽管以"四声八病"为核心的声律论为具体的诗歌创作带来了某种限制，产生了某些负面影响，但在整个中国诗歌发展史上是具有重要意义的。在这种艺术法则指导下产生的"永明体"，成为新体诗及其律诗的滥觞。在新体诗中，声律、对偶、句式、用典等，律诗的要素差不多都已出现，但尚未最后定型。唐代的沈佺期、宋之问对律诗的定型起了至关重要的作用。到杜甫，律诗的发展已臻绝顶。可以说，律诗是进一步追求诗歌艺术技巧的产物。反过来，律诗又使这种技巧得以发扬光大，从而大行其道。

宋人的唐诗选本，通过对诗体的取舍进退来寓自己批评意见的，在在皆是。周弼《三体唐诗》中的三体就是七律、七绝和五律，全书凡六卷，每一体各两卷。谢枋得《注解章泉涧泉二先生选唐人绝句》，专选唐人七绝。洪迈《万首唐人绝句》就更不用说了，纯以绝句为宗。再后方回编《瀛奎律髓》更是将律诗奉为精髓，膜拜有加。这些，几乎都是南宋后期诗坛与江西诗派呼应或反动的结果，都与有宋一代诗坛"尚理""主法"之风密不可分。

3. 对作家作品进行次第排列，同时又通过入选诗人诗作数量的多寡来表达选家的批评观念，是宋代唐诗选本的另外一种隐性批评形式

可以说，在选本中排在最前列而且入选诗作最多的诗人，必定是选家最为看重的，也最能体现选家的选录标准。

王安石《唐百家诗选》入选最多的王建是中唐著名的诗人，同张籍是较早从事乐府诗创作的诗人，时号"张王"，都以写实见长。但王诗更含蓄更隐曲一些，不少题材反映农村日常生活，表现其喜怒哀乐，生活气息浓郁，如《田家行》《织锦曲》《解蚕词》。此外也有反映边塞题材及宫女生活的诗，像《辽东行》《送衣曲》《饮马长城窟》和《宫词》百首。元辛文房《唐才子传》云："（建）与张籍契厚，唱答尤多。工为乐府歌行，格幽思远。二公之体，同变时流。……建才赡，有作皆工。盖尝跋涉畏途，甘分穷苦。……又

---

① 载王叔岷《锺嵘诗品笺证稿》，中华书局，2007年，第69页。《诗品》本此，下引不赘。

于征戍迁谪、行旅离别、幽居官况之作，俱能感动神思，道人所不能道也。"[1]王建诗体的内容及其风格与王安石的"有补于世"的功利主义文学观是相契合的。

赵师秀《众妙集》收刘长卿诗作最多，数量上置之首位。赵师秀是南宋末年"永嘉四灵"的代表人物，他推重中晚唐平淡阔远、萧散野逸的诗风。方回《瀛奎律髓》曰："长卿诗细淡而不显焕，观者当缓缓味之，不可造次一观而已。"从上述轩轾，不难看出刘长卿诗风的大致走向。他家境贫寒，屡试不第。入仕后又因刚直犯上，负谤入狱，还曾两遭贬谪。这样的身世，再加上安史之乱后江河日下的时代氛围，使其诗歌呈现出明显的孤苦凄楚、冷漠寂寞之情。这与赵师秀自身诗歌艺术境界不能不引起共鸣，至于他的另一部唐诗选本《二妙集》就更不言而自明了。

六、宋代唐诗选本对诗学概念、术语和范畴的完善与构建

汪涌豪先生在《中国古代文学理论体系·范畴论》中对概念、术语和范畴的内涵、外延与相互关系进行了严格的界定。他指出，范畴是指反映认识对象性质、范围和种类的思维形式，它揭示的是客观世界和客观事物中合乎规律的联系，在具有逻辑意义的同时，作为存在的最一般规定，还有本体论的意义；术语是指各门学科中的专门用语；概念指那些反映了事物属性的特殊称名，与术语一旦形成即能稳定下来不同，它有不断丰富自己的冲动。术语作为它的物质载体或语言用料，是其形成过程中的重要因素，参与其形成的全过程。范畴是比概念更高级的形式，概念是对各类事物性质和关系的反映，是对一个对象的单一名言，而范畴则是反映了事物本质属性和普遍联系的基本名言，是关于一类对象的那种概念，其外延比前者更宽，概括性更大，统摄一连串层次不同的概念，具有最普遍的认识意义。作为宋代文学批评方式之一中的唐诗选本，在进行批评实践时使用了大量的概念、术语和范畴。它们有的是在新的历史条件下，在具体的批评实践中应运而生的，有的则是对前代已有批评资源基础上的完善和发展，但都是对我国文学批评理论资源的丰富与充实。如周弼《三体唐诗》中的虚实、华丽典重、雍容宽厚、气势雄健、态度谐晚等；王安石《唐百家诗选》的清古典丽、正井不冶；赵师秀《众妙集》的妙；刘克庄《唐五七言绝句》中的切情诣理；李龏《唐僧弘秀集》的雄富、峥嵘；时少章《批唐百家诗选》中的明健激昂、高抗有节、邃远清妙、逸发、奇怪、寒涩、警句、纤巧、淫靡、巧浅等等。兹举若干关注度较高者，略作论列。

（一）关于"雅"和"丽"

"雅"和"丽"是一对历史悠久的范畴。《诗经》中《大雅》《小雅》，作为一种诗歌体裁，是指能够体现贵族那种特有的雍容典雅精神气质的诗歌内容，同时也含有相当的风

① 周绍良《唐才子传笺证》（全三册）卷第四《王建》，中华书局，2010，第775页。下引不赘。

格因素。到汉代，这一范畴开始进入文学批评领域，如：公孙弘奏云，"诏书律令下者，明天人分际，通古今之义，文章尔雅，训辞深厚"（《史记》中华校订本）[①]；陈忠上疏荐曰，"古者帝王所有号令，言必弘雅，辞必温丽，垂于后世，列于典经"[②]；曹丕《典论·论文》云，"夫文，本同而末异。盖奏议宜雅，书论宜理，铭诔尚实，诗赋欲丽。此四科不同，故能之者偏也，唯通才能备其体"[③]。进一步使以"雅""丽"为主要内容的风格论范畴得以强化，要求"诗"言情，"赋"丽则，"论"实而不华，"令"尚雅而厚，"论"须约而明。特别是"诗赋欲丽"的揭橥，标志着诗赋在汉代已逐渐摆脱了经学附庸的地位，开始有了独立存在的可能。《文心雕龙·征圣》云，"圣文之雅丽，固衔华而佩实者也"；《定势》曰"赋颂歌诗，则羽仪乎清丽"；《诠赋》言，"情以物兴，故义必明雅；物以情观，故词必巧丽。丽词雅义，符采相胜"。钟嵘《诗品》称谢灵运之诗"丽典新声"，称《古诗十九首》"文温以丽"。"雅"与"丽"相结合，使诗歌的内容和形式都受到了重视。

到了唐代，芮挺章在《国秀集序》云，"昔陆平原之论文，曰'诗缘情而绮靡'。是彩色相宣，烟霞交映，风流婉丽之谓也"[④]，并以此为选诗标准，重近体，轻古体；殷璠《河岳英灵集》亦屡次标举雅丽，推崇兴象；高仲武《中兴间气集》以"体状风雅，理致清新"为准的；韦毂《才调集》则力倡"韵高词丽"。

宋代唐诗选家继续对"雅"与"丽"情有独钟。倪仲傅《唐百家诗选序》说："窃爱其拔唐诗之尤，清古典丽，正而不冶，凡以诗鸣于唐，有惊人之语者，悉罗于选中。"[⑤]周弼《唐三体诗选例·五言律诗》云："四实：中四句全写景物，开元、大历多此体，华丽典重之中，有雍容宽厚之态，是以难也。后人为之，未免堆垛少味。"[⑥]时少章《批唐百家诗选》中更是不厌其烦一再提到"雅""丽"这一对范畴，如卷十五中曰，"张祜乐府时有美丽"；卷七云，"大历后，李纾、包佶有盛名，叔伦、士元从容其间，诗思逸发，于绮丽外仍有思致，非余子所及也"；卷十二比较张籍、王建之差异曰："建乐府固傲文昌，然文昌姿态横生，化俗为雅，建则从俗而已"。他们对"雅""丽"这对范畴的推重，同前人相比，其意义已自不同，已经注入了新的时代内容。如果说，这对范畴在先秦时代是处于初生阶段，到汉魏、南北朝则是其成长壮大阶段。而到了唐宋时期，这对范畴的运用与阐释则完全到了烂熟阶段。在先秦以至汉代，这对范畴所担负的不仅仅是文学意义上的，或者说是审美意义上的批评鉴赏与风格界定的功能，同时，这对范畴也担负了文学之外的功能，部分地充当了价值判断的角色。随着文学自觉时代的到来，诗赋由经学

① 《史记》（全十册）《儒林列传》第六十一，中华书局，1982年第2版，第3119页。下引不赘。
② ［南朝宋］范晔《后汉书》（全十二册）《袁张韩周列传》，李贤等注，中华书局，1965年，第1537页。
③ 高步瀛《魏晋文举要》，陈新点校，中华书局，1989年，第15页。此本下引不赘。
④ ［唐］芮挺章《国秀集序》，《唐人选唐诗新编》（增订本），中华书局，2014年，第280页。
⑤ ［清］蔡上翔《王荆公年谱考略》，载宋詹大和等《王安石年谱三种》，中华书局，1994年，第341页。下引不赘。
⑥ ［宋］周弼《三体唐诗》，清文渊阁四库全书本。下引不赘。

附庸而蔚为大国，也正是这一对范畴由文学与政教、审美与功利双重功能逐渐向单一功能过渡演进的过程。唐宋时期，特别是宋代，它们终于发展成一对独立的审美范畴，成为评价文学作品（主要是诗歌）的一个重要尺度。宋人唐诗选本中对这一范畴的一再标榜，就是这一嬗变过程的最好说明。

（二）关于禅悟

随着禅学的兴盛，参禅说佛成了宋代文人的一项重要活动，禅学术语成为许多人的口头语，以禅论诗也成为当时的风尚。韩驹《赠赵伯鱼》"学诗当如初学禅，未悟且遍参诸方。一朝悟罢正法眼，信手拈出皆成章"[①]；吴可《藏海诗话·吴思道学诗》"学诗浑似学参禅，竹榻蒲团不计年。直待自家都了得，等闲拈出便超然"[②]；苏轼《送参廖师》"欲令诗语妙，无厌空且静。静故了群动，空故纳万境"[③]；陆游《九月一日夜读诗稿有感走笔作歌》"诗家三昧忽见前，屈贾在眼元历历"[④]。参禅、悟、法眼、空、静、三昧等大多为禅学术语，诗人和诗评家们大量借用来论诗，其中影响最大的当数严羽。其《沧浪诗话·诗辨》云："大抵禅道惟在妙悟，诗道亦在妙悟。……惟悟乃为当行，乃为本色。"所谓"悟"，就是严羽结合了禅宗顿悟和渐悟二门，参诸己意，指出的学诗与写诗时所产生的如学禅领悟真如佛性一样的艺术特质。受这种风气的影响，南宋末期号为"四灵诗人"的赵师秀选了唐人诗作《众妙集》和《二妙集》。那么，严羽的"妙悟"及赵师秀的"众妙""二妙"中"妙"的意涵也就不难明白了。

《五灯会元》卷一载："世尊在灵山会上，拈花示众。是时众皆默然，唯迦叶尊者破颜微笑。世尊曰：'吾有正法眼藏，涅槃妙心，实相无相，微妙法门，不立文字，教外别传，付嘱摩诃迦叶。'世尊至多子塔前，命摩诃迦叶分座令坐，以僧伽梨围之。遂告曰：'吾以正法眼藏，密付于汝，汝当护持，传付将来。'"[⑤]

刘长卿（清《晚笑堂画传》）

---

① ［宋］韩驹《陵阳诗钞》，载清吴之振、吕留良等选《宋诗钞》（全四册），中华书局，1986年，第1081页。

② 载丁福保《历代诗话续编》（全三册），中华书局，1983年，第11页。

③ 《苏轼诗集》（全八册），王文诰辑注，孔凡礼点校，中华书局，1982年，第906页。下引不赘。

④ 陆游《剑南诗钞》，载《宋诗钞》（全四册），中华书局，1986年，第1884页。下引不赘。

⑤ ［宋］普济《五灯会元》（全三册）卷一，苏渊雷点校，中华书局，1984年，第10页。下引不赘。

这个故事说明，禅机不是通过具体的语言或文字，明明白白讲出来的。"妙"就妙在不立文字，"妙"不可言。世尊拈花，其实是暗示了某种玄机，至于到底是什么，并不言明。"众皆默然"，说明大家都没有悟出其中的禅机，只有迦叶悟到了，但他也不行诸言辞，而是彼此心领神会，会心微笑，一切尽在不言中，这应当是悟的最高、也是最佳境界。马祖门下庞蕴处士有两句偈语曰，"神通并妙用，运水及搬柴"（《五灯会元》卷三），形象说明了禅宗的宗教实践观。那就是，体道并不关乎诵经习教，而是体现于送水搬柴、吃喝拉撒睡等看似不经意的俗事俗物中。如果并无慧心慧根，纵令整天手不释卷，时时诵经习教也无法真心领悟禅道真谛。反之，即使搬柴运水，吃喝拉撒，有一天也会大彻大悟，也会获得禅机，其妙处就在于这种不立文字、不行诸语言的不言之教。

在一片"熟参""妙悟""活法""悟入"的喧嚣中，宋代的唐诗选家们，如赵师秀径以"妙"命名其选本名称，时少章《批唐百家诗选》也屡次使用这一术语，"妙"这一范畴开始在宋代的唐诗选本中大行其道。中晚唐刘长卿、贾岛、姚合等人的五言诗风，契合了这种时代审美风尚的特殊要求。刘长卿诗风简淡，尤其擅长五言律诗，权德舆《秦刘唱和诗序》中言其自谓"五言长城"；其五言古诗亦有可观，七律亦为人所称道。对于刘长卿诗歌的艺术成就给予了很高的评价。贾岛诗，亦有不少人有所指陈，其友苏绛《贾司仓墓志铭》云，"妙之尤者，属思五言，孤绝之句，记在人口……所著文篇，不以新句绮丽为意，淡然蹑陶、谢之踪，片云独鹤，高步尘表"（《唐才子传》卷第五上）；宋吕本中《书长江集后》曰，"岛之诗约而覃，明而深，杰健而闲易，故为不可多得"[1]。至于姚合诗，宋姚勉《赞府兄诗稿序》说，"晚唐诗，姚秘监为最清妙"[2]；《沧浪诗话·诗辨》也说："近世赵紫芝、翁舒灵辈，独喜贾岛、姚合之诗，稍稍复就清苦之风，江湖诗人多效其体，一时自谓之唐宗。"这些评价，不仅指出了刘长卿、贾岛、姚合等人诗风为赵师秀所青睐，其诗法亦为其所推重。此外，也还应当考虑到当时"江西诗派"横行诗坛所造成的堆垛雕琢与生吞活剥之风对诗坛的戕害。因而，其推"妙"为宗，也有一定的反"江西诗派"的意义。

（三）关于"警句"与句法、字法

时少章在《批唐百家诗选》卷十五云"赵嘏多警句"。"警句"这个概念当然并非第一次出现，早至西晋陆机《文赋》就有"立片言而居要，乃一篇之警策"的说法。这里的"警策"其实是指诗或文的中心思想，并通过精整简短的语言表现出来，使意辞各有所归，形成一个有机整体。后明人杨慎对陆机所说做了注解："盖以文喻马也。言马因警策而弥骏，以喻文资片言益明也。夫驾之法，以策驾乘，今以一言聚于众辞，若策驱驰，故云警策。在文谓之警策，在诗谓之佳句也；若水之有波澜，若兵之有先锋也。

---

① 载曾枣庄、刘琳编《全宋文》（第 109 册），上海辞书出版社，2006 年，第 279 页。

② ［宋］姚勉《雪坡集》卷三十七，清文渊阁四库全书本。

六经亦有警策，《诗》之'思无邪'、《礼》之'毋不敬'是也。"① 说明作诗当中，一定要注意写出精警动人的佳句，一首诗才有可能成为成功的作品。由此见出作诗时句法，亦即"警句"的重要性。宋代"江西诗派"对于诗法的讲究可谓无以复加，"点铁成金""夺胎换骨"是从宏观的构思命意而言，对微观的字法、句法、章法及用事之法也十分重视。

黄山谷《跋高子勉诗》云"高子勉作诗，以杜子美为标准，用一事如军中之令，置一字如关门之键，而充之以博学，行之以温恭，天下士也"②；《论作诗文四》曰"唐人吟诗绝句云：'如二十个君子，不可著一个小人也。'……作诗句要须详略，用事精切，更无虚字也。如老杜诗，字字有出处，熟读三五十遍，寻其用意处，则所得多矣"③。都是讲字法与用事之法，主张用字要稳健有力。宋诗话中有大量篇幅专门讲作诗的字法、句法、章法，所谓"论诗及辞"也。譬如，《洪驹父诗话》一则："山谷至庐山一寺，与群僧围炉，因举《生公讲堂》诗，末句云'一方明月可中庭'，一僧率云：何不曰'一方明月满中庭'？山谷笑去。"④ 范温《潜溪诗眼》（已散佚）一则："老杜谢严武诗云'雨映行宫辱赠诗'，山谷云：'只此雨映两字，写出一时景物，此句便雅健。余然后晓句中当无虚字。'"⑤ 如此等等，不一而足。他论诗最为着意的还是句法，吴晟《黄庭坚诗歌创作论》一书对山谷诗的对仗形式与句型做了很好的归纳，分为似对非对、流水对、当句对、句意反对、迭现对、偷春对、全诗对仗、拗句等八种；句型有疑问句、倒装句、兼语句、连动句、是非句、特殊句等六种。⑥ 黄庭坚对章法也有论列，其《论作诗文》说："始学诗，要须每作一篇，辄须立一大意，长篇须曲折三致焉，乃为成章耳。"孔平仲《谈苑》载："山谷云：作诗正如杂剧，初时布置，临了须打诨，方是出场。"⑦ 对于章法而言，立意是首要的。黄在给其外甥洪驹父的信中谆谆谆，《山谷集·答驹父书二》曰："凡作一文，皆须有宗有趣，终始关键，有开有阖，如四渎，虽纳百川，或汇而为广泽，汪洋千里，要自发源注海耳。"既是在谈风格境界，又是在谈章法。虽是在论文，其实也是在论诗，因为诗文是相通的。宋代诗学这种尚法之风，可谓声势浩大，影响深远，几乎贯穿整个有宋一代，一直到元代仍然余响不绝。

时少章、何汶之关注"警句"这一概念，当然与这一时代风尚密切相关。黄庭坚（1045—1105）生活在北宋中后期，何汶编撰《竹庄诗话》在宁宗开禧二年（1206），时少章在宝祐癸丑（1253）登第，何、时二人均生活在南宋末期。此时，江西派诗风虽经张戒、严

① 杨慎《丹铅总录》卷一二，载刘志伟等《文选资料汇编》（全二册），中华书局，2013年，第602页。
② 傅璇琮《黄庭坚和江西诗派资料汇编》（全二册），中华书局，1978年，第735页。
③ 载曾枣庄、刘琳编《全宋文》（第107册），上海辞书出版社，2006年，第93—94页。黄文下引不赘。
④ 见宋蔡正孙《诗林广记》，常振国、绛云点校，中华书局，1982年，第72页。
⑤ ［宋］魏庆之《诗人玉屑》（全两册）卷之三，王仲闻点校，中华书局，2007年，第63页。
⑥ 参阅吴晟《黄庭坚诗歌创作论》，江西人民出版社，1998年，第74—86页。
⑦ ［宋］孔平仲《孔氏谈苑》，杨倩描、徐立群点校，中华书局，2009年，第286页。

羽等人不遗余力的大力扫荡，已成强弩之末，但其流风余韵仍然渗透在诗坛的各个角落，也渗透到了许多诗人及其批评家的骨髓中，成为他们作诗论诗的准则。而对江西派的彻底荡涤，也还需要假以时日，有待于新的诗学理论的崛起与新的批评实践的培育，短期内仍将保持一定的影响力。刘克庄《江西诗派序·黄山谷》曰："豫章稍后出，荟萃百家句律之长，究极历代体制之变，搜猎奇书，穿穴异闻，作为古律，自成一家，虽只字半句不轻出，遂为本朝诸家宗祖。"道出了江西诗风影响之巨，也与有宋一代整个诗坛的作诗与论诗的基本情况大体一致。那么，何、时二人标举"警句"这一概念，也就不是无本之木、无源之水了。

当然，宋代唐诗选本中所揭示出来的诗学范畴，远不止上述所涉及的这些，此处不再辞费。

第五节　宋代唐诗选本个案分析

一、主流意识形态的趋向——王安石与《唐百家诗选》

王安石《唐百家诗选》是宋代影响较大的一种唐诗选本。复旦大学图书馆藏商务印书馆 1928 年版涵芬楼仿古活字印刷本书前有清代宋荦和宋代倪仲傅的《序》各一篇，以及王安石的自序。宋荦《序》写于康熙癸未（1703）年秋，主要说明搜求及刊刻此书的经过：他先在江南某藏书家处购得该书残帙八卷，托丘迳求依旧式重梓；癸未秋，吴中藏书家毛黼季受宋荦之托，于江阴某藏书家处购得该书全帙，丘迳求补刊所缺的十二卷。至此，在王安石去世六百年后，该书重获完璧。其中，倪仲傅《序》云：

> 音有妙而难赏，曲有高而寡和，古今通然，无惑乎《唐百家诗选》之沦没于世也。予自弱冠，肆业于香溪先生门，尝得是诗与先生家藏之秘，窃爱其拔唐诗之尤，清古典丽，正而不冶，凡以诗鸣于唐有惊人之语者，悉罗于选中。于是心惟口诵，几欲裂去夏课而学焉。先生知之，一日索而钥诸筥，越至于今，不复过目者有年矣。顷有亲戚游宦南昌，因得之于临川以归，首以出示，发卷数过，不啻如获遗珠之喜。惜其道远难致，且字画漫灭，近世士大夫嗜此诗者，往往不能无恨。故镂板以新其传，庶几丞相荆国公诠择之意，有所授于后人也。雅德君子，倘于三冬余暇，玩索唐世作者之用心，则发而为篇章，殆见游刃余地，运斤成风矣。乾道己丑（1169）四月望日，兰皋盘谷倪仲傅书。

该序叙述了倪氏首次获得此书于其业师香溪先生，香溪先生即范浚（1102—1150），字茂名（一作茂明），婺州兰溪（今金华兰溪）香溪镇人，宋朝著名理学家、教育家、诗人，有《香溪集》二十二卷传世。倪仲傅的《序》提及他在香溪先生处首获此书即爱不释手，欲罢不能。后来又偶然重获，欣喜若狂，为使选家之意发扬光大，也为使此书流传久远，广为人知，因而刊刻了此书。这篇序又透露了另一个重要的信息，就是此选的选录标准及其诗歌的风格："拔唐诗之尤，清古典丽，正而不冶，凡以诗鸣于唐，有惊人之语者，悉罗于选中"。关于此点，后文将有详细说明，此不赘。王安石自序颇短，言简意赅（见后述），道出编选的时间、过程、命名，及编者的心态和对该选的自负。

　　入选是书的 104 家诗人，就其时代而言，其中大半是中晚唐人，如大历十才子、贾岛、卢仝、皮日休、杜荀鹤、韩偓等人，初盛唐人不占优势。就所选的体裁与形式而言，其中作为近体诗的五律 298 首，五绝 37 首，七律 222 首，七绝 88 首，五排 46 首，总计 691 首，占总数的 55%；而五古为 296 首，七古为 134 首，总数为 430 首，约占总数的 35%。就内容而论，寄赠送别的 320 首，写景感怀 244 首，即事题咏 127 首，山水田园 75 首，边塞军旅 57 首，登临怀古 54 首，思人闺怨 29 首，奉和酬答 21 首，哀歌挽词 21 首，写思乡战乱的总共只有 31 首。就所选的风格而言，"清古典丽，正而不冶"的评语，颇中肯恰切。其中王建诗入选最多，达 93 首，皇甫冉 85 首，岑参 81 首，高适 71 首，韩偓 59 首，戴叔伦 47 首，杨巨源 46 首，李涉 37 首，卢纶 36 首，孟浩然 33 首，许浑 33 首，吴融 27 首，薛能 26 首，司空曙、雍陶各 25 首，李颀 24 首，贾岛、王昌龄各 23 首，储光羲、朗士元各 21 首，李频 19 首，李郢 18 首，羊士谔、刘言史各 17 首，戎昱 16 首，曹松 14 首，长孙佐辅、卢仝、张祜各 13 首，李嘉祐、项斯、崔鲁各 12 首，卢象 10 首，余皆不满 10 首，李、杜、韩、柳、元、白、刘长卿、刘禹锡、韦应物、杜牧、李商隐、王维诸大家、名家皆一首不收。

　　这样的一部唐诗选集，与王安石素来的政教观、文学观不能不说是一个矛盾。众所周知，王安石（1021—1086）的历史定位是政治家、文学家和学者，而首先是一个政治家，其次才是一个文学家和学者，因了政治家的光环，文学家和学者的声名才更卓著。换言之，他的文学观是从属于他的政教观，或者说是他的治国理念的。在很多地方，他都一而再再而三地强调他的功利色彩十分明显的文学观，"起民之病，治国之疵""有补于世""以适用为本"等均是他的名言。其《奉酬永叔见赠》诗"欲传道义心犹在，强学文章力已穷。他日若能窥孟子，终身何敢望韩公？抠衣最出诸生后，倒屣

韩愈（清《晚笑堂画传》）

尝倾广座中。只恐虚名因此得，嘉篇为贶岂宜蒙"①，更是豪气干云，在自谦与自负中透出坚定的自信和高远的志向。

王的理想是做孟子那样的思想家、政治家，而不愿与"文起八代之衰"的韩愈相提并论。在他前期的诗歌创作中，也有许多写他从事政治活动的诗篇，像《感事》《收盐》《兼并》《读治书》《河北民》等，于精细的观察中，对于重重盘剥下的生民多艰、民不聊生的惨况，给予了深切的同情和关注，体现出一个以兼济天下为己任政治家的悲悯情怀。《省马》《除日》《迁阔》《孤桐》等篇，更是以诗为武器，宣传改革，鼓吹变法，为实现政治理想而大声疾呼。在当时辽兵屡犯边境、朝廷妥协退让、连年进贡的特殊时刻，他情难自已，不断在诗中排遣郁闷，抒发家国情怀，《白沟行》《入塞》《阴山画虎图》等即如此。此外，他的大量咏史诗，诸如《贾生》《商鞅》《韩信》《明妃曲》等，都是有感而发，推陈出新，反其意而用之，倾吐政治家的感喟。

因此，宋代以来对这部书的意见颇为纷杂，严羽《沧浪诗话·考证》云：

> 王荆公《百家诗选》，盖本于唐人《英灵》《间气集》。其初明皇、德宗、薛稷、刘希夷、韦述之诗，无少增损，次序亦同；孟浩然止增其数；储光羲之后，方是荆公自去取。前卷读之尽佳，非其选择之精，盖盛唐人诗无不可观者。至于大历以后，其去取深不满人意。况唐人如沈、宋、王、杨、卢、骆、陈拾遗、张燕公、张曲江、贾至、王维、独狐及、韦应物、孙逖、祖咏、刘眘虚、綦毋潜、刘长卿、李长吉诸公，皆大名家——李、杜、韩、柳以家有其集，故不载——而此集无之。荆公当时所选，当据宋次道之所有耳。其序乃言"观唐诗者观此足矣"，岂不诬哉！今人但以荆公所选，敛衽而莫敢议，可叹也。

刘克庄《后村诗话·续集》亦云：

> 荆公选《唐百家诗》，于高適、岑参各取七十余首，其次王建、皇甫冉各六十余首。冉诗佳句如"残雪入林路，深山归寺僧"，如"那堪闭永巷，闻道选良家"，如"借问承恩者，双蛾几许长"，皆不在选中。冉弟茅曾诗亦工，如"寒磬虚空里，孤云起灭间"，如"孤村明夜火，稚子候归船"，如"三径荒芜羞对客，十年衰老愧称兄"，皆精妙，亦不入选。余尝谓如两皇甫、五窦，皆唐诗高手。野处洪公所谓《窦氏联珠集》，恨未之见。

陈振孙《直斋书录解题》曰：

---

① ［宋］王安石《临川文集》卷第二十二，清文渊阁四库全书本。下引不赘。

王安石以宋次道家所有唐人诗集选为此编。世言李杜、韩、诗不与，为有深意，其实不然。按此集非特不及此三家，而唐名人如王右丞、韦苏州、元白、刘柳、孟东野、张文昌之伦，皆不在选。意荆公所选，特世所罕见，其显然共知者，故不待选耶？抑宋次道家独有此一百五集，据而择之，他不复及耶？未可以臆断也。

　　晁公武《郡斋读书志》曰：

　　　　右皇朝宋敏求次道编。次道为三司判官，尝取其家所藏唐人一百八家诗，选择其佳者，凡一千二百四十六首为一编。王介甫观之，因再有所去取，且题云"欲观唐诗者观此足矣"。世遂以为介甫所纂。

　　到了明代，胡应麟《诗薮》云"缺略初盛"。何良俊《四友斋丛说》卷二十四云：

　　　　王荆公有《唐人百家诗选》，余旧无此书，常思一见之。近闻朱象和有抄本，曾一借阅。其中大半是晚唐诗。虽是晚唐，然中必有主，正所谓六艺无阙者也，与近世但为浮滥之语者不同。盖荆公学问有本，固是堂上人。

　　清代王世禛《渔洋诗话》说其"去取大谬"。何焯《跋王荆公百家诗选》云：

　　　　荆公之意，以浮文妨要，恐后人蹈其所悔，故有"观此足矣"之语，非自谓此选乃至极也。后来讥弹之口，并失其本趣。[1]

　　沈德潜《说诗晬语》卷下曰：

　　　　唐诗选自殷璠、高仲武后，虽不能尽善，然观其去取，各有指归。惟王介甫《百家诗选》杂出不伦。大旨取平和之音，而忽入卢仝《月蚀》；斥王摩诘、韦左司，而王仲初多至百首，此何意也？勿怖其盛名，珍为善本。[2]

　　而《四库提要》综合各家之说：

　　　　《唐百家诗选》旧本题宋王安石编。安石有《周礼新义》，已著录。是书去取，绝不可解。自宋以来，疑之者不一，曲为解者亦不一。然大抵指为安石。惟晁公武

①　[清]何焯《义门先生集》卷九跋，清道光三十年姑苏刻本。
②　转引自尹占华《王建诗集校注》，巴蜀书社，2006年，第595页。

《读书志》云："《唐百家诗选》二十卷，皇朝宋敏求次道编。次道为三司判官，尝取其家藏唐人一百八家诗，选择其佳者，凡一千二百四十六首，为一编。王介甫观之，因再有所去取。且题曰：'欲观唐诗者，观此足矣。'世遂以介甫所纂。"其说与诸家特异。案《读书志》作于南宋之初，去安石未远。又晁氏自元祐以来，旧家文献，绪论相承，其言当必有自。邵博《闻见后录》引晁说之之言，谓："王荆公与次道同为群牧司判官，次道家多唐人诗集，荆公尽即其本，择善者笺帖其上，令吏抄之，吏厌书字多，辄移所帖长诗笺，置于小诗之上。荆公性忽略，不复更视。今世所谓《唐百家诗选》曰荆公定，乃群牧司吏人定也。"其记与公武又异。然说之果有是说，不应公武反不知。考周煇《清波杂志》亦有是说，与博所记相合。煇之曾祖与王安石为中表，故煇持论多左袒安石。当由安石之党以此书不惬于公论，造为是说以解之，托其言于说之，博不考而载之耳。

纵观这些议论，其倾向大抵不出两端，一为褒扬回护之辞，如何良俊、邵博、何焯；一为讥弹怀疑之辞，如严羽、刘克庄、陈振孙、晁公武、胡应麟、王士禛、沈德潜等。议论的焦点亦不出两端：一是王安石如何参与该书之选；一是该书的去取标准。

诚如《四库提要》所言，该选虽"自宋以来，疑之者不一，曲为解者亦不一"，但"大抵指为安石"，只有晁公武独出异说，认为该书非安石所为，乃出自宋次道之手。对于前述种种疑问，余嘉锡先生《四库提要辨证》有十分详尽的考辨[①]："凡宋人目录及诗话、笔记，皆以此书为王安石所编，独晁公武以为本宋敏求编，而安石特更有所去取于其间，其说绝不见于他书。今欲定其是非，固宜有以疏通证明之，不当专据一人之言以为断也。"嗣后余先生从六个方面条分缕析：

一、《临川文集》卷八十四《唐百家诗序》曰："余与宋次道同为三司判官，时次道出其家藏唐诗百余编，委余择其精者，次道因名曰《百家诗选》，废日力于此，良可悔也。虽然，欲知唐诗者，观此足矣。"百余编即百余家；家藏唐诗，说明宋次道并未加以选择；委余择其精者，即是说安石有去取之权，且为安石一人所为。如果确实是宋次道所编，以王安石的学行操守，并不以此为重，决不会掠人之美。

二、《提要》说："晁氏旧家文献，绪论相承，其言当必有自。"果如此，纵然晁公武之言得之于父兄绪论，又怎么能比得上王安石自己的言论更可信呢？

三、邵博所引晁说之之言，本身就与晁公武的不同，《提要》说"说之果有是说，不应公武反不知"。余先生认为，晁公武是晁说之的从侄，邵博也是晁说之的从表侄，邵博所记乃得之于说之。人们在亲戚故旧间的谈笑议论，未必所有的子侄后辈都知道。

四、朱弁《风月堂诗话》卷下说："王介甫在馆阁时，僦居春明坊，与宋次道宅相邻。次道父祖以来，藏书最多，介甫借唐人诗集日阅之，过眼有会心者，必手录之，岁久殆

① 均参引余嘉锡《四库提要辨证》(全四册)，中华书局，2007 年第 2 版，第 1567—1572 页。

遍。或取其本镂行于世，谓之《百家诗选》，既非介甫本意，而作序者（指杨蟠）曰，公独不选杜、李与韩退之，其意甚深，则又厚诬介甫而欺世人也。"朱弁乃晁说之的侄婿，相从甚久，曾作过《曲洧旧闻》和《风月堂诗话》，详载晁氏诸人之言，而记说之之言为最多。朱弁与邵博所记晁说之关于王安石编《唐百家诗选》的事，虽略有不同，但也没有说是宋次道所编。

五、《提要》认为，"《读书志》作于南宋之初，去安石未远，故信其言必有所自"。实际上，邵博《闻见后录》作于绍兴二十七年（1157），晁公武《读书志》作于绍兴二十一年（1151），虽然比邵博稍早，但朱弁的诗话作于绍兴十年（1140），尚在《读书志》之前，邵博、晁公武、朱弁，三人年辈相同，都去王安石不远，都听说过"晁氏诸父之绪论"，为什么只有晁公武是可信的呢？

六、《苕溪渔隐丛话》（下简称《渔隐丛话》）捃摭南北宋间人诗话略备，无以是书为宋敏求所编者。其前集卷三十四引叶梦得《石林诗话》一条，卷三十六引《石林诗话》、陈正敏《遁斋闲览》各一条，后集卷二十五《苕溪渔隐》一条，论及此书，皆指为荆公前集，卷三十六又引蔡絛《西清诗话》一条，不明指撰人，意亦为荆舒而发。蔡絛为王氏之亲党，石林则蔡氏之客，皆饫闻王氏绪论者。石林谓"荆公从宋次道尽假唐人诗集，博观而约取"，可见所假者是全集而非选本。绦于是书去取，深致不满，使本出于宋敏求，何不直斥其名，少为安石回护乎？清顾本栋辑《王安石年谱》，及蔡上翔辑《王荆公年谱考略》，亦均认为是王安石所编。由此，《唐百家诗选》为王安石所选，大致应该可以肯定了。

该书的去取标准是另一个为人所诟病的焦点。对此，余嘉锡先生也进行了详尽考辨。

首先是关于李、杜、韩、柳及诸名家诗皆不入选的问题，这令许多人百思不得其解。因为像王安石这样一个声名显赫的政治家和文学家，人们寄予的期望一般来说是很高的，其对诗人及其诗作的鉴赏力与鉴赏水平，自然要比一般人高明许多，却不料连这样公认的一批大名家都纷纷落选，就不能不令人怀疑其鉴赏力究竟如何。所以陈正敏、杨蟠[①]认为"荆公于此，盖有微旨也"。实际上，王安石向宋次道借书，是为了"欲读未见书耳"，李杜韩及诸名家集，安石本来就有其书，而且已熟读精究，所以另有《李杜韩欧四家诗选》，岂有人人习见之书，还要向人求借之理？陈振孙《直斋书录解题》说"意荆公所选，特世所罕见，其显然共知者，故不待选耶"，这种说法是符合实际的。《解题》又云："抑宋次道家独有此一百五集，据而择之，它不复及耶？"余先生认为此则不然："恶有藏书之富如春明宋氏，而无李、杜、韩集者乎？"安石自序，寥寥数行，并非精心结撰之辞，其意思不过是说，如果有人想对唐诗有一个初步、大概的了解，读一下此书也就差不多了。后人因为仰王安石之大名，尊崇过甚，以为其中必有微旨深意在，也是太过迂执，把简单的问题复杂化了。

---

① 余嘉锡小注：(《唐百家诗选》) 日本影印宋刊本，有杨蟠序文，又见《皕宋楼藏书志》卷一百十二。

再就是此书多不录脍炙人口、早有声名之作，而入选之作未尽人意，认为其去取不可理解，怀疑此书未必出自王安石之手。于是就有了晁说之"群牧司隶人移置其笺帖"等说法。晁氏本元祐党家，决不会左袒荆公，不过是说安石老于文学，其鉴别不当如此。平心而论，人的喜厌好恶，不可强求一致，应当见仁见智，各有取弃。唯其学问能自名家，读书时才会别有会心，情有独钟，性有独嗜，而这并非一般人所能了解。其偏颇之处在此，其会心之处亦在此。更何况王安石平生好自用，不顾流俗，特立独行，"慨然有矫世变俗之志"，他选诗与众不同，也就不足为怪了。即使是其《四家诗选》，也同样出人意表，将李白置于四人之末，仍然是一家之言。晁说之、晁公武对其所选不能理解，又怀疑安石之谬不至此，所以为其开脱，归咎于群牧司隶之人及宋次道。这不过是因为介甫选此诗时正做群牧司隶判官，又向宋次道借书，于是就加以想象附会，其实并非真有所据。

朱熹《答巩仲至书》说："荆公《唐选》，本非其用意处。乃就宋次道家所有，而因为点定耳。观其序引，有废日力于此、良可惜也之叹，则可以见此老之用心矣。夫岂以去取掇拾唐人一言半句为述作，而必欲其无所遗哉。"指出此选"非其用意处"，实际上是就坡骑驴，花费的精力够多，且稍有遗憾之意。

王士禛《分甘余话》曰："诸说皆言王介甫与宋次道同为三司判官时，次道出其家藏唐诗百余编，俾介甫选其佳者，介甫使吏抄录，吏倦于书写，每遇长篇，辄削去，今所传本乃群牧吏所删也。余观新刊《百家诗选》谓宋荦所刊，又不尽然，如删长篇，王建一人入选者凡三卷，乐府长篇悉载，何未刊削？王右丞、韦苏州十数大家，何以绝句亦不存一字？余谓介甫一生好恶拂人之性，是选亦然。庶几持平之论尔。"这种说法是较公允的，也是符合实际的，其中卢仝《月蚀》诗，长达两千余言，是所选诗中篇幅最长的。

那么，至此可以了结公案："此书之为安石所选无可疑，凡曲为之解者，皆失于求之过深。"其去取因素不外有四：一是偶一为之，非精心结撰，不可求之过深；二是选其稀见者，为人所习见者不取；三是有专集流行的不取；四是荆公个性所致，"好恶拂人之性"，独倡一家之言。至于所选诗作的风格，倪仲傅所言"清古典丽，正而不冶"是比较得当的。譬如晚唐以写"香奁诗"著称的韩偓，介甫基本没选他这方面的作品，所入《乱后却至近甸有感》《乱后春日途经野塘》《伤乱》《见别离者因赠之》等诗，都是伤时悯乱之作。诗人的风格不是一成不变的，选家的眼光也是颇具匠心的。

尽管众说纷纭，莫衷一是，但从王安石的总体文学思想及其自身的诗歌创作实践来看，实际上是万变不离其宗。可以说，他的文学思想，是以功利主义为基点，以审美、缘情、怡情冶性、丰富多彩为构架的多维体系。关于王荆公功利主义文学观，已有许多人作过透彻的分析与论述，兹不赘述。下面试从另外的方面稍加补充与引申。

陆机《文赋》说，"诗缘情而绮靡"；《文心雕龙·情采》说，"故立文之道，其理有三：一曰形文，五色是也；二曰声文，五音是也；三曰情文，五性是也。五色杂而成黼黻，五音比而成韶夏，五情疑作怵发而为辞章"。陆机强调了诗歌的主要特色就是"缘情"，把抒发和寄托自己的情怀作为诗歌的主要功能之一，同时语言也要有色彩，其中特别强调了诗歌的情感因素。锺嵘《诗品总序》开篇便是，"气之动物，物之感人。故摇荡性情，形诸舞咏"，指出诗歌的产生，在很大程度上是创作主体受到外界客体的刺激与感召，而产生的重要的精神活动的一种审美诉求，所谓"春风春鸟，秋月秋蝉，夏云暑雨，冬日祁寒，斯四候之感诸诗也。……非长歌何以骋其情？故曰：'诗可以兴，可以怨。'使穷贱易安，幽居靡闷，莫尚于诗矣。故词人作者，罔不爱好"。说明喜怒哀乐，悲欢离合之情，是诗歌的重要内容。而刘勰更多的是指作为文学作品的又一重要形式"文"的重要内容，也离不开"五色""五音""五性"。王安石的人生价值取向，固然以匡时济世、兼济天下为己任，但也并不忽略人生情感的体味和省察。在《唐百家诗选》中，我们看到，他选了大量寄赠送别的诗，如前所述，达320首之多，占总数的四分之一。因为，世路的风波、人生的艰险、生存的辛酸等诸种情怀，都会通过分手送别这一特定场合，得以最大限度地激发和张扬。而一旦分手之后，能否重会，仍然是渺不可知，这就更增加了诗人的惆怅和失意，感到生命的短促，时光的易逝，以及岁月人生中功业名利角逐的残酷。这种分别有出征之别，升迁赴职之别，落第还乡之别，友朋情人之别，不论是哪一种，都令人柔肠百转，情不自禁。除此之外，王安石还选了许多写景感怀、登临怀古、思妇闺怨、思乡战乱、哀歌挽词等，无不流露出诗人浓郁的淑世情怀和选家独具的会心。

李颀《题卢五旧居》："物在人亡无见期，闲庭系马不胜悲。窗前绿竹生空地，门外青山如旧时。怅望秋天鸣坠叶，巑岏枯柳宿寒鸥。忆君泪落东流水，岁岁花开知为谁？"是一首怀念亡友的近体诗。面对物在人亡、空空如也的旧店，绿竹空生，青山依旧，而独不见友人的音容笑貌，一种惘然若失、千回百转之情油然而生。秋风高劲，落木萧萧，枯柳迎风，寒鸥唱晚，倍添伤怀之情，对亡友的思念之情也就淹没在一片朦胧的泪光中了。就王安石自己的诗歌创作而言，也有许多情真意切、一往情深的佳作。像：《送和甫至龙安微雨因寄吴氏女子》(其女嫁吴家，故称)"荒烟凉雨助人悲，泪染衣巾不自知。除却春风沙际绿，一如看汝过江时"；《寄吴氏女子》"梦想平生在一丘，暮年方此得优游。江湖相忘真鱼乐，怪汝长谣特地愁"。据《王荆公年谱考略》，他还有一首《再次吴氏女子韵》："秋灯一点映笼纱，好读楞严莫念家。能了诸缘如梦事，世间唯有妙莲花。"都流露出对爱女的无限关爱，足见这位位极人臣的宰辅大人，虽一向庄严端直、喜怒不形于色，其实也并不缺乏普通人的儿女情怀。其《示长安君》："少年离别意非轻，老去相逢亦怆情。草草杯盘供笑语，昏昏灯火话平生。自怜湖海三年隔，又作尘沙万里行。欲问后期何日是，寄书应见雁南征。"更是缠绵悱恻，将兄妹之间的亲情写得柔肠寸断，催人泪下。鲁迅所谓"无情未必真豪杰，怜子如何不丈夫"，即此之谓也。

缘情与审美是一脉相承的，是一根藤结出的两个瓜，那么，王安石重视诗歌的审美追求也就不言而喻了。他前期的诗歌，一般而言，主要是以教化为目的，因而其内容、手法、风格等诸方面都乏善可陈。退出权力中心的角逐、安居江宁之后，随着济世之心的淡漠，佛老思想的熏染，以及生活环境的悠闲，使他的诗歌发生了极大的变化，突出的成就是严羽在《沧浪诗话》中所称道的"王荆公体"。所谓"王荆公体"，主要内容是以佛理或模山范水，来排遣由于政治失意而郁闷的心绪，像《定林》《北陂杏花》《江上》《书湖阴先生壁》等，这些诗格律精严，取境优美，意象浑成，许多人都给予了很高的评价。《沧浪诗话·诗体》"公绝句最高，其得意处，高出苏、黄、陈之上，而与唐人尚隔一关"；吕留良《宋诗钞列传·临川集》"安石遣情世外，其悲壮即寓闲淡之中"①。《渔隐丛话·半山老人一》"《漫叟诗话》云：荆公定林后诗，精深华妙，非少作之比；《半山老人三》"山谷云：'荆公暮年作小诗，雅丽精绝，脱去流俗，每讽味之，便觉沉濯生牙颊间；又《半山老人四》"荆公晚年，诗律尤精严，造语用字间不容发，然意与言会，言随意遣，浑然天成，殆不见有牵率排比处"。足见其艺术魅力影响之大之深。

在这方面，王安石主要从对偶、炼字、用典、押韵诸方面着手。就对偶而言，其"青山扪虱坐，黄鸟挟书眠"（未见全诗）、"数能过我论奇字，当复令公见异书"（《过刘全美所居》）、"细数落花因坐久，缓寻芳草得归迟"（《北山》）、"一水护田将绿绕，两山排闼送青来"（《书湖阴先生壁二首》其一）、"自喜田园归五柳，最嫌尸祝扰庚桑"（未见全诗）等，见出其追求对仗精工、稳当的深厚功力，为《竹庄诗话》《诗人玉屑》《三山老人语录》《王直方诗话》《诗林广记》《石林诗话》等诸多宋诗话重复或分别引为美谈。

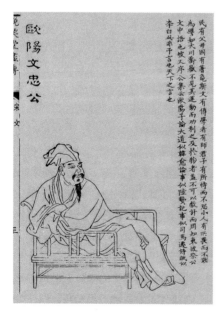

欧阳修（清《晚笑堂画传》）

他在炼字方面的造诣也多为人传诵与称道，除耳熟能详的"春风又绿江南岸"外，《渔隐丛话·半山老人》载："《艺苑雌黄》云：予与乡人翁行可同舟溯汴，因谈及诗，行可云：介甫善下字，如'荒埭暗鸡催月晓，空场老雉挟春娇'，下得'挟'字最好，如孟子'挟贵挟长'之'挟'。"《半山老人四》："《石林诗话》云：王荆公从宋次道借本编《百家诗选》，中间有'暝色赴春愁'，次道改'赴'字作'起'字，荆公复定为'赴'字，以语次道曰：'若是起字，谁不能之？'次道以为然。"诸如此类，不一而足。

押险韵是显示诗人诗才的又一种手法。据宋龚颐正《芥隐笔记》："荆公在欧公坐，分韵送裴如晦知吴江，以'黯然销魂，唯别而已'分韵。时客与公八人：荆公、子美（按：时在嘉祐元年，苏舜钦已去世，疑为杨褒，字子美，荆公女婿）、圣俞、平甫、老苏、姚子张、焦伯强也。时老苏得'而'字，押'谈诗究乎而'。荆公乃又作'而'字二诗，'采鲸抗波涛，风作鳞之而'，盖用《周礼·考工记》"旅人深其爪出其目作其鳞之而"。又云'春风垂虹亭，一杯湖上持；傲兀何宾客，两忘我与而'为最工。"① 实际上这种押险韵的作诗方法，并不值得津津乐道，不过是炫奇斗才的一种文字游戏而已，走到了极端也变成了诗家的大忌。

至于用典，记载亦多，兹举两例。《渔隐丛话》前集卷三十三曰："《上元戏刘贡甫》诗云'不知太一游何处，定把青藜独照公。'"是喻指晋王嘉《拾遗记》所载：刘向在天禄阁校书，夜有老人穿着黄衣，拄青藜杖，叩阁而进，向请问姓名，黄衣老人答其乃太一之精，天帝听说卯金刀之子有博学者，下而观焉；于是从怀中取出竹牒授予刘向。贡甫时在馆阁，亦与刘向同姓，二事俱切。《渔隐丛话·半山老人二》："《西清诗话》云：欧公嘉祐中，见王荆公诗'黄昏风雨瞑园林，残菊飘零满地金'，笑曰：'百花尽落，独菊枝上枯耳。'因戏曰：'秋英不比春花落，为报诗人仔细看。'荆公闻之曰：是岂不知《楚辞》'夕餐秋菊之落英'，欧阳九不学之过也。"说欧阳修因为读书不广，闹了笑话。以常识而言，百花尽枯，飘零而下，只有菊花在枝上枯萎，认为荆公之言为谬，殊不知介甫自有所本，所谓"无一字无来历"，用典技巧日趋刁钻，其风愈演愈烈，已开后来江西诗派之先声。

诗歌怡情冶性、自娱自乐的功能，在王安石后期的诗歌创作中得到了尽情的发挥。《金陵绝句四首》《游中山四首》《觉宿龙华院三绝》《暮春三首》《书湖阴先生壁二首》，在模山范水、登临游览中，将人生的诸多失意、闲适，以及诸多的百无聊赖和无可无不可，一并遗落在湖光山色和秋风夜月中。在《唐百家诗选》中也选有大量的这类作品，如李涉《题鹤林寺僧室》："终日昏昏醉梦间，忽闻春尽强登山。因过竹院逢僧话，又得浮生半日闲。"卢纶《山中一绝》："饥食松花渴饮泉，偶从山后到山前。阳坡软草厚如织，因与鹿麛相伴眠。"透露出一派优游舒旷，怡然自得之情，可谓借古人酒杯，浇自己块垒。

王安石《详定幕次呈圣从乐道》云，"旧德醉心如美酒，新篇清目胜真茶。一觞一咏相从乐，传说犹堪异日夸"，认为饮酒、品茗和赋诗是生活中不可或缺的内容，而赋诗得到的乐趣，又在其他诸种之上。他为乡亲耆老吴君实所作的《灵谷诗序》曰，"君浩然有以自养，遨游于山川之间，啸歌讴吟，以寓其所好，终身乐之不厌，而有诗数百篇，传诵于闾里"，正是由于月日灵气与山川秀美，能够使人心胸澄净，情致高洁，才产生出了名诗佳句，以至流传久远。反过来，凭借诗歌的这种抒情感兴的特殊功能，使人更加热爱江山胜迹，安然自适，任情随缘，达到人生的另一种境界。

除此之外，王安石也关注诗歌的多样化，从《唐百家诗选》中，我们看到，他虽有所

---

① 转载《王安石年谱三种·王荆公年谱考略》，中华书局，1994年，第367页。

重，但也择选超百家，初盛中晚并录，古近体皆采，各种题材，各种风格都有所搜罗。他自己的创作也说明了这一点。荆公崇尚杜甫，也学习韩愈开创的诗歌散文化、议论化的倾向，评价他人作品，壮丽俊伟、豪迈精绝、清新妩媚等类赞词，时常见诸笔端。梁启超《王安石评传》云："昆体披靡一世，率天下之人盘旋于温李肘下，而无以发其性灵，诗道之弊极是矣，其不得不破坏之而别有建设，时势使然也。首破坏之者，实惟欧梅，荆公与欧梅为友（梅有送介甫知毗陵诗，公有哭梅圣俞诗），然非闻欧梅之风而始兴者也，自其少年而门户已立矣。欧梅以冲夷淡远之致，一洗秾纤绮冶之旧，而荆公更加以一种瘦硬雄直之气，为欧梅所未有。故欧梅仅能破坏，荆公则破坏而复能建设者也。"[1] 对王安石的诗风及其在诗坛上的影响，作了十分精当的评价。而苏轼《答张文潜书》中所谓"黄茅白苇之说"，指责王安石排斥文学作品风格的多样性和丰富多彩，实际上是针对王氏主张以经义策论取士的科举制的不满，并非专指其诗文创作。

二、尚"法"倾向的彰显——以周弼《三体唐诗》为例 [2]

周弼（1194—？），字伯弼，汶阳（今山东宁阳）人。少博学，工画，以墨竹擅名。宁宗嘉宝十三年进士，曾仕于吴楚江汉一带，为江夏令。约卒于度宗宝祐年间。著有《端平集》二十卷，已佚，今传其友人李龏为之编集的《汶阳端平诗隽》四卷。其父周文璞，是南宋著名诗人，著有《方泉先生诗集》。由此，周弼从小即受到良好的家庭诗学熏陶。

他所编选的《三体唐诗》，是一部重要的唐诗选本，元明清以及日本均有刻本。该书又被称作《唐三体诗》，原本已失传，今传宋末元初僧人圆至注本，有方回序。元成宗大德九年（1305），由长洲陈湖碛砂寺僧魁天纪出资刻置于寺中，故又名《碛砂唐诗》。也有书目将其称作《唐三体诗法》《唐贤三体诗法》或《唐贤三体家法》《唐贤绝句三体诗法》。此书版本甚多，有三卷本、六卷本和二十卷本等。复旦大学图书馆有《笺注唐贤绝句三体诗法》二十卷，元释圆至天隐注本，日本文正四年（1821）刻本。

"三体"即七律、七绝和五律，共选诗五百二十四首，分体编排，每体中再按诗歌法式立格。绝句有实接、虚接、用事、前对、后对、拗体、侧体七格；五律有四实、四虚、前虚后实、前实后虚、一意、起句、结句七格；七律有六格，分别是四实、四虚、前虚后实、前实后虚、结句、咏物。各卷开卷均有对本格诗法的说明，多属起结呼应、造句连章之类，然后以具体诗例加以证实。

《三体唐诗》或曰《三体诗法》的主要旨归与目的，就在于宣扬光大其诗法理论，以期能对当时日趋靡弱的诗坛起到补偏救弊、振聋发聩之效，而且努力追求将其理论与实践相结合的有效途径，使其具有相当的可操作性。具体说来，其诗法理论大略体现在以

---

① 梁启超《王安石评传》，世界书局，1935 年，第 147 页。

② 本文曾在《长城》发表过，2011 年第 3 期。收录本著略有修订。

下诸方面。

七绝

实接：截句之法，大抵第三句为主。以实事寓意，接处转换有力，若断而续，涵蓄不尽之趣。此法久失其传，世鲜有知之者矣。

虚接：第三句以虚语接前两句也。亦有语虽实而意虚者，于承接之间略加转换，反正顺逆，一呼一唤，宫商自谐。

用事：诗中用事易于窒塞，况二十八字之间，尤难堆垒。必融事为意，乃为灵动。若失之轻率，则又邻于里谣巷歌，可击筑而讴矣。

前对：接句兼备虚实两体，但前句作对接处，微有不同。相去一间，特在称停之间耳。

后对：此体唐人用者亦少。必使末句虽对，而词足意尽，若未尝对方为擅场。

拗体：此体绝高，必得奇句，方见标格。所谓风流挺特，不烦绳削而自合者，神来之候，偶一为之可耳。

侧体：其说与拗体相类。发兴措辞，以奇健为工。

七律

四实：其说在五律。但造句差长，微有分别。七字当为一串，不可以五言泛加两字，最难饱满，易疏弱。又前后多患不相照应，自唐人中工此者亦有数，可见其难矣。

四虚：其说亦在五言，然比之五言，少近于实。盖句长而全虚，恐流于柔弱，要须景物之中，情思通贯，斯为得之。

前虚后实：颈联、颔联之分，五言人多留意，至七言则自废其说。音节谐婉者甚寡，故标此以待识者。

前实后虚：其法同上。景物情思，互相揉绊，无迹可寻，精于此法，自尔变化不穷矣。

结句：诗家之妙，全在一结。道逸婉丽，言尽而意未止，乃为当行。

咏物：唐末争尚此体，不拘所咏，别入外意，而不失摹写之巧，有足喜者。

五律

四实：中四句全写景物。开元大历多此体，华丽典重之中，有雍容宽厚之态，是以难也，后人为之未免堆垛少味。

四虚：中四句皆写情思，自首至尾，如行云流水，空所依傍。元和以后，流于枯瘠，不足采矣。

前虚后实：前联写情而虚，后联联写景而实。实则气势雄健，虚则态度谐婉，轻前重后，剂量适均，无窒塞轻佻之患。大中以后，多此体，至今宗唐诗者尚之。

前实后虚：前联写景，后联写情，前实后虚，易流于弱。盖发兴尽，则难于继，落句稍间以实，其庶乎。

一意：确守格律，揣摩声病，诗家之常。若轶出度外，纵横恣肆，外如不整，中实应节，则非造次所能也。

起句：发首两句，平稳者多，奇健者少。然发句太重，后联难称，必全篇停匀乃佳。

结句：五言结句与七言微异。七言韵长，以酝藉为主，五言韵短，以陡健为工。

　　其中的虚实之法，是《三体唐诗》中最为重要的内容。所谓"实"，是指诗中的景物描写，所谓"虚"，是指诗中的情感表达。由此入手，他对唐人近体诗的艺术规律进行了深入细致的探讨和研究。他认为虚与实，情与景是相反相成的，不宜互相割裂，而应当互相配合。写情思时要"不以虚为虚，以实为虚，"化情思为景物，以情思运景物。而写景时也要"间以情思"，使所写景物于"华丽典重之中有雍容宽厚之态"，而非仅仅景物的堆垛与罗列，努力做到情景交融，虚实相生，所谓"景物之中情思贯通"，"景物情思互相揉拌，无迹可求"。从这样的角度来探讨虚与实，情与景的关系，在中国文学批评史上应当不是一个新鲜的话题。早在魏晋南北朝时代，文士就常用"兴"这一范畴来表示自然景物所引起的感触和兴致，如潘岳的《秋兴赋》。刘勰《文心雕龙·物色》云"四序纷回，而入兴贵闲"，沈约《宋书·谢灵运传论》称灵运"兴会标举"，锺嵘《诗品》亦称他"兴多才高"。这些地方的"兴"，都是指自然景物引起的感受。

　　唐人诗中用"兴"字的更多，大多也是此意。譬如孟浩然"兴是清秋发"，李白"俱怀逸兴壮思飞"，杜甫《秋兴》八首等。殷璠《河岳英灵集》更是大力标举"兴象"，将其作为盛唐诗歌的一个标志性美学特征，如：评刘眘虚"情幽兴远，思苦语奇"；评陶翰"既多兴象，复备风骨"；评孟浩然"无论兴象，兼复故实"。一般而言，以兴象见长的诗人，大多擅长描写山水田园等自然景物，像常建、孟浩然、刘眘虚等人，通过描写自然风光与自然景物来寄兴托怀，抒发自己的喜怒哀乐之情。而且一旦做到了自然景物与主观情思的结合，就会产生良好的艺术审美效果，取得令人满意的艺术成就。李白"孤帆远影碧空尽，唯见长江天际流"，杜甫"无边落木萧萧下，不尽长江滚滚来"，王维"大漠孤烟直，长河落日圆"，刘禹锡"沉舟侧畔千帆过，病树前头万木春"等，均是情景交融、脍炙人口的佳句。

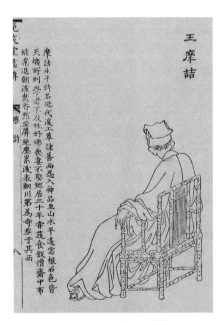

王维（清《晚笑堂画传》）

虚与实、情与景，这两对相反相成的概念，在某种程度上实际具有心物交融、主客合一的特质。描述虚与实、情与景、心与物交融感发，《文心雕龙·物色》云："山沓水匝，树杂云合。目既往还，心亦吐纳。春日迟迟，秋风飒飒。情往似赠，兴来如答。"宋吴潜《诗评》曰："凡阴阳寒暑、草木鸟兽、山川风景，得于适然之感而为诗者，皆兴也。"[①]均突出了两者这种主客交合融洽的性质。这种结果使得读者为诗人所创造的情景所感染，内心产生更为强烈的、更为持久的感动，也同样是虚与实、情与景交融而产生的最佳艺术效果。

周弼在继承前人已有理论成果的基础上，从当时的创作和批评实践的具体情况出发，对虚与实情与景关系的理论进行了新的阐发。不过，他的阐发不仅仅是一种学理上的，或者逻辑意义上形而上的演绎，而更具有一种实用的、感性的、形而下层面上的实用功能。他在每一种法则后都举出具体作品来示例，力图将抽象的说教化为形象的实际应用，可观可感，可触可摸，实在是一种度人金针的苦心孤诣。我们不妨稍举数例加以说明。

七绝之"虚接"道："第三句以虚语接前两句也。亦有语虽实而意虚者，于承接之间略加转换，反正顺逆，一呼一唤，宫商自谐。"意谓七绝当中第三句，常以抒情议论式的句子来承接，比如张籍《秋思》、李商隐《宫词》等，第三句皆为虚接。王维《渭城曲》亦如此，这是一首送别诗："渭城朝雨浥轻尘，客舍青青柳色新。劝君更饮一杯酒，西出阳关无故人。"前两句从渭城的风物谈起，淡笔素描，点明送行的地点、季节。细雨似乎为友人拂尘，嫩绿的柳条正好在送别时折枝相赠，烘托出一种送行的气氛。可以想见，这样的环境，这样的时刻，是令人留恋，难以忘怀的。后两句写送别的场面，但尤重抒情。第三句中一个"更"字，便把诗人频频举杯，殷勤相邀的情态生动地表现了出来，而且与结句"无故人"相照应。试想，"西出阳关"已是人迹罕至，哪里有什么故人呢！言外之意，再也没有人陪你喝酒了，所以还是多饮一杯吧。朋友之间依依惜别、难舍难分的情谊，于此跃然纸上。胡应麟《诗薮》评曰："'渭城朝雨'自是口语，而千载如新。"赵翼《瓯北诗话》评曰："盖此等句人人意中所有，却未有人道过，一经说出，便人人如其意之所欲出，而易于流播，遂足传当世时而名后世。如李太白'今人不见古时月，今月曾经照古人'，王摩诘'劝君更进一杯酒，西出阳关无故人'，至今尤脍炙人口，皆是先得人心之所同然也。"[②]

七律"四实"曰："其说在五律。但造句差长，微有分别。七字当为一串，不可以五言泛加两字，最难饱满，易疏弱。又前后多患不相照应，自唐人中工此者亦有数，可见其难矣。"较之五律、七律每句多二字，这两字当然不是简单叠加，七个字需要融会贯通，成为一体，难度自然比五律要大。譬如刘禹锡的《西塞山怀古》："西晋王濬楼船下益

---

① 载曾枣庄、刘琳编《全宋文》(第 359 册)，上海辞书出版社，2006 年，第 274 页。
② ［清］赵翼《瓯北诗话》卷十一，载郭绍虞《清诗话续编》(全四册)，富寿荪校点，上海古籍出版社，2016 年，第 1272 页。下引不赘。

州，金陵王气黯漠然收。千寻铁锁沉江底，一片降幡出石头。人世几回伤往事，山形依旧枕江寒流。今逢从今四海为家日，故垒萧萧芦荻秋。"（小字为异文，下不赘）[①]诗篇开笔不凡，打破了首句点题的俗套，以浓墨重彩勾勒出壮阔雄迈的历史画面：西晋大将王濬统率威武水军，勇乘高大战船，从益州浩荡东下，迅速摧毁了长期建都金陵的东吴政权。诗人在艺术地概括这段史实时，巧妙地将原来的中性词"发"字，改换成具有居高直冲、凌厉猛进之气的"下"字，与随后东吴"王气"黯然消敛的"收"字相呼应，凸显了诗人春秋笔法的正义褒贬。颔联着重刻画吴国败局之惨的历史殷鉴，孙吴那横锁长江的长长铁索，及巨大的铁椎，被王濬以熊熊火炬统统烧毁而沉没江底，吴主孙皓只落得个举着降旗，低头认罪的可悲下场。颈联表明，人世间多次伤悲的分裂局面已成过去，西塞山依然如故，静卧在寒冷的江水之上。从东吴到东晋，南朝的宋齐梁，一直到隋文帝开皇九年（589），陈叔宝重演孙皓"降帆出石头"的悲剧，二百六十多年的分裂割据局面已成过去，终于在人们厌弃伤感的叹息声中化为"往事"，只剩下西塞山作为世事代谢、社会变迁这不可抗拒的客观规律的历史见证。尾联诗人进一步正面呼吁国家的统一安定，并再次以西塞山的故垒来警示世人。《鉴诫录》载："长庆中，元微之、刘梦得、韦楚客同会白乐天之居，论南朝兴废之事。乐天曰：'古者，言之不足，故嗟叹之，嗟叹之不足，则咏歌之。今群公毕集，不可徒然，请各赋《金陵怀古》一篇，韵则任意择用。'时梦得方在郎署，元公已在翰林。刘骋其俊才，略无逊让，满斟一巨杯，遂为首唱。饮讫，不劳思忖，一笔而成。白公览诗曰：'四人探骊，吾子先获其珠，所余鳞甲何用！'三公于是罢唱，但取刘诗吟咏竟日，沉醉而散。"[②]对这首诗表示了由衷的嘉许与赞赏，对其成就的评价无疑也是恰如其分的。

五律之"四实"曰："中四句全写景物。开元大历多此体，华丽典重之中，有雍容宽厚之态，是以难也，后人为之，未免堆垛少味。"该体中四句全写景物，并指出开元、大历间这样的诗作很多，推为众体之首，认为这样的诗作具有"雍容宽厚之态"。譬诸王湾《次北固山下》："客路青山外，行舟绿水前。潮平两岸阔，风正一帆悬。海日生残夜，江春入旧年。乡书何处达，归雁洛阳边。"中间四句皆写景物，而且都是脍炙人口的名句。颔联描写平野开阔、大江直流、波平浪静的壮阔景色，展示了阔大恢宏的境界。"阔"是"潮平"的结果；"正"则兼含顺风与和风，只有如此，帆才可以"悬"。颈联描述当残夜尚未消退之际，红日东升于海上；旧年尚未退去之时，江上已呈露春意。这两联于自然景物和节令的描摹中，透露出一种自然理趣和生活哲理。特别是颈联，一向为人所称道，殷璠《河岳英灵集》说："'海日生残夜，江春入旧年'，诗以来少有此句。张燕公手题政事堂，每示能文，令为楷式。"[③]沈德潜《唐诗别裁集》曰："江中日早，客冬立春，

① ［清］彭定球等《全唐诗》（全二十五册），中华书局，1960 年，第 4058 页。后恐繁不注。
② ［五代后蜀］何光远《鉴诫录·四公会》卷七，清知不足斋丛书本。
③ 殷璠《河岳英灵集·王湾》，《唐人选唐诗新编》（增订本），中华书局，2014 年，第 257 页。

本寻常意，一经锻炼，便成奇绝，与少陵'无风云出塞，不夜月临关'一种笔墨。"《诗薮·内编》赞此联"形容景物，妙绝今古"。

　　以上所谈，主要集中在虚与实、情与景之间的关系上。除此之外，《三体唐诗》还谈到了起结法、一意法、句法（前对、后对）、和拗体、侧体等。关于起句曰："发首两句，平稳者多，奇健者少。然发句太重，后联难称，必全篇停匀乃佳。"结句曰："五言结句与七言微异。七言韵长，以酝藉为主，五言韵短，以陡健为工。"一首诗的开头与结尾，对于其艺术成败可谓至关重要。开头先声夺人、气势非凡，可以给人以耳目一新、豁然开朗之感；结尾巧妙得当亦可以收意尽神完、余音绕梁之效。不过，在他看来，"发首两句，平稳者多，奇健者少"，像畅当《军中醉饮寄沈八刘叟》首联曰"酒渴爱江清，余酣漱晚汀"，司空曙《题江陵临沙驿楼》首联"江天清更愁，风柳入江楼"，则是他认为"奇健"的了。至于结句，他举皇甫冉《送陈法师赴上元》、李嘉祐《送从弟归河朔》、李敬方《喜晴》和杜荀鹤《茅山》为例，强调"酝藉陡健"，既有言外之意，又有健朗之风。

　　总之，《三体唐诗》作为一种选本，别开生面，不仅选诗，而且将其与诗歌创作的具体方法相结合，以诗法作为选诗准的，又以具体的诗作体现其诗学观念，把诗学理论与标举唐诗的实践贯穿沟通了起来。其在诗学史上，或曰文学批评史上的地位与影响，正在于此。

　　尚理、求法，讲究诗歌体制法度，是宋人诗学思想中的普遍现象。从苏、黄"江西诗派"到"四灵诗派"，再到"江湖诗派"，或者一味枯瘠瘦硬、高标格调，或者滋味寡淡、了无生气，或者雕琢细碎、伤于清苦，都试图针对前代的诗学主张对诗歌创作所造成的萎靡柔弱诗风等负面影响加以修正，使之回归到虚实相生、情景交融，凭借物象来寄托兴味的轨道上来。但在具体的操作过程中，又无意中走向了堆垛景物、处置失当的境地。叶适《徐文渊墓志铭》云："唐诗废久，君与其友徐照、翁卷、赵师秀议曰：'昔人以浮声切响、单字只句计工拙，盖风骚之至精也。近世乃连篇累牍、汗漫而无禁，岂能名家哉！'"[1] 赵师秀《二妙集》其旨归即在共倡晚唐，舍杜甫而尊贾岛、姚合，提倡忌用事而贵白描，以文为诗。但却坚持以技巧为诗，刻意在技巧上下功夫，"镂心钺肾，刻意雕琢"。就题材而言，四灵诗不外细碎小巧的自然风景和生活体验，正像方回在《瀛奎律髓》卷十曾经指出的那样"所用料不过花竹鹤僧琴药茶酒，于此数物一步不可离"（《瀛奎律髓》）。意境则清寒单调，体裁则只限于五律及小部分七律，篇幅短小，语言拘谨，人称"敛情约性，因狭出奇"[2]。他们都追求苦吟，讲求萧散野逸、平淡简远、玲珑幽渺的境界。徐玑《梅》诗云："幽深真似离骚句，枯健犹如贾岛诗"[3]；赵师秀自称："但能饱吃梅

① ［宋］叶适《叶适集》（全三册），刘公纯等点校，中华书局，1961年，第410页。
② ［宋］叶适《题刘潜夫南岳诗稿》，同上，第611页。
③ ［宋］徐玑《二微亭诗钞》，载《宋诗钞》（全四册），中华书局，1986年，第2493页。

花数斗，胸次玲珑，自能作诗"①。在"四灵"的身体力行下，晚唐体盛行一时，几乎取代了江西诗派的影响。

"江湖诗派"是继"四灵诗派"而起的，是南宋末年诗坛上占据主要地位、影响最大的一个诗派。他们多效四灵之体，宗尚晚唐体的清巧之思，亦多属意于苦吟，贵白描而轻用事。高者工于练字琢句，吐词警隽，音调清亮，风格清圆轻灵。下者则为山林枯槁之调，气象屡弱，有衰飒气，甚至有油腔滑调气，千人一面，千篇一律。正是在这样的情况下，周弼的《三体唐诗》才极力强调以景传情，注重将情思贯注于景物之中，于情景交融中达到虚实相生，增加兴象感，力倡化实为虚，进一步增强诗性和美感。而且，他还对近体诗创作的音节、韵律问题进行了探讨，对于扭转诗风、振兴诗坛，做了多方面的探索与努力。

周弼《三体唐诗》的另一个明显的倾向就是对近体诗的推崇。他以七律、七绝、五律为"三体"，而不选五古、七古、五排和七排来归纳和总结诗法，足见他对近体诗的推重与青睐。其中，七绝 173 首，七律 110 首，五律 201 首。所选诗人初唐有王勃、沈佺期、宋之问等 6 人，盛唐有王维、孟浩然、高适、岑参、王昌龄等 16 人，中唐有刘长卿、韦应物、钱起、郎士元等 66 人，晚唐有李商隐、杜牧、许浑、温庭筠等 52 人。可以看到，他重视中晚唐诗尤重中唐。他最为欣赏的诗人是刘长卿（14 首），王维、杜牧（各 13 首），岑参、许浑（各 11 首），李商隐、雍陶（各 9 首）。其他入选诗作在 5 首以上的诗人还有姚合、郑谷（各 8 首），刘禹锡（7 首），韩翃、王建、司空图（各 6 首），张籍（入选五首）等。

周弼《三体唐诗》虽然标榜诗法，但也并不胶柱鼓瑟，仅仅执着于诗法，也并不拒斥变体，而是力求达到一种法而无法、自然兼容的境界。他不仅选了王维、孟浩然、高适、岑参、李商隐、杜牧等著名诗人的作品，也选了窦常、严伟、薛能、孟迟等许多不知名的诗人。既重视一流诗人，也不轻视二三流诗人，只要符合他所提倡的诗法、近体诗作得优秀，他都予以考量关照，并不局限于一门一派。其七律"拗体"曰："此体绝高，必得奇句，方见标格。所谓风流挺特，不烦绳削而自合者，神来之候，偶一为之可耳"；"侧体"曰："其说与拗体相类。发兴措辞，以奇健为工"；五律"一意"曰："确守格律，揣摩声病，诗家之常。若轶出度外，纵横恣肆，外如不整，中实应节，则非造次所能也"。他认为，讲究一般的法度，"确守格律，揣摩声病"是诗家惯常所为，并不难做到，如果逸出法度之外，不受法度约束，自由抒发，最终泯灭法度之迹，则并非轻而易举之事，只有奇才才能得奇句。由此见出其取径之宽，能兼容变体，追求法而无法的努力和尝试。

与此同时，《三体唐诗》还十分鲜明地提出了周弼本人崇尚骨格与气象，反对枯瘠与轻俗，追求华丽典重、雍容宽厚之美，注重音节响亮、韵律和谐的诗歌审美理想。众所周知，封建社会中，每个王朝到了江山易代前夕，总是表现出礼崩乐坏、肃杀破败的末

---

① ［宋］韦居安《梅磵诗话》，载丁福保《历代诗话续编》，中华书局，1983 年，第 562 页。

世之象，从而风衰俗怨，人心浮动。作为社会生活反映的文学，必然会对这种现象有所反映。体现在诗歌创作中，总是流露出一种越来越浅薄，越来越萎靡的气象与格调，所谓"乱世之音怨以怒，其政乖；亡国之音哀以思，其民困"。"四灵诗派"与"江湖诗派"承"江西诗派"的余韵，可以说是这种倾向在南宋末年诗坛上的突出代表。实际上从张戒的《岁寒堂诗话》就开始兴起了一种反对江西诗学、尊唐抑宋的潮流。到杨万里的推许晚唐诗，再到叶适的大倡学习唐诗，其落脚点大都在于中晚唐诗人。《三体唐诗》的诗学观念与南宋反江西诗学的风尚是同步的。他既重视中晚唐，也不废盛唐，选了盛唐诗人十六家。王维是他最喜欢的诗人之一，入选诗作十三首，与晚唐杜牧、许浑并列，仅次于中唐刘长卿。

在论五律"四虚"时，他批评中唐以后写作五律的人"流于枯瘠，不足采矣"，失去了以前的那种所谓"气象"。这个所谓的"气象"，与前此曹丕的"文气说"，刘勰的"风骨论"以及殷璠的"兴象说"都有相同之处，强调把诗歌当作一个富有生命力的有机体来看待。"骨格"一般指诗歌的内容与结构，而"气象"则是通过内容与结构反映出来的，是呈现于诗歌之外的气韵和风貌。前者是具象的，后者则是抽象的，不可捉摸的，但又无处不在。他认为元和前后的气象不同，元和前五律四虚结构中，中间四句充满情思，不是以虚为虚，而是以实为虚，虚实结合，情景交融，因而气象万千，如行云流水。事实上，元和前是指盛唐之诗，其特殊的时代氛围体现于诗歌，当然会呈现出昂扬的盛唐气象，远非中晚唐所能望其项背，因而"不足采矣"，不值得效仿了。

在五律"四实"中说："中四句全写景物。开元大历多此体，华丽典重之中，有雍容宽厚之态，是以难也，后人为之未免堆垛少味"；七绝"虚接"中曰："第三句以虚语接前两句也。亦有语虽实而意虚者，于承接之间略加转换，反正顺逆，一呼一唤，宫商自谐"；七律"前实后虚"中曰："其法同上。景物情思，互相揉绊，无迹可寻，精于此法，自尔变化不穷矣"。在他看来，五律"四实"结构具有"华丽典重""雍容宽厚"之态，因而被当作众体之首，认为"开元大历多此体"，与上述所说他推重盛唐、中唐诗歌的骨格和气象是一脉相承的。

对于诗歌音节、韵律响亮谐婉的重视也是本选的又一特色。范晞文《对床夜语》卷二云："是编一出，不为无补后学，有识高见卓不为时习熏染者，往往与此解悟。"清人高士奇《三体唐诗评释序》曰："汶阳周伯弼取唐人律诗及七言绝句若干首，类集成编，名《唐三体诗》。自标选例，有虚接、实接诸格，其持论未必尽合于作者之意。然别裁规制，究切声病，辨轻重于毫厘，较清浊于呼吸，法不可谓不备矣。"[1] 对周弼在这些方面的努力给予了较为允当的评价。此外，《四库提要》云："乃知弼撰是书，盖以救江湖末派油腔滑调之弊，与《沧浪诗话》各明一义，均所谓有为言之者也。"将《唐三体诗》与《沧浪诗话》相提并论，这些评价是比较实事求是的。

---

① 载张宏生、于景祥《中国历代唐诗书目提要》，辽海出版社，2014年，第451页。

三、尚实用功能的体现——以洪迈《万首唐人绝句》为例 ①

唐诗的体裁是十分丰富的，有五古、七古，五律、七律，五绝、七绝，还有长篇排律等。绝句是其中重要的组成部分，许多著名的诗人，诸如王勃、王维、王昌龄、李白、杜甫、白居易等人，都曾写出过脍炙人口的绝句。而且，绝句的内容与其他体裁一样，也极其丰富，边塞、登览、咏怀、怀古、酬赠、征戍、山水、田园、怀春、闺怨等等，无不涉及。对社会和人生从不同的视角进行了全方位的观照和体验，广泛深刻地反映了这一特定历史时期的社会生活、风俗人情及其江山胜景。而且，随着唐诗艺术的不断发展，诗人的表现手法与艺术水准，也都得到了长足的进步。后人将唐诗作为唐代文学的标志性文体，不是没有理由的。

洪迈（1123—1202），字景卢，号容斋，饶州鄱阳（今属江西）人，洪皓季子，适、遵弟。高宗绍兴十五年（1145）进士，授两浙转运司干办公事，入为敕令所删定官。以父忤秦桧，出教授福州，累迁左司员外郎。三十二年，进起居舍人，假翰林学士使金，不屈被拘，回朝后以辱命论罢。起知泉州。孝宗乾道二年（1166），知吉州。三年，迁起居郎，拜中书舍人兼侍读，直学士院，仍参史事。六年，知赣州，寻知建宁府。淳熙十一年（1184），知婺州。十二年，以提举佑神观同修国史。十三年，拜翰林学士，上《四朝史》。光宗绍熙元年（1190），知绍兴府，提举玉隆万寿宫。二年，以端明殿学士致仕。宁宗嘉泰二年卒，谥文敏。有《容斋五笔》《夷坚志》《万首唐人绝句》《野处类稿》等行于世。据《宋史·列传第一百三十二》载，洪迈"幼读书日数千言，一过目辄不忘，博极载籍，虽稗官虞初，释老傍行，靡不涉猎"，"尤以博洽受知孝宗，谓其文备众体。迈考阅典故，渔猎经史，极鬼神事物之变，手书《资治通鉴》凡三"。见出他是一位涉猎甚广、学问博洽之人。而且，"迈兄弟皆以文章取盛名，跻贵显"。

《万首唐人绝句》版本甚多，1955 年文学古籍刊行社影印明嘉靖本；1983 年 5 月，书目文献出版社（今北京图书馆出版社）以简体排印明万历丙午（1606）年间由赵

《万首唐人绝句》明万历小宛堂刊本

①　本文曾刊载于《大家》，2010 年第 3 期。纳入本著有修订。

宦光、黄习远整理、增补本为底本的点校本。

此书是南宋洪迈所选并进呈给皇帝御览的。其序曰：

> 淳熙庚子秋，迈解建安郡印归，时年五十八矣。身入老境，眼意倦罢，不复观书，惟时时教稚儿诵唐人绝句。则取诸家遗集，一切整汇，凡五七言五千四百篇，手书为六帙；起家守婺，赍以自随。逾年再还朝，侍寿皇帝清燕，偶及宫中书扇事，圣语云：比使人集录唐诗，得数百首。迈因以昔所编具奏，天旨惊其多，且令以元本进入，蒙置诸复古殿书院。又四年，来守会稽间，公事余分，又讨理向所未尽者。唐去今四百岁，考《艺文志》所载，以集著录者，几五百家，今仅及半，而或失真。……今之所编，固亦不能自免，然不暇正。又取郭茂倩《乐府》，与稗官小说所载仙鬼诸诗，撮其可读者，合为百卷，刻板蓬莱阁中，而识其本末于首。

由此可知，此书编撰起初只是一种作为儿童启蒙之用的初级读物，机缘巧合，才为孝宗皇帝所知。但这一偶然事件，实际上仍然导源于绝句这种诗歌形式的实用功能，亦即"宫中书扇"——把这种短小精悍、言简意赅的短章，当作一种点缀，一种附庸，似乎与文学批评的关系并不密切。但是，当我们把这种现象放到整个宋代文学，或者南宋文学的大背景下加以考察，这种现象的意义就耐人寻味了。

此书编撰的时间跨度，约从淳熙庚子（1180）秋开始，至绍熙元年（1190）十一月止，前后约十年之久。起初共有诗作5 400首，但比起皇帝自己让人收集的绝句来，是大大超过的了。受到皇上的嘉许后，洪迈再接再厉，四年之间又多有所获，"遂得满万首，分为百卷"。

从书前的这些序、札子、奏状和谢表，可以获悉洪迈选诗的取材途径，其主要来源是作家文集。查《旧唐书·经籍志》，其中载唐人集112家，包括"初唐四杰"、沈佺期、宋之问，"文章四友"李峤、崔融、苏味道、杜审言等人的作品集。《新唐书·艺文志》除上述诸人作品集外，还有高适、岑参、李白、杜甫、张九龄、王昌龄、孟郊、贾岛、白居易、杜牧、李商隐及"大历十才子"等736人的作品集，总集类75家，唐人作品占了相当大的一部分，这些都是他取资的对象与范围。由于当时书籍的整理与流布，远未达到今天这样的水平，许多作家的作品未为人所知，只能在小范围内流传，甚或根本无法面世即已失传，这就使他收集与整理面临颇多困难。但是为了满足皇上圣意，还是要竭力搜求，努力达到万首之数。这就难免要滥竽充数，给人以生硬拼凑之感。

唐代是我国古代小说形成的阶段，也是繁荣阶段。唐前期有三篇较为出色的传奇，如《古镜记》《梁四公传》与《游仙窟》，从结构形式到叙事方式都具有新的因素，在大的结构模式中包含诸多小的框架，大故事套小故事。叙事方式则是以第一人称为主调，加入了全知视角。但这一时期的传奇小说是向唐中后期繁荣局面的一个转变和过渡。到了唐中后期，传奇小说的创作进入了黄金时代。韩愈、元稹、沈亚之、李公佐、牛僧孺、裴铏等一大批杰出的小说家开始出现。据不完全统计，本期内创作的单篇传奇小说现知有一百余篇，传奇小说集和含有传奇小说的文言小说集现知有 60 余种。也产生了不少名篇佳作，像王度《古镜记》、张鷟《游仙窟》、戴孚《广异记》、沈济既《枕中记》、李朝威《柳毅传》、李公佐《南柯太守传》、白行简《李娃传》，及段成式《酉阳杂俎》、孙棨《北里志》、范摅《云溪友议》、王定保《唐摭言》，等等，这些传奇小说及笔记中含有大量五七言诗。下举《游仙窟》片段：

> 须臾之间，忽闻内里调筝之声。仆因咏曰："自隐多姿则，欺他独自眠。故故将纤手，时时弄小弦。耳闻犹气绝，眼见若为怜。从渠痛不肯，人更别求天。"片时，遣婢桂心传语报余诗曰："面非他舍面，心是自家心。何处关天事，辛苦漫追寻！"余读诗讫，举头门中，忽见十娘半面。余则咏曰："敛笑偷残靥，含羞露半唇。一眉犹巨眄，双眼定伤人。"又遣婢桂心报余诗曰："好是他家好，人非著意人。何须漫相弄，几许费精神！"

男主角后又自表心曲：

> 其词曰："今朝忽见渠姿首，不觉殷勤著心口。令人频作许叮咛，渠家太剧难求守。端坐剩心惊，愁来益不平。看时未必相看死，难时那许太难生？沉吟坐幽室，相思转成疾。自恨往还疏，谁肯交游密！夜夜空知心失眠，朝朝无便投胶漆。园里花开不避人，闺中面子翻羞出。如今寸步阻天津，伊处留情更觅新？莫言长有千金面，终归变作一沙尘。生前有日但为乐，死后无春更著人。只可倡伴一生意，何须负持百年身？"少时，坐睡，则梦见十娘。[①]

字里行间流露出一种人生苦短、及时行乐的情绪。

像这样在笔记小说中夹杂大量诗歌的作品可谓屡见不鲜，所在多有，如张鷟《朝野金载》、何延之《兰亭始末记》、沈亚之《秦梦记》、佚名《感异记》《唐晅》，等等。这些诗歌一般多借助作品中人物的身份或口吻道之，或借主人公之口说出，或依叙述者的身份为之。兹举两例：

《太平广记》卷一六八引唐卢言《卢氏杂说·江陵士子》一文，略述此人因家贫须出外谋生，临行前借贷为其美姬留足五年供给，约定"若五年不归，任尔改适"。去后五年未归，姬遂为前刺史所纳。又过一年，士子回来，访知姬之所在，遂写诗寄曰："阴云漠漠下阳台，惹著襄王更不回。五度看花空有泪，一心如结不曾开。织罗自合依芳树，覆水宁思返旧杯。惆怅高丽坡底宅，春光无复下山来。"刺史见诗，遂遣还其姬。该诗后被《全唐诗》收录，题曰《寄故姬》。卷一七〇引《云溪友议·吕温》一文："初，李绅赴荐，常以古

---

① 见《游仙窟校注》，李时人、詹绪左校注，中华书局，2010 年，第 2—5 页。

风求知吕温。温谓之外郎齐照及弟恭曰：'吾观李二十秀才之文，斯人必为卿相。'果如其言。诗曰：'春种一粒粟，秋成万颗子。四海无闲田，农夫犹饿死。''锄禾日当午，汗滴禾中土。谁知盘中餐，粒粒皆辛苦。'"此二首诗《万首唐人绝句》与《全唐诗》皆收录。①

这些诗都是依据当时特定的环境有感而发，其中不乏一定的思想性和艺术性，甚至还有不少名篇，像上述的两首《悯农》诗就是向来传诵的佳作。这样，在作家个人作品集流行不是很广的年代、搜求作品不易的情况下，在编者个人能力与范围所及，就开辟了一种新的选录资源。正由于此，洪迈获得"博洽"的美名。平心而论，其阅读与选择范围确实极广。

洪迈《万首唐人绝句序》还提到选录绝句的又一对象，即郭茂倩的《乐府诗集》。

如此宽广的选录范围，固然使得选家在充分占有材料的基础上加以拣择剔汰，清除某些不必要的东西，但也不可避免地带来了内容的芜杂，造成入选诗作水准的良莠不齐。他自己就曾在序中指出唐绝流传过程中存在着真伪莫辨、鱼龙混杂的情况。但是为了凑足万首之数，也有意无意地混入了某些伪作，恐怕也是不得已而为之。对于这一点，后人多有指陈。如《直斋书录解题》前述，不仅多有本朝人诗在其中，还有南朝梁的何仲言（何逊），"亦列于内，为昔人所讥"（胡震亨语）。《四溟诗话》亦云："洪容斋所选唐人绝句，不择美恶，但备数尔。间多仙鬼之作，出于偏稗小说，尤不可取。"尽管该书有诸如漏收、误收、重收、编次混乱等种种不足之处，但洪氏是第一次对唐人绝句进行了一个初步的整理，在继承前人选唐诗的优秀传统上，又开创了一种以诗歌体裁形式为准的选录模式。自此以后，唐人绝句在宋代非常流行，很多类似的选本纷纷问世，如林清之《唐绝句选》、柯梦得《唐贤绝句》、刘克庄《唐五七言绝句》、韩淲、赵蕃《章泉涧泉二先生选唐诗》等，可谓极一时之盛。

一般的选本，或说一般的唐诗选本，诸如唐代的《河岳英灵集》《中兴间气集》《箧中集》等，都明确标举某种倾向作为选家遵从的价值标准与审美趋向。《河岳英灵集》标举"风骨兴象"，以盛唐诗歌为楷模；《中兴间气集》提倡"体状风雅，理致清新"，以中唐钱郎为旨归；《箧中集》则以复古美刺、鼓吹诗歌的教化功能相标榜。

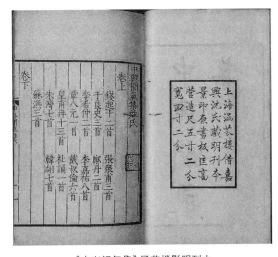

《中兴间气集》涵芬楼影明刊本

---

① ［宋］李昉等编《太平广记》（全十册），中华书局，1961年，两例分见于第1224页、第1246页。下引不赘。

但洪氏的《万首唐人绝句》，似乎很难找到一个明确的纲领性的艺术或思想上的标准，只是凡诗必录，收罗至广，可谓集唐人绝句之大成。实际上，这是诗歌审美功能与教化功能在新的历史条件下的一种异化，从纯粹的审美倾向向实用功能的一种转化。从他的序中，我们可以看出，他最初选取唐人绝句，是为了通过诵读教育儿童。因为，即使在今天看来，绝句这种短小精悍、言简意赅的诗歌体裁，仍然是一种极具艺术含量与艺术魅力的艺术形式，短则二十字，长则二十八字，或者二十四字，可于尺幅之间见出天地之广大，片言之内蕴涵人生之哲理，取而讽之，往往令人移情，回环含咀，不能自已。其体制虽小，但其功用实不下于数十言之长篇大律。而且，从教育儿童这一直接的现实目的而言，其短小精悍、朗朗上口，易诵易记的特点，也易于为鸿蒙初辟的学童所乐于接受。同时，也同样是看中了绝句这种短制的优点，可以作为一种有文化品位的点缀，可以题写在扇面上，可以制成立轴或横幅，置于书房或厅堂，或以自娱，或以娱人。比起那些长篇排律来，绝句显然要方便得多。当然，这种以实用性为旨归研习唐人绝句的方式，部分地掩盖了对其美学意义的追求与探索，使得唐绝的苦心孤诣与不凡才情沦为一种附庸风雅的点缀，不免有煞风景之感。不过，我们也不可忽视，这种实用性实际上仍然是以绝句自身的审美内涵为依托的，人们之所以看中它，利用它，其实仍是对这种审美内涵的肯认与欣赏。

另一方面，《万首唐人绝句》这种总集的编纂方式，有助于推进唐诗的传承，使人们进一步提高对这种艺术形式之美学价值和功能的认识。在其序中曾提出，他是从唐人的文集中选录这些诗的。这对于保存有关绝句的资料与文献，应当是有益的。它比较全面地汇了有唐一代的绝句诗，为后人的学习、鉴赏、研究，提供了基本的文献。而且，他将七绝类与五绝类分开，又大致以时代先后为汇编依据，也为研究唐人绝句诗，特别是其发展与流布等情况作了初步的基础性工作。其后，明人赵宦光、黄习远等人对《万首唐人绝句》进行重新整理，补充其数量，厘正其顺序，为后人全面认识唐人近体诗的创作提供了条件。

第六节　宋代唐诗选本的社会文化生态

一、宋代商业文明及其文学 [①]

公元 960 年，后周大将赵匡胤通过陈桥兵变武力夺取政权，是为北宋。纵观有宋一

① 本节主要内容曾以《宋代都市商业文明及其文学传播性表达》为题在《上海商学院学报》2007 年 9 月第 8 卷第 3 期上发表过。

代，尽管综合国力难与汉唐比肩，但在新的历史时空条件下，其社会经济尤其是商业经济取得了独特的成就，文化发展也与前代不相上下，甚或有超迈前朝而为后代所难企及之处。陈寅恪《金明馆丛稿二编》说"华夏民族之文化，历数千年之演进，造极于赵宋之世"[1]，所言不无道理。

宋初，为稳定统治秩序，中央政府采取了一系列有利于经济发展的措施，如招抚流民，鼓励开垦，兴修水利，废除苛捐杂税，推广先进农具，改进耕作制度等，收到了良好的效果。较之唐代，宋代经济上的一个重要变化是作为土地国有政策之一的屯田，自唐中叶以来不仅衰落下来，而且向土地私有化方向发展。比较而言，唐代另一项重要的土地国有政策是营田，杜甫《兵车行》"或从十五北防河，便至四十西营田"，即指此事。营田的"营"字是经营之意，指的是兴复屯田，但这种国有土地上的生产劳动者是由国家强行征调来的，并且是以劳役地租的形式来承担这种生产的，生产者的积极性可想而知。刘禹锡《代论废楚州营田表》云，"刈获所收，无裨于国用""较其利害，宜废已久"[2]，说明这种营田的制度经营不善，气数已尽。五代后唐明宗长兴二年（931）九月诏："天下营田务，只许耕无主荒田及召浮客，不得留占属县边户"[3]，意谓营田只许可召浮客实行租佃制，而不允许召属县编户齐民，实行像过去那样的徭役制，租佃制代替了徭役制，使封建国家土地关系向前迈进了一大步。

后周广顺三年（953），周太祖郭威将管理营田的"职员节级一切停废，应有客户元佃系省庄田、桑土、舍宇，便赐逐户，充为永业，仍仰县司给予凭由"[4]。作为国有土地的营田，转化为私有土地，而此前租佃经营的佃户成为占有一块土地的自耕农民，这是土地关系史上一个十分重要的变化。国有土地的日趋衰落，不可避免地导致了土地私有的日益发展。

到了宋代，私有土地远远超过了国有土地。据估计，在北宋土地占有制中，国有土地不过5%，而私有土地则有95%之多，占绝对优势。与此变化相适应，新的土地兼并势力逐步取代了唐代以山东士族为代表的旧有土地兼并势力，成为拥有绝对话语权的阶层。土地占有关系是封建社会中最为重要的生产关系之一，它是与当时的生产力发展水平相适应的。反过来，它对社会的发展也具有一定的推动作用。宋代土地占有关系的调整，调动了劳动生产者的劳动热情和生成积极性，使得有宋一代经济的发展成为我国封建社会的巅峰。据研究，汉代人口最高为5千多万，唐代开元天宝之际为6千万左右。在北宋徽宗时期，户口数逾2千万，以每户5口计算，人口已经超过一亿。[5]

①　陈寅恪《金明馆丛稿二编》，上海古籍出版社，1980年，第245页。

②　[唐]《刘禹锡集》（全二册）卷十二表章二，中华书局，1990年，第146页。下引不赘。

③　[宋]薛居正等《旧五代史》（全六册）《唐书·明宗纪第八》，中华书局，1976年，第582页。

④　同上，《周书·太祖纪第三》，中华书局，1976年，第582页。

⑤　参阅漆侠《宋代经济史》（上册），上海人民出版社，1987年，第43—75页。

粮食生产的产品数量与产量均超过前代，占城稻、黄粒稻等优良品种被广泛推广，小麦的种植也从北方扩大到南方，宋庄绰《鸡肋编》说江南小麦"极目不减淮北"①。据唐代文献记载唐代亩产量约为2石，而北宋中期约为3石，徽宗政和七年（1117），明州地区有亩产谷6、7石的记载。据估计，976年全国垦田面积为295万顷以上，996年为312万顷以上，1021年为942万顷以上，而到1067年已达1470万顷。

手工业也十分发达，手工业产品如纺织、制糖、造纸、制墨、建筑、兵器、蜡烛、编织、陶瓷以及矿冶、盐业等大量上市，产品丰富，资源充足。蜀锦、定州的刻丝、越州的寺绫、亳州的轻纱、景德镇的瓷器等，均是驰名中外的精品。京师开封，有着实力雄厚、规模庞大的官营纺织印染业，如绫锦院是由各地织工汇集建立起来的，宋太宗端拱元年（988）时有兵匠达1034人，真宗咸平年间有锦绮机400余张。两个官营染院，西内染院有工匠613人。宋代的钢铁金银生产在当时也首屈一指；京东官营盐业有密州一场，岁鬻32 000余石，供应本州及沂、潍三州。淮南成为最大的产盐基地，岁产盐逾亿斤。其次是解州和两浙，分别为岁产近4 352万斤与3 375万斤。

据清徐松《宋会要·食货》记载，酿酒业的中心首推京师开封，仅在京大酒户就有72家，每年仅用米就多达30万石。熙宁年间，每年的销售量约为180万斤。宋朱弁《曲洧旧闻》卷七，列举了北宋末年天下名酒凡203种，京师开封计55种，占总数的27%，其次为河北、京西、京东。

根据各地产品工艺、釉色、造型与装饰的异同，宋代陶瓷业的瓷窑体系主要有河北定窑系、陕西耀州窑系、京西钧窑系、河北磁州窑系、两浙的龙泉青瓷系、江西景德镇的青白瓷系。

徽州是南方最大的产纸基地，"上供七色纸岁百四十四万八千六百三十二张"（宋罗愿《新安志·上供纸》）。成都府是另一重要产纸基地，附近以造纸为业者"数十百家"，属县广都产纸也很多，四川"凡公私薄书契券图籍文牒，皆取给于是"（元费著《蜀笺谱》）。此外，还出产一种高级的布头笺，以织布机上布匹两端经不受纬的布头作原料而得名，此纸名冠天下。

论制墨的技艺与质量，当首推河北。苏易简论墨，"大约以易水者为上"，即指今河北易县，宋初易州"今进墨五百锭入翰林院"（宋乐史《太平寰宇记·河北道十六》）。②

农业、手工业的高度发展，为商业的兴盛提供了丰厚坚实的物质基础，水陆交通的便捷、统一的货币制度、铸钱量的增加及纸币（交子、会子）的创设与发行、坊市制度破坏后带来的沿街开店、营业时间的不受限制、统一的高税制度，以及与辽、夏、金的"榷场"贸易和兴盛的海外贸易，都为宋代的城乡提供了十分有利的发展条件，促使其商业空前繁荣。

① ［宋］庄绰《鸡肋编》，萧鲁阳点校，中华书局，1983年，第36页。下引不赘。
② 以上参阅程民生《宋代地域经济》，河南大学出版社，1992年，第150—207页。

大都市逐渐形成，汴京开封与临安（杭州）人口均逾百万，成都、苏州、泉州、明州、扬州等地，人口一般也在十万以上。宋代都城开封是当时最大也最繁华的商业都会。张择端的《清明上河图》全景式地反映了当时汴京的繁华与荣光：汴河两岸店铺林立，商贾云集，街市行人如织，贩夫走卒川流不息，百工艺人神采各异，茶楼酒肆、邸店牙行，鳞次栉比，叫卖之声依稀可闻。据宋孟元老《东京梦华录》载，大内前州桥东街巷，"东去沿城皆客店，南方官员、商贾兵级皆于此安泊"；御街"约阔二百余步，两边乃御廊，旧许市人买卖于其间"①。宋柳永《看花回》（《乐章集》）词云："玉城金阶舞舜干，朝野多欢。九衢三市风光丽，正万家、急管繁弦。"②刘子翚《汴堤》诗曰："参差歌吹动离舟，宫女张帆信浪流。转尽柳堤三百曲，夜桥灯火看扬州。"③以唐代扬州之繁华喻宋都城汴京之富丽。

南宋都城临安取代汴梁，成为当时世界上最大的城市，市内的主要商业街道，"自大内和宁门（北门）外，新路南北，早间珠玉珍异及花果时新海鲜奇器天下所无者，悉集于此：以至朝天门、清河坊、中瓦前、灞头、官巷口、棚心、众安桥，食物店铺，人烟浩穰。其夜市除大内前外，诸处亦然，唯中瓦前最盛，扑卖奇巧器皿百色物件，与日间无异。其余坊巷市井，买卖关扑，酒楼歌馆，直至四鼓后方静；而五鼓朝马将动，其有趁卖早市者，复晨起开张，无论四时皆然"④，这是南宋端平二年（1235）《都城纪胜》中的记载，描绘了临安府城的商业盛况。又据南宋吴自牧《梦粱录》载，临安城所需米"赖苏、湖、常、秀、淮、广等处客米到来"，"杭城常愿米船纷纷而来"，"严、婺、衢、徽等船，多尝通津买卖而来……如杭城柴炭、木植、柑橘、干湿果子等物，多产于此数州耳"。⑤对临安城所需部分商品的产地及经水运到达的情况作了记述。柳永《望海潮》词更是集杭城自然之美与人文景观于一体，形成奢华与美艳的统一："云树绕堤沙。怒涛卷霜雪，天堑无涯。市列珠玑，户盈罗绮，竞豪奢。"

略次于都城的其他大中型城市商业发展的情况也非常可观，苏州、建康、扬州、鄂州、洛阳等城市都是当时闻名的繁华都市。

海外贸易和边境贸易，是宋代商业文明发达的另一重要标志。边境贸易主要以榷场的形式出现，用以通辽、夏、金的互市贸易。《续资治通鉴长编》记载，太平兴国二年（977）三月，于镇、易、雄、霸、沧五州设"榷务"，"辇香药、犀、象及茶与相贸易，"主要与辽政权进行边境贸易活动。景德四年（1007）七月，于保安军（今陕西志丹）置榷场，"以缯帛、罗绮易驼马、牛羊、玉、毡毯、甘草，以香药、瓷漆器、姜桂等物易蜜蜡、

---

①　邓之诚《东京梦华录注》，中华书局，1982年，分见第87页、第51页。下引不赘。

②　薛瑞生《乐章集校注》，中华书局，2015年，第351页。下引不赘。

③　［宋］刘子翚《屏山集钞》，载《宋诗钞》（全四册），中华书局，1986年，第1529页。

④　［宋］佚名《都城纪胜》，载《全宋笔记》（全120册），上海师范大学古籍整理研究所编，大象出版社，2019年，第88页。下引不赘。

⑤　《梦粱录新校注》卷十六、卷十二，阚海娟校注，巴蜀书社，2013年，第278、212页。下引不赘。

麝脐、羱羚角、硇砂、柴胡、苁蓉、红花、羚毛，非官市者听与民交易"（《宋史·食货志》）。天圣四年（1026），于河北路设置"西界和市场"，"自与通好，略无猜情，门市不讥，商贩如织，纵其来往"（《续资治通鉴长编》），反映了宋夏边贸的盛况。

宋代海外贸易主要是指南方广州、泉州等港口的市舶番货贸易，亦可视为当时的国际贸易。此外尚有临安、明州、温州、秀州、密州、江阴军等处。尤以广州设立最早，亦最重要，时在太祖开宝四年（971）六月，南汉后主刘鋹被擒以后。《宋史·潘美传》云："擒鋹送京师，露布以闻。即日，命美与尹崇珂同知广州兼市舶使。"市舶使所掌贸易，主要是对东南亚诸国以金银铜钱、丝织品、瓷器等交换香药、犀象、珊瑚及海产品等贸易。《宋史·食货志》说："凡大食、古逻、阇婆、占城、勃泥、麻逸、三佛齐诸蕃并通货，易以金银、缗钱、锡铅、杂色帛、瓷器，市香药、犀象、珊瑚……等物。太宗时置権署于京师，诏诸蕃香药宝货至广州、交阯、两浙、泉州，非出官库者，无得私相贸易。其后乃诏：自今惟珠贝、玳瑁、犀象、镔铁、鼊皮、珊瑚、玛瑙、乳香禁権外，他药官市之余，听市于民。"可谓盛况空前。

随着商业文明的繁盛，出现了工商业者有组织的行会，类似于近代的同业公会。《梦粱录》解释说："市肆谓之团行者，盖因官府回买而立此名，不以物之大小，皆置为团行，虽医卜工役，亦有差使，则与当行同也。"说明行会首先是适应官府的需求而产生的，便于其征调徭役和赋税，同时也是应付官府的科索和官差，便于与之打交道。据《续资治通鉴长编》载："（元丰八年）在京诸色行户，总六千四百有奇。"各行经营者有统一的服饰，《东京梦华录》载："其卖药卖卦，皆具冠带。至于乞丐者，亦有规格。稍似懈怠，众所不容。其士农工商、诸行百户，衣装各有本色，不敢越外。谓如香铺里香人，即顶帽披背；质库掌事，即着皂衫角带、不顶帽之类。街市行人，便认得是何色目。"

纸币的出现与流通，是宋代商业文明高度发达的又一显著标志。北宋的"交子"，是世界上最早的纸币，最早是由民间自由发行，后由官府垄断，成为官"交子"。据《宋史·食货志》载，北宋初，四川地区使用的是铁钱，体积大而值小，分量重，不便使用于流通，于是便出现了一种性质与现代存款单相似，可兑换也可流通的纸币，称为"交子"，由十六户富商联合发行。官方于天圣元年（1023）垄断发行，并推行于各路。宋徽宗时，乃改用钱引，即兑换现钱的票子。南宋的主要纸币是"会子"。据李心传《建炎以来朝野杂记·东南会子》云："绍兴末……临安之民复私置便钱会子，豪右主之。钱处和为临安守，始夺其利，以归于官。既而处和迁户部侍郎，乃于户部为之。三十一年（1162）春，遂置行在会子务。后隶都茶场，悉视川钱引法行之。东南诸路凡上供、军需、并同现钱，仍赐左帑钱十万缗为本。乾道初（1165）户部以财匮，增印会子二百万缗。"[①]

商业活动的频繁无疑也是两宋时期商业文明兴盛的标志之一。宋代社会从商之风颇盛。北宋中期以后，不耻商贾，与民争利的官吏比比皆是，王安石《临川文集·上仁宗

---

① ［宋］李心传《建炎以来朝野杂记》甲集卷十六，徐规点校，中华书局，2000年，第361页。

皇帝言事书》曰："今官大者，往往交赂遗营赀产，以负贪污之毁；官小者，贩鬻乞丐，无所不为。"僧侣也乐从此道，如"广南风俗，市井坐估，多僧人为之，率皆致富"(《鸡肋编》)。夏竦《进策·贱商贾》谏曰"众以为法贱稼穑，贵游食，皆欲货末耜而买舟车，弃南亩而趣九市。臣窃恐不数十年间，贾区夥于白社，力田鲜于驵侩"[1]，所虑不无道理。

据河北大学张金华博士研究发现，在《全宋诗》中大约有万余首涉商诗，一些确定无疑的商业词汇频频出现，如包括商人、商贾、商客、贾客等在内的商人类别称谓近400项；包括坊市、河市、水市、山市、村市等在内的集市类称谓400余项；包括酒家、酒楼、酒店、酒旗、酒帘等在内的酒家类称谓近六百项；包括市声、商舶、商帆、贾舶、善贾、商旅、贾区、百货、买卖、贸易、铁钱、褚币、榷场、互市、津吏、关征、征榷等词汇共计300多项。此外，宋诗中商、市、买、卖、典、当、钱、征等字出现频率甚高，多至数千项；鬻、贩、货、店、褚、币、赊等数万项；贸、榷、税、赁等数十项。[2]

据宋王存《元丰九域志》和今人戴均良《中国城市发展史》的综合统计：宋代全国计有135个县城，总数约为71万户；元丰年间(1078—1085)全国市、镇达19 800个，市、镇户口总数计70万余户。与宋代所有的63个较大型的城市相比，市、镇无疑是汪洋大海。据《宋会要·方域》统计，北宋新置106个镇，大都是在宋初百年经济状况较好的时期。又据《文献通考》卷五统计，神宗熙宁十年(1077)前，全国诸州商税岁额，即设有商税场务的商业活动较繁华的大小都会，总计已达300多处。

这些市、镇商业之发达，与大城市相比有过之而无不及。如鄂州南市，范成大《吴船录》云，"沿江数万家，廛闬甚盛，列肆如栉，酒垆楼栏尤壮丽，外郡未见其比"[3]；陆游《入蜀记》亦称，"城外南市亦数里，虽钱塘、建康不能过，隐然一大都会也"[4]。对于城市，宋人总是充满了成就感与自豪感。朱长文《吴郡图经续记》卷上写道："井邑之富，过于唐世，郛郭填溢，楼阁相望，飞杠如虹，栉比棋布。"[5]对城市生活的羡慕与赞扬也成了文人学士笔下

陆游（清人绘）

---

① ［宋］夏竦《文庄集》卷十三，清文渊阁四库全书本。
② 参阅河北大学张金华博士论文《宋诗与宋代商业》，2005 年 6 月，第 5 页。
③ ［宋］范成大《吴船录》卷下，载《范成大笔记六种》，中华书局，2002 年，第 235—236 页。
④ ［宋］陆游《入蜀记》卷三，清文渊阁四库全书本。
⑤ 转引自伊永文《东京梦华录笺注》，中华书局，2006 年，第 964 页。

经常性的热门话题，洪迈《容斋诗话》云："国家承平之时，四方之人以趋京邑为喜。盖士大夫则用功名进取系心。商贾舟车贪南北之利，后生嬉戏则以纷华盛丽而悦。"[①]可知宋代城市发展之大之好，已经形成一种社会氛围。

科学技术也取得了长足的进展，"四大发明"中的三项：印刷术、火药、指南针均在宋代完成，奠定了宋代科技发展的历史地位。邓广铭先生说："两宋时期内的物质文明和精神文明所达到的高度，在中国整个封建社会历史时期之内，可以说是空前绝后的。"[②]

宋代这种空前繁荣与兴盛的商业文明对于文学的发展无疑是具有深刻的意义的。文学传统的社会功能在商业文化的笼罩下日渐式微，而其娱乐功能则有方兴未艾之势，文学的风格也呈现一种由雅趋俗的走向，文人的义利观、文学体裁、文学表现内容以及文学文本的流布方式等各方面都发生了诸多变化。

其一，先谈文人的义利观

南宋岳珂《桯史》记载："昔有一士，邻于富家，贫而屡空，每羡其邻之乐。旦日，衣冠谒而请焉。富翁告之曰：'致富不易也。子归斋三日而后，予告子以其故'。如言复谒，乃命待于屏间，设高几，纳师资之贽，揖而进之曰：'大凡致富之道，当先去其五贼，五贼不除，富不可致。'请问其目，曰：'即世之所谓仁义礼智信是也。'士卢胡而退。"[③]儒家的"五德"被商家看作"五贼"，虽是笑谈，但深刻地揭示了两种价值观之间的尖锐矛盾，商业文化对正统价值观的否定，以其特有的颠覆性，对传统的文化秩序和根深蒂固的义利观产生了空前的冲击与震撼。众所周知，传统儒家讳言个人利益，"不义而富且贵，于我如浮云"（《论语·述而》），是为许多士人终生奉行不悖的信条，也成为他们立身行事、为学为人的准则，因而他们鄙薄利禄之徒，疏远商贾之为。《史记·货殖列传》曰，"天下熙熙，皆为利来；世之攘攘，皆为利往"，对追名逐利之徒表示了极大的蔑视。"口不言钱"是历代文人雅士恪守不渝的操守，但有时也难免不是出于无奈的虚伪和清高。在宋代这种浓郁的商业文明之风的熏陶下，文人们的思想也在悄然发生着深刻的变化。

以文为货、博取钱财在宋代屡见不鲜、风行一时。

南宋词人刘过曾干谒达官显贵，所得回报价值不菲。明蒋一葵《尧山堂外纪》卷六十一"二二三"记述："嘉泰间，刘改之至临安，时辛稼轩帅越，闻其名，遣介招之。适以事不及行，作书归辂者，因仿辛体赋《沁园春》一词并缄往云：'斗酒彘肩，风雨渡江，岂不快哉？被香山居士，约林和靖，与东坡老，驾勒吾回。……'辛得之大喜，致馈数百千，竟邀之去，馆燕弥月，酬倡赓赓，皆似之，逾喜。垂别赒之千缗，曰'以是为求田资'。"[④]

① ［宋］洪迈《容斋诗话》卷六，转引同上，第963页。
② 邓广铭《谈谈有关宋史研究的几个问题》，载《社会科学战线》，1983年第2期。
③ ［宋］岳珂《桯史》卷第二《富翁五贼》，吴企明点校，中华书局，1981年，第16—17页。
④ 《蒋一葵词话》，载邓子勉《明词话全编》（全八册），凤凰出版社，2012年，第3595—3596页。

方回《瀛奎律髓》卷二十载："盖江湖游士，多以星命相卜，挟中朝尺书，奔走阃台郡县糊口耳。庆元、嘉定以来，乃有诗人为谒客者，龙洲刘过改之之徒不一人，石屏亦其一也。相率成风，至不务举子业，干求一二要路之书为介，谓之阔匾，副以诗篇，动获数千缗，以至万缗。如壶山宋谦父自逊，一谒贾似道，获楮币二十万缗，以造华居是也。钱塘湖山，此曹什佰为群。阮梅峰秀实、林叶可山洪、孙花翁季蕃、高菊磵九万，往往雌黄士大夫，口吻可畏，至于望门倒屣。"这些江湖游士，多以奔走干谒豪门为业，完全"不务举子业"，甚至不以为耻，反以为荣，彻底放弃了知识分子的人格操守和道德坚持。

北宋初期文坛上，传统雅文学如诗、文等，受"西昆体"影响甚巨。为与之抗衡，倡导尊经尚道，传道明心，经世致用，反骈尚散的古文派崛起于文坛。穆修是其中的代表人物，其文章自然简古，天资高迈，不假雕饰，沿溯于韩柳而自得之。尤为难能可贵的是他与门生李之才克服重重困难，花了近三十年时间校订、整理、刊刻韩愈、柳宗元文集，并亲自到京师销售，以广其流传，这不能不说是倡导古文的一大力举，也是突破传统观念束缚的一个新的举动，这在前代几乎是闻所未闻的。

其二，对文学体裁的影响

到了南宋后期，传统文学最重要的体裁诗歌似乎到了山穷水尽的地步，苏、黄的江西诗风已渐成强弩之末，除陆游、杨万里等少数人能自出机杼之外，诗人们的气骨与才情每况愈下、捉襟见肘，已经到了无法收拾的地步，最终沦落成为江湖游走之士、利禄干谒之徒："今世之诗盛矣，不用之场屋，而用之江湖，至有以为游谒之具者"（宋林希逸《跋玉融林鳞诗》）[1]；"诗道之衰靡，莫胜于宋南渡之后。而其所谓江湖诗者，尤为尘俗可厌"[2]。宝庆元年（1225），钱塘书商陈起出资刊售《江湖集》《江湖前集》《江湖后集》《江湖续集》，收录约100多位江湖诗人的作品，因而造成极大的声势，"江湖诗派"由此而得名。自称"四灵"的永嘉人徐玑、徐照、翁卷、赵师秀等针对江西诗派的"资书以为诗"，力倡"捐书以为诗"，推崇晚唐姚合、贾岛的清苦诗风，并以选本《众妙集》《二妙集》相鼓吹，成为当时诗坛较为引人注目的一个诗人群。其中，商人陈起及其商业运作模式对"四灵诗人"及其"江湖诗派"的形成与流布可说是至关重要。

作为宋代文学的标志性题材——宋词的形成与商业文明及商业文化的发展关系最为密切。繁华的都市生活，市民阶层的扩大，应运而生的是秦楼楚馆，是歌女伶工，他们要歌唱，要生活。各种不同品位的文学需求，滋生和促进了各类以娱乐为目的的文艺形式，说话、杂剧、影剧、傀儡戏、诸宫调等艺术形式迅速兴起和发展，而词则成为宋代最引人注目的文学样式。"新声巧笑于柳陌花衢，按管调弦于茶坊酒肆"（《东京梦华录序》），民间的娱乐场所也需要大量的歌词，士大夫的词作便通过各种途径流传于民间。更有一些词人直接为歌女写词，如柳永常常出入于声色场所，"多游狎邪，善为歌辞，教坊乐工

---

① 载曾枣庄、刘琳编《全宋文》（第335册），上海辞书出版社，2006年，第362页。

② ［清］钱谦益《牧斋初学集》卷三十三《跋王德操诗集序》，四部丛刊景明崇祯本。

每得新腔，必求永为辞，始行于世，于是声传一时"（宋叶梦得《避暑录话》卷下）[①]。北宋中后期的秦观、周邦彦，也都为歌妓写了不少词作。社会对词作的广泛需求，刺激了词人们的创作热情，也促进了词的繁荣与发展。

词的形式，由音乐的形式所决定，是配合歌舞的曲词，由歌工、歌妓所唱的，它们一面适合宫廷、豪门、富商的需要，同时也适合市井的需要，五代后蜀欧阳炯《花间集序》云："绮筵公子，绣幌佳人，递叶叶之花笺，文抽丽锦；举纤纤之玉指，拍按香檀。不无清绝之辞，用助娇娆之态。自南朝之宫体，扇北里之倡风，何止言之不文，所谓秀而不实。有唐以降，率土之滨，家家之香径春风，宁寻越艳；处处之红楼夜月，自锁嫦娥。"[②]在这一段话里，关于词与秦楼妓馆的城市生活关系，关于词与豪门巨富的享乐生活的关系，作了具体说明。

汴京和杭州，是两个极度繁荣的大都市，在商业经济的发达中，在君臣上下奢侈淫靡的生活中，在文人学士的蓄妾挟妓的享乐生活中，在各种娱乐艺术蓬勃生长的气氛中，词的用处愈是广泛，词的发达愈是迅速，词人与作品也愈是增多了。宋林升《题临安邸》诗云："山外青山楼外楼，西湖歌舞几时休？暖风熏得游人醉，直把杭州作汴州。"诗人一面慨叹当日封建统治集团腐朽享乐的生活面貌，同时也就说明了在那种歌舞粉饰的生活环境下，正是词的兴盛的重要原因。

总之，发达的宋代商业文明为词的产生与繁荣，不仅提供了雄厚的物质基础和广阔的消费市场，也催生和培育了大批的生产者，同时也为词的传播提供了很好的方式与途径。

其三，商业文化也推动和促进了文学传统的社会功能由载道向娱乐的转化，以及文学风格由雅趋俗的嬗变

如果说宋代商业文明的大环境对传统雅文学诗文的影响还不十分明显的话，那么新兴俗文学如词曲、话本小说以及戏曲所受的影响则是显而易见的。

以商业活动为中心的城乡社会经济活动，为俗文学提供了丰厚的题材来源，使得其反映社会生活的内容和范围以及容量得以扩大。如前文所述，《全宋诗》中有近万首涉商，《全宋词》涉商的也所在多有，如柳永《夜半乐》（更闻商旅相呼）、贺铸《拥鼻吟吴音子》（大艑舸峨，越商巴贾）、洪适《海山楼》（奇货，归帆过）等，其中最著名的当属柳永《望海潮》（市列珠玑）。

宋人笔记或小说中以商业题材为内容的可以说不胜枚举，如孟元老《东京梦华录》、洪迈《夷坚志》、周密《武林旧事》、吴自牧《梦粱录》以及《都城纪胜》等都大量记载了丰富多彩的商业活动和城市生活。话本小说中，现有六七十种左右，主要描写商人的，或和商人有关的，或出现过商人形象的，约有二十多篇，约占总数的三分之一弱，如《洛

---

① 转引自薛瑞生《乐章集校注》，中华书局，2015年，第486页。下引不赘。

② ［五代后蜀］赵崇祚《花间集校注》，杨景龙校注，中华书局，2014年，第1页。

阳三怪记》《志诚张主管》《刎颈鸳鸯会》《错斩崔宁》《碾玉观音》《闹樊楼多情周胜仙》《万秀娘仇报山亭儿》等。人物主角的经营业态有的是开金银铺，有的开生药铺，有的开酒肆，有的贩丝为生，有的开茶铺茶坊等，可谓琳琅满目，丰富多彩。

其四，商业的繁荣刺激了文化消费的需求

众所周知，商业活动的兴盛，其结果之一就是催生了市民阶层的出现，其中市民中的"闲人"对诸如鼓子词、诸宫调、词话、讲史、说经、杂剧、南戏、话本等种种通俗文学的萌芽与兴盛，所发挥的作用是不可低估的。《梦粱录》《都城纪胜》都专有"闲人"一节，肯定其"本色"在"学像生、动乐器、杂手艺、唱叫白词、相席打令、传言送语"、"讲古论今、咏诗和曲"等方面的才能。由于他们的情趣爱好，才能将市民日常生活中不能登大雅之堂的事物化为文学作品，与传统庙堂文学堂而皇之地一较高下。据《东京梦华录》载，许多东京市民，每天早晨起来的第一件事不是忙于生计，而是匆匆忙忙奔向勾栏瓦舍，去欣赏那里的小杂剧演出，唯恐"差晚看不及矣"。市民的这种娱乐消费需求成为俗文学兴盛的土壤和繁荣的重要契机。①

其五，商业文明的进步促成了文学传播方式的转变

宋代词的传播主要是口头传播，因为词是配乐歌唱，类似于今天的通俗歌曲，而且主要是通过歌伎这个载体和渠道来实现的。王灼《碧鸡漫志》卷一载："古人善歌得名，不择男女……今人独重女音，不复问能否。而士大夫所作歌词，亦尚婉媚，古意尽矣。"②宋代词人中最受人欢迎、最为流行的当推柳永，上至帝王宰相，下至平民百姓，及和尚道士，都热爱柳词。可以说，柳永是一位拥有大批铁杆"粉丝"的词坛明星，"凡有井水饮处，即能歌柳词"（《避暑录话》卷下），陈师道《后山诗话》讲柳词，"天下咏之，遂传禁中。仁宗颇好其词，每对酒，必使侍从歌之再三"③。柳词的广泛流布，正是由于城市经济及其商业文明的繁荣所提供的广大的歌庭文会和勾栏瓦舍、茶楼酒肆等大众文化娱乐消费环境场所，才使其传播的范围进一步扩大，流布的速度也更加迅速。因为人们到这些场合的主要目的就是为了消遣娱乐，为了寻找感官刺激，惟其如此，词才能引人入胜。话本小说的流布也主要以口头讲唱，通过说书艺人来实现。

随着印刷术的发明，口头传播方式逐渐向书面传播方式过渡，或者以雕刻、石刻或题壁的方式来传播。雕印和石刻的目的固然是扩大作品的受众范围，但对于刊刻者而言，是不会不考虑成本核算的，就是说，刊刻作品肯定会有一部分是营利性质的，朱弁《曲洧旧闻》载："东坡诗文，落笔辄为人传诵……是时朝廷虽尝禁止，赏钱增至八十万，禁愈严而传愈多，往往以多相夸。"④寺庙的僧侣如住持、住山、院主等知事僧即从事石

---

① 参阅刘扬忠《中国古代文学通论·宋代卷》，辽宁人民出版社，2005年，第256页。
② ［宋］王灼《碧鸡漫志》卷第一，载唐圭璋《词话丛编》（全六册），中华书局，1986年，第79页。
③ 载清何文焕辑《历代诗话》（全二册），中华书局，1981年，第311页。下引不赘。
④ ［宋］朱弁《曲洧旧闻》卷八，孔凡礼点校，中华书局，2002年，第204—205页。本著与《师友谈记》《西塘集耆旧续闻》合刊，下引不赘。

刻以售卖牟利。通过朋友同好之间相互赠送，以及过往行人自行拓印、传写，都可以加快传播的速度。宋张耒《读中兴颂碑》诗云，"谁持此碑入我室，使我一见昏眸开。……时有游人打碑卖"①，其所读《中兴颂》就是游人拓印集卖的碑本。石刻碑本的售价取决于碑文作者及书法者声名地位的高低。文莹《湘山野录》卷下载，欧阳修早年以省元应试进士及第时，文名不高，"新赋"的石刻碑本仅售"两文"钱。成为文坛领袖后，一篇《石曼卿墓志铭》的碑本售价五百文钱，欧尚嫌太廉，有辱自身身份和文章的价值。②

书籍传播的方式可以使作品大量出版，从而为更多人所知，也可更多获利，这样就造就了一批以诗文创作为生计的"职业"文人。同时文学作品的商品化，加速了文学传播流通与消费，扩大了作家在文坛中读者中的影响，提高了其知名度，可谓名利双收。

文学离不开社会生活，一定时期的文学必然反映一定时期的社会内容，所谓"文变染乎世情，兴废系乎时序"（《文心雕龙·时序》），历代文学的演进莫不遵守这一规律。作为文学发展历史长河中的一朵浪花，宋代文学也莫不如此。尤其值得注意的是，宋代文学在商业文明极为兴盛的广阔时空条件下，二者之间的互动共生呈现着一种紧密的、复杂多元状态，其中的得失成败及其对后代文学的影响，是今天我们同样处于商业文明繁盛期的文学应当思考的问题，或许这就是我们考察宋代商业文明与文学演进之间关系的意义之所在。

二、宋代的文化政策与士风

宋太祖赵匡胤以武力夺权，为防止部下故伎重演，故对武人采取贬抑之策，力图削弱以至淡化武人在国家政权中的影响力，除"杯酒释兵权"外，还对地方藩镇进行防范。太祖建国第二年，即建隆二年（961），向赵普问及国策："初，上既诛李筠及重进，一日，召赵普问曰：'天下自唐季以来，数十年间，帝王凡易八姓，战斗不息，生民涂地，其故何也？吾欲息天下之兵，为国家长久计，其道何如？'普曰：'陛下之言及此，天地人神之福也。此非他故，方镇太重，君弱臣强而已。今所以治之，亦无他奇巧，惟稍夺其权，制其钱谷，收其精兵，则天下自安矣。'语未毕，上曰：'卿无复言，吾已喻矣。'"（《续资治通鉴长编》卷二）此遂成为赵宋王朝的一项长期的基本国策。

与对武人的防范与限制相反，宋代是一个十分尊重知识和优待知识分子，十分重视文化教化事业的封建王朝。最高统治者始终执行兴文抑武的政策，对知识分子采取了笼络与抚慰策略，对于知识分子在政治上和经济上，均给予极高的礼遇和优渥的俸禄。

宋初从太宗、真宗、仁宗三朝，实行崇儒重教，任用文人治理地方行政。赵匡胤"独喜观书，虽在军中，手不释卷。闻人间有奇书，不吝千金购之"（同上卷七）。北宋初

① 《张耒集》(全二册)卷十三，李逸安等点校，中华书局，1999年，第233页。下引不赘。
② 参阅刘扬忠《中国古代文学通论·宋代卷》，辽宁人民出版社，2005年，第402—403页。

年即兴建崇文院用以收藏天下图书。仁宗朝诏史馆修《太平总类》，要史臣日进三卷，他要亲览，"朕性喜读书，开卷有益，不为劳也。此书千卷，朕欲一年读遍，因思学者读万卷书，亦不为劳耳。"（同上卷二四）仁宗庆历元年（1041），王尧臣、欧阳修等人奉敕撰成《崇文总目》66 卷，著录图书凡 36 669 卷。宋室南迁后，大量图书散佚，经多方搜求，至孝宗淳熙年间，撰成《中兴馆阁书目》20 卷，著录图书约 44 486 卷。宁宗嘉定年间（1208—1224），又成《中兴馆阁续书目》，收录自淳熙后所集书目约 14 943 卷。此外，有宋一代，私家著录书目者也所在多有，著名的有尤袤《遂初堂书目》、晁公武《郡斋读书志》、陈振孙《直斋书录解题》、李淑《邯郸图书志》、董逌《广川藏书志》、田镐《田氏书目》、郑寅《郑氏书目》等。四部大书如《太平御览》《太平广记》《文苑英华》《册府元龟》，规模空前，远迈前代，它们的编纂也成为文化建设上的大事件。

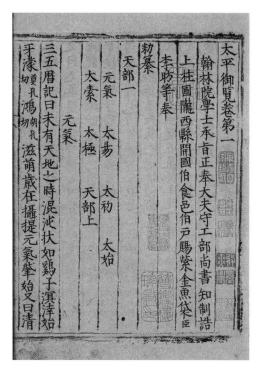

《太平御览》明蓝格抄本

宋代帝王对学校教育也十分重视，大力兴办各类学校，如中央官学（主要是太学、国子监）、地方官学、各地学院等。私人讲学的著名书院有石鼓书院、岳麓书院、白鹿洞书院、应天书院、嵩阳书院等，讲学的多为满腹经纶的饱学之士和声誉卓著的名儒硕学，入学人数之多也是空前的。①《宋史·选举志一》说："学校之设遍天下，而海内文治彬彬矣。"到了南宋，"都城内外，自有文武两学、宗学、京学、县学之外，其余乡校、家塾、舍馆、书会，每一里巷须一二所，弦诵之声往往相闻"（《都城纪胜》）。如前所述，雕版印刷术的突飞猛进，使得官私刻本大量流行，私家著述大量涌现，加速了文化知识的传播及其影响，为广大读书人研习学业提供了极大的便利条件。

在官吏的任用上，宋太祖定制"宰相须用读书人"（《续资治通鉴长编》卷七）；"择儒臣有方略者统兵"（《宋史·孙何传》）；对知识分子采取宽松的政策。王夫之《宋论》卷一曰："（一）自太祖勒不杀士大夫之誓以诏子孙，终宋之世，文臣无欧刀之辟。张邦昌躬篡，而止于自裁；蔡京、贾似道陷国危亡，皆保首领于贬所。""（一五）三代以下称治者三：

---

① 参阅何忠礼《科举制度与宋代文化》，载《历史研究》，1990 年第 5 期。

文景之治，再传而止；贞观之治，及子而乱。宋自建隆息五季之凶危，登民于衽席，迨熙宁而后，法以斁，民以不康。由此言之，宋其裕矣。"① 至于俸禄之厚，赏赐之多，前代也无法比拟，所谓"恩逮于百官者惟恐其不足"②，确非夸大之词。如此优厚舒适的生活待遇，士大夫即使不刮地皮，不敲骨吸髓，不贪污受贿，也能做到衣食无忧，体面地生活。王禹偁《对雪》诗曰，"月俸虽无余，晨炊且相继。薪刍未阙供，酒肴亦能备"③。"寒士"们长久以来的人生向往，在宋代有了更大实现的可能。这对于培养人才，传播文化具有十分重要的意义。

对科举的重视也是宋代右文政策的一个重要体现。国家大量增加正式科举考试录取人数的数量，取士名额较之国初也大幅提高。除此之外，皇帝为了笼络士子，还亲自出面，以皇帝特恩的名义录取举子，并亲自召见考试合格的读书人，以至亲临殿试考场。宋初取士，并无定数，通常为十余名，后则大幅增加。据《文献通考·选举考》载：太祖开宝六年（973），"李昉知举，放进士后，下第人徐士廉等打鼓论榜，上遂于讲武殿命题重试。御试自此试始。昉等所取十一人，重试共取二十六人"；太宗太平兴国三年（978），"命李昉、扈蒙定其优劣为三等，得吕蒙正以下一百九人。越二日，覆试诸科，得二百余人，并赐及第"；真宗咸平三年（1000），"上临轩三日无倦色，得进士陈尧咨以下四百九人，诸科四百三十余人。又试进士五举、诸科八举，及尝经御试，或年逾五十者，得进士及诸科凡九百余人，共千八百余人，其中有晋天福随计者。较艺之详，推恩之广，近代未有也"。这些举措为历代君王所少见，对读书人无疑是极大的精神鼓励。

宋代统治者还采取措施，改革和完善科举取士制度，其重要者有以下数端：一是取消应试者的门第、身份限制，凡有一定文化程度的读书人，均可投牒应试。二是废除"通榜"的公荐制度，推行锁院、弥封、誊录之法，取士一切以试卷为准，防止考场内外徇私舞弊之事。三是考试内容多样化，进士科以诗赋为主，转变为经义、诗赋、策论并重。四是考中进士者即可授官。科举取士形成完整的制度，适应了新兴政治势力参政的需要，促进了文风的兴盛，使得读书人剧增。

国家政权的这种崇文抑武、推恩延士的政策导向，激发了广大知识分子阶层的向心力，对于积极向上士风的形成起了极大的推动作用。学而优则仕，仕而可以获得很高的俸禄，社会地位和经济地位都将得到极大的提高，这就成为许多读书人发奋读书的动机和诱因。一旦金榜题名，身登龙门，即刻身价倍增，声闻遐迩，为许多人所艳羡，所谓"十年寒窗无人问，一举成名天下知"，极大地增加了文人士大夫对国家政权的依附性。田锡《上开封府判书》说，"遭逢今幸于升平，激发颇怀于忠节，思欲一历科场之试，一登卿相之门，观光彩于鸿都，与周旋于造士"④，道出了宋代士人奋厉效时、勇于进取的

---

① ［清］王夫之《宋论》卷一，舒士彦点校，中华书局，1964 年，第 6 页、第 25 页。
② 《廿二史札记校证》（全二册）卷二十五《宋制禄之厚》，王树民校证，中华书局，2001 年，第 534 页。
③ ［宋］王禹偁《小畜集钞》，载《宋诗钞》（全四册），中华书局，1986 年，第 19 页。下引不赘。
④ 载曾枣庄、刘琳编《全宋文》（第 5 册），上海辞书出版社，2006 年，第 233 页。

积极心理。

欧阳修以天下为己任，立志要发展儒家学说，其《记旧本韩文后》云："韩氏之文没而不见者二百年，而后大施于今，此又非特好恶之所上下，盖其久而愈明，不可磨灭，虽蔽于暂而终耀于无穷者，其道当然也。予之始得于韩也，当其沉没弃废之时，予固知其不足以追时好而取势利，于是就而学之，则予之所为者，岂所以急名誉而干势利之用哉？亦志乎久而已矣。故予之仕，于进不为喜、退不为惧者，盖其志先定，而所学者宜然也。"[①] 他志于求道，至于政治仕途上的进退出处、沉浮宠辱，并不介怀。

张载学理求道，目的是"为天地立心，为生民立命，为往圣继绝学，为万世开太平"（《横渠语录》），洋溢着以天下为己任的豪迈气概。

司马光耗时十九年光阴修成《资治通鉴》，其大旨在"专取关国家盛衰，系生民休戚，善可为法，恶可为戒者，为编年一书"，以便"鉴前世之兴衰，考当今之得失"，从而使天下"跻无前之至治，俾四海群生，咸蒙其福"。（《资治通鉴·进书表》）

范仲淹面对国势贫弱和外族强大所造成的边患，体现出了深深的忧患意识，力倡"先天下之忧而忧，后天下之乐而乐"，成为其后历代士大夫效仿的楷模。

这种基于传统文化中由来已久的"大一统"和"夷夏之变"思想的民族意识和爱国精神，也就成了宋代社会抗敌图存的精神动力和思想资源，同时也造就了宋代文学中爱国主义主旋律的高扬。宗泽、李纲、岳飞、陈亮、胡铨、张孝祥、张元干等投身疆场的将帅，以及身居要职的朝廷重臣们，无不在他们的诗文作品中，呼唤抗战，怒斥奸佞，其忠奋之气，悲慨之情，令国人感奋。

即使在专注于书斋生活和个人心灵书写的江西诗派诗人的笔下，民族的灾难、抗敌的斗志和深重忧患也成了重要的主题内容之一。如吕本中、陈与义、曾几等人此时的许多诗篇，写得深沉苍凉，深得老杜诗歌的精髓。就连身为女流的李清照也发出了"生当作人杰，死亦为鬼雄"的慨叹。陈亮、叶适等人的浙东事功学派，面对播迁东南、山河破碎的局面，积极

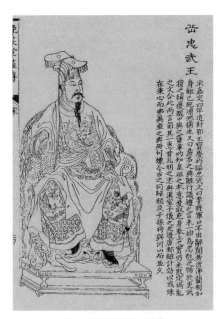

岳飞（清《晚笑堂画传》）

主张面向社会实际，经世致用。陈亮不顾自身安危，一生六次向孝宗皇帝上书，力陈抗金复国的大业。陆游临终之前还做《示儿》诗，念念不忘恢复故土、收拾旧山河的雄心壮

---

① 《欧阳修全集》居士外集卷二十三，李逸安点校，中华书局，2001年，第1057页。下引不赘。

志。辛弃疾以抗金英雄形象步入南宋词坛，把一腔慷慨悲歌、抑郁无聊之气全部寄托于词的创作，在尚雅重律的南宋词坛上，稼轩词异军突起，别立一宗，形成了以恢复中原为主题的"辛派"词体。

宋代知识分子也表现出了大胆真率的创新意识和渊涵浑厚的兼容精神，他们不迷信古人，不墨守成规，敢于疑经、疑传，坚持求新创新。张载认为"学贵心悟，守旧无功"（《经学理窟·义理》），程颐亦言"君子之学必日新，日新者日进也。不日新者必日退，未有不进而不退者"①。欧阳修著《易童子问》《毛诗本义》，王安石纂修《三经新义》，苏轼有《易传》等等，均对前代的陈言旧说有所修正，使宋代学术呈现空前的繁盛局面，学派林立，观点各异。王安石的新学、二程洛学、张载关学、三苏蜀学等，在北宋学术史上呈并立之势。到了南宋，朱熹理学、陆九渊心学等互相辉耀，宋代学术文化上的创新精神得到了充分的体现。王国维《宋代之金石学》曰，"天水一朝人智之活动，与文化之多方面，前之汉唐，后之元明，皆所不逮也"，所言不为无见。

宋代文化和宋代知识分子的兼容精神，突出表现在儒释道三教的融合上。儒教是中国的传统学术，自汉代成为官方的统治思想后，其间虽有波折，但仍处于"不断如带"的状态，唐宋时期重新成为主流意识形态和官方哲学。佛教在东汉时传入中国，道教产生后，三教开始了互相排斥又互相渗透的过程。魏晋南北朝时，儒学式微，佛道乘虚而入，大大动摇了儒学的独尊地位。这就迫使宋儒开始反思儒学，汲取其他文化养料来充实儒学，复兴儒学。入宋以后，士人习道嗜佛成为风气，宋儒从传统的排斥佛道转向从学术上批判扬弃佛道，大量吸收佛道思想来充实儒学，如佛教的心性义理之学和道教的"太极"思想，糅入儒学，成为理学的重要命题。与此同时，佛道也面临着融合儒学的任务，宋代文化的开放态势为佛道入儒提供了条件。首先是佛道政治化的出现，其次是将佛道教义比附儒家的伦理纲常。儒释道三教之互相渗透、互相融合，在宋代呈现出新的面貌。②

大致说来，较之唐人，宋代知识分子比较注重理智而轻忽情感，强调个体对国家和社会的政治责任和道德义务，而抑制个性的自由发展和自由抒发，宋人思想更成熟，情感也越发内敛含蓄。这些都为唐诗选本的产生提供了广阔深厚的学术文化背景，使得宋代的唐诗选本不至于成为无本之木，无源之水。

三、理学思想牢笼下的宋代文学

宋代学术包括哲学（主要是经学）、史学和文学艺术，它与汉唐学术迥然不同。汉学是训诂、章句之学，通过训诂和章句，从细微处入手，来理解经义，达到通经致用的目

---

① 《二程集》（全四册）遗书卷第二十五，王孝鱼点校，中华书局，1981年，第325页。下引不赘。

② 参阅吴怀祺《中国文化通史·两宋卷》，中共中央党校出版社，2000年，第201—238页。

的。《史记》卷一百三十《太史公自序》《论六家要旨》说儒学"博而寡要，劳而少功"，指出了汉学这种繁琐哲学的特征。到唐代，这种依经立义的格局并未有多少改观，甚至还有变本加厉之势，仍有一大批学者在孜孜矻矻、穷经皓首，在汉儒注疏的基础上进一步加以疏解笺证，阐发微言大义。如孔颖达《周易正义》《尚书正义》《毛诗正义》《礼记正义》《春秋左传正义》，贾公彦《周礼注疏》《义礼注疏》，杨士勋《春秋穀梁传注疏》，徐彦《春秋公羊传注疏》等。到唐中叶，啖助、赵匡、陆质等人的"春秋学派"用了十五个年头，共同完成了《春秋集传纂例》《春秋集传微旨》《春秋集传辨疑》，开始了自汉代以来经学史上的重大转折。他们对《春秋》三传的批评，一扫人们对传注的迷信，使人们开始摆脱传注的桎梏，从总体上把握《春秋》，阐明其宏旨大义，为研习经学建立了新的方法[1]。这一时期，韩愈、柳宗元、刘禹锡、李翱等人面对佛道的急剧发展，儒学地位岌岌可危的局势，开始提倡复兴儒学。在《原道》《原性》《谏佛骨表》中，韩愈对儒家的仁义道德之说予以概括性的说明，建立了一个从尧、舜、禹、汤、文王、周公、孔子、到孟子的道统，同时对日渐兴盛的佛老之学给予了猛烈的抨击。正是秉承中唐这种疑经的批判精神，敢于否定汉儒的师承家法，也敢于发挥自己的独立见解，从而在宋代形成了勃勃有生气的义理之学，它代替了汉儒繁琐不堪的章句之学，建立了与汉学对立的宋学。

当然，宋学形成的原因与过程极其复杂，限于篇幅，也限于水平，无力详细铺叙，仅举其大端而已。宋学形成的初始阶段，范仲淹、三先生（胡瑗、孙复、石介）、欧阳修和李觏等人发挥了重要作用。欧阳修率先发难，"童子问曰：《系辞》非圣人之作乎？曰：何独《系辞》焉，《文言》《说卦》而下，皆非圣人之作"（《易童子问》卷三），对《易》系辞进行了大胆怀疑。对儒经的注疏也不以为然，其《诗解统序》对"毛、郑二学"提出批评，称"其说炽辞辩固已广博，然不合于经者亦为不少"（《居士外集》卷十一）。这种独立的批判精神，对宋学的建立无疑具有启迪和开拓作用。

"三先生"之一的胡瑗，《宋元学案》将其列为宋代学术第一人，谓之《安定学案》，其《周易口义》"文义皆坦明，象数殆于扫除"（《直斋书录解题》）。《洪范口义》也是以儒家思想观点阐明其意旨的，《四库提要》称其《洪范口义》"发明天人合一之旨，不务新奇""驳正注疏，自抒心得""以经注经，特为精确"，可谓的论。

孙复以治《春秋》名世，其《春秋尊王发微》一书"不取传注，其言简而义详，著诸大夫功罪，以考时之盛衰"（《郡斋读书志》）；"不惑传注，不为曲说，真切简易"（《直斋书录解题》）。

"三先生"的另一位石介，对经学的阐发，也是"不取"或"不惑""传注"的，同样体现了宋学迥异前代的学术精神与学术风貌。

"庆历新政"中的代表人物之一范仲淹在宋学的形成中，也起了十分重要的作用。他有《易义》一书，直接从义理方面加以阐发，并以《易经》上"穷则变，变则通，通则久"

---

[1] 参阅漆侠《宋学的发展和演变》，河北人民出版社，2002年，第82—103页。

范仲淹（明《三才图会》）

的教导，来进行改革，注重通经致用的实践功能。史称"仲淹门下多贤士，如胡瑗、孙复、石介、李觏之徒，纯仁皆与从游"（《宋史·范纯仁传》），这些宋学的开拓者都与范氏有密切的接触，理学家张载也曾受其影响。这些对宋学的形成都具有十分重要的意义与影响。

宋学形成于仁宗年间，约在"庆历新政"前后（1043—1044），到仁宗、英宗，意即嘉祐、治平年间（1056—1067），宋学获得了大的发展，形成了王安石学派（荆公学派）、司马光学派（温公学派）、苏氏蜀学和洛关理学派。

荆公新学以王安石等修撰《三经新义》即《诗义》《书义》《周礼义》而得名，许多学者参与了这一工作。在此前后，也有一部分学者从之游学，从而声名大显，终成新学学派。王氏于熙宁八年（1075）执政，利用行政手段，将《三经新义》颁发学校，作为学生们的教材，科举考试也以此为准的，新学取得了官学的地位，君临学界，定于一尊，"独行于世者六十年"（《直斋书录解题》），足见其影响之巨。作为宋代义理之学的重要代表，荆公新学的治学方法具有鲜明的轻传注而重义理的特色，这与整个宋学的学术精神是一脉相承的。

司马光与王安石在政治上势同水火，在学术上也是方枘圆凿、互不相能。温公认为，"天者，万物之父也。……违天之命者，天得而刑之；顺天之命者，天得而赏之"（《士则》）[①]。这个万物主宰的"天"，是有意志，有人格的，人们的思想意志必须以它为转移，不可违逆，完全取消了人在自然面前的主观能动性。而荆公则认为"天"是自然的、物质的客观存在，不以人的意志为转移，"无作好，无作恶，无偏无党，无反无侧"（《临川文集·洪范传》）。《中庸》被宋儒抬到了十分突出的地位，成为"四书"之一。司马光在《中和论》一文中，对这部"致广大而尽精微，极高明而道中庸"（《中庸》第三十一）的经典给予了自己的见解，他以为，"求道走于安"，而"道之要在治方寸之地而已"，注重个人的心性、道德、修养，以"道心"来克制"人心"，"执中而已"，就是"中庸之道"。实际上，司马光的经学成就远逊于他的史学成就，也不及其在"元祐更化"中的政治影响。

以"二程"为代表的洛学是宋代理学中的主流，与张载的关学共同组成宋学兴盛时的理学（即道学）。经南宋初的四十年后，成为显学，一直到明清，均得到官方支持，成为主流意识形态的重要组成部分，拥有绝对的话语权。张载提出"太虚即气"（《正蒙·太

---

① 载曾枣庄、刘琳编《全宋文》（第56册），上海辞书出版社，2006年，第200页。

和篇》）①学说，否定了道家"有生于无"，和佛教"以天地万物为幻化"的理论，肯定了世界的物质同一性，建立起了一种系统完备的宇宙本体论。他的"一物两体论"（《正蒙·参两篇》），把事物运动变化的原因归结为事物内部的"一"与"两"，即对立统一关系，使其唯物论具有辩证法色彩。

而二程的"理"一元论哲学，则具有浓厚的客观唯心主义色彩。在其看来，万事万物都是"理"所派生的，把形而上之理论说成是世界的本原，"'万物皆备于我'，不独人尔，物皆然"，"理也，性也，命也，三者未尝有异。穷理则尽兴，尽兴则知天命矣。天命犹天道也，以其用而言之则谓之命，命者造化之谓也"；"道之外无物，物之外无道，是天地之间无适而非之道也"。就认识论而言，他们强调内省，乃至夸大个人主观认识的能动作用，亦即"心"的作用，认为只要通过内心的反省功夫，恢复固有的良知良能，即可达到与天地万物融为一体，万物皆为我所用的地步。从而下学上达，成就其内圣外王之道，所谓"须是合内外之道，一天人，齐上下，下学而上达，极高明而道中庸"。强调"存天理，灭人欲""父子君臣，天下之定理，无所逃于天地之间""为君尽君道，为臣尽臣道，过此则无天理"；"仁、义、礼、智、信五者，性也。仁者，全体；四者，四支。仁，体也。义，宜也。礼，别也。智，知也。信，实也"。这些既是所谓的"天理"，与之相对的便是"人欲"，所谓"多权者害诚，好功者害义，取名者贼心"。（本段引文均出自《二程集》）

苏氏父子的蜀学，其突出特征就是驳杂，以儒为本，会通三教，"苏氏出于纵横之学而亦杂于禅"②，《四库提要》"道德经解"条亦称"苏氏之学本出入于二氏之间，故得力于二氏者特深"。苏蜀学派的代表作是《东坡易传》和苏辙的《老子解》，但由于他们长于文学，理论思维比较薄弱，在经学上的探索，毕竟没有形成一个较为完整的思想体系，因而《宋元学案》将《苏氏蜀学略》和《荆公新学略》放在书末，篇幅也较短小，故称之为"略"。但该派对其后南宋的学术思想还是具有相当影响的。

宋代学术的总体走向是趋于义理之学，与前此汉唐的章句之学划清了界限，这样，其精神指向就必然趋于经世致用，追求外圣内王的极致。宋代的学者普遍追求一个可以面对宇宙人生、国家社会、入世出世各方面，曲畅善通、正大圆融的原则，这就是所谓"道"或"理"，建立一个既能安顿国计民生，又能善待自我人生，既能游走社会家国，又能栖息精神世界的原则道理。一部分人注重切实明道，通经致用，如田锡、张咏、王禹偁、寇准、王安石、范仲淹、欧阳修等；一部分人则注重正本清源、修身立教，如柳开、孙复、石介、胡瑗、周敦颐、张载、邵雍、"二程"等等，都统一在对封建秩序的建构和道德人生的追求之中。③在这样的氛围下，文学受到了政治和伦理的双重挑战，传

---

①　载《张载集》，章锡琛点校，中华书局，1978年，第8页。下引不赘。

②　黄宗羲《宋元学案》（全四册），全祖望补修，陈金生等点校，中华书局，1986年，第18页。

③　参阅程杰《北宋诗文革新研究》，内蒙古教育出版社，2002年，第339—359页。

统的文学观念开始发生微妙的变化。

首先，关于文与道

文与道，或说内容与形式的关系，是宋代知识精英阶层十分关心的问题之一，不同的人站在不同的立场，从不同的视角发表了自己的见解。宋初柳开、梁周翰、高锡等人，面对晚唐五代卑弱文风对文坛的侵蚀，力倡古文。《宋史·梁周翰传》曰："五代以来，文体卑弱，周翰与高锡、柳开、范杲习尚淳古，齐名友善，当时有'高、梁、柳、范'之称。"他们崇古好道，重道轻文，反对体美文华："文章为道之筌也，筌可忘作乎？筌之不良，获斯失矣。女恶容之厚于德，不恶德之厚于容也；文恶辞之华于理，不恶理之华于辞也。"（柳开《上王学士第三书》）①明确指出文章是明道之具，对艺术形式美是持贬抑态度的。这一理论继续发展，到周敦颐和程颐，相继提出了"文以载道"、"作文害道"的说法，进一步把这种重道轻文的倾向推到了极致，夸大了"道"的绝对作用，否认了"文"的存在价值，从而走到了极端。

欧阳修关于文道关系的名言是"道胜者文不难而自至也"（《答吴充秀才书》）。这个"道"，不仅仅是儒家之道，也包含了日用百事，他反对那种弃百事而不关心、片面追求文辞之工巧华美的空头文学家。他是重道也重文的，要求文章不仅内容充实，而且必须要富有文采，"君子之所学也，言以载事，而文以饰言，事信言文，乃能表见于后世"（《代人上王枢密求先集序书》），传世之作必然将内容真实、问题重大和艺术优美结合起来，三者缺一不可。由此不难看出，欧阳修不仅重视社会政教的参与，也注意道德学术、事功文章等完美人格、精神理想的追求，反映了当时精英阶层在人生价值追求上的广阔视野和积极精神。他还说："君子之于学也务为道，为道必求知古，知古明道，而后履之以身，施之于事，而又见于文章而发之，以信后世。"（《与张秀才棐第二书》）认为道是士之为士，安身立命的根本，是士人人生实践的信念和准则。

作为政治家的王安石，同样关注"道"与"文"的关系，"所谓文者，务为有补于世而已矣；所谓辞者，犹器之有刻镂绘画也。诚使巧且华，不必适用；诚使适用，亦不必巧且华。要之以适用为本，以刻镂绘画为之容而已"（《上人书》），认为文章必须以内容为主，形式次之，而内容又必须"有补于世"，辞藻文采、形式技巧如同器物上的花纹，一定要为内容服务，一定要"巧且华"，流露出了某种对文或说形式的轻视，体现出了一个安邦定国、务本致用的政治家的文道观。

其次，关于情于理

"发乎情，止乎礼义"，是汉儒论诗的一个重要准则，也是历代儒家诗教观秉承的衣钵。但到了宋代，也有人提出了不同的看法，如苏洵《诗论》云："人之嗜欲，好之有甚于生，而愤憾怨怒，有不顾其死，于是礼之权又穷。礼之法曰：好色不可为也。为人臣，为人子，为人弟，不可以有怨于其君父兄也。使天下之人皆不好色，皆不怨其君父

---

① 载曾枣庄、刘琳编《全宋文》（第6册），上海辞书出版社，2006年，第284页。

兄，夫岂不善？倘人之情皆泊然而无思，和易而优柔，以从事于此，则天下固亦大治。而人之情又不能皆然，好色之心驱诸其中，是非不平之气攻诸其外，炎炎而生，不顾利害，趋死而后已。噫，礼之权止于死生，天下之事不至乎可以博生者，则人不敢独死以违吾法。今也，人之好色与人之是非不平之心，勃然而发于中，以为可以博生也，而先以死自处其身，则死生之机固已去矣。死生之机去，则礼为无权。区区举无权之礼以强人之所不能，则乱益甚，而礼益败。"①

就是说，人有各种情感需求，尤其是男女之大防，其情与欲十分强烈，"礼"是无法克制的，当一个人如果置生死于度外，连死都不怕的地步，所谓"止乎礼义"就不过是一句空话了，越是强调"礼"的节制作用，"情"就越发

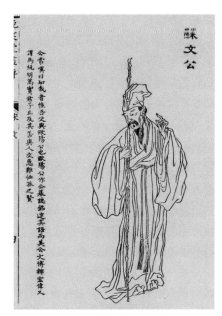

苏洵（清《晚笑堂画传》）

难以抑制，所以诗是泄导人情的最佳方式。诗是人性情的流露与表白，诗是人的精神创造，不是匠人的手艺，不需要西昆体那种华贵精致的雕章丽句，而是一种基于真情实感的平淡风格，正像欧阳修所说的那样"圣俞覃思精微，以深远闲淡为意"。

作为北宋诗文革新运动领袖的欧阳修，善写感慨之文，这种感慨之文，实际上是文学传统中最富个人感情也是最富有成就的内容。《文心雕龙·时序》称建安文学："雅好慷慨，良由世积乱离，风衰俗怨，并志深而笔长，故梗概而多气也。"在欧阳修的作品中，这种饱含感慨之情的文章大量见于为交游故旧所作的碑志、哀祭文以及文集序中（《泷冈阡表》最为脍炙人口），其《江邻几文集序》曰："余窃不自揆，少习为铭章，因得论次当世贤士大夫功行。自明道、景祐以来，名卿巨公往往见于余文矣。至于朋友故旧，平居握手言笑，意气伟然，可谓一时之盛。而方从其游，遽哭其死，遂铭其藏者，是可叹也。盖自尹师鲁之亡，逮今二十五年之间，相继而殁为之铭者至二十人，又有余不及铭与虽铭而非交且旧者，皆不与焉。呜呼，何其多也！不独善人君子难得易失，而交游零落如此，反顾身世死生盛衰之际，又可悲夫！而其间又有不幸罹忧患、触网罗，至困厄流离以死，与夫仕宦连蹇、志不获申而殁，独其文章尚见于世者，则又可哀也欤。然则虽其残篇断稿，犹为可惜，况其可以垂世而行远也？故余于圣俞、子美之殁，既已铭其圹，又类集其文而序之，其言尤感切而殷勤者，以此也。"表达了对人事的遽尔之变、生命的盛衰存亡和仕途偃蹇多难的感喟与慨叹，充溢着浓郁的情感色彩，这样的文章自然

---

① 载曾枣庄、刘琳编《全宋文》（第43册），上海辞书出版社，2006年，第109页。

会感人至深。

"理"是理学家的最高范畴，程颐说"吾学虽有所受，'天理'二字却是自家体贴出来"（《外书》卷十二）。"天理"即是道，它是万物的源头，宇宙的本体，事物存在的依据与运行的规律。"理"在人身上既体现为性，它是与生俱来的道德秉性，其本质即是"仁"。理学家以体道悟理为人生的第一要义，诗歌虽可用于描写性情，但这种性情已非一般意义上的人性、人情，而是经过天理过滤后的道德情操，是天理在人身上的具体体现。其《颜子所好何学论》云："天地储精，得五行之秀者为人。其本也真而静；其未发也，五性具焉，曰仁义礼智信。形既生矣，外物触其形而动其中矣。其中动而七情出焉，曰喜怒哀乐爱恶欲。情既炽而益荡，其性凿矣。是故觉者约其情使合于中，正其心，养其性，故曰性其情。愚者则不知制之，纵其情而至于邪僻，梏其性而亡之，故曰情其性。"由此也就派生出理学家的诗歌功能论，既然诗歌能表现出与物同体的得道世界，那么从诗歌中也可以感受到这种境界而受到熏陶，从而对人格修养大有裨益。

实际上，不管是理学家也好，古文学家也好，宋人在情与理的关系上各执一词，自说自话，二者并未达至水乳交融的理想状态，而是呈现一种互不兼容、相析相离的趋势。这种理与情关系的疏离，导致独立人格的提升、个体价值的上升，使文学之士师心自用，任性而发，放心荡情，充分发挥创作主体的能动性和创作个性。表现在创作上就是各种文体、各种题材和各种风格的异彩纷呈。[1]

第三，关于意与法

陆机《文赋序》曰："每自属文，尤见其情，恒患意不称物，文不逮意，非知之难，能之难也。"指出写作中的主要难题是"意不称物，文不逮意"，认为作者构思中的"意"，即要表达的思想情感，应当力求与外界事物相符合，文辞应当力求准确妥帖地表达这种"意"。如果说，"意"是一项宏伟工程的蓝图的话，那么"文"就是如何把这幅蓝图转化为现实存在物的具体操作方法，属于技术层面上的问题。这就需要涉及如何操作才能更好、更准确地完成这幅蓝图，这就是"法"的问题。刘攽《中山诗话》云："诗以意为主，文词次之，或意深义高，虽文词平易，自是奇作。"在拓展诗意的同时，宋人并未忘记诗歌的艺术要求和创作原则。梅尧臣认为，诗歌创作不仅要"意新"，而且要"语工"，"必能状难写之景如在目前，含不尽之意见于言外，然后为至矣"（《六一诗话》），体现了宋人言意并重的创作意识。

黄庭坚为代表的江西诗派，十分喜欢谈论诗法，今存宋代诗话中论句法章法的诗论比比皆是，多属此派，譬如夺胎换骨、点铁成金、翻着袜去之类。魏庆之《诗人玉屑》依次讲到诗辨、诗法、诗评、诗体、句法、初学蹊径、命意、造语、下字、用事、押韵、属对、锻炼、沿袭等多种纷繁的标目，涉及诗歌的本质、诗体、诗人、作品、诗法、诗歌风格、源流等主客体的各个方面，从广义上讲都属于"法"的范畴。

---

[1] 参阅陈良运《中国诗学批评史》，江西人民出版社，2001年，第332—350页。

宋人强调的"意"，已经不是传统意义上的体裁和主题，而是已经深入到了创作主体的人生哲学与生存方式的艺术化。譬如苏轼，其诗文词都体现了那种老庄的齐物忘我、物我合一与禅宗随缘任性、无执无着的人生态度，抒情则随意挥洒，写景则随物赋形，说理则随机应变，"大略如行云流水，初无定质，但常行于所当行，常止于不可不止，文理自然，姿态横生"（苏轼《与谢民师推官书》）①。洋溢着心灵透脱、自由流注的创造性。黄庭坚的诗歌创作主要得力于儒家治心养性和禅宗顿悟真如、超尘脱俗的思想，其诗中多表现出类似禅家机锋的独特悟会，正言若反，戏言近庄，插科打诨，游戏三昧，充满出人意表的语言和凡俗的情味，闪烁着情智的光彩，彰显着兀傲特立的气质。诚如晁补之所说："鲁直于治心养气，能为人所不为，故用于读书、为文字，致思高远，以似其为人。"（《鸡肋集·书鲁直题高求父扬清亭诗后》）②

苏、黄等人谈论的法也并非仅仅着眼于技巧层面，"规矩可得其法，不可得其巧，舍规矩则无所求其巧矣。法在人，故必学；巧在己，故必悟"③。"法"终究是有局限性的，如果仅仅胶着于"法"而求"法"，那只能是胶柱鼓瑟、作茧自缚，学"法"、求"法"的着眼点仍然在于"意"，其终极指向是追求超越法度的自由境界，由自然王国进入自由王国，即"不烦于绳削而自合"④，像《庄子·养生主》中庖丁解牛和郢人斫鼻那样，不仅要"近乎技艺"，更要"进乎道"，如此方为上乘。

总之，不论是意还是法，与传统诗歌的思想和艺术、内容和形式、情感和技巧相比，都具有了不同的内涵。

第四，关于雅与俗

宋代社会经济发展的特殊形态，在传统雅文学继续繁荣的同时，也为新兴俗文学的勃兴提供了可能与契机。在雅俗关系的讨论上，宋代文人在继承前人已有成果的前提下，继续向前推进。在诗歌领域，雅俗之辨成为了十分重要的原则。宋徐度《却扫编》云，"凡作诗，工拙所未论，大要忌俗而已"⑤；严羽《沧浪诗话·诗法》亦云，"学诗先除五俗：一曰俗体，二曰俗意，三曰俗句，四曰俗字，五曰俗韵"；"除俗""忌俗"的目的，都不外乎"求雅"。这个"雅"的内容，就是追求一种在儒家"修身、齐家、治国、平天下"基础上建立起来的蕴含人生智慧、高超雅致和潇洒达观的人生态度与理想人格。

苏轼《于潜僧绿筠轩》诗："可使食无肉，不可居无竹。无肉令人瘦，无竹令人俗。人瘦尚可肥，士俗不可医。旁人笑此言，似高还似痴。若对此君仍大嚼，世间那有扬州

---

①　《苏轼文集》（全六册）卷四十九《书》，明茅维编，孔凡礼点校，中华书局，1986年，第1418页。下引不赘。

②　载曾枣庄、刘琳编《全宋文》（第126册），上海辞书出版社，2006年，第138页。

③　[宋]陈师道《后山谈丛》卷二，李伟国点校，中华书局，2007年，第31页。下引不赘。

④　[唐]韩愈《南阳樊绍述墓志铭》，载《韩愈文集汇校笺注》，中华书局，2010年，第2575页。

⑤　[宋]何汶《竹庄诗话》卷一引，常振国、绛云点校，中华书局，1984年，第6—7页。下引不赘。

鹤。"这种极度求雅的风尚表现在创作上，就是要求在思想内容和艺术技巧上都能够超越当时社会的一般水准，体现出精英阶层的精神风貌和美学追求。如何求雅忌俗，各人又有不同。

陈师道《后山诗话》："宁拙毋巧，宁朴毋华，宁粗毋弱，宁僻毋俗，诗文皆然"；姜夔《白石道人诗说》："人所易言，我寡言之，人所难言，我易言之，自不俗"[1]；方回《瀛奎律髓》卷三称："许丁卯（许浑）诗，俗所甚喜，予辄抑之以救俗"。但总体来看，都希图保持诗歌艺术对超越现实凡庸的追求，保持一种对诗歌艺术超功利的审美执着。

雅俗之辨的关键是创作主体是否有高雅的品格，而非仅仅体现在题材和语言的雅或俗上。宋代文人在追求祛俗尚雅的志向，追求精神上的超越与升华时，又受制于现实生活，他们大都不过是庞大封建国家机器上的一个小部件而已，其人生理想不可能像魏晋的门阀士族那样雍容华贵，养尊处优，与大唐钟灵毓秀的人文盛世更不可能同日而语。即使与方外之士绝尘远俗、不食人间烟火相比，也有望尘莫及之憾。因此，他们骨子里原本就有世俗的因子，再加上这种超逸豪迈与社会现实角色错位而形成的窘迫处境，就使得他们特别要求一种精神上求雅与现实中圆融的权变之路。这或许就是宋代大量传奇、笔记小说和词兴起的原因之一吧。

四、宋代传播媒介对唐诗选本的影响[2]

按照传播学的定义，传播者、信息、媒介、接受者共同构成传播的四大要素，任何一次完整的传播行为或过程，都离不开这四大要素。作为联结传播者与接受者的桥梁和纽带，媒介既是传播者争取传播效果的必要手段，也是接受者获取必要信息的唯一途径。可以说，没有媒介，传播就无法实现。[3]文学，作为一种意识形态，作为一种重要信息，所承担的审美与教化功能是不言而喻的，"经夫妇，成孝敬，厚人伦，美教化，移风俗"（《毛诗序》），"嘉会寄诗以亲，离群托诗以怨……感荡心灵，非陈诗何以展其义？非长歌何以骋其情？"（《诗品序》），"诗缘情而绮靡"，等等，不一而足，都是在讲文学的功能。传播者和接受者之间，只有依据一定的媒介，才能将文学所承载的信息传播出去，也才能实现文学独有的审美与教化功能。

就宋代而言，文学的传播媒介与传播方式固然与前代该方面的变化有相似之处，但也有自己的独特的亮色。我们知道，宋代商业经济的繁荣与印刷术的改进和提高，却是前代所没有的，这些应当是探讨此问题时立论的基础和切入点。

由于宋代商业经济的发达，市民阶层的形成，刺激了对话本、讲史、说经、鼓子

① ［宋］姜夔《白石道人诗说》，载《历代诗话》，中华书局，1981年，第680页。下引不赘。
② 本节内容曾以《传播学视角下的宋代文学》为题刊于《河北北方学院学报》（社科版）2007年第5期。本著并入有所修订。
③ 参阅张国良《新闻媒介与社会》，上海人民出版社，2001年，第1页。

词、诸宫调等通俗文学的消费需求，使得这些主要由口头传播这种原始、便宜而经济的传播媒介与方式流布的文学样式大行其道。作为宋代文学标志性体裁的词，其兴盛就与口头传播这种方式密切相关。这种口头传播的方式主要是通过数量庞大的歌妓队伍来实现的，歌妓的身份有官妓与私妓之分。官妓又称官奴、营妓、籍妓，是由各级地方政府供养的。私妓多由富家、官员与众多的妓馆酒楼蓄养。譬如，欧阳修家中有妙龄小婢"鸣弦佐酒"①；范成大晚年居苏州石湖，与词人姜夔交往，夔作《暗香》《疏影》二曲，范唤家中的两名歌姬试唱，并将其中色艺双绝的小红相赠姜氏。从此姜"每喜自度曲，吟洞箫，小红辄歌而和之"（元陆友仁《砚北杂志》），"自作新词韵最娇，小红低唱我吹箫"（《过垂虹》），即此之谓也。很多词人的新作、佳作通过这种方式加以迅速流布，传唱开来，为词人与歌者双双延誉，柳永词及其声名即为此之绝好证据，"凡有井水饮处，即能歌柳词"。

纸写是另一种传播方式，主要靠手工抄写。宋代造纸业以原料不同，有三个大区：北方以桑皮造纸；两浙多以嫩竹造纸，间以麦曲、稻秆为原料；江南、四川多楮纸和藤纸。②徽州是南方最大的产纸基地，上供年达百万张以上。造纸数量和质量的提高，使得文本传写有了可靠便捷的物质载体。名家诗文，常常是每写出一篇，即刻被人传写流传，欧阳修《醉翁亭记》初成，天下莫不传诵。家至户到，当时为之纸贵，相国寺书市即有抄本书出售。"襄为《四贤一不肖诗》，都人士争相传写。鬻书者市之，得厚利。"（《宋史·蔡襄传》）叶梦得云，"凡书市之中，无刻本则抄本价十倍，刻本一出则抄本咸废而不售矣"③，市场竞争十分激烈。抄本书虽仍有一定的市场，但由于是手工操作，难以批量生产，因而影响和限制了文本的流布范围和进度，难与印书本相抗衡。

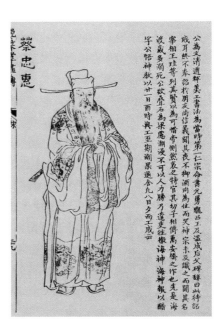

蔡襄（清《晚笑堂画传》）

比起雇佣人手抄写，一部书稿经雕版印刷可以复制出众多刻本，大大节省了人力、物力。科学技术特别是印刷技术从雕版到活字印刷的变迁，以及笔墨纸砚等传播工具和传播媒介的进步，对文化传播和信息革命起到了重要作用。

---

① ［宋］葛立方《韵语阳秋》卷十五，载《历代诗话》，中华书局，1982年，第606页。
② 参阅《文房四谱》卷四，《说郛》卷十八·《负暄杂录·纸》。清文渊阁四库全书本。
③ 引见明屠隆《考盘余事·雠对》，秦跃宇点校，凤凰出版社，2017年，第116页。

雕版印刷术在隋唐之际即已发明，著名的印刷品是题为"咸通九年四月十五日王阶为二亲敬造善施"的《金刚经》。宋初承五季乱离之后，所在书籍印版甚少。但到北宋中期，"濮安懿王之子宗绰，蓄书七万卷。……宣和中，其子淮安郡王仲廉进目录三卷，中宣公在燕得其中秩，云：'除监本外，写本、印本书籍计二万二千八百三十六卷。'观一帙之目如是，所谓七万卷者为不诬矣"①。宋政府鼓励刻书，真宗时国子监书版有十余万，比宋初增加几十倍。神宗时解除书禁，许可印书，到南宋而达极盛，十五路几乎无不刻书。据估计，宋代刻书当有数万部，明王世贞《朝野异闻录》（今佚，转见清王士祯《居易录》）记载明代权相严嵩被抄家时，有宋版书 6 853 部。宋代官私刻印事业甚为发达，官刻主要是历代经史典籍、官颁历书以及佛道经藏，如《十三经传注》《道德经》《十七史》《资治通鉴》《太平御览》《册府元龟》《大藏经》等。私刻则主要是名人诗文、笔记、稗史，也有日用书籍字画等。沈括《梦溪笔谈》卷十八载，庆历中布衣毕昇发明活字印刷术。印刷技术的这一改进，使得印刷效率大为提高，也使得大规模书籍的印行提供了可能。对文化传播而言，则是一场深刻的革命。此外，像笔墨纸砚等传播媒介，历经数代，其工艺水平及制作技术均有极大提高，特别是书法艺术，汉魏晋唐，代有名家，到宋代更是青出于蓝，苏黄米蔡，皆以书名。这些都为宋代书籍的流行提供了有利条件。明谢肇淛《五杂俎》记载："所以贵乎板者，不惟点画无讹，亦且笺刻精好，若法帖然。凡宋刻，又肥瘦二种，肥者学颜，瘦者学欧。"②因此，宋代刻书不仅刻工技艺精纯，而且纸墨装潢精美，书法精妙，纸质坚润，蝶装黄绫，开卷墨香。宋体和仿宋体，仍旧是当今印刷物中的常用字体。③

印刷技术改进到活字印刷后，由于传播方式的改进，宋代文人传存下来的文学作品集，比前代要多出许多倍。据《现存宋人著述统计表》统计，现存宋人编纂的文学总集有九十七种，别集达七百四十三种。而据万曼《唐集叙录》"出版说明"的统计，有传本的唐人诗集、文集、诗文合集共一百零八家，仅占宋人传世文集的七分之一。而宋人的词别集二百五十五种、词总集十三种，更是唐人所没有的。就绝对数量而言，宋人传世的诗词文集要比唐人传世的诗词文集多近千种，这些不能不归功于传播方式与传播媒介的改进。

宋代诗人，现已考知者不下九千人，四倍于《全唐诗》所载诗人，"宋以来总集别集，刊本夥颐，一家复有多种刊本者，刊本文字复有与他书征引不同者，此皆有待于校勘"④。其中宋人所选唐诗，想必为数不少，惜其由于虫蠹、水火、兵燹等诸多因素，大

---

① ［宋］洪迈《容斋随笔》（全二册）四笔卷十三，孔凡礼点校，中华书局，2005 年，第 793 页。下引不赘。

② ［明］谢肇淛《五杂俎》卷十三，明万历四十四年潘膺祉如韦馆刻本。

③ 参阅张秀民《中国印刷史》，上海人民出版社，1989 年，第 159—188 页；叶坦、蒋松岩《中华文化通志·宋辽夏金元文化志》，上海人民出版社，1998 年，第 45—54 页。

④ 钱仲联《全宋诗序》，载《全宋诗》，北京大学古文献研究所编，北京大学出版社，1998 年，第 3 页。

多亡佚无存，难以窥其全貌，有待后人进一步挖掘爬梳，钩沉辑佚，但无论如何，宋人唐诗选本在数量上当不逊于唐代。当然，唐诗毕竟是唐代文学卓立于世的重要标志，人们作诗的热情高涨，选诗的热情自然也不会逊于写诗。时过境迁，到宋代诗歌创作较之前代已经风光难再，企慕唐诗者，企图远绍前代，为当代的诗歌创作增添活力，但毕竟远水难解近渴，要想重振宋调，宋人须另辟蹊径，再作更大的努力。就选本的规模而言，如前所述，在诸种传播媒介都具备的条件下，较之唐代扩大了许多。

谢枋得（明《三才图会》）

洪迈《万首唐人绝句》达一百卷，赵孟奎《分门纂类唐歌诗》亦达一百卷，均赖当时传媒改善的有利条件，得以刊印流布。由于受这些巨帙选本的影响，一大批以唐绝句为主的选本纷纷问世，如时少章《续唐绝句》，林清之《唐绝句选》，柯梦得《唐贤绝句》，胡次焱《赘笺唐绝句》，刘克庄《唐五七言绝句》《唐绝句续选》，谢枋得《注解章泉涧泉二先生选唐诗》等。这与《万首唐人绝句》的刊行流布所起的示范作用是不无关系的，形成了宋代，尤其是南宋唐诗选本的一个高潮，尽管后来明清两朝也出现过诸多专选唐绝句的选本，或许数量上还要超过它，但都没有这次这么集中。

通常而言，宋代刻书业分官刻、私刻和坊刻三大系统。①

官刻业指中央、地方各级政府机关，以及学校等刻印的书籍。北宋的国子监承五代旧制，掌管国家的教育事业，承担教材的选定、刊刻和销售。北宋初年，国子监专设刊印书籍的机构——印书钱物所，后更名为国子监书库。《宋史·职官志》："淳化五年（994），判国子监李志言：'国子监旧有印书钱物所，名为近俗，乞改为国子监书库官。'始置书库监官，以京朝官充。掌印经史群书，以备朝廷宣索赐予之用，及出鬻而收其直以上于官。"由此可知，国子监刊刻的书籍是出售的，其收入归国家所有，《文选》和《文苑英华》即由此刊刻。

私刻是由个人出资刊刻的书籍，通称家刻本。一般数量有限，且不以营利为目的，内容多为自家先辈或宗朋故旧的文集，编撰、选录与校订都很精湛，均堪称善本。寺院、道观及祠堂等民间组织刻印书籍，一般是民间集资刻印，故亦可属于私刻系统。

宋代私刻业中有一则佳话，向为治文学史者所乐道，乃是穆修（979—1032），字伯长，

---

① 参阅刘扬忠《中国古代文学通论·宋代卷》，辽宁人民出版社，2005年，第412—417页。

郓州人（今属山东），大中祥符二年（1009）进士，曾任泰州司理参军，颍州、蔡州文学参军，有《穆参军集》。他是继柳开之后儒道与古文的倡导者，也是欧阳修领导古文运动的直接前驱。《宋史·穆修传》云："自五代文敝，国初，柳开始为古文。其后，杨亿、刘筠尚声偶之辞，天下学者靡然从之；修于时独以古文称。苏舜钦兄弟多从之游。修虽穷死，然一时士夫称能文者必曰穆参军。"由此可知他与古文运动的渊源与贡献。为了推行其文学主张，他出资刊刻韩、柳文集，并亲自到相国寺书市设摊售卖。朱弁《曲洧旧闻》卷四载："穆修伯长在本朝为好学古文者，始得韩、柳文集善本，大喜。……欲二家文集行于世，乃自镂板鬻于相国寺。性伉直不容物。有士人来酬，价不相当，辄语之曰：'但读得成句，便以一部相赠。'或怪之，即正色曰：'诚如此，修岂欺人者。'士人知其伯长也，皆引去。"此君刚介而不无迂腐，执着而不失真诚，他虽与众人龃龉，令人忍俊不禁，但掩卷沉思，又让我们心生感动。但毕竟一介书生，并无书贾经营之术，虽然经年不售一部，却让人觉得可钦可敬，一个正直、迂腐而又可爱的老书生形象，跃然目前。

坊刻是指书坊所刻之书，通称坊刻本。宋代书坊一般是集编、刻、印、发于一体，生产与经营一条龙服务，即刻书兼卖书。开封、临安、建宁、福州、漳州、泉州、长沙、洛阳、成都、婺州、眉山等经济文化发达的城市，书坊业均十分兴旺。都城汴梁是全国书业中心，相国寺书市又是中心的中心。"寺东门大街，皆是幞头、腰带、书籍……"（《东京梦华录》）张择端《清明上河图》其中绘有一家名为集贤堂的书铺门面上方高挂"总刻书堂"的红边白布店招。

南宋时书坊业形成了浙江杭州、福建建宁和四川成都（含眉山）成为三大书坊业中心。

杭州书坊业。北宋时杭州书坊业就十分繁荣，北宋监本书籍几乎大半刊于杭。南宋临安的书坊多设在繁荣的街区。城内安顺桥、中瓦子一带书坊较多，著名的有贾官人经书铺、张官人诸史子文籍铺、赵宅书籍铺、荣六郎书籍铺等，都集中在这一带。

临安睦亲坊陈宅书籍铺是当时书坊业中最为有名的，其刊刻的书版秀丽精湛，刻书行款、版式规格均有定制，印行的书籍远近闻名，极受后世藏书家珍视。书铺主人陈起，字宗之，号芸居，自称陈道人，又称武林陈学士。（其人事迹前有略述）

为陈起在书业史上赢得盛誉的，不仅仅是他精湛的刻书工艺，更与他参与的一场文学活动息息相关。南宋中晚期，一些仕途蹭蹬、浪迹江湖的下层文人，由于当时特殊的社会环境和自身沦落不遇的遭际，再加上个人才气的拘塞，这批人的诗歌创作虽有一定的特色，不乏凤毛麟角式的佳作，但总体上缺乏大气象，大手笔，难登大雅之堂。陈起独具慧眼，或许是出于商人的精明，或许是自身的诗人气质对于落魄文士的惺惺相惜，他鼎力相助，把这批人的作品刊刻成集，先后刊行了《江湖集》《江湖前集》《江湖后集》和《江湖续集》《中兴江湖集》等诗集。这样集束炸弹式密集的火力，终于震动了无生气的南宋诗坛，这些怀才不遇的文人们受到了阳光雨露般的滋润，最终形成了文学史上颇有名气的江湖诗派。王国维对陈起的刻书、售书事业给予了极高的评价："陈氏父子编刊唐宋人诗集，有助于古籍甚巨"，"唐人诗集得以流传至今，陈氏刊刻之功为多"。[①]

陈起还通过书坊业与众多文人如叶绍翁、刘克庄等建立了友谊，并与之递相唱和，见出彼此之间不只是功利性交往，而是心心相印、志同道合的挚友。由于《江湖集》有诗刺讽当朝丞相史弥远，因起大狱，陈起被黜流放，书版也被销毁，这就是"江湖诗祸"文字狱。

建宁书坊业。南宋时期，建宁府（今属福建）书坊业也较为发达，从事刻书出售的达50多家。其中多云集建阳县的麻沙、崇化两坊，号为"图书之府"。朱熹《建宁府建阳县学藏书记》曰："建阳版本书籍行四方者无远不至。"

而建安县也不遑多让，有余氏勤有堂、余仁仲万卷堂、刘月新宅三桂堂、麻沙水南刘仲吉宅、崇文书堂等，以余氏所营尤为著名。近人叶德辉说，"宋刻书之胜，首推闽中，而闽中尤以建安为最，建安尤以余氏为最"[②]。近人叶昌炽也说："考今日所传闽本，以建安余氏为最著，有宋有余仁仲、余恭礼、余唐卿、余彦国；元有余志安勤有堂及双桂书堂"[③]。

为满足市民阶层文化消费需求，建宁书坊业编纂出版了《武王伐纣》《乐毅伐齐》《五代史》《大宋宣和遗事》等平话小说。由于这些小说的内容多为市民所耳熟能详的事件或历史故事，兼之语言接近口语或白话，故颇受市民欢迎，因而销路甚佳，所刻世称"麻沙本"。

成都书坊业。北宋时张从信奉太祖之命赴益州（今成都）雕《大藏经》，共计雕版13万块，5 480卷。如此浩大的雕版工程，见出当时书坊业之发达。成都雕印的书通称"蜀本"或"川本"。南宋时曾刊刻过《册府元龟》《太平御览》等大部头书籍。成都府广都县北门裴宅是书坊业中的老字号。北宋徽宗时就曾印卖《六家注文选》，南宋末年仍在翻刻此书。眉山是苏轼故乡，南宋时逐渐成为与成都并列的书坊业中心，刊行了许多唐宋诗文集，其中眉山功德寺刊行的《苏文忠公文集》《苏文定公文集》行销各地。

宋人文集的刊刻，根据编纂者、出资者和刊刻单位的不同，大致有以下几种情形：自编家印、自编官印，以及自编坊印，或坊编坊印。

自编自印文集，一般是为了传播作品以期扩大声誉和影响，也含有一定程度的纪念意义。范成大的文集晚年手自编定，去世后由其子在家中刊印。其子范辛、范兹跋云："诗文凡百有三十卷，求序于杨先生诚斋，求校于龚编修芥隐，而刊于家之寿栎堂。"[④]

由于刊刻书籍需要相当的经费，有的贫寒文士难以承受，这就需要官方赞助。官刻经费的来源一是公款公费，一是官员捐奉捐资。

① 王国维《海宁王静安先生遗书》，商务印书馆（长沙石印本），1940 年。
② 叶德辉《书林清话》卷二，中华书局，1982 年，第 46—47 页。
③ 叶昌炽《藏书纪事诗·序》，古典文学出版社，1958 年，第 2—3 页。
④ 《石湖居士集》跋，载曾枣庄《宋代序跋全编》（全八册），齐鲁书社，2015 年，第 4790 页。

地方政府为发扬本地乡贤的遗风，多公款刻印其文集行世。宣和四年（1122），吉州公使府刻其乡贤欧阳修《六一居士集》五十卷，就是知州陈城"以公帑之余"刻印的。[①]淳熙十三年丙午（1186），安州（今湖北安陆）太守秦焴刊印本州先贤郑獬《郧溪集》五十卷，也是"啬公帑之用"[②]，即用节约的办公经费刊印的。

绍熙二年（1191），知池州张釜自费出资刊印其祖张纲《华阳集》于郡学："出捐家资，板置郡学"[③]。宝庆元年（1225），庆元府昌国（今浙江舟山）知县赵大忠曾"割微俸"印行其六世祖赵湘《南阳集》[④]。这些由官员捐赠刻印的文集，多为自家先辈，或者本地乡贤、名流的文集。

许斐《梅屋第三稿》自跋云，"右甲辰一春诗，诗共四五十篇，寻求芸居吟友印可"[⑤]，此稿被陈起刻印在《江湖小集》里。这是作者向书坊投稿，求其刻印，类似于今天的向出版社投稿。亦有反其道而行之，即作者应书坊之请而编订文集，由其刊印，类似于出版社向作者约稿。黄文雷诗集《看云小集》就是应陈起之约而刻入《江湖小集》的。其自序说，陈起来"索"诗稿，于是"倒箧"出之，其中《昭君曲》以上诸诗还经陈起"印正"审定。[⑥]

据郑士德著《中国图书发行史》，就宋词而言，宋代刊行的宋词选本有曾慥辑《乐府雅词》，黄升辑《花庵词选》，赵闻礼辑《阳春白雪》，周密辑《绝妙好词》等。著名词人都有词集传世的，晏殊有《珠玉词》，柳永有《乐章集》，李清照有《易安词》《易安居士文集》。辛弃疾词当年即有多种刊本行世，著名的有《稼轩词》。

宋代话本小说有近万种，流传至今的约有二三十种，代表作有《新编五代史平话》《大宋宣和遗事》《大唐三藏取经诗话》等。

诗文集中著名的有《欧阳文忠公集》153卷，附录5卷。其中的《居士集》为作者自定，当朝已有刊本。苏东坡诗宋代就有分类注本，今存诗2 700多首。《东坡乐府》刊本流传最广；其词今存300多首，南宋初有注本面世；其文章南宋时已刊行《经进东坡文集事略》60卷。北宋时已刊行王安石《王临川集》100卷。陆游有诗约9 300首，传世《剑南诗稿》85卷，系其子陆子虚编定，此外还有《渭南文集》50卷等。

由于宋代商业经济下传播媒介的大为改观，宋代文人的作品大量留存下来，并传之后世，不仅丰富了文化宝库，也为文学研究提供了许多第一手珍贵的资源。形成宋代文学发展格局的因素有很多，我们在考察宋代文学时，对此应当给予一定的重视，这样或许就更全面、更确当，也更符合实际。

① 参阅祝尚书《宋人别集叙录》（全二册）卷第四，中华书局，1999年，第170页。
② ［宋］秦焴《郧溪集》序，载曾枣庄《宋代序跋全编》，齐鲁书社，2015年，第1014页。
③ ［宋］洪迈《华阳集》序，同上，第844页。
④ ［宋］赵大忠《刊南阳集跋》，载祝尚书《宋人别集叙录》卷第一，中华书局，1999年，第41页。
⑤ ［宋］许斐《梅屋稿》后记，载曾枣庄《宋代序跋全编》，齐鲁书社，2015年，第5303页。
⑥ 参阅刘扬忠《中国古代文学通论·宋代卷》，辽宁人民出版社，2005年，第407—418页。

五、地域文化差异与宋代唐诗选本

虽然由于资料的欠缺，我们无法窥见整个宋代唐诗选本的全豹，就目前所见相关资料而言，一个有趣的现象是，宋代在唐诗选本无论在数量上，还是在质量上所形成的严重的南北失衡。在现存文献所涉及的七十多种宋代唐诗选本当中，绝大部分都出自南方文人之手，且有影响的选本情况亦如此，几乎看不到北方士人在这方面有什么引人注目的表现。其中李龏编的《翦绡集》，还略值得一提。如前所述，龏字和父，号雪林，菏泽（今属山东）人。他还有另一选本《唐僧宏秀集》十卷，自皎然弹而下，所选皆僧人之诗。大致说来，北方文人在唐诗选本上，即使不是完全处于一种失语状态，至少也是十分微弱的。造成这种南北失衡状况的原因固然非止一端，但由来已久的南北地域文化差异可能是其中最为重要的一环。

中国南北文化自古即有差异，这种差异由来已久，其形成亦非一朝一夕之功。不同的自然和人文环境，孕育了不同的风俗民情和士人心态等文化特征。传说帝舜弹五弦之琴，以歌"南风"，即是相对于"北风"而言的。一般而言，南方士人聪慧精细；北方士人憨直阔博；南方文化纤巧、缜密、委婉、飘逸、内省、求精、温怨、柔曼、灵秀，等等；而北方文化则豪迈、奔放、雄浑、质朴、拙括、外向、刚直、慷慨、俊肃，等等。[①]《大戴礼记·易本命》曰"坚土之人肥，虚土之人大，沙土之人细，息土之人美，耗土之人丑"[②]，认为人的形体大小、胖瘦、美丑，由土壤决定。此说法未必科学，但一点是可以肯定的，那就是地理环境确实可对人的气质造成某些影响。

据民国时地质学家丁文江考证，秦汉时期，《史记》《汉书》列传中记载的有关历史人物，按其籍贯考证，发现 10% 左右的人才集中在今河南、山西、河北、山东等几个省区内，南方极少，东汉时才略有增加。这种文化景观，是文化地域性的一种反映，人才分布密集的地区，一般也是自然生态环境与社会人文环境相对优越的地区，反过来它又促进该地区文化的发展。《汉书·地理志》云："凡民函五常之性，而其刚柔缓急，音声不同，系水土之风气，故谓之风；好恶取舍，动静无常，随君上之情欲，故谓之俗。"[③]"五常之性"是按照五行说讲人的性情，"系水土之风气"则是讲地理环境的因素。地理环境不仅影响到人的形体、外貌、性格、气质，而且也影响到一个地区的文化与风俗，所谓"古者百里而异习，千里而殊俗"（《晏子春秋·内篇问》）。

魏晋南北朝时期，由于晋室南渡，大批中原人士也随之南迁，为南方带来了先进的生产力，使直到南海的广大地区得以垦殖，再加上这里优越的自然条件与中原先进技术

---

① 参阅陈序经《中国南北文化观》，牧童出版社，1976 年。

② ［清］王聘珍《大戴礼记解诂》卷十三，王文锦点校，中华书局，1983 年，第 259 页。

③ ［汉］班固《汉书》（全十二册）卷二十八下，中华书局，1962 年，第 1640 页。下引不赘。

的结合，使该地区的农业生产迅速发展。同时，这批南迁的人也带来了先进的文化，使得江南地区的经济文化都得到了长足的发展。三国鼎立，也使得中原、西南、东南三个地区也都有了较大的发展，西晋的短期统一，更促进了社会秩序的进一步好转，还出现了被誉为"太康之治"的局面。进入南朝齐梁时代作为文学主要表现形式之一的诗歌，摆脱了东晋以来弥漫于文化思想领域的玄学的影响和束缚，重新回归到文学自身的发展轨道上，继续沿着强调抒情的方向前进，山水田园诗成为诗坛的新景观。声律论催生了"永明体"的繁盛、宫体诗的出现，标志着南朝的文风已经逐渐堕入了一种香艳奢靡、颓废感伤、绮错婉媚、采丽竞繁的俗套，《隋书·文学传序》(中华校订本) 有言："江左宫商发越，贵于清绮，河朔词义贞刚，重乎气质。气质则理胜其词，清绮则文过其意，理深者便于时用，文华者宜于咏歌，此其南北词人得失之大较也。若能掇彼清音，简兹累句，各去其短，合其两长，则文质斌斌，尽善尽美矣。"[1]指出了南北文风的差异，并提出了融合南北，"各去其短，合其两长"，最后达到"文质斌斌，尽善尽美"的理想。

隋大业六年 (610)，炀帝"敕穿江南河，自京口至余杭八百余里，广十余丈，使可通龙舟，并置驿宫、草顿，欲东巡会稽"(《资治通鉴·隋纪五》)。由于京杭大运河的开通，沟通了海河、黄河、淮河、长江、钱塘江五大流域，使得南北漕运十分畅通。运输的便利也刺激了经济的极大发展，运河沿岸的商品流通也更加便利，彼此的联系也更加紧密。沿岸的城市如北京、杭州、洛阳、天津、长安等都成为经济、政治和文化中心。

到宋代仁宗时，"古者江南不能与中土等，宋受天命，然后七闽、二浙与江之西东，冠带《诗》《书》，翕然大肆，人才之盛，遂甲于天下"(《容斋随笔·饶州风俗》)。也就是说，从宋代开始，东南文化迅速发展起来。经济的发展与教育的普及，使得江南民众的文化水平整体提高有了可能。文化水平的提高和普及使得一般百姓的文化素质和水准相应水涨船高，以至"家能著书，人知挟册"(叶适《汉阳军新修学记》)[2]，"虽闾阎贱品，处力役之际，吟咏不辍"(《文献通考·舆地考·古扬州》)，某种程度上反映了这一特定时期和这一特定地域的文化气象。随着南方经济地位的提升，社会的文化结构也发生了演变，"东南财富地，江浙人文薮"，是十分形象的写照。

江南文化昌盛的主要原因应当归功于教育的普及。教学机构不仅有官学，也有私塾、书院、经馆、精舍；教育的内容除经史诸科外，还包括启蒙、博物、技艺、女教等。作为主流意识形态的儒学也成就卓著，前有李觏，中有创建"临川新学"的王安石，后有陆九渊三兄弟，各领一代风骚，在思想史上占有重要地位。其中抚州地区尤其引人注目，张孝祥《送吴教授序》曰："临川于江西号士乡，王介甫、曾子固、李太伯以文为一代宗主，而皆其郡人，故居民多业儒。碌碌者出于他州足以长雄，故能文者在其乡里

① [唐]魏徵等《隋书》(全六册) 卷七十六，中华书局，1974 年，第 1730 页。下引不赘。
② [宋]叶适《水心集》(全三册)，刘公纯等点校，中华书局，1961 年，第 140 页。下引不赘。

不甚齿录，独素行可考而后贵也。"①

"靖康之难"后，经济中心和政治中心南移，进一步强化了这种区域文化发展的不平衡性，使得文化中心也转移到了江南地区。有学者对"二十四史"列传中有籍贯可考的5 783人进行过考证，按朝代、按省份排表证明，产生人物最多的，西汉为山东，东汉为河南，唐代为陕西，北宋为河南，南宋则为浙江。结论是：南宋前中华人物萃于黄河流域，此后趋向长江流域，而江南地区则又是其中人才最为集中的渊薮。宋代江南地区有许多著名文人，如范仲淹是苏州吴县（今吴中区）人；陆游是越州山阴（今浙江绍兴）人；提倡古文的姚铉是庐州（今安徽合肥）人；"西昆诗人"钱惟演，乃吴越王钱俶之子；"三影词人"张先是乌程（今浙江湖州人）；"苏门四学士"之秦观是扬州高邮人；张耒，楚州淮阴（今属江苏）人；江西诗派"三宗"之一的陈师道彭城（今江苏徐州）人；"四灵诗人"的徐玑、徐照、翁卷、舒灵均为永嘉（今属浙江温州）人；"清真词人"周邦彦钱塘（今浙江杭州）人；"江湖诗人"戴复古天台黄岩（今属浙江）人；吴文英四明（今浙江宁波）人；王沂孙会稽（今绍兴）人，等等。

在这样丰厚的文化积淀基础上，宋代的唐诗选本、选家大多出自南方也就不足为奇了。像洪迈（江西鄱阳）、赵师秀（浙江永嘉）、时少章（浙江金华），刘克庄、柯孟得（福建莆田）、王安石（江西临川）等著名选家，都是南方人。

相对而言北方的情况则略逊一筹。一方面，是由于宋代以来，边患不断，西北、北方的少数民族如契丹、党项、女真等，分别建立政权辽、夏、金，这些政权日渐强大，领土野心也日益膨胀，屡次南侵。所以北方地区，特别是中原地区，战乱频仍，兵燹不断，成为南北交锋的主战场。另一方面，是由于北方人拙于文辞，正如宋敏求所言："河北、陕西、河东举子，性朴茂，而辞藻不工，故登第者少。"（《宋史·宋敏求传》）地理环境和历史环境赋予北方人，尤其是西北人质朴的禀性，而质朴对于辞藻的富赡、文字的渲染、构思的巧妙、语句的曲折以及夸张、铺陈、排比的修辞等美饰天然排斥，而这是不利于文学的发展的。

北方士人的价值取向与学养习尚，也使之不愿在文辞上下功夫，所谓"燕赵古称多感慨悲歌之士"（韩愈《送董邵南游河北序》）②，体现在科举上亦如此，北方士子长于记忆之功，而南方士子在这方面则稍显逊色。欧阳修《论逐路取人札子》曰："东南之俗好文，故进士多而经学少；西北之人尚质，故进士少而经学多。所以科场取士，东南多取进士，西北多取经学者，各因其材性所长，而各随其多少取之。"南北差异，由此可见一斑。王禹偁本人在青少年时代为科举入仕，作有数百首辞赋，中进士后，"鄙其小道，未尝辄留"（《律赋序》）。在他们眼中，辞赋方面的才能相对于建功立业而言不过是雕虫小技，属"小道"，是入仕的敲门砖，故此种才能有之可喜，无之亦不为憾。世人向学普遍偏重

---

①　《于湖居士文集》卷一五，载曾枣庄《宋代序跋全编》，齐鲁书社，2015 年，第 2085 页。

②　《韩愈文集汇校笺注》（全七册），刘真伦等校注，中华书局，2010 年，第 1055 页。下引不赘。

经学，文学素养较差。理学大师洛阳人程颐"作文害道"说盛行，认为既学诗，就必须用功，方合诗人之格。而作诗用功，则有妨于正事。将文与道、诗歌与学术对立起来，继而取消文学。这些都影响了北方的文学风尚与成就。

宋代文学中最有成就、最具代表性的体裁是词。据学者统计，311名著名词人的地域分布为，南方地区集中在东南的两浙路、江西路、福建路和江东路，其中两浙路数量远远超过其他路，达87人，约占总数的35%；北方地区以京东、开封府、京西为最多，河东最少，加上陕西路，整个北方也不过62人，约占20%，大大低于两浙路，更遑论整个南方。诗人数量稍有改观，但南北相较，仍十分悬殊，据《宋诗纪事》，在所取的992个样本中，北方地区总数304人，占全国总数的31%，南方总数688人，占总数的69%。诗人分布最多的是两浙路，为231人；其次是福建路128人，江西路91人，京西路78人，京东路73人，成都路71人，淮南路65人，河北路58人，江东路45人，开封府40人，陕西路39人。[①]

古文方面，唐宋八大家中韩愈、柳宗元都是北方人，欧阳修、王安石、曾巩等均为南方人，罗大经《鹤林玉露·江西诗文》云，"江西自欧阳子以古文起于庐陵，遂为一代冠冕。后来者，莫能与之抗。其次莫如曾子固、王介甫，皆出欧门，亦皆江西人。……至于诗，则山谷倡之，自为一家，并不蹈古人町畦"[②]，仅江西一地就占了三席。古文运动的发展，实际上也是文风地域演变的一个过程，是文学地域性的一个表现，是北方自然质朴文风，与南方雕琢华靡文风的双方互动嬗变过程的反映。

曾巩（清《晚笑堂画传》）

北宋古文运动的开创之功在北人，完善之功则在南人。由此，也大致可以看出中国古代文学的发展，总体上是由北而南的走向，由"河朔词义贞刚，重乎气质"到"江左宫商发越，贵于清绮"；再到萧统的"事出于沉思，义归乎翰藻"（《文选序》）；萧绎的"至如文者，惟须绮縠纷披，宫徵靡曼，唇吻适会，情灵摇荡"（《金楼子·立言篇》），由南方唯美、唯情的丽

① 唐圭璋《全宋词简编·宋代著名词人分布数量表》，上海古籍出版社，1993年。宋代著名词人分布情况如下：开封府15人，京西路14人，京东路17人，河北路8人，河东路1人，陕西路7人，淮南路16人，两浙路87人，江西路37人，江东路23人，福建路29人，湖北路3人，湖南路2人，成都路12人，梓州路4人，利州路1人，夔州路1人，广东路2人，广西路0人，籍贯不详32人。

② ［宋］罗大经《鹤林玉露》，王瑞来点校，中华书局，1983年，第284页。下引不赘。

辞写作范式，对其改作重构，最终以审美代替功利，"各去其短，合其两长"，进而达到一种刚柔相济、尽善尽美的理想状态。这些对北方的文学风尚和文学成就都有足够的影响，就唐诗选本而言，在这样的文化氛围之下，较之于南方，文化的基础薄弱了一些，对于高质量的唐诗选本的产生，无疑是一个不利的因素。

第二章

总结与升华：文学批评史视野中的宋代诗话

第一节　宋代诗话的总体概貌

一、源起

我国文学批评的形式丰富多彩，据《四库提要》(诗文评类) 云："文章莫盛于两汉，浑浑灏灏，文成法立，无格律之可拘。建安黄初，体裁渐备，故论文之说出焉，《典论》其首也。其勒为一书传于今者，则断自刘勰、锺嵘。勰究文体之源流而评其工拙，嵘第作者之甲乙而溯厥师承，为例各殊；至皎然《诗式》，备陈法律；孟棨《本事诗》，旁采故实；刘攽《中山诗话》、欧阳修《六一诗话》，又体兼说部。后所论著，不出此五例中矣。"

朱东润先生对此有自己的见解："今欲观古人文学批评之所成就，要而论之，盖有六端。自成一书，条理毕具，如刘勰、锺嵘之书，一也；发为篇章，散见本集，如韩愈论文论诗诸篇，二也；甄采诸家，定为选本，后人从此去取，窥其意旨，如殷璠之《河岳英灵集》、高仲武之《中兴间气集》，三也；亦有选家，间附评注，虽繁简异趣，语或不一，而望表知里，情态毕具，如方回之《瀛奎津髓》、张惠言之《词选》，四也；他若宗旨有在，而语不尽传，照乘之光，自他有耀：其见于他人专书，如山谷之说，备见《诗眼》者力为五；见于他人诗文，如四灵之论见于《水心集》者，六也。此六端外，或有可举，盖不数数觏焉。"[1] 从选本与总集中的笺注和序跋、别集中的书札和序跋、诗话、词话、曲话、文话、摘句、史传文苑传，到文学传中的墓志、制艺选家的眉批总评等都与文学批评相关，都属于文学批评的重要形式，诗话自然也是其中十分重要的一种。

诗话这种文学批评体式，是中国诗歌繁荣发展的产物。作为一种古老的文学批评方式，是一种具有浓郁中华民族特色的论诗之体，是诗歌鉴赏、诗歌批评、评论诗人、诗

---

[1]　朱东润《中国文学批评史大纲》，上海古籍出版社，2001年，第3页。

派及记录诗人故实的主要著作形式之一。

关于诗话的萌芽，一般可以追溯到很早，譬如孔子论《诗三百》的"兴观群怨"说，《西京杂记》中司马相如论作赋、扬雄评司马相如赋；《世说新语·文学 / 排调》篇中谢安摘评《诗经》佳句，曹丕令曹植赋诗，阮孚赞郭璞诗，袁羊嘲刘恢诗；《南齐书·文学列传》中对于王粲、曹植、鲍照等一系列作家作品的评论；《颜氏家训·勉学 / 文章》篇中关于时人诗句的评论和考释，诸如此类，都可以看作是诗话的雏形。清章学诚《文史通义·诗话》云，"诗话之源，本于锺嵘《诗品》"①。何文焕所辑《历代诗话》，即以锺嵘的《诗品》冠首，将其视作是最早的一部"诗话"著作，但它还不是后世所说严格意义上的诗话。唐人大量的论诗诗，如杜甫的《戏为六绝句》《偶题》，李白、韩愈、白居易等的论诗诗等，则是以诗论诗的一种形式。唐代出现的《诗式》《诗格》一类著作等，更进一步接近了后世所说的诗话。一般认为，写作诗话之风，肇始于宋代欧阳修的《六一诗话》，盛行于全宋。此后，诗话成为评论诗人诗作、发表诗歌理论批评意见的一种广泛流行的形式。

对于诗话性质的认识，宋人许顗《彦周诗话》曰："诗话者，辨句法，备古今，纪盛德，录异事，正讹误也。"②事实上，诗话之体，顾名思义，应当是一种有关于诗的创作与批评的理论性著作，诗话作者通常以局外者的身份作局内说者，故其立论平而取义精。但表现形式大半是偶感随笔，信手拈来，片言中肯，简练亲切，是其所长。

二、分类与流派

作为一种新型的文学批评方式和新的论诗著作体例，宋诗话一经诞生，即呈一发而不可收之势，大量诗话之作纷纷出笼，据《中国丛书综录》著录有八十二种，《四库总目》著录宋代原已成熟的诗话专书有七十八种之多。据郭绍虞《宋诗话考》和《宋诗话辑佚》，现存完整的宋人诗话有 42 种；部分流传下来，或本无其书而由他人纂辑而成的有 46 种；已佚，或尚有佚文而未及辑者有 50 种，合计 138 种。据罗根泽《中国文学批评史》附录《两宋诗话年代存佚残辑表》，今有存本 51 种，辑本 34 种，残本 14 种，已佚 22 种，未详 4 种，共计 125 种。当然以上诸家的著录与统计当中或许有重复之处。而吴文治《宋诗话合编》所整理辑录诗话则达 562 家。可谓汗牛充栋，蔚为大观。

大致说来，这些诗话主要是本于"论诗及事"与"论诗及辞"两端，互较短长，各擅胜场。前者以欧阳修《六一诗话》为代表，沿着"论诗及事"的方向发展，受传统笔记体制的影响，以论事为主，"以资闲谈"，如司马光《温公续诗话》、刘攽《中山诗话》等。后者以南北宋之交叶梦得《石林诗话》为标志，朝着"论诗及辞"的方向演进，"第作者之甲

---

① 《文史通义校注》（全三册）内篇五，叶瑛校注，中华书局，2014 年，第 559 页。
② 载清何文焕辑《历代诗话》（全二册），中华书局，1981 年，第 378 页。

乙而溯师承"，以论诗为主。《石林诗话》是一个转折，其后，诗话之作完成由"论诗及事"向"论诗及辞"的转变与演进，张戒《岁寒堂诗话》、姜夔《白石道人诗说》和严羽《沧浪诗话》等，均属这一系列。

三、流变与演进

蒋凡先生认为，"宋诗话的发展，大致可分为三个阶段：一是北宋中叶的创始诞生期，二是两宋之际的过渡转化期，三是南宋中晚的发展成熟期"。[1] 早期，即北宋时期的诗话，主要以记事为主，属于闲谈随笔体，主观随意性较强。但异于一般的记事笔记，其所记的内容均为有关诗人和诗作的琐事轶闻。欧阳修《六一诗话》序云，"居士退居汝阴，而集以资闲谈也"，就说明其宗旨及其功用在于集琐事以资闲谈。当然，这里不排除欧阳修的自谦成分在内。司马光《温公续诗话》也同样如此。其后，诗话的范围不断扩大，除记事外，逐渐增加了考订辨证、谈论句法一类的内容。

进入南宋后，诗话的更进一步发展是越来越多地谈论有关诗歌创作和诗歌理论问题，逐渐减少了前期的散漫随意，进一步加强了其理论批评的严肃性。这方面成就较高的诗话有张戒《岁寒堂诗话》、姜夔《白石道人诗说》、严羽《沧浪诗话》等。特别是《沧浪诗话》，不仅对当时江西诗派"以文字为诗，以才学为诗，以议论为诗"的流弊进行了尖锐的批评，而且提出对于诗歌创作的比较完整、系统的纲领性意见。其中如"别材别趣说""兴趣说""妙悟说"等，都有很高的理论价值，对后世产生了广泛深远的影响。

四、风格特征

宋诗话在不同的发展时期，其具体特征不尽相同，但总体来看，它在著述体例上的风格特征大致是一致的，诸如散碎性、闲谈性、随意性等。朱光潜《诗论·抗战版序》说："诗话大半是偶感随笔，信手拈来，片言中肯，简练亲切，是其所长；但是它的短处在零乱琐碎，不成系统，有时偏重主观，有时过信传统，缺乏科学的精神和方法。"[2] 虽不完全符合实际，但可以说是一语中的，切中肯綮，值得我们重视。

诗话诞生初期，其著述的篇幅都比较短小，写作时或信手拈来以资闲谈，或随兴而发自成片段，形式极为灵活，成书也较为容易。一般每则数十字，如散金碎玉、吉光片羽，呈现出散碎化的特点，且多为论诗及事的"闲谈"之作。随笔漫录，分则杂记，枝蔓庞杂，并无一定中心，随意性较强。且直觉感悟，笔调轻松活泼，文风亲切平易，娓娓道来，长短不拘，一般一则即是一段。前后之间，既不衔接，也不连贯，各自独立，并

---

① 顾易生、蒋凡、刘明今《中国文学批评通史·宋金元卷》，上海古籍出版社，1996年，第465页。

② 朱光潜《诗论·抗战版序》，上海古籍出版社，2000年，第1页。

无一定顺序，呈现出一种结构形式上的随意性，从《六一诗话》到《温公续诗话》《中山诗话》大抵如此。两宋之交，及其后的南宋时期，未能尽脱前期北宋时期的窠臼，基本上延续了彼时诗话著述的风格特征，述诗事者居多数。虽也出现了某些转机，有从随意性向理论性演进的迹象，但总体上看，像《岁寒堂诗话》《白石道人诗说》，以及《沧浪诗话》这类自成体系的论诗之作，毕竟还是凤毛麟角，所见不多。较之西方诗学理论，宋诗话总的倾向上，仍然是这种散碎性、闲谈性、随意性、资料性的随笔体居多，缺乏系统完整的逻辑思辨和理论色彩，这与传统民族文化性格和审美心理的长期影响恐怕不无关系。

五、学术价值与历史地位

宋诗话作为独具特色的民族文化遗产，是我国古代文学理论、文学批评和诗学体系的宝贵财富，也是唐诗研究的重要资料来源，其学术价值与历史地位是不可估量的。

就其学术价值而言，宋诗话不仅保存了大量的我国诗歌发展史、文学批评史的研究资料，也是对历朝历代诗歌创作经验的总结；同时，宋诗话也是诗歌鉴赏之钥匙、诗歌批评之利器。[1] 而且，宋诗话也是我们研究和考察唐诗在宋代的接受史，以及宋人是如何学习借鉴唐诗的创作经验、审美风尚、表达技巧，从而完成了从"唐音"到"宋调"转向的重要依据。[2]

宋诗话中保存了大量关于我国诗歌史的材料，诸如诗歌的产生和发展，诗歌的源流正变，盛衰升降，诗歌流派的产生、发展和消亡，以及历代诗人各自的家世爵里、仕宦交游、品德风度、悲欢离合，及其诗歌本事、艺术高下、字句真伪等等，大凡中国文学史特别是诗史所牵涉的问题，宋代诗话都曾有过广泛而真实的记述。可以说，宋诗话是一部简明的宋前中国诗歌史，是关于文学史的生动记录，是作家作品研究、诗歌流派研究、诗史研究的重要而富有的资料宝库。尤为难能可贵的是，在对前代作家作品的评价中，特别突出强调唐代诗人如李白、杜甫、韩愈、柳宗元等人的地位，为我们以及宋代诗学体系研究提供了宝贵资料。

宋诗话的优秀之作如《六一诗话》《石林诗话》《白石道人诗话》《沧浪诗话》等，包含着丰富多彩的美学思想，是研究中国诗学和文学批评史的资料宝库，涉及诗歌创作论、风格论、鉴赏论，以及诗歌的内容、形式、方法、技巧、风格、流派、品第、鉴赏、继承、创新等。其中的诗学观点和理论见解，从一些基本概念、范畴如赋、比、兴、情、志、意、格、神、气、韵、味、风骨、兴象、妙语、境界等入手，从不同的角度探讨和总结了诗歌批评的一般规律，在不同程度上概括和反映了中国古典诗歌和诗歌

---

① 参阅蔡镇楚《中国诗话史》，湖南文艺出版社，1988 年，第 23 页。
② 参阅刘德重、张寅彭《诗话概说》，安徽教育出版社，2009 年，第 30—33 页。

美学的民族文化性格、历史地位，丰富了文学批评和诗学体系的品种与样式，完善了我国诗歌批评的美学结构①。

宋诗话特别注重诗歌的审美鉴赏，从诗歌鉴赏的一般原则，到诗歌鉴赏的分类和方法，有关诗歌鉴赏的一系列重要问题，宋诗话均有比较明确的论述。其中反复陈说的兴趣与滋味、妙悟与神思、神韵与意境、情景与寄托、真实与含蓄、诗眼与格律等等概念、术语与理论，均属于诗歌审美鉴赏的范畴。特别是对历代诗歌名篇佳句的赏析评点，更从理论与实践相结合的高度，为诗歌创作和批评起到了引导和指南的作用。譬如欧阳修重视诗歌鉴赏，在《六一诗话》中借梅圣俞之语提出了"意新语工""状难写之景，如在目前；含不尽之意，见于言外"的诗歌鉴赏理论，认为诗之极致就是要立意新颖独特，形象逼真传神，风格要含蓄蕴藉，韵味要绵远悠长。据蔡绦《铁围山丛谈》载：

> 温（范温）尝预贵人家会，贵人有侍儿，善歌秦少游长短句，坐间略不顾温。温亦谨，不敢吐一语。及酒酣欢洽，侍儿者始问："此郎何人耶？"温遽起，叉手而对曰："某乃'山抹微云'女婿也。'闻者多绝倒。"②

此处"山抹微云"是词人秦观《满庭芳》中的佳句，被人奉为"诗眼"，范温作为其女婿亦以此句为傲。洪迈在《容斋随笔》中，也对王安石"春风又绿江南岸"句中"绿"字大加赞赏。这些确当独到的艺术鉴赏和美学批评，有助于诗歌创作和美学批评、审美鉴赏的共同发展，其重要性不容小视。

第二节　宋诗话中宋人对诗学体系的主要贡献

王安石曾经针对宋诗的窘境感叹道："世间好言语，已被老杜道尽；世间俗言语，已被乐天道尽。"（《渔隐丛话》前集卷六）面对辉煌不再的后唐诗时代，宋人不得不一步三回头地去回顾审视唐人所走过的路，去思索总结唐人成功的经验与技巧。因而，宗唐学唐，也就成为宋人必然的选择。然而，学什么，怎么学？是宋代诗学体系及其唐诗学需要着重思考的问题。对唐诗审美风尚的企向与追慕，对唐诗创作经验的总结，对唐诗经典作家的推重与喜好，以及对唐诗艺术技巧的研讨与学习，这些问题，在宋诗话中都有生动的反映和体现。

---

① 顾易生、蒋凡、刘明今《中国文学批评通史·宋金元卷》，上海古籍出版社，1996年，第512页。
② ［宋］蔡绦《铁围山丛谈》卷第四，冯惠民、沈锡麟点校，中华书局，1983年，第63页。

一、对唐诗审美风尚的企向与追慕

唐诗在初盛中晚不同时期的审美风尚并不完全一致，因而，宋人对此的趣向与追慕也就不尽相同。

宋初"白体诗"代表王禹偁在论诗主张上崇尚杜甫的沉郁顿挫，但在创作实践上模仿白居易的清浅俗易。林逋对他赞誉有加，"放达有唐惟白傅，纵横吾宋是黄州"[1]。据《蔡宽夫诗话》卷下载：

> 元之本学白乐天诗，在商州尝赋《春日杂兴》云："两株桃杏映篱斜，装点商山副使家。何事春风容不得，和莺吹折数枝花！"其子嘉祐云："老杜尝有'恰似春风相欺得，夜来吹折数枝花'之句，语颇相近。"因请易之。元之忻然曰："吾诗精诣，遂能暗合子美耶！"更为诗曰："本与乐天为后进，敢期子美是前身！"卒不复易。[2]

但因为学得太像，以致其长子嘉祐疑他所作《春居杂兴》诗二首为从《杜工部集》"窃之"。它作如《感流亡》《对雪》等与白居易《观刈麦》一类诗相类，故世人皆以"白体"目之，受到"语多得于容易"（《六一诗话》）、"意伤于太尽"（《岁寒堂诗话》）的批评。

林逋、潘阆、魏野等一批在野的"晚唐体"诗人，则以贾岛的"苦吟"诗风为自己仿效的典范，所作诗大都意绪绵密，笔调轻巧。潘阆《叙吟》诗自言："高吟见太平，不耻老无成。发任茎茎白，诗须字字清。搜疑沧海竭，得恐鬼神惊。此外非关念，人间万事轻。"其中所道创作主张和审美趋向上的追求，颇近于贾岛"二句三年得，一吟双泪流"的况味。

其后"西昆体"诗人，则以李商隐柔靡纤弱、忧郁感伤诗风为企向，正如方回《瀛奎律髓》所指："西昆倡酬事，组织华丽，盖一变晚

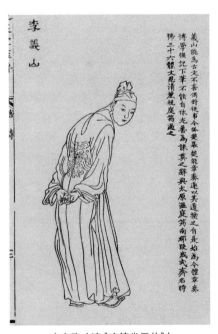

李商隐（清《晚笑堂画传》）

---

[1] ［宋］林逋《读王黄州诗集》，载《林和靖集》卷三，清文渊阁四库全书本。下引不赘。

[2] 载郭绍虞《宋诗话辑佚》（上下册），中华书局，1980 年，第 405 页。下引不赘。

唐诗体、香山诗体，而效李义山。"其"资书以为诗"的倾向也早于江西诗派而着先鞭，《六一诗话》云："自《西昆集》出，时人争效之，诗体一变。而先生老辈患其多用故事，至于语僻难晓，殊不知自是学者之弊。"

北宋中期，由于土地兼并现象就十分严重，达到了富者有弥望之田，贫者无立锥之地的地步。冗官、冗兵、冗费"三冗"现象更是雪上加霜，官僚队伍臃肿，办事效率低下，且民变蜂起。此外，北宋实行"守内虚外"的军事政策，始终受到辽和西夏的威胁和进攻，面临严重的边患危机。长此以往，遂成积贫积弱局面。

这种局面唤醒了底层知识分子的入世热情和担当意识，强烈的使命感和危机感使这一时期士人的主体精神达到了前所未有的高涨和丰盈。北宋理学家、关学领袖张载（1020—1077），人称横渠先生，为后世留下了许多宝贵的精神遗产，成为这一时期士人精神的最佳写照。由此，又将这一时期的文学创作和诗学观念导入如下二途：一方面，是基于以天下为己任的人格操守和浩然之气而形成的豪放诗风，李白与中唐韩孟诗派对宋诗发展的影响，因此得到充分的体现；另一方面，对老杜写实批判精神的接受，成为这一时期取法老杜的基本维度。《六一诗话》说："唐之晚年，诗人无复李杜豪放之格。"据《中山诗话》载："欧公亦不甚喜杜诗，谓韩吏部绝伦。吏部于唐世文章，未尝屈下，独称道李、杜不已。欧贵韩而不悦子美，所不可晓；然于李白而甚赏爱，将由李白超趄飞扬为感动也。"欧之所以"不悦子美"，盖因其以豪纵论李杜，杜诗自然甘拜下风。事实上也的确如此，其《李白杜甫诗优劣说》曰："'落日欲没岘山西，倒著接篱花下迷。襄阳小儿齐拍手，拦街争唱《白铜鞮》'，此常言也。至于'清风明月不用一钱买，玉山自倒非人推'，然后见其横放，其所以警动千古者，固不在此。杜甫于白得其一节，而精强过之。至于天才自放，非甫可到也。"这种以李之白之长衡量杜甫之短的做法，就是将李、杜二人诗歌风格完全等同对比后所导致的必然结果。王安石也有同样看法，据《王直方诗话》载，荆公盖以子美为第一，至永叔次之，退之又次之，以太白为下。[1]荆公对李、杜、韩三家诗之不同的艺术风貌进行比较，"'清水出芙蓉，天然去雕饰'，此李白所得也。'或看翡翠兰苕上，未掣鲸鱼碧海中'，此老杜所得也。'横空盘硬语，妥帖力排奡'，此韩愈所得也"（《渔隐丛话》），认为诗人各有所得。

南渡之后，从南渡诸家到中兴诗坛，再到永嘉四灵和江湖诗派，宋代的诗学主题开始由江西诗派的宗杜学杜转而效法晚唐。其诗风的审美趋向经历了一个发展变化过程，即由晚唐清丽纤秾的七言绝句，一转以姚贾为代表的崇尚苦吟、孤峭寒涩的五律创作，再转以效法许浑怀古题材的工稳圆熟的七律创作。

朱弁《风月堂诗话》对江西诗派的掉书袋习气有激烈批评："诗人胜语，咸得于自然，非资博古。若'思君如流水''高台多悲风''清晨登陇首''明月照积雪'之类，皆一时

---

[1] 参阅金涛声、朱文彩《李白资料汇编·唐宋之部》（全二册），中华书局，2007年，第208页。

所见，发于言辞，不必出于经史。故锺嵘评之云：'吟咏性情，亦何贵于用事。'"① 曾季狸《艇斋诗话》则载吕本中、徐俯、韩驹等人南渡后的论诗之语，由特重杜诗写物之工进而标举六朝之诗，集中反映出江西诗派由学习杜诗之法，到强调兴感自然的内在转向。

中兴诗坛的代表作家尤袤、陆游、杨万里、范成大等人的诗歌创作与诗学理念，虽承传吕本中、曾几等南渡之初的江西大家的遗响，但就审美风尚而言，诗人的取径范围已经从书本上的"学问"转向了现实世界，自然世界中美的发现开始渐渐取代诗"从学问中来"的创作观念，诗人与自然的兴发感动，成为主导性的话语模式，而陈后山那种"闭门觅句"的创作方式也逐渐被诗人们所摒弃。这些，在这一时期的诗话著作如《诚斋诗话》《岁寒堂诗话》《后村诗话》，尤其是《沧浪诗话》中都有相当程度上的反映。

二、对唐诗创作经验的总结

周裕锴先生在《宋代诗学通论》中指出："相对于唐诗，宋诗更是一种在诗学理论，尤其是'句法'理论自觉指导下的实践。正是宋人的诗性智慧，促成了宋诗品格的诞生。最好的例证是，欧阳修、梅尧臣、王安石、苏轼、黄庭坚、陈师道、吕本中、陆游、杨万里、刘克庄等人，既是两宋诗坛的领袖，又是天才的诗歌理论家。"②

诗话就是这些诗坛领袖和诗歌理论家发表自己诗歌见解的最好载体，而对前代唐诗创作经验的总结与探讨，则是其中最重要的内容之一。因此他们特别注重对那些以直观感悟为基础的诗歌创作经验的总结，将实践中的感性认识上升到理性的高度，诸如注重兴寄，贵含蓄，强调情景交融、形神兼备、境与意会，以及形神、情理、理趣、意势、文质、通变、真假、正反、实虚、显隐、动静、浓淡、情景、声律与自然，以少胜多，以小见大，以简驭繁，乃至比兴、用事、对仗、结构、脉络等等，关涉诗歌创作原则、艺术构思、创作过程、创作方法等问题，都进行了有益的探讨。③

欧阳修鼓吹"诗穷而后工说"，认为诗人的生存困境虽然对自身来说是不幸的，但这种身临其境的感受则是诗歌达到工整完美、感人至深境界的必要条件。其《郊岛诗穷》云：

> 唐之诗人类多穷士，孟郊、贾岛之徒尤能刻篆穷苦之言以自喜。或问二子其穷孰甚？曰阆仙甚也。何以知之？曰以其诗见之。郊曰："种稻耕白水，负薪斫青山"。岛云："市中有樵山，我舍朝无烟。井底有甘泉，釜中乃空然。"盖孟氏薪米自足，而岛家柴水俱无，此诚可叹。然二子名称高于当世，其余林翁处士用意精到者，往

---

①　朱弁《风月堂诗话》，与《冷斋》《环溪》合刊，中华书局，1988 年，第 99 页。下引不赘。

②　周裕锴《宋代诗学通论·引言》，上海古籍出版社，2019 年（微信读书版）。

③　参阅蔡镇楚《中国诗话的理论价值与学术地位》，《湖南师范大学学报》（社科版），1991 年第 6 期。

往有之。

在对他们"刻篆""用意"之精到表示称赏的同时，也透露出对其不能安贫乐道的酸寒之态的不满。

对唐诗精言妙语与唐诗作品的赏鉴辨识，也是宋代诗话唐诗研究的重要内容之一。不仅显示出了宋代诗话家对唐人诗艺成就的多方面学习探求和归纳总结，也体现他们对唐诗作为传统的独特理解，在促进由"唐音"到"宋调"的转变过程中发挥了重要的作用。

如《温公续诗话》云："郑工部诗有'杜曲花香浓似酒，灞陵春色老于人'，亦为时人所传诵，诚难得之句也"，表达了司马光对郑谷精致写景之句的欣赏。他还从"诗贵于意在言外"角度辨析杜甫的《春望》，从"意在言外""思而得之"的角度对这首诗的前四句作出了精辟的辨释：

> 近世诗人，惟杜子美最得诗人之体，如"国破山河在，城春草木深。感时花溅泪，恨别鸟惊心"。山河在，明无余物矣；草木深，明无人矣；花鸟，平时可娱之物，见之而泣，闻之而悲，则时可知矣。

《王直方诗话》中亦多对诗人诗作的赏鉴辨析。如辨析白居易诗与韦应物、杜甫诗意虽同然高低有别，但称赏白居易《昭君词》：

> 古今人作昭君词多矣，余独爱乐天一绝云："汉使却回凭寄语，黄金何日赎蛾眉？君王若问妾颜色，莫道不如宫里时。"盖其意优游而不迫切故也。然乐天赋此时，年甚少。①

叶梦得《石林诗话》卷下云：

> 古今论诗者多矣，吾独爱汤惠休称谢灵运为"初日芙渠"，沈约称王筠为"弹丸脱手"两语，最当人意。"初日芙渠"非人力所能为，而精彩华妙之意，自然见于造化之妙，灵运诸诗可以当此者亦无几。"弹丸脱手"，虽是输写便利，动无留碍，然其精圆快速，发之在手，筠亦未能尽也。然作诗审到此地，岂复更有余事。韩退之《赠张籍》云："君诗多态度，霭霭春空云。"司空图记戴叔伦语云："诗人之辞，如蓝田日暖，良玉生烟。"亦是形似之微妙者，但学者不能味其言耳。②

---

① 载宋魏庆之《诗人玉屑》(全两册)卷之八，王仲闻点校，中华书局，2007年，第494页。
② 载清何文焕辑《历代诗话》(全二册)，中华书局，1981年，第378页。下引不赘。

这里，所谓"初日芙蕖""弹丸脱手"实际上是一种比喻性诗评，它是中国传统诗歌评论的重要手段和特色之一。"初日芙蕖"意谓：清新、高雅、脱俗、静谧、生机、灵气……"弹丸脱手"意谓：精圆、流畅、矫健、爽朗、天马行空、无拘无束……是叶梦得所崇尚的诗歌最高境界，这种境界同样是对唐人唐诗如韩退之、司空图、戴叔伦等创作经验的总结。因而他也特别欣赏那些寓义深远的诗歌，《石林诗话》卷上云：

> 杜子美《病柏》《病橘》《枯棕》《枯楠》四诗，皆兴当时事。《病柏》当为明皇作，与《杜鹃行》同意。《枯棕》比民之残困，则其篇中自言矣。《枯楠》云："犹含栋梁具，无复霄汉志。"当为房次律之徒作。惟《病橘》始言"惜哉结实小，酸涩如棠梨"，末以比荔枝劳民，疑若指近幸之不得志者。自汉魏以来，诗人用意深远，不失古风，惟此公为然，不但语言之工也。

　　张戒以"韵味"论诗，要求诗歌达到含蓄蕴藉、自然浑成的艺术效果，这显然是对唐诗的主要审美特质，即讲求意境之美，韵味之深特色的总结与升华。认为在诸多唐诗作品中，王维以韵味见长，并从"韵味"这一美学特征对王维诗进行观照，与韦应物、杜甫和李白等人做了比较，其《岁寒堂诗话》卷上云：

> 韦苏州诗，韵高而气清。王右丞诗，格老而味长。虽皆五言之宗匠，然互有得失，不无优劣。以标韵观之，右丞远不逮苏州。至于词不迫切，而味甚长，虽苏州亦所不及也。……世以王摩诘律诗配子美，古诗配太白，盖摩诘古诗能道人心中事而不露筋骨，律诗至佳丽而老成。如《陇西行》《息夫人》《西施篇》《羽林》《闺人》《别弟妹》等篇，信不减太白；如"兴阑啼鸟换，坐久落花多""草枯鹰眼疾，雪尽马蹄轻"等句，信不减子美。虽才气不若李、杜之雄杰，而意味工夫，是其匹亚也。[①]

　　认为王维作诗在诗歌意境、韵味的创造方面，强于韦应物，也丝毫不亚于李白和杜甫。事实上，王维之诗如《山居秋暝》《终南别业》《鹿柴》等山水田园诗，往往能够将大自然中的种种物象转化为鲜明的诗歌意象，并融进个人的主观情感，将自然之美与心境之美完美地融为一体，进而建构浑茫的意境，以有限的文字去激发读者无限的想象力，创造出如镜花水月般的纯美诗境，冲淡闲远，空灵无迹，令人回味无穷，韵味悠远。

　　严羽《沧浪诗话》的唐诗分期说，从总体上来看是一种"五唐说"，即将有唐一代诗歌分为唐初体、盛唐体、大历体、元和体和晚唐体五种体式。其划分的根本依据，就是按照唐诗在不同发展时期，对其美学风格和创作经验进行总结归纳。其中，他最为推重的是盛唐诗，说"诗之品有九"（本章第六节有详述），又说"其大概有二：曰优游不迫，曰沉着

---

① 载丁福保《历代诗话续编》（全三册），中华书局，1983年，第459—460页。下引不赘。

痛快"。他还提出"体制""格力""气象""兴趣""音节"五个诗学范畴，指出"盛唐诸人，惟在兴趣"。这些，都是对唐诗尤其是盛唐诗歌创作经验和美学风格十分精到的总结。

三、对唐诗经典作家的推重与喜好

宋代诗话所积甚夥，谓之汗牛充栋亦不为过。作为研讨作诗门径的重要著述方式，宋诗话学习和宗尚的对象自然就是唐诗，特别是一些声名卓著、早有定评的经典诗人，诸如李白、杜甫、王维、孟浩然、岑参、高适、元稹、白居易、韩愈、柳宗元、李商隐、杜牧、贾岛、孟郊等等，更是宋诗话不遗余力大力推重和崇尚的对象。这些诗人被奉为唐诗的典范，当然也就顺理成章成为宋人学习和模仿的范本。对于杜甫，宋诗话从其诗得"诗人之体"、字句精准独特、写物工巧、可为诗学论证之佳例，以及地位经典等角度进行了全方位的肯定。宋诗话中还对韩愈及其诗友作了评骘，揭示了韩愈诗歌的某些特征，体现出对韩愈转变诗风、独树一帜的若干初步共识。并将韩愈与孟郊与贾岛并列评述，是后世提出"韩孟诗派"的先导，对孟郊、贾岛的评价精到准确。对白居易、李商隐、张籍、郑谷等中晚唐诗人，也多有客观中肯评价。限于篇幅，兹仅举杜甫为例。

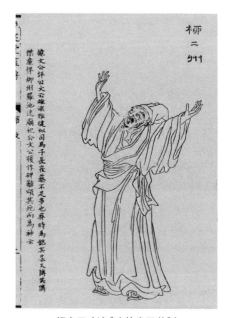

柳宗元（清《晚笑堂画传》）

（一）肯定杜诗的"诗史"地位

杜甫心念苍生、胸怀天下，借用古乐府之名即事名篇，写下大量反映安史之乱的诗篇，如"三吏""三别"，写尽百姓之乱离、国家之兴衰，以"史笔"记录和呈现这一时代的大事件，故其诗被尊为"诗史"。这些在宋诗话中得到充分的肯定。黄彻《䂬溪诗话》卷第一云：

> 子美世号"诗史"，观《北征》诗云"皇帝二载秋，闰八月初吉"，《送李校书》云"乾元元年春，万姓始安宅"。又《戏友》二诗"元年建巳月，郎有焦校书。元年建巳月，官有王司直"，史笔森严，未易及也。[①]

---

① 载丁福保《历代诗话续编》（全三册），中华书局，1983年，第348—349页。下引不赘。

胡仔《渔隐丛话》后集卷八云：

> 宋子京作《唐史·杜甫赞》，秦少游作《进论》，皆本元稹之说，意同而词异耳。子京赞云：唐兴，诗人承隋、陈风流，浮靡相矜。至宋之问、沈佺期等，研揣声音，浮切不差，而号律诗，竞相沿袭。逮开元间，稍裁以雅正，然恃华者质反，好丽者壮违，人得一概，皆自名所长。至甫，浑涵汪茫，千汇万状，兼古今而有之。他人不足，甫乃厌余，残膏剩馥，沾丐后人多矣。故元稹谓："诗人以来，未有子美者。"甫又善陈时事，律切精深，至千言不少衰，世号"诗史"。

吴沆《环溪诗话》卷中云：

> 杜甫诗中如《新婚别》《垂老》《无家》等别皆《风》也；如《剑门》《石笋》《石犀》《古柏行》《遭田父泥饮》，皆蜀一国之《风》也；如《壮游》一篇该齐、赵、吴、越，则四国之《风》也；如《剑器行》《花卿歌》《骢马行》各指一事，则《风》之小者也；如《八哀诗》咏八公，则当代名臣，《杜鹃行》则托讽于君，《丽人行》有关于国，则《风》之大者也。如《新安吏》《潼关吏》《兵车行》《石壕吏》《悲陈陶》《后出塞》，则《雅》之小者也；如《北征》《忆昔二首》《冬狩行》《哀王孙》，则《雅》之大者也。如《赠左相二十韵》《赠太常张卿二十韵》《赠鲜于京兆》《赠特进汝阳王》各二十韵，以至《入奏行》《春陵行》《裴施州》《丹青引》，则《颂》之小者也；如《谒玄元皇帝庙》《行次昭陵》《重经昭陵》以至《洗兵马》，则《颂》之大者也。①

元杨维祯认为"诗史"之提法不足以涵盖杜诗的审美价值。杜诗不但"直纪事史"，而且还能通过暗寓褒贬的春秋笔法，使作品具有含蓄蕴藉的审美效果。

（二）欣赏杜诗深得"诗人之体"与苍生之念

司马光认为杜甫诗歌能够秉承《诗经》"温柔敦厚"的儒家诗教传统，内容真实，同时又含蓄婉转，不必以言语直刺之，此之谓"诗人之体"。《温公续诗话》曰："古人为诗，贵于意在言外，使人思而得之，故言之者无罪，闻之者足以戒也。（推举杜甫，如《春望》，见前引）他皆类此，不可遍举。"此外，杜甫也是一个忧国忧民、入世甚深的诗人，诗中常常流露苍生之念，这些在宋诗话中也都有所反映。

刘攽《中山诗话》中亦颇为相似的表述：

> 工部诗云："深山催短景，乔木易高风"，此可无瑕类。又曰："萧条九州内，人

---

① 《环溪诗话》，与《冷斋夜话》《风月堂诗话》合刊，中华书局，1988年，第135页。下引不赘。

少犳虎多。少人慎莫投，多虎信所过。饥有易子食，兽犹畏虞罗。"若此等句，其含蓄深远，殆不可模效。……杨大年不喜杜工部诗，谓为村夫子。乡人有强大年者，续杜句曰："江汉思归客"，杨亦属对，乡人徐举"乾坤一腐儒"，杨默然若少屈。

魏泰《临汉隐居诗话》曰：

唐人咏马嵬之事者多矣。……岂特不晓文章体裁，而造语蠹拙，抑已失臣下事君之礼矣。老杜则不然，其《北征诗》曰："忆昔狼狈初，事与古先别。不闻夏商衰，中自诛褒妲。"方见明皇鉴夏商之败，畏天悔过，赐妃子死，官军何预焉？①

张戒《岁寒堂诗话》卷上亦有言：

少陵在布衣中，慨然有致君尧舜之志，而世无知者，虽同学翁亦颇笑之，故"浩歌弥激烈""沉饮聊自遣"也。此与诸葛孔明抱膝长啸无异，读其诗，可以想其胸臆矣。嗟夫，子美岂诗人而已哉！……杜子美、李太白，才气虽不相上下，而子美独得圣人删诗之本旨，与《三百五篇》无异，此则太白所无也。……鲁直专学子美，然子美诗读之，使人凛然兴起，肃然生敬，《诗序》所谓"经夫妇，成孝敬，厚人伦，美教化，移风俗"者也，岂可与鲁直诗同年而语耶？

《王直方诗话》(一名《诗文发源》)云："老杜'风吹客衣日杲杲，树搅离思花冥冥'，此最着意深远。"②叶梦得《石林诗话》对杜诗的评价见前述。

（三）对杜诗作诗艺术技巧的称赏

杜甫自言："为人性僻耽佳句，语不惊人死不休"(《江上值水如海势聊短述》)，他十分讲究作诗的艺术技巧，尤其注意锤炼字句的精准独特，讲求使事用典的恰切得当，规范声韵的平仄顿挫，来增强诗歌语言内涵和表现力。可以说，杜甫诗歌的语言艺术在中国文学史上是独树一帜，罕有其匹的。这一点，也为许多诗话所意识到，并在其中多所论列。

黄彻《䂬溪诗话》云：

《杜集》及马与鹰甚多，亦屡用属对，如"老骥倦知道，苍鹰饥易驯""老骥思千里，饥鹰待一呼"。……《骢马行》云"吾闻良骥老始成，此马数年人更惊"，又"不

---

① 载清何文焕辑《历代诗话》(全二册)，中华书局，1981 年，第 324 页。

② 《王直方诗话》275 条，载郭绍虞《宋诗话辑佚》(上下册)，中华书局，1980 年，第 100 页。

比俗马空多肉，一洗万古凡马空"。《杨监出画鹰》云"干戈少暇日，真骨老崖嶂。为君除狡兔，会见翻鞲上"。……余尚多有之。盖其致远壮心，未甘伏枥，嫉恶刚肠，尤思排击。《语》曰："骥不称其力，称其德也。"《左氏》曰："见无礼于其君者，如鹰鹯之逐鸟雀也。"少陵有焉。（卷第二）杜诗四韵并绝句，味之皆觉字多，以字字不闲故也。他人虽长篇，若无可读。（卷第四）

欧阳修《六一诗话》云：

　　陈公时偶得《杜集》旧本，文多脱误。至《送蔡都尉》诗云"身轻一鸟"，其下脱一字，陈公与数客各用一字补之。或云"疾"，或云"去"，或云"落"，或云"下"，莫能定。后得一善本，乃是"身轻一鸟过"。陈公叹服，以为虽一字，诸君亦不能到也。

蔡梦弼《杜工部草堂诗话》云：

　　子美亦集诗之大成者欤……王彦辅《诗话》曰：逮至子美之诗，周情孔思，千汇万状，茹古涵今，无有涯涘，森严昭焕，若在武库，见戈戟布列，荡人耳目，非特意语天出，尤工于用字，故卓然为一代冠，而历世千百，脍炙人口。①

吴沆《环溪诗话》卷上云：

　　或问杜诗之妙，环溪云："杜诗句意大抵皆远，一句在天，一句在地。如'三分割据纡筹策'，即一句在地；'万古云霄一羽毛'，即一句在天。如'江汉思归客，乾坤一腐儒'，即上一句在地，下一句在天。……惟其意远，故举上句即人不能知下句。又有险语出人意外，如'白摧朽骨龙蛇死'，人犹能道；至'黑入太阴雷雨垂'，则人不能道矣：为险处在一'垂'字，无人能下。如'峡坼云埋龙虎睡'，人犹能道；至'江清日抱鼋鼍游'，则人不能道矣：为险处在一'抱'字，无人能下。……凡如此等字，虽使古今诗人极力思之，终不能到。"

叶梦得《石林诗话》卷上云：

　　禅宗论云间有三种语：一为随波逐浪句，谓随物应机，不主故常；其二为截断众流句，谓超出言外，非情识所到；其三为函盖乾坤句，谓泯然皆契，无间可伺。其深浅以是为序。余尝戏为学子言，老杜诗亦有此三种语，但先后不同。"波漂菰

---

①　载清何文焕辑《历代诗话》（全二册），中华书局，1981年，第194—195页。

米沉云黑，露冷莲房坠粉红"，为函盖乾坤句；以"落花游丝白日静，鸣鸠乳燕青春深"，为随波逐浪句；以"百年地僻柴门迥，五月江深草阁寒"，为截断众流句。若有解此，当与渠同参。

诗人以一字为工，世固知之。惟老杜变化开阖，出奇无穷，殆不可以形迹捕诘。如"江山有巴蜀，栋宇自齐梁"，则其远近数千里，上下数百年，只在"有"与"自"两字间，而吞纳山川之气，俯仰古今之怀，皆见于言外。《滕王亭子》"古墙犹竹色，虚阁自松声"，若不用"犹"与"自"两字，则余八字，凡亭子皆可用，不必滕王也。此皆工妙至到，人力不可及。而此老独雍容闲肆，出于自然，略不见其用力处。今人多取其已用字模仿用之，偃蹇狭陋，尽成死法。不知意与境会，出言中节，凡字皆可用也。

四、对唐诗艺术技巧的研讨与学习

宋人的宗唐学唐，并非为了学唐而学唐，其目的是通过学唐而度人金针，开辟宋诗的新面目，实现由"唐音"到"宋调"的转换，因而十分注重对于法度的研习与探讨。"江西诗派"所谓"点铁成金""夺胎换骨"是其中十分突出也是十分极端的例子。不可讳言，宋诗话中有非常多关于法度的论述。可以说，如何授人以法，如何做到学诗作诗"有法可依"，是宋诗话十分重要的内容之一。从严羽《沧浪诗话》、刘克庄《后村诗话》，到魏庆之《诗人玉屑》和范晞文《对床夜语》等诗话中，均对"法度"有过集中的引述。

兹举杨万里《诚斋诗话》中有关作诗法度的总结和分析二则：

> 诗家备用古人语，而不用其意，最为妙法。……《左传》云："深山大泽，实生龙蛇。"而山谷《中秋月》诗云："寒藤老木被光景，深山大泽皆龙蛇。"《周礼·考工记》云："车人盖圆以象天，轸方以象地。"而山谷云："丈夫要宏毅，天地为盖轸。"《孟子》云："武成取二三策。"而山谷称东坡云："平生五车书，未吐二三策。"

> 孔子老子相见倾盖，邹阳云："倾盖如故。"孙俸与东坡不相识，以诗寄东坡云："与君盖亦不须倾。"刘宽责吏，以蒲为鞭，宽厚至矣。东坡诗云："有鞭不使安用蒲？"老杜有诗云："忽忆往时秋井塌，古人白骨生青苔。如何不饮令心哀？"东坡则云："何须更待秋井塌，见人白骨方衔杯？"此皆翻案法也。予友人安福刘浚字景明，《重阳》诗云："不用茱萸仔细看，管取明年各强健。"得此法矣。

论及如何用古人成语而不沿袭其原意，所谓"借人事以咏物"，能够自出机杼，即"翻案法"，推陈出新，反其意而用之。再举一则：

> 五七字绝句最少，而最难工，虽作者亦难得四句全好者。晚唐人与介甫最工于

此。如李义山忧唐之衰云："夕阳无限好，其奈近黄昏。"如："青女素娥俱耐冷，月中霜里斗婵娟。"如："芭蕉不展丁香结，同向春风各自愁。"如："莺花啼又笑，毕竟是谁春？"唐人《铜雀台》云："人生富贵须回首，此地岂无歌舞来？"《寄边衣》云："寄到玉关应万里，戍人犹在玉关西。"《折杨柳》云："羌笛何须怨杨柳，春光不度玉门关。"皆佳句也。如介甫云："更无一片桃花在，为问春归有底忙？""只是虫声已无梦，三更桐叶强知秋。""百啭黄鹂看不见，海棠无数出墙头。""暗香一阵连风起，知有蔷薇涧底花。"不减唐人，然鲜有四句全好者。杜牧之云："清江漾漾白鸥飞，绿净春深好染衣。南去北来人自老，夕阳长送钓船归。"唐人云："树头树尾觅残红，一片西飞一片东。自是桃花贪结子，错教人恨五更风。"韩偓云："昨夜三更雨，临明一阵寒。蔷薇花在否？侧卧卷帘看。"介甫云："水际柴扉一半开，小桥分路入青苔。背人照影无穷柳，隔屋吹香并是梅。"东坡云："暮云收尽溢清寒，银汉无声转玉盘。此生此夜不长好，明月明年何处看？"四句皆好矣。

这是讨论绝句的构思命意如何相得益彰，浑然一体。大多摘引前人成句，不厌其烦，反复陈说，度人金针之意甚为明显。

宋人在解读唐诗作品时，还喜欢从篇章结构上加以探索，肯定其得体周密。如《渔隐丛话·杜少陵五》引范温《潜溪诗眼》云：

> 山谷言文章必谨布置……如《赠韦见素》诗云："纨绔不饿死，儒冠多误身"，此一篇立意也，故使人静听而具陈之耳。自"甫昔少年日"至"再使风俗淳"，皆儒冠事业也。自"此意竟萧条"至"蹭蹬无纵鳞"，言误身如此也。则意举而文备，故已有是诗矣。然必言其所以见韦者，于是有厚愧真知之句。所以真知者，谓传诵其诗也。然宰相职在荐贤，不当徒爱人而已。士故不能无望，故曰："窃效贡公喜，难甘原宪贫。"果不能荐贤，则去之可也，故曰："焉能心怏怏，只是走踆踆"，又将入海而去秦也。然其去也，必有迟迟不忍之意，故曰："尚怜终南山，回首清渭滨。"则所知不可以不别，故曰："常拟报一饭，况怀辞大臣。"夫如此，是可以相忘于江湖之外，虽见素亦不可得而见矣。故曰"白鸥没浩荡，万里谁能驯"，终焉。此诗前贤录为压卷，盖布置最得正体，如官府甲第，厅堂房室各有定处，不可乱也。

《石林诗话》对自然天成的诗歌十分欣赏，有关论述也不断出现。如举杜诗：

> 诗语固忌用巧太过，然缘情体物，自有天然工妙，虽巧而不见刻削之痕。老杜"细雨鱼儿出，微风燕子斜"，此十字殆无一字虚设。雨细著水面为沤，鱼常一浮而淰，若大雨则伏而不出矣。燕体轻弱，风猛则不能胜，惟微风乃受以为势，故又有"轻燕受风斜"之语。……读之浑然，全似未尝用力，此所以不碍其气格超胜。使晚

唐诸子为之，便当如"鱼跃练波抛玉尺，莺穿丝柳织金梭"体矣。

《沧浪诗话》专列"诗法"一节，力倡"除俗"之说。强调的便是通过炼字、炼句、谋篇、构思等层面的刻苦经营，破除诗歌创作中的陈词滥调、庸情常语。严羽认为，诗歌创作中"有语忌，有语病，语病易除，语忌难除。语病古人亦有之，惟语忌则不可有"，"俗"就是比各种声律之病是更为要不得的"语忌"。而所谓"语忌直，意忌浅，脉忌露，味忌短，音韵忌散缓，亦忌迫促"，则进一步将这种"俗"态落实于诗歌创作中的各个层面。此外，"诗辨"有云："其用工有三：曰起结，曰句法，曰字眼。""诗法"中还论及"对句好可得，结句好难得，发句好尤难得"。"发端忌作举止，收拾贵在出场"，"诗难处在结里，譬如番刀，须用北人结里，若南人便非本色"等诗歌创作中的谋篇法度问题。而"不必太著题，不必多使事"，"押韵不必有出处，用事不必拘来历"等说法的法度观念仍然一如既往。

宋代最后一部大型诗话总集，是魏庆之的《诗人玉屑》，其法度意识更加明显。他以姜夔"不知诗病，何由能诗？不观诗法，何由知病"之说为依归，仿《沧浪诗话》体例，分列诗辨、诗法、诗评、诗体四门。"诗体"一门中，魏庆之搜取了如隔句体、偷春格、五句法、六句法、拗句、扇对法、践对法、离合体等等，偏重诗法层面的体格之论。"诗法"一门，在沧浪"诗法"之外，又集中选录了朱熹、杨万里、赵藩、姜夔诸人的诗法说，进一步加强了法度观念。在"句法"部分，则涉及错综句法、影略句法、两句不可一意、句中有眼、眼用活字、眼用响字、眼用拗字、眼用实字、实字装句、虚字装句、首用虚字、轻重对等一系列具体而微的造句之法。在"风骚句法"一门中，魏庆之概括出很多极富诗意美的题材门类，如枕石漱流、月浸梨梢、泉飞云窦、孤鸟投林、江南芳信、寒梅欺雪、澄江浸月，等等，都是晚唐体诗歌典型性题材类型和意境氛围。可以说，魏庆之的《诗人玉屑》，作为一部诗话总集，从题材命意，到结构布局，再到遣字造句，其对法度的重视，真可以说是苦口婆心，不遗余力。

第三节　文学批评史视野中的《六一诗话》①

一、文章太守，天才自然——欧阳修生平仕履与文学观

欧阳修（1007—1072），字永叔，号醉翁，又号六一居士，庐陵（今江西吉安）人。

欧阳修幼年失怙，家道维艰，"母郑，守节自誓，亲诲之学，家贫，至以荻画地学书"（《宋史·欧阳修传》），与母寄居随州叔父欧阳晔家。自幼敏悟过人，天圣七年（1029）两

---

① 本节内容曾在 2009 年欧阳修国际学术研讨会上宣读；载复旦大学《中国学研究》，2013 年 10 月。

试国子监试，均获第一，翌年中进士甲科，授校书郎，充西京留守推官。

景祐元年（1034），欧阳修以王曙荐召试学士院，充馆阁校勘，参与编撰《崇文总目》。后因为范仲淹以直言遭贬鸣不平，"在廷多论救，司谏高若讷独以为当黜。修贻书责之，谓其不复知人间有羞耻事。若讷上其书，坐贬夷陵令，稍徙乾德令、武成节度判官"（同上）。范仲淹重被起用后，欧阳修得以官复原职。

范仲淹等人主持的"庆历新政"失败后，欧阳修再度遭贬，知滁州。因仕途蹭蹬，屡遭贬谪，难伸其兼济天下、匡世济民的宏图大志，心情极其郁闷，经常沉湎于醉乡而不能自已，索性自号"醉翁"，而此时的所谓"醉翁"年纪尚不过四十左右。春秋鼎盛，如日中天，正是人生的黄金时刻。欧阳修值此盛年，既以"翁"自况，足见其颓废放达已到了何等地步。因此，他常于吏事之外徜徉山水，寄情诗文，以遣愁怀。《丰乐亭记》《醉翁亭记》《梅圣俞诗集序》《游琅琊山》等名篇佳作，均出自此时。此时"醉翁"的心中，充溢着一派明媚的山光水色，荡漾着无处不在的闲情雅致，看似闲云野鹤，实则是面对现实无力回天的无奈和感喟。

至和元年（1054），欧阳修被调回朝，官翰林学士兼史馆修撰，主编《新唐书》。此后历任集贤殿修撰、知礼部贡举、枢密副使、户部侍郎、参知政事等官。神宗熙宁四年（1071）致仕，定居颖州，《居士集》《六一诗话》等重要著作均编纂完成于此时。次年七月，病逝。享年六十六岁。赠太子太师，谥曰文忠。

《宋史》本传云："（修）为文天才自然，丰约中度。其言简而明，信而通，引物连类，折之于至理，以服人心。超然独骛，众莫能及，故天下翕然师尊之。奖引后进，如恐不及，赏识之下，率为闻人。曾巩、王安石、苏洵、洵子轼、辙，布衣屏处，未为人知，修即游其声誉，谓必显于世。"苏轼《六一居士集叙》曰："欧阳子论大道似韩愈，论事似陆贽，记事似司马迁，诗赋似李白。此非余言也，天下之言也。"苏洵《上欧阳内翰第一书》赞其文章风格："执事之文，纡徐委备，往复百折，而条达疏畅，无所间断；气尽语极，急言竭论，而容与闲易，无艰难劳苦之态。"[1]钱锺书《宋诗选注》认为欧阳修在散文、诗、词各方面都成就卓著，在诗歌上，他深受李白和韩愈的影响，而且推崇苏舜钦、梅尧臣"本人情，状风物"、文

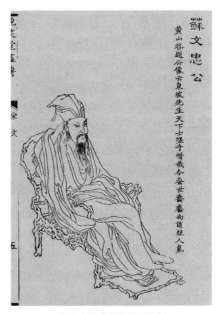

苏轼（清《晚笑堂画传》）

---

① 载曾枣庄、刘琳编《全宋文》（第43册），上海辞书出版社，2006年，第26页。

字恬淡而意蕴深远的风格，故能兼学并蓄，自成一家。

欧阳修一生经历了真宗、仁宗、英宗、神宗四朝，从政四十多年，亲身参与了许多重大政治运动，并广泛涉足于史学、经学、金石学、目录学、文学理论批评等领域，在诸学科中均颇有建树，《宋史》本传述其"好古嗜学，凡周、汉以降金石遗文、断编残简，一切掇拾，研稽异同，立说于左，的的可表证，谓之《集古录》。奉诏修《唐书》纪、志、表，自撰《五代史记》，法严词约，多取《春秋》遗旨"，表现出多方面的学识和才华。尤其是他对宋代诗文革新运动的卓越贡献，使他成为划时代、开风气的文坛领袖。

"宋兴且百年，而文章体裁，犹仍五季余习。锼刻骈偶，淟涊弗振，士因陋守旧，论卑气弱。苏舜元、舜钦、柳开、穆修辈，咸有意作而张之，而力不足。"(《宋史·欧阳修传》) 欧阳修在高举诗文革新大旗之际，力诋西昆体骈俪华美文风之弊，积极提倡韩愈古文，"修游随，得唐韩愈遗稿于废书簏中，读而心慕焉。苦志探赜，至忘寝食，必欲并辔绝驰而追与之并"(同上)，并强调道与文的一致，所谓"事信言文"，"道胜者文不难而自至也"。在表现方法和语言风格方面，他主张"简而有法"和"流畅自然"(《尹师鲁墓志铭》)。

在诗歌理论批评上欧阳修继承韩愈的理论，其《梅圣俞诗集序》说："非诗文能穷人，殆穷而后工也"。他从诗人与社会生活的关系出发，认为作者能把自己亲身的遭遇与现实发生的矛盾以及"不得施于世"的内心积郁融于诗中，内容就会充实饱满，就容易收到感人的艺术效果，就是好诗。所谓"穷"，主要是指作者坎坷的生活际遇，以及由此激发出来的感愤不平之情，只有具备如是之经历和情感，才能写出好诗来。这种"穷而后工"的观点，是他对自己创作道路和创作经验的总结，也是他的夫子自道。他幼时由寡母抚育成人，居官后又因支持范仲淹"庆历新政"而遭贬谪，这些苦难的生活经历都成为影响他创作的重要因素。

欧阳修是宋词的大家。其词与元献 (晏殊) 同出南唐，而深致则过之，开子瞻之疏隽，及少游之深婉。他的词作风格清新隽永，其中不少名句被传诵至今。他在诗歌理论批评上的又一重大贡献，是首创了诗话这一独特形式，其《六一诗话》开启了宋人论诗之先声，对宋代诗歌的革新、繁荣和发展，诗学体系建设，以及我国文学批评史上均有着重大而深远的影响。

二、覃思精微，惨淡经营——《六一诗话》的写作背景

《六一诗话》自序云："居士退居汝阴而集，以资闲谈也。"可知此著乃欧阳修致仕后所作，《四库提要》亦称是其晚年的最后之笔。但其创作在数年前就开始了，据《墨庄漫录》记载："文忠公又有《杂书》一卷，不载于集中……云：秋霖不止，文书颇稀。丛竹萧萧，似听愁滴。顾见案上故纸数幅，信手学书。枢密院东厅。"[1] 则《杂书》当是欧阳修

---

① ［宋］张邦基《墨庄漫录》卷八，与《过庭录》《可书》合刊，孔凡礼点校，中华书局，2002 年，第 227 页。

在嘉祐五年（1060）任枢密副使时作，惜今不存。但《欧阳修全集》（有中国书店 1986 年影印版与中华书局 2001 排印版）中有《试笔》一卷，其中有论九僧诗："马放降来地，雕盘战后云"等佳句，以及论"鸡声茅店月，人迹板桥霜"之工等条目来自《杂书》，而这些条目亦见于后来的《六一诗话》，可见《六一诗话》至少有部分内容是在整理十一年前的旧稿的基础上形成的。

虽自云此著的撰述目的是"以资闲谈"，其撰著过程却是认真的，绝非一时兴起率意而作。从欧阳修的文学写作态度来看，亦可证明这点。欧阳修每有所作，往往揭之壁间，反复推敲，经年琢磨，多次修改才能定稿。宋人《南窗记谈》云："欧阳文忠公虽作一二十字小束，亦必属稿，其不轻易如此。"[①] 到了晚年，他这种认真谨严的写作态度有增无减。沈作喆《寓简》卷八载："欧阳公晚年，尝自窜定平生所为文，用思甚苦。其夫人止之曰：'何自苦如此，当畏先生嗔邪？'公笑曰：'不畏先生嗔，却怕后生笑。'"[②] 由此可以推断，欧阳修作《六一诗话》，必定也是谨慎的。

三、闲远古淡、真味幽远——《六一诗话》的文学批评史价值指向及其诗学体系意义

关于《六一诗话》的内容，由于其博大精深极其丰富的渊涵，不同的读者可以从不同的视角对其加以解读。但就文学批评史及其诗学体系的指向而言，其立论的依据与主要的理论资源，其实是建立在对唐诗成就的认同与肯定基础之上的，他所期望宋诗所取得的成就，也无不以唐诗的成就为标尺和准绳，他所尊崇的前贤也以李白、杜甫、孟郊、贾岛为旨归。因此，其对宋代唐诗学建构的意义，大致可以从以下几个方面加以梳理。

（一）在文学批评方法上，强调直觉感悟和理性分析

在文学批评的方法上，《六一诗话》体现了一种基于文学家浪漫直觉思维的审美感悟和基于史学家学者求实精神的理性分析相融合的批评方法。[③]

《六一诗话》是欧阳修晚年之笔，具有浓郁的佛禅思想色彩，佛禅那种直指人心、见性成佛的直觉思维在《六一诗话》中有很深的印痕。但是，他的评诗不完全是拈花微笑式的契心冥会，而更多是具体形象的表述。

比喻是欧阳修常用的方法，具体形象、精妙贴切的比喻很大程度上能够化抽象为具体，化无形为有形。如第十三则，阐述梅圣俞"覃思精微""深远闲淡"的诗美特征时，说它"有如妖韶女，老自有余态""又如食橄榄，真味久愈在"。而讲苏子美"笔力

---

① ［宋］佚名《南窗记谈》，清知不足斋丛书本。朱弁《曲洧旧闻》卷九亦有相同记载。
② ［宋］沈作喆《寓简》，载洪本健《欧阳修资料汇编》（全三册），中华书局，1995 年，第 190 页。
③ 参阅祝良文《论〈六一诗话〉的诗学思想》，载《齐齐哈尔大学学报》（哲社版），2004 年 5 月。

豪隽""超迈豪绝"的特点时，说他"譬如千里马，已发不可杀。盈前尽珠玑，一一难拣汰"。可谓字字珠玑，精当无比。这种方法在锺嵘《诗品》中就曾大量运用过，如说谢灵运诗"譬犹青松之拔灌木，白玉之映尘沙"；评梁卫将军范云、梁中书郎丘迟诗曰，"范诗清便宛转，如流风回雪。邱诗点缀映媚，似落花依草"。

唐诗无与伦比的艺术成就，使得唐诗成为后世人们写诗时学习的范本和模仿的对象，盛唐诗歌建构的艺术范式成为后人不可企及的艺术高峰。欧阳修自然也不例外，和大多数后人一样，他仰慕唐诗辉煌的艺术成就，以唐诗为取法对象和艺术标准，所以他多用比较的方法评诗。如第二十三则论谢伯初诗之好，"皆无愧于唐诸贤"。第十九则讲："子美兄舜元，字子翁，亦遒劲多佳句，而世独罕传。其与子美紫阁寺联句，无愧韩、孟也，恨不尽见耳。"第二十二则论钱文僖"日上故陵烟漠漠，春归空苑水潺潺"和郑文宝"水暖凫鹥行哺子，溪深桃李卧开花"，化用唐人诗句而不露痕迹，"人谓不减王维、杜甫也"。用这种比较的方法评诗，既省笔墨又以到位，在相互参照中见出彼此的妍媸高下和各自特色。锺嵘《诗品总序》云："陆机《文赋》，通而无贬；李充《翰林》，疏而不切……观斯数家，皆就谈文体，而不显优劣。……诸英志录，并义在文，曾无品第。"在评价具体诗人诗作时，他说"昔曹、刘殆文章之圣，陆、谢为体贰之才"。在上中下三品中，锺嵘经常把几个人放在一起加以品第，实具有极浓的比较意味，《上品》诸人成就时"故孔氏之门如用诗，则公干升堂，思王入室，景阳、潘、陆，自可坐于廊庑之间矣"。论王粲诗说"在曹、刘间别构一体。方陈思不足，比魏文有余"，不一而足。可见这种论人论诗的方法，其来有自，并非欧阳修独创。

欧阳修继承了"文如其人"的传统观念，他本人的诗在抒叙个人日常生活及情感时，大多都与政治时事存在有一种或隐或显的关系，既有"开口揽时事，论议争煌煌"(《镇阳读书》)之作，亦有在诗中"隐括时事"之作。《六一诗话》中，他善于把文本和创作主体的性格特征、审美趣味联系起来，作出合情合理的判断。如第二十四则载石曼卿死后，其故人在梦中见他"降于亳州一举子家，又呼举子去，不得，因留诗一篇与之"。虽然欧阳修对此神仙鬼怪事不置可否，但他联系石曼卿"自少以诗酒豪放自得，其气貌伟然，诗格奇峭。又上余书，笔画遒劲，体兼颜柳，为世所珍"，认为"其诗颇类曼卿平生语，举子不能道也"。从而得出该诗是石曼卿所作的结论，是有道理的。

欧诗的"载事""论事"，大多表现为"隐括时事"，往往在寄答、次韵之作中似不经意间提涉时事，体现出他于"言语工矣文章丽矣"之中"言事"的兴趣，认识到客观现实对诗歌内容及其内涵的影响，因而在作具体分析时把诗歌产生的现实基础一并加以分析考虑。如第四则，他读梅圣俞《河豚鱼诗》，即联系河豚的生活习性和南方人的吃豚习惯，"故知诗者谓只破题两句，已道尽河豚好处。"出于同样的理由，在第十八则中，他一方面称赞："袖中谏草朝天去，头上宫花侍宴归"和"孤苏台下寒山寺，半夜钟声到客船"诚为佳句，另一方面也指出了它们与典章制度和客观现实的不符之处，对其"理有不通"表示遗憾。

（二）在批评视角上，主张史家求实精神

第一则以李昉《永昌陵挽歌词》中的"奠玉五回朝上帝，御楼三度纳降王"为例，"所谓三降王者，广南刘鋹、西蜀孟昶及江南李后主是也。若五朝上帝则误矣。太祖建隆尽四年，明年初郊，改元乾德。至六年再郊，改元开宝。开宝五年又郊，而不改元。九年已平江南，四月大雩，告谢于西京。盖执玉祀天者，实四也。李公当时人，必不缪，乃传者误云五耳"。指出三降王为何人，并根据历史事实令人信服地纠正了上朝次数为四次而不是五次，而且进一步地探究了失误的原因。他一向反对"务高言而鲜事实"，认为"事信而言文，乃能表见于后世"。这种基于史家以史正诗、求实务真的批评视角恰与其文学观是一脉相承的。

唐刘知己说，"史传所书，贵乎博录而已"（《史通·浮词》），"征求异说，采撷群言"（《史通·采撰》）。[1] 欧阳修则常以史家特有的敏锐眼光去看诗，缘诗求史，寻找其中有价值的史料。如第十六则：

> 王建《宫词》一百首，多言唐宫禁中事，皆史传小说所不载者，往往见于其诗，如"内中数日无呼唤，传得滕王《蛱蝶图》。"滕王元婴，高祖子，新、旧《唐书》皆不著其所能，惟《名画录》略言其善画，亦不云其工蛱蝶也。又《画断》云："工于蛱蝶。"及见于建诗尔。或闻今人家亦有得其图者。唐世一艺之善，如公孙大娘舞剑器，曹刚弹琵琶，米嘉荣歌，皆见于唐贤时句，遂知名于后世。

见出欧阳修十分注意从史家求实的角度去推求诗歌，以求补充正史之所阙所误。尤为值得称道的是，作为北宋前期的文坛盟主，又是著名的史学家、《新五代史》和《新唐书》的主撰人，他对自己的纰漏毫不回避，在更高层次上体现了一个优秀史家"不虚美，不隐恶"的"史识"。基于这种求真务实的思维方式、习惯和学者本色，《六一诗话》中隐含着一个史学家独有的务真求实意识，并由此形成一个独特的批评视角。

（三）在创作论上，提倡"月锻季炼"的创作态度[2]

文学创作的第一步首先是构思，刘勰《文心雕龙·神思》曰构思乃"驭文之首术，谋篇之大端"，欧阳修则特别强调诗歌构思要"精巧"。宋初的一些白派诗人由于过分追求"老妪能解"的平易诗风以致流于鄙俗。对于此类诗作，《诗话》多有嘲讽。如十五则：

> 圣俞尝云：诗句义理虽通，语涉浅俗而可笑者，亦其病也。如有《赠渔父》一联

---

① ［唐］刘知几《史通》，四部丛刊影明万历刊本。下引不赘。

② 参阅林嵩《〈六一诗话〉与宋初诗学》，《河南科技大学学报》（哲社版），2005 年第 1 期。

云："眼前不见市朝事，耳畔惟闻风水声。"说者云："患肝肾风。"又有《咏诗》者云："尽日觅不得，有时还自来。"本谓诗之好句难得尔，而说者云，此是人家失却猫儿诗。人皆以为笑也。

《诗话》中还多次称引"苦吟诗人"孟郊、贾岛之句，便是出于重视构思、提倡"炼字"的考虑。《诗话》更特别赞赏周朴"月锻季炼"的创作态度："余少时犹见其集，其句有云'风暖鸟声碎，日高花影重'，又云'晓来山鸟闹，雨过杏花稀'，诚佳句也。"

这种精严的构思既是一个炼意的过程，也是一个锤字炼句的过程，目的在于"意新语工，得前人所未道者"，表达一种令人耳目一新的新颖诗境。所以在第十六则中，他赞扬了龙图学士赵师民"于文章之外，诗思尤精"。特别是第十则以孟郊、贾岛诗为例说明构思精巧才能准确传神。因此，他特别重视构思，以求新意，增强艺术表现力。而这种新意和表现力则来自于"月锻季炼"之创作态度与字斟句酌的刻苦磨炼，"新诗改罢自长吟""旧诗不厌百回改"，即此之谓也。

（四）在诗歌美学理想上，推崇"闲远古淡"之诗风

诗歌要有意味。宋初诗坛承晚唐五代余风绮丽晦涩，故梅尧臣力主"平淡"以矫"西昆"之弊。欧氏诗风深受梅尧臣影响，于《诗话》之中多次称引梅诗。其实，平淡实际难于华丽，即便梅尧臣有时也不免矫枉过正，而使平淡堕于乏味。欧阳修对孟、贾的构思炼意和杜甫的炼字，以及周朴"月锻季炼"颇为欣赏。但他不弃雕琢的目的不是为形式而形式，而是为寻找最平易、最生动、最凝练的语言，来准确贴切地表达深厚的意蕴，提高诗歌的艺术表现力，追求一种有意味的古淡，所以在第四则他极力称赞梅圣俞《河豚鱼诗》"以闲远古淡为意，故其构思极艰"，第十三则称他"近诗尤古硬，咀嚼苦难嗫。又如食橄榄，真味久愈在"。这样淡的最高境界是"必能壮难写之景，如在目前；含不尽之意，见于言外"。可见，欧阳修追求的诗美理想不仅是停留于事物的外部表象，而是超越客观外物，追求内在心绪的微妙波动和体验，追求"闲远古淡"之诗风。

（五）追求"意新语工"之诗境

五代入宋的辞臣给宋初诗坛带来了靡芜不振的风气，虽经宋初三体的代表人物如王禹偁、林逋、杨亿等作了若干尝试，萌发出些许创意造言的意识，然而他们的诗歌创作也大多拘泥于对某一风格的单一模仿，对彻底扫除五代以来的"芜鄙之气"、振厉一代新诗，并无多大补益。欧阳修与梅尧臣等人所作的努力则摆脱了学古的拘执状态，眼界日益开阔，由晚唐上溯到中唐、盛唐，乃至六朝，某种程度上体现出追求新变的自觉精神和浓厚的创意造言意向，带来了诗格、诗风和诗境的真正转变。所谓"意新语工"者，不仅是指立意新颖、语句精练，而且要能"状难写之景如在目前，含不尽之意见于言外"。

也就是说，要求诗作既明白晓畅又含蓄隽永、有余味可寻，达到一种很高的审美境界。《诗话》十二则云：

> 圣俞尝语予曰："诗家虽率意，而造语亦难。若意新语工，得前人所未道者，斯为善也。必能状难写之景如在目前，含不尽之意见于言外，然后为至矣。……作者得于心，览者会以意，殆难指陈以言也。虽然，亦可略道其仿佛。若严维'柳塘春水漫，花坞夕阳迟'，则天容时态，融和骀荡，岂不如在目前乎？又若温庭筠'鸡声茅店月，人迹板桥霜'，贾岛'怪禽啼旷野，落日恐行人'，则道路辛苦、羁愁旅思，岂不见于言外乎？"

温庭筠（清《晚笑堂画传》）

　　欧阳修注重在诗歌的描叙、议论中寄托抒情主体的忧思感奋之情，强化了物与我、外与内之间的"兴寄""兴托"关系。此外，欧阳修在期许以"醇儒"命世振厉颓靡士风时，其人生态度中尚葆有谨守"淡泊"之道的信念，这种"淡泊"精神造成了他审美趣味中的某些独特方面，诸如"趣远""古淡"等，这些构成其诗学思想中的重要内容。这些审美趣味不同于"冲淡""澄淡"，格调淳朴而少铅华，与西昆诸子的浮艳雕琢也是大异其趣的。它既重"真味"，也重苦心经营而得来的貌似朴拙硬涩的诗歌文本，他力图避免"西昆体"所带来的诗文语言的僻奥生新对意脉畅通造成阻碍的消极方面，同时，他也排斥自宋初"白乐天体"盛行以来诗歌语言过分浅易近俗的弊端，因而常常要求做到"意新语工"。

（六）在创作主体上，阐发"穷则后工"之论

欧阳修《六一诗话》第十则曰：

> 孟郊、贾岛皆以诗穷至死，而平生尤自喜为穷苦之句。孟有《移居》诗云："借车载家具，家具少于车。"乃是都无一物耳。又《谢人惠炭》云"暖得曲身成直身"，人谓非其身备尝之，不能道此句也。贾云："鬓边虽有丝，不堪织寒衣。"就令织得，能得几何？又其《朝饥》诗云："坐闻西床琴，冻折两三弦。"人谓其不止忍饥而已，其寒亦可忍也。

《薛简肃公文集序》曰：

> 君子之学，或施之事业，或见于文章，而常患于难兼也。盖遭时之士，功烈显于朝廷，名誉光于竹帛，故其常视文章为末事，而又有不暇与不能者焉。至于失志之人，穷居隐约，苦心危虑而极于精思，与其所感激发愤惟无所施于世者，皆一寓于文辞。故曰：穷者之言易工也。

《梅圣俞诗集序》曰：

> 予闻世谓诗人少达而多穷，夫岂然哉？盖世所传诗者，多出于古穷人之辞也。凡士之所蕴其所有而不得施于世者，多喜自放于山巅水涯外，见虫鱼草木风云鸟兽之状类，往往探其奇怪。内有忧思感愤之郁积，其兴于怨刺，以道羁臣、寡妇之所叹，而写人情之难言，盖愈穷则愈工。然则非诗之能穷人，殆穷者而后工也。

愤怒出诗人，穷愁育骚客。诸如此类，不一而足。大抵诗人的遭际愈困顿，命途愈多舛，对生活的体验就愈真切，对人生的理解就愈洞彻肺腑，愈是能够写出不朽的诗篇。屈原放逐，遂赋《离骚》；左丘失明，厥有国语；司马迁发愤著书乃有《史记》传世；韩愈有"物不平则鸣"之论；欧阳修则有"穷则后工"之说。千载之后，当我们在人生旅途中历经跌宕起伏和千折百回的洗礼后，当我们备尝世间的人情冷暖与世态炎凉后，我们就会真正理解所谓"穷则后工"的深刻含义。此时，我们再来品读《诗话》中所记的谢伯初逸诗，以及孟郊、贾岛的"穷苦之句"时，就会感同身受，设身处地，不禁为那些有才华而不得伸其志的诗人扼腕叹息。

四、唯意所之，疾徐中节——《六一诗话》对文学批评著述体式的贡献和诗歌创作的影响

（一）著述体例的创辟之功

诗话是中国古代一种独特的论诗体裁，属于中国古代诗歌理论批评的一种专著形式。在内容上，它是诗歌之"话"与"论"的有机结合，是诗本事与诗论的统一。《六一诗话》虽只有二十八则，但内容驳杂，或论诗及事，或论诗及辞，或对佳篇佳句大力褒奖，或以浅言俗语笔含讥刺。在体例上，它表现为一种条目连缀的文本形态，由一些互不相关的条目连缀而成，取材自由，笔法灵活，随心所欲、意到笔随，体现了一种富有弹性的著述体制。在风格上，它轻松活泼，寓庄于谐，郭绍虞先生有言："论事则泛述闻见，论辞则杂举隽语……论诗可以及辞，也可以及事，而且更可以辞中及事，事中及辞。……在轻松的笔调中间，不妨蕴藏着重要的理论；在严正的批评之下，却又多少带

些诙谐的成分。"①

诗话这种论诗方式，其渊源可上溯到先秦时《虞书》中的"诗言志"，齐梁时期锺嵘的《诗品》被称为"百代诗话之祖"，唐代出现了大批研讨诗式、诗格、诗例、诗句图之类的著作，为诗话的产生作了铺垫。在此之前，中国古代文学批评理论的专门著作形式主要有两种，一种是以刘勰《文心雕龙》、锺嵘《诗品》为代表的文论形式，体制完备，逻辑严密，具有较强的理论思辨性。另一种是以司空图（或云伪托，姑置不论）《二十四诗品》为代表的文论形式，其特点是以诗论诗，重在兴发感悟，联想会通。到了宋代，宋人作诗好议论、喜谈法之风日炽，诗话创作亦蔚为大观。宋代诗学成就的一个突出亮点是诗话这一论诗形式的发达，诗话的撰著成为这一时期论诗的一个重要方式。

我国传统的文学批评体例或体式，大致不外书信零札、史传碑志、序跋笔记、圈点旁批等，应该说还是丰富多彩的。欧阳修之前，"诗话"是指"体兼说部"，即有诗有话的话本形式，与欧阳修的"诗话"名同而实异。作为论诗著作的"诗话"一体，则是欧阳修对中国古代文学批评形式的创新。《六一诗话》对批评著述体式、体例的创辟之功在于，它将分别存在的诸种因素汇集整合为一体用以论诗，从而以鲜明的特色构成与其他有关诗学论著的本质区别，使中国古代诗学著述领域出现了一种前所未有的体裁样式，为中国古代文学理论批评提供了一种新颖独特的专著形式。《六一诗话》的问世，作为诗话的发端，开创并奠定了一个诗话的王国，开启了一个"话"体评论的世界。由此可以使中国古代文学批评的民族特色得到相对集中和突出的呈现，使诗话俨然成为栖息于中国古代文论群落中的一个卓绝独立的强大部族。同时，它也是中国古代文学理论批评走向专门化的载体和重要标志之一。②

（二）对诗歌创作倾向的影响

宋诗话的繁兴，从积极的方面而言，它丰富了我国诗学理论的表现形式，对诗歌创作的得失进行探讨，总结出其经验教训，归纳演绎出诗歌创作的艺术规律。如张戒《岁寒堂诗话》的"言志为本"说，严羽《沧浪诗话》的"妙悟"说等。同时，诗话对诗歌艺术的鉴赏提供了必要的指导和一般的原则，对诗歌的批评也给以理性的关照。但是诗话的弊端乃至危害也是有目共睹的，并非诗话这种论诗形式本身有什么不好，而是它作为一种诗学批评的言说方式，流风所致，其品第导向必然会对具体的创作实践产生正面或负面的影响。宋人"尚法"、"好议论"之风在诗话中多所反映，反过来，诗话又促进了这种风气的滋长蔓延，使得诗话无形中成了诗歌创作的导向，再有意无意对创作实践构成了影响。换言之，诗歌创作与理论批评是一个双向互动、流衍嬗变的过程。苏、黄对"宋

---

① 郭绍虞《宋诗话辑佚序》，中华书局，1980 年，第 2—3 页。

② 参阅吴在庆《读〈六一诗话〉刍议》，载《中国典籍与文化》，1999 第 1 期；蔡镇楚《中国诗话史》，湖南文艺出版社，1988 年，第 23—36 页。

初三体"追步唐人、模拟因袭之风不满，对欧阳修学韩派之古诗、梅圣俞学"唐人平淡处"也不以为意，因而"自出己意为诗，诗之风变矣"。这个"诗风之变"，显然是指严羽所指斥的"以文字为诗，以才学为诗，以议论为诗"。苏轼虽无诗话专著，但后人将其论诗言论归纳整理成《东坡诗话》，其间便是他自己所奉行的创作实践准则，在他门下的所谓"苏门四学士"就成为宋诗的骨干力量。

所以，有人说，"诗话作而诗亡"。胡云翼先生在《宋诗研究》一书中说："据我们所知道，宋人诗话，十之八九是零碎无意义的胡话，其着力处亦全在于韵语、对仗、用字、炼句之讲究，把一个谨而且严的格律搁在新晋作家肩上，完全束缚了诗人创作的自由，不让他们的才气充分发展，这也是对于宋诗的一大打击。"[①]"胡说"贬之太甚，但"对于宋诗的打击"，则是以宋诗不如唐诗的现实为依据，又说明其言不无道理。

第四节　张戒《岁寒堂诗话》对"江西诗派"的反动

关于张戒生平的资料不多，据《建炎以来系年要录》《南宋书·赵鼎传》《宋史翼》《三朝北盟会编》《南宋馆阁录》《中兴小记》等书，约略可以得知，张戒，字定夫，又作定复，河东绛州正平（今山西新绛）人。生卒年不详。宣和六年（1124）进士，历任县令、国子监丞、兵部员外郎、殿中侍御史等职。绍兴十二年（1142），因反对与金人和议，被罢停职。绍兴二十七年（1157），以左宣教郎主管台州崇道观，至终。张戒为人耿直，为"鲠亮之士"（《四库提要》），"论事颇有理""如其人刚拙"[②]，曾参与南宋初抗金事宜。

张戒所作《岁寒堂诗话》，原书已亡佚，南宋及元诸史志书目未见著录，自明清始见大量著录，如《四库全书总目》《文渊阁书目》《读书敏求记》《澹生堂书目》《千顷堂书目》《孙氏祠堂书目》均予著录。该诗话有一卷本和两卷本。据张应鹏先生考证，《学海类编》本、明正德十二年的俞弁抄本（见《中国善本书目录》集部、诗文评）、清抄本（同前）、清咸丰九年韩应升抄本（同前）、《说郛》本、《学海类编》本、《读书敏求记》本等，以上为一卷本；《武英殿聚珍版》本、《四库全书》本、《历代诗话续编》本、《励志斋丛书》本、《丛书集成初编》本等，为两卷本。刘德重、张寅彭《诗话概说》中将《岁寒堂诗话》的书名得名归为"以作者斋室之名名书"，而张戒以"岁寒堂"为己居室命名则源自《论语·子罕》"岁寒，然后知松柏之后凋也"，隐含以松柏节操自励之意。

《岁寒堂诗话》在宋代诗话史和文学批评史上的地位是不同寻常的。就宋诗话的发展而言，与之前"以资闲谈"的"论诗及事"，那种散碎、零星漫笔式的诗论著作不同，张

---

① 　胡云翼《宋诗研究》，商务印书馆，1935 年第 2 版，第 198 页。

② 　［宋］李心传《建炎以来系年要录》（全四册）卷八十七，中华书局，1988 年，第 1445 页。

戒的论著《岁寒堂诗话》系统性更强，论诗的理论色彩也更加突出。对当时被奉为圭臬的苏黄诗风和江西诗派的弊病，张戒有比较深刻的认识，认为只有使"苏黄习气净尽"，方可以论唐人诗。所以，从这个意义上说，张戒的《岁寒堂诗话》，是在反对当时弥漫诗坛的"江西诗派"和"苏黄习气"大背景下的产物，是对"江西诗派"的反动。其论诗倾向的儒家特色，尤为《四库提要》所肯认，言其"通论古今诗人，由宋苏轼、黄庭坚上溯汉魏《风》《骚》，分为五等"。

在《岁寒堂诗话》中，张戒选取从盛唐至晚唐的诗人共二十三位加以论列，体现和阐述自己的对于唐诗的见解。其中，王维、孟浩然、李白、杜甫四人属盛唐诗人；韦应物、刘长卿、韩愈、孟郊、卢仝、皇甫湜、元稹、白居易、张籍、王建、刘禹锡、柳宗元、李贺十三人为中唐诗人；李商隐、杜牧、韩偓、吴融、温庭筠、贾岛六人为晚唐诗人。由张戒对这些唐代诗人不同的轩轾标准、不同的角度和关注点，我们大致可以了解张戒本人对唐诗以及这些诗人的态度与观念。

一、以"意""韵""味"等为导向的唐诗审美特征论

"意""韵""气""味"等论诗范畴，早已有之，并非张戒首创。他们单独使用时，或者与其他概念术语搭配时，以及在不同的历史时期，其意义也不尽相同。但张戒依据当时诗坛和诗学的现状，以及宋人学习借鉴唐诗的实际，并结合自身的见解，置身于宋代这种新的特定历史时空，在《岁寒堂诗话》中赋予了这些古老的范畴、概念和术语以新的内涵，新的意义，并以之为基石，建构起自己独立的唐诗审美特征体系。

李占伟在其论文中统计了《岁寒堂诗话》"意""味"及"意味"这三个词的使用频率："意"出现过77次之多，"味"则出现过21次，而"意味"一词共出现7次，还各有一处用了"情味""韵味"。①

> 然意可学也，味亦可学也，若夫韵有高下，气有强弱，则不可强矣。……意味可学，而才气则不可强也。……陶渊明云："迢迢百尺楼，分明望四荒。暮则归

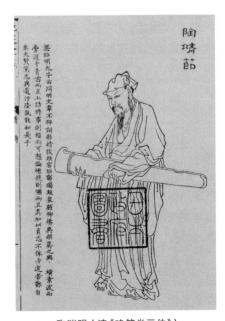

陶渊明（清《晚笑堂画传》）

---

① 李占伟《试论张戒〈岁寒堂诗话〉诗歌美学思想》，山东师范大学硕士学位论文，2008年。

云宅，朝为飞鸟堂。"此语初若小儿戏弄不经意者，然殊有意味可爱。

综合张戒在《岁寒堂诗话》中对这些范畴的使用情况，所谓"意味"，约略可以概括为是指诗的意境、情志，是一种能使人产生美感、具有耐人深思体味的艺术感染力。

然则，何谓"意味"，张戒并无明确的界定，但他通过具体的实例，言明所谓有"意味"的诗是何等面目：

> 谢康乐"池塘生春草"，颜延之"明月照积雪"（案："明月照积雪"乃谢灵运诗，此误），谢玄晖"澄江静如练"，江文通"日暮碧云合"，王籍"鸟鸣山更幽"，谢贞"风定花犹落"，柳恽"亭皋木叶下"，何逊"夜雨空滴阶"，就其一篇之中，稍免雕镂，粗足意味，便称佳句，然比之陶、阮以前苏、李、古诗曹、刘之作，九牛一毛也。

张戒认为，像谢康乐等人的这些"佳句"，虽然"稍免雕镂"，不再显得太过雕琢刻镂，但已经初步具备了"意味"。事实上，他所胪列上述这些人的所谓"佳句"，之所以受到其青睐和称引，其共同特点是这些诗句确实都自然清新、情景交融，能够使人回味无穷，有余音绕梁，三日不绝之妙。

譬如"池塘生春草"一句，原句为"池塘生春草，园柳变鸣禽"，出自谢灵运《登池上楼》二句，历来被称为佳句，尤其是第一句，令人喜爱。皎然说它"情在言外"，王国维说此句"妙处唯在不隔"。此诗妙处在自然，情景契合，不仅把客观景物的描写得惟妙惟肖，反映出事物表象的形似之美，而更主要的，还是指写出景物之神，将一般的自然景物，升华为诗的"意味""意境"，成为典型的艺术形象。一方面，在"实境"中生出"虚境"；另一方面，这个景隐含着诗人的感情，流露出诗人面对杂花生树、桃杏枝头、春湖鸭暖等各种春天欣欣向荣景象的喜悦之情。

再如王籍"鸟鸣山更幽"，全句为《入若耶溪》诗中的颈联"蝉噪林愈静，鸟鸣山更幽"，是他踏访若耶溪时，感受到深山幽林中噪与静、鸣与幽对立统一之神出妙语。王籍以"蝉噪"衬托"林静"，用"鸟鸣"显现"山幽"，鸟语清脆啁啾的音韵和鸣唱，正是大自然幽深性格的真实展现。动中有静，静中有动，诗中有画，画中有诗。同时，在幽深的山林之中，"蝉噪"、"鸟鸣"，可令人摆脱尘世中的喧嚣和浮躁，从心灵深处感受到大自然的静谧、和谐与深远，使独具匠心的文学构思与充满哲理的人生感悟统贯于一体。

不过，在张戒眼中，六朝诗人的隽语佳句，比起陶、阮以前的苏、李古诗与曹、刘之作，不过是"九牛一毛也"，是微不足道的。众所周知，唐诗上承六朝，远绍汉魏，追踪先秦，迭经踵事增华，日新月异，终于蔚为大观，成一代之盛。因此，张戒奉为"意味"典范的便推杜甫、李白、王维等盛唐诗人：

> 大抵句中若无意味，譬之山无烟云，春无草木，岂复可观。阮嗣宗诗，专以意

胜；陶渊明诗，专以味胜；曹子建诗，专以韵胜；杜子美诗，专以气胜。……王摩诘……虽才气不若李、杜之雄杰，而意味工夫，是其匹亚也。

张戒认为，诗中如果没有"意味"，"譬之山无烟云，春无草木"，山如果没有云缭雾绕，水气流岚，则一览无余，缺乏余蕴，缺乏朦胧感、神秘感，丧失了让人无限想象的机会和空间；春天如果看不到草木葱茏，群芳竞艳，那么春天也就索然无味，不能称之为春天了。因此，张戒在对历代诗歌进行评价时，均以"意味"作为鹄的，它要达到的终极审美效果就是"无意而意至"的"意味"。不论是对李白、杜甫，还是对王维、刘长卿等人语言运用上的批评，都是从"意味"着眼的；不管是李白的"天仙之词"，还是子美的"涛雄而正"，都是源于"语兴与驱"，成于"婉转附物"的，符合张戒"意味"的标准。

《岁寒堂诗话》中另一个与"意味"相近的诗美范畴是"韵"或"韵味"。张戒进一步提出了"韵"的具体内涵：

> 观子建"明月照高楼""高台多悲风""南国有佳人""惊风飘白日""谒帝承明庐"等篇，铿锵音节，抑扬态度，温润清和，金声而玉振之，辞不迫切，而意已独至，与《三百五篇》异世同律，此所谓韵不可及也。

此处张戒以"韵味"论诗，要求诗歌含蓄蕴藉、自然浑成。所谓的"韵"，即子建诗总体上所达到的那种"辞不迫切，而意已独至"的艺术效果，实际上也就是"含不尽之意"的具体表现。这与唐诗的主要审美特质，即追求韵味幽深，意境圆美是相契合的。就此而言，"韵"作为诗歌审美范畴，同"意""味"的内蕴也是相通的。张戒认为王维诗以韵味见长，因此颇为推重（详见前述）。

诗歌富有意味，韵味，其重要特征之一就是要含蓄蕴藉，不可发露太尽，要给人留有想象和回味的余地与空间。因此，张戒对元、白等人"言尽意尽"的做法极不赞同。当然，张戒本于"言志""无邪"诗学观念，对元、白诗歌的题材和意旨是肯定的。但认为其艺术形式上存在严重缺陷，即表情达意过于浅露、详尽，没有给人留下任何想象与回味的余地，其结果就是大大降低了诗的品位与格调，损伤了诗歌的艺术魅力，破坏了诗歌的审美价值。达到和实现诗歌具有韵味、含蓄蕴藉艺术效果的途径，在张戒看来其实也并非遥不可及，其《诗话》云：

> "萧萧马鸣，悠悠旆旌"，以"萧萧""悠悠"字，而出师整暇之情状，宛在目前。此语非惟创始之为难，乃中的之为工也。荆轲云："风萧萧兮易水寒，壮士一去兮不复还。"自常人观之，语既不多，又无新巧。然而此二语遂能写出天地愁惨之状，极壮士赴死如归之情，此亦所谓中的也。

除了要有深厚纯正的思想，还要学会准确地表情达意，此之谓"中的说"，亦即诗人能否运用诗歌语言准确精当地反映出描写对象的本质特征及诗人内心之情志。正像《诗经·小雅·车攻》中"萧萧""悠悠"二语那样，很好地展现出战马嘶鸣、旌旗飘扬、军容严整、杀气冲天之情状，使人如身临其境。荆轲之易水绝唱，虽寥寥数语，并无新巧，却能写出天地之间一片愁云惨淡的景象，刻画出壮士慷慨赴死前义无反顾、视死如归的悲壮情境。于是，他进而指出："诗人之工，特在一时情味，固不可预设法式也。"诗言志，诗乃是诗人的心声，是诗人情感的真诚流露和自然表达，而如何流露，如何表达，并无一成不变的成规。这实际上揭示了诗歌创作的一个重要规律：即感物而动，因情而发。诗人只有具备丰富而真挚的情感，并且抓住彼时彼地的具体情境与内心感受，才能写出富有感染力的作品。如《诗话》下卷评杜甫《晴》诗：

> "啼乌争引子，鸣鹤不归林。下食遭泥去，高飞恨久阴。"子美之志可见矣。"下食遭泥去"，则固穷之节；"高飞恨久阴"，则避乱之急也。子美之志，其素所蓄积如此，而目前之景，适与意会，偶然发于诗声，六义中所谓兴也。兴则触景而得，此乃取物。

张戒认为，杜甫写作此诗，诗人并没有事先设好框子，"为文造情"，而是根据"一时情味"去因情造文。长期的颠沛流离、穷寒偃塞，使得杜甫心怀郁闷，愁肠百结，而目睹眼前"啼乌争引子，鸣鹤不归林"之景，触发了其内心积蓄已久的情感，景与意如电光石火，在瞬间融合，从而达到了心物交会、情景交融的艺术境界。因此才能够做到"对景亦可，不对景亦可。喜怒哀乐，不择所遇，一发于诗"。这样的诗才是真情发露，才能感人至深，才能具有不朽的艺术魅力。

二、格以代降的诗歌发展观

南朝梁萧统《文选序》云："若夫椎轮为大辂之始，大辂宁有椎轮之质；增冰为积水所成，积水曾微增冰之凛。何哉？盖踵其事而增华，变其本而加厉。物既有之，文亦宜然。随时变改，难可详悉。"清人赵翼说，"江山代有才人出，各领风骚数百年"；王国维说，一代有一代之文学。任何事物的发展都有一个从草创到鼎盛，再到衰落的过程，诗歌的发展也不例外。不过，每个人的学养不同，立场各异，因而对于同一问题的看法也不尽相同。就诗歌的发展而言，同样是宋人的胡仔就认为其趋势是发展的，前进的。对于历代诗人，无论是一句、一联，还是一篇，凡有可观者，胡仔都给予应有的肯定。《渔隐丛话》后集卷二：

> 苕溪渔隐曰："古今诗人，以诗名世者，或只一句，或只一联，或只一篇，虽

其余别有好诗，不专在此，然播传于后世、脍炙于人口者，终不出此矣，岂在多哉？……凡此皆以一篇名世者，余今姑叙其梗概如此。若唐之李、杜、韩、柳，本朝之欧、王、苏、黄，清辞丽句，不可悉数，名与日月争光，不待摘句言之也。其余诗人，佳句尚多，犹恐一时记忆有遗忘者，继当附益之。"

在胡仔的观念中，唐诗与宋诗是并驾齐驱，比肩而行，并无高下优劣之分。而比较之下，张戒的观点则大相径庭。张戒认为诗歌的发展是以代而降，代不如人。他将前代至宋朝的诗歌分为若干等第，甚至将《风》《骚》汉魏六朝诗的地位统统置于唐宋诗之上：

> 国朝诸人诗为一等，唐人诗为一等，六朝诗为一等，陶、阮、建安七子、两汉为一等，《风》《骚》为一等，学者须以次参究，盈科而后进，可也。黄鲁直自言学杜子美，子瞻自言学陶渊明，二人好恶，已自不同。

这是一种明显的一代不如一代、格以代降的退步论。张戒除了在《岁寒堂诗话》中直截了当力倡此说，还通过"由此及彼"的方式表现出来：

> 乙卯冬，陈去非初见余诗，曰："奇语甚多，只欠建安、六朝诗耳。"余以为然。及后见去非诗全集，求似六朝者，尚不可得，况建安乎？词不逮意，后世所患。邹员外德久尝与余阅石刻，余问："唐人书虽极工，终不及六朝之韵，何也？"德久曰："一代不如一代，天地风气生物，只如此耳。"言亦有理。

坦率地说，这种"一代不如一代"的退步论，既不客观，也不允当，既不符合诗歌发展的实际情形，也有违事物发展的一般规律，因而不易为人接受。由此，他的唐宋诗优劣论也就应运而生。其实，"唐音"与"宋调"，双峰并峙，二美共具，是我国古代诗歌史上的两座高峰，代表着两种不同的审美范式。张戒意识到了唐宋诗之间的不同风貌，但由于当时甚嚣尘上的江西诗派，将作诗当作卖弄才学的方式，讲求"点铁成金""夺胎换骨""无一字无来历"，"以文为诗，以议论为诗，以才学为诗"之风大行其道。其末流更是等而下之，以议论、押韵、用事为工，艰深晦涩、瘦硬奇拗，拾人牙慧，典故连篇，形象枯竭，质木无文，刻意求新求险，忽略意境营造，大大败坏了宋诗的名声。

所以，张戒在《岁寒堂诗话》中，秉承一贯反对江西诗派的诗学立场，表现出鲜明的崇唐抑宋倾向，开启了最早的唐宋优劣论："自汉魏以来，诗妙于子建，成于李杜，而坏于苏黄。"将矛头直指江西诗派的头面人物苏轼、黄庭坚。

胡应麟《诗薮》外编卷五云："六一虽洗削西昆，然体尚平正，特不甚当行耳。推毂梅尧臣诗，亦自具眼。至介甫创撰新奇，唐人格调，始一大变。苏、黄继起，古法荡然。"平心而论，苏、黄在"宋调"的确立与发展过程中确实居功厥伟，作出了巨大贡献。

但矫枉过正，在与"唐音"立异的过程中，又不可避免地表现出一些新的偏颇和弊端。正是针对当时诗坛所流行的苏、黄等以"补缀奇字"为能，极"用事押韵"之工的不良诗风，张戒提出了尖锐的批评："苏、黄用事押韵之工，至矣尽矣，然究其实，乃诗人中之一害，使后生只知用事押韵之为诗，而不知咏物之为工，言志之为本也，风雅自此扫地矣。"这一批评确实切中要害，成为其诗论的重要价值所在。郭绍虞先生说："盖张氏诗论重要之点，乃在南宋苏黄诗学未替之时，已有不满之论，而其所启发，似又足为沧浪之先声也。"①

张戒是以李杜为代表的盛唐诗作为价值参照物，来对以苏黄为代表的"宋调"进行批判的，通过他对唐代主要诗人及诗作的品评，可以看出其对盛唐之音、盛唐气象的赞赏与推崇。那种讲求兴象风骨，气象浑厚，拥有健康向上的风采、恢宏豪宕的气质、雄浑宽远的境界，具备真率自然的精神美，诚挚动人的人情美，众彩纷呈的个性美，形神兼备的绘画美，和谐流畅的韵律美的所谓盛唐之音、盛唐气象，是符合张戒的诗歌审美理想的。盛唐诗中像高适、岑参等人的边塞、游侠一类题材，往往笔力雄健、气象浑厚，而王维、孟浩然等人的山水隐逸之作亦能达到兴象玲珑、言近旨远的艺术效果，这些显然也都与张戒的审美要求相契合。在盛唐诗人中，张戒最为推崇李白、杜甫二人，常以李杜并称，作为盛唐诗的典范，并以之与苏黄习气相比较。他说"李太白喜任侠，喜神仙，故其诗豪而逸"，评其《庐山谣》诗云"'翠影红霞映朝日，鸟飞不到吴天长。登高壮观天地间，大江茫茫去不还。'此乃真太白诗矣"。从豪放飘逸、气势恢宏的艺术风格以及语言特色等方面，对李白诗歌进行肯定。当然，他心目中奉为典范的，自然非气象浑厚、微婉有礼，颇具风雅之致的杜甫莫属了。

三、确立以杜甫等人为审美范式

如前所述，《岁寒堂诗话》是在反"江西诗派"的背景下产生的。而被"江西诗派"奉为诗祖的就是杜甫，杜甫本人的人品操守，及其杜甫诗歌本身的美学风格、艺术技巧，都被"江西诗派"奉为圭臬，尊为学诗的不二法门。张戒在此仍以杜甫为鹄的，为自己的诗论张本，颇有些"以子之矛，攻子之盾"的意味。《岁寒堂诗话》分为上、下两卷，卷上通过理论上的论述，确立杜甫这一典范，而卷下则具体专论杜甫各类各体共诗歌79首，强化卷上所确立的典范意义。做到有理有据，使理论与实践相结合，也使杜甫其人其诗更加深入人心，见出张戒对杜甫这一典范的推重与恭敬。

（一）崇尚杜诗题旨之正符合儒家规范

张戒论诗，从根本上讲，并未摆脱儒家藩篱，"言志""无邪""不诡于正"，乃是其

---

① 郭绍虞《宋诗话考》，中华书局，1979 年，第 56 页。

理论的基本基调：

> 建安、陶、阮以前诗，专以言志；潘、陆以后诗，专以咏物。兼而有之者，李、杜也。言志乃诗人之本意，咏物特诗人之余事。古诗、苏、李、曹、刘、陶、阮本不期于咏物，而咏物之工，卓然天成，不可复及。其情真，其味长，其气胜，视《三百篇》几于无愧，凡以得诗人之本意也。潘、陆以后，专意咏物，雕镌刻镂之工日以增，而诗人之本旨扫地尽矣。

明显表露出他把"咏物"看成是附属于"言志"的倾向，而杜甫则是他心目中兼善"言志"与"咏物"的典范。所以，《岁寒堂诗话》中流露出的宗杜情结，是以这一思想渊源为理论基础和逻辑起点的。从诗歌思想内容方面来讲，张戒认为杜甫诗歌所具有的儒家特色，足以为他人之典范，因此，反复强调杜诗所具有的这种特色：

> 《洗兵马》云"鹤驾通宵凤辇备，鸡鸣问寝龙楼晓"，凡此皆微而婉，正而有礼，孔子所谓"可以兴，可以观，可以群，可以怨，迩之事父，远之事君"者。如"刺规多谏诤，端拱自光辉。俭约前王体，风流后代希""公若登台辅，临危莫爱身"，乃圣贤法言，非特诗人而已。……《哀江头》，乃子美在贼中时，潜行曲江，睹江水江花，哀思而作。其词婉而雅，其意微而有礼，真可谓得诗人之旨者。

无论是《洗兵马》，还是《哀江头》，以及杜诗的其他篇什，在张戒看来，都达到了传统儒家诗教观的标准，都"笃于忠义，深于经术"，也就是《诗三百》，是"微而婉，正而有礼"，再辅之以孔子之"兴观群怨"说进一步加以申说，着眼点无不在其儒家特色上。杜诗思想内容方面这种显著的儒家特色，正是杜诗本身的特色，也正是张戒认为杜甫可为他人典范的最重要原因之一。

"杜子美诗，专以气胜"，诸如此类的说法在《岁寒堂诗话》中屡见不鲜。以具体诗歌为例，张戒更明确地指出杜诗中所表现的杜甫的主体精神无与伦比：

> 【可叹】观子美此篇，古今诗人，焉得不伏下风乎？忠义之气，爱君忧国之心，造次必于是，颠沛必于是，言之不足，嗟叹之，嗟叹之不足，故其词气能如此，恨世无孔子，不列于《国风》《雅》《颂》尔。"天上浮云如白衣，斯须改变如苍狗。古往今来共一时，人生万事无不有"，此其怀抱抑扬顿挫，固已杰出古今矣。……故曰："用为羲和天为成，用平水土地为厚。死为星辰终不灭，致君尧舜焉肯杇。"夫佐王治邦国者，非斯人而谁可乎？

张戒认为，这正是杜甫忠义、爱君、忧国的本性所决定的，因而不论客观环境如何改变，这种主体精神是很少改变的。

（二）推重杜诗写作技巧上的精妙绝伦

杜诗不仅内容上具有儒家特色，足以为他人之典范，而且也很注重诗歌的表现艺术和表达技巧。为了使艺术形式与思想内容达到完美统一，杜甫广泛学习前人的创作经验，融合众家之长，"别裁伪体亲风雅，转益多师是汝师"（《戏为六绝句》），形成自己独特的艺术风貌，因此富有极高的艺术成就与美学价值。张戒在《岁寒堂诗话》中给予了与之相应的评价。

杜甫对不同的题材、风格、体裁皆有所尝试。就诗体而言，除了古老的《诗经》四言体、骚体外，可谓诸体皆备，各体皆工，尤其是七律、五古及新题乐府，成就最为显著。具体的表现手法中，诸如叙事、状物、抒情、写景、摹声、绘色等，亦众体皆善，"浑涵汪茫，千汇万状"（《新唐书·杜甫传》），无不体现出诗人高超的艺术技巧以及多样化的风格特征。

《岁寒堂诗话》卷上曰：

> 王介甫只知巧语之为诗，而不知拙语亦诗也。山谷只知奇语之为诗，而不知常语亦诗也。欧阳公诗专以快意为主，苏端明诗专以刻意为工，李义山诗只知有金玉龙凤，杜牧之诗只知有绮罗脂粉，李长吉诗只知有花草蜂蝶，而不知世间一切皆诗也。惟杜子美则不然，在山林则山林，在廊庙则廊庙，遇巧则巧，遇拙则拙，遇奇则奇，遇俗则俗，或收或放，或新或旧，一切物，一切事，一切意，无非诗者。故曰"吟多意有余"，又曰"诗尽人间兴"，诚哉是言。

黄庭坚（清《晚笑堂画传》）

此条，张戒先后批评王安石、黄庭坚、欧阳修、苏轼、李商隐、杜牧、李贺等唐宋诗人，指出他们各有所长，也都各有所短。只有杜甫能够兼收并蓄，凌驾众有！

对于杜诗语言上遣词造句的高妙之处，黄庭坚早有关注，其《与王观复书二》曰："但熟观杜子美到夔州后古、律诗，便得句法。简易而大巧出焉，平淡而山高水深，似欲不可企及，文章成就更无斧凿痕，乃为佳作耳。"指出杜诗用语平淡简易，却能够道出他人所不能道，从而达到语淡而意奇的艺术效果。张戒在《岁寒堂诗话》中对此也多所论及：

【江头五咏】物类虽同，格韵不等。同是花也，而梅花与桃李异观；同是鸟也，而鹰隼与燕雀殊科。咏物者要当得其格致韵味，下得其形似，各相称耳。杜子美多大言，然咏丁香、丽春、栀子、鸂鶒、花鸭，字字实录而已，盖此意也。【屏迹二首】"用拙存吾道"，若用巧，则吾道不存矣，心迹双清，纵白首而不厌也。子美用意如此，岂特诗人而已哉？"桑麻深雨露，燕雀半生成"，此子美观物之句也，若非幽居，岂能近此物情乎？妙哉，造化春工，尽于此矣！

张戒认为，好诗的必备要素无外乎"情真""味长""气胜"，而杜甫被张戒视为"情意有余，汹涌而后发者"的代表。他对此赞叹不已：

【洗兵马】山谷云："诗句不凿空强作，对景而生便自佳。"山谷之言诚是也。然此乃众人所同耳，惟杜子美则不然。对景亦可，不对景亦可。喜怒哀乐，不择所遇，一发于诗，盖出曰成诗，非作诗也。观此诗闻捷书之作，其喜气乃可掬，真所谓"情动于中而形于言，言之不足，不知手之舞之，足之蹈之"也。……子美吐词措意每如此，古今诗人所不及也。

杜甫的情感是从胸臆中自然流露出来，寄情于景，融情于事，将自己的主观感受隐藏在客观的描写中，让诗歌本身去打动读者。他的许多登临之作如《登高》《同诸公登慈恩寺塔》等，大都结合着家国之思，浸透着诗人忧国伤时、爱民怜生的情感，寄情于景，融情于事，具有感人至深的艺术魅力。

杜诗在使事用典上的成就，向来为人所称道。对此，黄庭坚早已膜拜有加，"老杜作诗，退之作文，无一字无来处"（《答洪驹父书三》），并将此奉为"江西诗派"论诗的主要论点之一。张戒也注意到了杜诗用典这一传统和特点：

诗以用事为博，始于颜光禄而极于杜子美。以押韵为工，始于韩退之而极于苏黄。然诗者，志之所之也。情动于中而形于言，岂专意于咏物哉？子建"明月照高楼，流光正徘徊"，本以言妇人清夜独居愁思之切，非以咏月也，而后人咏月之句，虽极其工巧，终莫能及。渊明"狗吠深巷中，鸡鸣桑树颠"，本以言郊居闲适之趣，非以咏田园，而后人咏田园之句，虽极其工巧，终莫能及。故曰"言之不足，故长言之。言之不足，故咏叹之。咏叹之不足，故不知手之舞之，足之蹈之"。后人所谓含不尽之意者此也，用事押韵，何足道哉！

杜甫用典主要是为了更好地表情达意，因而其化用古代典实，能够做到妥帖、自然，无一丝雕琢的痕迹，达到清人袁枚所说的境界："用典如水中著盐，但知盐味，不见盐质。"（《随园诗话》卷七）如《望岳》诗中"会当凌绝顶，一览众山小"一句，便是化用《孟子·尽心上》"登泰山而小天下"之意；而《洗兵马》中"河广传闻一苇过"一句，化用了《诗经·卫风·河广》中的"谁谓河广，一苇航之"；"东走无复忆鲈鱼"则化用西晋时张翰在洛阳做官，因思念家乡的鲈鱼、莼菜而弃官归乡的事迹；"南飞觉有安巢鸟"则出自《古诗十九首·行行重行行》中的诗句"越鸟巢南枝"，等等。

（三）对李白、韩愈等人的评骘

在《岁寒堂诗话》中，张戒曾两次将杜甫、李白、韩愈三人并列："杜子美、李太白、韩退之三人，才力俱不可及"；"韦苏州律诗似古，刘随州古诗似律。大抵下李、杜、韩退之一等，便不能兼"。

他认为，在唐代诗人中，杜甫、李白、韩愈三人可并驾齐驱，鼎足而三，属于"才力俱不可及"的一流诗人之列。杜甫在张戒与当时宋人心目中的地位与影响，前已述及。此处，将李白、韩愈二人与杜甫并列，见出其对李白的推重堪与老杜等量齐观，则李、韩二人的地位不言而喻。此处也提到了另外两位诗人，一为中唐的刘长卿，一为晚唐的韦应物，并分别指出了他们各自的不足，亦即不能在律诗和古诗之间明分畛域，以致出现"律诗似古"、"古诗似律"的情况，盖因其才力所限，不能像李、杜、韩一样，将律诗和古诗兼而能之。当然，刘、韦得以与李、杜、韩三家较短论长，本身已足以证明二人成就的不同寻常。在肯定李白、韩愈堪与杜甫比肩的基础上，张戒对于二人与杜甫的差异，也作了进一步的分析：

> 杜子美、李太白、韩退之三人，才力俱不可及，而就其中退之喜崛奇之态，太白多天仙之词，退之犹可学，太白不可及也。至于杜子美，则又不然，气吞曹、刘，固无与为敌。
>
> 杜子美、李太白，才气虽不相上下，而子美独得圣人删诗之本旨，与《三百五篇》无异，此则太白所无也。元微之论李、杜，以为太白："壮浪纵恣，摆去拘束，摹写物象，诚亦差肩于子美。至若铺陈终始，排比声韵，李尚未能历其藩翰，况堂奥乎？"
>
> 退之诗，大抵才气有余，故能擒能纵，颠倒崛奇，无施不可。……苏黄门子由有云："唐人诗当推韩杜，韩诗豪，杜诗雄，然杜之雄亦可以兼韩之豪也。"此论得之。……李太白喜任侠，喜神仙，故其诗豪而逸。退之文章侍从，故其诗文有廊庙气。退之诗正可与太白为敌，然二豪不并立，当屈退之为第三。

所谓杜甫"独得圣人删诗之本旨，与《三百五篇》无异"，是指杜甫与孔子一样"怨而不怒，哀而不伤"，诗歌的思想内容合于传统儒家的"诗教观"。较之杜甫，李白的不足之处正在于其诗歌内容方面缺乏杜甫那种对君亲社稷的热忱，对天下苍生的牵念与忧虑，而是"喜任侠，喜神仙""多天仙之词"。一言以蔽之，李白诗中浓郁的山林气，远远超过杜甫诗中的庙堂气。在张戒看来，这是李白的短处。而韩愈作为以儒家道统、文统传人而自居的"古文运动"盟主，作为文章侍从，其诗歌中所呈现出的廊庙气质当然要比李白充沛得多。但无论如何，与杜甫相比，李白和韩愈都略逊一筹。

作为新乐府诗派代表诗人白居易及元稹、张籍、王建等人之诗，自然不能不在张戒的视野之内。在《岁寒堂诗话》中，有八则涉及白居易及新乐府诗派元稹、张籍、王建诸人：

【壹】元、白、张籍、王建乐府，专以道得人心中事为工，然其词浅近，其气卑弱。

【贰】元、白、张籍，其病正在此，只知道得人心中事，而不知道尽则又浅露也。

【叁】元、白、张籍，以意为主，而失于少文。贺以词为主，而失于少理，各得其一偏。

【肆】张司业诗与元、白一律，专以道得人心中事为工，但白才多而意切，张思深而语精，元体轻而词躁尔。籍律诗虽有味而少文，远不逮李义山、刘梦得、杜牧之，然籍之乐府，诸人未必能也。

【伍】《长恨歌》在乐天诗中为最下，《连昌宫词》在元微之诗中乃最得意者。二诗工拙虽殊，皆不若子美诗微而婉也。元、白数十百言，不若子美一句，人才高下乃如此。

【陆】梅圣俞云："状难写之景如在目前。"元微之云："道得人心中事。"此固白乐天长处。然情意失于太详，景物失于太露，遂成浅近，略无余蕴，此其所短处。

【柒】世言白少傅诗格卑，虽诚有之，然亦不可不察也。元、白、张籍诗，皆自陶、阮中出，专以道得人心中事为工，本不应格卑，但其词伤于太烦，其意伤于太尽，遂成冗长卑陋尔。比之吴融、韩渥俳优之词，号为格卑，则有间矣。若收敛其词，而少加含蓄，其意味岂复可及也。

【捌】皆人心中事而口不能言者，而子美能言之，然词高雅，不若元、白之浅近也。

由此，我们看出，对于元白诗派及其代表诗人，张戒的态度明显是贬多于褒，批评多于赞赏。既肯定他们的长处，又不讳言他们的不足。

首先，张戒肯定了元白诗派及其代表诗人元稹、张籍、王建等人之诗在于"道得人心中事"，以"意"为主。在题材和意旨上，是关注现实的，具备张戒所推崇的"儒家之意"。

其次，是对该派诗歌不足之处的批评，主要集中在对诗歌艺术风格及其技巧方面。其所用的词语有：浅近、卑弱、略无余蕴、太详、太露、太烦、太尽、冗长卑陋、失于

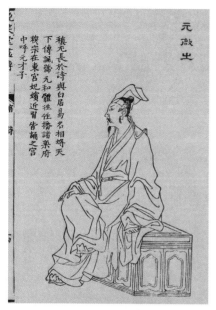

元稹（清《晚笑堂画传》）

少文、不若子美微而婉等等。客观地说，这些批评都有一定的道理，但未必完全精到得当。元白诗派最大的特点就在于其浅俗晓畅，明白易懂，所谓"老妪能解"。诗歌，乃至文学创作的种种，雅与俗，深与浅，庙堂与山林，并非水火不相容，不能以一种标准取代和抹杀其他所有的标准，让无垠的旷野只开放一个品种、一种颜色的花。理想的状态应当是各美其美，美人之美，美美与共，天下大同。

在《岁寒堂诗话》中，张戒论及晚唐最著名的三位诗人杜牧、温庭筠和李商隐。对杜牧的《华清宫三十韵》和温庭筠的《过华清宫二十二韵》，张戒曾做过比较评价：

往年过华清宫，见杜牧之、温庭筠二诗，俱刻石于浴殿之侧，必欲较其优劣而不能。近偶读庭筠诗，乃知牧之工，庭筠小子，无礼甚矣。刘梦得《扶风歌》、白乐天《长恨歌》及庭筠此诗，皆无礼于其君者。庭筠语皆新巧，初似可喜，而其意无礼，其格至卑，其筋骨浅露，与牧之诗不可同年而语也。其首叙开元胜游，固已无稽，其末乃云"艳笑双飞断，香魂一哭休"，此语岂可以渎至尊耶？人才气格，自有高下，虽欲强学不能，如庭筠岂识《风》《雅》之旨也？牧之才豪华，此诗初叙事甚可喜，而其中乃云："泉暖涵窗镜，云娇惹粉囊。嫩岚滋翠葆，清渭照红妆。"是亦庭筠语耳。

杜牧、温庭筠的这两首诗题材相同，均取之于天宝年间的唐玄宗与杨贵妃之恋，但二人的诗作内容与手法各有不同。张戒在杜、温二人之间，对温庭筠的批评态度是明显不满的。其因盖出于温诗末"艳笑双飞断，香魂一哭休"对至尊体现出来的"无礼"，"岂识风雅之旨也"，不懂得温柔敦厚的诗教传统。至于"其格至卑，其筋骨浅露"，倒在其次。而对杜牧的诗则是值得肯定的，虽然其诗歌语言也有如温庭筠者，但其意却佳。可见张戒品评诗歌优劣的标准和出发点仍然未脱儒家诗教传统。

张戒对于晚唐另外一位著名诗人李商隐，与刘禹锡和杜牧拉在一起做了比较：

李义山、刘梦得、杜牧之三人，笔力不能相上下，大抵工律诗而不工古诗，七言尤工，五言微弱，虽有佳句，然不能如韦、柳、王、孟之高致也。义山多奇趣，梦得有高韵，牧之专事华藻，此其优劣耳。

"地险悠悠天险长，金陵王气应瑶光。休夸此地分天下，只得徐妃半面妆。"李
义山此诗，非夸徐妃，乃讥湘中也。义山诗佳处，大抵类此。咏物似琐屑，用事似
僻，而意则甚远，世但见其诗喜说妇人，而不知为世鉴戒。

指出李商隐诗歌的"佳处"，是在看似琐屑的咏物和生僻的典故中，"意则甚远"，蕴
涵"为世鉴戒"的警世之意。但其诗歌的不足之处也甚分明："唐李义山……乃邪思之尤
者。"所谓"邪思之尤者"，与前则中"喜说妇人"意思一样，都是说李商隐诗中，写了
大量类似于《无题》这样的爱情诗，在秉持儒家正统的张戒看来，这当然是属于"邪思"
了。其实，李商隐的爱情诗，不执着于具体事实的机械摹写，而着力渲染意境，化沉博
为精纯，寓渟蓄于舒展，哀感顽艳，感伤凄迷，艺术成就相当高，创造性地把七律体的
爱情诗推向一个高峰。张戒以"邪思之尤"评骘其诗，可谓实至名归。但张戒此处实际上
是贬义，似乎于无意中切中义山诗的命门，一语中的，张戒论诗标准的偏颇于此也一目
了然。

此外，张戒也对其他唐代诗人作了评价，如评王维："王右丞诗，格老而味长。"评
柳宗元："柳柳州诗，字字如珠玉，精则精矣，然不若退之之变态百出也。"

第五节　刘克庄《后村诗话》中的唐诗观

南宋诗人刘克庄（1187—1269）的《后村诗话》也是一部很有特色和学术价值的重要诗
学著作，提出过一些颇有见地的诗歌见解，尤其是对宋人在向唐诗学习过程中的诸多问
题均有所涉及，对于我们今天研究宋代诗学体系具有十分重要的意义。

唐诗是中国诗歌发展史上的一座高峰，宋人生乎其后，处于盛极难继的艰难处境，
正如清蒋士铨《辨诗》云："唐宋皆伟人，各成一代诗。变出不得已，运会实迫之。格调
苟沿袭，焉用雷同词？宋人生唐后，开辟真为难。"①既要学习借鉴前人，又要突破前人，
创出特色。出乎其中，高出其上，确实不是一件轻而易举之事。不过宋人也并非甘于落
后，不思进取。在诗歌创作及其诗学体系的建构上，宋人的才具与能力毫不逊于唐人。
他们同样具有强烈的"力求与古人异"的开拓精神和诗学追求，能够独辟蹊径，在继承传
统"唐音"诗学精神的基础上推陈出新，注意开拓宋人一代风格和一家特色。宋诗之所以
能变化于唐、自出机抒，形成别一种风貌和韵味的"宋调"，其因盖出于善于学唐而又勇
于创新，刘克庄的《后村诗话》便是这种努力的一个典范。

在《后村诗话》中，刘克庄对唐诗的审美范式做了不遗余力的挖掘、归纳和总结，形

---

① ［清］蒋士铨《忠雅堂诗集》卷十三，蒋氏四种，咸丰刻本。

成了他自己独具特色的唐诗观。

一、对李杜等盛唐大家数的推重

唐诗作为前代的优质资源，成为宋人取资和学习借鉴的不二之选，对唐诗的揣摩与研读自然也就成了题中应有之义，《后村诗话》中辟出大量篇幅对此进行讨论。从内容上来看，《后村诗话》中新集六卷全论唐诗，其余八卷中亦多以唐诗为论述对象。大致算来，其中论及唐诗者近五百条，涉及的唐代诗人达 101 人之多。《诗话》（卷一七三至一八六）则辟有专章论李、杜，足见其对这两位大家的喜爱与推崇。

在论及李、杜的时候，后村能够摆脱时下"李杜优劣论"的窠臼与左右，做到李、杜并重，反对扬此抑彼的倾向。他说："余谓善评杜诗，无出半山'吾观少陵诗，谓（为）与元气侔'之篇，万世不易之论。"[①]

把杜诗推崇到与"元气相侔"的境界，这实际上是说杜诗在精神气质上已经暗合了和宋儒的宇宙精神和微观的心灵世界，他的诗歌中已经隐约透露出一种宋人所具有的那种"为天地立心"的人生哲学和理想。这一点，是半山（王安石）和后村对杜甫诗歌精神内涵的共同体认。平心而论，是宋人对杜甫和杜诗的提升和神化，而这实际上已经超出了杜诗精神本身，因而也更加体现出宋人对老杜的推重：

> 元微之作子美墓志及铭，皆高古。如云："子美上薄《风》《骚》，下该沈宋。言夺苏李，气吞曹刘，掩颜谢之孤高，杂徐庾之流丽，尽古今之体制，兼文人之所独专。"说得出。其评李杜，谓太白："壮浪纵恣，摆去拘束，模写物象，及乐府歌诗，诚亦差肩子美矣。至若铺陈终始，排比声韵，大千言，次数百，词气豪迈，属对律切，李尚不能历其藩翰，况堂奥乎？"则抑扬太甚。（卷一八一）

众所周知，江西诗派浸淫宋代诗坛达数十年之久，其影响波及数代，其时诗坛中人很少能不受浸染。而该派的"一祖三宗"之说对杜甫的推崇更是深入人心，故后村对杜甫的大力推崇，也是其来有自。后村最为看重的是李、杜等大家的力量和气魄，这与他论诗一向强调的学、力、才、气并重主张是一脉相承的。《诗话》云：

> 前人谓杜诗冠古今，而无韵者不可读。又谓太白律诗殊少。此论施之小家数可也。余观杜集无韵者，惟夔府诗题数行，颇艰涩，容有误字脱简。如《三大礼赋》，沉着痛快，非钩章棘句者所及。太白七言近体如《凤凰台》，五言如《忆贺监》《哭纪叟》之作，皆高妙。未尝细考而轻为议论，学者之通患。韩退之尝云："气，水也；

① 辛更儒《刘克庄集笺校》（全 16 册）卷一八一，中华书局，2011 年，第 6965 页。下引不赘。

言，浮物也。水大则物之浮者小大毕浮，气之与言犹是也。气盛则言之短长与声之高下者皆宜。"此论最亲切。李杜是气魄，岂但工于有韵者及古体乎！（卷一七六）

老杜的诗受到后村如此不遗余力的厚爱和奖掖，是因为在他的心里和眼里，杜诗不仅主题纯正，诗风雅正，而且作诗的艺术上也大有可资效法之处，足可为后世典范：

> 《千秋节》……按子美在天宝间虽献三赋，未尝一用。不过銮驾入蜀，暂为谏官。而追怀开元于十九年之后，"宝镜群臣得，金吾万国回"之句，言群臣皆赐镜，而金吾仗卫万里，还京独尝艰阻。末云"衔杯不重饮，白首独余哀"，公于唐朝诸公中最疏远，而一念不忘忠爱。（卷一八一）《闻河北节度入朝口号》……读杜集至三十卷，多遭遇乱离愤嫉跋扈之作。此《口号》十二篇，以河北节度使将入朝为喜，以北道无表为猜，欲渔阳突骑邯郸儿之归阙，欲主上如周宣、汉武，欲诸公为孝子忠臣，真一饭不忘君者。天宝祸乱，自燕赵始，今安史已无噍类，燕赵佳丽可开选色之场矣。子美方有"宫闱不拟选才人"之句。所谓举笔不忘规谏者耶？（卷一八二）

所谓"一念不忘忠爱""一饭不忘君""举笔不忘规谏"云云，在杜甫的诗中随处可见，表明的都是杜甫忠君忧国的主题选择和诗人主体精神的彰显。而事实上，杜甫终其一生，他在政府中所承担的公职不过是品秩低微的左拾遗和检校工部员外郎之类的芝麻绿豆官，本无资格和机会与闻邦国社稷大事的，君与国的安危兴衰于他而言，也是八竿子都打不着的事。他之上述种种，其实是自作多情，庸人自扰。但正因为如此，正因为是"于唐朝诸公中最疏远"的杜甫而发，这种精神才显得更为发人深省，更为可尊敬可敬佩。

> 《春宿左省》云："不寝听金钥，因风想玉珂。明朝有封事，数问夜如何？"岑参《寄左省杜拾遗》篇云："联步趋丹陛，分曹限紫薇。晓随天仗入，暮惹御香归。白发悲花落，青云羡鸟飞。圣朝无阙事，自觉谏书稀。"岑、杜同在谏省，时两宫蒙尘，时事可言者多矣。杜云"明朝有封事，数问夜如何"，岑云"圣朝无阙事，自觉谏书稀"，岑有愧于杜多矣。（卷一八二）

老杜与岑参同在谏省为谏官，但二人对待工作的态度显然是大不相同的，杜甫屡屡担心晚上会不会耽误工作，其忧虑焦灼之状跃然纸上；而岑参则觉得无所事事。二人的工作态度，以及敬业的程度高下立判，所以后村认为"岑有愧于杜多矣"。在与岑参的对比中，鲜明地凸显杜甫食君之禄、分君之忧的拳拳之心与主体形象。如果说杜甫仅仅关心君国的命运而置百姓于不顾，则杜甫恐怕也当不得后村一再的推重，他"爱民忧民"的主题选择同样也很鲜明：

（《枏木为风雨所拔》《茅屋为秋风所破歌》）溪枏、屋茅为风所拔，不以草堂、茅屋飘飘为忧，方有惜古木、庇寒士之意，其迂阔如此。(卷一八二)《莫相疑行》："……往时文彩动人主，此日饥寒趋路旁。晚将末契托年少，当面输心背面笑。寄谢悠悠世上儿，不争好恶莫相疑。"他人于"当面输心背后笑"之下文，必有余怨，公卒章优游闲暇，了无怨懟。(同上)《朱凤行》云："……下愍百鸟在罗网，黄雀最小犹难逃。愿分竹实及蝼蚁，尽使鸱鸮相怒号。"衡岳有朱鸟峰，此篇言朱鸟孤立无助，栖托虽高，不忍自求饱，必欲百鸟如黄雀之类在网罗者，皆分竹实以及之，不暇计鸱鸮辈怒号矣。(同上)

《负薪行》言夔州俗，坐男而女立，有四十五十无夫家者。末云："若道巫山女粗丑，何得此有昭君村？"《最能行》云："……若道士无英俊材，何得山有屈原宅？"始言夔、峡二邦之陋，末以昭君、屈原勉励其土俗。公诗篇篇忠厚如此。(卷一八一)

老杜诗中这种无处不在的对草根阶层生存状况时时牵念于心的眷眷之意，是深契后村之心的，因而一再为之称引。

杜甫的诗歌在风格、笔力、写景状物、格律、用典、造语和音调节奏等诸多方面都有极高的造诣。对于杜甫的诗歌艺术上的这些精到之处，后村也进行了精心而又细致的分析，表现出一种深邃的艺术眼光和独到的见解。如：

《八哀诗》……但每篇多芜辞累句，或为韵所拘，殊欠条鬯，不知《饮中八仙》之警策。盖《八仙》篇，每人只三二句，《八哀诗》或累押二三十韵，以此知繁不如简，大手笔亦然。(卷一八一)《苍耳篇》云："……卷耳况疗风，童儿且时摘。侵星驱之去，烂熳任远适。……乱世诛求急，黎民糠籺窄。饱食复何心？荒哉膏粱客！富家厨肉臭，战地骸骨白。"公虽羁旅奔窜，一饮啄间不忍自求温饱，侵星驱出摘采者，不知是畦丁或苍头，诗但云儿童，往往是宗文兄弟尔。(同上)《韦偃双松图》……韦、毕、李之画今皆不存，赖诗以传。内"白摧朽骨龙虎死，黑入太阴雷雨垂"，天造险语，尽古松奇怪之状。《李尊师松障歌》云："更觉良工心独苦。"前辈多称此句。(同上)《舞剑器行》，世所脍炙，绝妙好辞也。内云："先帝侍女八千人，公孙剑器初第一。五十年间似反掌，风尘澒洞昏王室。……"余谓此篇与《琵琶行》，一如壮士轩昂赴敌场，一如儿女恩怨相尔汝。杜有建安、黄初气骨，白未脱长庆体尔。(同上)

其中，后村对杜诗笔力的刚健和语句的"骨气"尤为青睐，其独出众人的特质就在于此；写景状物亦能做到事无巨细，曲尽其妙，其高超功力亦为后村所钦敬：

《前出塞》云："君已富土境，开边一何多！弃绝父母恩，吞声行负戈。"……《后出塞》云："千金买马鞍，百金装刀头。"……此十四篇，笔力与《文选》中《拟古十九首》并驱。(卷一八一)《题薛少保画鹤》《角鹰歌》)此鹤此鹰，赖诗而传，则诗寿于画矣。"赤霄有真骨，岂饮洿池津"之句，羽类无敢当者。时人不识角鹰本色，而以左绵画本为真，虽梁间燕雀亦惊怕，故卒章有"亦未抟空上九天"之句。(同上)

《望岳》云："南岳配朱鸟，秩礼自百王。……"望岳之作多矣，余行役过焉，款灵锁，坐悦亭，宿胜业寺累日，岳令与山中人谓余：向慕道者，将以昧爽登绝顶。夕忽大雪，余犹攀缘而上，望上封咫尺雪，泥没膝，不可行。然耳目之睹记，公诗真此图经也。(卷一八二)《秦州》五言二十首……唐人游边之作，数十篇中间有三数篇，一篇中间有一二联可采。若此二十篇，山川城郭之异，土地风气所宜，开卷一览尽在是矣。网山《送蕲师》云"杜陵诗卷是图经"，岂不信然！《听角》篇云："万方声一概，吾道竟何之？"听角者多矣，孰如此言之悲哉！(同上)

以上数则，如写出塞之诸般情状、泰山之险峻难行、秦州之风土人情、鹤鹰之卓尔出群，均能以简练之笔一语道破，形象地道出其特征，体现出其诗其诗写景状物的高超功力。

杜诗在格律、用典、造语和音调节奏等方面的造诣和成就，也为后村所重视：

《别房太尉墓》云："对棋陪谢傅，把剑觅徐君。"用事极精切。(卷一八二)
《登高》云："无边落木萧萧下，不尽长江滚滚来。万里悲秋常作客，百年多病独登台。"此二联不用故事，自然高妙。(同上)《谒玄元庙》《次昭陵》二诗，巨丽骏壮，为千古五言律诗典则。(同上)《壮游》诗押五十六韵，在五言古风中尤多悲壮语。如云："往者十四五，出游翰墨场。斯文崔魏徒，以我似班扬。"……虽荆卿之歌、雍门之琴、高渐离之筑，音调节奏不如是之跌荡豪放也。(同上)

后村在尊崇老杜的同时，也并不贬抑太白，能做到一视同仁，绝不厚此薄彼。对于李白通过自己的创作，扫除齐梁萎靡诗风，恢复汉魏风骨传统的历史功绩，刘克庄也见解独到，推崇有加，将之与陈子昂并称，目为唐代诗坛的巨匠：

陈拾遗、李翰林一流人，陈之言曰："汉魏风骨，晋宋莫传。仆尝暇时观齐梁间诗，彩丽虽繁，而兴寄都绝，每以咏叹。"李之言曰："梁陈以来，艳薄斯极。沈休文又尚以声律，将复古道，非我而谁？"陈《感遇》三十八首，李《古风》六十六首，真可以扫齐梁之弊而追还黄初、建安矣。昔南塘力勉余息，近体而续陈李之作，余泊世故，忽忽不经意而老至矣。聊记其言，以谂同志。(卷一七六)

同时对杨亿、欧阳修、王安石等人的偏见给予了有力的反驳：

> 杨大年、欧阳公皆不喜杜子美诗，王介甫不喜太白诗，殊不可晓。介甫之说云："白诗十句九句说妇人酒耳。"独不思命高将军脱靴，识郭汾阳于贫贱时。比开元贵妃于飞燕，岂说妇人酒者所能为耶？晦翁亦云："近时诗人，何曾梦见太白脚后板？"（卷一八一）

王安石不喜欢太白诗的原因，是因为"白诗十句九句说妇人酒耳"。对此，后村反驳道，李白有命高力士脱靴的义举，也有识郭子仪于贫贱时的识鉴。尤为重要的是，在开天年间，李白还有过将玄宗皇帝的宠妃杨玉环比作赵飞燕的惊人之举。须知赵飞燕是汉代成帝的爱妃，直接导致了成帝的早殇，向来被认为是红颜祸水的魁首。李白曾做过供奉翰林，目睹过李杨如胶似漆、烈火烹油般的爱情。在李杨热恋之际，将杨玉环比作赵飞燕，明褒实贬，风险极大，确实需要非凡的胆略。所以，后村认为，李白在个人操行上并无缺陷。为了加强说服力，后村还拉上了朱熹为自己壮声势。王安石是以道德标准评价李白的诗歌，而后村的反驳亦纯粹是道德评价，与诗歌并无多大关系。不过，由此看出，后村对太白的态度还是极力维护的，并无不恭之处。

与此相一致，刘克庄也肯定了李白"刚棱嫉恶"的主体精神：

唐明皇（明人绘）

> 史言明皇欲官太白，为妃所沮。……《雪谗》诗自序甚详。略云："汉祖吕氏，食其在旁。秦皇太后，毒亦淫荒。"时妃以禄山为儿，史云宫中有丑声，而白肆言无忌如此。唐人于玉环事多微婉其辞，如云"养在深宫人未识"，又云"薛王沉醉寿王醒"，又云"不从金舆惟寿王"，白独昌言之，可见刚棱嫉恶。坡公疑其以召怨，力士因借此以报脱靴之辱。（卷一八一）

人称"脏唐臭汉"，上层宫闱间的许多秽史秘闻，向来是人们所津津乐道的，但在文人笔下则大多隐晦曲折，唐代其他诗人言及杨贵妃之事时，也多采取为尊者讳的做法。而李白在其诗中直言杨贵妃之事，其"刚棱嫉恶"的精神尤其令人倾倒。不仅如此，后村还一反李白在众人印象中风流潇洒的常态，推重李白并非只是一个诗酒风流的无行文人，而是一个恪守伦纪、笃于伉俪的诚厚君子：

《代内》云：“宝刀裁流水，无有断绝时。妾意逐君行，缠绵亦如之。”又云：“妾如井底桃，开花向谁笑？君如天上月，不肯一回照。”又云：“窥镜不自识，别多憔悴深。安得秦吉了，为人道寸心？”《在浔阳非所寄内》云：“多君同蔡琰，流泪请曹公。”又《赠内》云：“三百六十日，日日醉如泥。虽为李白妇，何异太常妻？”世称太白名姬骏马，若放荡者，然于伦纪尤厚。《别》篇云“妾家三作相”，为许氏；《浔阳寄内》则为宗氏作矣。终始笃于伉俪如此，宗氏垂泪讼冤之事，史不书。（卷一八一）

当然，李白毕竟是诗人，不是道德楷模，他的诗艺才是后村关注的重要内容。对于李白诗歌的艺术成就，后村从语言运用、表达方式等方面进行了归纳：

《草书歌》云：“墨池飞出北溟鱼，笔锋杀尽中山兔。……飘风骤雨惊飒飒，落花飞雪何茫茫？起来向壁不停手，一行数字大如斗。恍恍如闻神鬼惊，时时但见龙蛇走。左盘右蹙如惊电，状同楚汉相攻战。……”自有草书以来，未有能形容此妙者。“楚汉”数语，真可以破鬼胆。（卷一八一）《游泰山》云：“清晓骑白鹿，直上天门山。山际逢羽人，方瞳好容颜。扪萝欲就语，却掩青云关。遗我鸟迹书，飘然落岩间。其字乃上古，读之了不闲。感此三叹息，从师方未还。”……此六首皆仙人语，非学仙人语。（同上）《长门怨》云：“天回北斗挂西楼，金屋无人萤火流。月光欲到长门殿，别作深深一段愁。”此篇虽只二十八字，然婉而成章，哀而不怨，胜《长门赋》。（同上）

除了李白、杜甫等超级巨星之外，盛唐其他诗人高适、岑参、王维、孟浩然、王昌龄等人也是后村关注的对象：

高适、岑参，开元、天宝以后大诗人，与杜公相颉颃。歌行皆流出肺肝，无斧凿痕。适《赋秋胡》云：“如何咫尺仍有情？况复迢迢千里外。”甚佳。其近体亦高简清拔。……参《寻人不遇》云：“门前雪满无人迹，应是先生出未归。”郊岛辈句锻月炼而成者，参谈笑得之。辞语壮浪，意象开阔。（卷一七六）

高、岑二公诗，气魄力量，音调节奏，生逢开元承平之际，与李杜二公更唱迭吟。所谓治世之音也。（卷一八三）王维五言云：“兴阑啼鸟换，坐久落花多。”又：“烹葵邀上客，看竹到贫家。”……右丞不污天宝之乱，大节凛然。其诗摆落世间腥腐，非食烟火人口中语。（同上）王昌龄五言云：“北登汉家陵，南望长安道。上有朽树根，下有硕鼠巢。……”昌龄江宁人，举进士宏词，为汜水尉，以不矜细行贬。世乱还乡，为刺史闾丘晓所杀。晓不知为谁，与黄祖杀祢衡，段简杀陈子昂事相类。史评其诗，句密而思清。唐人《琉璃堂图》以王昌龄为诗天子，其尊之如此。（同上）孟襄阳诗，如"微云淡河汉，疏雨滴梧桐"之句，馆阁诸彦叹服，而集中不收，岂逸其全篇乎？《寄衣曲》云"畏瘦疑伤窄，防寒更厚装"，又"鱼行潭树下，猿挂岛萝间"，警语不一。老杜少所推服，独称其句句堪传，集中每以孟先生目之。(同上)

二、对中唐诗人的尊崇

中国诗歌史上有三个高峰期，称为"三元"：即唐代开元与元和年间及宋代元祐年间。安史之乱后，随着国运的衰微，文人骚客的精神气质也渐趋委顿，不复开天年间的雄壮浑厚的盛唐气象。虽然如此，但中唐的诗歌，仍然是盛唐的延续，是唐诗发展史上的重要转折时期，也是继盛唐之后的又一个繁荣时期。至贞元、元和年间，由于出现了韩孟、元白两大风格迥异的流派和刘禹锡、柳宗元等风格独标的名家，唐诗又掀起了第二次高潮。元和时期，主要的诗人有韦应物、柳宗元、韩愈、孟郊、元稹、白居易等，他们的诗歌仍然是宋人企慕和学习的对象。

韦应物、柳宗元是中唐诗坛上重要的诗人，其诗风有自己独出的特色，为后村所重视和称引：

> 韦苏州绝句云："紫阁西边第几峰？茅斋夜雪虎行踪。遥看黛色知何处？欲出山门寻暮钟。"……唐诗多流丽妩媚，有粉绘气，或以辨博名家，惟苏州继陈拾遗、李翰林崛起，为一种清绝高远之言以矫之。其五言精巧处，不减唐人。至于古体歌行，如《温泉行》之类，欲与李、杜并驱。前世惟陶，同时惟柳可以把臂入社，余人皆在下风。(卷一八三) 柳子厚才高，他文惟韩可对垒，古律诗精妙，韩不及也。当举世为元和体，韩犹未免谐俗，而子厚独能为一家之言，岂非豪杰之士乎？(卷一七三)

后村对韦应物、柳宗元的推重，其实还是以盛唐李杜诗风为标准和参照的，他不满于"流丽妩媚，有粉绘气"，或"辨博"之类的唐诗，而"清绝高远"诗风才是他的最爱。他认为韦应物、柳宗元二人是可以达到这个高度的，足可与李、杜并驾齐驱，乃至可以前承初唐陈子昂，并与前世陶渊明相媲美。

后村还对中唐韩孟诗派、元白诗派、张王乐府等作出了分析。对于韩愈，后村评价说：

> 韩愈《泷吏》篇不以风土之恶弱，鳄鱼之暴横为忧，而一篇三致意，负罪引慝于身，而无一语归怨于上，惟韩、杜二公为然。(卷一八五) 韩《南山》诗，设"或如"者四十有九，辞义各不相犯，如缫瓮茧，丝出无穷。柳《寄张沨州》诗，就"瑕"字内押八十韵，未尝出韵，如弯硬弓，臂有余力。尽斯文变态，穷天下精博，然非诗

之极致。(卷一七三) 余尝谓选古今诗，先正惟韩、欧、曾、范大儒，惟周、程、张、邵及近世朱、张、吕、叶不可以诗论。然诸老先生之集具存，或未尝深考而细味之，或畏其名盛而不敢轻下注脚。自唐以来，李、杜之后便到韩、柳。韩诗沉着痛快，可以配杜。但以气为之，直截者多，隽永者少。(卷一八五) 坡诗略如昌黎，有汗漫者，有典严者，有丽缛者，有简澹者。翕张开阖，千变万态，盖自以其气魄力量为之，然非本色也。(卷一七四)

中唐大历、贞元以来，诗人大多局限于抒写一己狭小的伤感与惆怅，他们观察细致、体验入微，笔下的自然景物也多染上了这种纤弱细腻的情感色彩。而韩愈的诗则以宏大的气魄、奇崛的想象和突兀的形式，改变了诗坛上的这种纤巧卑弱现象。气势宏大，尚险好奇，瑰丽奇崛，出人意表，是韩愈诗歌主要的风格特点。在遣词用字上，韩愈诗歌语言和意象力求险怪、奇特、新颖，有意避开前代的烂熟套数，甚至不避生涩拗口、突兀怪诞。这种诗风使唐诗乃至宋以后的诗歌发生了很大变化。

韩愈的《南山诗》扫描终南山的全貌，春夏秋冬、外势内景，连用四十九个"或"字，把终南山写得奇伟雄壮，气象万千，构成满目琳琅、变化多端的景象，在五言古诗中开创了赋体式的长篇排比句法。后村对此赞为"如缲瓮茧，丝出无穷"，确实切中肯綮，一语中的。为达目的，他常常有意把散文、骈赋的句法引进诗歌，达到一种能使诗句可长可短、跌宕跳跃、变化多端的艺术效果。则其在句式使用上，韩愈诗歌明显具有"以文为诗"、追求散文化的倾向。

对韩诗评价历来褒贬各异，贬斥者说它"虽健美富赡，然终不是诗"(沈括评语)①，赞扬者说它"一寓于诗，而曲尽其妙"(《六一诗话》)，都有各自的道理。后村也客观地指出了其诗的不足之处，"但以气为之，直截者多，隽永者少"，"尽斯文变态，穷天下精博，然非诗之极致"，"非本色也"。既肯定韩愈诗歌有自己的特色，又表明这种特色非诗之本色，缺少隽永的韵味。但总体上是肯定的，"韩诗沉着痛快，可以配杜"，认为韩诗可与杜甫相媲美，应当说这种评价是允当和准确的。

对韩孟诗派的其他几位重要诗人孟郊、贾岛、卢仝等人，后村也有一些重要观点：

> 退之以师道自任，自李翱、张籍、皇甫湜群皆名之，惟推伏孟郊，待以畏友。世谓缪敬，非也。其《自叹》云：愁与发相形，一愁白数茎。有发能几多？禁愁日日生。古若不置兵，天下无战争。……当举世竞趋浮艳之时，虽豪杰不能自拔，孟生独为一种苦淡不经人道之语，固退之所深喜，何缪敬之有？(卷一七五) 孟诗亦有平淡闲雅者，但不多耳。如"腰斧斫旅松，手瓢汲家泉"，如"不是城头树，那栖来去鸦"……(同上)

---

① [宋]惠洪《冷斋夜话》，与《风月堂诗话》《环溪诗话》合刊，中华书局，1988年，第23页。

唐诗人以岛配郊，又有"岛寒郊瘦"之评。余谓未然，郊集中忽作老苍苦硬语，禅家所谓"一句撞倒墙"者。退之崛强，亦推让之。岛尤敬畏，有"自来东野先生死，侧近云山得散行"之句。以贾配孟，是师与弟子并行也。贾五言有晚唐诗人不能道者。（卷一八四）玉川诗有古朴而奇怪者，有质俚而高深者，有僻涩而条畅者。元和、大历间诗人多出韩门，韩于诸人多称其名，惟玉川常加先生二字。退之强项，非苟下人者。今人但诵其《月蚀》及《茶》诗，而他作往往容易看了。此公虽与世殊嗜好，然以诗求之，于养生概有所闻，其序闺情酒兴，缠绵悲壮，唐以来诗客酒徒不能道也。其间理到之言，他人所弃者，今存于篇。（卷一八三）

对元、白和张、王等人的乐府诗，后村认为其能"道尽人意中事"：

　　乐府至张籍、王建诸公，道尽人意中事，惟半山尤赏好，有"看若寻常最奇崛，成如容易极艰辛"之语。此十四字，唐乐府断案也。本朝惟张文潜能得其遗意。（卷一八三）

肯定了张、王等人的乐府诗的风格特色和创作时的艰辛不易。张王乐府，题材广泛，主题深刻。又善于运用比兴、白描及对比、映衬等手法，语言通俗而凝练，韵律善

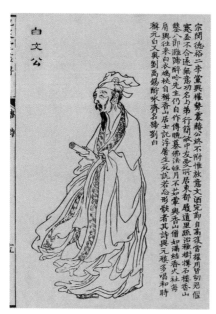

白居易（清《晚笑堂画传》）

于变化，是其共同的诗风。后村自己的创作受此影响颇深，作于绍定元年（1228）的一组乐府《筑城行》《开壕行》《运粮行》《苦寒行》《国殇行》《军中乐》《寄衣曲》《大梁老人行》《朝陵行》《破阵曲》等十首，其风格极类张王和元白的乐府，学习模仿之迹甚明。

　　同时，后村也客观地指出了元白"长庆体"诗歌的"浅易"，总体上持一种贬抑的态度：

　　长庆体即元白体之别名，源自元稹、白居易各自的诗文集之名《白氏长庆集》和《元氏长庆集》。不求典实，浅切易晓，是这派诗的共同特色。惠洪《冷斋夜话》卷一云："白乐天每作诗，令一老妪解之，问曰：'解否？'妪曰解，则录之；不解，则易之。故唐末之诗近于鄙俚。"[1]正由于此，后村认为"长庆体太易，不必学"。

---

① ［宋］惠洪《冷斋夜话》，合刊同前，陈新点校，中华书局，1988 年，第 17 页。下引不赘。

三、对初、晚唐诗人的评骘

不可讳言，唐代诗歌是整个中国诗歌发展史上的繁荣期和鼎盛期的标志，对此，刘克庄以自己的目光和识鉴作出了整体上的把握和取向，为学诗者指出了一条可循之径：

唐诗人与李杜同时者，有岑参、高适、王维，后李杜者有韦、柳，中间有卢纶、李益、两皇甫、五窦，最后有姚、贾诸人，学者学此足矣。（卷一七三）

其实远不止此。后村以李杜为整个唐诗评价坐标体系的原点，李杜之前的初唐，以及李杜之后的晚唐，他都有自己心仪的代表诗人。对于晚唐，他比较属意的是小李杜——李商隐和杜牧：

牧风情不浅，如《杜秋娘》《张好好》诸篇，"青楼薄幸"之句，街吏平安之报，未知去元白几何？以燕伐燕，元白岂肯心服？（卷一七六）牧之门户贵盛，文章独步一时。其诗机锋凑泊，如秋月春山，挹之无尽。（卷一八五）杜牧、许浑同时，然各为体。牧于唐律中，常寓少拗峭，以矫时弊。浑则不然，如"荆树有花兄弟乐，橘林无实子孙忙"之类，律切丽密或过牧，而抑扬顿挫不及也。二人诗不著姓名亦可辨。（卷一七三）

对小杜诗歌给予充分的肯定和褒扬，譬之"秋月春山，挹之无尽"。对于小杜在律诗方面的成就，肯定其"寓少拗峭，以矫时弊"之功，以及在音韵"抑扬顿挫"上的过人之处。
对于李商隐，其评价稍嫌简略：

李义山《答令狐补阙》云："人生有通塞，公等系安危"。于升沉得丧之际，婉而成章。（卷一七三）义山善用事，《哭刘蕡》云："空闻迁贾谊，不待相孙弘"。自应制科至谪死，止以十字道尽。（卷一七八）

虽寥寥数语，但也能够道出义山诗歌的若干特色。他既肯定义山的表达隐约，婉转含蓄，又推许其善于用事，妥帖精切。西汉贾谊因遭谗毁，贬为长沙王太傅，后来文帝又把他召回京城，任文帝爱子梁怀王太傅，常向他询问政事。孙弘，即公孙弘，汉武帝时初为博士，一度免归，后又被荐举起用，官至丞相，封平津侯。刘蕡，生年不详。唐宝历二年（826）擢进士第。大和二年（828），应"贤良方正"科考，在策文中痛斥宦官专权，考官慑于宦官威势，不敢授以官职。后来令狐楚、牛僧孺均曾聘蕡为幕府，授秘书郎，以师礼待之。而宦官深恨蕡，诬以罪，贬柳州司户，任上卒。对此，李商隐是极为悲痛的。他自己一生蹭蹬，在牛李党争中受尽冷眼，对于自己的壮志难酬一直耿耿于怀。刘蕡的遭遇与他有相似之处，感同身受，所以能够体谅各自的处境，做到言简意赎，"以十字道尽"，个中况味，尽在不言中。

而对于初唐的陈子昂，是后村最为称道的，视其为开有唐一代诗风的功臣：

> 唐初王、杨、沈、宋擅名，然不脱齐梁之体，独陈拾遗首倡高雅冲淡之音，一扫六朝之纤弱，趋于黄初、建安矣。太白、韦、柳继出，皆自子昂发之。（卷一七三）

后村的评价是全方位的：陈子昂在唐诗发展史上起到"导夫先路"的作用，对六朝积习具扫除之功，为唐诗的健康发展廓清了道路；认为其所倡高雅冲淡之诗味，对李白、韦应物、柳宗元都有影响；而作为其创作实践的三十八首《感遇》诗，能尽脱当时诗歌创作的窠臼，将其理论主张具体化、实践化，为诗人树立楷模和范式，感激顿挫，显微阐幽，庶几见变化之征，以接乎天人之际，特色鲜明，成就非凡。一如其友人卢藏用所言"卓立千古，横制颓波，天下翕然，质文一变"（《右拾遗陈子昂文集序》）。陈子昂在诗歌史上的地位之高、影响之大，一时无人能出其右。后村的总结归纳可谓只眼独具、准确精到。

第六节　严羽《沧浪诗话》关于唐诗美学品格的见解

严羽是南宋诗人、诗论家。其《沧浪诗话》是诗学体系中，及文学批评史上一部极重要的诗歌理论著作。全书系统性、理论性较强，分诗辨、诗体、诗法、诗评、考证五门，以第一部分为核心。严羽以唐诗为取资和立论的基础，论诗标榜盛唐，立足于其"吟咏性情"的基本性质，以禅喻诗，强调"妙悟"，对唐诗的美学品格进行了探讨，提出诗有别材、别趣之说，批评当时以文字、才学、议论为诗的弊病，对江西诗派的流弊进行批判和清算，为"唐音"向"宋调"的转换和发展指点了门径。《四库提要》以"独任性灵，扫除美刺"总括其诗论。

严羽的唐诗观及其诗歌理论开创了一个新时代，不仅启迪了元代诗人，影响覆盖了明代文艺理论界，而且也深刻地影响了清代和近代，这是难能可贵的。

一、关于唐诗的美学品格：重意兴、气象、兴趣

关于唐诗的美学品格，在严羽之前，许多人都从不同的角度加以论列。《河岳英灵集序》曰："自萧氏以还，尤增矫饰，武德初微波尚在，贞观末标格渐高，景云中颇通远调，开元十五年声律风骨始备矣。"在此基础上，殷璠进一步强调唐诗"风骨"和"兴象"并重的美学品格。他选录的主要诗人如李白、王维、孟浩然、王昌龄、高适、岑参、李颀、崔颢、崔国辅、祖咏、储光羲、常建等人的优秀诗篇都能入选，基本上反映了盛唐

诗歌的面貌。

王昌龄（或云伪托）《诗格》云："诗有三境：一曰物境，欲为山水诗，则张泉石云峰之境，极丽绝秀者，神之于心，处身于境，视境于心，莹然掌中，然后用思，了然境象，故得形似。二曰情境，娱乐愁怨，皆张于意而处于身，然后驰思，深得其情。三曰意境，亦张之于意而思之于心，则得其真矣。"① 所谓"意境"，强调的是客观外物与诗人内在心灵契合后所产生的诗歌艺术效果。当然，此处所谓的"意境"与我们今天文艺理论中所谈的"意境"不完全相同。此外，王昌龄此处所谈之"诗"，也未必完全等同于唐诗。但考虑到其产生的年代，则其用之于评价唐诗也未尝不可。

皎然《诗式》除第一卷总论诗歌创作的种种问题外，其余四卷分别论用事的各种方法及其优劣高下，并分别摘引前人诗句近五百条以为例证。卷一《诗式·四不》谓"气高而不怒，力劲而不犯（或曰露），情多而不暗，才赡而不疏"，《诗式·七至》谓"至险而不僻，至奇而不差，至苦而无迹，至近而意远，至放而不迁，至难而状易，至丽而自然"；② 都从正反、得失、过与不及两个方面着眼，颇合艺术创作的辩证法。其"但见性情，不睹文字"之论，虽承刘勰"隐秀"、锺嵘"文已尽而意有余"（《诗品序》）而来，却又受当时三教并重的影响，即儒家的"比兴"之说、道家的"得意忘象"之说、释家的"不立文字"之说。

司空图也强调诗歌应含蓄蕴藉，崇尚"不著一字，尽得风流"③（《二十四诗品》，或云托名）"韵外之致""味外之旨"（《唐诗纪事·司空图》）的诗歌审美标准。

严羽《沧浪诗话》继承唐代以来这些重要的唐诗学研究成果，汲取前贤诸说中的合理成分并加以发展，提出了自己关于唐诗美学品格的独特见解。

（一）标举"气象"

> 诗之法有五：曰体制，曰格力，曰气象，曰兴趣，曰音节。诗之品有九：曰高，曰古，曰深，曰远，曰长，曰雄浑，曰飘逸，曰悲壮，曰凄婉。（《诗辨》）唐人与本朝人诗，未论工拙，直是气象不同。（《诗评》）"迎旦东风骑蹇驴"绝句，决非盛唐人气象，只似白乐天言语。（《考证》）盛唐诸公之诗，如颜鲁公书，既笔力雄壮，又气象浑厚。（附《答吴景仙书》）

在《诗评》中，严羽用了大半篇幅评价唐诗，突出强调唐诗的"气象"。他以"气象"为标准论诗，褒扬好诗，贬抑劣诗，也以"气象"划分唐宋，扬唐而抑宋。所谓"气象"，是诗歌各要素构成的整体境界，表现为一种感性风采，一种时代精神，是盛唐诗歌共同拥有的情感基调和普遍的美学品格。"气象"作为这种风采、精神、基调和品格的外在

---

① 载宋陈应行《吟窗杂录》卷四，明嘉靖二十七年崇文书堂刻本。
② 载宋魏庆之《诗人玉屑》（全两册）卷五，王仲闻点校，中华书局，2007年，第148、149页。
③ 载清何文焕辑《历代诗话》（全二册），中华书局，1981年，第40页。下引不赘。

表现，便是严羽所竭力推崇的"雄浑悲壮""雄浑""浑厚"。具体而言，便是慷慨激昂的边塞诗。盛唐是边塞诗创作的鼎盛时期，涌现了著名的边塞诗派，代表诗人有高适、岑参、王昌龄、李颀、王维等。边塞诗的题材内容不仅包括了将士建立军功的壮志，边地生活的艰辛，战争的酷烈场面，将士的思家情绪；也描述了边塞风光、边疆地理、民族风情、民族交往等各个方面。高适《燕歌行》、岑参《白雪歌》《走马川行》等七言长篇歌行，体现了盛唐边塞诗雄浑、宏阔、磅礴、昂扬、豪放、浪漫、悲壮、瑰丽的美学风貌。此外，还有李颀《古从军行》、岑参《凉州馆中与诸判官夜集》、王昌龄《出塞》《从军行》、王之涣《出塞》、王翰《凉州词》等等，莫不如此。

盛唐气象的又一体现是山水田园诗。其代表作家，除了王维、孟浩然之外，还包括储光羲、常建、祖咏、刘眘虚、裴迪、卢象、丘为等人。但其中最能代表该派创作成就和卓异风貌的，当推王、孟二人。他们都在诗中描绘并展示了一个清淡的世界，一是田园之乐，一是山水之美。前者往往更多融入了闲适的隐逸意趣，后者则往往更多地呈现孤高的志士情怀。孟浩然诗中既有"气蒸云梦泽，波撼岳阳城"（《临洞庭》）这类气象雄浑的诗，也有"惊涛来似雪，一坐凛生寒"（《与颜钱塘登障楼望潮作》）这种呈现着清寂冷峭意境、深印着隐者情调的诗作。王维的山水田园诗，既是个人心灵的写照，也是时代思潮在诗国的投影。"晚年惟好静，万事不关心"（《酬张少府》），正是诗人对自己这种幽冷寂灭的心绪的最好概括。《竹里馆》一诗，表面看来，诗中的人物是那样的自得其乐，诗中的景物也是那样清幽秀美。《终南别业》一诗中"行到水穷处，坐看云起时"两句，曾经被人认为是最得理趣的名句。盛唐开、天之际，经济繁荣，生活富足，文人士子们的价值取向也呈现多元状态。既有醉心建功立业、汲汲于功名者，也有视隐逸为"终南捷径"者，更有借隐逸以遁离现实者。这种隐逸之风与佛禅思想综合作用，寄情山水，优游林泉，就成了许多人至少是某一阶段的一种人生选择，于是，山水田园诗的创作也就盛乎一时了。

最能体现盛唐风貌的，当然首推奇情高蹈的李白和沉郁顿挫的杜甫。他们分别代表了两种不同的风格，体现了两种不同的高度。李白许多诗篇都脍炙人口，耳熟能详，诸如"天生我材必有用""蜀道难，难于上青天""飞流直下三千尺，疑是银河落九天""仰天大笑出门去，我辈岂是蓬蒿人"（《南陵别儿童入京》），等等。他的诗表达的感情往往是壮大明朗的，表达感情的方式则是爆发式的。他不是娓娓动人地叙述或缠绵悱恻地抒情，而是如火山爆发、大河奔泻一般，把感情喷涌出来，一气直下，大有欲止不能之势。境界往往极其开阔，想象十分壮丽，而且常常瞬息万变，驰骋于天上地下，古往今来，来去无踪。清人方东树说他"发想无端，如天上白云，卷舒灭现，无有定形"（《昭昧詹言》），即此之谓也。

杜甫被尊为"诗圣"，其诗被称为"诗史"。杜诗的风格特色是沉郁顿挫，这首先表现为深沉忧思的感情基调，其中蕴含着一份忧念国家命运、人民疾苦的深厚感情，因而显得阔大深远。在表达感情的方法上，讲求回环往复、百转千折，盘马弯弓，引而不发，故此情感的抒发也就显得更加深沉。《后出塞五首其二》云："朝进东门营，暮上河阳桥。落日照大旗，马鸣风萧萧。平沙列万幕，步伍各见招。中天悬明月，令严夜寂寥。悲笳数声动，壮士惨不骄。借问大将谁，恐是霍嫖姚。"这真是"雄浑悲壮"的盛唐之音。"吴楚东南坼，乾坤日夜浮"（《登岳阳楼》），写登楼所见的一派壮阔景色，面对着天地之间的浩渺与壮阔，诗人感受着千古如斯、无边无际、无始无终的动荡，省悟到这不可思议的"动荡"其实就是宇宙本身。这是诗人瞬间产生的惊悸与敬畏，所显示的是诗人的灵魂与天道猝然不期而遇时，不觉迸发出对造物者鬼斧神工的折服和衷心赞叹，也是对不可企及的彼岸世界的眺望和失声感喟，更是人在激情之中对宇宙真谛的见证与妙悟。诗人透过实景窥见天道的智慧和情怀，体现了诗人的"胸次"和"气象"。而这种"胸次"和"气象"背后的宇宙观，是何等开阔，何等无限。在其他诸多诗篇中，如"星垂平野阔，月涌大江流"（《旅夜书怀》）、"无边落木萧萧下，不尽长江滚滚来"（《登高》）等，这种"笔力雄浑，又气象浑厚"之作可谓随处可见。严羽能拈出"气象"一语来涵盖盛唐诗歌的美学品格，确实慧眼独具，切中肯綮。

（二）"意兴"和"兴趣"

> 诗有词理意兴，南朝人尚词而病于理，本朝人尚理而病于意兴，唐人尚意兴而理在其中。汉魏之诗，词理意兴，无迹可求。（《诗评》）诗者，吟咏情性也。盛唐诸人惟在兴趣；羚羊挂角，无迹可求。故其妙处透彻玲珑，不可凑泊。如空中之音，相中之色，水中之月，镜中之象，言有尽而意无穷。（《诗辨》）

严羽所谓"兴趣"，从唐代殷璠所提出的"兴象"说而来，指将诗歌"吟咏情兴"的内容要素通过含蓄隽永的艺术手法表达出来。严羽所谓"兴"是从诗歌审美特点出发，指出了感情真挚、含蓄蕴藉的美学特点，是"感兴"的"兴"，而非"比兴"的"兴"。其"兴趣"之"趣"，是指"兴"而有味，活泼生动，是指诗歌的审美趣味和韵味，即"羚羊挂角，无迹可求"，严羽认为，盛唐人的诗是达到了这个境界的。正如宗白华先生所说："中国艺术意境的创成，既须得屈原的缠绵悱恻，又须得庄子的超旷空灵。缠绵悱恻，才能一往情深，深入万物的核心，所谓'得其环中'，超旷空灵，才能如镜中花，水中月，羚羊挂角，无迹可寻，所谓'超以象外。'"[①]"词""理""意兴"，各有所指。通常而言，"词"是指言辞、辞藻；"理"是指道理、义理；而"意兴"则是与"兴趣"、"兴象"含义相近的诗学范畴，都是指诗歌所具备的感情真挚、含蓄蕴藉的美学特点。严羽认为，南朝诗人的缺点在于"尚词而病于理"，过于讲求诗歌的词采而忽略了思想内容；本朝诗人则"尚理而病于意兴"，过分注重"以学为诗，以理为诗，以议论为诗"，从一个极端走向了另一个极端；汉魏之诗，"词理意兴，无迹可求"，近乎一种"气象混沌"的境界。在通过对南朝和本朝诗人不同诗学倾向和美学品格的比较后，只有盛唐"尚意兴而理在其中"，把"意兴"放在第一位，而寓"理"于"意兴"之中，这是一种比较合乎诗歌美学规范的表达方式，也是他认同和推重的唐诗美学品格之一。

---

① 宗白华《艺境》，北京大学出版社，1999 年，第 145—146 页。

二、关于唐诗的流变：初盛中晚

肇始于中唐，对唐诗发展流变与发展路径进行描述和反思的种种努力，就已经出现。杜甫《论诗绝句》中对"王、杨、卢、骆当时体"的反省，元稹、白居易对杜诗集大成的盛评，以及韩愈的"李杜文章在，光焰万丈长"（《调张籍》），某种程度上，都包含着总结前代创作成就、指导诗歌创作发展路径的双重用意。

司空图《与王驾评诗书》说："国初主上好文雅，风流特盛。沈宋始兴之后，杰出于江宁，宏肆于李杜极矣。右丞、苏州，趣味澄敻，若清风之出岫（或曰清沉之贯达）。大历十数公，抑又其次焉，元白（依他本补）力勍而气孱，乃都市豪估耳。刘公梦得、杨公巨源，亦各有胜会。阆仙、东野、刘得仁辈，时得佳致，亦足涤烦。厥后所闻，逾褊浅矣。"[1] 是较早用总体把握的方法，对各个阶段的诗风和诗人还进行宏观评价，并对唐诗历史发展轨迹予以勾勒的尝试。

至宋代，唐诗作为优质历史资源，已经成为一代诗歌典范，其影响渗透到宋代诗歌体制创建的诸多方面。一些诗论家如宋祁、欧阳修、杨时、朱熹、严羽等，开始有意识地以一种历史的眼光来观照把握唐诗，唐诗的分期便是其中的一个角度。《新唐书·文艺列传》（中华校订本）曰："唐兴，诗人承陈、隋风流，浮靡相矜。至宋之问、沈佺期等，研揣声音……逮开元间，稍裁以雅正……至甫，浑涵汪茫，千汇万状，兼古今而有之。"大致勾勒出了唐诗发展的几个主要阶段和主要的美学风貌，即："唐兴"之时，"诗人承陈、隋风流"，以宋、沈为代表，此为其一；"逮开元间"，诗风"雅正"，此为其二；到杜甫，则"又善陈时事，律切精深"，此为其三；再后，则李贺、杜牧、李商隐之谲怪，此为其四。

杨时（清《晚笑堂画传》）

后，胡仔在《渔隐丛话》前集卷二引《雪浪斋日记》云："予尝与能诗者论诗止于晋，而诗止于唐。盖唐自大历以来，诗人无不可观者，特晚唐气象衰苶尔。"对大历之后、晚唐之前的诗给予了肯定，"晚唐"之名已肇端，这是我国古代唐诗分期史上最早将"晚唐"标列为一个独立的历史时期看待的论断。

宋杨时《龟山诗话》曰："诗之变，至唐而

---

① ［清］董诰辑《全唐文》（全十一册）卷八〇七《司空图》，中华书局，1983 年影印嘉庆内府本。

止。元和之诗极盛。诗有盛唐、中唐、晚唐，五代陋矣。"① 已具备了 "四唐"说中的盛、中、晚三期之名。

朱熹《答巩仲至书》云："（唐）自沈宋之后，定著律诗，下及今日，又为一等。然自唐初以前，其为诗者固有高下，而法犹未变。至律诗出，而后诗之与法始皆大变。"若将沈、宋前后 "定著律诗"的时段理解为唐初，则其后大行于世的 "四唐"之名已大体完备。

作为南宋诗话的集大成者，严羽在《沧浪诗话》中继承和吸收了前贤的这些成就，既对古典唐诗学体系进行建构，又对宋代诗歌发展脉络的梳理和反思，双管齐下，并行不悖。他以 "兴趣"描绘唐诗尤其是盛唐诗歌的美学品格，以 "妙悟"等诗学范畴对和创作主体论加以揭橥。与此同时，严羽还在对取法对象艺术水准等第的区分与剖析中，对唐代诗歌的流变历史和分期问题作出了系统的概括梳理，在中国古代唐诗学发展史及宋代诗学体系构建上具有重要的建设性意义。

> 以时而论，则有……唐初体，唐初犹袭陈、隋之体。盛唐体，景云以后，开元、天宝诸公之诗。大历体，大历十才子之诗。元和体，元白诸公。晚唐体。（《诗体》）

严羽将唐诗分为唐初体、盛唐体、大历体、元和体和晚唐体五种体式。这种分期方式与后世 "四唐说"最大的差别，是将 "大历"与 "元和"作为两个时期单立，而不设中唐体。大历年间是盛唐诗风向中唐诗风演变的过渡期。大历至贞元年间，活跃于诗坛上的一批诗人的生活，经历了由开元盛世转向安史之乱的后的惨痛，他们的诗不再有李白那种非凡的自信和磅礴的气势，也没有杜甫那种反映战乱社会现实的激愤和深广情怀，大量的作品通过描写自然山水的恬静、幽远、清冷甚至孤寂，来表现人生的感叹、内心的惆怅和孤独寂寞的冷落心理，追求清雅高逸的情调。诗歌创作由雄浑的风骨气概转向淡远的情致，转向细致省净的意象创作，以表现宁静淡泊的生活情趣。诗歌呈现幽隽、闲雅，重清丽的韵致，虽有风味而气骨顿衰，遂露出中唐面目。

宋代诗坛，无论是宋初的白体、晚唐体，还是苏黄主盟的元祐诗坛，以及南宋末年 "江湖诗派"和 "四灵诗人"对晚唐诗风的复归，在创作实践和理论阐发双重维度上，出于对 "清美"美学品格的偏爱，大历诗人清幽雅致的诗歌审美风貌，得到了宋人的广泛认同。以致在宋代各个时期的唐诗选本中，大历时期的诗人诗作往往得到了选家的格外关注，独立于中唐之外，而与其他四期比肩而立。

另一方面，在由 "唐音"向 "宋调"转变的宋诗整体格局中，杜甫始终是一个绕不开的话题人物，"千家注杜"及其 "江西诗派"的盛行，见出杜甫在宋代诗坛上独尊的巨无霸地位。其 "语不惊人死不休"的创新意识和炼字之法，"读书破万卷，下笔如有神"的学养功

---

① 载元王构《修辞鉴衡》卷一《诗》，元至顺刻本。

力，都成为宋人追慕和膜拜的对象与目标。到了南宋，老杜自然天成而代表唐风的一面为诗论家们所青睐，并将其树为正本清源、引领时风的大纛。天宝至大历间，正是子美盛唐诗歌和后期诗风之间的差异性的转折期。严羽将"大历"与"元和"分立，强调这种差异性，目的是凸显其所标举的盛唐诗风的独特风貌，这才是严羽"五唐说"分期的终极价值指向。

严羽"五唐说"分期，对后世影响深远。宋元之际方回《瀛奎律髓》，元杨士弘《唐音》，以及明高棅《唐诗品汇》和徐师曾《文体明辨序说》，不断修正完善，最终使得"初盛中晚""四唐说"成为唐诗分期的通用术语，"五四"之后以至于今的关于唐诗分期的诸种学说，几乎也都是"四唐"说的翻版。

三、对唐代诗人、诗作的评价

在《沧浪诗话》中，严羽对多位唐代诗人及其作品的风格特点进行了评说，涉及诗人数量近 70 人，这个规模是宋代此前所有诗话著作罕有其匹的。这些人涵盖了唐朝初盛中晚各个时期的诗人。其中，初唐有沈宋、陈子昂、王杨卢骆、张九龄等 8 人；盛唐有杜甫、李白、高适、孟浩然、岑参、崔颢、常建、王维、祖泳、綦毋潜、孙逖、护国等 12人。这一时期除了李、杜两位大师级的人物，边塞诗和山水诗的代表人物高适、岑参、王维、孟浩然等，悉在其中。中唐所涉诗人最多，有李益、韦应物、戎昱、刘长卿、韩愈、孟郊、贾岛、卢仝、刘禹锡、柳宗元、白居易、元稹、张籍、王建、李嘉祐、权德舆、独孤及、刘眘虚、张南史、顾况、吕温、李涉、刘言史、冷朝阳、李观、李贺、灵一、法震、清江、无可、皎然、法照等 32 人。既有大历代表诗人，也有"险怪诗派"的韩孟、"新乐府"诗人元白、张王，以及"清苦诗风"的孟贾等等。这一时期所列诗人还有另外一个特点，就是对灵一、法震、清江、无可、皎然、法照等诸多方外人士的关注，这与严羽"以禅论诗"的旨趣是一脉相承的。晚唐则有李商隐、杜牧、杜荀鹤、韩偓、章碣、郑谷、刘沧、李频、陈陶、薛逢、马戴、皮日休、陆龟蒙、曹唐、贯休、齐己等 16人。后世所尊崇的唐代一流诗人尽数囊括。

在这些诗人当中，严羽最为称赏的当然还是李白和杜甫：

> 诗之极致有一：曰入神。诗而入神，至矣，尽矣，蔑以加矣。惟李杜得之，他人得之盖寡也。（《诗辨》）以人而论，则有……张曲江体，少陵体，太白体，高达夫体，孟浩然体，岑嘉州体，王右丞体……（《诗体》）论诗当以李杜为准，挟天子以令诸侯。（《诗评》）

他认为，李白和杜甫的诗歌成就都是极高的，已经达到了诗歌艺术境界的极致——"入神"，无与伦比，后人难以企及。后人论诗，应当以李杜为准绳、为标杆，"挟天子以令诸侯"，去评价他人诗作的优劣高下。

从元稹《唐故工部员外郎杜君墓系铭》肇始，"李杜优劣论"一直是诗坛聚讼纷纭的一桩公案，多年来，双方各执一词，莫衷一是。严羽似乎并未陷入此一纷争而左支右绌，其策略是李杜并尊，并不厚此薄彼：

> 李杜二公，正不当优劣。太白有一二妙处，子美不能道；子美有一二妙处，太白不能作。（《诗评》）子美不能为太白之飘逸，太白不能为子美之沉郁。（同上）少陵诗法如孙吴，太白诗法如李广，少陵如节制之师。（同上）

分别看到了各自的优长与不足，能够秉持公心，给予客观评价。就诗法论，杜诗格律森严，练字造句，使事用典，形神兼备、文质兼美；白诗张弛有度，以情为诗，以气为诗，以才赋诗，无法而有法。就风格论，白诗歌具有浓郁的浪漫主义色彩，具有"笔落惊风雨，诗成泣鬼神"（杜甫《寄李十二白二十韵》）的艺术魅力。作为一个浪漫主义诗人，李白调动了一切浪漫主义手法，使诗歌的内容和形式达到了完美的统一。他的诗富于自我表现的主观抒情色彩十分浓烈，感情的表达具有一种排山倒海、一泻千里、飘逸奔放的气势。李诗中常将大胆的想象、夸张、比喻、拟人，以及神话传说等手法综合运用，从而造成奇情异彩、瑰丽动人的意境，这是杜甫所不能的。而杜甫的诗歌具有杰出的现实主义特点，其对社会现实多层面多角度的观照，也凸显了其特色，这也是李白所不能的。可谓互有短长。

四、学诗的操作路径：以盛唐人为法、熟参

仔细寻绎《沧浪诗话》之苦心孤诣，严羽是努力为诗歌艺术的提高指出"向上一路"，是为学诗提供具体的门径。他在《诗辨》中开宗明义：

> 夫学诗者以识为主：入门须正，立志须高；以汉、魏、晋、盛唐为师，不作开元、大宝以下人物。若自退屈，即有下劣诗魔入其肺腑之间，由立志之不高也。行有未至，可加工力。路头一差，愈骛愈远，由入门之不正也。故曰：学其上仅得其中；学其中斯为下矣。又曰：见过于师，仅堪传授；见与师齐，减师半德也。夫须从上做下，不可从下做上。……余不自量度，辄定诗之宗旨，且借禅以为喻，推原汉魏以来，而截然谓为当以盛唐为法，后舍汉魏而独言盛唐者，谓古律之体备也。虽获罪于世之君子，不辞也。

严羽强调学诗者的"识"，意即对诗歌艺术水准高下的鉴别与判断力，不仅要识货，分得清诗之为诗，而且要"具一只眼"，能辨家数，洞察渊源流派。此外，还要识真味，

"观太白诗要识真太白处"，"识其安身立命处"，然后方知道"真古人"，体会到各个诗家不同的妙处。因此，"入门须正，立志须高"，第一步必须走对，否则"即有下劣诗魔入其肺腑之间"，后边的事情就会产生连锁反应，一错百错，差之毫厘，谬以千里。有了识，立志才高，学诗才能有所成就。识以学为基础，创作中有悟，悟中有识。识要"正"——有理、要"高"——有境界。有识才能进入更高境界，这个"识"，就是"以汉、魏、晋、盛唐为师，不作开元、大宝以下人物"。他诗歌最高成就的代表是汉魏晋诗和盛唐诗，学诗者当然应该"以汉魏晋盛唐诗为法"。

> 国初之诗，尚沿袭唐人：王黄州学白乐天，杨文公、刘中山学李商隐，盛文肃学韦苏州，欧阳修学韩退之古诗，梅圣俞学唐人平淡处。至东坡、山谷始自出己意以为诗，唐人之风变矣。山谷用工尤为深刻，其后法席盛行，海内称为江西宗派。近世赵紫芝、翁灵舒辈，独喜贾岛、姚合之诗，稍稍复就清苦之风；江湖诗人多效其体，一时自谓之唐宗；不知只入声闻、辟支之果，岂盛唐诸公大乘正法眼者哉？嗟乎！正法眼之无传久矣。（《诗辨》）

不论是宋初的白体、西昆体、晚唐体，还是嗣后的江西诗派，以及宋末的"四灵"、江湖诗派，在严羽眼中，均为"声闻、辟支之果"，而非"大乘正法眼者"。通过回顾宋代诗坛上诗歌演进的历程，及其对唐诗发展的各个不同时期进行比较分析后，他还是一如既往地推重盛唐之诗。

"学其上仅得其中；学其中斯为下矣"，这个"上"，当然也是涵盖包蕴了汉魏晋盛唐诗的全部，至于"开元、大宝以下"的中晚唐诗及其后的宋诗，属于"中"或"下"则是不言而喻的了。所以，"须从上做下，不可从下做上"，如此才是学诗的最佳路径。为了便于操作，更进一步提出"以盛唐为法"，而非"以汉魏晋盛唐为法"，是因为与汉魏晋诗仅有古体诗这一体式相比，盛唐诗不仅有古体，更有近体，从兼备众体这方面看，盛唐或可涵盖汉魏晋诗，所以便省去了汉魏晋诗。

"以汉魏晋盛唐诗为法"，解决的只是取法对象——"学什么"的问题，"怎么学"则是严羽要面对的另外一个重要问题。为此他也给出了自己的答案，可谓苦口婆心、不遗余力：

> 先须熟读《楚辞》，朝夕讽咏，以为之本；及读《古诗十九首》，乐府四篇，李陵、苏武、汉、魏五言，皆须熟读；即以李、杜二集枕藉观之，如今人之治经，然后博取盛唐名家，酝酿胸中，久之自然悟入。虽学之不至，亦不失正路。此乃是从顶上做来，谓之向上一路，谓之直截根源，谓之顿门，谓之单刀直入也。（《诗辨》）

学习过程：第一步先读《楚辞》，通过不断的讽咏，体会其精神实质，领略其艺术魅力，以此作为铺垫，为下一步做准备。"及读"，阅读的范围和内容进一步扩大，广泛涉猎前人作品既能扩大诗人的诗学眼光，提升其审美品格，同时也是至于"自然悟入"之境的不二法门。

学习方法：严羽屡屡提到的所谓"熟读""熟参""讽咏""枕藉观之""博取""酝酿"都是学习方法的具体指示。须参活句，在领悟、琢磨上下功夫，把诗读活、写活。

学习结果："自然悟入"，能在前期种种努力学习的基础上达到自然而然、臻于盛唐之诗的境界。这种学习作诗的方法和过程，未必完全达到学诗的理想境界，"虽学之不至，亦不失正路"，不会出现偏差，从而误入歧途。

五、以禅喻诗、妙悟与别材别趣

诗歌创作，说到底是一种艺术思维，是以情感抒发和形象描述见长的审美活动，讲究情感的丰富性、细腻性，以及思维的直觉顿悟性和瞬时穿透性。因此，这种思维，同以逻辑思维为功底、以思想学理见长的理论著述相比，属于两个完全不同的畛域。学富五车，才高八斗，可能是一个建树良多、著述甚丰的学者，未必是一个才情横溢、文采飞扬的诗人，反之亦然。对于诗人而言，读书、穷理是一个涵泳熔铸的过程，它铸成诗歌创作的底色。非如此，诗人的襟怀就不博大，视野就不宽阔，诗歌的内容和境界也难以深广高明。所以，严羽的"别材别趣"说也就水到渠成，应运而生：

> 诗有别材，非关书也；诗有别趣，非关理也。然非多读书，多穷理，则不能极其至，所谓不涉理路不落言诠者上也。(《诗辨》)

所谓"别材"，指诗歌创作要有特殊的才能，如审美直觉能力、艺术想象能力等等，不是只靠书本学问就能写好诗的。所谓"别趣"，指诗歌有特别的趣味，诗歌必须有美的形象，激发人的意志，激动人的感情，能引起人的审美趣味。不只是发发议论、讲讲道理就可以成为诗歌的。"别材别趣"，主要是针对当时诗坛"以议论为诗，以才学为诗"而发，其矛头所向，犹在"江西诗派"。与"别材别趣"说相映成趣的是"妙悟说"：

> 大抵禅道惟在妙悟，诗道亦在妙悟。且孟襄阳学力下韩退之远

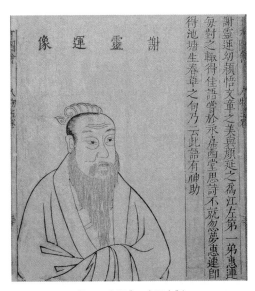

谢灵运（明《三才图会》）

甚，而其诗独出退之上者，一味妙悟而已。惟悟乃为当行，乃为本色。然悟有浅深，有分限，有透彻之悟，有但得一知半解之悟。汉魏尚矣，不假悟也。谢灵运至盛唐诸公，透彻之悟也；他虽有悟者，皆非第一义也。(《诗辨》)

"妙"这个范畴性术语本来自道家，被用作体现"道"的无限性、深邃性和不确定性的界定语，并以此说明宇宙之道的深邈幽远。"妙悟"在严羽这里，更多地偏重"悟"的层面。在严羽看来，"妙悟"是诗人学诗、读诗、写诗的过程和最高心理境界。情性是诗歌根本，妙悟是诗臻化境的坦途，是"不涉理路"，"不落言筌"，将情性转化为诗歌的艺术捷径。"妙悟说"从根本上规定了诗歌的审美范式和思维方式是直觉的和非逻辑性的。

一般认为，"妙悟"就是所谓的"悟性"，是一种特殊的禀赋或潜质，也是诗人必须具备的一种思维能力和认知能力。它要求学诗者必须要对诗歌的本质属性有一定的认识，懂得诗歌的艺术规律和创作技法，能够甄别出诗歌的高下、优劣，能够体味诗之"妙"之所在。

如前所述，读书、穷理是诗歌创作的底色，它能确保诗人襟怀的博大、视野的宽阔，以及诗歌的内容与境界的深广高明。因此，严羽将"妙悟"与"学力"相提并论。他以韩愈和孟浩然为例，认为韩在学力上强于孟，但诗歌的艺术魅力却逊于孟。原因就在于孟浩然作诗多用"妙悟"之法，发自内心地去体悟审美对象，强调直观感觉和对象的心领神会，是灵感的自然流淌，是一种豁然开朗的形象思维。而韩愈则为学问所羁縻，不时流露"以学为诗"之习，以致其诗佶屈聱牙，险怪奇崛，艺术魅力大为逊色。

"妙悟"也是衡量诗歌艺术境界高低的标尺。严羽把"妙悟"看作诗歌创作的关键，在体察、运思、动笔、修改等诗歌创作过程的各个阶段，都需要创作主体去感受、体验、领悟和创造。"悟"之程度的深浅直接关涉到作品艺术成就的高下优劣，只有像谢灵运和盛唐诸公那样的"透彻之悟"，诗歌才能兴象玲珑，引人入胜。

"禅"属于宗教，立足于彼岸世界；"诗"则属于文学，根植于现实人生，二者对于人生的价值和功用有本质的不同，分别属于意识形态中不同的范畴领域。然而，自禅宗从唐代确立以来，借禅来谈诗者屡见不鲜，皎然的《诗式》、司空图的《二十四诗品》，都以此而见称于世。苏轼以参禅比拟对诗作审美鉴赏，"暂借好诗消永夜，每逢佳处辄参禅"(《夜直玉堂携李之仪端叔诗百余首读至夜半书其后》)。南宋赵蕃也有论诗绝句三首 (兹举其三)："学诗浑似学参禅，束缚宁论句与联。四海九州何历历，千秋万岁孰传传。"[1] 禅师以诗明禅，诗人以禅入诗，所谓"诗为禅客添花锦，禅是诗家切玉刀"(金元好问《答俊书记学诗》)[2]，佛禅与诗歌发生了千丝万缕的联系，使"以禅喻诗"成了一种风气。严羽在《沧浪

---

① 载《诗人玉屑》(全两册) 卷一《赵章泉学诗》，王仲闻点校，中华书局，2007 年，第 11 页。

② 《元好问诗编年校注》(全四册)，狄宝心校注，中华书局，2011 年，第 394 页。俊书记，乃嵩山僧人。

诗话·诗辨》中正式提出"以禅喻诗"的主张：

> 禅家者流，乘有小大，宗有南北，道有邪正。学者须从最上乘，具正法眼，悟第一义。若小乘禅，声闻辟支果，皆非止也。论诗如论禅，汉魏晋与盛唐之诗，则第一义也。大历以还之诗，则小乘禅也，已落第二义矣。晚唐之诗，则声闻辟支果也。学汉魏晋与盛唐诗者，临济下也。学大历以还之诗者，曹洞下也。（《诗辨》）

严羽把禅道与诗道分别构成四个等级制序列：禅道方面包括大乘南宗正法眼第一义临济宗、第二义曹洞宗、小乘声闻辟支果、野狐外道。诗道方面：汉魏晋盛唐之诗、大历以还之诗、晚唐之诗、本朝苏黄之诗。他认为，只有盛唐诸公的"透彻之悟"才继承了汉魏古诗的传统，是真正的"第一义之悟"，其余的"一知半解之悟"和"分限之悟"，均非"第一义之悟"。特别用"一知半解之悟"和"分限之悟"，将大历以还诗和晚唐诗区别开来。[1] 这样的区分，就是要大力推举具"大乘正法眼"的盛唐诸公之诗，惟其如此，才能构建真正的诗国大厦。

钱锺书在论述到严羽"诗禅说"时指出："盖比诗于禅，乃宋人常谈。……沧浪别开生面，如骊珠之先探，等犀角之独觉，在学诗时工夫之外，另拈出成诗后之境界，妙悟而外，尚有神韵。不仅以学诗之事，比诸学禅之事，并以诗成有神，言尽而味无穷之妙，比于禅理之超绝语言文字。他人不过较诗于禅，沧浪遂欲通禅于诗。"[2]

六、对后世唐诗学的影响

《沧浪诗话》是严羽作为一个鉴赏家、诗人和批评家的切身体验的结晶，是经过多年深思熟虑的精心结撰之作，其中既有对诗歌本体、诗歌的体式和风格等方面的论述，又有对创作主体与鉴赏主体等问题宏观的系统论述和学理探讨，还有对诗歌创作和鉴赏方面的技术分析等微观方面的研判。可以说，《沧浪诗话》具有相当的创新性、系统性和理论性，改变了前此诗话创作的散碎性和随意性，为中国诗歌理论带来了历史性的转折。

同时，他的诗论不仅对当时扭转诗风、开拓诗境起到了重要作用，而且对于元明清时期和近代的诗歌与诗话理论，以及诗学体系的建构与发展产生了广泛而深远的影响。在一些重要诗学理论中，往往都或多或少地有着严羽诗论的影子。元代方回、明清时期高棅等人推举盛唐，前后七子的复古理论，乃至王士禛的神韵说等等，都深受严羽的影响。清代的朱庭珍等人更是频频称引《沧浪诗话》，王国维的"境界说"也曾深受其滋润和沾溉。如此等等，不一而足。

① 参阅周裕锴《〈沧浪诗话〉的隐喻系统和诗学旨趣新论》，载《文学遗产》，2010 年第 2 期。
② 钱锺书《谈艺录》，三联书店，2007 年第 2 版，第 638、642 页。

第三章

演进与深化：其他载体上的
理论批评与学术探讨

　　刘勰《文心雕龙·时序》曰"时运交移，质文代变"，随着时代的推移和世情的演变，文学在内容和形式上都会发生变化，这一论断，对于文学发展与时代演进做了精准的概括，可谓一语中的、入木三分。我国古代诗歌从"唐音"发展到"宋调"，也很好地证明了这一规律的普适性。但"唐音"与"宋调"有明显的不同，在这个发展演进的过程中，宋人以唐诗为武库，勇于学习，善于学习。唐诗作为前代创造的优质资源和宋代诗学的重要参照体系之一，在宋诗的衍变过程中曾起过非常重要的范本作用。同时，宋代诗学中丰富的唐诗评论，又是宋代唐诗学理论体系的一个重要组成部分。可以说，不论在诗歌创作风尚的演变上，还是在诗歌批评理论的发展上，宋代诗学都体现着取法唐人的创作经验，以及对唐诗审美特征的深入思考，通过选、编、注、考、点、评、论、创作等诸种形式，构成了宋代唐诗研究独特的美学品格。研究的主体，也呈现出多元性和丰富性，除了专门的诗选、诗评和诗论家之外，一些文论家、史学家、小说家，乃至理学家，也对唐诗的研究与探讨表现出浓厚的兴趣。他们对于唐诗研究的若干理念、观点和方法，通过诸如笔记、论诗诗、文人相互交往间的序、跋、书信等批评形式表现出来，丰富了宋代唐诗学的内容，拓展了宋人唐诗研究的视域，同样是宋代唐诗体系的重要组成部分，也同样是我们考察和研究的对象之一。

第一节　文人序跋、书信等载体对唐诗的研究与探讨

　　宋人对唐诗的关注方式及其表现形式各有不同，在文人相互交往所写的序、跋、书信中，有许多篇什论及他们对唐诗的看法，这方面讨论的内容也极为丰富：既有对唐诗总体流变的宏观鸟瞰，又有对诗人及其诗作的微观评骘。

其中，如柳开《昌黎集后序》、石介《上赵先生书》、穆修《唐柳先生集后序》、苏轼《书〈黄子思诗集〉后》《潮州韩文公庙碑》，黄庭坚《题李白诗草后》、秦观《韩愈论》、曾巩在《代人祭李白文》、李纲《读〈四家诗选〉并序》《五峰居士文集序》、姚铉《唐文粹序》、范仲淹《唐异诗序》、晁补之《海陵集序》等文，即分别对盛唐李白、杜甫、元结，中唐元稹、白居易、韩愈、柳宗元、张谓、吕温、孟郊等人进行了不同程度之品评。再如，田锡在《贻宋小著书》中以"豪健"评李白、"雅丽"评张谓、"高深"评韩愈、"精博"评柳宗元等，其认识都甚为中肯；而黄庭坚《答洪驹父书三》中的"老杜作诗"云云，尤其成为北宋诗人于书信中品评唐人之作的经典性表述。南渡后，杨万里《颐庵诗稿序》中称赏唐诗之味"精工"，叶适在《徐斯远文集序》中为"永嘉四灵"复倡"唐音"做鼓吹，朱熹在《清邃阁论诗》中辨析苏黄与唐诗的异同，等等，都有许多精彩的议论和识鉴。

可以说，有宋一代，文论家们以群体的共同努力，对唐诗进行理论阐释，把唐诗研究的美学品格及其学术表达推向了一个新的高度。

纵观这些序、跋、书信，它们对唐诗的关注热点大致集中在以下几个方面：

一、对唐诗历时性的观照与评论

唐宋两代是我国封建社会经济文化发展最为强盛和繁荣的时期，"仓廪实而知礼节，衣食足而知荣辱"（管子语），这种强盛和繁荣为文学的发展提供了充裕的物质条件，使得文学的创作、传播和消费得到有力的保障。文学的发展与时代的变迁密切相关，已经成为普遍的共识。因此，从历时性的角度入手考查文学的流衍更替，就成为一个较为便捷的途径。

从"唐音"到"宋调"，在绵长的演变过程中，宋人一方面企图独辟蹊径，自铸伟词；另一方面，面对前代尤其是唐人遗留下的丰厚诗歌遗产，宋人自然而然地将其作为优质资源加以发掘和利用，通过不断的学习借鉴，从而实现自成一家的祈望。以历时性角度对于这一进程的关注与研讨，在宋代许多文人中是一种较为常见的现象。

田锡（940—1003），字表圣，嘉州洪雅人（今属四川），北宋政治家、文学家、辞赋家，《宋史》有传。著有《咸平集》50卷，录入《四库全书》集部，合为30卷。其文学创作以赋见长，现存赋24篇，名篇有《倚天剑赋》《春云赋》《长至赋》等，风格雄豪壮美，清丽婉约。他以宋初文坛开拓者和奠基人的身份，以丰富的创作实践和鲜明的文学主张，改良了五代以来颓废的文风，呈现出新的风格特点，使北宋诗赋的创作进入了繁盛时期，对后世诗赋的发展产生了深远的影响，对北宋诗文革新运动也具有先导作用。田锡是较早从历时性的角度对唐诗作出评价的宋代学者。其《贻陈季和书》云：

> 李太白天付俊才，豪侠吾道。观其乐府，得非专变于文软？乐天有《长恨》词、《霓裳》曲、五十《讽谏》，出人意表，大儒端士，谁敢非之？何以明其然也？世称

韩退之、柳子厚，萌一意，措一词，苟非美颂时政，则必激扬教义。……然李贺作歌，二公嗟赏，岂非艳歌不害于正理，而专变于斯文哉！①

田锡不仅回顾了文学发展的继承性，也指出了其发展性和变异性，肯定了李白、白居易、韩愈、柳宗元、李贺等人在创作上勇于创新，以及推动时代文学风气转变上的创辟之功。他们虽各呈面目，但其共同之处也是有目共睹的，那就是美颂时政、激扬教义、抑末扶本、不害于正理、警心于邪僻、跻身于大道，隐然与儒家的文统、诗统和道统一脉相承。坦率地说，田锡的这些话，剔除若干对唐人诗歌艺术手法和风格的称许后，并无新意，仍然不过是传统儒家"诗教"观的翻版。但值得称道的是，这种回顾和描述，及其中所呈现出的历史眼光与历时性视角，大致是符合文学发展的实际的。

苏东坡《书〈黄子思诗集〉后》是宋代又一篇从历时性角度评价唐诗的重要文献：

予尝论书，以谓钟王之迹，萧散简远，妙在笔画之外。至唐颜柳，始集古今笔法而尽发之，极书之变，天下翕然以为宗师，而钟王之法益微。至于诗亦然。苏李之天成，曹刘之自得，陶谢之超然，盖亦至矣。而李太白、杜子美以英伟绝世之姿，凌跨百代，古今诗人尽废，然魏晋以来，高风绝尘，亦少衰矣。李杜之后，诗人继作，虽间有远韵，而才不逮意，独韦应物、柳宗元发纤秾于简古，寄至味于淡泊，非余子所及也。唐末司空图，崎岖兵乱之间，而诗文高雅，犹有承平之遗风。其论诗曰："梅止于酸，盐止于咸，饮食不可无盐、梅，而其美常在咸酸之外。"盖自道其诗之有得于文字之表者也。《二十四韵》（或云即《二十四诗品》），恨当时不识其妙，予三复言而悲之。②

作为有宋一代最负盛名的文学家之一，苏东坡的识鉴自然独秀群伦、别有会心。他的目光不仅局限于诗歌本身，而且扩展至诗歌的姊妹艺术书法，称赞魏晋时期书法大家钟繇、王羲之的书法艺术"萧散简远，妙在笔画之外"，诗画本一律，这何尝不是魏晋诗歌的特点。书法艺术的发展，至唐颜真卿、柳公权辈，"集古今笔法而尽发之"，终成一代宗师。接着笔锋一转，论及诗歌艺术的流衍变迁。与田锡一样，苏东坡也是回溯既往，追踪前贤，谈到了汉代苏武、李陵之"天成"，曹植、刘桢之"自得"，陶渊明、谢灵运之"超然"，但却"高风绝尘"，魏晋以降，衰微不振。只有到了盛唐李、杜，以其绝世英才，凌跨百代，卓然而成唐诗并峙双峰，却也部分地遗失了汉魏古诗萧疏简远的自然风致。只有韦应物、柳宗元显示着魏晋风骨的余韵，"发纤秾于简古，寄至味于

① ［宋］田锡《咸平集》卷第二《书一》，罗国威校点，巴蜀书社，2008 年，第 32—33 页。
② 载宋吕祖谦《宋文鉴》（全三册）《题跋》，齐治平点校，中华书局，1992 年，第 1825 页。

淡泊"，简古、质朴的语言中饱含着天然的工巧，清幽淡泊而韵味隽永。司空图等辈，虽处晚唐乱世之中，"而诗文高雅，犹有承平之遗风"。苏东坡目光如炬，能够洞鉴整个诗歌发展的历史，并结合自身的人生阅历，追求和尊崇"萧散简远""简古淡泊"的诗歌美学风尚。总体来看，苏东坡对唐诗的评价还是精准得当的，属于宋代极具代表性的一种观点。

陆游与尤袤、杨万里、范成大一道被尊称为南宋"中兴四大家"，一生著述甚丰，有《渭南文集》《南唐书》《老学庵笔记》等。创作诗歌今存九千多首，内容极为丰富，收入《剑南诗稿》。他的诗歌创作艺术，远绍屈原、陶渊明，中承李白、杜甫，近接苏轼、黄庭坚等人的优良传统，是我国文化史上一位具有深远影响的卓越诗人。论及有唐一代诗歌艺术的流变演进时，能够立足于历史的制高点，做整体概括宏观鸟瞰。其《跋〈花间集〉二》云：

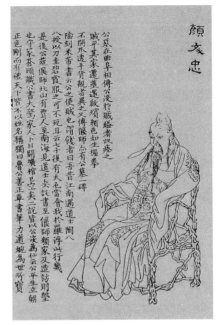

颜真卿（清《晚笑堂画传》）

> 唐自大中后，诗家日趣浅薄。其间杰出者，亦不复有前辈闳妙深厚之作，久而自厌，然梏于俗尚，不能拔出。会有倚声作词者，本欲酒间易晓，颇摆落故态，适与六朝跌宕意气差近，此集所载是也。故历唐季、五代，诗愈卑。而倚声者辄简古可爱。盖天宝以后，诗人常恨文不迫；大中以后，诗衰而倚声作。[1]

《花间集》皆唐末五代时人作。方其时，天下岌岌，生民流离失所，救死不暇，士大夫措身无地，彷徨失计，诗风乃流宕如此。由上述所提及的两篇跋文，我们可以看出，陆游对唐诗演进过程中出现的这些倾向给予了不留情面的批评。他认为，诗歌发展到唐末，气格卑弱，趣味浅薄，已经是穷途末路了，"益卑""日趣浅薄""愈卑""衰"这一系列的词语，都表达了这一相同的意思。陆游《澹斋居士诗序》曰：

> 诗首国风，无非变者，虽周公之《幽》亦变也。盖人之情，悲愤积于中而无言，始发为诗。不然，无诗矣。苏武、李陵、陶潜、谢灵运、杜甫、李白，激于不能自

---

① 载曾枣庄《宋代序跋全编》（全八册），齐鲁书社，2015年，第4039页。

已，故其诗为百代法。①

一般认为，《诗经》之十五国风中，除《周南》和《召南》为正风外，其余均为变风。所谓"变风变雅"，《诗大序》云"至于王道衰，礼义废，政教失，国异政，家殊俗，而变风变雅作矣"，即此之谓也。变风，指《邶风》以下十三国风；变雅，大雅中《中劳》以后的诗，小雅中《六月》以后的诗。如大雅中的《民劳》《板》《荡》《抑》《桑柔》等，小雅中的《祈父》《白驹》《黄鸟》《我行其野》《节南山》《正月》《十月之交》《雨无正》等等，通常是指诗人反映国家动荡、朝纲松弛导致的社会状况和民众生活的诗歌作品。与之相对应的是颂美王道，"有褒衣大招之象"的所谓正风、正雅之作，如《二南》《豳》之《七月》、大雅《民劳》、小雅《六月》之类。国家不幸诗家幸，陆游此处所言，是说面对混乱动荡的社会状况，人们内心的情感更易于被感动激发。诗歌是诗人情感的自然流露，当诗人身处顺境，志得意满的精神状态时，此固可形之于诗。而身处逆境不得志、"悲愤积于中而无言"时，情感压抑，找不到宣泄的渠道，一旦找到突破口，便如火山喷发，势不可挡，此亦可形诸诗篇。心如槁木，情似止水，是绝对写不出好诗的。李白、杜甫等人，之所以能够创作出词采飞扬、感人至深的诗歌作品，便是受自己内心情感剧烈激发的结果。因为有真情实感，故而其作品的成就非常之高，可"为百代之法"。陆游以恢宏深邃的历史眼光，将李杜诗歌置身于我国古典诗歌发展的总体进程中，考查其源流正变，探究其艺术特色，追踪其地位影响，洵为有见。李杜之诗在其后元明清及其近代之际，乃至今日之无与伦比的地位和影响，证明了陆游目光之精准，识鉴之高远。

类似的视角和观点，在宋人的序跋、书信中俯拾即是，如刘辰翁《赠采诗生序》：

古巷歌故俚，采而删之为《风》。楚非无诗，计其所遗若《祈招》者众矣，此《骚辨》之所不能平也。唐诗、宋诗盛，而童谣绝。猿啼鬼泣，里无歌声，今宋又如唐矣。尝疑李杜以来所不泯没者，非其自致于人，人岂复有喧众口诵百寮上者哉？而近年感慨之作又甚矣。虽《新安》《石壕》《秦中》诸篇，何足以尽喻其苦，而亦何可以传。回思儿时所诵中菁之言，狡童之刺，不知其国其人何能自克？盖诛绝之罪也，于是宋诗远矣。②

何梦桂（字岩叟，别号潜斋，淳安人。咸淳元年探花及第，官至大理寺卿。引疾去，筑室小西源。元时不仕，终于家。有《潜斋文集》存世）《琳溪张兄诗序》：

学诗易，学诗而工难。三尺童髫草而诗之，至纷白而不得其径庭者，故诗不易

① 载金涛声、朱文彩《李白资料汇编·唐宋之部》，中华书局，2007年，第410页。
② 载曾枣庄《宋代序跋全编》（全八册），齐鲁书社，2015年，第2315页。

言也。古今评诗者称盛唐，盖开元上下诸公也。唐诗自陈子昂一唱，至李杜大成，为不可及已。其他诸作，视魏建安七子，与晋陶谢数子，又彼此一时也。况晚唐以下诗乎？今之学诗未梦到唐人影响，其去魏晋益远矣，故诗未易言也。①

陈仁子（茶陵人，宋末进士，入元不仕，隐居故里讲学，因书院名东山，称东山陈氏）《唐诗序》：

> 唐以诗取士，亦以诗名家。韵人才士露颖拔奇，或瞳若冰霰，或腻若瑚琏，或苍古若岩柏，或眩怪若海涛，或绮丽缜密若屬帐流苏，千载而下，嚅唶涵泳，竟莫闯其藩。世人观盛唐诗，云是一种言语，晚唐又别是一种一代制作果异乎哉？家以诗名，诗以家异，李豪韩赡，韦澹柳道，白通俗，杜浑成，杲杲行世，户刻人诵。它有长篇短联，擅长吟哦，浩如烟海，编缀类刊，人自为集，俾得与诸老并行宇宙间。饮水知冷暖，当知各为一大家数。②

吕南公（字次儒，建昌南城人，自号灌园先生。熙宁中科举不第，遂绝意仕进。著有《灌园集》，《宋史》有传）《〈韦苏州集〉序》：

> 初余未读韩退之、杜子美集时，适读薛许昌、郑守愚诗，而尝读韩、杜者以余为笑，谓其读之卑也。……异时更读孟东野、王摩诘、张文昌、李太白等诗，乃至泛读沈、宋以来至于晚唐诗人集本焉。……夫入宫者自坂而门，自门而屏，自屏而庭而庑而阶，然后堂奥可至。今不容薛、郑，又笑皮、陆，而特喧然称韩、杜之高，此何以异于不涉门庭，而已至堂奥者耶？谅非鬼物，恐不能至也。③

此外，李洪《橛株集序》、杨万里《〈黄御史集〉序》《〈颐庵诗歌〉序》《〈荆溪诗集〉序》，刘克庄《山名别集序》《林子显序》等文章中，也以大致以相似或相近的视角，从不同的角度表达了自己对唐诗的看法，进一步丰富了宋代唐诗研究的内涵。

二、对唐诗共时性的观照与评论

如果说宋代文人序跋、书信中对唐诗所做的历时性关照，主要侧重于从宏观的纵向视角和历史视野，来动态地考察唐诗在我国整个诗歌史，乃至文学史中的地位、影响以

---

① 载曾枣庄《宋代序跋全编》（全八册），齐鲁书社，2015 年，第 1758 页。
② 陈仁子《牧莱脞语》卷七，载《李白资料汇编·唐宋之部》，中华书局，2007 年，第 721 页。
③ 载曾枣庄《宋代序跋全编》（全八册），齐鲁书社，2015 年，第 417—418 页。

及衍变演进的轨迹，并通过对这一进程的研究与还原，寻找其对当下诗歌创作——宋诗——的指导意义，他们从共时性视角所作的努力，则是从横向层面对唐诗作微观上的分析和解剖，着重于对唐诗美学风貌、美学品格的解读，对唐诗遣词造句、使事用典等技术细节的品味和理解，以及对不同时期代表性诗人的推重与评骘。这些探讨和研究，主要集中在宋人十分感兴趣的一批唐人及其诗作上，诸如杜甫、韩愈、柳宗元，以及李白、王维、孟浩然、贾岛、姚合、李商隐等人。探讨和研究的主体，则既有梅尧臣、欧阳修、苏东坡、曾巩、黄庭坚、陈师道、刘辰翁等诗文大家，也有一些今天看来声名较小的人物（其实未必尽然），如袁燮、张守、孙仅等。袁燮《题魏丞相诗》（序）云：

> 唐人最工于诗，苦心疲神以索之，句愈新巧，去古愈邈。独杜少陵雄杰宏放，兼有众美，可谓难能矣。然"为人性僻耽佳句，语不惊人死不休"，子美所自道也。诗本言志，而以惊人为能，与古异矣。后生承风熏染积习甚者，推敲二字，毫厘必计。或其母忧之，谓是儿欲呕出心乃已。镌磨锻炼，至是而极，孰知夫古人之诗，吟咏情性浑然天成者乎。[1]

袁燮（1144—1224），庆元府鄞县（今宁波鄞州区）人。字和叔，号絜斋。师事陆九渊。孝宗淳熙八年进士。官至礼部侍郎，进直学士。卒谥正献。与沈焕、舒璘、杨简并称为"明州淳熙四先生"，为浙东四明学派的代表人物之一。著有《絜斋集》《袁正献公遗文钞》等。《宋史》有传。

在这篇《题魏丞相诗》中，袁燮对唐人"工于诗"的做法明显表示不满，"句愈新巧，去古愈邈"，越是苦心疲神去竭力搜求，所作诗句越是新巧，客观上与古人古诗自然天成的美学品格越是大相径庭，南辕北辙。虽然他肯定杜甫的"雄杰宏放，兼有众美"，但对他的"为人性僻耽佳句，语不惊人死不休"，还是持否定的态度。在他看来，诗是用来"言志"的，并不以"惊人"为能，李杜为了追求这种效果，以致至死不休，实在是本末倒置，有悖于"诗言志"的古训。他还以韩愈"推敲"、李贺"呕心"两个名典为例，进一步批评了这种"毫厘必计""镌磨锻炼"风气对后人造成的恶劣影响。他以为，挖空心思刻意求工的作诗风气，与古人之诗"吟咏情性"的功能指向、"浑然天成"的美学追求是大异其趣的。袁燮指出了诗歌创作中的某些不良倾向，可谓精到中肯。

胡次焱（1229—1306），婺源（今属江西）人。字济鼎，号梅岩，晚号余学。咸淳四年进士，入元不仕，以《易》教授乡里。有《梅岩文集》存世。其《赠从弟东宇东行序》云：

> 诗能穷人，亦能达人。世率谓诗人多穷，一偏之论也。……世第见郊寒岛瘦，卒困厄以死，指为诗人多穷之证。夫以诗穷者固多矣，以诗达者亦不少也。孟宾于

---

① 载曾枣庄《宋代序跋全编》（全八册），齐鲁书社，2015 年，第 4667—4668 页。

赋雨后闻蝉诗，褚载赋无地可耕诗，任涛赋人卧船流诗，徐凝赋白练青山诗，此以诗擢科第者，诗果穷人乎？……乃若王维以诗免伪署之罪，韩翃以诗得制诰之除，载在《唐史》，尤为焯焯者。①

序言阐述了诗歌本身与诗人自身穷通显达之间的微妙关系，认为"诗能穷人，亦能达人"，以诗穷者固多，"郊寒岛瘦"便是典型案例。而以诗达者亦所在多有，他举出了"以诗擢科第者""以诗转官职者""以诗蒙宠赉者"，而且"诗可完眷属""诗可以蠲忿""诗可以行患难"。诗不仅可以使诗人尊贵显达，而且还可以消灾弭祸。胡诗承陶渊明之风，又能参诸己意，推陈出新。其代表作《嫠答媒》以媒劝嫠再嫁、而嫠答问守节的形式，所谓"妾命春叶薄，妾心顽石坚""井底水不波，山头石不迁"者，所以自寓其志也，象征地表达其安贫乐道、甘于自守的思想品格和精神面貌。如此说来，这篇赠序实际上是一种身世之感极强的夫子自道。

周紫芝（1082—1155），宣城（今安徽宣州）人。字少隐，号竹坡居士，绍兴十二年（1142）举进士。能诗词，风格自然顺畅，清丽婉曲，无堆砌雕琢之痕。著有《太仓稊米集》《竹坡诗话》《竹坡词》。《四库提要》云："其诗在南宋之初特为杰出，无豫章生硬之弊，亦无江湖末派酸馅之习。"其《风玉亭记》曰：

> 唐人以诗名家者甚多，独以李长吉、李义山、杜牧之为诡谲怪奇之作。牧之诗其实清丽闲放，宛转而有余韵，非若义山之僻、长吉之怪，隐晦而不可晓也。其作《晚晴赋》有"竹林里号十万丈夫，甲刃搅搅，密阵而环侍"之句，至使后人号为粗才杜牧，诗家者流未尝不为之扼腕而深恨之。及赋《斫竹》诗则云"霜根渐随斧，风玉尚敲秋，"其风味妖媚乃尔，殆非古今诗人所能追而及也。②

从审美角度切入，通过对李贺、李商隐的比较，对杜牧之诗进行评价。周紫芝认为，在众多的唐代诗人中，长吉、义山、牧之三人都具有"诡谲怪奇"之风，但杜牧并不同于"义山之僻"和"长吉之怪"，而是有自己"清丽闲放，宛转而有余韵"的特色。为了证明自己的观点，他还做了摘句批评，对于杜牧《晚晴赋》中"竹林里号"之句感到十分痛心。虽然不无偏颇之处，但作为一家之言，也算差强人意。

陈师道与黄庭坚、陈与义一道被江西诗派尊为"三宗"之一，属于各体兼备、卓然有成的大家。其《送参寥序》云：

> 参寥子曰："贯休、齐己，世薄其语，然以旷荡逸群之气、高世之志、天下之

---

①　载曾枣庄《宋代序跋全编》（全八册），齐鲁书社，2015年，第2311页。陈序跋本此不赘。
②　载曾枣庄、刘琳编《全宋文》（第162册），上海辞书出版社，2006年，第276页。

誉、王侯将相之奉，而为石霜老师之役，终其身不去。此岂用意于诗者？工拙不足病也。"①

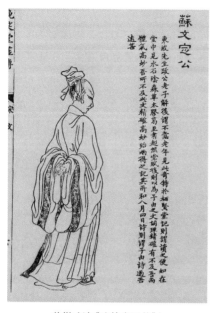

苏辙（清《晚笑堂画传》）

参寥是诗僧道潜的字，陈师道在赠序中称其为"释门之表，士林之秀，而诗苑之英也"。与当时士大夫文人苏轼、苏辙、秦观、曾巩、陈师道等人私交甚笃。贯休（832—912），唐末五代画家、诗人，俗姓姜，字德隐，号"禅月大师"。著有《禅月集》存世。齐己（约860—约937），亦唐末五代诗僧，俗姓胡，名得生，晚年自号衡岳沙门。以诗名世，留有《白莲集》十卷、诗论《风骚旨格》一卷。

贯休、齐己和皎然，并称为"唐三高僧"，他们和灵澈、可朋、修睦、清豁等都是唐代著名的诗僧，属于方外诗派的重要人物。其诗多有林泉之致、方外之风，有时又难免失之通俗浅易，可谓良莠参差，瑕瑜互见。这一点也为陈师道的方外之友参寥所知，但参寥更肯定他们在名满天下之际，而终身侍奉老师石霜庆诸（禅宗青原行思之法系第四世）而矢志不渝，诗歌不过是他们表达高蹈之志与出世之意的载体，因而"工拙不足病也"。陈师道与参寥交契甚笃。此处借参寥之口，对与其相同身份的贯休、齐己诗风进行评价。由此，也不难看出，陈师道对于贯休、齐己这种诗风是持肯定态度的。

刘辰翁《连伯正诗序》：

古之穷诗人称子美、郊、岛，郊、岛以其命，而子美以其时。或曰时与命不同耶？曰：不同也。使郊、岛生开元、天宝间，计亦岂能鸣国家之盛，而寒酸寂寞，顾尤工以老，则縻其赋分言之，亦不为不幸也。若子美在开元，则及见丽人，友八仙。在乾元，则扈从还京，归鞭左袯；其间惟陷邺数月，后来流落，田园花柳，亦与杜曲无异。若石壕、新安之睇，记彭衙、桔栢之崎岖，则意者造物托之子美，以此人间之不免，而又适有能言者载而传之万年，是岂不亦有数哉？不然，生开元、天宝间，有是作否？故曰：时也，非命也。②

① 载曾枣庄《宋代序跋全编》（全八册），齐鲁书社，2015年，第1942页。
② 载曾枣庄《宋代序跋全编》（全八册），齐鲁书社，2015年，第1720页。

"楚臣去境，汉妾辞宫，或骨横朔野，或魂逐飞蓬；或负戈外戍，杀气雄边；塞客衣单，孀闺泪尽；或士有解佩出朝，一去忘返；女有扬蛾入宠，再盼倾国。"《诗品序》水旱交侵，饿殍遍野，兵燹连绵，生灵涂炭，当此之际，确是生民百姓之困厄，国家社稷之不幸。"凡斯种种，感荡心灵，非陈诗何以展其义？非长歌何以骋其情？"（接上）由于诗人敏感的天性，独特的气质，这种乱离之际神州陆沉、山河破碎的惨象，妻离子散、家破人亡的苦况，又成为激发诗人创作灵感的绝佳时机。有担当的诗人总能在这样的艰难时世创作出震撼人心、催人泪下的传世杰作，杜甫就是这样的一个伟大的诗人。

　　安史之乱，是大唐王朝由盛转衰的关键点，从此，帝国的繁荣与辉煌，光荣与梦想，随着安史乱军的烽烟，一起散落成支离破碎的明日黄花。杜甫如同一个优秀的战地记者，以泣血含泪之笔，忠实记录了这一历史巨变中的种种苦难和不幸，"三吏""三别"、《悲陈陶》《哀江头》《春望》《北征》《羌村三首》《闻官军收河南河北》等，即是如此。唐孟棨《本事诗·高逸第三》云："杜逢禄山之难，流离陇蜀，毕陈于诗，推见至隐，殆无遗事，故当时号为诗史。"[1]宋胡宗愈（知成都府）作《成都草堂诗碑序》："先生以诗鸣于唐，凡出处去就，动息劳佚，悲欢忧乐，忠愤感激，好贤恶恶，一见于诗，读之可以知其世。学士大夫，谓之诗史。"[2]

　　刘辰翁与宋代大多数人一样，看到了杜甫诗歌与时代的密切关系，"时也，非命也"，是乱离的时代为杜甫提供了这样的际遇和机遇，而非诗人个人的气质个性所致。譬如贾岛和孟郊，即使是生在开元盛世这样的时代，又"亦岂能鸣国家之盛"，一以其命，这是他们"寒酸寂寞"的禀赋所决定的。而子美则以其时，故有"诗史"之号。根源不同，结果自然各异。

　　号为"唐宋八大家"之一的曾巩，则从另一个角度对李白诗风作出了自己的评价。其《代人祭李白文》云：

　　　　子之文章，杰立人上。地辟天开，云蒸雨降。播产万物，玮丽瑰奇。大巧自然，人力何施？又如长河，浩浩奔放，万里一泻，末势犹壮，大骋厥辞，至于如此。意气飘然，发扬俊伟，飞黄駃騠，轶群绝类。摆弃羁絷，脱遗辙轨。捷出横步，志狭四裔。侧睨驽骀，与无物比。始来玉堂，旋去江湖。麒麟凤凰，世岂能拘？古今僻儒，钩章摘字。下里之学，辞卑义鄙。士有一曲，拘牵泥滞。亦或狡巧，争驰势利。子之可异，岂独兹文？轻世肆志，有激斯人。姑熟之野，予来长民。举觞墓下，感叹余芬。[3]

①　载丁福保《历代诗话续编》（全三册），中华书局，1983年，第15页。下引不赘。
②　[清]仇兆鳌《杜诗详注》（全五册）附编，中华书局，1979年，第2243页。杜诗下引不赘。
③　《曾巩集》（全二册），陈杏珍、晁继周点校，中华书局，1984年，第533页。

曾巩肯定了李白诗风的"玮丽瑰奇""大巧自然"，认为这种诗风非人力所能为，白诗的气势真如天马行空，来去无踪，不受拘牵，一无依傍。较之古往今来的那些"钩章摘字"的"僻儒"，真是不可同日而语。李白诗风，想落天外，独出意表，豪迈奔放，飘逸若仙，异彩纷呈、瑰丽动人，确有"笔落惊风雨，诗成泣鬼神"般的艺术魅力。曾巩的这篇祭文对于李白诗风的归纳还是颇有见地的。

江西诗派的宗匠黄庭坚，倾其一生之力，致力于宋代诗风的转变，构建宋代理想的诗歌王国。其努力的途径之一就是通过向唐人的学习，尤其是向杜甫学习，将杜甫尊为学习和膜拜的对象，并不遗余力加以阐说弘扬。《答洪驹父书三》就是一篇为人所广泛称引的名文：

> 自作语最难，老杜作诗，退之作文，无一字无来处。盖后人读书少，故谓韩、杜自作此语耳。古之能为文章者，真能陶冶万物，虽取古人之陈言入于翰墨，如灵丹一粒，点铁成金也。文章最为儒者末事，然索学之又不可不知其曲折，幸熟思之。至于推之使高如泰山之崇、崛如垂天之云，作之使雄壮如沧江八月之涛、海运吞舟之鱼，又不可守绳墨，令俭陋也。

宋人在对前代诗歌传统的选择过程中，杜甫其人其诗，就一直受到广泛的追捧，被奉为道德楷模和诗歌艺术的典范。通过庆历时期王安石和苏轼的大力褒扬，到嘉祐时，杜甫在宋人心目中的尊崇地位进一步得到普遍认同。黄庭坚说："老杜虽在流落颠沛，未尝一日不在本朝，故善陈时事，句律精深，超古作者，忠义之气，感发而然。"（《渔隐丛话》引《潘子真诗话》）"忠义之气"与"善陈时事"指出了杜甫的儒家道德追求和其诗的现实主义精神；"句律精深"的评价则体现出黄庭坚对杜甫诗歌艺术的服膺。他对杜诗在炼字、造句、谋篇等方面的艺术特点及艺术境界都有许多细致的分析，而在这些分析中往往见出他自身的审美追求和宋诗的时代精神。他对杜诗"无一字无来处"等评价，实际上体现了他本人重读书、提倡以故为新的审美境界的特点。

"夺胎换骨""点铁成金"，是江西诗派的诗歌理论的主要论点。本意是欲为宋人指示学诗的具体门径，主张师承前人之辞，或师承前人之意，追求字字有来历。在创作实践中，"以故为新"，崇尚瘦硬奇拗的诗风。但其流弊也很明显，后来一些缺乏创新精神的诗人奉此为圭臬，片面追求"无一字无来处"，饾饤琐屑，殆同抄书，而又不能自铸伟词，别出新意。于是佶屈聱牙，拾人牙慧，形象枯竭，质木无文，形成了江西诗派中的末流，为人诟病。但江西诗派作为宋代最有影响的诗歌流派，其影响遍及整个南宋诗坛，余波一直延及近代的同光体诗人，其中黄庭坚所发挥的重要作用不可忽视。

而尤为引人注目的，是执宋代文坛之牛耳的苏轼，他对唐诗的学习与借鉴，评价与褒贬，对于由"唐音"到"宋调"的嬗递，所发挥的作用是举足轻重的。如前所述，他在《书〈黄子思诗集〉后》中，以历时性的视角对唐诗的发展进程做过详细的概括。

苏东坡另一则对唐诗的论述，更是脍炙人口、耳熟能详，一再为人所引用，成为宋人对唐诗评介的经典论述，即其《书摩诘〈蓝田烟雨图〉》所言：

> 味摩诘之诗，诗中有画；观摩诘之画，画中有诗。诗曰："蓝溪白石出，玉川红叶稀。山路元无雨，空翠湿人衣。"此摩诘之诗，或曰非也。好事者以补摩诘之遗。①

表达了他对王维诗歌的直接评价，概括出了王维诗歌中的意境之美。从"五四"时期胡适《白话文学史》、到刘大杰《中国文学发展史》、再到中国科学院文学研究所编《中国文学史》、游国恩等五教授所编《中国文学史》，以及最近几年出版的章培恒、骆玉明主编《中国文学史》和袁行霈主编《中国文学史》，及郭预衡主编的《中国古代文学史长编》，这些几部颇有影响的文学史，亦无一例外地引用了这一评价，其影响之悠久深广，于此可见一斑。

此外，田锡《贻陈季和书》、苏轼《王定国诗集叙》、李纲《重校正杜子美集序》《书〈四家诗选〉后》、张守《姚进道文集序》、孙仅《读杜工部诗集序》、梅尧臣《答裴送序意》等诸多篇什中，也都有对唐诗的看法和见解，对于唐诗研究的美学品格及其学术表达，也都作出了自己的贡献。

第二节　宋人笔记中对唐诗的研究与探讨②

作为一种文体或著述体例，笔记的出现可谓源远流长。刘勰《文心雕龙·才略》云："路粹杨修，颇怀笔记之工；丁仪邯郸，亦含论述之美。"此处的"笔记"，亦称"笔"，是与"辞赋"等韵文相对应的一种不押韵的实用散文文体，如书表、章奏、碑诔等，所谓"无韵者笔也，有韵者文也"。以目录学言之，笔记并未被列为专类，有时附列于史部或子部。即使同在史部或子部者，亦时或分属杂史、传记、地理、杂家或小说家等不同的子类。通常而言，那些难以阑入正史的杂史、野史，包括文人的遗闻轶事、创作心得、批评见解，以及风土人情、自然景观等，均可纳入到"笔记"这一范畴中来。与正史、事典相比，这些笔记著作的一个共同点，就是随笔记录，率意而为，特点是零碎分散、不成系统，差近于现代意义所谓之"笔记"，具有私人性、闲话性、散碎性等特征。是一种介于虚与实、文学与非文学之间，兼具叙事、抒情和议论于一体的特殊文体。所记内容可补正史与文集之不足，或为之提供佐证，所谓"纪事实，探物理，辨疑惑，示劝戒，

---

① 载曾枣庄《宋代序跋全编》（全八册），齐鲁书社，2015 年，第 3043 页。
② 本节曾刊于《中华诗学》2018 年第 2 期，收录本著有修订。

采风俗，助谈笑，则书之"①，但亦多道听途说，甚至荒诞不经之论。

宋人笔记的数量甚夥，保存和流传下来的也有许多。近年来，有学者陆续整理研究，出版了新校本，譬如大象出版社《全宋笔记》第一编 10 册，共 49 种；中华书局《唐宋史料笔记丛刊》39 册，共 60 种；泰山出版社《中华野史·宋朝卷》3 卷 205 五种。剔除非宋人所著及重复，三社合计共出 230 种。其中涉及唐诗的约 50 多种，较有影响的如陈正敏《遯斋闲览》、方勺《泊宅编》、方岳《深雪偶谈》、费衮《梁谿漫志》、洪迈《容斋随笔》、晁说之《晁氏客语》、乐史《广卓异记》、陆游《老学庵笔记》、罗大经《鹤林玉露》、欧阳修《笔说》《归田录》、钱易《南部新书》、邵博《邵氏闻见后录》、沈括《梦溪笔谈》、宋祁《宋景文公笔记》、苏轼《东坡志林》《仇池笔记》《渔樵闲话录》、孙光宪《北梦琐言》、王谠《唐语林》、王得臣《麈史》、文莹《湘山野录》《续录》《玉壶清话》、吴自牧《梦粱录》、叶梦得《避暑录话》《石林燕语》、叶寘《爱日斋丛抄》、俞成《萤雪丛说》、王明清《挥麈录》、赵彦卫《云麓漫钞》、周密《齐东野语》《浩然斋雅谈》、朱弁《曲洧旧闻》、庄绰《鸡肋编》等。

一、对唐诗的态度：接受与认同

钱锺书先生有一段十分精辟的话论及唐宋诗："唐诗、宋诗，亦非仅朝代之别，乃体格性分之殊。天下有两种人，斯分两种诗。唐诗多以丰神情韵擅长，宋诗多以筋骨思理见胜。……曰唐曰宋，特举大概而言，为称谓之便。非曰唐诗必出唐人，宋诗必出宋人也。故唐之少陵、昌黎、香山、东野，实唐人之开宋调者；宋之柯山、白石、九僧、四灵，则宋人之有唐音者。"②缪钺先生亦言："唐诗以韵胜，故浑雅，而贵蕴藉空灵；宋诗以意胜，故精能，而贵深析透辟。唐诗之美在情辞，故丰腴；宋诗之美在气骨，故瘦劲。"③这番话说的便是唐、宋诗各自的特色。

综合两位前辈学者之的论，似不外以下二端：其一是说唐宋诗绝非"貌同心同"的孪生兄弟，而是各具千秋的异姓儿男，各以自己独特的面貌和血性自立于天地之间；其二是说，宋诗是在唐诗占尽先机，将好意、好词、好句几乎一网打尽的前提下，自出机杼，别开生面，才取得了"宋调"与"唐音"双峰并峙的局面。

事实上，虽然宋人并未旗帜鲜明、言之凿凿地树起"宗唐"的大旗，但宋人骨子里是将唐诗当作最重要的参照指标之一，并以此作为创作实践中衡量宋诗艺术水准高下、轩轾诗人成功与否的标尺，这就不可避免地涉及宋人在学习和接受唐诗过程中的态度。大致说来，接受与排斥、褒扬与贬抑是两种基本的取向，这在宋人的笔记当中也有许多精

① ［宋］欧阳修《归田录》卷二引唐李肇《国史补序》，李伟国点校，与《渑水燕谈录》合刊，中华书局，1981 年，第 36 页。下引不赘。
② 钱锺书《谈艺录》，三联书店，2007 年第 2 版，第 3 页。
③ 缪钺《诗词散论》，上海古籍出版社，1982 年，第 36 页。

当的体现。

首先是对唐诗格高韵胜的推许

"格"具有双重意义，既指唐诗的美学品格，又指诗人的道德品格修养。如文莹《湘山野录》云：

> 寇莱公诗"野水无人渡，孤舟尽日横"之句，深入唐人风格。……皇祐间，馆中诗笔石昌言、杨休最得唐人风格。①

这里所谓"唐人风格"，明显是指唐诗的审美风貌。寇准此句脱胎于中唐韦应物《滁州西涧》"春潮带雨晚来急，野渡无人舟自横"。韦诗通篇比兴，是刺"君子在下，小人在上"，蕴含一种不在其位、不得其用，彷徨无计、无可奈何的寂寞与忧伤。寇诗名为《春日登楼怀归》："高楼聊引望，杳杳一川平。野水无人渡，孤舟尽日横。荒村生断霭，古寺语流莺。旧业遥清渭，沉思忽自惊。"在表现诗人孤寂、苦闷的情绪上，与韦应物之诗确有相近之处。

宋人称美本朝诗人佳作时，也往往喜欢将其与唐人唐诗作比较，够得上佳作的，其诗必然在审美风格上与唐诗不相上下，由此可见宋人对唐诗美学品格的衷心企慕和热情推许。欧阳修《归田录》云：

> 浮图能诗者不少，士大夫莫为汲引，多汩没不显。予尝在福州，见山僧有朋有诗百余首，其中佳句如"虹收千嶂雨，潮展半江天""诗因试客分题僻，棋为饶人下著低"，不减唐人。(佚文) 圣俞自天圣中与余为诗友，余尝赠以《蟠桃诗》，有韩、孟之戏。故至此梅赠余云："犹喜共量天下士，亦胜东野亦胜韩。"(卷二)

所谓"不减唐人""有韩、孟之戏""亦胜东野亦胜韩"云云，都是以唐人为准绳，只有与唐人并驾齐驱，才能得到此等赞誉。

"韵"，本是与听觉相关的音乐的美学特性，"味"则是与味觉相关的概念。经过修辞转换、美学嬗递后，引申到诗语中之"韵"，"韵""味"合而为一，又称韵味、韵致，体现的则是"诗"与"歌"的密切关系，主要是指审美对象绕梁三日、余味无穷的审美效果，成为体现诗歌美学品格的又一个重要范畴。作为中国古代诗学的重要范畴，"韵味""韵致"可以说是以乐和诗、以味喻诗美学传统的完善与升华。苏轼《书司空图诗》曰：

---

① ［宋］文莹《湘山野录》，与《玉壶清话》合刊，郑世刚、杨立扬点校，中华书局，1984年，第8页、46页。二书本此，下引不赘。

司空图表圣自论其诗，以为得味于味外。"绿树连村暗，黄花入麦稀。"此句最善。又云："棋声花院静，幡影石坛高。"吾尝游五老峰，入白鹤院，松阴满庭，不见一人，惟闻棋声，然后知此句之工也，但恨其寒俭有僧态。若杜子美云："暗飞萤自照，水宿鸟相呼。四更山吐月，残夜水明楼。"则才力富健，去表圣之流远矣。（《苏轼文集》卷六十七）

称赏司空图之诗能"得味外味"，但"寒俭有僧态"的不足之处也很明显，而杜甫之诗则"材力富健"，远胜司空图之流。司空图《与李生论诗书》提出"辨于味而后可以言诗也""韵外之致""味外之旨"的论诗主张，针对中唐以后诗坛上风格单一，意尽句中，难谈余味的偏胜诗风，司空图倡"韵外之致"，强调的是一种语言精美、含蓄蕴藉，形式与内容全美，情味之外的意旨，意在言外的风格。对此倾向，东坡的态度是显而易见的。

其次是对唐诗意佳境美的称引

关于意境这一重要的文艺理论范畴，有诸多阐释。就诗学角度而言，通常是指作品中呈现的那种情景交融、虚实相生、活跃着生命律动的韵味无穷的诗意空间。意境一般由两部分组成：一部分是"意"，即"见于言外"的较虚的部分，称为"虚境"；一部分是"境"，即"如在眼前"的较实的因素，称为"实境"。虚境体现着实境创造的意向和目的，体现着整个意境的艺术品位和审美效果，制约着实境的创造和描写，处于意境结构中的灵魂、统帅地位，是实境的升华。但是，虚境不能凭空产生，它必须以实境为载体，落实到实境的具体描绘上。总之，同体共生，互为表里，此之谓"虚实相生"的意境结构原理。

唐人的诗歌意境营造艺术，早已为宋人所发现，如吴曾《能改斋漫录》卷十议论：

洪觉范（惠洪）《冷斋夜话》曰："山谷云：'诗意无穷，而人之才有限。以有限之才，追无穷之意，虽少陵、渊明，不得工也。然不易其意而造其语，谓之换骨法；规模其意形容之，谓之夺胎法。'予尝以觉范不学，故每为妄语。且山谷作诗，所谓"一洗万古凡马空"，岂肯教人以蹈袭为事乎？唐僧皎然尝谓："诗有三偷：偷语最是钝贼，如傅长虞'日月光太清'、陈后主'日月光天德'是也；偷意事虽可罔，情不可原，如柳浑'太液微波起，长杨高树秋'、沈佺期'小池残暑退，高树早凉归'是也；偷势才巧意精，略无痕迹，盖诗人偷孤白袭手，如嵇康'目送归鸿，手挥五弦'、王昌龄'手携双鲤鱼，目送千里雁'是也。"夫皎然尚知此病，孰谓学如山谷，而反以不易其意，与规模其意，而遽犯钝贼不可原之情耶？①

---

① 载傅璇琮《黄庭坚和江西诗派资料汇编》（全二册），中华书局，1978 年，第 104 页。

黄庭坚认为人生有涯，而诗意无穷，以有涯之人生去追求无穷之诗意，即使才高如杜甫、陶潜，也不可能达到精工的地步。比较现实的可能是退而求其次，即所谓"夺胎换骨"之法，"不易其意而造其语""规模其意形容之"。山谷之意，是期求一种在广泛学习借鉴前人基础之上的创新，学习是前提，创新是目的。但其后学，大多流为模拟剽窃，因循蹈袭，卖弄学问，炫学逞博。唐僧皎然所谓"诗有三偷"——偷语、偷意、偷势，也是营构意境的技法，其最高境界是"偷势"，而"偷意"次之，皎然最不满意的是"偷语"，谓之"钝贼"。则由此可见，宋人对唐人造意的原则和方法，其基本的态度是接受和认可的。

当然，具体到不同的诗人和不同的诗作，"意"或"境"的含义也不尽相同。陆游《老学庵笔记》云：

> 今人解杜诗，但寻出处，不知少陵之意，初不如是。且如《岳阳楼》诗："昔闻洞庭水，今上岳阳楼。吴楚东南坼，乾坤日夜浮。亲朋无一字，老病有孤舟。戎马关山北，凭轩涕泗流。"此岂可以出处求哉？纵使字字寻得出处，去少陵之意益远矣。盖后人元不知杜诗所以妙绝古今者在何处，但以一字亦有出处为工。[1]

孙光宪《北梦琐言》卷二"放孤寒三人及第"条云：

> 咸通中，礼部侍郎高湜知举，榜内孤贫者公乘亿赋诗三百首，人多书于屋壁。许棠有《洞庭诗》尤工，诗人谓之"许洞庭"。最奇者有聂夷中，河南中都人，少贫苦，精于古体，有《公子家》诗云："种花于西园，花发青楼道。花下一禾生，去之为恶草。"又《咏田家》诗云："父耕原上田，子劚山下荒。六月禾未秀，官家已修仓。"又云："锄禾日当午，汗滴禾下土。谁念盘中餐，粒粒皆辛苦。"又云："二月卖新丝，五月粜新谷。医得眼前疮，剜却心头肉。我愿君王心，化为光明烛。不照绮罗筵，只照逃亡屋。"所谓言近意远，合《三百篇》之旨也。盛得三人，见湜之公道也。[2]

上述几则引文当中之"意"，是指诗歌符合儒家那种"经夫妇，成孝敬，厚人伦，美教化，移风俗"正统诗教观念。许棠、聂夷中之诗，是因为"合《三百篇》之旨也"，能够将百姓疾苦诉诸诗篇，如同"《三百篇》"那样，发挥诗歌的"美刺"功能。而杜甫的《岳阳楼》诗，所体现出的"少陵之意"，无非是表现老杜虽然自身沦落偃蹇，但仍然忧国忧民，不忘社稷苍生之高风亮节。《岳阳楼》诗为人称道，就在于其寓"意"纯正，能够体

---

① ［宋］陆游《老学庵笔记》，李剑雄、刘德权点校，中华书局，1979 年，第 95 页。下引不赘。
② ［宋］孙光宪《北梦琐言》，贾二强点校，中华书局，2002 年，第 37—38 页。此本下引不赘。

现儒家正统，而非其"字字寻得出处"之学养功力。《西昆酬唱集》之诗虽能如此，但因其纯为应酬游戏笔墨，并无关邦国百姓，因而难逃"恶诗"之谥。

传承儒家正统，是诗歌"意"之一端，并非全部，体现因景生情、情景交融，也是其重要内容。叶寘《爱日斋丛抄》卷三云：

> 东坡《秋怀》诗："苦热念秋风，常恐来无时。及兹遂凛凛，又作徂年悲。"即《补洞仙歌》结语。荆公有云："少年不知秋，喜闻西风生。老大多感伤，畏此蟋蟀鸣。"又少陵"老去悲秋"之意。而又一诗云："少年见青春，万物皆妩媚。一从鬓上白，百不见可喜。"述壮老异情处，犹前诗也。①

叶寘激赏东坡与王安石之诗，认为是与杜甫"老去悲秋"之意相近。"老去悲秋"出自杜甫诗《九日蓝田崔氏庄》："老去悲秋强自宽，兴来今日尽君欢。羞将短发还吹帽，笑倩旁人为正冠。蓝水远从千涧落，玉山高并两峰寒。明年此会知谁健，醉把茱萸仔细看。"是杜甫与友人在蓝田会饮后写的，道出了一个孤寡老人的凄婉境地，苍凉劲健，感人至深，是情景交融、意境葱茏之佳作。

再如倪思《经鉏堂杂志》所载"清风明月"一则云：

> 李太白诗"清风明月不用一钱买"，东坡《赤壁赋》云："天下之物，物各有主，苟非吾之所有，虽一毫而莫取。唯江上之清风，与山间之明月，耳得之而成声，目遇之而成色，取之无禁，用之不竭，是造物者之无尽藏也。"东坡之意盖自太白诗句中来。夫不用一钱买取之无禁，太白、东坡之言信矣。然而能知清风明月之可乐者，世无几人；清风明月之间，亦无几日。就使人知此乐，就使良景频过，或为俗务牵夺，或为病苦妨障，虽欲享之有不能者。然则居闲无事，遇此清风明月，诚未易得。既不用一钱买，又取之无禁，而不知以为乐，是自生障碍耳。②

由太白诗"清风明月不用一钱买"与东坡《赤壁赋》所云"天下之物，物各有主"谈起，倪思认为，清风明月，乃造物者之慷慨赐予，取之不尽用之不竭，而且不用一钱买。自然面前，人人平等，无论王侯将相、庶民百姓，都可尽情享用。但我们"或为俗务牵夺，或为病苦妨障"，以致虽欲享之而有不能。由对诗歌意境的鉴赏而升华到对人生境界的探索，则作者对太白诗歌意境之美的钦佩不言而喻。

欧阳修《试笔》"温庭筠严维诗"（载《欧阳修全集》卷一三〇）条云：

---

① ［宋］叶寘《爱日斋丛抄》，与《浩然斋雅谈》《随隐漫录》合刊，孔凡礼点校，中华书局，2010年，第77页。下引不赘。
② ［宋］倪思《经鉏堂杂志》卷六，明万历潘大复刻本。

余尝爱唐人诗云"鸡声茅店月，人迹板桥霜"，则天寒岁暮，风凄木落，羁旅之
　　愁如身履之。至其曰"野塘春水慢，花坞夕阳迟"，则风酣日煦，万物骀荡，天人之
　　意相与融怡。读之便觉欣然感发，谓此四句可以坐变寒暑。诗之为巧，犹画工小笔
　　尔，以此知文章与造化争巧可也。

　　"鸡声茅店月，人迹板桥霜"，是温庭筠《商山早行》的名句，也是唐诗中乃至文学
史上写羁旅之情的佳句，脍炙人口，备受推崇。通过霜、茅店、鸡声、人迹、板桥、月
这六个意象，描写了旅途中天寒岁暮、风凄木落的早行景色，抒发了游子漂泊在外的孤
寂之情和浓浓的羁旅之愁，字里行间流露出人在旅途的失意和无奈。情景交融，含蓄有
致，确是不可多得的意佳境美的佳句。"野塘春水慢，花坞夕阳迟"，则是写风酣日煦、
万物骀荡之际，"天人之意相与融怡"的情景，色彩和心绪都较"鸡声茅店月，人迹板桥
霜"欢快明亮许多，能够给人以"欣然感发"的愉悦之感。故欧阳修感叹道，"文章与造化
争巧可也"。

第三是对唐诗遣词造句的欣赏

　　风格，意境，属于形而上范畴，乃诗之大者。相较而言，遣词造句，使事用典，则
属于形而下者，是诗之小者。但设若缺少了遣词造句、使事用典这些基本的支撑，所谓
的风格、意境也就无从谈起。所以，宋人笔记中既有对唐诗整体的宏观把握，也有对其
具体细部的探幽索隐。如陈善《扪虱新话》曰：

　　　　韩以文为诗，杜以诗为文，世传以为戏。然文中要自有诗，诗中要自有文，亦
　　相生法也。文中有诗，则句语精确；诗中有文，则词调流畅。谢元晖曰"好诗圆美
　　流转如弹丸"，此所谓诗中有文也。唐子西曰"古人虽不用偶俪，而散句之中暗有声
　　调，步骤驰骋亦有节奏"，此所谓文中有诗也。前代作者皆知此法，吾谓无出韩杜。
　　观子美到夔州以后诗，简易纯熟，无斧凿痕，信是如弹丸矣。退之《画记》，铺排收
　　放，字字不虚，但不肯入韵耳。或者谓其殆似甲乙帐，非也。以此知杜诗韩文，阙
　　一不可。世之议者遂谓子美无韵语殆不堪读，而以退之之诗但为押韵之文者，是果
　　足以为韩杜病乎？文中有诗，诗中有文，知者领予此语。[①]

　　文中有诗，诗中有文，是对杜诗和韩文句法的辨析，虽然"韩以文为诗，杜以诗为
文"为人所诟病久矣，但陈善以为"文中有诗，诗中有文"，是"相生法也"，文中有诗，
则句语精确；诗中有文，则词调流畅。所以，他认为，"文中有诗，诗中有文"并非韩杜
之病，而是领会其诗文的密钥。费衮《梁谿漫志》卷七云：

---

① ［宋］陈善《扪虱新话》上集卷一，民国校刻儒学警悟本。

唐人诗偏工靡丽，虽李太白亦十句九句言妇人。其后王建、元稹、韩偓之徒皆然。如裴说者，盖未尝以诗名，至作《寄边衣》诗，则美丽可喜。盖当时词章习尚如此，故人人能道此等语也。①

　　对于"唐人诗偏工靡丽"的倾向，费衮并没有一概予以否定，而是从当时唐人"词章习尚"的创作实践出发，肯定了这种倾向对于唐人来说，并非个案，而是一种普遍现象。

　　朱弁《曲洧旧闻》卷九则借参寥之口，承认苏轼"峻峙渊深"的"造词遣言"之法，或来自对刘禹锡"波峭"之风的学习借鉴。不过以东坡"无施不可"的天才，已超越刘，出入李杜而深得堂奥。并说此论虽出于陈师道，但读了苏渡岭越海篇章后佩服不已：

　　　　参寥曰："……东坡天才，无施不可以少也。实嗜梦得诗，故造词遣言，峻峙渊深，时有梦得波峭。然无己此论，施于黄州以前可也。坡自元丰末还朝后，出入李、杜，则梦得已有奔逸绝尘之叹矣。无己近来得渡岭越海篇章，行吟坐咏，不绝舌吻。常云此老深入少陵堂奥，他人何可及。其心悦诚服如此，则岂复守昔日之论乎！"

　　唐宋人作诗，讲究炼字已是通例，从李白"人烟寒橘柚，秋色老梧桐"（《秋登宣城谢朓北楼》）之"寒"字与"老"字，及杜甫之"吴楚东南坼，乾坤日夜浮"之"坼"字与"浮"字，到贾岛之"推敲"与"二句三年得，一吟双泪流"，再到王荆公之"春风又绿江南岸"，可谓不胜枚举。叶寘《爱日斋丛抄》卷四即有对"好香"一语来历的盘根究底：

　　　　高续古《都下绝句》："柳生春思拂京华，不管闲人也忆家。添尽好香那睡得，月痕如水浸梨花。"此段风致，便是荆公"春色恼人眠不得，月移花影上阑干"也。《纬略》引秦嘉《答妇徐淑书》曰："令种好香四种，各一斤，可以去秽。"谓如杜诗但用"妙香"耳，"好香"二字未经人用也。予谓今人读过诗人"好香"二字，安知昔人特采生语为工，因抄《纬略》以证。然亦有用之者，目前可记则王建诗云："内人恐要秋衣著，不住熏笼换好香。"

　　宋人笔记对于李杜"善用人语"达"浑然若己出"的境界十分神往。王得臣《麈史》卷中曰：

　　　　古善诗者善用人语，浑然若己出，唯李杜。颜延年《赭白马赋》曰："旦刷幽燕，夕秣荆越。"子美《骢马行》曰："昼洗须腾泾渭深，夕趋可刷幽并夜。"太白《天马

① 载金涛声、朱文彩《李白资料汇编·唐宋之部》，中华书局，2007年，第497页。

歌》曰："鸡鸣刷燕晡秣越。"皆出于颜赋也。[①]

　　子美《骢马行》句和太白《天马歌》句，其实均出于南朝宋文学家颜延年的《赭白马赋》"旦刷幽燕，昼秣荆越"句，却能做得不露痕迹，浑然天成，果然笔力非凡。

　　总体上看，宋人笔记中对于唐诗的艺术成就和美学品格，都给予了相当的重视，作出了肯定的评价，对唐诗的态度是接受和认同的，这是占据主流地位的唐诗美学倾向。当然，客观地讲，我们也不能不看到其中也有一些不同的声音和观点。不过，这些观点所占的比例较小，总体上不构成对唐诗的否定局面，不代表、不影响宋代唐诗学的总体格局，因而本文暂时不对这部分的内容进行论述。

二、对唐朝不同时期诗人诗作的品鉴

　　作为宋代唐诗美学的组成部分，宋人笔记和选本、诗话、书信、序跋等，一道构筑了宋代诗学体系的学术殿堂，共同造就了宋代唐诗研究的美学品格及其学术表达方式。可以说，以上诸种方式，对唐诗的观照都有一个大致相同的价值取向。因此，宋人笔记中所彰显出来的有关唐诗见解，与选本、诗话、书信、序跋等相较，也是一脉相承的。

　　本人根据北京爱如生数字化技术研究中心研制的《中国基本古籍库》检索系统检索，剔除选本、诗话、书信、序跋等交叉重复的内容外，宋代笔记中论述唐诗的材料有一千余条。通览下来，可约略窥见宋人笔记中的唐诗观。就时代而言，这些材料三分之二集中在盛唐，其次为中晚唐，初唐最末。就诗人而言，其中又主要集中在杜甫和李白等世有定评的大诗人身上，这与整个宋代的唐诗美学走向是一致的。

对杜甫的品鉴

　　杜甫诗歌主题之醇正，风格之沉郁，技艺之精湛，早在唐代就为人所瞩目，元稹《唐故工部员外郎杜君墓系铭》的一段话经常被加以称引："至于子美，盖所谓上薄风骚，下该沈宋，言夺苏李，气吞曹刘，掩颜谢之孤高，杂徐庾之流丽，尽得古今之体势，而兼昔人之所独专矣。使仲尼考锻其旨要，尚不知贵其多乎哉。苟以为能所不能，无可无不可，则诗人以来，未有如子美者。"[②]孟棨《本事诗》则干脆以"诗史"目之，遂成定评。至宋代，随着唐诗经典化的进程，杜甫在诗坛的声誉日隆，突出的表现是"千家注杜"盛况的出现，及其被"江西诗派"尊为诗祖，这些在宋人笔记中都有相当的反映。

其一，对杜甫"诗史"地位的肯定

　　继孟棨尊崇杜甫的"诗史"地位以来，至宋代，持此种观点的论者不绝于书，如《蔡

①　载金涛声、朱文彩《李白资料汇编·唐宋之部》，中华书局，2007 年，第 171—172 页。
②　[清]董诰辑《全唐文》(全十一册) 卷六五四《元稹》，中华书局，1983 年影印嘉庆内府本。

宽夫诗话》《西清诗话》《庚溪诗话》等。宋人笔记也承此余绪，继续不遗余力地对此予以鼓吹：

> 予以谓世称子美为"诗史"，盖实录也。(《麈史》)吾是知文章以气为主，气以诚为主。故老杜谓之"诗史"者，其大过人在诚实耳。(《冷斋夜话》)
>
> 上(真宗)遽问近臣曰："唐酒价几何？"无能对者，唯丁晋公奏曰："唐酒每升三十。"上曰："安知？"丁曰："臣尝读杜甫诗曰：'早来就饮一斗酒，恰有三百青铜钱。'是知一升三十钱。"上大喜曰："甫之诗自可为一时之史。"(《玉壶清话》)
>
> 唐人称子美为"诗史"者，谓能纪一时事耳。至于"安得广厦千万间"为《茅屋歌》、"安得壮士提天纲"为《石犀行》、"安得壮士挽天河"为《洗兵马》，又安在其不相袭也？故论文者当论其是与否，不必以好异夸世俗为能。(《余师录》)[1]

李纲（清《晚笑堂画传》）

所谓"诗史"，就是以史家"实录"为鹄的，记录和反映重大历史事件，就是以诗为史，以诗证史，以补史之不足，补史之失载。如《三绝句》中写到渝州、开州杀刺史的事，未见史书记载，而《忆昔》则描述了开元盛世的繁荣景象。从杜诗《悲陈陶》《悲青坂》《收京三首》《喜闻官军已临贼境二十韵》《洗兵马》，"三吏"、"三别"中还可见安史乱中的混乱情形。而此处文莹《玉壶清话》所载，则可由杜诗准确推算其时的物价，其"实录"精神确可用来验证史实，"诗史"之称，确乎名不虚传。彭乘《墨客挥犀》之"诚实"、王正德《余师録》"是与否"云云，也仍然是从"实录"角度着眼，肯定杜诗能以诗笔忠实记录所见所闻、所思所想，而非凭空杜撰，徒以"好异夸世俗为能"。

李纲则以《读四家诗选四首其一·子美》赞曰：

杜陵老布衣，饥走半天下。作诗千万篇，一一干教化。是时唐室卑，四海事戎马。

---

[1] ［宋］王正德《余师録》卷三，清文渊阁四库全书本。

爱君忧国心，愤发几悲咤。孤忠无与施，但以佳句写。风骚到屈宋，丽则凌鲍谢。
笔端笼万物，天地人陶冶。岂徒号诗史，诚足继风雅。使居孔氏门，宁复称赐也。
残膏与剩馥，沾足沾丐者。呜呼诗人师，万世谁为亚。

其二，对杜甫诗歌主题的肯定

宋人笔记中对杜甫诗歌忧国忧民、心念苍生，能够体现儒家"穷善达兼"情怀等
主题思想的肯定，是另一个重要的切入点。罗大经《鹤林玉露》卷之五乙编"古妇人"
条云：

> 《国风》云："岂无膏沐，谁适为容。"又云："予发曲局，薄言归沐。"盖古之妇
> 人，夫不在家，则不为容饰也。其远嫌防微，至于如此。杜陵《新婚别》云："自嗟
> 贫家女，久致罗襦裳。罗襦不复施，对君洗红妆。"尤可悲矣。《国风》之后，唯杜
> 陵不可及者，此类是也。

《诗经》中所描述的女子，因为丈夫从军远征，心灰意懒，百无聊赖，无心梳妆打
扮，弄得蓬头垢面也在所不惜。其间一种忧郁、哀怨，同仇敌忾的情绪弥漫于字里行
间，可说是《诗经》的一种传统。杜甫继承了这种传统，并将其渗透在自己诗中。《新婚
别》中的女子，同样面对走向沙场，即将生离死别的丈夫，新娘虽然悲痛得心如刀割，
但她识大体，明大义，意识到丈夫的生死、爱情的存亡，已经不仅仅是个人的事了，而
是与国家民族的命运不可分割地联结在一起的，要实现幸福的爱情理想，就必须作出牺
牲。于是，她强忍悲痛鼓励丈夫参军，同时坚定地表达了至死不渝、忠贞专一的爱情誓
言。女子深明大义的形象，跃然纸上，令人不胜唏嘘。杜甫继承了《诗经》的这一优良传
统，并在诗中做了很好的体现。

> 杜子美微意深远，考之可见。如《丹青引》，赠曹霸诗也。有云："至尊含笑催
> 赐金，围人太仆皆惆怅。"说者谓帝喜霸之能写真画马也，故催金赐之，而围人太
> 仆自叹其无技以蒙恩赏耳。如此说，则意短无工。殊不知此诗深讥肃宗也。（《墨庄
> 漫录》）[1]
> 唐之藩镇，犹春秋之诸侯也。杜陵诗云"诸侯春不贡，使者日相望。"盖与《春
> 秋》同一笔。（《鹤林玉露》）

"微言大义"即所谓"春秋笔法"，是以隐约曲折笔致表达儒家思想的重要方法之一，
作为儒家思想践行者的杜甫，同样将这一原则和方法应用到了诗歌中，而且同样用得出

---

[1] ［宋］张邦基《墨庄漫录》卷四，合刊同前，中华书局，2002年，第127页。

神入化。"诸侯春不贡"句，出自《有感五首》其二："幽蓟余蛇豕，乾坤尚虎狼。诸侯春不贡，使者日相望。慎勿吞青海，无劳问越裳。大君先息战，归马华山阳。"杜甫将唐之藩镇比作春秋之诸侯。唐王朝国力自安史乱后，江河日下，中央政府无力驾驭地方藩镇，故罗大经认为杜甫"与《春秋》同一笔"，甚为有见。

其三，对杜甫诗歌审美风貌的肯定

杜甫诗歌的审美风貌，体现在风格上，普遍认为具有"沉郁"的特点，语言精练，格律严谨，穷绝工巧，平实雅淡。但"沉郁"是总体风貌，实际上是兼备多种风格的。秦观曰"于是杜子美者，穷高妙之格，极豪逸之气，包冲淡之趣，兼峻洁之姿，备藻丽之态，而诸家之所不及焉。然不集诸家之长，杜氏亦不能独至于斯也"[1]，这种说法是比较中肯的。特别是安史乱后，杜甫晚年经历长达十年的西南漂泊生活，虽然他生活困窘，甚至常常挨饿，但他却写了上千首诗，反映他忧国忧民的情怀，"向来忧国泪，寂寞洒衣巾"（杜甫《谒先主庙》）。随着生活环境的急剧变化，杜甫诗歌的美学风格也出现某种丕变，这些在宋人的笔记中也多有反映。叶梦得《避暑录话》(四库本)卷上曰：

> 今或内实躁忿，而故为闲肆之言；内实柔懦，而强作雄健之语。虽用尽力，使人读之终无味。杜子美云："水流心不竞，云在意俱迟。"吾尝三复爱之。或曰："子美安能至此？"是非知子美者。方至德、大历之间，天下鼎沸，士固有不幸罹其祸者。然乘间蹈利，窃名取宠，亦不少矣。子美闻难间关，尽室远去，及一召用，不得志，卒饥寒转徙巴峡之间而不悔，终不肯一引颈而西笑，非有不竟迟留之心安能？然耳目所接，宜其了然自与心会，此固与渊明同一出处之趣也。

在国家危难之际，杜甫虽未为中流砥柱，挽狂澜于既倒，但当遇到能为国家出力的机遇，还是义无反顾，心甘情愿。即使不能得偿夙愿，也绝无怨言，不辱身降志，不同流合污，不卑躬屈膝，心怀坦荡，安之若素，永远保持人格的独立和高洁，这些与陶渊明"不为五斗米折腰"的精神气概是一脉相承的。叶梦得之言，深契老杜之意。曾敏行《独醒杂志》(四库本)云：

> 王文康公……谓圣俞曰："子之诗有晋宋遗风，自杜子美没后，二百余年不见此作。"由是礼貌有加，不以寻常待圣俞矣。

梅尧臣的诗被称为承继了杜甫诗歌的审美风格，具有"晋宋遗风"。这个"晋宋遗风"其实是魏晋遗风的变称，所谓特立独行，卓尔不群，洒脱倜傥，孤高傲世。体现在诗风上，就是像山水诗、玄言诗之类。杜诗中的这种风格，同其总体的风貌相比，显

---

① [宋]秦观《韩愈论》，载曾枣庄等《全宋文》(第120册)，上海辞书出版社，2006年，第93—94页。

然是偏于洒脱自然一路，轻快明丽，清新可人，如"两个黄鹂鸣翠柳，一行白鹭上青天"（《绝句四首》其三）、"黄四娘家花满蹊，千朵万朵压枝低"（《江畔独步寻花七绝句》其六）、"夜雨剪春韭，新炊间黄粱"（《赠卫八处士》）、"随风潜入夜，润物细无声"（《春夜喜雨》），等等。

王谠《唐语林》卷二曰："又闻杜工部诗如爽鹘摩霄，骏马绝地。"[1] 则明显不同于上述"晋宋遗风"，亦不能以"沉郁顿挫"来统而概之，而更近于边塞诗的俊爽健朗、阳刚昂扬，如《八哀诗》《兵车行》《前出塞九首》《送高三十五书记十五韵》《后出塞五首》《塞芦子》《洗兵行》《遣兴三首》《秦州杂诗二十首》《奉送郭中垂兼太仆卿充陇右节度使三十韵》等，"汝阳让帝子，眉宇真天人；虬髯（一作须）似太宗，色映塞外春"（《八哀诗·赠太子太师汝阳郡王琎》）之类。

其四，对杜甫诗歌精湛技艺之肯定

杜甫诗具有炼字精到，对仗工整的特点，符合中国诗歌的"建筑美"，其用字之工、诗意之精、体制之妙，在诗坛上向来有口皆碑，为人称道，这些在宋人笔记中亦素多载录：

> 诗欲其好，则不能好矣。王介甫以工，苏子瞻以新，黄鲁直以奇。而子美之诗，奇常、工易、新陈，无不好也。（《后山诗话》）

后山认为，宋代的几位大诗人如子瞻、鲁直、介甫等辈之诗，只能具有某一种特色，而子美则兼有各家之长，"奇常、工易、新陈，无不好者"，见出杜诗成就的全面性和完整性。

关于杜诗用字之精准，罗大经意识到了"撑柱"和"斡旋"二特点，也就是诗中之句的关键字、核心字。有时则是虚词，起一种承上启下、传承连接作用。《鹤林玉露》卷之六甲编"诗用字"条曰：

> 作诗要健字撑拄，要活字斡旋。如"红入桃花嫩，青归柳叶新""弟子贫原宪，诸生老伏虔"，"入"与"归"字，"贫"与"老"字，乃撑拄也。"生理何颜面，忧端且岁时""名岂文章著，官应老病休"。"何"与"且"字，"岂"与"应"字，乃斡旋也。撑柱如屋之有柱，斡旋如车之有轴。

宋人笔记也注意到了杜甫诗中对某些词语，如"乾坤"一词的情有独钟。方勺《泊宅编》卷第二云：

---

[1]　《唐语林校证》（全二册），周勋初校证，中华书局，1987 年，第 172 页。下引不赘。

诗中用"乾坤"字最多且工，唯杜甫。记其十联："乾坤万里眼，时序百年心""身世双蓬鬓，乾坤一草亭""江汉思归客，乾坤一腐儒""吴楚东南坼，乾坤日夜浮""不眠忧战伐，无力正乾坤""纳纳乾坤大，行行郡国遥""日月笼中鸟，乾坤水上萍""胡虏三年入，乾坤一战收""日月低秦树，乾坤绕汉宫""开辟乾坤正，荣枯雨露偏"。①

方勺在此一口气列举了十联，这当然不是杜诗中使用"乾坤"一语的全部，但由此看出老杜对"乾坤"确实青睐有加，这与杜甫本人的胸襟、怀抱、志向是相得益彰的。其思想核心是儒家的功利思想和使命意识，他有"致君尧舜上，再使风俗淳"的宏伟抱负，有忧国忧民、心念苍生的热肠，始终以草根布衣的视角感受芸芸众生的悲欢离合，他也有金刚怒目、疾恶如仇的老辣，也曾以身居庙堂的责任指点江山，抒发激昂澎湃的书生意气。所以他的诗歌创作，笔力雄健，词语精当，气象庄严，风格沉郁，号为一代"诗圣"，确实当之无愧。

杜诗独到的遣词用字之法，随处可见，晁说之《晁氏客语》曰：

孙莘老云：杜甫如"日长唯鸟雀，春暖独柴荆"，言乱离，有深意也，得风雅体。"草黄骐骥病，沙晚鹙鸧寒"，谓禄薄，君子不得志；世乱，兄弟不相见。"丛篁低地碧，高柳半天青"，谓君子失时、小人得志也。②

所谓"得风雅体"，是说杜诗能够像《诗经》那样，做到"怨而不怒，哀而不伤"，"主文而谲谏，言之者无罪，闻之者足以戒"（《诗序》）。而杜诗确实做到了这些，如上举杜甫三联，委婉地寄寓了对乱离之世和君子不得志的不满和愤懑，但又温柔敦厚，含而不露，并无刺耳之言、过激之语，确曾"得风雅体"。

对李白的品鉴

唐代诗坛上另一位足以与杜甫分庭抗礼、平分秋色的大诗人，自然非李白莫属了。宋人笔记中对李白关注的程度，较之杜甫，逊色不少，但笔者以为这并不影响李白在唐宋诗坛上的地位。

李白为天才绝，白居易为人才绝，李贺为鬼才绝。（《南部新书》）③ 宋景文诸公在馆，尝评唐人之诗云："太白仙才，长吉鬼才。"（《麈史》）韩退之之于文，李太白之于

---

① ［宋］方勺《泊宅编》，许沛藻、杨立扬点校，中华书局，1983 年，第 12 页。
② ［宋］晁说之《晁氏客语》，宋百川学海本。下引不赘。
③ ［宋］钱易《南部新书》丙，黄寿成点校，中华书局，2002 年，第 32 页。

诗，亦皆横者。（《墨庄漫录》）

世言荆公《四家诗》，后李白，以其十首九首说酒及妇人，恐非荆公之言。白诗乐府外，及妇人者实少，言酒固多，比之陶渊明辈，亦未为过。此乃读白诗不熟者，妄立此论耳。《四家诗》未必有次序，使诚不喜白，当自有故。……如以布衣得一翰林供奉，此何足道，遂云："当时笑我微贱者，却来请谒为交欢"，宜其终身坎壈也。（《老学庵笔记》）

宋人对李白的关注主要集中在其个人才华、诗风，及从宋人角度出发对李白诗歌内容某些不足的评鉴。对于李白独拔众俗、超逸绝伦的诗才，宋人的评价几乎没有多少差别，王得臣《麈史》、钱易《南部新书》等都承认李白才高，是天才、仙才。张邦基《墨庄漫录》和费衮《梁谿漫志》（见前述）则分别肯定了李白诗歌具有横、豪俊动人、飘逸清远、偏工靡丽之风格特点。虽着眼点不同，但大致的趋向基本是一致的。而陆游《老学庵笔记》的评论最为中肯。

唐代国力强盛，思想文化领域呈现多元化倾向，一部分名儒大家以儒学为主，又能融合道、释，同时也注重向东瀛、天竺、波斯、大秦、大食等域外文化学习，汉胡并重，华夷兼收，以开放包容的态度吸收众家之长。因而唐人在审美和性观念上也持一种开放的态度，具雄大气魄，喜富丽堂皇，比较欣赏那种青春焕发、体态妖娆的女性美。如此，唐代女性才敢于向世人大胆地展示自己娇好的身材，突出自己身体的曲线美与健康美。"回眸一笑百媚生""温泉水滑洗凝脂"（白居易《长恨歌》）、"漆点双眸鬓绕蝉，长留白雪占胸前"（施肩吾《观美人》）、"常恐胸前春雪释，惟愁座上庆云生"（方干《赠美人四首》其三）这一类的赞美诗句是并不鲜见的。而到了宋代，由于理学的甚嚣尘上，阴柔之美取代了阳刚之美，女性体态丰满，仪容典雅的丰硕之美，让位于病弱纤细的清癯之美。缠足之风的盛行，"饿死事小，失节事大"贞操观的推行，使得对妇女的戕害日甚一日。在此境况下，宋代人的诗学观念也不能不受影响。

所以，宋人笔记中对李白的批评也大都指责其"识见污下""以其十首九首说酒及妇人"。这种指责自然是宋人的眼光和胸襟，固执迂腐，荒谬可笑，不足为训。其实，宋人之短太白处，正是太白之长处，因为文学的使命和价值就在于描写人性的悸动，就在于对人类心灵和情感世界的描述和记录，李白的诗歌可以说具备了这样的功能和意义。宋人笔记中的这些批评，倒是从反面肯定了李白诗歌的地位和价值，是一种不期然而然的成功。

又，沈括《梦溪笔谈》论李白作《蜀道难》之意：

前史称严武为剑南节度使，放肆不法，李白为之作《蜀道难》。按孟棨所记，白初至京师，贺知章闻其名，首诣之，白出《蜀道难》，读未毕，称叹数四，时乃天宝初也，此时白已作《蜀道难》。严武为剑南，乃在至德以后肃宗时，年代甚远。盖小说所记，各得于一时见闻，本末不相知，率多舛误，皆此文之类。李白集中称"刺章仇兼琼"，与《唐书》所载不同，此《唐书》误也。

沈括征引孟棨《本事诗》所载史实，依据历史事件顺序考实《旧唐书》所记有误，为后人正确理解李白《蜀道难》诗作的命意、情感流向和美学风貌奠定了基础。

对唐代其他诗人的品鉴

杜甫、李白作为唐代诗坛的两大巨擘，受到宋人的追捧和垂青，是一件自然而然的事。当然，除了李杜，唐代各个时期有成就的诗人也代不乏人，如白居易、韩愈、贾岛、孟郊、卢仝、杜牧、李贺、温庭筠、李商隐、聂夷中、罗隐、皮日休、韩偓等等，宋人关注的目光自然也不会视而不见。因此，宋人笔记中也有许多对其他诗人诗作的品评。这些见星散于各家笔记的零章碎句与断简残篇中，如无披沙拣金的耐心和慧眼识珠的鉴识，是不易发觉的（如上对李白的评鉴引文亦述及白居易、李贺、韩愈，下不赘）。

白乐天诗词，疑皆冲口而成，及见今人所藏遗稿，涂窜甚多。（《春渚纪闻》）[1] 韩文公诗号状体，谓铺叙而无含蓄也。若虽近不亵狎，虽远不背戾，该于理多矣。（《晁氏客语》）李义山《骊山》诗云："平明每幸长生殿，不从金舆只寿王"。此则婉而有味，春秋之称也。（《梁谿漫志》）

贾阆仙，燕人，产寒苦地，故立心屹然。诚不欲以才力气势，掩夺情性；特于事物理态，毫忽体认。深者寂入仙源，峻者迥出灵岳。古今人口数联，固于劫灰之上，泠然独存矣。至以其全集，经岁逾纪，沉咀细绎，如芊葱佳气，瘦隐秀脉，徐露其妙，令人首肯，无一可以厌斁。三折肱为良医，岂不信然。同时喻凫、顾非熊，继此张乔、张蠙、李频、刘得仁，凡唐晚诸子，皆于纸上北面，随其所得，浅深皆足以终其身而名后世。（《深雪偶谈》）[2]

自六朝诗人以来，古淡之风衰，流为绮靡，至唐为尤甚。退之一世豪杰，而亦不能自脱于习俗。东野独一洗众陋，其诗高妙简古，力追汉魏作者。正如倡优前陈，众所趋奔，而有大人君子垂绅正笏，屹然中立，此退之所以深嘉屡叹而谓其不可及也。然亦恨其太过，盖矫世不得不尔。当时独李习之见与退之合，后世不解此意，但见退之称道东野过实，争相讥诮，东野反为退之所累。惜乎！未有原其本意者也。（《梁谿漫志》）

唐李商隐《汉宫》诗云："青雀西飞竟未回，君王犹在集灵台。侍臣最有相如渴，不赐金茎露一杯。"讥武帝求仙也。……二十八字之间，委蛇曲折，含不尽之意。

① ［宋］何薳《春渚纪闻》卷七《诗词事略》，张明华点校，中华书局，1983 年，第 102 页。
② ［宋］方岳《深雪偶谈》，清曹琰抄本。

（《鹤林玉露》）唯李商隐云："龙池赐酒敞云屏，羯鼓声高众乐停。夜半宴归宫漏永，薛王沉醉寿王醒"。其词微而显，得风人之体。（同上）

王谠《唐语林》云："王勃凡欲作文，先令磨墨数升，饮酒数杯，以被覆面而寝。既寤，援笔而成，文不加点，时人谓为腹稿也。"形象地反映出王勃作文的才子习性及独特的创作情态。又云："衡山五峰，曰紫盖、云密、祝融、天柱、石廪。下人多文词，至于樵夫，往往能言诗。尝有广州幕府夜闻舟中吟曰：'野鹊滩西一棹孤，月光遥接洞庭湖。堪憎回雁峰前过，望断家山一字无。'问之，乃其所作也。"乃是反映唐人皆能诗的史实载录。

如此等等，不一而足。限于篇幅，不一一评点。[①]

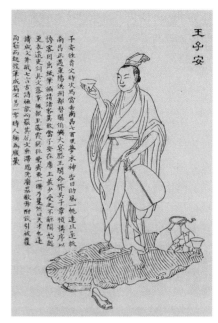

王勃（清《晚笑堂画传》）

第三节　史著《新唐书》对唐诗的研究与探讨

唐王朝从公元618年至907年长达289年的国祚，幅员辽阔的疆域版图，超迈往古的综合国力，万国来朝的国际声望，辉煌灿烂的文学艺术，不仅成为本朝人引以为傲的资本，即使在后世的漫长时日中，也成为人们津津乐道的谈资。特别是作为唐代文化繁荣标志的唐诗，更成为后代学习创作诗歌的范本。作为一种优质文化资源，它也成为一种身份和地位的象征，成为一种必备的文化素质和修养，成为一种泽被后世、惠及大众的公共资源。所以，在宋代，讨论、学习、揣摩和研究唐诗的，不仅有诗人、散文家、诗评家、笔记小说家，也有史学家和思想家。

史学家的专长在史，而不在诗。他们在考史论文、寓道谈理中，从自身所具知识结构、所持批评原则出发，对唐人唐诗也进行了不同的研究。正因为如此，他们独特的视角，他们与众不同的识鉴，在琳琅满目的诗学领域也才独具光彩，拓展了宋人唐诗研究的视域，也使得宋代唐诗体系的格局、美学品格及其学术表达呈现出多元共生、丰富多

---

① 参阅王红丽《宋人唐诗观研究》，华中师范大学博士论文，2007年4月，第8—27页。

彩的景象。所以，将宋代史学家们的见解纳入唐诗学研究的范畴内，也就是理所当然、顺理成章的了。

一、历史、历史学家及其史鉴、史观

历史是过去式。从广义上讲，一切已经过往的人和事都属于历史的范畴。历史学家所关注的，是以自然界和人类社会的发展过程为研究客体，通过记录、研判、探索和思考，揭示出某种规律性的东西，用以指导人类社会的未来走向和发展路径，所谓"究天人之际，通古今之变，成一家之言"。

尽管不同时期、不同地域的史学家，研究和把握历史的方法和视角各异，各自的观点也不尽相同，但一些基本的原则大体上是相近或一致的。譬如说，摒弃好恶，客观公正；反对因袭，力主创新；文尚简要，语恶烦芜；崇实黜虚，尚朴恶华等等，都是作为一个有出息的历史学家应当具备的基本素质和遵守的基本原则。尊重历史，以史实资料为根据，对历史的进程进行描述性的还原，试图最大限度地还原和复制历史。所谓"不虚美，不隐恶"，不以个人的好恶为标准去评鉴历史人物和历史事实。同时，史学著作和其他著作一样，同样面临因袭与创新的抉择，唐刘知几《史通·序例》云："盖为史之道，以古传今，古既有之，今何为者？滥觞肇迹，容或可观，累屋重架，无乃太甚。譬夫方朔始为《客难》，续以《宾戏》《解嘲》，枚乘首唱《七发》，加以《七章》《七辨》。音辞虽异，旨趣皆同。此乃读者所厌闻，老生之恒说也。"①无论是文学创作，还是理论著述，写文章实质上是一种创造性活动。成功之作，通常总是出自那些一无依傍、自铸伟辞的人之手。然而，与创新相对应的，则是因袭现象紧步其后。这在文学创作与史书著述中也都是大量存在的，一旦形成风气，又严重地束缚着人们的创新精神，影响创作的健康发展。

崇尚简要文风，前贤早有高论。司马迁在《史记》中推崇《离骚》"其文约，其辞微""称文小而其旨极大，举类迩而见义远"的艺术特色。刘勰《文心雕龙·宗经》也谈及"体约而不芜"，是文体六义之一。刘知几在《史通》中也明确地提出"文约而事丰"的"尚简"原则。

历史著作旨在垂范后世，以古鉴今，因而切实用、助教化的是其最主要的价值取向之一。崇实黜虚，尚朴恶华也就成为实现这一取向的保障。史传文学只有发扬不虚美，不隐恶，直书实录的优良传统，才能根除史书写作过程中出现的种种流弊。史学家在史学批评，论述史料采择、撰述准则、文字表述、史学义理、史学功用以及史家素质诸方面，都必须在虚与实、真与假、曲笔与直书、实录与伪录之间作出取舍。刘知几《鉴识》篇云："夫史之叙事也，当辨而不华，质而不俚，其文直，其事核，若斯而已可矣。必令同文举之含异，等公干之有逸，如子云之含章，类长卿之飞藻，此乃绮扬绣合，雕章缛

---

① ［唐］刘知几《史通》卷第四内篇，四部丛刊影明万历刊本。下引不赘。

彩，欲称实录，其可得乎？"《载文》篇云："若乃宣、僖善政，其美载于周诗；怀、襄不道，其恶存于楚赋。读者不以吉甫、奚斯为诌，屈平、宋玉为谤者，何也？盖不虚美、不隐恶故也。是则文之将史，其流一焉，固可以方驾南、董，俱称良直者矣。"对这种崇实黜虚、尚朴恶华的原则做了不遗余力的鼓吹。史学家这种基于自身身份所秉持的原则和方法，以之论诗，自然别有风味。

二、史家视野中的唐诗发展流变史

宋代的官修正史《新唐书》，对唐诗的研究集中体现在卷二百一至卷二百三的《文艺列传》中。《新唐书》的主要编纂者欧阳修、宋祁们，作为史学家，首先从史家的立场出发，以史家视角对唐诗的演变发展进行了全方位观照，显示出史家视野中唐诗历史的脉络和走向，及其对唐人诗风整体而又细致的把握。其《文艺列传序》在总括唐代文风演变时云：

> 唐有天下三百年，文章无虑三变。高祖、太宗，大难始夷，沿江左余风，缛句绘章，揣合低昂，故王、杨为之伯。玄宗好经术，群臣稍厌雕瑑，索理致，崇雅黜浮，气益雄浑，则燕、许擅其宗。是时，唐兴已百年，诸儒争自名家。大历、贞元间，美才辈出，擩哜道真，涵泳圣涯，于是韩愈倡之，柳宗元、李翱、皇甫等和之，排逐百家，法度森严，抵轹晋、魏，上轧汉、周，唐之文完然为一王法，此其极也。若侍从酬奉，则李峤、宋之问、沈佺期、王维，制册则常衮、杨炎、陆贽、权德舆、王仲舒、李德裕，言诗则杜甫、李白、元稹、白居易、刘禹锡，诮怪则李贺、杜牧、李商隐，皆卓然以所长为一世冠，其可尚已。

这段文字具体勾勒了唐立国三百年中文风的三次重大变化。在《新唐书》的编撰者们看来，初唐太祖、太宗时的文风总体上是以"缛句绘章"为特点的。这一点基本上是符合实际的，《隋书·文学传序》曰，"江左宫商发越，贵于清绮，河朔词义贞刚，重乎气质"。唐初承六朝齐梁绮靡浮艳文风，文学领域形式主义之风盛行，骈文独霸文坛，"上官体"风行一时。杨炯指出过这一时期文风的特点云，"尝以龙朔初载，文场变体，争构纤微，竞为雕刻。糅之金玉龙凤，乱之朱紫青黄，影带以徇其功，假对以称其美，骨气都尽，刚健不闻。思革其弊，用光志业"[①]。后来"初唐四杰"和陈子昂登上文坛，从理论和实践上，对初唐浮艳文风进行了扫荡，于是"天下翕然，质文一变"。

宋祁、欧阳修们认为唐代文风的第二次大的转变是盛唐玄宗时期的"崇雅黜浮"。考之唐代文学史，玄宗时期，君上喜好经术，臣下附和追随者起而应之，上行下效，互为枹鼓，于是"崇雅黜浮"之风渐成气候。再加上由于国力强盛，文人士子们的进取心和自

① 《杨炯集笺注》（典藏本）卷三，祝尚书笺注，中华书局，2016年，第273—274页。

信心空前高涨，诗人们的诗作，无论是边塞诗人还是山水诗人，都洋溢着积极热情、昂扬健朗和风骨凛然之气概，追求"鲸鱼碧海"的壮阔诗境，总体呈现出所谓"盛唐气象"。文章领域也崇尚散文化，不再追求骈文整齐华丽的形式之美，人称"燕许大手笔"的张说、苏颋成为一时之宠。张长于碑志，风格雄壮，其为诗有法，晚谪岳阳，诗益动人，人谓得江山之助，较苏成就大。二人主张"崇雅黜浮"，以矫正陈、隋以来的浮丽风气，讲究实用，重视风骨。但其文章内容狭窄，骈文习气依然余波不绝。

第三个时期是中唐大历、贞元年间，其特点是"擩哜道真，涵泳圣涯"。表现在散文领域，是以韩愈、柳宗元、李翱、皇甫湜为代表，"此其极也"，对中唐韩、柳所倡导的古文运动大力肯定，认为其使"唐之文完然为一王法"。诗歌领域则以杜甫、李白、元稹、白居易、刘禹锡、李贺、杜牧、李商隐等为代表，"为一世冠"。安史乱后，唐朝国力由盛转衰，文学风尚也转向淡远绵长的情致，表现宁静淡泊的生活情趣，专注于细致宁静的意象创造，有气味但乏风骨，渐露中唐面目。李白本开、天诗人，此处将其置于中唐论列，或许是正史学家与文学史家关于各自对于对方领域的分期理解不同所产生的差异所致。但无论如何，这段话对唐朝文学史的描述大体上接近于文学发展的史实。近似的看法在《新唐书·杜甫赞》也有表述（见前述），不是笼而统之的概述，而是明确针对诗歌立论，对初唐至盛唐的诗歌发展作出了梳理，从"浮靡"到"雅正"，再到"自名所长"，见出了唐诗风尚各擅一途的历程及丰富性色彩。这之中，唐诗发展走过了一个化蛹成蝶和不断扬弃的过程。

综而论之，《新唐书·文艺列传序》中的这段话，史学家观照唐诗的态度与价值指向显而易见。他们立足于史家的身份，着眼于王朝百代盛衰的大格局，以此来审视唐诗的发展流变，以及这种变化对"道真""圣涯"的助益。正如《隋书·文学传序》所言："然则文之为用，其大矣哉！上所以敷德教于下，下所以达情志于上。大则经纬天地，作训垂范，次则风谣歌颂，匡主和民。"这与文学史家从文学的立场出发讨论文学的功用，判然有别。

三、对具体诗人诗作的轩轾

依据一般正史的体例，本纪专为帝王立传、世家专为诸侯立传，《史记·正义》曰："裴松之《史目》云：'天子称本纪，诸侯曰世家。'本者，系其本系，故曰本；纪者，理也，统理众事，系之年月，名之曰纪。"而列传一般用以记述帝皇以外的人物事迹，主要是各方面各种不同类型、不同阶层代表人物的传记，少数列传则是叙述国外和国内少数民族君长统治的历史（凡侯王而能世袭的，《史记》原列入"世家"，后代的纪传体史书则取消"世家"一类，统称为"列传"）。《史记·索隐》："列传者，谓列叙人臣事迹，令可传于后世。"对于一般庶民百姓及读书士子而言，能够进入列传，载入正史，做到名垂青史，流芳后世，永远是一件梦寐以求的荣耀之事。有唐一代，近三百年间，诗人无虑成千上万，所作诗歌连篇累牍，积案盈箱，亦且汗牛充栋，所积甚夥。但由于传播手段和传播方式的原始粗率，许多诗人诗作都湮没散佚，荡然无存。清人编纂《全唐诗》，虽存诗近五万首，存诗人两千多人，较之实际数量，也不过九牛一毛，沧海一粟。宋虽距唐未远，犹存唐风，然唐人诗作付梓刊刻、流布于世的仍属凤毛麟角，手抄笔录者亦存世无多。所以，能够载之史籍，为人所研赏评骘，实在是不幸中的大幸。

《新唐书·文艺列传》著录的诗人不足百人，一方面显出唐诗人多湮没无闻，另一方面，也见出史家选择标准之谨严苛刻。史家在对这些具体诗人诗风的论评上，往往简略，但在一些声名卓著的大诗人如杜甫、王昌龄、李商隐等人的"传"中，则多有评鉴。

如评沈佺期、宋之问云："及之问、沈佺期，又加靡丽，回忌声病，约句准篇，如锦绣成文，学者宗之，号为'沈宋'。语曰'苏李居前，沈宋比肩'，谓苏武、李陵也。"唐初以来诗歌声律化及讲究骈对的趋向日益发展，沈佺期、宋之问等人更在以沈约、谢朓等为代表的永明体基础上，在诗律方面精益求精。从原来的讲求四声，发展到只辨平仄，从消极的"回忌声病"发展到悟出积极的平仄规律。具体做法是，除了一联之中轻重悉异之外，还要求上一联的对句与下一联的出句平仄相粘，并把这种粘对规律贯穿全篇，从而使一首诗的联与联之间平仄相关，通篇声律和谐，从而形成完整的律诗，为近体诗的建立和发展作出了贡献。[1]唐独孤及《皇甫公集序》说："至沈詹事、宋考功，始裁成六律，彰施五色，使言之而中伦，歌之而成声，缘情绮靡之功，至是乃备。"[2]元稹《唐故工部员外郎杜君墓系铭》更指出："沈宋之流，研练精切，稳顺声势，谓之为律诗。由是而后，文体之变极焉。"这是最早有关"律诗"定名的记载，故"沈宋"之称，也就成为律诗定型的标志。

评杜诗："浑涵汪茫，千汇万状，兼古今而有之，它人不足，甫乃厌余，残膏剩馥，沾丐后人。"（前文多有述及，此处从简）大力推崇杜甫集众家之长的魄力，认为其诗作具有浑茫博大的气象，沾溉后世，影响深远，成为后人诗作的楷模。同时，也肯定了自孟棨《本事诗》中就有的"诗史"美谥，认同了韩愈的称赏。较之唐人对杜甫的称美，宋代史学家们似乎并未有新的见地。但称引前人评价这种举动本身，事实上就是一种态度，一种姿态，足以说明史家们自身对杜甫诗歌真心认同的倾向。

评李贺云："辞尚奇诡，所得皆警迈，绝去翰墨畦径，当时无能效者。乐府数十篇，云韶诸工皆合之弦管。"李贺是中唐的浪漫主义诗人，又是中唐到晚唐诗风转变期的一个代表者。他所写的诗大多是慨叹生不逢辰和内心苦闷，抒发对理想、抱负的追求；对当时藩镇割据、宦官专权和民生疾苦也都有所反映。他喜欢驰骋在神话故事、鬼魅世界里，以其诡异大胆的想象力，营造出波谲云诡、迷离惝恍的艺术境界，抒发好景不长、时光易逝的感伤情绪。《岁寒堂诗话》云："李贺有太白之语，而无太白之才。"但李贺诗名在入宋后影响并不彰显，《新唐书》迥异时论，从李贺诗歌的立意、遣词、格调、声律

---

① 参阅袁行霈等《中国文学史》第二卷，高等教育出版社，2003 年，第 226 页。
② ［清］董诰辑《全唐文》（全十一册）卷三八八《独孤及》，中华书局，1983 年影印嘉庆内府本。

诸方面予以论评，全面归纳出了李贺诗作的风格特征与审美风貌，对李贺诗作所持态度无疑是大力肯定的。

再如评李商隐曰："初为文瑰迈奇古，及在令狐楚府，楚本工章奏，因授其学。商隐俪偶长短，而繁缛过之。时温庭筠、段成式俱用是相夸，号'三十六体'。"李商隐通常被视作晚唐最杰出的诗人，与杜牧一道并称"小李杜"。其诗风受李贺影响颇深，在句法、章法和结构方面则受到杜甫和韩愈的影响。许多评论家认为，在唐朝的优秀诗人中，他的重要性仅次于杜甫、李白、王维等人。就诗歌风格的独特性而言，他的文辞清丽、意韵深微，具有浓郁的感伤情绪，与其他任何诗人相比都毫不逊色。有时用典相对较多，不免失之晦涩，但这也正是其独特之处。据宋黄鉴《杨文公谈苑》载，李商隐每作诗，常要查阅多种书籍，随处乱摊，被人比作"獭祭鱼"。清王士禛戏云："獭祭曾惊博奥殚，一篇《锦瑟》解人难。"(《戏效元遗山论诗绝句三十六首》其十二)[1]。李商隐尝入令狐楚幕府，令狐颇欣赏其才华，因而不吝将己所擅的骈文章奏之学相授，李商隐有《谢书》诗曰："微意何曾有一毫，空携笔砚奉龙韬。自蒙半夜传衣后，不羡王祥得佩刀。"[2]《新唐书》从李商

郭子仪（清《晚笑堂画传》）

隐的这一生平经历出发，追述其诗风演变的历程，指出其由最初的"瑰迈奇古"演变为追逐偶俪，诗作极见"繁缛"。所谓"繁缛"，无外乎义山诗歌的对仗精工、格律森严、使事繁复、辞藻清丽，抓住了义山诗歌美学风格的关键。而义山本人也以此为傲，"用是相夸"，即所谓的"三十六体"。由此处用语的语气来看，《新唐书》编纂者对义山诗风由"瑰迈奇古"到追逐"偶俪"，再到"繁缛"的演变历程，颇有微词，因为这并不符合史家尚实黜华的审美标准。

对于另一位大诗人李白，《新唐书·文艺列传》并未像杜甫那样给出详尽的评价之辞，但宋祁为李白作了长达近八百字的传记，在客观的记述中也隐然流露出了其价值取向。鉴于李白本身的声望和地位，也为了方便读者自己的分析鉴赏，笔者不避繁琐，将这篇关于李白的文字移录如下：

李白字太白，兴圣皇帝九世孙。其先隋末以罪徙西域，神龙初，遁还，客巴

---

[1] 《渔洋诗集》，载《王士禛全集》(全六册)，齐鲁书社，2007年，第371页。下引不赘。

[2] 刘学锴、余恕诚《李商隐诗歌集解》(全五册)，中华书局，1988年，第42页。下引不赘。

西。白之生，母梦长庚星，因以命之。十岁通诗书，既长，隐岷山。州举有道，不应。苏颋为益州长史，见白异之，曰："是子天才英特，少益以学，可比相如。"然喜纵横术，击剑，为任侠，轻财重施。更客任城，与孔巢父、韩准、裴政、张叔明、陶沔居徂来山，日沉饮，号"竹溪六逸"。

天宝初，南入会稽，与吴筠善，筠被召，故白亦至长安。往见贺知章，知章见其文，叹曰："子，谪仙人也！"言于玄宗，召见金銮殿，论当世事，奏颂一篇。帝赐食，亲为调羹，有诏供奉翰林。白犹与饮徒醉于市。帝坐沉香子亭，意有所感，欲得白为乐章，召入，而白已醉，左右以水颒面，稍解，授笔成文，婉丽精切，无留思。帝爱其才，数宴见。白尝侍帝，醉，使高力士脱靴。力士素贵，耻之，摘其诗以激杨贵妃，帝欲官白，妃辄沮止。白自知不为亲近所容，益骜放不自修，与知章、李适之、汝阳王琎、崔宗之、苏晋、张旭、焦遂为"酒八仙人"。恳求还山，帝赐金放还。白浮游四方，尝乘月与崔宗之自采石至金陵，著宫锦袍坐舟中，旁若无人。

安禄山反，转侧宿松、匡庐间，永王璘辟为府僚佐。璘起兵，逃还彭泽；璘败，当诛。初，白游并州，见郭子仪，奇之。子仪尝犯法，白为救免。至是子仪请解官以赎，有诏长流夜郎。会赦，还寻阳，坐事下狱。时宋若思将吴兵三千赴河南，道寻阳，释囚辟为参谋，未几辞职。李阳冰为当涂令，白依之。代宗立，以左拾遗召，而白已卒，年六十余。

白晚好黄老，度牛渚矶至姑孰，悦谢家青山，欲终焉。及卒，葬东麓。元和末，宣歙观察使范传正祭其冢，禁樵采。访后裔，惟二孙女嫁为民妻，进止仍有风范，因泣曰："先祖志在青山，顷葬东麓，非本意。"传正为改葬，立二碑焉。告二女，将改妻士族，辞以孤穷失身，命也，不愿更嫁。传正嘉叹，复其夫徭役。

文宗时，诏以白歌诗、裴旻剑舞、张旭草书为"三绝"。

这篇传记提供了李白全方位的信息，从籍贯、家世、生平、仕履、性格、风仪、结局等等，一一胪列，娓娓道来。天才英特、轻财重施、竹溪六逸、酒八仙人、婉丽精切、三绝，诸如此类的辞藻，绝非泛泛之人所能够承受得起的褒奖之词。其间若干片段，亦饶有兴味，诸如"谪仙人"、帝亲为赐食调羹、高力士脱靴，等等。一代才人，风流云散，诗人晚景之颓唐，身后之萧索，又不禁令人唏嘘不已。则史学家的立场和态度，即寓于这种不置一词之叙述中，明眼人自不难由其中见出作者之褒贬与爱憎。

四、基于史家立场的唐诗观

如前所述，唐代诗人数不胜数，但并非每一个诗人都能入正史。名垂青史，流芳百世，对绝大多数人来说，永远都是一个遥不可及的白日梦。因此，《新唐书》并未将更多的唐诗人列入《文艺》传中，而是选择性地列入了其中极少部分诗人，而入选的诗人，今天看来，也未必个个都是精英。而我们认为是优秀诗人的，譬如陈子昂、高适、岑参、白居易、韩愈、柳宗元这样一些大诗人却未能跻身其中。至于其中的去取标准，很难有一个明确的界定。不过，《新唐书》的编撰者在对已经入选的唐代文学家的归类和立传中，隐性地体现出了其对唐人唐诗的一些基本观点，则是不争的事实。

纵观列入《文艺列传》中的近百位唐诗人中，著名诗人总共不过二十来位，屈指可数，如王勃、杨炯、卢照邻、骆宾王、沈佺期、宋之问、李白、杜甫、王昌龄、孟浩然等；而一些成就甚小的诗人则因附传的原因而得以列入，如王勔、王助、王勮，因附于王勃传后，宋之问之父令文、其弟之悌、之愻，因附于宋之问传后而得以留名等。据仁宗嘉祐年间曾公亮《进新唐书表》，前后参与《新唐书》编纂其事的有宋敏求、范镇、欧阳修、宋祁、吕夏卿、梅尧臣等人。《本纪》十卷和《赞》《志》《表》的"序"以及《选举志》《仪卫志》等都出自欧阳修之手。《志》和《表》分别由范镇、吕夏卿负责编写。《列传》部分主要由宋祁负责编写，他历时十余年完成《列传》，于嘉祐三年（1058）交齐全部列传的稿子，最后在欧阳修主持下完成。不言而喻，作为官方倚重的正史编纂家，其正统思想是根深蒂固的。再加上他们自身作为著名文人学者的地位和学养，在选择入选的传主、具体的轩轾月旦诸方面，其标准尺度之严苛，进退去取之审慎，也就不难理解。所以，在这批入选的唐诗人之中，他们有的作为不同的传主被列入其他类别中。

可以说，这种对于唐诗人身份类型归属的划分和认定，隐然体现了史学家基于史家道德评判立场的唐诗观或文学观。《新唐书》的主事者欧阳修、宋祁，不是纯粹地以事论事、以诗论诗，把凡能作诗之人仅作诗人看待，而是以史学家的识鉴和标准，全面考察其人生经历、性格气质、品格操守和文学成就等综合因素。如司空图被归入"卓行"类，据《新唐书·列传一一九》云：

> 司空图字表圣，河中虞乡人。父舆，有风干。……图，咸通末擢进士，礼部侍郎王凝特所奖待，俄而凝坐法贬商州，图感知己，往从之。凝起拜宣歙观察使，乃辟置幕府。召为殿中侍御史，不忍去凝府，台劾，左迁光禄寺主簿，分司东都。卢携以故宰相居洛，嘉图节，常与游。携还朝，过陕虢，嘱于观察使卢渥曰："司空御史，高士也。"渥即表为僚佐。会携复执政，召拜礼部员外郎，寻迁郎中。
>
> 黄巢陷长安，将奔，不得前。图弟有奴段章者，陷贼，执图手曰："我所主张将军喜下士，可往见之，无虚死沟中。"图不肯往，章泣下。遂奔咸阳，间关至河中。僖宗次凤翔，即行在拜知制诰，迁中书舍人。后狩宝鸡，不获从，又还河中。龙纪初，复拜旧官，以疾解。景福中，拜谏议大夫，不赴。后再以户部侍郎召，身谢阙下，数日即引去。昭宗在华，召拜兵部侍郎，以足疾固自乞。会迁洛阳，柳璨希贼臣意，诛天下才望，助丧王室，诏图入朝，图阳堕笏，趣意野耄。璨知无意于世，乃听还。
>
> 图本居中条山王官谷，有先人田，遂隐不出。作亭观素室，悉图唐兴节士文人，名亭曰休休，作文以见志曰："休，美也，既休而美具。故量才，一宜休；揣

分，二宜休；耄而聩，三宜休；又少也惰，长也率，老也迂，三者非济时用，则又宜休。"因自目为耐辱居士。其言诡激不常，以免当时祸灾云。豫为冢棺，遇胜日，引客坐圹中赋诗，酌酒裴回。客或难之，图曰："君何不广邪？生死一致，吾宁暂游此中哉！"每岁时，祠祷鼓舞，图与闾里耆老相乐。王重荣父子雅重之，数馈遗，弗受。尝为作碑，赠绢数千，图置虞乡市，人得取之，一日尽。时寇盗所过残暴，独不入王官谷，士人依以避难。

　　朱全忠已篡，召为礼部尚书，不起。哀帝弑，图闻，不食而卒，年七十二。图无子，以甥为嗣，尝为御史所劾，昭宗不责也。

　　司空图为诗人兼诗论家，唐咸通十年（869）擢进士第，为报王凝知遇之恩，长期安守王凝幕府。……天祐四年（907），朱温篡位，召为礼部尚书，拒不就任。后梁开平二年（908），唐哀帝被弑，绝食而死，终年七十二岁。"其志凛凛与秋霜争严，真丈夫哉！"（《司空图传》结语）这种遗世独立、卓然特行的气质秉性，自然为当世所敬重，也为欧阳修、宋祁所钦佩，故归之于"卓行"类中，也就实至名归，理所当然。

　　而另一些唐代诗人是因隐而为诗的，譬如王绩、吴筠、贺知章、张志和、陆龟蒙等则被归入"隐逸"类。如张志和，字子同，初名龟龄，婺州（今浙江金华）人，自号"烟波钓徒"，又号"玄真子"。十六岁参加科举，以明经擢第，授左金吾卫录事参军，唐肃宗赐名为"志和"。曾因事获罪贬南浦尉，不久赦还。自此看破红尘，浪迹江湖，遁世不归，隐居祁门赤山镇。李德裕称志和"隐而有名，显而无事，不穷不达，严光之比"（《新唐书·张志和传》）云。作诗只是其隐居生存方式与生命体验的一种表现形式而已，故这些人也不宜列入《文艺列传》中。这些被归入卓行、隐逸等不同类型的诗人，才是真正的诗人，他们不以诗为干谒公卿、博取功名的工具，他们对诗艺的追求，是出自对诗歌真诚的热爱，流露出的情感，也较少矫饰和做作。史学家们之所以为这批诗人立传，就是看重其身上洋溢着的人格光辉和道德力量。

　　而这以上种种，不难看出《新唐书》也正体现着史学家们基于正统思想、以道德评判为主的唐诗观和文学观。当然，在此总的指导前提下，具体的艺术批评方面，又试图追求一种融炼众家、不拘一格，甚为宏通但又绪密警迈的唐诗观。[①]

第四节　理学家唐诗批评的美学品格

　　理学，又称道学或宋学，是宋元明清时期的唯心主义哲学思想。它产生于北宋，盛

行于南宋与元、明时期，清中期以后逐渐衰落，但其影响一直延续到近代。广义的理学，泛指以讨论天道性命问题为中心的整个哲学思潮，包括各种不同学派。狭义的理学，则专指周敦颐、程颢、程颐、朱熹为代表的、以"理"为最高范畴的客观唯心主义学说，即"程朱理学"，他们认为"理"是永恒的、先于世界而存在的精神实体，世界万物只能由"理"派生。以及以陆九渊、王守仁为代表的主观唯心主义学说，他们提出"心外无物，心外无理"的观点，认为主观意识是派生世界万物的本原。

理学内部流派纷纭复杂，北宋中期有周敦颐的濂学，二程的洛学，张载的关学，邵雍的象数学，司马光的朔学；南宋时有朱熹的闽学，陆九渊兄弟的赣学等。宋代理学亦以"关闽濂洛"四大流派总称，其代表人物为关中张载，闽中朱熹，濂溪周敦颐，洛阳程颢、程颐。理学家关心和讨论的问题也十分广泛，概括说来，主要有：本体论问题，即世界的本原问题；认识论问题，即认识的来源和认识方法问题；心性论问题，即人性的来源和心、性、情的关系问题。在这些问题上，各派理学家均有各自不同的回答。

理学是北宋以后社会经济政治发展的理论表现，是中国古代哲学长期发展的结果，特别是儒、佛、道哲学三教合流的直接产物。它在思辨哲学方面的发展，无疑是人类历史上的一大进步。理学在中国哲学史上占有特别重要的地位，源远流长，影响深远。

宋代理学家的文学观，总体上来看，是一种基于正统主流意识形态的"载道"文学观，强调文学经世致用的功利性色彩。虽承认文学具有陶冶性情、涵养德行的功能，但重道轻文、忽视乃至否定文学价值的倾向也是比较突出的。在对文与道，情与理之间关系的理解和阐释上有不尽合理之处。南宋时期，理学家的文学观出现了一些新变，特别是朱熹援引文学入理学，主张文道合一，以道心为文心。对文学的批评视角和立足点，开始由外向内，关注人性，强调文学的审美价值。但在宋代不同时期，理学家各家各派的具体表现又不尽相同，由此而派生的对于唐诗的见解亦是如此。

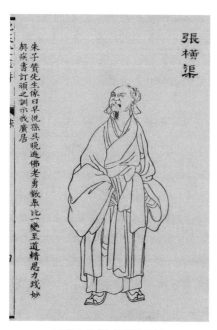

张载（清《晚笑堂画传》）

一、北宋时期理学家唐诗批评的美学品格

中唐以后，随着道教、佛教的没落，柳宗元、刘禹锡、韩愈等一批思想家站在儒学的立场上批判道教与佛教，儒学面临着发展的新机遇。在社会分裂动荡，生灵涂炭的五代十国，帝王大力崇佛，世俗则道德沦丧，思想混乱，各种宗教的神灵都有挽狂澜于既倒的救世功能。

道统乱世之际的文人则希望恢复儒家正统思想，故有文以载道、文起八代之衰之说。一批思想家本着儒家本位的立场，援佛入理，援道入儒，吸取佛家本体论和道家思想天道观，吸收道的宇宙生成模式，既用《易传》《十翼》作为思想的转变，也用子思传下来的《中庸》，掺杂佛道，融合儒释道三教，创造新潮流，理学思想遂应运而生。

理学家的文学观，是其哲学思想在文学领域的反映。北宋时期，有代表性的理学家主要有周敦颐、张载、邵雍、吕本中，以及"二程"兄弟诸人。他们的理学思想观点各异，文学思想也不尽相同，对于唐诗的研究和看法也各具特色，兹择其大者胪列如下。

（一）周敦颐

周敦颐（1017—1073），字茂叔，号濂溪，道州营道（今湖南道县）人，是学术界公认的理学派开山鼻祖。《宋史·周敦颐传》云："'道学'之名，古无是也。……两汉而下，儒者之论大道，察焉而弗精，语焉而弗详，异端邪说起之而乘之，几至大坏。千有余载，至宋中叶，周敦颐出于舂陵，乃得圣贤不传之学，作《太极图说》《通书》，推明阴阳五行之理，命于天而性于人者，了若指掌。"后世将其创立理学学派推崇到极高地位。

周敦颐融合儒道佛三教思想所建构的思想体系，"道"是其中最重要的范畴之一。"道"既是周敦颐思想立论的基础，又是其思想的核心内容，他分别从"太极"—天道、"诚"—人道的角度，进一步丰富、深化了"道"的内涵。在此基础上，周敦颐又提出了以道为本、"文以载道"的文学观，以反对时下片面追求文辞而不务道德的文风，体现了其简约平淡的美学风格。其《通书·文辞》篇云：

> 文，所以载道也。轮辕饰而人弗庸，徒饰也，况虚车乎！……文辞，艺也；道德，实也。笃其实，而艺者书之，美则爱，爱则传焉。贤者得以学而至之，是为教。故曰："言而无文，行之不远。"……然不贤者，虽父兄临之，师保勉之，不学也；强之，不从也。……不知务道德而第以文辞为能者，艺焉而已。噫，弊也久矣！①

"文以载道"文学观的提出，是针对当时文坛上重文轻道的现象而发的。周敦颐从道的角度论文，强调这一文学观，反对重文轻道。二者的关系，犹如车与所载之物之间"载"与"被载"的关系。车的价值就在于载物，一辆车不论装饰得多么豪华、多么漂亮，如果无人使用，也是毫无意义的。"文"是用以载"道"的车，倘若"文"不载道，就如同一辆空车，只是一件漂亮的摆设，这样的"文"是毫无价值的。而从"文"的角度来看，文辞是一种技艺，道德是技艺所要表达的内容；"文"是形式，"道"是内容。"从哲学的高度看，道是生成万物的本原'文'是道的感性显现，是形而下之器，故'文以载道'说

---

① 《周敦颐集》，陈克明点校，中华书局，1990年，第35—36页。下引不赘。

正是从本体论的角度对文道关系的精准把握"①。

基于这种文道观，周敦颐对唐诗的态度也是反对浮华绮靡，崇尚朴茂平实、具有"载道"精神的唐人唐诗的，中唐诗人元结就是他所推重的一位。周敦颐《题瀼溪书堂》云：

> 元子溪曰瀼，诗传到于今。此俗良易化，不欺顾相钦。庐山我久爱，买田山之阴。
> 田间有流水，清泚出山心。山心无尘土，白石磷磷沉。潺湲来数里，到此始澄深。
> 有龙不可测，岸木寒森森。书堂构其上，隐几看云岑。倚梧或敧枕，风月盈中襟。
> 或吟或冥默，或酒或鸣琴。数十黄卷轴，贤圣谈无音。窗前即畴圃，囿外桑麻林。
> 芋蔬可卒岁，绢布足衣衾。饱暖大富贵，康宁无价金。吾乐盖易足，名濂朝暮箴。
> 元子与周子，相邀风月寻。（《周集》卷三杂著）

此诗是周敦颐近知天命之年在庐山所作。元子就是元结，周敦颐对其极为钦敬。元结为人刚直脱俗，仰慕古风，鄙弃权贵。元晚年任道州刺史，免徭役，收流亡，简政恤民，政声甚佳。民乐其教，立碑颂德。《四库提要》云："结性不谐俗，亦往往迹涉诡激。初居商余山，自称季。及逃难猗玗洞，称猗玗子。又或称浪士，或称聱叟，或称漫叟。为官或称漫郎，颇近于古之狂。然制行高洁，而深抱闵时忧国之心。文章戛戛自异，变排偶绮靡之习。"元结曾居住在瀼溪，自称"瀼溪浪士"。他主张诗歌为政治教化服务，能济世劝俗，补阙拾遗，开新乐府运动之先声。其诗文不少篇什表现了对社会现实的批判及对百姓苍生的同情。《舂陵行》一诗极写战乱之后道州人民穷困不堪的情形，杜甫《同元使君舂陵行》给予高度评价："道州忧黎庶，词气浩纵横。两章对秋月，一字偕华星。"

元结本身志行高洁、性不谐俗，具有浓郁道德淑世情结和山水情怀。周敦颐则"相钦"仰慕元结的志行风范，暮年筑书堂于庐山莲花峰下的小溪上，取家乡营道故居濂溪命名，书堂称为"濂溪书堂"，由"瀼溪书堂"到"濂溪书堂"，可以看到周敦颐对元结人格及境界的崇敬。《题瀼溪书堂》则是通过对元结的深切怀念，来表达周敦颐对元结的钦慕，其散文名篇《爱莲说》，就是他高尚情怀、君子人格的夫子

周敦颐（清《晚笑堂画传》）

①　邓莹辉《理学之"道"的审美意蕴》，载《长江大学学报》(社会科学版)，2007年第1期，第38页。

自道。由此可以看出，元结其人其诗对周敦颐影响之大，周敦颐对元结推重之诚。

对于另一位唐代大诗人韩愈，周敦颐也有自己的看法。其《按部至潮州题大颠堂壁》诗云："退之自谓如夫子，《原道》深排佛老非。不识大颠何似者？数书珍重更留衣。"（《周集》附录一）据《潮州府志》记载，潮州灵山寺中有一座"留衣亭"，是韩愈在潮州刺史任满后到袁州赴任前，与他在潮州时结识的一位好友大颠和尚辞行并留衣赠别的遗址。

韩愈被贬潮州，是因其谏迎佛骨到皇宫供奉，又力主辟佛，而触怒宪宗皇帝。对奉倡儒家道统、排斥佛老学说为一生志行的韩愈来说，是一贯作风使然。而他到潮州之后，却与僧侣大颠订交，且多次过从谈道。按"儒佛不两立"的观点来说，韩愈此举不单与自己初衷背道而驰，而临行时留衣为别，有依依惜别之意，则更令人无法理解。

韩愈曾经为此事作出解释，说大颠"识道理"，而自己又"远地无可语者"，至于留衣只是"人之情，非崇信其法"。所谓道理，当然是儒家的道理。佛徒谈儒道，自然是甚为相宜。尽管如此，但在儒学与佛教不相融洽的大背景下，人们还是以此大做文章。佛家弟子最为得意，纷纷说韩愈此举是"逃儒从禅"。而作为儒家一派则对韩愈此举不满，周诗明显是在批评韩愈主张与行为背道而驰，言行不一。

周敦颐对韩愈的批评，其实是基于理学家立场、重道文学观的见解，不仅要求文道统一，而且尊崇志行合一。对于韩愈在原则问题上的自相矛盾，周敦颐难以接受，自然也就难以在人格上加以认同，故对其诗作的接受也就不能不受影响。

（二）邵雍

邵雍（1011—1077），范阳（治今河北涿州）人。字尧夫，谥号康节，自号安乐先生、伊川翁，后人称百源先生。是北宋又一位理学大师，有内圣外王之誉。创"先天学"，以为万物皆由"太极"演化而成。著有《观物篇》《先天图》《伊川击壤集》《皇极经世》等。他的哲学思想及其对理学的贡献，后世多有述略。

《伊川击壤集》收录了他一生所作的三千余首诗，其诗的最大特点，不但以之抒情言志，而且还以之阐述哲理。《序》曰"盖垂训之道，善恶明著者存焉耳"，体现其文学史思想。他追述自孔子之徒子夏以来关于诗歌的功能的看法，强调诗歌关乎"兴废治乱"的社会功利性，关注"贫富贵贱"之个人休戚，而轻视以至忽略诗歌的审美价值。对于历代诗人的流弊，他认为"穷戚则职于怨憝，荣达则专于淫佚""不以天下大义而为言""大率溺于情好也"。并以水与舟来比喻诗与情之关系，"若外利而蹈水，则水之情亦犹人之情也；若内利而蹈水，则败坏之患立至于前，又何必分乎人焉、水焉，其伤性害命一也"。①

水能利人，但使用不当，则会走到利的反面，导致覆舟的结果。情对人的关系亦如此，倘若能顺应抒发感情的规律，以理行之，则情不会对人有害。若不知节制，也会被情所困而不能自拔，最后导致哀而伤，乐而淫的后果，直至杀身取祸。"情"乃人之常

---

① 引文均见《邵雍集》，郭彧整理，中华书局，2010年，第179页。下引不赘。

情，亦为作诗必备，但必须节制。节情是为了尚"理"，融情入理，融景入理，最终做到理景交融，情理相偕。

关于创作思想，《序》曰："所作不限声律，不沿爱恶，不立固必，不希名誉，如鉴之应形，如钟之应声。其或经道之余，因闲观时，因静照物，因时起志，因物寓言，因志发咏，因言成诗，因咏成声，因诗成音。是故哀而未尝伤，乐而未尝淫。"追求一种"大音希声""大象无形"的自然美境界，其诗也呈现出一种新美学风貌。以理入诗，理趣盎然；打破格律，自成路数；平易流畅，意味深长。诸如：

耳目聪明男子身，洪钧赋予不为贫。因探月窟方知物，未蹑天根岂识人。乾遇巽时观月窟，地逢雷处看天根，天根月窟闲来往，三十六宫都是春。淳厚之人少秀慧，秀慧之人少审谛。安得淳厚又秀慧，与之共话人间事。（《观易吟》）

下有黄泉上有天，人人许住百来年。还知虚过死万遍，都似不曾生一般。要识明珠须巨海，如求良玉必名山。先能了尽世间事，然后方言出世间。（《极论》）

《四库提要》云："邵子之诗，其源亦出白居易。而晚年绝意世事，不复以文字为长。意所欲言，自抒胸臆，原脱然于诗法之外。毁之者务以声律绳之，固所谓谬伤海鸟，横斥山木。誉之者以为风雅正传。"四库馆臣说他的诗源于白居易，这个判断不为无因，至少在通俗浅切、明白晓畅方面与白居易相比，是有相近之处的。

邵雍（清《晚笑堂画传》）

其《自咏》诗："天下更无双，无知无所长。年颜李文爽，风度贺知章。静坐多茶饮，闲行或道装。旁人休用笑，安乐是吾乡。"称自己似"风度贺知章"。宋董逌《广川画跋》称："知章一代异人，天机卓绝，不入名法辙迹而放意纵适，超诣悬解，无道心蓬块。……晚年尤纵诞，无复规检，极饮狂肆。"[1]《唐才子传》亦称贺"少以文词知名，性旷夷，善谈论笑谑"。前《新唐书·李白传》已述，贺知章与李白、崔宗之、张旭等号为"酒八仙人"，自谓："落花真好些，一醉一回颠"（《放达诗》）。

邵雍晚年放旷无羁，常自称野人、幽人、无事客，所作《尧夫吟》云："尧夫吟天下拙，

---

① ［宋］董逌《广川画跋》卷四《画贺监归越图》，清十万卷楼丛书本。

来无时去无节。如山川行不彻，如江河流不竭。如芝兰香不歇，如箫韶声不绝。也有花也有雪，也有风也有月。又温柔又峻烈，又风流又激切。"那种耽于日月山川，物我两忘，独与天地往来的精神气质，与贺知章确实颇为神似。这种精神境界与人格上的认同，也意味着诗风上的接受和前后传承。但实际上，邵雍"既贪李杜精神好，又爱欧王格韵奇"(《首尾吟一三四首之一二四》)。他在诗歌的内容上要求见智、见性、见情，而技巧上推崇的则是李杜、欧王。①

道家文化强调人与自然的和谐，反对人为雕琢，主张艺术的表现要有宇宙精神，合于无处不在，但却无影无形之"道"。尊崇"我与万物合而为一"的人格观念，主张返璞归真，在人与自然的浑然一体中体验"道"。李白诗歌中的这种空灵与和谐道家思想，随处可见："吾将囊括大块，浩然与溟涬同科"(《日出入行》)的物我同一形象是何等雄阔，何等大气。"仙人有待乘黄鹤，海客无心随白鸥"(《江上吟》)和"今人不见古时月，今月曾经照古人"(《把酒问月》)的旷达，不但有一种美丽的忘我境地，而且有对人生哲理的感悟。这种物我两忘的出世思想境界，在他的许多诗篇已达到高度完美的程度。这点与邵雍的精神是相通的，也是其倾慕李白的主要原因之一。

杜甫诗歌的艺术技巧，在宋代为人所广泛赞誉，邵雍自然也不例外，则他对杜甫的接受当在情理之中。

（三）吕本中

吕本中（1084—1145），字居仁，世称东莱先生，寿州（治今安徽凤台）人。著有《春秋集解》《紫微诗话》《东莱先生诗集》等。诗属江西派，弱冠时戏作《江西诗社宗派图》，使"江西派"定名。吕氏早年过着诗酒风流的生活，效法陈师道、黄庭坚，诗风轻松流美，清新可喜，后期推崇李白、苏轼。南渡后，时有悲慨时事之作，诗风也更为浑厚。

吕本中家学渊源，《宋元学案·紫微学案序录》云："大东莱先生为荥阳冢嫡。其不名一师，亦家风也。自元祐后诸名宿，如元城、龟山、鹰山、了翁、和靖，以及王信伯之徒，皆尝从游，多识前言往行，以蓄其德。而溺于禅，则又家门之流弊乎！"②吕氏家族在宋代寿州乃名门望族，代有名臣，世为显宦，家族成员中在政治、哲学、史学、文学等诸多领域均卓有建树，黄宗羲撰、全祖望补的《宋元学案》，录吕氏家族成员达十七人，并为吕公著、吕希哲、吕本中、吕祖谦四人专门立学案。其家学大都以儒为本，浸染禅学。吕本中承此家风，曾拜程门弟子游酢、杨时、尹焞为师，较为系统地接受了理学熏陶，成为当时著名的理学家。朱熹对吕本中"发明道学之功"亦甚为推重，云"绍兴紫微吕公名德之重，一言一动皆有法戒"(《跋吕舍人青溪类稿》)。吕本中兼容并取，唯善从之。

《江西诗社宗派图》是其早年论诗之作，其《序》略云："唐自李杜之出，焜耀一世，

---

① 参阅魏崇周《邵雍文学思想研究》，首都师范大学博士论文，2007年5月。
② ［清］黄宗羲《宋元学案》，全祖望补修，陈金生等点校，中华书局，1986年，第7页。

后之言诗者，皆莫能及。至韩、柳、孟郊、张籍诸人，激昂奋厉，终不能与前作者并。元和以后至国朝，歌诗之作或传者，多依效旧文，未尽所趣。惟豫章始大出而力振之，抑扬反复，尽兼众体。而后学者同作并和，虽体制或异，要皆所传者一。"①这里，他对唐诗发展流衍过程的描述，总体上是肯定的，尤其是认可李杜在诗坛上的崇高地位，对盛唐诗歌虽未做明确的褒扬，但也未见诋呵之词。对于其后中唐之诗的态度，则异于盛唐。他承认韩、柳、孟郊、张籍诸人的努力，但终无法与李杜相提并论。至于元和以后的中晚唐以至宋初之诗，批判的态度是明显的。这种看法，是一种文学退化论：从李杜到韩、柳、孟郊、张籍，再到元和以后，唐诗是循着一条下坡路在行走。客观地说，他的这种见地，与唐诗总体由盛而衰的走向，基本上相去不远。但也可以肯定，他对待唐诗的这种态度，其指向也是不言自明的，那就是称赞"抑扬反复，尽兼众体"的黄庭坚和苏轼诗风，为江西诗派张本。

关于江西诗派的得失学界早有公论，无须赘言。针对江西诗派末流诗人眼界狭小、诗境枯寂，只注意句法、格律的研习，忽视了主体精神的高扬，造成学黄"未得其所长，而先得其所短，诗人之意扫地"（《岁寒堂诗话》）的弊端，吕本中与当时许多人士如蔡居厚、魏泰、叶梦得、张戒等一道，对此进行了认真的检讨，也进行了若干补偏救弊的努力，"悟入"和"活法"的诗学主张其源盖出于此。吕之"所谓活法者，规矩备具，而能出于规矩之外变化不测而亦不背于规矩也。是道也，盖有定法而无定法，无定法而有定法。知是者则可以与语活法矣"②是就全篇论句和字，主要还是针对用字造句而言，出入于规矩、介于定法与无定法之间。

《童蒙诗训》是吕本中论诗的重要著作，其中有许多相关论述：

> 谢无逸语汪信民云：老杜有自然不做底语到极至处者，有雕琢语到极至处者。如"丹青不知老将至，富贵于我如浮云"，此自然不做底语到极至处者也；如"金钟大镛在东序，冰壶玉衡悬清秋"，此雕琢语到极至处者也。(3)

> 前人文章各自一种句法，如老杜"今君起柂春江流，予亦江边具小舟""同心不减骨肉亲，每语见许文章伯"，如此之类，老杜句法也；东坡"秋水今几竿"之类，自是东坡句法；鲁直"夏扇日在摇，行乐亦云聊"，此鲁直句法也。学者若能遍考前作，自然度越流辈。(4)

> 老杜歌行，最见次第，出入本末。而东坡长句，波澜浩大，变化不测；如作杂剧，打猛诨入，却打猛诨出也。三马赞"振鬣长鸣，万马皆喑"，此记不传之妙。学文者若能常涵泳此等语，自然有入处。(16)③

① 载傅璇琮、张剑《宋才子传笺证 北宋后期卷·黄庭坚传》，辽海出版社，2011年，第188页。
② 吕本中《夏均父集序》，载曾枣庄《宋代序跋全编》，齐鲁书社，2015年，第2644页。
③ 均载郭绍虞《宋诗话辑佚》（上下册），中华书局，1980年，第586、590页。

杜甫被江西诗派尊为"诗祖"，其诗歌在江西诗人眼中自然是句法精严的典范，值得下大工夫咀嚼体味，涵泳潜玩。他拈出"活"字，具有开创意义。在他看来，作诗应有感而发，将写景、状物、抒情巧妙结合，做到情景交融，融情入理，用语圆活清妙，而无须斤斤执着于个别字眼，所作之诗，自然耐人寻味，流转圆美，语语生动，字字活响。杜甫诗中，佳句隽语随处可见，意新语工俯拾即是。

　　除吕本中上述所举外，"香稻啄余鹦鹉粒，碧梧栖老凤凰枝"（《秋兴八首》其八）一联，也向来为人所称道。原意为"鹦鹉啄余香稻粒，凤凰栖老碧梧枝"，形容当时长安物产的丰盛，景物的美丽。主宾倒置的同时，宾语"香稻粒""碧梧枝"还被拆开分属主宾位置。对于此，清人洪亮吉说："诗家例用倒句法，方觉奇峭生动。"（《北江诗话》）当然，杜诗中自然而无雕琢之句也多有，"白沙翠竹江村暮，相对柴门月色新"（《南邻》），即其一例，不知凡几。《童蒙诗训》云：

> 　　李太白诗，如"晓月出天山，苍茫云海间。长风一万里，吹度玉门关"，及"沙墩至梁苑，二十五长亭，大舸夹双橹，中流鹅鹳鸣"之类，皆气盖一世，学者能熟味之，自然不褊浅矣。(2)
> 　　浩然诗："挂席几千里，名山都未逢；泊舟浔阳郭，始见香炉峰。"但详看此等语，自然高远。(10)
> 　　老杜诗云"诗清立意新"，最是作诗用力处。盖不可循习陈言，只规摹旧作也。鲁直云："随人作诗终后人"；又云："文章切忌随人后"，此自鲁直见处也。近世人学老杜多矣，左规右矩，不能稍出新意，终成屋下架屋，无所取长。独鲁直下语，未尝似前人而卒与之合，此为善学。(38)[①]

　　吕本中不仅向杜甫学习句法、"立意"，也向李白学习其"气"，还要向孟浩然学习"高远"。老杜之"诗清立意新"，黄鲁直之主张作诗要有新意，不可陈陈相因，人云亦云。左规右矩，屋上架屋，是他所不满的。至于李白的"气"、孟浩然的"高远"与老杜的"波澜"，则是从风格气势上具有气象宏阔、自然高远、波澜跌宕的要求，而其根源则在于诗人胸襟、境界与气度，需要长期的磨炼和积累，非一朝一夕之功所能奏效。

　　吕本中深受禅学影响，论诗主张"悟入""活法"。在他看来，作诗必须讲究"活法"，但如何掌握"活法"呢？他以"悟入"为法。"悟入"乃禅语，讲究以心会心，所谓只可意会不可言传。例如载于《五灯会元·七佛·释迦牟尼佛》世尊拈花，迦叶微笑的公案。世尊拈花示众，其"正法眼藏，涅槃妙心"之微言大义，只有颇具佛法慧根的迦叶尊者破颜微笑，心领神会，领略其中的妙谛，此便是"悟"。参禅悟道乃时风所向，宋代士大夫均以此为尚，故"悟""参"等字经常出现在宋代诗论中。诸如苏轼、吴可、韩驹等均有

① 　均载郭绍虞《宋诗话辑佚》（上下册），中华书局，1980年，第585、588、596页。

诗论及（见前述）。吕氏家族对禅宗素来有着深厚的情结，据史书记载，吕蒙正、吕夷简、吕公著、吕希哲、吕好问皆醉心于禅宗，都曾与禅师过从甚密，向禅师请教佛法，吕本中亦如此。他所说"悟入"，既注重诗境之悟，又强调律法之悟。"悟入"的方法，他强调勤奋思考、博览群书、遍考精取。其《与曾吉甫论诗第一帖》云：

> 宠谕作诗次第，此道不讲久矣，如本中何足以知之。或励精潜思，不便下笔，或遇事因感，时时举扬，工夫一也。古之作者，正如是耳。惟不可凿空强作，出于牵强，如小儿就学，俯就课程耳。《楚辞》、杜、黄，固法度所在，然不若遍考精取，悉为吾用，则姿态横出，不窘一律矣。如东坡、太白诗，虽规模广大，学者难依，然读之使人敢道，澡雪滞思，无穷苦艰难之状，亦一助也。要之，此事须令有所悟入，则自然越度诸子。悟入之理，正在工夫勤惰间耳。如张长史见公孙大娘舞剑，顿悟笔法。如张者，专意此事，未尝少忘胸中，故能遇事有得，遂造神妙，使他人观舞剑，有何干涉。非独作文学书而然也。①

作诗要有一定的基础，这个基础不是空中楼阁，必须切实下苦功夫，着力培养。其中向古人学习是重要一途，如《楚辞》、杜、黄，他尤其指出，"东坡、太白诗，虽规摹广大，学者难依，然读之使人敢道，澡雪滞思，无穷苦艰难之状，亦一助也"，李白、杜甫两位唐代大诗人的典范之作自然是必须研习揣摩的主要对象。勤奋刻苦只是写出好诗的途径之一，而非全部，除此之外，还需深入思考，善于思考，领悟其中的要言妙道，"如张长史见公孙大娘舞剑，顿悟笔法"，久而久之，"自然越度诸子"。再加上须熟看老杜、苏、黄，然后遍考他诗，从而青出于蓝，超越前人，独树一帜，形成自己的风格。其中，唐诗的楷模、范本功用善莫大焉。

（四）程颢、程颐

同为理学家的"二程"兄弟，是洛阳人。程颢（1032—1085），字伯淳，学者称明道先生。程颐（1033—1107），字正叔，世称伊川先生。"二程"文学观的核心观点是"作文害道"，但这并非其全部。事实上，他们并非一概地否定"文"的价值和意义，而是希望将"文"笼贯于"道"的羽翼之下，以道节文，道为本，文为末，所谓"理者，实也，本也。文者，华也，末也"（程颢《明道先生语一》）。若能达到文道并重、文质相宜，则文亦可传道立言，追求圣人气象，衣食住行、视听言动都要合"理"。在文章的风格上，二程提倡"大率诗意贵优柔不迫切，此乃治诗之法"（《朱公掞录拾遗》）。程颐《答朱长文书》曰：

> 诗之盛莫如唐，唐人善论文莫如韩愈。愈之所称，独高李杜。二子之诗，存者

---

① 载曾枣庄、刘琳编《全宋文》（第174册），上海辞书出版社，2006年，第79页。

千篇，皆吾弟所见也，可考而知矣。苟足下所作皆合于道，足以辅翼圣人，为教于后，乃圣贤事业，何得为学之末乎？某何敢以此奉责？又言欲使后人见其不忘乎善。人能为合道之文者，知道者也。在知道者，所以为文之心，乃非区区惧其无闻于后，欲使后人见其不忘乎善而已。此乃世人之私心也。夫子"疾没世而名不称焉"者，疾没身无善可称云尔，非谓疾无名也。名者可以厉中人，君子所存，非所汲汲。（《伊川先生文五 书启》，或云：明道先生之文）

程颢（左）、程颐（清《晚笑堂画传》）

这里有两点主要意思：首先，肯定唐诗的地位，"诗之盛莫如唐"，也同意韩愈"独高李杜"的看法；其次，先作文后学道是本末倒置，是就为学之次序于学道上言之；再次，当文章"不得其要""离真失正"时则害道，是就文学创作于传道上言之，这显然是程颐哲学主张的翻版。

　　或问："诗可学否？"曰："既学时，须是用功，方合诗人格。既用功，甚妨事。古人诗云'吟成五个字，用破一生心'；又谓'可惜一生心，用在五字上'。此言甚当。"……某素不作诗，亦非是禁止不作，但不欲为此闲言语。且如今言能诗无如杜甫，如云"穿花蛱蝶深深见，点水蜻蜓款款飞"，如此闲言语，道出作甚？某所以不常作诗。（《伊川先生语四》）

这段话通常被解读为"作诗害道"，成为"二程"否定文学功用的铁证，其实，二程所排斥的是不问情性、但务悦人、专意求工，"有之无所补，无之靡所阙，乃无用之赘言"（《答朱长文书》）的作品。他们提倡"摅发胸中所蕴，自成文"（《伊川先生语四》）的文章，要求作者把"德"绝对置于"文"之上，所谓"君子所蕴蓄者，大则道德经纶之业，小则文章才艺。君子观小畜之象，以懿美其文德，文德方之道义为小也"（《周易程氏传·小畜》），服从于"道"的"文"是他们乐于接受的。出于这种文学观念，所以对杜甫"穿花蛱蝶"这样的诗句也明显表示不满，认为是"闲言语"，没有写出来的必要。

杜甫全诗云："朝回日日典春衣，每日江头尽醉归。酒债寻常行处有，人生七十古来稀。穿花蛱蝶深深见，点水蜻蜓款款飞。传语风光共流转，暂时相赏莫相违。"（《曲江二首》其二）描绘的是蝴蝶在花间飞舞，在深深的花丛中还能不时看见、蜻蜓在水面自由自在地翻飞的夏日生动活泼的美景，清仇兆鳌《杜诗详注》引明张綖注曰："二诗以仕不得志，有感于暮春而作。"诗歌的主题与命意与"道德经纶""辅翼圣人"关系不是十分密切，因而为其所不取。杜甫诗歌忠君爱国的主题与命意，向来为儒家正统所尊崇和称赏，但即使是像杜甫这样的诗都不能为"二程"所接受，则其他诸多主旨、诗艺远不如老杜的唐代诗人及诗作就更不能为他们所认同。实际上，这是一种忽视和否定文学的抒情功能和审美价值，片面强调其社会功利的文学观和唐诗观，理学家的这种偏颇的文学观与唐诗观于此可见一斑。

二、南宋时期理学家唐诗批评的美学品格

靖康南渡后，理学进入集大成阶段，朱熹集中二程子之大成，力主性即理；陆九渊则力排程伊川之说，主张心即理。他们都注重对自然现象、社会现象的观察与思考，并结合人生（人性），以伦理道德为核心，取诸孟子，主张以"存天理，去人欲"为修心养性的涵养功夫，将理学整合为一个完整的思想体系。与此同时，理学家的文学观也有新的表现。

（一）朱熹

朱熹（1130—1200），字元晦，一字仲晦，号晦庵，又号紫阳，世称晦庵先生、朱文公。徽州婺源（今属江西）人，生于建州尤溪（今属福建）。南宋理学家、教育家，是集理学与文学之大成于一身的人。罗宗强先生认为，朱熹的"文道一体"文学观念，实际上是站在理学家和文学家的双重立场上，兼有二者的核心观点，在融合的基础上加以调和而成。但在具体的文学批评中则表现出游离分裂的倾向：作为理学家，他重"道"轻"文"；作为文学家，他重"道"也重"文"。就本源而论，他主张文源于道，道是根本；但就构成而言，抽象的道必须用具体的文来表现，道与文的关系是体和用的关系。就体而言，他强调善；就用而言，他主张美，美善的结合和展开，便是文与道的合一。在朱熹以道德为本体的文学思想里，他为文学审美作用的合理存在留下了一席之地，这与古文家的

韩、欧自然不同，和道学家更不同。他在文、道关系的论述上，在对文和艺的认识上，远远高出于其他道学家。[①] 基于这样的文学观，他的唐诗观也与之和谐一致。

在谈及诗歌发展史时，朱熹《答巩仲至书》有云：

> 尝闻考诗之原委，因知古今之诗凡有三变。盖自书传所记，虞夏以来及魏晋，自为一等；自晋宋间颜谢以来，下及初唐，自为一等；自沈宋以后，定著律诗，下及今日，又为一等。然自唐初以前，其为诗者固有高下，而法犹未变。至律诗出，而后诗之与法始皆大变。以至今日，益巧益密，而无复古人之风矣。

虽然对诗歌的分期有所不同，但"格以代降"的看法则十分明显，而且基本一致。他认为唐代以前，从《诗经》《楚辞》，以至魏晋六朝，虽然诗歌的水平各有高下，不尽相同，但"法犹未变"。这个"法"，具体含义十分耐人寻味。参诸后文"益巧益密，而无复古人之风"，大意约略为应向古人学习，学习那种自然朴拙，不尚技巧，"无迹可求"。对于唐诗的发展，他同样认为是一代不如一代，"初盛唐一等"，沈宋将律诗定型之后，"又为一等"，批评之意，显而易见。出于这种尚朴、自然、平淡的诗歌美学取向，朱熹对如何该学诗、作诗自有见地：

> 今人舍命作诗，开口便说李杜，以此观之，何曾梦见他脚板耶！（《题李太白诗》）天下万事皆有一定之法，学之者须循序而渐进。如学诗，则当以此等为法，庶几不失古人本分体制。向后若能成就变化，固无易量。……李杜韩柳初亦皆学《选》诗者，然杜韩变多，而柳李变少，变不可学而不变可学。（《跋病翁先生诗》）
> 诗须是平易不费力，句法混成。如唐人玉川子辈，句语虽险怪，意思亦自有混成气象。因举陆务观诗："春寒催唤客尝酒，夜静卧听儿读书。"不费力，好。（赐）[②]

太白诗大气飘逸，老杜诗沉郁顿挫，向来被宋人尊为学诗的典范，但朱熹不满于时人此种习尚，反对"舍命""费力"学诗作诗，这样做出来的诗，雕琢之痕太重，并不能接近李杜诗歌的精神实质，"何曾梦见他脚板耶"，鄙薄指斥之意甚明。事实上，杜甫作诗用力甚勤，斟酌音律，搜求奇句，则朱熹此处也暗含对老杜刻意用力作诗的微讽。"诗须是平易不费力"，则是说作诗要自然而然，如泉源似的流水潺潺，而无往不至。玉川子卢仝之诗并不出众，但因为"句法混成""有混成气象"，也为他所欣赏。学诗也要循序

---

① 参阅罗宗强、陈洪《中国古代文学史》（二），华东师范大学出版社，2000年，第10页。
② ［宋］黎靖德《朱子语类》（全八册）论文下，王星贤点校，中华书局，1986年，第3328页。此本下引不赘。

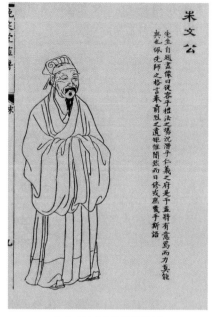

朱熹（清《晚笑堂画传》）

渐进，由"不变"到"变"，最终自成一家。"不变"是指能够继承古人之风，依样画葫芦；"变"则是指在学习借鉴前人的基础上，自出机杼。所以，"变不可学而不变可学"。所以，他也反对讲求"出处"和"来历"。《朱子语类》曰：

> 或言今人作诗，多要有出处。曰："'关关雎鸠'，出在何处？"（文蔚）文字好用经语，亦一病。老杜诗："致思远恐泥。"东坡写此诗到此句云："此诗不足为法。"（璘）

"出处"和"来历"是江西诗派的余习，其害处也早为人所痛诋，朱熹此处，也并不排除对其的诋呵。《诗经》之"关关雎鸠"，之所以脍炙人口，就在于语出自然，并无来历。而老杜"致思远恐泥"式喜好"用经语"，则被他指为一病，有掉书袋之嫌，并非自然而出，故是"不足为法"的。这些均与他的尚朴审美取向同一表里。《朱子语类》又云：

> 韦苏州诗高于王维、孟浩然诸人，以其无声色臭味也。（方）其（韦应物）诗无一字做作，直是自在。其气象近道，意常爱之。（方）

韦应物是朱熹除李杜外比较推崇的诗人之一。他认为王、孟之作过于费力安排了，斧凿之痕甚明。尽管三人诗作风格都是平淡，但韦诗却皆是"从道中流出"，"无声色臭味也"，没有过多地诉诸感官表现。因此，朱熹在将韦应物诗与杜诗进行比较的时候，依然倾向于韦诗，他认为："杜子美'暗飞萤自照'，语只是巧。韦苏州云：'寒雨暗更深，流萤度高阁'，此景色可想，但则是自在说了。"（方）朱熹偏爱韦诗的理由也简单，即没有机巧、不用力而又自然自在，这契合了他本人的创作风格和审美倾向。

王孟山水诗在后世的影响大于韦应物，但时代不同，认识未必完全一致。能够把韦应物凌驾于王维、孟浩然、杜甫之上显示了朱熹的眼力和胆力。朱熹认为："李太白诗不专是豪放，亦是雍容和缓底。如首篇'大雅久不作'，多少和缓！"（雉）在比较李白与李贺的诗歌时说："李贺较怪得些子，不如李白自在。又曰：'贺诗巧。'"（义刚）王、孟、韦，以及李白、李贺诗之短长高下，自可见仁见智，朱熹对"无声色臭味""雍容和缓"一路诗风的欣赏于此可见一斑。

在推尊自然的基础上，朱熹的另一个比较突出的主张是讲究"法度"，但法度的尊崇仍然要以"自然"为限。《朱子语类》曰：

> 杜诗初年甚精细，晚年横逆不可当，只意到处便押一个韵。如自秦州入蜀诸诗，分明如画，乃其少作也。李太白诗非无法度，乃从容于法度之中，盖圣于诗者也。《古风》两卷多效陈子昂，亦有全用其句处。太白去子昂不远，其尊慕之如此。（方子、佐同）

老杜诗讲究"法度"，早已成为共识。李白诗讲"法度"，论者并不多见。朱熹认为，李白之诗并非没有法度，而是已经从容超越于法度之上，超迈一般的诗人，臻于化境，无法度可寻了。他也论及"才"与诗风变化的关系，认为才大者作诗作文易有变化，而不守陈规：

> 人多说杜子美夔州诗好，此不可晓。夔州诗却说得郑重烦絮，不如他中前有一节诗好。鲁直一时固自有所见。今人只见鲁直说好，便却说好，如矮人看戏耳！（雉）杜甫夔州以前诗佳，夔州以后自出规模，不可学。苏黄只是今人诗。苏才豪，然一滚说尽，无余意；黄费安排。（德明）

朱熹对杜甫夔州诗无疑有否定的意向，这是出于以自己的诗学标准作为尺度和现实针对性的双重考量。黄庭坚《与王观复书一》云："观杜子美到夔州后诗，韩退之自潮州还朝后文章，皆不烦绳削而自合矣。"黄是诗人，而非理学家，显然是以艺术眼光来审视杜诗的，在他看来"天然去雕饰"乃是艺术的极境，杜诗从"语不惊人死不休"到"晚节渐于诗律细"仅是文字功夫。而朱熹则是以理学家的身份，从学诗方法来审视杜诗的，他所谓的"自出规模""横逆不可当"其实正是肯定了杜诗的艺术境界，但是这种境界却不可为法，是诗人自身将艺术水平与可模仿性必须完美地结合在一起、达到集大成后个性化的结果，绝非才能平庸之辈所能企及。[1] 所以，朱熹此处所言，未必完全允当，对此我们不可不察也。

（二）陆九渊

陆九渊（1139—1193），字子静，号存斋，抚州金溪（今属江西）人，世称象山先生。作为南宋心学派的领袖人物，陆九渊心学的核心理论是"心即理"，强调心的主体性，突出人的主观能动性，心兼具认识本体和道德本体的双重功能。其《敬斋记》曰："道未有外乎其心者。自可欲之善至于大而化之之圣，圣而不可知之神，皆吾心也。心之所为，犹之能生之物得黄钟大吕之气，能养之至于必达，使瓦石有所不能压，重屋有所不能蔽。

---

[1]　参阅朱易安《理学方法和唐诗批评的美学趣味》，《上海师范大学学报》（哲社版），2001年第2期。

则自有诸己至于大而化之者，敬其本也。"① 由人的道德情感的发生这一角度来论证心即理的普遍性，突出了人的道德情感，使之具有更多的感性色彩。感性、知觉、理性等，心的这种多重功能交互作用，使心学滋润下的心田具有了春风化雨般的情境，为其向感性方面的发展与重视感性的文学结缘提供了可能性。故其文学思想始终处于心学思想的笼罩涵盖之下，涉及文学问题的论述无不打上了鲜明的心学烙印。

象山主张立心为本，作文为末，强调培养洒落心境与诗情。据《陆九渊集·年谱》"淳熙十五年"条记载：

> 先生常居方丈。每旦精舍鸣鼓，则乘山篼至，会揖，升讲坐，容色粹然，精神炯然。学者又以一小牌书姓名年甲，以序揭之，观此以坐，少亦不下数十百，齐肃无哗。首诲以收敛精神，涵养德性，虚心听讲，诸生皆俯首拱听，非徒讲经，每启发人之本心也。间举经语为证。音吐清响，听者无不感动兴起。初见者或欲质疑，或欲致辩，或以学自负，或有立崖岸自高者，闻诲之后，多自屈服，不敢复发。其有欲言而不能自达者，则代为之说，宛如其所欲言，乃从而开发之。至有片言半辞可取，必奖进之，故人皆感激奋砺。平居或观书，或抚琴。佳天气，则徐步观瀑，至高诵经训，歌楚词，及古诗文，雍容自适。虽盛暑，衣冠必整肃，望之如神。诸生登方丈请诲，和气可掬，随其人有所开发，或教以涵养，或晓以读书之方，未尝及闲话，亦未尝令看先儒语录。每讲说痛快，则顾傅季鲁曰："岂不快哉！"

这种以道德修养为宗旨，十分重视诗的感情陶冶作用，将从容讲道的学术活动与愉悦吟诵、涵养心灵融为一体的诗意的人生，确是一种纯粹至善的高级精神活动，可以同时兼收上述各种功效。假如人们具备了这样高华的精神气质、这样峻洁的人生境界，则从事于诗文等文学创作之时，其精神自然会渗透到作品中去，充溢于字里行间，写出豪迈超拔、迥异流俗的诗文。也正是从此出发，陆九渊在论及与文学相关的各项因素中，十分看重人及其人品，他反复强调"人品在宇宙间迥然不同。诸处方晓晓然谈学问时，吾在此多与后生说人品"（《语录上》）。他之赞赏前代作家也总是首先立足于其人品，所以得出的结论便是"李白、杜甫、陶渊明皆有志于吾道"（同上）。李白"不屈己，不干人"（《代寿山答孟少府移文书》）②、平揖王侯、笑傲江湖的高蹈，杜甫爱国恤民的节操，陶渊明遗世独立的人品，都为他所称道，与其精神气质一脉相通。他充分肯定人品气质与文章有着直接的联系："人之文章，多似其气质。杜子美诗乃其气质如此"（《语录上》）。此说不算新鲜，汉扬雄《法言·问神》早有预言："故言，心声

---

① 《陆九渊集》卷十九《记》，钟哲点校，中华书局，1980 年，第 228 页。下引不赘。
② 《李太白全集》(全三册)，清王琦注，中华书局，1977 年，第 1225 页。下引不赘。

也；书，心画也。声画形，君子小人见矣。"①文学史上人品、气质与作品互为表里是常态。

"有客论诗，先生诵昌黎《调张籍》一篇云：'李杜文章在，光焰万丈长。不知群儿愚，那用故讪伤？蚍蜉撼大树，可笑不自量云云。乞君飞霞佩，与我高颉颃。'且曰：'读书不到此，不必言诗。'"（《语录上》）象山认同和赞赏韩愈诗中体现的那种高瞻远瞩、自作主宰的独立精神："他人文字议论，但谩作公案事实，我却自出精神与他拨判，不要与他牵绊，我却会斡旋运用得他，方始是自己胸襟。途间除看文字外，不妨以天下事逐一自题评研核，庶几观他人之文自有所发。"（《与吴仲时》）也是从精神气质方面来考察一个人的诗文是否有胸襟，是否与"天下事"息息相关。

象山《与邵叔谊》书云："此天之所以予我者，非由外铄我也。思则得之，得此者也；先立乎其大者，立此者也；积善者，积此者也；集义者，集此者也；知德者，知此者也；进德者，进此者也。同此之谓同德，异此之谓异端。""本心"是陆九渊整个思想的起点和归宿，他将"本心"视为治学做人、读书作文的立足点，主张立心为本，作文为末。假如没有本心作为保障，就将无所适从，一无所获。学既无成，论文也就无从谈起。

象山不满于缺乏气质、品质卑下之人之诗。据《语录上》载：

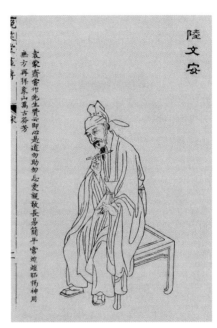

陆九渊（清《晚笑堂画传》）

> 或问先生何不著书？对曰："六经注我，我注六经。"韩退之是倒做，盖欲因学文而学道。欧公极似韩，其聪明皆过人，然不合初头俗了。或问如何俗了？曰："《符读书城南》《三上宰相书》是已。"至二程方不俗，然聪明却有所不及。

不同于前文对韩愈《调张籍》一诗的认同，此处陆九渊对韩愈"欲因学文而学道"这种本末倒置的主张予以批评，而且不满意韩愈的"俗"。象山所涉及所谓韩愈的"俗"作，是指其《符读书城南》和《三上宰相书》。二作中均流露出对世俗功名利禄的艳羡与企慕，与陆九渊所推崇的"俯仰浩然，进退有裕"（《与杨守》）精神不符，所以被目之为"俗"。陆九渊在前举《与吴仲时》书云："大抵天下事，须是无场屋之累，无富贵之念，而实是平

---

① 《法言义疏》（全二册）问神卷第五，汪荣宝撰，陈仲夫点校，中华书局，1987 年，第 160 页。

居要研核天下治乱、古今得失底人，方说得来有筋力。"而韩愈执着于自身的出人头地，斤斤与子孙后代的贤愚穷达，于象山此处"无场屋之累，无富贵之念"的"胸襟"相去甚远，所以为象山所不满。韩愈虽被人尊为一代文宗，但毕竟不是完人，其为人为文也未必毫无瑕疵。而在象山眼中，凡与之主张不符之人之诗，均在批评之列，没有例外，对韩愈亦是如此。

（三）叶适

叶适（1150—1223），字正则，温州人。人称水心先生，是永嘉事功学派的集大成者。全祖望《水心学案》按语云："乾、淳诸老既殁，学术之会，总为朱、陆二派，而水心断断其间，遂称鼎足。"[1] 作为与朱熹理学、陆九渊心学"鼎足而三"的思想家，叶适在学术思想上以继承孔子道统自居，从道统的高度确立了永嘉学术注重经世、提倡事功的哲学基础，在理学家与文学家文道观渐行渐远的时代背景下，对二者有一定的整合。

叶适的文学思想与他的哲学思想是桴鼓相应的。从事功思想出发，他非常注重文学的教化亦即政治功能作用，其《赠薛子长》一文开宗明义："读书不知接统绪，虽多无益也；为文不能关教事，虽工无益也。"[2] 为文要关教事，为诗亦同，他说："自文字以来，《诗》最先立教，而文、武、周公用之尤详。以其治考之，人和之感，至于与天同德者，盖已教之《诗》，性情益明，而既明之性，诗歌不异故也。及教衰性蔽，而《雅》《颂》已先息，又甚则《风》《谣》亦尽矣。"（《黄文叔诗说序》）他对传统儒家诗教说牢笼下的文学观，是全面继承了的。

但他并不重道轻文，因道废文，而主张"德艺兼成"，重教而不轻文。在《跋刘克逊诗》中，在强调诗的教化的同时，还提出"德艺兼成"这一文学观点，十分重视文章、诗歌的艺术性，要求达到"作必奇妙殊众"的效果，呈现出华美奇妙的韵味和境界。

他在《答吴明辅书》中说："意特新，语特工，韵趣特高远，虽昔之妙龄秀质，其终遂以名世者，不过若是，何止超越辈流而已哉！"以意新、语工、韵趣高远为评价和衡量诗歌的美学品格和艺术标准。因此，他论诗特别注重诗语之工，如评杜甫《送扬六判官使西蕃诗》："直下无冒子，始末只一意，只一意贯栝刻绝，皮草皆尽，而语出卓特，非常情可测。由文人家并论，则刘向所谓太史公'辨而不华，质而不俚'者也。虽子美无诗不工，要其完重成就，不以巧拙分节奏如此篇者，自为少尔。"（《松庐集序》）其语工，主要是强调语言要为表达一定思想内容服务，所谓"夫文者，言之衍也"（《周南仲文集后序》）。

其《王木叔诗序》云："木叔不喜唐诗，谓其格卑而气弱。近岁唐诗方盛行，闻者皆以为疑。夫争妍斗巧，极外物之变态，唐人所长也。反求于内，不足以定其志之所止，

---

① ［清］黄宗羲《宋元学案》，全祖望补修，陈金生等点校，中华书局，1986 年，第 1738 页。

② 《叶适集》（全三册），刘公纯等点校，中华书局，1961 年，第 607 页。下引不赘。

唐人所短也。木叔之评，其可忽诸！"对唐人唐诗的长处与不足进行了分析。他因王木叔之言，借其口来表示对唐诗的不满，所谓"格卑而气弱"。平心而论，这种说法是值得斟酌的。

有唐一代，诗歌发展经历了从初盛中晚不同的时期，每一时期的成就与美学风貌未必完全相同，但总体上唐诗给人的印象是气象宏达、昂扬向上、文质兼美、声韵谐和，是诗歌史上的巅峰之作和典范之作，以之为中国诗歌的代表，亦毫不为过。当然，因为种种原因，晚唐诗歌确有气格卑弱、寒酸伧俭之不足，但并不能代表唐诗的全部，以此指斥全部唐诗都"格卑而气弱"，则显然是以偏概全，不能令人信服。

至于唐诗的长处与不足，叶适所言倒是一语中的，颇为中肯。唐人唐诗确有忽视人的心灵世界的描述，不太关注个体精神领域的探索。而宋人则注重追求精致内敛的精神世界，擅长细致入微的思想、理趣。前引今人缪钺在《诗词散论·宋诗》、钱锺书《谈艺录·诗分唐宋》中对此曾有过精辟论述，与水心先生所言之意大致相近，此不辞费。

（四）真德秀

真德秀（1178—1235），字景元，后改字希元，建宁蒲城（今属福建）人，世称西山先生。学术思想基本祖述朱熹，与魏了翁（号鹤山）齐名。他对朱熹极为推崇，尊之为"百代宗师"。作为朱熹之后学，真德秀的主要任务在于振兴和发扬理学，在学术贡献上重在阐发运用。著有《真文忠公集》，及文章选本《文章正宗》《续文章正宗》。

黄宗羲曰："（西山、鹤山）两家学术，虽同出于考亭，而鹤山识力横绝，真所谓卓荦观群书者；西山则依门傍户，不敢自出一头地，盖墨守之而已。"[①]洵为的论。

真德秀《文章正宗纲目序》（《全宋文》辞书本）云："自昔集录文章者众矣，若杜预、挚虞诸家，往往埋没弗传，今行于世者惟梁《昭明文选》、姚铉《文粹》而已。由今眠之，二书所录果皆得源流之正乎？夫士之于学，所以穷理而致用也。文虽学之一事，要亦不外乎此。"其选文标准有内容和形式两个方面：一是在内容上要求"以明义理，切世用为主"；二是形式上要求"其体本乎古，其指近乎经"，"否则辞虽工亦不录"。

《文章正宗纲目·诗赋》序云："三百五篇之诗，其正言义理者无几，而讽咏之间，悠然得其性情之正，即所谓义理也。后世之作，虽未可同日而语，然其间兴寄高远，读之使人忘宠辱，去鄙吝，悠然有自得之趣。……其为性情心术之助，反有过于他文者。盖不必专言性命，而后为关于义理也。"（引见《文献通考·经籍考》）西山强调文学的社会功能，认为文学应当像其他一切著作一样，要"发挥义理，有补世用"。他尤其推崇陶渊明、杜甫之诗，选入陶渊明诗歌49首，其数量几乎与唐以前各家诗总和相等，占六分之一，是陶渊明诗歌总数的三分之一，这是因为陶诗平淡自然的诗风能够超脱凡俗、杜诗真挚深醇的情感流露能感人至深，契合其"性情之正"的批评标准。

---

① ［清］黄宗羲《宋元学案》，全祖望补修，陈金生等点校，中华书局，1986年，第2696页。

西山《咏古诗序》（《全宋文》辞书本）曰："以诗人比兴之体，发圣贤理义之秘。"所以他看重宣扬义理的文章，将其放在重要位置，对一些离理义较远而艺术性较强的佳作也并不排斥。其《文章正宗》选编了一些从先秦至唐脍炙人口的诗歌名篇，其中盛唐诗 81 首，中唐诗 114 首，共 322 首。如陈子昂《感遇诗》、李白《留别金陵诸公》《春日独酌》、杜甫《自京赴奉先县咏怀》《北征》《羌村三首》等 80 多首。选取韦应物诗歌 80 多首，几乎与杜甫相等，占入选的中唐诗一半；选入柳宗元诗 20 多首。真德秀认为，这些"淳厚""旷达""不期于高远而自高远"的诗歌，直抒胸臆、出自自然，而不是"用力学诗"。这些艺术性强而义理少的作品入选，表明了西山在一定程度上对文学艺术性的重视，以及对义理之学的部分疏离与纠正。但盛唐高适、岑参、李颀等人的边塞诗、王维、孟浩然等人的山水田园诗、中唐诗歌白居易、晚唐杜牧、李商隐等人的诗歌等均未收录，总体上还是与他理学家的选录标准一脉相承的。

另一方面，陶渊明"不仕二朝"、忠贞不移的政治操守，安贫乐道、不为五斗米折腰的独立人格，淡泊宁静的人生情怀、洒落的胸襟；杜甫"好义之心"的道义节操，唐宋以来，得到交口赞誉，亦颇受宋人欣赏。因此，陶杜之诗在宋代一直为人所青睐，从朱子到西山无不如此。真德秀也十分注重文人的人品，强调学者必须先道德后文章，以道为文，并将其列为诗文入选的标准之一。在他看来，人品高低决定了诗品和文品的高下。历史上的一些文人，即使词章如何有名，但人品有亏，则文品也为人所不齿。

西山《跋欧阳四门集》（同上本）曰："自世之学者离道而为文，于是以文自命者，知黼黻其言而不知金玉其行。工骚者有登墙之丑，能赋者有涤器之污，而世之寡识者，反矜诧而慕望焉，曰：夫所谓学者，文而已矣。华藻患不缛，何以修敕为？笔力患不雄，何以细谨为？呜呼，倘诚若是，则所谓文者，特饰奸之具尔，岂曰贯道之器哉！彼宋玉寓言以讽，未必真有是，若相如之事，则君子盖羞道之。服儒衣冠，诵先王言，不惟颜、冉是学，而曰吾以学相如也，抑何其陋耶！"宋玉有"登墙之丑"，司马相有"涤器之污"，均离道而学文，虽文辞华丽，但由于品行有亏，其文不过"饰奸之具尔"，又如何能贯道！

《跋江峰文集》（同上本）曰："盖自昔文人，鲜顾检操。以柳河东之艺且贤，而甘心自附于伾、文之党；元才子始为御史，号称劲挺，晚节顾由敕使以进，青蝇集瓜之消，羞辱亡穷焉。"据《旧唐书·柳宗元传》载："顺宗即位，王叔文、韦执谊用事，尤奇待宗元。与监察吕

真德秀（清《晚笑堂画传》）

温密引禁中，与之图事。转尚书礼部员外郎。叔文欲大用之，会居位不久，叔文败，与同辈七人俱贬。"[①]《新唐书·柳宗元传》亦载："贞元十九年，为监察御史里行。善王叔文、韦执谊，二人者奇其才。及得政，引内禁近，与计事，擢礼部员外郎，欲大进用。俄而叔文败，贬邵州刺史，不半道，贬永州司马。"在真氏看来，二人均有结交权贵、希图通显的陋行，元、柳文名虽盛，但人品有亏，为其不齿。"永贞革新"或毁或誉，史家看法不一。西山此言，或有失偏颇。

---

① ［五代后晋］刘昫等《旧唐书》(全十六册)，中华书局，1975 年，第 4214 页。下引不赘。

第四章

接受与借鉴：宋代唐诗研究与宋诗创作之关系

第一节　宋代诗学的新变与总体走向

文学的演变总是有自己特殊的方式，前代文学断然不会割断对后代文学的滋润沾溉，后代的文学也不可能不受前代文学的影响浸淫，而且这种影响也不可能随着非文学因素诸如朝代更迭、政权易手等因素的渗透而削弱。《文心雕龙·通变》云："文律运周，日新其业。变则其久，通则不乏。趋时必果，乘机无怯。望今制奇，参古定法。"《南齐书·文学传论》讲"若无新变，不能代雄"，就是此意。宋代文学的因革流变同样是如此，其中诗歌、散文和词，较之其他文体，表现则更为明显。

陆游《跋〈花间集〉二》认为，晚唐五代的诗风"愈卑""日趋浅薄"，而且已经酝酿着诗歌文体的新变，亦即从诗向词的转变。词在宋代蔚为大观，成为一代文学的重要标志之一，但诗歌在宋代仍然呈现出新的特色与新的亮点。方回《送罗寿可诗序》云："宋划五代旧习，诗有白体、昆体、晚唐体。……欧阳公出焉，一变为李太白、韩昌黎之诗；苏子美二难相为颉颃，梅圣俞则唐体之出类者也。晚唐于是退舍。苏长公踵欧阳公而起，王半山备众体，精绝句、古五言或三谢，独黄双井专尚少陵，秦、晁莫窥其藩。"[①] 都从不同侧面指出了宋初三体的模仿性强而独创性弱，缺乏自立气度的特点。这也体现了代际更迭之间文学的相互影响。

为宋诗开新面目者当属梅尧臣、苏舜钦和欧阳修，他们是由"唐音"向"宋调"转变的关键人物。刘克庄《后村诗话》云："欧公诗如昌黎，不当以诗论。本朝诗惟宛陵（谓梅尧臣）为开山祖师，宛陵出，然后桑濮之哇淫稍息，风雅之气脉复续，其功不在欧、尹（谓尹洙）下。"梅诗初法王维、韦应物，后又受韩愈、孟郊影响，诗风往往老健劲峭、平淡简远，能够"去浮靡之习，超然于昆体极弊之际；存古淡之道，卓然于诸大家未起之先"[②]。

---

① 载李修生《全元文》（全60册，第7册）《方回》，江苏古籍出版社，1999年，第51页。下引不赘。
② ［元］龚啸《跋前二诗》。载周义敢、周雷《梅尧臣资料汇编》，中华书局，2007年，第164页。

欧诗其近体矫昆体雕琢之弊，"专以气格为主，故其言多平易疏畅"（《石林诗话》），近于大历诸子。其古体诗学李白、韩愈，承继韩愈以文为诗的传统，散文化倾向有所增强。王安石的诗被称作"荆公体"，诗风峭拔劲健而又壮丽遒宕，优游和婉而又精深华妙，喜欢造硬语、押险韵、喜欢改窜古人诗句以为己有；好用典故，讲究对仗，有时不免伤巧，都已开江西诗派的先声。①

以苏轼、黄庭坚、陈师道为代表的元祐诗风，应当说是宋诗发展的顶峰，代表了宋诗发展的最高成就。苏轼（1037—1101）不仅是宋代，而且也是整个中国古代文学光辉成就的一个突出代表。他在诗词、散文以及书法、绘画方面都有杰出的成就，在诗歌理论上的成就尤其引人注目。在谈到诗歌的功能与目的时，他强调："诗须要有为而作，用事当以故为新，以俗为雅。"（《题柳子厚诗二首》又）。这个"有为而作"包括两层意思，一是要强调创作必须是作者对客观事物有真实的感受，从而有着把这种感受写出来的强烈冲动，是胸中充满勃郁的激情的自然流露，而非无病呻吟，及如何解决"为情造文"还是"为文造情"的问题。其《南行前集叙》云：

> 夫昔之为文者，非能为之为工，乃不能不为之为工也。山川之有云雾，草木之有华实，充满勃郁，而见于外，夫虽欲无有，其可得耶！自少闻家君之论文，以为古之圣人有所不能自已而作者，故轼与弟辙为文至多，而未尝敢有作文之意。己亥之岁，侍行适楚，舟中无事，博弈饮酒，非所以为闺门之欢，而山川之秀美，风俗之朴陋，贤人君子之遗迹，与凡耳目之所接者，杂然有触于中，而发于咏叹。盖家君之作与弟辙之文皆在，凡一百篇，谓之《南行集》，将以识一时之事，为他日之所寻绎，且以为得于谈笑之间，而非勉强所为之文也。

强调的是自身的所见、所历及所感，而绝非"为文造情"的无病呻吟。"有为而作"的另一层意思是强调创作应当有积极的目的，有现实意义与社会作用，如同白居易所说的"为时而著""为事而作"。苏轼《凫绎先生诗集叙》曰："先生之诗文，皆有为而作，精悍确苦，言必中当世之过，凿凿乎如五谷可以疗饥，断断乎如药石可以伐病。"强调诗歌创作当有益于社会人生，可以"疗饥伐病"，批判现实，揭露社会弊病。这与儒家的传统诗道观是一脉相承的，也是符合他自身的思想习惯和价值取向的。在评价杜甫诗也表现出了同样的诗歌价值观，《次韵张安道读杜诗》："大雅初微缺，流风困暴豪。张为词客赋，变作楚臣骚。展转更崩坏，纷纶阅俊髦。地偏蕃怪产，源失乱狂涛。粉黛迷真色，鱼虾易豢牢。谁知杜陵杰，名与谪仙高。扫地收千轨，争标看两艘。……"②重新标举《诗经》风雅的精神，贬抑辞赋的传统，高扬文学参与政治、匡时济世的社会批判功能，

---

① 参阅程千帆《两宋文学史》，河北教育出版社，2000 年，第 87 页。

② ［清］查慎行《苏诗补注》，王友胜校点，凤凰出版社，2013 年，第 154—155 页。下引不赘。

其矛头所向是宋初以来的诗风，表明他与诗文革新的先驱们有着同样的价值取向。

平心而论，这样的诗歌价值论，与传统儒家的功利主义诗教观及后来历代正统文人的观点并无二致，都不过是"主文而谲谏"等陈规在新的历史条件下的翻版。倒是他的"辞达说"较之先前有了新的内容，"孔子曰：'辞达而已矣。'辞至于达，止矣，不可以有加矣"（《答王庠书》），"夫言止于达意，则疑若不文，是大不然。求物之妙，如系风捕影，能使是物了然于心者，盖千万人而不一遇也。而况能使了然于口与手者乎？是之谓'辞达'，辞至于能达，则文不可胜用矣"（《与谢民师推官书》）。按传统的解释，"辞达"本来只是对为文的一个基本要求，原本多用于对追求文辞工巧的批评。而苏轼在对"辞达"作了新的解释后就将它提升到为文的一个极致，亦即一种既能表现事物的本质特征，而又高度自然的一种境界。他之所谓"达"，就是要传达出描述对象的形貌特征、精神气质。

苏轼本人能诗善画，常将诗与画的审美趣味等同而观。但他并不是以"形似"求画，更不以"形似"言诗，"论画以形似，见与儿童邻。赋诗必此诗，定非知诗人。诗画本一律，天工与清新"（《书鄢陵王主簿所画折枝二首》其一），要求诗与画都要有一种天工自然之美。这就涉及他所追求的诗文风格，即语言运用上的流丽明快，表情达意上的恣肆酣畅，整体意蕴上的自然平淡。他受佛禅影响甚大，同时又受老庄思想浸淫。老庄与佛禅都标榜无拘无碍、无任待远的人生态度，企图摆脱对世俗的执着，达到一种超越现实人生的荣辱得失，与天地万物融而为一的境界。

追求自然的风格由来已久，在宋代也成为普遍推崇的美学原则之一。其父苏老泉《仲兄字文甫说》阐释"风行水上，自然成文"的道理云："二物者非能为文，而不能不为文也，物之相使而文，出于其间也。故曰：此天下之至文也。"①描绘了风水相激而成文的现象，称这种水的波纹是"天下之至文"，就是因为风与水是无意成文而自然成文的。苏轼《自评文》亦云："吾文如万斛泉源，不择地皆可出，在平地滔滔汩汩，虽一日千里无难。及其与山石曲折，随物赋形，而不可知也。所可知者，常行于所当行，常止于不可不止，如是而已矣"。足见其对此说的重视与推许。

历代人对宋诗特色的一个总体评价是"主理""尚议论"。严羽《沧浪诗话·诗评》（见前述）是较早指出宋诗尚理的特点的。其后，元傅若金《诗法源流》（又名《诗法正论》《诗源至论》等）曰："唐人以诗为诗，宋人以文为诗。唐诗主于达性情，故于《三百篇》为近；宋诗主于立议论，故与《三百篇》为远。"②《四库提要》（《击壤集》）云："晁公武《读书志》云，（邵）雍邃于易数，歌诗盖其余事，亦颇切理。案自班固作《咏史》诗，始兆论宗。东方朔作《诫子》诗，始涉理路。沿及北宋，鄙唐人之不知道，于是以论理为本，以修词为末，而诗格于是乎大变。此集其尤著者也。"钱锺书先生亦有唐诗、宋诗之别的论述（见前文）。尽管具体情况有所不同，但总的倾向大致不差。尚理的根源在于宋代理学的

---

① 载曾枣庄《宋代序跋全编》（全八册），齐鲁书社，2015 年，第 2348 页。
② 载高棅《唐诗品汇·历代名公叙论》，中华书局，2015 年，第 16 页。

兴盛，理学在两宋思想界占有统治地位，它对于诗学领域风会的转移，以及诗人们思维方式不能说没有影响，这就使宋诗蒙上一层或多或少、或浓或淡的理学色彩。通常认为，江西诗派至吕本中接受二程之学，陆游与朱熹之学相近。邵雍提出了"情伤兴命"与"以物观物说"；朱熹有"文皆是从道中流出"之论。包恢有三种"自然说"，分别从不同角度表达了自己的诗学观念，既反映了时代思潮的理性色彩，也丰富了宋代诗学的思想宝库。①

与宋诗"尚理"之风相伴的另一宋诗特色是"主议论"和"以文为诗"。就议论方式而言是"以文为诗"，就议论内容而言是"言理"。议论化实际上也是散文化的一个表现，其实唐诗未尝没有议论。《六一诗话》云：

> 退之笔力，无施不可，而尝以诗为文章末事，故其诗曰："多情怀酒伴，余事作诗人"也。然其资谈笑，助谐谑，叙人情，状物态，一寓于诗，而曲尽其妙。此在雄文大手，固不足论，而余独爱其工于用韵也。盖其得韵宽，则波澜横溢，泛入旁韵，乍还乍离，出入回合，殆不可拘以常格，如《此日足可惜》之类是也。得韵窄，则不复旁出，而因难见巧，愈险愈奇，如《病中赠张十八》之类是也。余尝与圣俞论此，以谓譬如善驭良马者，通衢广陌，纵横驰逐，惟意所之。至于水曲蚁封，疾徐中节，而不少蹉跌，乃天下之至工也。

故通常认为宋诗"主议论"和"以文为诗"之风，是在学韩愈的基础上发展起来的。只是到了宋代，在理学兴盛这一特定的学术氛围中，宋代诗人受其影响，从而发展得较为充分而已。在宋人的创作实践中，大量的理趣诗、哲理诗、禅理诗、道学诗、咏史诗等不断涌现及其普遍化，就是这种风气的具体表现。苏轼的《题西林壁》就是著名的理趣诗，另一首《泗州僧伽塔》被纪晓岚评为"纯涉理路而仍清空如话"之作。

所谓"以文为诗"，其内涵有二，一是以古文的章法、句法为诗；一是以古文中常见的议论为诗。这在韩愈的古诗，尤其是七言古诗中，取得了巨大的成功。② 到宋代以后，人们肯定了韩愈的这些努力，如魏泰《临汉隐居诗话》云：

> 沈括存中、吕惠卿吉甫、王存正仲、李常公择，治平中，同在馆下谈诗。存中曰："韩退之诗乃押韵之文尔，虽健美富赡，而格不近诗。"吉甫曰："诗正当如是，我谓诗人以来，未有如退之者。"正仲是存中，公择是吉甫，四人交相诘难，久而不决。公择忽正色谓正仲曰："君子群而不党，公何党存中也？"正仲勃然曰："我所见如是，顾岂党邪？以我偶同存中，遂谓之党，然则君非吉甫之党乎？"一座大笑。

---

① 参阅陈良运《中国诗学批评史》，江西人民出版社，2001年，第332—350页。
② 程千帆《韩愈以文为诗说》，载《古诗考索》，上海古籍出版社，1984年，第195页。

（此条亦见《冷斋夜话》）

金赵秉文《复李天英书》云："杜陵知诗之为诗，未知不诗之为诗。而韩愈又以古文之浑浩溢而为诗，然后古今之变尽矣。"[①]清叶燮《原诗》云："韩愈为唐诗之一大变，其力大，其思雄崛起特为鼻祖。宋之苏梅欧苏王黄，皆愈为之发其端，可谓极盛。"[②]赵翼《瓯北诗话》卷五曰："以文为诗，自昌黎始；至东坡，益大放厥词，别开生面，成一代之大观。"这种散文式的平铺直叙的手法，这种类似于传统的"赋"的手法，在宋诗中是屡见不鲜的，尽管这些手法为宋诗带来了一些有益的影响，但对于诗歌意境的创造，也会产生某些不利的因素。对某些作品而言，可能会造成以抽象的逻辑思维代替生动活泼的审美思维，甚至以"理"代"情"的缺点。因为要议论就要阐发某种"道"或"理"，就要涉及理路，艺术构思和艺术表现的大部分精力就要向理智倾斜，这样，"情"的一方面就必然会受到影响，诗歌的内容就会缺少一种荡气回肠、一唱三叹的韵味与魅力。同时，诗涉理路，就要使事用典，就要加以诠释说明，以示持之有故、言之有据，结果就可能牺牲了诗歌的艺术感染力，从而使诗歌堕落为押韵的说理文，以致质木索然，味同嚼蜡。

不论是宋初三体，还是元祐前后的欧、苏、王、黄诸公，都是以唐诗作为自己学习的范式的，不过彼此取法的对象各异而已，有的取法白居易，有的取法贾岛、姚合，有的取法李义山，有的取法李杜。各人的取法途径和取法方式也不尽相同，有的偷句，有的偷意，有的偷构思，有的偷意境等。究竟如何向古人借鉴学习，就成为当时人们关心和探讨的问题。元祐前后是宋诗有别于唐诗而自居名目，由"唐音"向"宋调"转变的关键时期，王安石、苏轼、黄庭坚等人为宋诗独树一帜的重要人物，但王安石的"荆公体"后继无人，苏轼的"东坡体"由于才高韵胜，独步诗坛，均属个性鲜明而才学平庸者难以追慕的典范。只有黄庭坚，虽出自黄门，但其"山谷体"却是专凭学力养成，尽管戛戛独造而犹有句法蹊径可循，这就导致了专以"求法"为宗的"江西诗派"的出现与盛行。

此外，宋代科举的场屋陋习对宋诗的"求法"之风也起到了推波助澜的作用。神宗时"始罢诸科，而分经义、诗赋以取士"（《宋史·选举一》）。高宗时设立博学鸿词科，使藻饰浮文有了独立滋生的土壤，"自经赋分科，声律日盛"（《宋史·选举二》）。吴子良《荆溪林下偶谈》记："东坡言：'词科利害，撰说得失，为制科习气。'余谓，近世词科亦有一般习气，意主于诣，辞主于夸，虎头蛇尾，外肥中枵，此词科习气也。"[③]高宗绍兴五年（1135），"初试进士于南省，戒饬有司：'商榷去取，毋以缋绘章句为工，当以渊源学问为尚。事关教化、有益治体者，毋以切直为嫌。言无根柢、肆为蔓衍者，不在采录'"（《宋史·选举二》），由此见出当时科场的弊端已渐成气候。

---

① 载《金文最》（全二册），清张金吾编纂，中华书局，1990 年，第 781 页。

② ［清］叶燮《原诗》卷一，清康熙叶氏二弃草堂刻本。

③ ［宋］吴子良《荆溪林下偶谈·词科习气》卷三，清文渊阁四库全书本。

理宗时再立词科，更是直接地促进了文士们对文采的追求。"理宗嘉熙三年（1239），臣僚奏：'词科实代王言，久不取人，日就废弛。盖试之太严，故习之者少。今欲除博学鸿词科从旧三岁一试外，更降等立科。止试文辞，不贵记问。命题止分两场，引试须有出身人就礼部投状，献所业，如试教官例。每一岁附铨闱引试，惟取合格，不必拘额，中选者与堂除教授，已系教官资序及京官不愿就教授者，京官减磨勘，选人循一资。他时北门、西掖、南宫舍人之任，则择文墨超卓者用之。'"（同上）这种降低标准，只重文辞的考试方法，对于许多文士来说是极好的晋身机会，也进一步加剧了科场华丽藻饰文风的蔓延。

科举程文是讲究文法、诗道的，谢枋得手定《文章轨范》，刘辰翁撰《须溪四景诗集》，为文士科举提供了可资参照的范文，并向他们传授科场文章秘籍。王守仁《重刻文章轨范序》说："宋谢枋得氏取古文之有资于场屋者，自汉迄宋，凡六十有九篇，标揭其篇章字句之法，名之曰《文章轨范》。盖古人之奥不止于是，是独为举业者设耳。"①刘辰翁之作也被认为是"皆气韵生动，无堆排涂饰之习，在程试诗中最为高格"（《四库提要》）。自吕居仁《江西诗社宗派图》首标黄庭坚以下二十五人为江西诗派后，作为文学史意义上的"江西诗派"始得名声大噪，时跨南北两宋，成为有宋一代乃至此后元明清各代影响最大、最为深远的一个诗歌流派。其诗学理论的核心就是试图度人金针，强调诗歌创作要讲究一定的法度，把握一定的技巧原则，从构思谋篇到用字遣词，都努力确立一套有规可循、有法可依的技巧规则，进而指导创作实践。可以说，江西诗派的诗学理论是一种具有浓厚实践意义、颇具可操作性的诗歌创作理论。

黄庭坚一直是以杜甫为师法学习的对象的，一方面是因为杜诗在艺术上的成就具有集大成的辉煌，元稹《唐故工部员外郎杜君墓系铭》中对杜诗的艺术成就给予了极高的评价。宋祁《新唐书》本传认为"自甫深涵汪茫，兼古今而有之"，黄庭坚自己也在《次韵伯氏寄赠盖郎中喜学老杜诗》中写道："老杜文章擅一家，国风纯正不欹斜。帝阍悠邈开关键，虎穴深沉探爪牙。千古是非存史笔，百年忠义寄江花。潜知有意升堂室，独抱遗编校舛差。"②认为杜甫的诗不仅内容具有"史笔"的性质，而且风格纯正，能够独擅一家。另一方面，也是由于杜甫"读书破万卷，下笔如有神""别裁伪体亲风雅，转益多师是汝师"的广泛学习，不断进取，以求新变的精神与黄庭坚自己的心智才能相契合，使得他在精心揣摩杜诗奥妙之余而建立自己的诗学理论。

山谷认为老杜之诗与韩愈之文之所以写得气象万千，各具面目，就是因为他们读书多，知识广，而且能将其精神气韵融会贯通，熔铸于诗人血脉精气之中，而杜诗的根底在于《诗经》与《楚辞》。其《大雅堂记》云："子美诗妙处，乃在无意于文。"强调杜诗"无意为文而意已至"的妙境就在于对传统"风骚"反复咀嚼玩味，方能登大雅之堂。所以，

---

① 《王文成公全书》（全四册），王晓昕、赵平略点校，中华书局，2015年，第1002页。
② ［宋］任渊等《黄庭坚诗集注》（全五册），中华书局，2003年，第1706页。下引不赘。

他认为"词意高胜，要从学问中来耳。……作文字须摹古人、百工之技，亦无有不法而成者也"（《论作诗文》）。其《与王观复书一》云："所送新诗，皆兴寄高远，但语生硬，不谐律吕，或词气不逮初造意时，此病亦只是读书未精博耳。'长袖善舞，多钱善贾'，不虚语也。"《跋书柳子厚诗》又云："予友生王观复，作诗有古人态度，虽气格已超俗，但未能从容中玉佩之音，左准绳，右规矩尔。意者读书未破万卷，观古人之文章未能尽得其规摹及所总览笼络，但知玩其山龙黼黻成章耶？故手书柳子厚诗数篇遗之。"反复强调，无论是炼意还是炼词，以及运用声律，都要以"读书精博"为本。如此，方可为诗歌创作打下坚实的基础，诗歌王国的高楼大厦只有建立在这样的基础上，才能辉煌灿烂。

黄所揭示的创作方法，或说他度与人的所谓"金针"，就是著名的"点铁成金"与"夺胎换骨"法，但这种方法一向为人所诟病。金王若虚《滹南诗话》就称此二说为"特剽窃之黠耳"。明李东阳《怀麓堂诗话》说："唐人不言诗法，诗法多出宋，而宋人于诗无所得。所谓法者，不过一字一句对偶雕琢之工，而天真兴致，则未可与道。其高者失之捕风捉影，而卑者坐于黏皮带骨，至于江西诗派极矣。"[1]向前人学习借鉴是必要的，通过学习融汇前人的创作技巧、创作经验，从而推陈出新，有所成就，并非没有可能。但如果把这些作为创作的普遍规律加以推广，就不免失之偏颇。不能自出新意，废铁回炉，旧货翻新，把从古人诗中领悟到的会心，换一种方式表现出来，在这样的作诗方法指导下所产生的诗歌创作，已经落入第二义了。实际上，黄庭坚及其江西诗派所作的种种努力，是在对前代诗歌成就登峰造极、以臻至境的情况下，欲自出机杼而又力不从心、退而求其次的一种无奈，是不得已而为之，恐怕也是知其不可为而为之吧？因为诗总要作下去的。

黄庭坚斤斤于"法度"，不能说一无是处，毕竟其初衷是不错的，欲为宋诗开出一条新路，并不像后人指斥的那样，原本就抱定了不思进取之心，只向古人讨生活。他还是强调要有自己的艺术感悟，要有陶冶熔铸之功的，绝非简单机械地因袭模拟。莫砺锋先生在谈到"点铁成金"与"夺胎换骨"时说："黄庭坚的这两段话中有一个共同的精神，就是在学习前人的创作经验时要有所发展变化。取古人之'陈言'要经过'陶冶'，重新熔铸，然后为我所有。取古人之意要造其语，即改换其言词；或形容之，即有所引申发展。反对此论的人往往只看到他有因袭，而忽略了其中包含的求新精神，于是认为这里向古人集中做贼。其实，求新求变，要求自成一家的精神，是贯穿于黄庭坚的整个诗歌创作和诗歌理论的。"[2]应当说，这种评价是允当的。他之反复陈说"无一字无来历"，要多读书，其意就在于要通过反复揣摩前人作品，形成一种修养，一种化腐朽为神奇的能力，这样才能真正做到"点铁成金"与"夺胎换骨"。"尚法"不是目的，不是为"尚法"而"尚法"，而是最终达到"无法"，达到一种"不烦绳削而自合"的境界。

① 载《李东阳集》（全四册），周寅宾、钱振民校点，岳麓书社，2008 年，第 1503 页。

② 莫砺锋《江西诗派研究》，齐鲁书社，1986 年，第 286 页。

山谷《赠高子勉》诗云"拾遗句中有眼，彭泽意在无弦"，是说杜诗用法的痕迹较为明显，而陶诗则是浑然天成的神品。他努力追求的就是这样一种主体获得精神超越后所达到的那种任情抒写、出神入化的至境。黄本人的创作成就还是相当可观的。《沧浪诗话·诗体》称其诗为"山谷体"，其诗风的最大特色就是"生涩瘦硬，奇僻拗拙"。宋陈岩肖《庚溪诗话》曰："至山谷之诗，清新奇峭，颇造前人未尝道处。自为一家，此其妙也。至古体诗，不拘声律，间有歇后语，亦清新奇峭之极也。"①也有论者称"山谷自黔州以后，句法尤高，笔势放纵，实天下之奇作，自宋兴以来，一人而已"（《渔隐丛话》引《豫章先生传赞》）。刘克庄《黄山谷》序云："会粹百家句律之长，究及历代体制之变，搜猎奇书，穿穴异闻，作为古律，自成一家。虽只字半句不轻出，遂为本朝诗家宗祖。"罗大经《鹤林玉露·江西诗文》引陆象山语："斯亦宇宙之奇诡也，开辟以来，未能自表现于世若此者，如优钵昙花，时一现耳。"张耒《读黄鲁直诗》云"不践前人旧行迹，独惊斯世擅风流"，虽然有过誉之嫌，但山谷诗在宋代影响巨大也是不争的事实。只是后来江西诗派的末流，限于才力卑弱，画虎类犬，带累黄遭人诟病，也算是其不幸吧。

　　江西诗派的另一大师陈师道，与苏轼并称"苏陈"，又与陈与义并称"二陈"。论诗观点基本上直承黄庭坚，也主张学杜，强调"法"的重要性。其《后山诗话》曰："学诗当以子美为师，有规矩故可学。退之于诗，本无解处，以才高而好尔。渊明之为诗，写其胸中之妙尔。学杜不成，不失为工。无韩才与陶之妙，而学其诗，终为乐天尔。"认为陶诗之妙，韩愈之诗以才高而成，均不易学，唯有杜诗"有规矩"，"故可学"，这些都与黄庭坚是一脉相承的。其《章善序》亦云："为道必始于善，公输子之技，不以规矩无所用其巧，使之谓法。法者，故之制也。君子以法成身，以身成法，言以古为师，行以古为则。"进一步为诗须有"法"张本。在"尚法"问题上，后山的态度比较通达，不拘一隅，圆融不执。其《后山谈丛》卷二云："规矩可得其法，不可得其巧，舍规矩则无所求其巧矣。法在人，故必学；巧在己，故必悟。"成了后来吕本中标举"活法"之说的先声。

　　吕东莱《夏均父集序》曰："学诗当识活法。所谓活法（见前述）谢元晖有言'好诗流转圆美如弹丸'，此真活法也。近世惟豫章黄公，首变前作之弊，而后学者知所趣向，必精尽知，左规右矩，庶几至于变化不测。然余区区浅末之论，皆汉魏以来有意于文者之法，而非无意于文者之法也。"这是对山谷既有"诗人绳墨"，又要"不烦绳削而自合"，既讲求法度，而又不拘于法度的诗学理论所作的简练概括，也是对其诗学思想的继承与发展。本中《江西诗社宗派图》序云："若言灵均自得之，忽然有入，然后惟意所出，万变不穷，是名活法。"②将山谷诗法理论上升到了新的高度。

　　"江西诗派"代有传人，法不绝嗣。到了南宋，仍有许多人以其诗学为圭臬，但在新的历史条件下，面对现实，依据自身的条件，作了新的选择。譬如曾几等人，尤以"中

①　载丁福保《历代诗话续编》（全三册），中华书局，1983 年，第 182 页。
②　［宋］俞成《萤雪丛说》，见《黄庭坚和江西诗派资料汇编》，中华书局，1978 年，第 449 页。

兴四大诗人"中的陆游与杨万里为著，二人虽学江西，但又自出机杼，尽变江西习气而开出新的生面。如果说陈师道、吕本中等人的"悟""活法"是对鲁直所创"江西诗派"诗学理论的继承，那么，陆游与杨万里等人的"诗外功夫""风味"则是对其的反动与突破。

陆游（1125—1210）自身的学诗经历，暴露江西诗法的弊端与缺陷，也使其悟到，诗的真正妙处不在藻绘之工，而在于生活阅历是否宽广，人格是否伟大，感情是否真挚。陆强调作诗的"诗外功夫"。这个"诗外功夫"内容是广泛的，较之山谷"点铁成金"与"夺胎换骨"更圆融通达，更具可操作性。其《上辛给事书》曰："爝火不能为日月之明，瓦釜不能为金石之声，潢污不能为江海之涛澜，犬羊不能为虎豹之炳蔚，而或谓庸人能以浮文炫世，乌有此理也哉！使诚有之，则所可炫者，亦庸人尔。"人格高尚、性情纯真之人，"非必巨篇大笔，苦心致力之词"而知，"残章断稿，愤讥戏笑，所以娱忧而舒悲者，皆足知之"。"贤者之所养，动天地，开金石，其胸中之妙，充实洋溢，而后发见于外，气全力余，中心闳博，是岂可容一毫之伪于其间哉！"与江西派一样，强调向古人书卷学习，是其诗学观念中的应有之义。①

除此之外，陆游更注重向现实生活学习，这是"诗外功夫"的又一重要内容。其诗云，"君诗妙处吾能识，正在山程水驿中"（《题庐陵萧彦毓秀才诗卷后》)、"天机云锦用在我，剪裁妙处非刀尺"（《九月一日夜读诗稿有感走笔作歌》)、"挥毫当得江山助，不到潇湘岂有诗"（《偶读旧稿有感》)，都说明现实生活对诗人灵感的激发刺激作用。②

陆游关于诗歌风格、境界也有独到之处。他崇尚一种浑然天成的自然之美，反对雕琢求工。其《文章》诗云："文章本天成，妙手偶得之。"与"点铁成金"异趣。《读近人诗》云："琢镂自是文章病，奇险尤伤气骨多。君看大羹玄酒味，蟹螯蛤柱岂同科？"对雕琢求工、求奇尚险诗风表示了不满。在诗歌的风格上，放翁对雄深宏大之作颇为欣赏，他盛赞梅尧臣："欧尹追还六籍醇，先生诗律擅雄浑。导河积石源流正，维岳嵩高气象尊。"（《读宛陵先生诗》）其本人许多诗作就体现了这种阳刚之风，如"上马击狂夫，下马草军书"（《观大散关图有感》)，"五原草枯苜蓿空，青海萧萧风卷蓬，草罢捷书重上马，却从銮驾下辽东"（《秋声》)，"腰间羽箭久凋零，太息燕然未勒铭。老子犹堪绝大漠，诸君何至泣新亭。一身报国有万死，双鬓向人无再青。记取江湖泊船处，卧闻新雁落寒汀"（《夜泊水村》)。最有名的，当然是这首临终绝笔："死去元知万事空，但悲不见九州同。王师北定中原日，家祭无忘告乃翁。"（《示儿》）

同陆游一样，杨万里也是摆脱江西诗派的窠臼而脱胎换骨的诗人，是江西诗派在南渡后递相嬗变后的又一表现。他不但是南宋的著名诗人，在中国诗史上也是重要的一

---

① 陆文均见曾枣庄、刘琳编《全宋文》(第222册)，上海辞书出版社，2006年，第230页。下引不赘。

② 均见陆游《剑南诗稿》，载钱仲联、马亚中《陆游全集校注》(全二十册)，浙江古籍出版社，2015年。下引不赘。

家，其"诚斋体"在当时和后代都享有盛誉。陆游说"我不如诚斋，此评天下同"(《谢王子林判院惠诗编》)，刘克庄称其"海外咸推独步，江西横出一枝"(《题诚斋像二首》其一)。其创作道路主要经历了崇奉江西—学习晚唐—辞谢诸人而师法自然三个过程。杨《诚斋荆溪集序》里有一段自白：

予之诗，始学江西诸君子，既又学后山五字律，既又学半山老人七字绝句，晚乃学绝句于唐人。学之愈力，作之愈寡。……（淳熙丁酉）其夏之官荆溪，既抵官下，阅讼牒，理邦赋，惟朱墨之为亲。……戊戌（1178）三朝时节，赐告少公事。是日即作诗，忽若有寤。于是辞谢唐人，及王、陈、江西诸君子皆不敢学，而后欣如也。试令儿辈操笔，予口占数首，

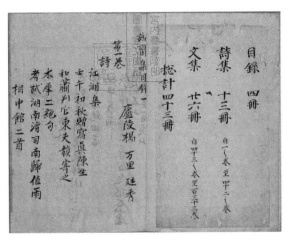

《诚斋集》宋端平二年跋刊

则浏浏焉，无复前日之轧轧矣。自此，每过午，吏散庭空，即携一便面，步后园，登古城，采撷杞菊，攀翻花竹，万象毕来，献予诗材。盖麾之不去，前者未雠而后者已迫，涣然未觉作诗之难也，盖诗人之病去体将有日矣。

诚斋形象地说明其摆脱模拟、自出口眼之后获得的新生机与新突变，同时也表明江西诗人的诗法也到了强弩之末的地步，必须寻找新的契机和新的方式，才能解决自身的生存之路。因此，诚斋诗论中最有意义，最有价值的，当是那些跳出前人牢笼、师法自然的主张："传派传宗我替羞，作家各自一风流。黄陈篱下休安脚，陶谢行前更出头"(《跋徐恭仲省干近诗三首》其三)，提倡要敢于超越前人，敢于创新，自成一家。

"江西诗派"盟主黄山谷提倡"词意高胜要从学问中来""无一字无来处"，努力向古人书中寻求写诗的材料。诚斋则提倡向大自然学习，大自然为诗人提供了无穷的诗题诗材，"闭门觅句非诗法，只是征行自有诗"(《下横山滩头望金华山》)，摒弃了江西派以学问为诗的弊端，一切以大自然为依归，视大自然为文学创作的源泉，应当说是抓住了问题的实质。他以为，善诗者应"去词去意"，而只求其味，"诗已尽而味方永，乃善之善也"(《诚斋诗话》)。追求"味外之味"成为诗论的一个中心。其《颐庵诗集序》亦云："夫诗何为者也？尚其词而已矣。曰善者去词，然则尚其意而已矣。曰善诗者去意，然则去词去意，则诗安在乎？曰去词去意而诗有在矣。然则诗果焉在？曰尝食

夫饴与荼乎？人孰不饴之嗜也，初而甘，卒而酸。至于荼也，人病其苦也。然苦未既而不胜其甘，诗亦如是而已矣。"这种说法颇类于《二十四诗品》中所说的"味外之旨"，祈向的是一种含蓄不尽、兴味悠长的境界，一种在"苦"的外表下滋漫着甘美的内质。

"江西诗派"自元祐以后长期独尊于宋代的诗坛，兴盛的同时，也预设了没落的伏笔。到了南宋中后期，其恣肆直露、耽于说理、生涩奥衍、枯瘠粗砺的弊端逐渐呈露，也日渐为人所厌，永嘉诗派与江湖诗派相继起与之抗衡，对之进行反拨。"四灵"诗人宗尚晚唐贾岛、姚合，风格偏于幽僻清苦一路，江湖派则多承唐末许浑，语近情遥，感慨苍凉。《四库提要》(《苇航漫游稿》)曰："南宋末年，诗格日下，四灵一派，撷晚唐清巧之思；江湖一派，多五季衰飒之气。"所论颇为精到。诗坛到此，无论如何已是江河日下，于事无补了。世运代移，风会所向，确非人力所能左右。

第二节　宋代诗人创作实践中的宗唐、学唐趋向

以时序而言，宋承唐后，诗歌的发展必然按照前代的惯性，自然流变。但在这种流变的过程中，又势必会打上后代特有的时代印记。毋庸讳言，唐诗的成就，不论是对于宋人或者任何后世而言，都是一座巍峨耸峙的艺术高峰。宋代去唐未远，不管是否情愿，宋人都必须直面唐诗这座绕不过去的高峰。事实上，宋人在诗歌创作上，都在有意无意地以唐诗为范本，宗唐学唐的倾向贯穿有宋一代始终，不过各自取资宗法的对象不同而已。"宋诗的任何创新都是以唐诗为参照对象的。宋人惨淡经营的目的，便是在唐诗美学境界之外另辟新境。宋代许多诗人的风格特征，相对于唐诗而言，都是生新的。比如梅尧臣的平淡，王安石的精致，苏轼的畅达，黄庭坚的瘦硬，陈师道的朴拙，杨万里的活泼，都可视为对唐诗风格的陌生化的结果"；"唐诗的美学风范，是以丰华情韵为特征，而宋诗以平淡为美学追求，显然是对唐诗的深刻变革。这也是宋代诗人求新求变的终极目标"。[①]　所以，在宋代近三百多年的诗歌创作史上，以宗唐、崇唐、学唐为主流的诗歌创作，构成了宋代诗歌史上一道亮丽的风景线。因此，考察宋代诗歌创作宋代这种独特现象，既是研究宋代诗歌的重要内容，也是探讨宋代唐诗研究的美学品格及其学术表达的重要课题之一。而宋代三百多年的历史跨度，不同时期的诗歌创作情况又各具面目，将各个时期的相关情况都加以细致描述，将是一件旷日持久的浩大工程，非本人所能胜任。本文主要从诗学研究的角度，选取若干有代表性的诗人，通过个案分析，将微观与宏观结合，就宋代诗人创作实践与唐代诗歌的关系作某些具体透视与论析。所谓管

---

①　袁行霈等《中国文学史》第三卷《宋代文学·绪论》，高等教育出版社，2003年，第17页。

中窥豹，略见一斑。

一、北宋时期宋代诗人的宗唐、学唐趋向

（一）北宋初期

北宋蔡居厚（？—1125）说宋初诗坛分为"白体"与"西昆体"二体①，南宋严羽则说宋初诗坛分为"白体""西昆体"与"韦苏州"等诸体（详见本书第二章第六节），均为有得之见。尤为详切的是方回《送罗寿可诗序》说："诗学晚唐，不自四灵始。宋划五代旧习，诗有白体、昆体、晚唐体。白体如李文正（昉）、徐常侍昆仲（铉、锴）、王元之、王汉谋；昆体则有杨（亿）、刘（筠）《西昆集》传世，二宋（庠、祁）、张乖崖、钱僖公（惟演）、丁崖州（谓）皆是；晚唐体则九僧最逼真，寇莱公、鲁三交、林和靖、魏仲先父子（野、闲）、潘逍遥、赵清献之父（湘）。凡数十家，深涵茂育，气极势盛。"概括出了从赵宋开国的建隆元年至乾兴元年（960—1022），历太祖、太宗、真宗三朝共 62 年间，宋初诗坛上最为引人注目的三个力主宗唐的诗歌创作流派，即以浅俗平易为特点的"白体"、以绵密富丽为特点的"西昆体"与以境界狭仄而语言工巧为特点的"晚唐体"并立的格局。这三个诗人群体，共有诗人 50 人左右，在这一时期，其或学白居易（白体），或学贾岛、姚合（晚唐体），或学李商隐（西昆体），由于从者甚众，遂蔚成一时风气，使得宋初诗坛半个多世纪中，成为中晚唐诗的余波与流响。

"白体"诗人，代表作家有李昉、徐铉、王禹偁等，作诗效法的对象是白居易。其诗歌主要是模仿白居易与元稹、刘禹锡等人互相唱和的近体诗，多写流连光景的闲适生活，风格浅切清雅。王禹偁为该派诗人中的突出代表。

王禹偁（954—1001），字元之，济州巨野（今属山东）人。因曾贬官黄州，亦称王黄州。著有《小畜集》《小畜外集》，共存诗 580 余首。他自幼喜爱白诗，早年写过许多取法白居易、内容闲适的唱和诗，因此也被宋人看作"白体"诗人。但他学习白诗并未囿于闲适诗，他更重视白居易的讽喻诗。谪居商州期间，他相当自觉地学习白居易新乐府诗的创作精神，写了许多反映社会现实、充满忧国忧民情怀的诗篇，如《畬田词》《秋霖二首》《乌啄疮驴歌》《感流亡》等。从总体上看，王禹偁的诗情感含蓄深沉，语言平易流畅，简雅古淡，在宋初白体诗中独树一帜，已初步表现出体现出白体诗风的对于平淡美的追求。他也有意吸收杜甫诗的长处，还说"子美集开诗世界"（《日长简仲咸》），对杜诗倍加推崇。因此，在其诗中常可以看到杜诗的痕迹，如《新秋即事三首》其一：

> 露莎烟竹冷凄凄，秋况无端入客衣。鉴里鬓毛衰飒尽，日边京国信音稀。
> 风蝉历历和枝响，雨燕差差掠地飞。系滞不如商岭叶，解随流水向东归。

---

① ［宋］蔡居厚《蔡宽夫诗话》云："国初沿袭五代之余，士大夫皆宗白乐天诗，故王黄州主盟一时。祥符、天禧之间，杨文公、刘中山、钱思公专喜李义山，故昆体之作，翕然一变。"

无论在诗歌的内涵上，还是严谨、开合变化的结构，起伏顿挫的格律、工整的对仗、情与景的相互衬托，都与杜诗有极大的相近之处。虽不像典型的杜诗那样沉郁顿挫、气象壮阔，但比起率意浅切、舒缓流畅的白体诗，它显得结构紧密多变化，语言上经过更多锤炼。①

"晚唐体"诗人是指宋初模仿唐代贾岛、姚合"清苦"诗风的一群诗人，由于宋人常常把贾、姚看成是晚唐诗人，所以名之为"晚唐体"。大多擅长五律，长于炼句，注重颔联和颈联的锤炼雕琢。②其中最恪守贾、姚门径的是"九僧"，其中以惠崇的成就较为突出。九僧作诗，以贾岛、姚合的"苦吟"精神为宗，多描绘山林景色的清邃幽静和隐逸生活的枯寂淡泊，表达逍遥尘外的清高孤傲（见前述，此不赘）。

"晚唐体"的另一个诗人群体，则为潘阆、魏野、林逋等隐逸之士。如魏野《冬日书事》"松色浓经雪，溪声涩带冰"，不但对仗精整，"浓""涩"两处"诗眼"，的确吸睛；其《书逸人俞太中屋壁》"洗砚鱼吞墨"之句，是常人注意不到的景象，极小巧之妙。他们中还是以林逋（967—1028）最著名，《山园小梅二首其一》系其代表作，估计不少人耳熟能详：

> 众芳摇落独暄妍，占尽风情向小园。疏影横斜水清浅，暗香浮动月黄昏。
> 霜禽欲下先偷眼，粉蝶如知合断魂。幸有微吟可相狎，不须檀板共金尊。

其中"疏影""暗香"一联，素来被誉为"警绝"。作者以梅自况，展现了中国传统文人的一贯追求，颇具特色。欧阳修谓："前世咏梅者多矣，未有此句也。(《归田录》)江西诗派的"三宗"之一陈与义（1090—1139）云："自读西湖处士诗，年年临水看幽姿。晴窗画出横斜影，绝胜前村夜雪时。"(《和张矩臣水墨梅五绝其五》)③认为林逋的咏梅诗已压倒唐齐己《早梅》名句"前村深雪里，昨夜一枝开"。辛弃疾奉劝文人墨客："未须草草，赋梅花，多少骚人词客。总被西湖林处士，不肯分留风月。"(《念奴娇·赋梅》)④可见此诗影响之大。

"西昆体"是宋初又一取法唐人李义山的诗歌流派。义山诗风，文辞清丽、意韵深微，音韵谐和，喜好用典，有些诗朦胧晦涩，可作多种诠释。宋初一些文人出身的高级官僚，以文学为显示才学与身份的手段，在唱酬应和时往往写一些深婉绮丽、多用典故的诗篇，在表面特征上很容易向李商隐诗的方向接近。真宗朝，以杨亿（974—1020）、刘筠（971—1030）、钱惟演（977—1034）为首的一批馆阁诗人，大量地写作辞采华丽、属对精工的诗篇，彼此唱和应酬，使这种诗风进一步流行起来。正如时人葛胜仲（1072—1144）

---

① 章培恒、骆玉明《中国文学史》第五编《宋代文学》，复旦大学出版社，1997 年，第 315 页。
② 袁行霈等《中国文学史·宋代文学·宋初的晚唐体诗人》，高等教育出版社，2003 年，第 22 页。
③ 《陈与义集》(全二册)，吴书荫、金德厚点校，中华书局，2007 年第 2 版，第 58 页。
④ 《辛弃疾集编年笺注》(全六册)卷一三《长短句》，辛更儒笺注，中华书局，2015 年，第 1561 页。

《丹阳集》记载：

> 　　咸平、景德中，钱惟演、刘筠首变诗格，而杨文公与之鼎立号"江东三虎"。诗
> 格与钱刘亦绝相类，谓之"西昆体"。大率效李义山之为丰富藻丽，不作枯寂语。[①]

　　"西昆"指西方昆仑山，出自《穆天子传》："天子升于昆仑之丘，至于群玉之山，先
王之所谓册府。"后称帝王藏书之所为册府。景德二年（1005），真宗命王钦若、杨亿等人
编纂《册府元龟》（大中祥符六年完成），修书之余，杨亿与一干趣味相投者在秘阁雅集唱和，
留下大量诗作。大中祥符二年（1009），杨亿将这些篇什编辑总成，因名《西昆酬唱集》。
集中收录17位诗人（杨亿、刘筠、钱惟演、刁衎、陈越、李维、李宗谔、刘骘、丁谓、任随、张咏、
钱惟济、舒雅、晁迥、崔遵度、薛映、刘秉）的共250首诗，其中杨亿75首、刘筠73首、钱
惟演54首，三人占总数的80%以上。李宗谔以下多人没有参加《册府元龟》的编纂，但
也参加了唱酬活动，所以《西昆酬唱集》作者是一个关系相当密切的诗人群体。该集问世
后，西昆体诗风进一步在社会中盛行，欧阳修说自此"诗体一变"。

　　杨亿《西昆酬唱集序》云"历览遗编，研味前作，挹其芳润，发于希慕，更迭唱
和，互相切劘"[②]这便是他们写诗的目的。因此，其题材范围必然是比较狭隘的，主要有
三类：一是怀古咏史，如《始皇》《汉武》《明皇》等；二是咏物，如《鹤》《梨》《柳絮》
《萤》《泪》等；三是描写流连光景的生活内容，如《直夜》《夜燕》《别墅》等。西昆集中
的诗大多师法李商隐诗的雕润密丽、音调铿锵。对仗工稳，用事隐奥，文字华美，呈现
出整饬、典丽的艺术特征，不但《无题》《阙题》一类诗直接模拟李商隐诗，而且《汉武》
《明皇》等作也是脱胎于义山咏史诗。艺术手法上，以"不说破"为主要特征。所谓"不
说破"，原是禅僧接引的主要方式，其实质就是要在阐释教义时，避免一语道破。因此，
"不说破"原则至少包括两个方面的特征：一是避免正说，辗转说明；二是追求文字技
巧。为了实现"不说破"，又使用"转语""代语"和重"用"而轻"体"的方式实现。如刘
筠、杨亿、钱惟演、张咏、李宗谔、刘骘六人均以《馆中新蝉》为题作诗，兹举杨、刘、
钱三人诗为例：

> 碧城青阁好追凉，高柳新声逐吹长。贵伴金貂尊汉相，清含珠露怨齐王。
> 兰台密侍初成赋，河朔欢游正举觞。云鬓翠绥徒自许，先秋楚客已回肠。（杨）
> 庭中嘉树发华滋，可要螳螂共此时。翼薄乍舒宫女鬓，蜕轻全解羽人尸。
> 风来玉宇鸟先转，露下金茎鹤未知。日永声长兼夜思，肯容潘岳到秋悲。（刘）
> 冉冉光风泛紫兰，新声含怨日将残。自怜伴雀成团扇，谁许迎秋集武冠。

---

① 《全浙诗话》（全三册）卷七吴越钱氏世家，清陶元藻编，俞志慧点校，中华书局，2013年，第189页。
② 《西昆酬唱集注》，宋杨亿编，王仲荦注，中华书局，1980年，第2页。此本下引不赘。

委蜕亭皋随木叶，飞缕云表拂仙盘。青葱玉树连金爵，不觉醢鸡竞羽翰。（钱）

三诗均为咏蝉，通篇未著一"蝉"字，但却通过用典，处处在写蝉，而且以此寓托了歌咏的主题。方回《瀛奎律髓》卷十八云："凡昆体，必于一物之上，入故事、人名、年代及金玉锦绣等以实之。"指出昆体咏物诗的特点，善用故实，善用华词丽句，表现出不直说某物，辗转曲折地表达写出此物的征貌。

除此之外，还大量使用"转语"和"代语"，陆游《老学庵笔记》卷八曰："国初尚《文选》，当时文人专意此书，故草必称'王孙'，梅必称'驿使'，月必称'望舒'，山水必称'清晖'。至庆历后，恶其陈腐，诸作者始一洗之。"在咏怀、咏史等题材上，西昆诗人极善用此种手法，如钱惟演《柳絮》（杨、刘亦有同名作）诗云"章台街里翻轻吹，灞水桥边送落晖"，前句用唐韩翃"章台柳"典，后句用"灞水"送别典，皆喻指所咏之物。杨亿《休沐端居有怀希圣少卿学士》诗云"茗粥露芽销昼梦，柘浆云液浣朝醒"，则用"茗粥"代茶，"云液"指甘蔗汁。

（二）北宋中期

司马光（清《晚笑堂画传》）

文学史上的北宋中期，大致由宋初而历仁宗、英宗二朝，其间虽然只有44年（1023—1067），但仅就诗人而言，就有石延年、苏舜钦、梅尧臣、欧阳修、王令、韩维、司马光、王安石等，其创作活动兴盛期均在此时，可谓是一个名家众多、成就非凡的时代。

宋初三体并立的诗坛格局，事实上是晚唐五代诗风的延续。随着时序的不断演进，在新的历史条件下，这种诗风不可避免地会受到冲击，进而会发生变异，因而诗坛上出现新的现象也就水到渠成。梅尧臣导之于前，苏舜钦继之于后，再加上欧阳修的推波助澜，遂为从"唐音"到"宋调"的转换开辟了新的道路。但不论在诗歌的题材、感情表现和语言形式等各方面，都进行了新的尝试，也顺应着时代文化的特点。追根溯源，他们仍然以唐人为法门，仍然以唐诗尤其是中唐白居易、韩愈等人诗歌的某些因素作为最基本的诗学依凭。

梅尧臣（1002—1060），字圣俞，宣州宣城（今属安徽）人。宣城古名宛陵，故世称"梅宛陵"。官至都官员外郎，有《宛陵先生文集》。梅尧臣继承了杜甫、白居易的传统，关心时政，反映民生疾苦，秉笔直书，感情愤激。如《彼驾吟》《猛虎行》讥刺时政，《汝坟贫女》则对其目睹的贫民惨状作了尖锐的揭露。诗曰：

> 汝坟贫家女，行哭音凄怆。自言有老父，孤独无丁壮。郡吏来何暴，县官不敢抗。
> 督遣勿稽留，龙钟去携杖。勤勤嘱四邻，幸愿相依傍。适闻间里归，问讯疑犹强。
> 果然寒雨中，僵死壤河上。弱质无以托，横尸无以葬。生女不如男，虽存何所当！
> 拊膺呼苍天，生死将奈何？ ①

当时梅尧臣正任河南襄城县令，诗中所言"县官不敢抗"，即同作者的这一身份有关。作为一个基层官吏，诗中流露出对时政的愧疚和对民众的同情，以及改革政治的愿望，见出诗人的使命意识和未泯的良知。《田家》《陶者》等，则接触到劳者无所获的古老社会问题，《陶者》曰："陶尽门前土，屋上无片瓦。十指不沾泥，鳞鳞居大厦。"在艺术风格上，梅尧臣推崇平淡之美，以追求"平淡"为终极目标。自云："作诗无古今，唯造平淡难。"（《读邵不疑学士诗卷……以奉呈》）其诗"古硬"，文字的生涩怪僻，色彩的暗昧阴郁，以及意象的恐怖和荒蛮感，共同构成了诗境的幻觉性，多效仿韩愈诗的风格。如《余居御桥南夜闻袄鸟鸣效昌黎体》，从九头袄鸟的传说写到鬼车夜游的景象。《观杨之美画》则描绘了龙鲸并驾、群吏云海、人身兽爪、青蛇有角的奇景（节录）：

> 水官自有真龙骑，两佐并跨鲸尾蟎，步势群吏怪眼眉。云生海面无端涯，
> 雷部处上相与期，人身兽爪负鼓驰；后有同类挟且搔，次执电镜风囊吹。
> 青蛇有角鱼足鬐，上下引导神所施，地官既失不可知。

梅尧臣学韩诗的目的，是为了矫正晚唐五代以来诗歌中疲软圆熟的弊病，以求雄健之美。《后村诗话》云"本朝诗惟宛陵为开山祖师"，此语不为无见。梅确实在题材内容、创作手法及风格转换等众多方向上开启了宋诗的道路，在诗史上有较大的影响。

苏舜钦（1008—1049），字子美，开封人，他与梅尧臣齐名，人称"梅苏"。有《苏学士文集》。舜钦素有大志，喜以诗歌反映时政，抒发感慨，例如《庆州败》，对北宋与西夏的战争中，宋军将昧士怯，终致丧师辱国的丑闻的抨击；《吴越大旱》一方面写饥荒病疠使"死者道路积"，另一方面官府为了应付与西夏的战争，仍无情搜刮粮食，驱使丁壮劳力上战场，致使"三丁二丁死，存者亦乏食"，最后并以"胡为泥滓中，视此久戚戚。长风卷云阴，倚桅泪横臆"之句，表述了自己内心的痛苦；②《城南感怀呈永叔》对达官贵人坐视民瘼空发高论的行径的揭露，都是直言痛斥，毫无顾忌。其写景诗雄奇阔大，赞美

---

① 梅尧臣《宛陵诗钞》，载《宋诗钞》（全四册），中华书局，1986年，第19页。下引不赘。
② 引自苏舜钦《沧浪集钞》，载《宋诗钞》（全四册），中华书局，1986年，第126页。下引不赘。

自然界的壮伟力量，显示了诗人开阔的胸怀和豪迈的性格，如《大风》《城南归值大风雪》等。

苏舜钦性格豪迈，直率自然，诗风也豪放雄肆，意境开阔。如"长空无瑕露表里，拂拂渐渐寒光流。江平万顷正碧色，上下清澈双璧浮。自视直欲见筋脉，无所逃遁鱼龙忧。不疑身世在地上，只恐槎去触斗牛"（《中秋夜吴江亭上对月怀前宰张子野及寄君谟蔡大》）。想象奇特，笔力酣畅，本是宁静柔和的月夜也被赋予开阔的意境，风格奔放。《六一诗话》云："圣俞、子美齐名于一时……各极其长，虽善论者不能优劣也。"指出梅苏各自的风格特征，洵为的论。

欧阳修是北宋中期诗文革新运动的领袖，诗歌造诣及其在诗坛上的地位非同寻常。在宗唐、学唐的取向上，最初取法韩愈，主要体现在散文手法和以议论入诗上。梅尧臣《和永叔澄心堂纸答刘原甫》诗云："退之昔负天下才，扫掩众说犹除埃。张籍卢仝斗新怪，最称东野为奇瑰。当时辞人固不少，漫费纸札磨松煤。欧阳今与韩相似，海水浩浩山嵬嵬。石君苏君比卢籍，以我拟郊嗟困摧。"梅与欧颇具交谊，其诗中言及本人（学孟郊）与欧（学韩愈）、石延年、苏舜钦（学卢仝张籍）"学唐"的情况，应该具有可信性的。《宋诗钞·欧阳文忠诗钞》小传曰："其诗如昌黎，以气格为主。"而事实上，欧阳修一方面"与韩相似"，一方面则又"学李白"，时人与后人对此已多所论及。如苏轼《六一居士集叙》所言（前述不赘）。《岁寒堂诗话》亦云："欧阳公学退之，又学李白。"欧阳修有《太白戏圣俞》一诗，其题"一作《读李白集效其体》"。李白诗歌语言之清新流畅，与欧诗特有的委婉平易章法相结合，形成了自身流丽宛转的风格。

欧阳修是一名位高权重的政治家，其政治诗虽不多，亦有如《食糟民》揭露种粮农民只能以酒糟充饥的不幸现实，《边户》描写宋辽边境地区人民的残酷遭遇，《答朱案捕蝗诗》《答杨子静两长句》也都涉及社会问题。其表现个人生活经历或抒发个人情怀，以及对历史题材的吟咏等内容，占据不少篇幅，也清丽可爱，诗味浓郁，如《戏答元珍》：

> 春风疑不到天涯，二月山城未见花。残雪压枝犹有橘，冻雷惊笋欲抽芽。
> 夜闻归雁生乡思，病入新年感物华。曾是洛阳花下客，野芳虽晚不须嗟！

再如《别滁》："花光浓烂柳轻明，酌酒花前送我行。我亦且如常日醉，莫教弦管作离声。"均为真情发露，真切感人，是欧诗作中的精品和珍品。

王安石的宗唐、学唐，主要表现在两个方面，一是"尽假唐人诗集"，二是"皆步骤"杜甫。《宋诗钞·临川诗钞》小传曰："安石少以意气自许，故诗语惟其所向，不复更为涵畜。后从宋次道尽假唐人诗集，博观而约取，晚年始悟深婉不迫之趣。然其精严深刻，皆步骤老杜。"其《杜甫画像》诗云"吾观少陵诗，为与元气侔；力能排天斡九地，壮颜毅色不可求"，可谓自许之词。

王安石诗，人称"荆公体"。一部分作品取材于现实社会问题的，如《河北民》《感事》《省兵》《兼并》《收盐》等，大多作于王任地方官时，表达其对时政的批评和政治理想；另一部分咏史诗，如《贾生》《汉武帝》《桃源行》等，则借古喻今，借题发挥，表明其政治观念或人生观念。荆公诗"今人未可非商鞅，商鞅能令政必行"（《商鞅》），强调建立有效的国家机器的重要性；"何妨举世嫌迂阔，故有斯人慰寂寥"（《孟子》），表现其政治上固执己见的明确态度。其《明妃曲二首》更是传诵一时的名作，且看其一：

> 明妃初出汉宫时，泪湿春风鬓脚垂。低徊顾影无颜色，尚得君王不自持。
> 归来却怪丹青手，入眼平生几曾有？意态由来画不成，当时枉杀毛延寿。
> 一去心知更不归，可怜着尽汉宫衣。寄声欲问塞南事，只有年年鸿雁飞。
> 家人万里传消息：好在毡城莫相忆。君不见咫尺长门闭阿娇，人生失意无南北。

一反习见，不写昭君怨艾毛延寿、顾恋君恩，而是另辟蹊径，从王之美貌本非画像所能传达说起，感叹昭君流落异域的命运未必比终老汉宫更为不幸，体现了善做翻案文章，在唐诗之外求新求变的精神。叶梦得说："王荆公晚年诗律尤精严，选语用字，间不容发。然意与言会，言随意遣，浑然天成，殆不见有牵率排比处。"（《石林诗话》）黄庭坚也有类似说法（见前不赘）。

后期王诗中最有代表性的作品是写景抒情的绝句，如《雪干》和《书湖阴先生壁》：

> 雪干云净见遥岑，南陌芳菲复可寻。换得千罌为一笑，东风吹柳万黄金。
> 茅檐长扫净无苔，花木成畦手自栽。一水护田将绿绕，两山排闼送青来。

这些诗描写细腻，修辞工巧，韵味隽永，以丰神远韵的风格体现出向唐诗的复归。

（三）北宋末期

在北宋后期约 60 年（1068—1127）的历史上，占据诗坛主流地位的，是以苏轼、黄庭坚为代表的"苏黄派"，包括"苏门四学士"与"江西诗派"，他们共同构成了此期一个强大的"学唐"诗人群体。

由于其中的代表人物苏轼、黄庭坚，将另辟专章进行论述，故此处从略。

二、南宋时期宋代诗人的宗唐、学唐趋向

南宋王朝（1127—1279），虽然只有 152 年的历史，但文学发展却自成面目，仅就诗歌而言，就有尤杨范陆"中兴四大诗人"，以及四灵诗派、江湖诗派、遗民诗派等诗人群体的继踵而起。他们前后辉映，互为表里，各以其独特的艺术才华，为这一时期的诗歌史写下了精彩的篇章，使得南宋诗国的天空光彩亮丽，一片璀璨。

在南宋的诗歌发展史上，由于唐诗魅力的永恒性，诗人们因对唐诗的仰慕尊崇而形成的宗唐情结和学唐倾向，始终伴随着宋诗发展的每一个进程，如影相随，挥之不去。而且，较之北宋诗人，这种情结和倾向，在理论认识和诗歌创作方面，都更为鲜明，更为强烈。宗唐的针对性，也更为具体。可以说，南宋诗人的"宗唐学唐"已进入了一个更为成熟理性的新阶段。南宋诗人对待唐诗这一艺术典范的态度问题自不待言，其对于唐诗艺术高峰的取径原则，是重在其精神气质、美学风格等形而上层面，而后才是艺术手法、技巧等形而下的层面。而且，他们并非仅仅局限于一家一派，而是取精去芜、博采众家。在师学唐人唐诗方面，其具体形式也是多种多样、各不相同的。①

（一）南宋前期

靖康之难后登上诗坛的诗人，大都有过烽火连天、山河破碎的经历。由于不同于苏、黄所处时代的创作环境，他们对于诗坛风向的转变可谓感同身受，因而自身的开拓精神和创新能力远胜前辈诗人，最终以自己的创作实绩打破、超越，并取代了江西诗派在诗坛的垄断地位。这些诗人中以陆游、杨万里、范成大、尤袤四人最为著名，被称为"中兴四大诗人"。最初与陆游等齐名的诗人还有萧德藻（号千岩），但他去世较早。方回《跋遂初尤先生尚书诗》曰："宋中兴以来，言治必曰乾、淳，言诗必曰尤、杨、范、陆，其先或曰尤、萧，然千岩早世不显，诗刻留湘中，传者少。尤、杨、范、陆，特擅名天下。"② 兹举杨、范二人。

杨万里（1127—1206），字廷秀，号诚斋，吉州吉水（今属江西）人，一生作诗2万余首，今存4 200余首，诗见《诚斋集》。其诗歌的主题，一方面是对时政国事的关注，一方面是对自然风物的描摹和个人日常生活情趣的表达。前者如《初入淮河四绝句》其一、其四：

> 船离洪泽岸头沙，人到淮河意不佳。何必桑干方是远？中流以北即天涯。
> 中原父老莫空谈，逢着王人诉不堪。却是归鸿不能语，一年一度到江南。

表达国破家亡、物是人非的悲慨，和收复失地、渴望统一的心声。诗风沉痛，感人至深。

后者如《宿灵鹫禅寺二首》其二、《小池》与《闲居初夏午睡起二绝句》其一曰：

> 初疑夜雨忽朝晴，乃是山泉终夜鸣。流到溪前无半语，在山做得许多声。
> 泉眼无声惜细流，树阴照水爱晴柔。小荷才露尖尖角，早有蜻蜓立上头。
> 梅子留酸软齿牙，芭蕉分绿与窗纱。日长睡起无情思，闲看儿童捉柳花。

---

① 王辉斌《南宋诗人与唐诗的关系》，载《南都学坛》（人文社科学报），2009年第1期。
② 载祝尚书《宋集序跋汇编》（全五册）卷第三一，中华书局，2010年，第1461页。

抒发对自然和人生的独特感悟，既有浓郁的生活气息，又富于理趣。

杨万里的诗风发生过多次变化，见前引《荆溪集序》自述（此不赘）。杨早年学诗是从江西诗派入手，后来改而学习陈师道、王安石和晚唐诗人的绝句，最后终于领悟到应该摆脱前人的藩篱而自成一家，并形成了独具面目的"诚斋体"。诚斋体在语言方面以自然流畅、风趣活泼为基本特征。如"接天莲叶无穷碧，映日荷花别样红"（《晓出净慈寺送林子方》）、"溪回谷转愁无路，忽有梅花一两枝"（《晚归遇雨》）、"绿萍池沼垂杨里，初见芙蕖第一花"（《将至建昌》）等，都表现其在创作方式和遣词造句上的特点。

范成大（1126—1193），字致能，号石湖居士，苏州吴县（今苏州）人，有《石湖居士诗集》。范成大诗的内容较为广泛，描写民生疾苦的诗，继承了唐代杜甫及元白、张王新题乐府的传统，且以写法新颖生动而别具一格。在范成大的诗中，常可以看到模仿痕迹比较重的地方，包括那些注明是"效王建""效李贺"或"玉台体"的，以及并未注明如《蛇倒退》《滟滪堆》，却可以看出是效仿韩愈风格的，等等。其诗有杨万里所称誉的"清新妩丽，奄有鲍谢；奔逸隽伟，穷追太白"（《石湖先生大资参政范公文集序》）的特点，并兼有中晚唐诸家的风格。有的诗接近"长庆体"，如《嘲里人新婚》《题汤致远运使所藏隆师四图欠伸》《春晚三首》诸作，则全为晚唐五代之音。如《春晚》[①]一、三云：

> 阴阴垂柳闭朱门，一曲阑干一断魂。手把青梅春已去，满城风雨怕黄昏。
> 夕阳槐影上帘钩，一枕清风梦昔游。梦见钱塘春尽处，碧桃花谢水西流。

景色清妍，声情幽婉，大有晚唐温李之风。

《后催租行》："去年衣尽到家口，大女临歧两分首。今年次女已行媒，亦复驱将换升斗。室中更有第三女，明年不怕催租苦。"[②]借老农之口，娓娓叙述，蕴含着无尽的辛酸，对于农户在威权之下所遭受的无奈与苦难给予了无限的同情，批判现实的力度，较之白居易诗的大声疾呼，毫不逊色。在《夜坐有感》《雪中闻墙外鬻鱼菜者求售之声甚苦有感三绝》等诗中，则体现其作为正直的官吏对民生疾苦的关怀。

使金纪行诗七十二首绝句，和晚年退职闲居时所作《四时田园杂兴六十首》田园诗，是范成大诗中价值最高的。前者如《州桥》（题下自注："南望朱雀门，北望宣德楼，皆旧御路也。"）：

> 州桥南北是天街，父老年年等驾回。忍泪失声询使者：几时真有六军来？

民族危机的忧患意识与悲愤情感，流露于字里行间，有一种扑面而来的苍凉感。

---

① 《石湖集补钞》，载《宋诗钞》（全四册），中华书局，1986 年，第 3493 页。
② 《石湖诗钞》，载《宋诗钞》（全四册），中华书局，1986 年，第 1724 页。下引不赘。

后者如《四时田园杂兴六十首》其一、其五：

> 柳花深巷午鸡声，桑叶尖新绿未成。坐睡觉来无一事，满窗晴日看蚕生。
> 社下烧钱鼓似雷，日斜扶得醉翁回。青枝满地花狼藉，知是儿孙斗草来。

再如《晚春田园杂兴十二绝》其一、其七：

> 梅子金黄杏子肥，麦花雪白菜花稀。日长篱落无人过，惟有蜻蜓蛱蝶飞。
> 昼出耘田夜绩麻，村庄儿女各当家。童孙未解供耕织，也傍桑阴学种瓜。

山水田园诗，某种程度上是道家及佛禅的人生情趣与儒家社会观念的诗化表现，范成大将陶谢、王孟的田园诗与中唐王建、张籍、聂夷中等人的新乐府的传统很好地结合起来，上承《诗·豳风·七月》以来的传统，"于陶、柳、王、储之外，别设樊篱"，不仅写出田园景色之清新可爱、农家生活清贫之乐，也如实写出了农民面临的现实痛苦，"纤悉毕登，鄙俚尽录，曲尽田家况味"。① 比较完整地反映了田园乡村的生活面貌，也比较协调地表现了宋代士大夫儒道合一的人生情趣，为田园诗的创作开辟了一条新路。

（二）南宋后期

宋宁宗开禧二年（1206），韩侂胄发动的北伐战争失利，最终以丧师失地而屈辱媾和，这使得女真族的金人政权气焰日炽，南下之心愈益膨胀。此时，收复失地、抗金御侮也不再成为南宋文坛的主流。所以，开禧北伐，不仅成为南宋政权政治上的转折点，也是文学上的转折点。在此时期内，随着市民经济的繁荣，文学开始与商业文化联姻。南宋后期最大的诗人群体——"江湖诗人"的出现，杭州的书商陈起发挥了重要的作用，成为其最重要的组织者与联系枢纽。通过陈起之手，这批诗人诗集如《江湖集》以及《江湖后集》《江湖续集》的刊刻流布，推动了和促进了这个诗歌流派的审美风格成为一代风气，预示着以市民阶层为代表的通俗文学，将对以士大夫为代表的传统雅文学产生全面的影响。

江湖诗派最擅长的题材是写景抒情，字句精丽，长于白描，诗境较其后"四灵"之诗略为开阔，例如陈允平的《青龙渡头》和叶绍翁的《游园不值》：

> 天阔雁飞飞，松江鲈正肥。柳风欺客帽，松露湿僧衣。
> 塔影随潮没，钟声隔岸微。不堪回首处，何日可东归？②

---

① ［清］宋长白《柳亭诗话·田园》，引文转自湛之《杨万里范成大资料汇编》，中华书局，1964年，第182页。
② ［宋］陈起《江湖小集》卷十七，清文渊阁四库全书本。下引不赘。

应怜屐齿印苍苔，小扣柴扉久不开。春色满园关不住，一枝红杏出墙来。

刘克庄与戴复古是江湖诗人中较能自出机杼、自成面目者，成就也较为突出。

刘克庄（1187—1269），曾官至工部尚书，是"江湖"诗人群中，罕见的地位显达之人，有《后村先生大全集》。刘诗中有许多涉及社会批评和现实政治，如乐府体《运粮行》《苦寒行》《军中乐》等，指斥了官府赋敛残暴、四海民不聊生的社会问题。艺术上他兼师唐、宋诸家，其中尤以晚唐贾岛、姚合为著，"四灵"之诗亦为取径对象。但晚唐诗与"四灵"之诗格局狭小的缺陷也为其所不满，批评说："永嘉诗人，极力驰骤，才望见贾岛、姚合之藩而已。"（《瓜圃集序》）因此又广泛学习其他中晚唐诗人如王建、张籍、李贺、许浑等人的诗风。但由于模拟之痕较重，使事用典生硬板滞，未能融会贯通，青出于蓝而胜于蓝，形成自己独具的个性特征。[1]

戴复古（1167—?），字式之，号石屏，台州黄岩（今属浙江）人，一生以布衣的身份游历四方，有《石屏诗集》。戴追慕模仿的对象，一是追溯杜甫，一是步趋贾岛。其友邹登龙调侃曰"瘦似杜陵常戴笠，狂如贾岛少骑驴"（《戴式之来访惠石屏小集》），戴《望江南》词则自嘲"贾岛形模元自瘦，杜陵言语不妨村"[2]。晚唐诗的轻灵秀逸是"四灵"企慕的理想诗境，而杜甫诗的拗峭浑厚则是"江西诗派"追求的美学化境，他试图将二者糅合，使之互为表里，互相补救。

戴诗的内容，较多关心现实问题，像《织妇叹》《庚子荐饥》等，指陈时弊颇尖锐；体式上歌行体、五古、五七言近体诸体皆备。如《夜宿田家》（《石屏诗钞》，《宋诗钞》本）云：

篛笠相随走路歧，一春不换旧征衣。雨行山崦黄泥坂，夜扣田家白板扉。
身在乱蛙声里睡，心从化蝶梦中归。乡书十寄九不达，天北天南雁自飞。

又如《江阴浮远堂》（同上本）云：

横冈下瞰大江流，浮远堂前万里愁。最苦无山遮望眼，淮南极目尽神州。

"永嘉四灵"是指永嘉地区的四位诗人徐照、徐玑、赵师秀、翁卷。因四人的字中均有"灵"字，故合称"四灵"，叶适曾编选《四灵诗选》，为之延誉。

赵师秀称赞徐照曰："君诗如贾岛，劲笔斡天巧。"（《清苑斋诗钞·哀山民》，同上本）并曾选贾、姚之诗为典范，合编为《二妙集》，以此为"四灵"之诗的宗法对象。"四灵"作品与贾、姚一样，均以五律为主要诗体。今存"四灵"诗集中，五律皆占一半以上。[3]叶

---

① 章培恒等《中国文学史·宋代文学·江湖诗人》，复旦大学出版社，1997年，第484—486页。
② 见《全宋词》（全五册）《戴复古》，唐圭璋编，中华书局，1965年，第2309页。
③ 据《永嘉四灵诗集》统计，徐照有五律155首，徐玑有94首，赵师秀有87首，翁卷有92首。

贾岛（明《三才图会》）

適《徐文渊墓志铭》云"四人之语遂极其工，而唐诗由此复行矣"，认为"四灵"诗风是对唐诗的复归。

"四灵"均为草根寒士，生活面狭小，仅局限于书斋之中，诗作内容多为题咏景物，唱酬赠答之什，正如方回《瀛奎律髓》卷十批评："气象小矣。"其中较好的作品，如徐照的《山中》，《瀛奎律髓》卷二十三评曰"中四句工"：

> 世事已无营，翛然物外形。
> 野蔬僧饭洁，山葛道衣轻。
> 扫叶烧茶鼎，标题记药瓶。
> 敲门旧宾客，稚子会相迎。

赵师秀的《龟峰寺》（《清苑斋诗钞》，同上本）：

> 石路入青莲，来游出偶然。峰高秋月射，岩裂野烟穿。
> 萤冷粘棕上，僧闲坐井边。虚堂留一宿，宛似雁山眠。

精雕细琢，小巧雅致，几近贾、姚诗风。若干七绝，著名的如翁卷《乡村四月》（《苇碧轩诗钞》，同上本）："绿遍山原白满川，子规声里雨如烟。乡村四月闲人少，才了蚕桑又插田。"赵师秀《约客》："黄梅时节家家雨，青草池塘处处蛙。有约不来过夜半，闲敲棋子落灯花。"意境浑融，清新洒脱。[1]

第三节　苏东坡与唐诗 [2]

有宋以来，宋人不甘心于在唐人的阴影下亦步亦趋，力求变"唐音"以为"宋调"。经过几代人的开拓垦殖，沃溉培植，至苏轼、黄庭坚之世，"唐音"终于转变为"宋调"，宋诗终于走出唐诗的阴影，以迥异于唐诗的面貌出现于中国诗坛。其后，人们便把批评

---

[1]　袁行霈等《中国文学史·永嘉四灵和江湖诗派》，高等教育出版社，2003年，第216—221页。

[2]　参阅莫砺峰《论苏黄对唐诗的态度》，载《文学评论》，1994年第3期。

的焦点集中在宋诗与唐诗的关系之上，仁智互见，毁誉不一。如前所述，宋人张戒认为诗"坏于苏黄"，持此论者代有其人。

苏轼诗词文俱佳，是宋代最知名的文人，其文学成就无人能出其右。苏轼之于宋调，一如李白之于唐音。作为"宋调"的杰出代表，他对唐诗的学习、领悟和评价，都是慧眼独具，富于真知灼见的。在《东坡题跋》《东坡志林》《仇池笔记》及其诗集、文集以及同时及后人的诗话、诗评、笔记等材料中，有许多论及唐诗的相关材料，所言及的唐代诗人有初唐李世民、李峤、贺遂亮，盛唐李白、杜甫、王维、孟浩然，中唐韦应物、元稹、白居易、刘禹锡、柳宗元、韩愈、孟郊、卢仝、贾岛，晚唐唐文宗、温庭筠、薛能、郑谷、徐凝、贯休、皮日休、司空图等二十多人。虽然并非长篇专文，但亦弥足珍贵。从中我们可以看出，苏轼对唐诗有着高屋建瓴、宏观全面的观照。事实上，苏东坡与唐诗的关系并非一言足以论定，本文拟从苏东坡对不同时期、不同诗人的评价入手，作些分析。

一、苏轼对晚唐诗的态度

一般而言，学界将唐诗发展的过程分解为初盛中晚四个时期，对盛唐诗的褒扬明显多于其他时期，而对晚唐诗的诟病又远远高于其他诸阶段。苏东坡亦不例外，他对晚唐诗基本持否定的态度。苏轼《书诸集伪谬》云："唐末五代，文章衰尽。诗有贯休、齐己，书有亚栖，村俗之气，大率相似。"他以"村俗之气"，对晚唐诗的风格与成就一言蔽之，可谓一语中的，切中肯綮。这么做的原因，与其说是观念上的陈陈相因，不如说是唐诗发展的过程确实如此。

到了晚唐，从唐敬宗和唐文宗时期开始，唐帝国出现明显的衰败倾覆之势。宦官专权，藩镇割据，骄兵难制，战乱屡起，赋税沉重，民间空竭，唐王朝已经百孔千疮，风雨飘摇，可谓日薄西山，气息奄奄。伴随着大唐王朝综合国力的江河日下，知识精英阶层的晋身之阶逐渐壅塞，实现自身价值的机会日渐减少，士人心态因此而发生了极大变化。

国事无望，抱负落空，身世沉沦，使晚唐诗人情怀压抑，悲凉空漠之感常常如影相随。诗人们怀着忧谗畏讥心理，追求淡漠情怀与淡漠境界，即使如皮日休、杜荀鹤、聂夷中、陆龟蒙、罗隐等的伤时讽世、指陈时事之作，也多从自身遭遇着墨，淡化现实社会中动乱带来的淋漓鲜血和啼饥号寒，不敢也不愿直面惨淡的社会人生，充其量也就是中唐以韩愈为代表的古文运动和以白居易为代表的新乐府运动的余波，是大唐王朝帝国天空的一缕夕阳晚照而已，构不成晚唐后期文学，尤其是诗歌的主流。诗人们在动乱中彷徨无计，颠沛流离，朝不虑夕。在他们身上，再也看不到盛唐诗人的那种强烈的社会责任感和使命感，看不到那种豪气干云、蓬勃昂扬的精神气质和担当意识。反映在诗歌上，他们的诗境一般比较浅狭，而且笼罩着末世的凄凉黯淡情绪，表现出痛苦绝望的心理。

譬如，罗隐《黄河》诗云："莫把阿胶向此倾，此中天意固难明。解通银汉应须曲，才出昆仑便不清。高祖誓功衣带小，仙人占斗客槎轻。三千年后知谁在？何必劳君报太平！"此诗并非赋咏黄河，而是借事寓意，抨击和讥讽唐代的科举制度。传说"黄河千年一清"，朝廷上的乌烟瘴气同样也是改变不了的，寒门子弟如果无人援引，要想出人头地，势比登天还难。这是对唐王朝由失望痛苦到近于绝望的心理。此后，罗隐果真回到家乡杭州，在钱镠幕下做官，再不到长安考试了。郑谷《慈恩寺偶题》曰："往事悠悠添浩叹，劳生扰扰竟何能。故山岁晚不归去，高塔晴来独自登。林下听经秋苑鹿，江边扫叶夕阳僧。吟余却起双峰念，曾看庵西瀑布冰。"意兴萧索，可谓唐人气尽之作。韦庄诗如《忆昔》"今日乱离俱是梦，夕阳唯见水东流"，《与东吴生相遇》"老去不知花有态，乱来唯觉酒多情"等，抒发了对唐末王朝衰亡、社会动乱的感慨。哀莫大于心死，诗人们在对时代失去最后一点信心与希望的时候，诗境便再也难有大的开拓，唐诗黯然谢幕也就水到渠成。所以，苏轼以"村俗之气"论之，其实倒还算客气。实在言之，除了"村俗之气"外，晚唐诗的落寞苍凉、肃杀哀婉之气也是显而易见的。

但苏轼对晚唐诗人并未一概抹杀，对司空图还是表示了一定程度上的肯定。司空图诗歌善于写境，具有一定的韵味，且以标举"韵味说"见称于世，其所举以自矜的诗句，如"草嫩侵沙短，冰轻著雨消"（《早春》）、"川明虹照雨，树密鸟冲人"（《华下送文浦》）、"棋声花院闭，幡影石坛高"（佚诗遗句）、"孤屿池痕春涨满，小栏花韵午晴初"（《光启四年春戊申》）等①，种种主观之情，与诗中所描写客观之景融合，均能体现出诗歌之韵味。对此，苏东坡予以肯定，"诗文高雅，犹有承平之遗风"（《书〈黄子思诗集〉后》），自然是对司空图诗的肯定评价。他也坦率地认为，"但恨其寒俭有僧态"（《东坡志林》卷十），虽指出其不足之处，其实包含着对司空图写境之妙的赞赏。

二、苏轼对中唐诗的态度

苏轼对中唐诗的态度主要体现在对一批重要诗人如韩柳、元白、刘韦等人的评价上。

譬如被尊为"唐宋八大家"之一且独占鳌头的韩愈，是文学史上声名卓著的诗文兼擅的文学家之一。由于力倡古文运动所获巨大成就，为其身前身后赢得了极高的声望，因而在文学史上，其"诗名"往往被"文名"所掩。加之前代李杜两座高峰的笼罩遮蔽，韩愈诗歌的成就在很长一段时间里，并不被人看重。受此影响，苏东坡对韩愈文学业绩的肯定首先是着眼于其古文成就。在作于元祐七年（1092）的《潮州韩文公庙碑》中，苏赞颂韩愈"文起八代之衰，而道济天下之溺"，成为对韩愈古文成就及其古文运动历史功绩的定评。

韩愈诗歌对北宋诗风的影响是比较全面的。苏轼横空出世，天才绝伦，诗文词皆擅，是宋代文坛上少有的全才。其文，"大略如行云流水""姿态横生"云云，即豪爽自然，弃绝羁绊。其诗，"高下抑扬，如龙蛇捉不住"（苏轼《与二郎侄》），或呼风唤雨，气势

---

① 参阅司空图《与李生论诗书》，载《唐诗纪事校笺》（全八册），王仲镛校笺，中华书局，2007年，第2116—2117页。

凌厉，如《云龙山观烧》《鱼蛮子》《荔枝叹》《阎立本职贡图》等；或设想恢奇，引人入胜，如《双石》《咏怪石》《雪浪石》等专力描摹怪石奇石之作；或谈诗论画，酣畅淋漓，如《王维吴道子画》《次韵子由论书》《真兴寺阁》等；或富于哲理，发人深省，如《听贤师琴》《祭常山回小猎》《寄蕲簟与蒲传正》等，俨然豪放诗风一派的盟主。其词，"横放杰出，自是曲子内缚不住者"（黄庭坚语）①。——豪放词，题材新颖，格调高旷，能够突破传统音律的限制，为宋词开创了新的生面；婉约词，也能在传统词风的基础上加以创造，令人颇觉耳目一新。终其一生，"坡仙"的雅称，颇可证明他到底还是以豪放洒脱名世。这些创作实践及其成就，显然与韩诗"以文为诗"对他的影响是分不开的。苏东坡在诗歌题材之拓展、以文为诗手法及奇字险韵的运用，诗歌雄豪的风格和酣畅的议论等方面对韩诗的借鉴，就是这种影响的突出表现与学韩的独得之处。

虽然在诗歌理论上苏东坡对韩诗的评价并不太高，但对其创作成就则多有肯定。赞其"追逐李杜参翱翔，汗流籍湜走且僵"（《潮州韩文公庙碑》），认为韩愈之诗可以与李杜相媲美，足可并驾齐驱。曾说："诗之美者，莫如韩退之，然诗格之变自退之始。"②认为在诗歌史上，韩愈的诗歌以豪放奇险风貌出现，具有转变唐诗风貌的历史功绩。

柳宗元、韦应物也是苏轼关注的中唐诗人，如《书〈黄子思诗集〉后》所述。东坡对魏晋时期的文学艺术情有独钟，书法方面以"钟王之法"为代表，诗歌方面则欣赏陶渊明，"然魏晋以来，高风绝尘，亦少衰矣"。但是，"钟王之法"与渊明之诗这种代表魏晋"高风绝尘"的艺术杰作及其风韵意味，由唐至宋，已经日渐衰微了。只有韦应物、柳宗元能够继承这种魏晋遗韵，做到"发纤秾于简古，寄至味于淡泊"，而且其"似澹而实美"的美学风貌亦可与渊明比肩。其实苏轼并非主张真正的"枯淡"，而是如同陶渊明诗歌一样的"外枯而中膏，似淡而实美"，所谓"质而实绮，癯而实腴"（《追和陶渊明诗引》），是在"枯淡"的外表下所隐藏着的"纤秾"和"至味"。

> 柳子厚南迁后诗，清劲纡余，大率类此。（《书柳子厚南涧诗》）咸酸杂众好，中有至味永。（《送参寥师》）独作五字诗，清绝

韦应物像

---

① 《东坡词》评语，见《文献通考·经籍考》七十三，中华书局，2011年，第6642页。
② 《王直方诗话》第11条，载郭绍虞《宋诗话辑佚》，中华书局，1980年，第4—5页。

如韦郎。(《和鲜于子骏郓州新堂月夜二首》其二)

此处所谓"清劲""至味""清绝"，也无外乎"枯淡"之藩篱，不过是同一意义的不同表述而已。由此，不难看出苏轼对传承这种魏晋风韵的韦应物、柳宗元是推崇备至的。对于二者之间的差异，苏轼也有详尽的辨析，他在晚年说："柳子厚诗在陶渊明下、韦苏州上。退之豪放奇险则过之，而温丽精深不及也。"(《评韩柳诗》)认为柳宗元之诗高于韦应物之诗，着眼点其实仍然在于以陶渊明的"枯淡"为标准。在此标准下，以"豪放奇险"为特征的韩愈诗歌，其缺陷与不足也就显而易见，所谓"温丽精深不及也"。而韩柳之间，似乎并无轩轾，难分上下，所以只能将其等同视之。

作为中唐时期新乐府运动的主要倡导者和身体力行的实践者，白居易自然不会不入苏东坡的法眼。总起来看，苏东坡对白居易的评价主要侧重于人品和诗品两个方面。人品方面，他所赞赏的主要是白诗中体现出来的人生态度。东坡与香山在人生际遇、仕履竞逐、出处行藏等方面颇多相似之处，元和十年 (815)，白居易因越职言事，被贬为江州司马，是年 43 岁；元丰二年 (1079)，苏轼因"乌台诗案"贬至黄州任团练副使，为 42 岁，年岁颇接近。更重要的还在于人生观、处世态度，尤其是超越意识的接近之处甚多。

苏轼 46 岁时在黄州开垦荒坡，作《东坡八首》，且自号东坡居士。《容斋随笔·三笔卷五》"东坡慕乐天"条云："苏公责居黄州，始自称东坡居士。详考其意，盖专慕白乐天而然。白公有东坡种花二诗云：'持钱买花树，城东坡上栽。'又云：'东坡春向暮，树木今何如。'……"其谪居忠州时曾作有多首与"东坡"相关的诗作，如上述二首与《步东坡》《别种东坡花树两绝》等。十年以后，苏轼在杭州作诗题云："予去杭十六年而复来，留二年而去。平生自觉出处老少，粗似乐天。虽才名相远，而安分寡求，亦庶几焉。……作三绝句。"其二曰："出处依稀似乐天，敢将衰朽较前贤。便从洛社休官去，犹有闲居二十年。"苏诗中如"我似乐天君记取，华颠赏遍洛阳春"(《赠善相程杰》)、"定似香山老居士，世缘终浅道根深"(《侍立迩英次韵绝句四首》其四)、"我其似乐天，但无素与蛮"(《次京师韵送表弟程懿叔赴虁州运判》) 等句尚多，不胜枚举。"东坡"既是苏轼的一个别号，也成了他价值取向的标记和人格精神的载体[1]，说明苏轼认同于白居易的主要是宦海浮沉中仍能保持乐观旷达态度的人生观。《王直方诗话》云"东坡平日最爱乐天之为人"(载《诗人玉屑》)，可谓一语中的。

在诗品方面，苏东坡博采众家之长，是学习白居易诗作积极的实践者，苏诗中有许多作品风格类似白诗。苏诗有时用句，通过调整变换白诗字句的方式进行，如《次韵杨褒早春》"良辰乐事古难并，白发青衫我亦歌"，出自白居易《春去》"白发更添今日鬓，青衫不改去年身"[2]；《再次韵答田国博部夫还二首》其二 "枝上稀疏地上稠"，简直就是抄

———————————
[1]　尚永亮《苏轼与白居易的文化关联及差异》，载《中国人民大学学报》，2010 年第 1 期。
[2]　《白居易诗集校注》(全六册)，谢思炜校注，中华书局，2006 年，第 1357 页。下引不注。

自白居易《惜落花赠崔二十四》"枝上稀疏地上多"句，等等。

有时苏诗用意，化用白诗之意而敷衍之。如《病中独游净慈》"自知乐事年年减，难得高人日日闲"，出自白诗《晚归早出》"筋力年年减，风光日日新"；《定风波》词序"此心安处便是吾乡"①一语，出于白居易诗《初出城留别》"我生本无乡，心安是归处"；《续丽人行》"深宫无人春日长"，从白居易《送苏州李使君赴郡》"馆娃宫深春日长"化出。

有时又反其意而用之，苏轼《次韵子由初到陈州》"懒惰便樗散，疏狂托圣明"，用白居易《寄微之》"疏狂属年少，闲散为官卑"诗意和《庄子·逍遥游》无用之本典。白诗是抱怨自己是闲散卑官，只得以年少疏狂的方式表达自己的不满。而苏轼的懒散疏狂则近乎于认同，乃至感恩戴德，对皇上并无怨怼。如白居易《答客说》："吾学空门非学仙，恐君此说是虚传。海山不是吾归处，归即应归兜率天。"苏轼《次韵子由清汶老龙珠丹》则曰："区区分别笑乐天，那知空门不是仙。"虽然苏轼对白诗多所学习取径，但二者之间的差异还是明显的，苏轼的主导诗风毕竟不是对白诗亦步亦趋的模仿，而是有因有创，有沿有革，最终能自出机杼，别开生面。

苏轼对白诗的推许有时也会从自己的诗文中体现，如《王平甫梦灵芝宫》云："昔有人至海上蓬莱，见楼台中有待乐天之室，乐天自为诗以识其事，与平甫之梦实相似。盖二人者，皆天才逸发，则其精神所寓，必有异者，物理皆有之，而不可穷也。"以"天才逸发"之语评价白居易。《观静观堂效韦苏州诗》："弱羽巢林在一枝，幽人蜗舍两相宜。乐天长短三千首，却爱韦郎五字诗。"除赞赏韦诗外，又有赞同白氏所爱之意。而特举"乐天长短三千首"，是强调爱韦诗之人在数量和质量上均具备足够的资格，爱者和被爱者的资格至少是足以对等的。参照苏轼对韦诗的偏爱，亦可见乐天在其心目中的地位。尽管如此，苏东坡"元轻白俗，郊寒岛瘦"（《祭柳子玉文》）的恶谥还是播于人口，挥之不去，一直以来成为对白诗的思维定式，某种程度上，抵消了上述种种对白诗的称许。

三、苏轼对于盛唐诗的肯定与推崇

唐朝玄宗开元、天宝间，诗歌全面繁荣，名家大量涌现。他们的作品精丽华美、雄健清新、兴象超妙、韵律和谐，表现了时代共同的艺术特色和美学风貌，这便是所谓"盛唐气象"。这一时期的诗歌也因此而受到当时以及以后历代文人的肯认和称引。康熙《全唐诗序》云："诗至唐而众体悉备，亦诸法毕该。故称诗者必视唐人为标准，如射之就彀率，治器之就规矩焉。"苏东坡对盛唐诗自然也是全面服膺，多所褒扬，尤其是对盛唐名家如李杜、王孟等等更是赞赏备至。在他心目中，李、杜无疑是唐代最杰出、最具有典范意义的诗人。

---

① 邹同庆、王宗堂《苏轼词编年校注》（全三册），中华书局，2002 年，第 579 页。下引不注。

（一）关于李白

苏轼以超拔的才情和杰出的创造力，将北宋中期的豪纵诗风提升到一个汪洋恣肆、浑瀚无涯的超妙境界，因而在宋代诗歌的发展进程中，赢得了无人可及的地位。他的个人禀赋和美学品位，使得他对自然飘逸的李白诗歌有着一种天然的亲近，无论是对李白傲岸高蹈、蔑视权贵的风骨人品，还是变幻莫测、鬼神皆惊的浪漫诗风，以至想落天外、飘逸绝尘的罕见诗才，都表现出了由衷的倾慕。苏轼云："李太白、杜子美以英伟绝世之姿，凌跨百代，古今诗人尽废。"其《书丹元子所示李太白真》诗，本是咏赞李白的，其中"化为两鸟鸣相酬，一鸣一止三千秋"（《苏集》中华本该句下有小注：〔次公曰〕退之此诗〔按：韩愈《双鸟诗》〕，或以为言佛老，或以为言李杜，今观先生诗，则知其言李杜矣。）两句，却连带颂扬了杜甫，评价不可谓不高。

对其气质风神与人品的认同。李白曾被贺知章称为"谪仙人"，而苏东坡在宋金时期亦有"坡仙"之誉。得道成仙是道家修为的最高境界，也是道家弟子追求企慕的终极价值指向。苏在精神气质上认同李白，因而也与李白一样，期望成为仙人。不过，苏在这一点上似乎更迫不及待。如果说李白的"谪仙人"雅号是他人赠送，那么苏则干脆省略了这一程序，隐然以仙人自居了。东坡《李白谪仙诗》云：

> 我居青空里，君隐红埃中。声形不相吊，心事难形容。欲乘明月光，访君开素怀。
> 天杯饮清露，展翼登蓬莱。佳人持玉尺，度君多少才。玉尺不可尽，君才无时休。
> 对面一笑语，共蹴金鳌头。绛宫楼阙百千仞，霞衣谁与云烟浮。

苏轼心目中肯定李白是谪仙人，原本便是上界天堂中的人物，诗中的言辞流露出一派仙气，似非寻常人间言语。对于李白的崇敬向往之心，溢于言表。苏轼本是一个自视极高之人，其《水调歌头》词中，亦有意无意间泄露出自比"谪仙人"的玄机。试看"明月几时有，把酒问青天。不知天上宫阙，今夕是何年。我欲乘风归去……"，着一"归"字，表明他原本就来自上界天堂的仙人，他是回归天上宫阙，而非未成仙之前凡夫俗子的向往飞升。其《念奴娇·中秋》词："便欲乘风，翻然归去"之句，则"回归"的意识，显而易见。

东坡对李白蔑视权贵的狂放性格也充分肯定，其《李太白碑阴记》曰：

> 李太白，狂士也，又尝失节于永王璘，此岂济世之人哉。而毕文简公以王佐期之，不亦过乎！曰：士固有大言而无实，虚名不适于用者，然不可以此料天下士。士以气为主。方高力士用事，公卿大夫争事之，而太白使脱靴殿上，固已气盖天下矣。使之得志，必不肯附权幸以取容，其肯从君于昏乎！夏侯湛赞东方生云："开济明豁，包含宏大。陵轹卿相，嘲哂豪杰。笼罩靡前，跆籍贵势。出不休显，贱不忧

戚。戏万乘若僚友，视俦列如草芥。雄节迈伦，高气盖世。可谓拔乎其萃，游方之外者也。"吾于太白亦云。太白之从永王璘，当由迫胁。不然，璘之狂肆寝陋，虽庸人知其必败也。太白识郭子仪之为人杰，而不能知璘之无成，此理之必不然者也。吾不可以不辩。

首先言"李白、狂士也"，由此出发，指出李白在"高力士用事，公卿大夫争事之，而太白使脱靴殿上"之时，就已经是"气盖天下"了，认定李白绝对不会"附权幸以取容"，更不会"从君于昏"。这个狂士非比寻常，他有盖世的气概，并用夏侯湛赞东方生的语辞来评价李白，可谓出类拔萃，且是一个超逸的游方之外者。太白之从永王璘一事，苏轼推论是遭受胁迫，理由是李白有识将郭子仪之智，不至于会有从永王璘之愚。如此辩解是否合于事实，尚有待推敲，而苏轼维护李白之心，可以想见。

对其诗风的赞美。东坡对李白的诗才十分倾慕，"谪仙此语谁解道"（《送张嘉州》）之类的话说过不知凡几：

> 一纸鹅经逸少醉，他年《鹏赋》谪仙狂。（《闻钱道士与越守穆父饮酒送二壶》）免使谪仙明月下，狂歌对影只三人。（《再次韵答完夫穆父》）尊酒何人怀李白？草堂遥指江东。（《临江仙·夜到扬州席上作》）

苏作诗也颇受李白的影响，譬如前引《书丹元子所示李太白真》诗："天人几何同一沤，谪仙非谪乃其游。麾斥八极隘九州，化为两鸟鸣相酬，一鸣一止三千秋。开元有道为少留，縻之不可矧肯求。西望太白横峨岷，眼高四海空无人。大儿汾阳中令君，小儿天台坐忘身。平生不识高将军，手污吾足乃敢嗔，作诗一笑君应闻。"东坡先用夸诞象喻之笔，极力称颂李白超凡脱俗的不羁之才和天马行空的精神世界，后又着重揄扬李白睥睨四海、傲视权豪的孤高个性，最后一句，诗人则情难自已，直接与三百年前的偶像发话，流露出不胜欣羡之意。高度评价李白的《望庐山瀑布》诗：

> 仆初入庐山，山谷奇秀，平生所未见，殆应接不暇，遂发意不欲作诗。已而见山中僧俗，皆云："苏子瞻来矣！"不觉作一绝云："芒鞋青竹杖，自挂百钱游。可怪深山里，人人识故侯。"既自哂前言之谬，又复作两绝云："青山若无素，偃蹇不相亲。要识庐山面，他年是故人。"又云："自昔忆清赏，初游杳霭间。如今不是梦，真个是庐山。"是日有以陈令举《庐山记》见寄者，且行且读，见其中云徐凝、李白之诗，不觉失笑。旋入开元寺，主僧求诗，因作一绝云："帝遣银河一派垂，古来惟有谪仙辞。飞流溅沫知多少，不与徐凝洗恶诗。"往来山南北十余日，以为胜绝不可胜谈，择其尤者，莫如漱玉亭、三峡桥，故作此二诗。最后与揔老同游西林，又作一绝云："横看成岭侧成峰，到处看山了不同（按：今多作"远近高低各不同"）。不识庐

山真面目，只缘身在此山中。"仆庐山诗尽于此矣。①

苏轼喜欢在诗词中化用李白或借用李白的诗句，诸如"当时挹明月，对影三人足"（《和王晋卿》）、"举杯邀月，对影成三客。起舞徘徊风露下，今夕不知何夕"（《念奴娇·中秋》），均化用李白《月下独酌》；"君且归休我欲眠，人言此语出天然"（《李行中秀才醉眠亭三首》其二）、"何当一醉百不问，我欲眠矣君归休"（《次韵孔毅父集古人句见赠五首》其四），化用白《山中与幽人独酌》"我醉欲眠君且去，明朝有意抱琴来"；"鬓霜饶我三千丈，诗律输君一百筹"（《九日次韵王巩》）、"多情白发三千丈，无用苍皮四十围"（《宿州次韵刘泾》），则化用白诗《秋浦歌》"白发三千丈，缘愁似个长"。而"无用苍皮"句，亦借镜杜甫《古柏行》"霜皮溜雨四十围"。

苏轼除了在诗词中常化用李白诗句外，还常借鉴或隐括其整首诗的诗意，譬如著名的《水调歌头》（明月几时有），全词的构思命意，都脱胎于李白的《把酒问月》诗：

> 青天有月来几时？我今停杯一问之。人攀明月不可得，月行却与人相随。
> 皎如飞镜临丹阙，绿烟灭尽清辉发。但见宵从海上来，宁知晓向云间没。
> 白兔捣药秋复春，嫦娥孤栖与谁邻？今人不见古时月，今月曾经照古人。
> 古人今人若流水，共看明月皆如此。唯愿当歌对酒时，月光长照金樽里。

酒和月是李白诗歌中常用的意象，酒可释恨佐欢，兴会无穷；月则使人超然遗世，物我两忘，颇能引人无穷的遐思和终极追问。举杯望月，明月神秘莫测、永恒美好，而人生苦短、转瞬即逝，这种人生短暂与宇宙永恒的巨大悖论，使人无端更生如梦如幻的哀愁与无奈，愁肠百结，徒唤奈何。但诗人于意绪多端中，随兴挥洒，力求脉络贯通，极具跌宕错综、回环往复之妙，做到了音情理趣俱佳，令人有耳目一新之感。景物描绘与神话传说穿插其间，使得诗人孤高出尘、逸兴横飞的形象也跃然纸上，灵动浮现。

苏轼的《水调歌头》从题材、意境、用语，到情感内容、及表达方式都神似李白的《把酒问月》。全词也用明月和酒的意象作为情感的载体，感慨人生苦短，世事沧桑，厌薄宦海浮沉，叩问生命意义，揭示睿智的人生理念，达到了人与宇宙、自然与社会的高度契合。整首词意境豪放而阔大，情怀乐观而旷达，东坡在精神气质上与三百年前的太白是息息相通的。

李白诗歌的想象奇诡非凡，极具艺术魅力。《蜀道难》《远别离》《梦游天姥吟留别》《乌栖曲》《乌夜啼》等诗神出鬼没，惝恍诡怪。苏轼诗歌也有这些特点，如《赠杜介》：

---

① 苏轼《记游庐山》，载《东坡志林》卷一，王松龄点校，中华书局，2002年，第4页。按：余本题名多
作《自记庐山诗》。

我梦游天台，横空石桥小。松风吹茵露，翠湿香嫋嫋。应真飞锡过，绝涧度云鸟。
举意欲从之，倏然已松杪。微言粲珠玉，未说意先了。觉来如堕空，耿耿窗户晓。
群生陷迷网，独达从古少。杜叟子何人，长啸万物表。妻孥空四壁，振策念轻矫。
遂为赤城游，飞步凌缥纱。问禅不归舍，屡为瓠壶绕。何人识此志，佛眼自照瞭。
我梦君见之，卓尔非魔娆。仙葩发茗碗，剪刻分葵蓼。从今更不出，闭户闲腰褭。
时从佛顶岩，驰下双莲沼。

此诗的构思与李白的《梦游天姥吟留别》相似。白诗以梦游天姥为题，构建真幻并存、虚实兼具的梦境，奇瑰惝恍，变幻莫测，具有神话般的浪漫色彩。这种李白式的抒情，热烈迅疾，慷慨激昂，如行云流水，一泻千里，火山爆发般地从胸中直接奔涌喷吐出来。他以胸中之豪气赋予自然山水以崇高的美感，既是对自然伟力的讴歌，也是对不同流俗、超凡出世理想人格精神的礼赞，同时也表达了他蔑视权贵的傲岸个性，超凡的自然意象是和洒脱的精神气质是浑然一体、相得益彰的。苏轼《赠杜介》本也是一首写给朋友的赠别诗，不仅再现了天台山之奇异秀丽的自然风光，也刻画了一个"问禅不归舍，屡为瓠壶绕""时从佛顶岩，驰下双莲沼"的具有仙风道骨的杜介形象。不言而喻，这个杜介，事实上就是东坡自己在理想人格追求上的自我期许。此诗在题材选择、构思命意、意境营造、抒情主人公的刻画上，与《梦游天姥吟留别》都有异曲同工之妙，精神气质上的传承，则更是显而易见的。

（二）关于杜甫及其他

李白与杜甫双峰并峙，共同撑起了盛唐诗国的半壁江山，任何一个学习和借鉴唐诗的后生晚辈，都无法忽视这两座高峰。苏轼作为北宋中期的文坛执牛耳者，除了对李白表示企慕、尊敬和学习外，对杜甫自然也不能不给予足够的重视。对于杜甫人格精神的崇高伟大、诗歌成就的海涵地负，东坡都给予了恰如其分的评价，体现出了作为文坛泰斗的慧眼独具。

苏轼首先对杜甫的忠君思想给予肯定，"古今诗人众矣，而杜子美为首，岂非以其流落饥寒，终身不用，而一饭未尝忘君也欤"（《王定国诗集叙》）。杜甫一生坎坷，但即使在晚年漂泊西南之际，仍念念不忘国家社稷的安危，作于大历二年（767）的《槐叶冷淘》云："献芹则小小，荐藻明区区。万里露寒殿，开冰清玉壶。君王纳凉晚，此味亦时须。"以至于达到"一饭未尝忘君"的地步。在《自京赴奉先县怀五百字》里，谓曰"葵藿倾太阳，物性固难夺"，这当然是典型的忠君思想。"忠君"是封建时代受到整个士大夫阶层认可和接受的道德准则，杜甫和苏东坡都不能例外。正是在这一共同的价值取向基础之上，三百年后的东坡与杜甫有了精神上联系的纽带和桥梁。因此，他赞扬杜甫说："子美自比稷与契，人未必许也。然其诗云：'舜举十六相，身尊道何高。秦时用商鞅，法令如牛毛。'此是契、稷辈人口中语也。"（《评子美诗》）

在艺术成就方面，苏东坡赞扬杜诗的集大成地位：

> 子美之诗，退之之文，鲁公之书，皆集大成者也。(《后山诗话》引子瞻语) 故诗至于杜子美，文至于韩退之，书至于颜鲁公，画至于吴道子，而古今之变，天下之能事毕矣。(《书吴道子画后》) 颜鲁公书雄秀独出，一变古法，如杜子美诗，格力天纵，奄有汉魏晋宋以来风流，后之作者，殆难复措手。(《书唐氏六家书后》)

杜甫的诗歌，与韩愈的散文、吴道子的画以及颜真卿的书法一样，在各自的领域里都具有"集大成"的风范。

在《次韵张安道读杜诗》中，东坡追述了自先秦战国，到汉魏齐梁，以后每况愈下，《诗经》"大雅"的优良传统被破坏殆尽，便到处都是追逐华丽辞藻的庸腐诗人，华丽的外表掩盖了本色美，诗歌的领域也越来越偏狭，诗界狂涛汹涌，低劣的"鱼虾"代替了高雅的诗作。到了唐代，李白、杜甫出现，才清理了整个诗坛，吸收了各种诗法，集前人之大成，有如龙舟竞渡，并驾齐驱。东坡以史学家的恢宏视角，从整个诗歌发展的历史出发，总结了其间的得失成败，肯定了李杜的成就。①

虽然东坡示人的面目似乎一向是李杜并重，但杜诗艺术造诣要比李白更胜一筹，事实上东坡更推崇杜甫。宋时有人编纂李白的诗集，但不慎有伪作窜入的现象。对此，苏这样解释说："良由太白豪俊，语不甚择，集中往往有临时率然之句，故使妄庸辈敢尔。若杜子美，世岂复有伪撰耶？"(《书李白集》) 之所以如此，就是因为李白在艺术上粗率，不注意、不讲究精雕细刻、字斟句酌，多有率尔成章，这就为妄庸之辈提供了造假的机会。而老杜，"晚节渐于诗律细""为人性僻耽佳句"，在艺术追求上是一个完美主义者，伪撰者找不到造假的机会。字里行间，抑李扬杜的倾向十分明显。所以，尽管苏轼虽然常常李杜并称，但只向杜甫奉上"集大成者"的桂冠。

在创作上，苏东坡也广泛师法老杜，通过引用字句、化用诗意、借鉴手法等各种方式学习杜甫②，譬如"一洗人间万事非"(《送春》)，套用杜甫《送韩十四江东省觐》"叹息人间万事非"；"也知造物有深意，故遣佳人在空谷"(《寓居定惠院之东有海棠一株》)，化用杜甫《佳人》"绝代有佳人，幽居在空谷"；"小溪鸥鹭静联拳"(《江城子》)，借用杜甫《漫成一首》"沙头宿鹭联拳静"。

除此之外，在诗歌的题材内容、格调情韵和表现形式诸方面，东坡都与杜甫的后期诗歌相接近。试比较苏轼《望湖亭》与杜甫《江汉》。二诗都表达自己报国无门的落寞，光阴老去的悲慨，以及绵延不绝的壮心与孤忠。风格上，诗都属苍凉悲壮一类。在句型上，两诗也有相似之处，如"暮霭一山孤"与"永夜月同孤"，"许国心犹在"与"落日心犹

---

① 棘园《东坡论杜述评》，载《贵州社会科学》，1984 年第 6 期。
② 张浩逊《苏轼和杜甫》，载《杜甫研究学刊》，1998 年第 1 期。

壮"。杜诗对苏诗潜移默化的影响，是无可置疑的。

除李杜外，苏轼对于盛中唐山水田园诗派的代表诗人孟浩然、王维和韦应物的评价，一再被人称引，几成定论。

苏轼对于孟浩然的评价有诗云："此间有句无人识，送与襄阳孟浩然"（《郭熙秋山平远二首》其一），"玉堂清冷不成眠，伴直难呼孟浩然"（《夜直玉堂》），将孟浩然视为同气相求的良师益友。陈师道《后山诗话》曰："子瞻谓孟浩然之诗，韵高而才短，如造内法酒手而无材料尔。"肯定了孟浩然诗歌的"韵高"特色，但也客观地指出了其诗的不足之处，中肯允当，洵为的论，因而为后人所认同。

"前身陶彭泽，后身韦苏州。欲觅王右丞，还向五字求"（《次韵黄鲁直书伯时画王摩诘》），是苏轼对王维五言律诗高度成就的评价，是说王维五言律诗不仅有陶渊明之风，对其后韦苏州诗风的审美走向亦有相当影响。在《书摩诘〈蓝田烟雨图〉》中，苏轼对王维的诗和画做了至今让人仍觉脍炙人口的评价（见前述）。诗画结合，是中国画的传统和特点。《宣和画谱》提到王维诗句如"落花寂寂啼山鸟，杨柳青青渡水人"（《寒食汜上作》）、"行到水穷处，坐看云起时"（《终南别业》）、"白云回望合，青霭入看无"（《终南山》）之类，说是"皆所画也"。王维精通音乐，工书法，精绘画。曾独创水墨渲澹法，其作品笔墨清新，格调高雅，传达出一种诗意的境界。他尤其擅于画"平远"的风景，喜欢用"破墨"画山水松石。其《辋川图》，山谷郁盘，云水飞动，笔力雄浑。苏轼多才多艺，与王维一样，也是诗书画皆通，故能领会王维诗画个中三昧，道出了王维诗歌与书画中的意境之美，已成为对王维诗歌的不二之评。

第四节　黄庭坚与唐诗

与苏轼一样，黄庭坚也是北宋中晚期诗坛上的风云人物，诗歌成就十分突出，在由"唐音"到"宋调"的转变中发挥了重要作用，他与东坡齐名，人称"苏黄"。加之曾经受到苏轼的提携奖掖，又与晁补之、秦观、张耒一道，被目为"苏门四学士"。黄诗以鲜明的风格特征而自成一体，时论称之为"黄庭坚体"或"山谷体"。尤其是作为"江西诗派"的盟主，在身前和身后都赢得了许多褒扬和尊重。

黄庭坚一直苦心研诗，以唐诗为学习揣摩和取径师法的对象，对杜甫尤为推崇。他通过自己的潜心钻研，汲取唐诗在艺术表现方面的一些长处，并在自己的立场上总结前人的得失，逐渐形成了自己的诗歌风格，及自成体系的诗歌理论，收获了许多诗人的欣然认同和遵从。在他的书札题跋和部分诗篇中，论及唐诗者共有近四十处，涉及唐代诗人十位，其中初唐有沈佺期，盛唐有李白、杜甫、王维等，中唐有韦应物、刘长卿、刘禹锡、柳宗元、韩愈等，晚唐则有温庭筠等。

一、黄庭坚对晚唐诗的态度

同东坡一样，黄庭坚对晚唐诗亦持基本否定的态度。其《与赵伯充》书云："学老杜诗，所谓刻鹄不成尚类鹜也。学晚唐诸人诗，所谓作法于凉，其弊犹贪；作法于贪，弊将若何？"山谷的这段"作法"之说出自《左传》，《说文》："凉，薄也。"笺曰："作法于凉者，如什一取民、敛从其薄之类，是也。""作法于贪"，笺曰："言必有大坏乱也。"[1]

如前所述，"晚唐体"的特点在于效仿贾岛、姚合清苦瘦硬诗风，继承其锻炼苦吟精神，以刻意炼字为能事。题材偏窄，多为描绘幽僻的山林景色和枯淡的隐逸生活，意象多为山水风云竹石花草雪霜星月禽鸟之类。但观察细致入微，描写精致玲珑，时有精警之句，往往有句无篇。在体例上，多用近体而少古体。其弊端也尽在于此。《唐诗品汇总叙》曰："下暨元和之际，则有柳愚溪之超然复古，韩昌黎之博大其词，张、王乐府得其故实，元、白序事务在分明。与夫李贺、卢仝之鬼怪，孟郊、贾岛之饥寒，此晚唐之变也。降而开成以后，则有杜牧之之豪纵，温飞卿之绮靡，李义山之隐僻，许用晦之偶对，他若刘沧、马戴、李频、李群玉辈，尚能黾勉气格，特迈时流，此晚唐变态之极，而遗风余韵，犹有存者焉。"对晚唐诗不足的分析，应当说是十分精准的。黄庭坚贬低晚唐诗的言论，主要是从气格卑弱、俗而不雅两个方面着眼。他把"晚唐诸人"与老杜对立，说"晚唐诸人"本身就属于"作法于凉"，而学"晚唐"的宋人就是"作法于贪"，更是等而下之了。

孟郊（明《三才图会》）

不过，对晚唐诗的整体性否定，并不排斥对个别诗人的青睐，譬如山谷对晚唐的李义山即情有独钟。朱弁《风月堂诗话》："李义山拟老杜诗云：'岁月行如此，江湖坐渺然。'真是老杜语也。……然未似老杜沉涵汪洋，笔力有余也。义山亦自觉，故别立门户成一家。后人挹其余波，号西昆体，句律太严，无自然态度。黄鲁直深悟此理，乃独用昆体工夫，而造老杜浑成之地，今之诗人少有及者。"指出了李义山和黄庭坚在学习杜甫诗法上的共同倾向。学义山正是学杜的门径之一，如《文献通考》引叶梦得语："王荆公亦与之，尝为蔡天启言：学诗者未可遽学老杜，当先学商隐，未有不能为商隐而能为老

---

[1] ［日］竹添光鸿《左传会笺》，于景祥、柳海松整理，辽海出版社，2008 年影印本，第 428 页。

杜者。"黄诗实际上的取径恐怕亦复如此。陈丰《辨疑四则》论山谷曰："公诗祖杜宗陶，体无不备，而早年亦从事于玉溪生，故集中所登，慷慨沉雄者固多，而流丽芊绵者亦复不少。"① 翁方纲《渔洋先生精华录序》云："山谷之诗，或云由昆体而入杜也。"② 均有这种说法。黄庭坚和李商隐在诗歌风格、使事用典、遣词造句之法，乃至学问功底的要求诸方面确有相通之处。黄为前妻孙氏所作的悼亡诗，与李商隐的悼亡诗就十分相近，如作于熙宁三年（1070）的《红蕉洞独宿》与李商隐的《正月崇让宅》对照：

> 南床高卧读逍遥，真感生来不易销。枕落梦魂飞蛱蝶，灯残风雨送芭蕉。
> 永怀玉树埋尘土，何异蒙鸠挂苇苕。衣笥妆台蛛结网，可怜无以永今朝。黄
> 密锁重关掩绿苔，廊深阁迥此徘徊。先知风起月含晕，尚自露寒花未开。
> 蝙拂帘旌终展转，鼠翻窗网小惊猜。背灯独共余香语，不觉犹歌起夜来。李

二诗情感均深沉哀婉，有一唱三叹之致，意境上亦皆隐幽深微，欲说还休，这正是诗人亡妻后独宿空房、情难自已心境的真实流露。而其他的悼亡诗如《哀逝》《和仲谋夜中有感》也都有同样的特点。

对于义山和山谷使事用典上的相似之处，后人亦多有月旦：

> 《类苑》云："鲁直善用事，若正尔填塞故实，旧谓之点鬼簿，今谓之堆垛死尸。如《咏猩猩毛笔》诗云：'平生几两屐，身后五车书。'又云：'管城子无食肉相，孔方兄有绝交书。'精妙隐密，不可加矣。当以此语反三隅也。"（《竹庄诗话》）
>
> 李商隐诗好积故实，如《喜雪》云："班扇慵裁素，曹衣诎比麻。鹅归逸少宅，鹤满令威家。"又："洛水妃虚妒，姑山客谩夸。联辞虽许谢，和曲本惭《巴》。"一篇中用事十七八。（《碧溪诗话》）

连用典故是义山诗和山谷诗的共同特点之一，如山谷"管城子无食肉相，孔方兄有绝交书"一联中，就各自用了班固《汉书》、鲁褒《钱神论》、嵇康《与山巨源绝交书》、韩愈《毛颖传》等四典。这种作诗的手法在李商隐的笔下早已大量出现，如其《赠郑谠处士》"越桂留烹张翰鲙，蜀姜供煮陆机莼"两句③，也连用《吕氏春秋》《晋书》《搜神记》《世说新语》中四典。二人在使事用典的写法完全相同。"山谷得法义山"④，黄庭坚与李商隐的相通之处，就在于他们都讲求用典，工于锤炼，追求诗歌因学识丰富、技法纯熟、

① ［宋］黄庭坚《黄山谷先生全集》卷首，清同治七年义宁冲和堂刊本。
② ［清］翁方纲《复初斋文集》卷三，上海古籍出版社，2002年，第372页。
③ 刘学锴、余恕诚《李商隐诗歌集解》（全五册），北京：中华书局，1988年，第1367页。
④ 钱锺书《谈艺录》，中华书局，1984年，第452页。第22页亦云"山谷固深于小李者"。

屡经琢磨雕刻后呈现出的工力之美，并希慕着能像杜甫一样，最终由人工归于天然。①

二、黄庭坚对中唐诗的态度

中唐诗人中，黄庭坚比较欣赏的有韩愈、柳宗元、刘禹锡、白居易等人。

对于韩愈，黄庭坚首先肯定其诗技巧超群：

> 韩退之作此诗，与《华山女》《桃源图》，三篇同体，古诗未有此作；虽杜子美兼备众体，亦无此作。可谓能诗人中千人之英也。（《书韩文公峋嵝山诗后》）

据传衡山之巅有神禹碑，碑身文字形貌怪诞奇特，但并无人见。好古的韩愈专程上山搜求，结果一无所获。此诗表面上是写荒诞无稽的神仙传说，其实微含讽意，表明韩愈对这种虚妄的传说之事并不相信，于是亲自考察，就是为了戳穿这种不经之说。其他二篇《华山女》讲华山女的传说，《桃源图》则讲桃花源故事，皆言道教之妄，与《峋嵝山》在题材、主题和写法上，都极其相似，所谓"三篇同体"，类如三胞胎，在形式技巧方面独创性是显而易见的。对于注重和讲究作诗形式技巧的山谷而言，韩愈的这些做法，无疑是十分契合他一向的主张的，因而加以肯定。此外，魏晋以降，游仙诗代不乏人，至唐人仍以歆羡之笔描述神仙之事。而韩愈秉持其一贯排斥佛老的立场，不遗余力地作诗讥讽神仙传说、求道升天之类的游谈无根。这种题材在汉魏古诗里罕有，兼备众体的杜诗也少见，故称其为"能诗人中千人之英"，以此赞扬其诗才出类拔萃。

山谷对韩愈古文的评价高于其诗歌，注意韩文多而注意韩诗少。黄曾指点后学读李、杜、韩三家诗，其《书徐会稽禹庙诗后》曰："魏晋人作诗，多如此借韵，至李、杜、韩退之无复此病耳。"胡仔引《王直方诗话》说法而判断云："洪龟父谓山谷于退之诗少所许可。龟父乃鲁直之甥，其言有自来矣。若居仁之言，殊未可信也。"（《渔隐丛话》前集卷十八》）

尽管山谷对韩诗的评价颇有矛盾处，但他在具体的学诗门径上，对韩愈却多有师法仿效。黄喜言诗法，期望能做到以金针度人，"夺胎换骨""点铁成金"，就是为实现这种期望而做的努力和尝试。除了在字句、典故的化用和整体风貌的相类上向韩愈学习外，黄庭坚对于韩诗在篇章结构、造词用韵等方面的苦心也颇为关注，并在创作实践中注入更强的理性色彩。特别是他对韩愈"以文为诗"的接受，为日后"江西诗派"的大行其道奠定了基础。

黄庭坚也喜爱白居易的诗，经常为人书写白诗。当他前往宜州贬所路经衡山时，曾凭记忆戏仿《岁晚》《寄行简》《竹窗》等几首白诗，被宋人任渊以《谪居黔南十首》之题

---

① 张巍《论李商隐对江西诗派的影响》，《北京大学学报》(哲社版)，2012 年第 6 期。

而编入了黄集，事实上这些都属于白居易的"感伤诗"。这段故事《道山清话》(按：原本《说郛》题作道山先生撰；陶珽增补本《说郛》署为王玮，书末有玮跋语，知作者乃其祖，因避讳故，未提名字) 有载：

> 曾纡云：山谷用乐天语作黔南诗。白云："霜降水返壑，风落木归山。冉冉岁将晏，物皆复本原。"山谷云："霜降水返壑，风落木归山。冉冉岁华晚，昆虫皆闭关。"白云："渴人多梦饮，饥人多梦餐。春来梦何处，合眼到东川。"山谷云："病人多梦医，囚人多梦赦。如何春来梦，合眼在乡社？"白云："相去六千里，地绝天邈然。十书九不到，何以开忧颜？"山谷云："相望六千里，天地隔江山。十书九不到，何用一开颜？"纡爱之。每对人口诵，谓是点铁成金也。范寥云：寥在宜州尝问山谷，山谷云："庭坚少时诵熟，久而忘其为何人诗也。尝阻雨衡山尉厅，偶然无事，信笔戏书尔。"寥以纡点铁之语告之，山谷大笑曰："乌有是理？便如此点铁！"(《说郛》本) [1]

任渊按语云："盖山谷谪居黔南时，取乐天江州、忠州等诗偶有会于心者，摘其所语，写置斋阁；或尝为人书，世因传以为山谷自作。然亦非有意与乐天较工拙。诗中改易数字，可为作诗之法，故因附见于此。前五篇，今《豫章集》有之；后五篇，得之《修水集》。"(《黄庭坚诗集注》本) 正是在类似的人生遭遇与人生态度上，黄庭坚与白诗产生了共鸣，所谓"会于心者"。对于白诗艺术，山谷评价则不高："子厚如此学陶渊明，乃为能近之耳。如白乐天自云效陶渊明数十篇，终不近也。"(《跋书柳子厚诗》) 即可见一斑。

对于刘禹锡，黄庭坚特别肯定其《竹枝词》的成就：

> 刘宾客《柳枝词》，虽乏曹、刘、陆机、左思之豪壮，自为齐梁乐府之将帅也。(《跋柳枝词书纸扇》) 刘梦得作《竹枝歌》九章，余从容夔州，歌之，风声气俗，皆可想见。(《跋竹枝歌》) 刘梦得《竹枝》九篇，盖诗人中工道人意中事者也，使白居易、张籍为之，未必能也。(《又书自草竹枝歌后》) 刘梦得《竹枝》九章，词意高妙，元和间诚可以独步。道风俗而不俚，追古昔而不愧，比之杜子美《夔州歌》，所谓同工而异曲也。(《跋刘梦得竹枝歌》)

《旧唐书·刘禹锡传》："禹锡在朗州十年，唯以文章吟咏，陶冶性情。蛮俗好巫，每淫祠鼓舞，必歌俚辞。禹锡或从事于其间，乃依骚人之作，为新辞以教巫祝。故武陵溪洞间夷歌，率多禹锡之词也。"

《竹枝词》九首就作于"朗州十年"这一时期。《竹枝词》是具有民歌风味的七言绝句，

---

① 转见《白居易资料汇编》，陈友琴编，中华书局，1962年，第155—156页。

其《序引》曰：

> 四方之歌，异音而同乐。岁正月，余来建平，里中儿联歌《竹枝》，吹短笛，击鼓以赴节。歌者扬袂睢舞，以曲多为贤。聆其音，中黄钟之羽。卒章激讦如吴声，虽伧儜不可分，而含思宛转，有淇濮之艳音。昔屈原居沅湘间，其民迎神，词多鄙陋，乃为作《九歌》，到于今荆楚鼓舞之。故余亦作《竹枝》九篇，俾善歌者飏之，附于末。后之聆巴歈，知变风之自焉。（《刘禹锡集》中华本）

由此可知《竹枝词》九首是有意继承屈原《九歌》的，其地方色彩明显，大约是巴东、襄、汉一带，描摹当地的风土人情，形式上短小精悍，风格上自由活泼，欢快明丽。

黄庭坚指出了《竹枝词九首》"工道人意中事"的功能，肯定其叙事水平之高，能曲尽众人心中所想。所谓"风声气俗皆可想见"，是言其地方色彩之浓郁，内容蕴含之丰富，由此可以了解当地人们的风俗习惯和风土人情。《竹枝词九首》"词意高妙"，内涵之丰富，意蕴之高妙，在当时诗坛都是无人可比的。由俗变"雅"，独步元和诗坛，几可与黄庭坚反复推许称引的杜甫夔州之作相媲美，其评价不可谓不高。

三、黄庭坚对于盛唐诗的肯定与推崇

对于以李杜为代表的盛唐诗，黄庭坚赞赏备至，山谷指点后辈："诗正欲如此作。其未至者，探经术未深，读老杜、李白、韩退之诗不熟耳。"（《与徐师川书一》）在他看来，李杜无疑是唐代最杰出的、具有典范意义的诗人。后人如果欲在诗歌创作上有所成就，熟读李杜韩诗、钻研经术乃必由之路。

（一）关于李白

黄庭坚首先肯定李白独立不迁、自由无羁的主体精神，称赏其蔑视权贵、傲岸洒脱的狂放性格，山谷云："太白豪放，人中凤凰麒麟。譬如生富贵人，虽醉著暝暗啛呓中作无义语，终不作寒乞声耳。"（《渔隐丛话》前集卷五）称赞其为人"豪放"，将其喻为人中"凤凰"和"麒麟"，即使是梦话中说的"无义语"，也没有半点"寒乞"之声，钦佩其高贵庄严的大家气象。黄对李白的仰慕赞美，也常形之于自身的诗歌创作中，从精神气质上和情感脉络上与李白保持沟通，甚至形之于梦中与之对话，《梦李白诵竹枝词三叠》云：

> 予既作《竹枝词》，夜宿歌罗驿，梦李白相见于山间，曰："予往谪夜郎，于此闻杜鹃，作《竹枝词》三叠，世传之不？"予细忆集中无有，请三诵乃得之。

黄《梦李白诵竹枝词三叠》组诗作于绍圣初年（1094），因纂修《神宗实录》时，以"类

多附会奸言，诋斥熙宁以来政事"①之名为人所弹劾，因此被贬为涪州别驾，安置黔州，于赴任途中所写。诗中流露出贬谪途中诗人悲观失望、思亲念远的情绪。山谷试图在诗中学习李白的风格，虽未及至，但其对李白的喜爱与追慕之情由此可见一斑。

肯定李白的个人品格，只是山谷赞赏李白的一面。另一面是，黄对李白诗歌艺术的全面认同和追随效仿。其《答黎晦叔书》曰："李白歌诗，度越六代，与汉魏乐府争衡。"指出李白诗歌成就超越六代，其影响直追汉魏乐府，可与其一争高下，肯定了李白在诗歌史上的地位。故张戒《岁寒堂诗话》卷上云："此语乃真知太白者。"山谷还具体评说了李白的诗、书、人，认为其诗风、书体也大类其人：

> 余评李白诗，如黄帝张乐于洞庭之野，无首无尾，不主故常，非墨工斲人所可拟议。吾友黄介读《李杜优劣论》(按：即元稹评论)，曰："论文政不当如此。"余以为知言。及观其稿书，大类其诗，弥使人远想慨然。白在开元、至德间，不以能书传。今其行草殊不减古人，盖所谓不烦绳削而自合者欤！(《题李白诗草后》)

李白具有罕见的自然天赋和对诗歌空前的领悟感知能力，以及对字句等技术手段的纯熟运用，所以他的诗歌"无首无尾，不主故常"，能够取得超迈前人的艺术成就，最终达到了"不烦绳削而自合"，无意为诗而诗自佳的境界。作为艺术创作主体的艺术家，其人品之贤愚、艺术境界之狭阔、艺术修养之高下，是构成艺术作品成就高低的内在主观因素。文如其人，诗歌、书法亦如其人，这一点在李白身上达到了有机的统一，水乳交融般的和谐一致。

在具体的诗歌创作上，黄庭坚同样是李白诗歌美学风貌的热烈追随者和虔诚的学习模仿者。按照他一向"点铁成金""夺胎换骨"的诗学主张，黄庭坚对李白的诗歌进行了创造性的直接引用、化用和翻用。②如：

反用：解道澄江静如练，令人长忆谢玄晖。(李《金陵城西楼月下吟》)凭谁说与谢玄晖，休道澄江静如练。(黄《题晁以道雪雁图》)天生我材必有用，千金散尽还复来。(李《将进酒》)天生大材竟何用，只与千古拜图像。(黄《次韵文潜》)

直接借用：脚着谢公屐，身登青云梯。(李《梦游天姥吟留别》)不知青云梯几级，更借瘦藤寻上方。(黄《题落星寺四首》其一)咳唾落九天，随风生珠玉。(李《妾薄命》)空余诗语工，落笔九天上。(黄《宿旧彭泽怀陶令》)水寒夕波急，木落秋山空。(李《秋夜宿龙门香山寺》)落木千山天远大，澄江一道月分明。(黄《登快阁》)

化用：觉后思白帝，佳人与我远。(李《江上寄巴东故人》)朱弦已为佳人绝，青眼

---

① 《宋史全文》(全九册)《宋哲宗三》，汪圣铎点校，中华书局，2016年，第884页。
② 参阅唐斌、王红霞《试论黄庭坚对李白的接受》，载《西华大学学报》(哲社版)，2010第5期。

聊因美酒横。（黄《登快阁》）谁家玉笛暗飞声，散入春风满洛城。此夜曲中闻折柳，何人不起故园情。（李《春夜洛城闻笛》）可怜一曲并船笛，说尽故人离别情。（黄《奉答李和甫代简二绝句》其一）淡扫明湖开玉镜，丹青画出是君山。（李《陪族叔晔及中书贾舍人至游洞庭》）未到江南先一笑，岳阳楼上对君山。（《雨中登岳阳楼望君山二首》其一）

李白诗歌美学风貌总体上是雄奇豪迈的，但也有许多清新自然的篇什，但不论哪种风格，山谷都以极大的热情加以学习追随，以至于他的律诗、七言歌行、七言绝句深得李白神韵，形成了类似于李白雄深浑厚的诗风。当世和后世的文人均注意及此：

> 读鲁直诗，如见鲁仲连、李太白，不敢复论鄙事，虽若不入用，亦不无补于世也。（苏轼《书黄鲁直诗后一》）《登快阁》起四句，且叙且写，一往浩然。五六句对意流行。收尤豪放，此所谓寓单行之气于排偶之中者。姚先生（按：指姚鼐）云："能移太白歌行于律诗。"（方东树《昭昧詹言》卷十四）[1]

宋代苏轼与清代方东树（1772—1851）虽然相距近七百年，但都指出了黄庭坚与李白诗风的若干相近之处。苏轼对黄庭坚的诗歌给予了极高的评价，认为黄氏诗不仅风神气质上如鲁仲连、李白般高雅脱俗，超凡出尘，而且"亦不无补于世"，同样具有宣导教化、裨补时弊的淑世功能。方东树与其师姚鼐则很具体地指出黄庭坚与李白诗歌在歌行体和律诗之间的相近之处，对黄诗与白诗之间的承继关系予以明确肯认。譬如山谷《送王郎》诗云：

> 酌君以蒲城桑落之酒，泛君以湘累秋菊之英。赠君以黔川点漆之墨，送君以阳关堕泪之声。酒浇胸次之垒隗，菊制短世之颓龄。墨以传千古文章之印，歌以写从来兄弟之情。江山千里俱头白，骨肉十年终眼青。连床夜语鸡戒晓，书囊无底谈未了。有功翰墨乃如此，何恨远别音书少。炒沙作糜终不饱，镂冰文章费工巧。要须心地收汗马，孔孟行世日杲杲。有弟有弟力持家，妇能养姑供珍鲑。儿大诗书女丝麻，公但读书煮春茶。（《黄诗集注》本）

元丰七年（1084），黄庭坚四十岁，从知太和县（今江西泰和），降调监德州德平镇（今山东德平）。王郎，即王纯亮，是作者的妹夫，亦能诗，作者集中和他唱和的诗颇多。这时黄庭坚初到德州，王纯亮前来探望，临别作此送之。

此诗形式上属于杂言歌行体。开篇即连用四个九字排比句，形成排山倒海的气势，接着间用七字句与九字句，表达内心的忧愤与离别之情。中间不转韵，但通过句式的长短，收起伏跌宕之效。音调铿锵，辞藻富丽。诗歌的后半部分则全用七字句，劝慰和告诫妹

---

① 转引自《黄庭坚和江西诗派资料汇编》，中华书局，1978年，第326页。

婿。一般认为，"江山千里俱头白，骨肉十年终眼青"两句之前的九言长句，水平一般，此两句之后才见黄诗功力，用陈衍评《寄黄几复》诗的话来说，就是露出"狂奴故态"。这两句诗，从杜甫诗"别来头并白，相见眼终青"化出。它突以峭硬矗立之笔，煞住前面诗句的倾泻之势、和谐之调，有如黄河中流的"砥柱"一样有力。从前面写一时的送别，忽转入写彼此长期的关系，急转硬煞；两句中写了十年之间彼此奔波千里，到了头发花白，逼近衰老，变化很大，不变的只是亲如"骨肉"和"青眼"相看的感情，内容很广，高度压缩于句中，而辞藻仍然俏丽，笔力变为遒劲峭硬于此，足见黄诗过人之处。[1]方东树《昭昧詹言》卷十二曰："入思深，造句奇崛，笔势健，足以药熟滑，山谷之长也。"(转引同上) 该诗在结构上、情感上，特别是风格的开阖跌宕、豪放雄奇方面，颇得太白神韵。

（二）关于杜甫

黄庭坚与杜甫，是他与盛唐乃至所有唐代诗人中关系最为密切，也最为复杂的一位。自方回《瀛奎律髓》排定江西诗派之"一祖三宗"后，这一关系的复杂性也日益为后人所接受。前贤时彦对此已有过十分详尽且精辟的论述，全面梳理和评价这些论述，殊非易事。囿于篇幅和能力，仅略将黄庭坚与杜甫的关系脉络做一个粗线条的勾勒，以见大致梗概。

1. **肯定杜甫的人格精神**。杜甫源远流长的家学渊源、安史之乱的现实际遇，使得忧国忧民的"忠君"思想与他如影相随。如前文所述，对于封建士大夫而言，"忠君"是他们共同认可和接受的道德准则和价值取向。因此，山谷在这一点上是完全肯定杜甫的"忠君"思想的，杜甫作为"诗圣"，在黄心目中的崇高地位已经确立。其诗云："老杜文章擅一家，国风纯正不欹斜。"对杜甫尊崇有加："中原未得平安报，醉里眉攒万国愁。生绢铺墙粉墨落，平生忠义今寂寞。"(《老杜浣花溪图引》)山谷教导后学说："老杜虽在流落颠沛，未尝一日不在本朝。"(《潘子真诗话》) 可以看出，黄对老杜的肯定是发自肺腑、感人至深的，而且不惮烦复，屡次陈说。[2]《刻杜子美巴蜀诗序》：

> 自予谪居黔州，欲属一奇士而有力者，尽刻杜子美东西川及夔州诗，使大雅之音久湮没而复盈三巴之耳。而目前所见，录录不能办事，以故未尝发于口。丹稜杨素翁挐扁舟，蹴犍为，略陵云，下郁鄡，访余于戎州，闻之欣然，请攻坚石，募善工，约以丹稜之麦三食新而毕，作堂以宇之。予因名其堂曰"大雅"，而悉书遗之。此西州之盛事，亦使来世知素翁真磊落人也。

黄选取最能代表杜甫诗歌思想艺术成就的"东西川及夔州诗"摹工刻石，且"作堂以

---

① 参阅《宋诗鉴赏辞典》，上海辞书出版社，1987 年，第 503—504 页。
② 参阅莫砺锋《论苏黄对唐诗的态度》，载《文学评论》，1994 第 3 期。

宇之”，并将该堂命名为“大雅堂”，可见其对杜甫的推重与喜爱之情。此种善举，不仅是“西州之盛事”，对于杜甫诗歌的传播流布也是不无裨益的。

由肯定诗人的人品，兼及喜爱老杜的诗风，在山谷看来是顺理成章之事，所以，黄在评价诗人时，也往往奉杜甫为鹄的。其《答王子飞》书评陈师道云："其作诗渊源，得老杜句法，今之诗人不能当也。"再如前其《跋高子勉诗》所述。黄对杜甫之钟爱，可以说已经达到如痴如醉的境界。

陈师道《后山诗话》评黄庭坚则曰："唐人不学杜诗，唯唐彦谦与今黄亚夫庶、谢师厚景初学之。鲁直，黄之子，谢之婿。其于二父，犹子美之于审言也。然过于出奇，不如杜之遇物而奇也。"其父黄庶和岳父谢师厚都是专学杜甫的诗人，由此可知，山谷崇爱杜甫，不仅是时代的影响，也是家庭环境影响的结果。则他对杜甫的至崇至敬，也就其来有自，乃是他对杜诗了然于心、衷心企慕的结果。

2. **对杜甫诗歌艺术成就的肯定。**最早对杜甫诗歌卓越的艺术成就进行概括和归纳的是中唐时期的元稹，其《唐检校工部员外郎杜君墓志铭》关于杜甫诗歌以“集大成”为特色之艺术成就的经典论述，历来为人所称引。黄庭坚之所以将杜诗奉为圭臬，也是看到杜诗在艺术上所达到的极高水准，但他似乎更看重杜诗的艺术境界，而非仅仅着眼于杜诗的诗史地位。其《与王观复书一》说杜甫到夔州后诗，皆不烦绳削而自合。“文章盖自建安以来，好作奇语，故其气象衰薾，其病至今犹在。唯陈伯玉、韩退之、李习之，近世欧阳永叔、王介甫、苏子瞻、秦少游乃无此病耳”。所谓“不烦绳削而自合”，是一种超越了简单的章法、句法，以及使事用典等等基本艺术技巧和艺术形式，即追求词语外在形式美的所谓“奇语”之后，所达到的一种无法之法的至法境界，是一种臻于浑涵圆润、茫无涯际的化境。这种炉火纯青的杜诗艺术境界，黄庭坚谓之“气象”，类似严羽《沧浪诗话》所言“羚羊挂角，无迹可求”的艺术境界，这样才有气象浑厚圆融之韵。

山谷《与王观复书二》指出，只要熟读杜甫到夔州后的古诗、律诗，便得句法。所谓“大巧”，是强调杜诗艺术表现上的精熟境界，这与“不烦绳削而自合”说有异曲同工之妙。如前所述，所谓“小巧”者，只强调字、词、句及用典、对仗本身等诗歌本身的技术层面，属于形而下层面的意涵。相对于“小巧”，“大巧”者，则已经是超越了形式和技巧，经过千锤百炼后所达到的诗歌艺术的化境，有法可依，但不死守诗法，达到“句法简易，而大巧出焉”的境界，由“看山是山，看水是水”始，经由“看山不是山，看水不是水”阶段，最后回归到“看山是山，看水是水”这种返璞归真的境界。对此，黄庭坚是低首心折，倾心膜拜的。其《大雅堂记》论杜诗：

> 余尝欲随欣然会意处，笺以数语，终日汩没世俗，初不暇给。虽然，子美诗妙处，乃在无意于文。夫无意而意已至，非广之以《国风》《雅》《颂》，深之以《离骚》《九歌》，安能咀嚼其意味，闯然入其门邪！故使后生辈自求之，则得之深矣。使后之登大雅堂者，能以余说而求之，则思过半矣。彼喜穿凿者，弃其大旨，取其发

兴，于所遇林泉人物、草木鱼虫，以为物物皆有所托，如世间商度隐语者，则子美之诗委地矣。

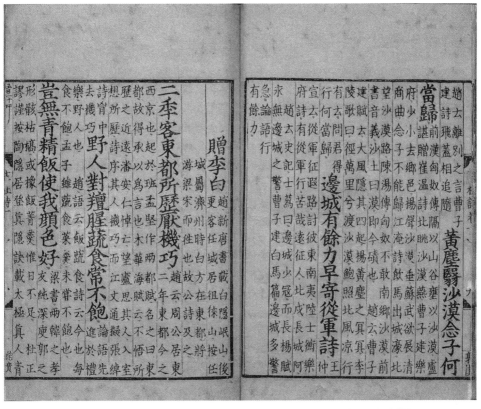

宋郭知达《九家集注杜诗》南宋宝庆元年广东漕司刊本（台北故宫博物院藏）

"无意于文"，是黄庭坚所领略到的杜诗的又一"妙处"，是说杜甫作诗非主观刻意为之，而是任运自然，"无意而意已至"，达到浑然天成的境界。原因就在于将《诗经》《楚辞》这样的文化经典内化于心，内化于诗人的精神血脉中，进行诗歌创作时，能做到自然流露，无须"弃其大旨"而仅盯着"林泉人物草木鱼虫"这些琐碎之处，仅以"物物皆有所托"的眼光来揣测。这与上文"不烦绳削而自合"及"大巧"之说一样，都是推崇一种超越于变化多端的体貌风格以及严谨丰富的法度格式之外，表现为"无半分功夫"，浑然天成，自然高妙的诗意诗境，表达了他对杜甫的无限追慕。

3. **学习模仿杜诗的诗法**。"点铁成金""夺胎换骨"是黄庭坚两个关于学习杜诗的著名论点。山谷《答洪驹父书三》："老杜作诗，退之作文，无一字无来处。盖后人读书少，故谓韩、杜自作此语耳。古之能为文章者，真能陶冶万物，虽取古人之陈言入于翰墨，如灵丹一点，点铁成金也。"

对此，钱锺书先生说："在他的许多关于诗文的议论里，这一段话最起影响，最足以解释他自己的风格，也算得上江西诗派的纲领。"①惠洪《冷斋夜话》云："诗意无穷，而人之才有限。以有限之才追无穷之意，虽渊明、少陵，不得工也。然不易其意而造其语，谓之换骨法；窥入其意而形容之，谓之夺胎法。"

在后代学者中，"点铁成金"和"夺胎换骨"的高论，易被认为是抄袭、用典，甚至剽窃的同义语。所谓"点铁成金"，事实上是黄庭坚用来评价杜甫和韩愈的，说他们的作品"无一字无来处"。黄庭坚在《论作诗文》中还说过"老杜诗字字有出处"。其意为要取古人之"陈言"加以陶冶和熔铸，使之重新焕发光彩；"点铁成金"绝不是某些批评家所指斥的简单的用典和改头换面，更不是抄袭，而是学习、借鉴后的升华，是一种语言运用上的超越，是一种借鉴前人已有成果前提之下的创新。而"夺胎换骨"则谓取古人之意，要么改换原有言词，要么自己铸造语言，是化腐朽为神奇，以进一步"形容之"。像杜甫这样的大诗人，同时具备了两方面的优越条件，一方面，是客观自然界和社会人生对诗人的陶冶；另一方面，则是主观上诗人对大千世界的感悟。"外师造化，中得心源"（语出唐张彦远《历代名画记》），通过这样的内外兼修，主客交侵，做到物我合一，浑然天成。那么，诗人作诗则"虽取古人之陈言入于翰墨"，才会"如灵丹一粒，点铁成金"。除此之外，再加上饱读诗书。山谷认为"词意高胜要从学问中来"，"其未能至者，探经术未深，读老杜、李白、韩退之诗不熟耳"。广泛地阅读、学习和借鉴前人的创作成果，才能做到"点铁成金"。

杜甫以毕生精力与心血倾注于诗歌创作，殚精竭虑，呕心沥血，不仅追求宏观的惊世骇俗，而且力求达到微观的纤毫毕现，二者统一谐和的艺术效果。其诗云："文章千古事，得失寸心知"（《偶题》）、"陶冶性灵存底物，新诗改罢自长吟"（《解闷十二首》其七）。杜诗在构思命意、布局名篇、章法句法、使事用典、锤炼字句等各方面，均成为黄庭坚终身追慕的对象，对其诗风诗法影响极大。山谷《与孙克秀才》书曰："诗已遍观之矣，词章清快，易得可学之才也。请读老杜诗，精其句法。每作一篇，必使有意为一篇之主，乃自成一家，不徒老笔研、玩味岁月矣。"可谓是心得之言。

黄庭坚学杜，无论在艺术风格还是艺术追求上都与杜甫有一脉相承之处。对杜甫"读书破万卷，下笔如有神"的艺术追求颇为认可，黄说"拾遗句中有眼"，实际上是对杜诗"法度"的重视。山谷好言"句法"，其实也是"法度"的组成部分，如"无人知句法，秋月自澄江"（《奉答谢公定与荣子邕》）、"句法提一律，坚城受我降"（《子瞻诗句妙一世》），等等。

自出新意、自铸伟辞，富于创新精神，始终贯穿于黄庭坚的整个诗歌创作过程中。苕溪渔隐曰："学诗亦然，若循习陈言，规摹旧作，不能变化，自出新意，亦何以名家？鲁直诗云：'随人作计终后人'。又云：'文章最忌随人后'。诚至论也。"（《诗人玉屑》）所以，"点铁成金"和"夺胎换骨"，只是方式和手段，而"自成一家"，才是黄庭坚诗歌创作

---

① 钱锺书《宋诗选注》，人民文学出版社，1958年，第110页。

的永恒追求。

黄庭坚对杜诗艺术成就进行了不遗余力的全面深入研究，大力提倡，反复鼓吹，不但身体力行在创作实践中学杜，而且耳提面命地指点青年诗人学杜。正因如此，宋张戒《岁寒堂诗话》卷上云："子美之诗，得山谷而后发明。"金元好问亦云："先东岩君有言：近世唯山谷最知子美，以为今人读杜诗，至谓草木虫鱼皆有比兴，如试世间商度隐语然者，此最学者之病。山谷之不注杜诗，试取《大雅堂记》读之，则知此公注杜诗已竟。"① 对黄庭坚学杜的努力和成就做了精到的归纳和概括，大体上不乖于事实。

第五节　陆游与唐诗

北宋中晚期，由"苏黄习气"与江西诗派主导诗坛的那种凝固的旧格局，在宋室南迁后受到了极大的冲击，南宋诗坛上出现了一批风格各异、成就特出的诗人，如被称为"中兴四大诗人"的陆游、杨万里、范成大、尤袤等人。其中，陆游的成就尤为突出。

陆游诗歌为人所称赏，其主要原因一是其内容与主题的纯正，符合主流意识形态，他一生中时刻盼望着杀敌报国、收复中原，爱国情怀终生不渝，如《唐宋诗醇·山阴陆游诗》序曰："其感激悲愤、忠君爱国之诚，一寓于诗，酒酣耳热，跌荡淋漓。至于渔舟樵径，茶碗炉熏，或雨或晴，一草一本，莫不著为歌咏，以寄其意。"② 其临终《示儿》诗谆谆嘱咐其子，便是这种爱国情怀的绝佳写照。

另一个原因是他在诗歌创作艺术和美学风貌上的不懈追求。陆游与江西诗派有着深刻的渊源关系。他师事曾几，又私淑吕本中，对曾、吕二人服膺终生。在《示子遹》诗中曾自述过诗风变化的过程："我初学诗日，但欲工藻绘。中年始少悟，渐若窥宏大。"除了借鉴江西诗派以外，陆游还广泛地学习前代的优秀诗人。从屈原、陶谢、李杜、高岑、韩孟、元白乃至宋代的梅苏，都是他借鉴的榜样。放翁晚年回忆，说自己在"四十从戎驻南郑"时创作上发生"诗家三昧忽见前"的巨大变化。在陆游学习和取径的前代诗学资源中，成就辉煌的唐诗，无疑是一个绕不开的、不容忽视的重要内容。

陆游关于唐代诗歌的论述总共有约七十条，涉及的诗人包括盛唐的李白、杜甫、岑参、王维、孟浩然等；中唐的皇甫湜、韦应物、刘长卿、元稹、白居易、刘禹锡、李贺等；晚唐的温庭筠、李商隐、杜牧、许浑、李推官等十七人。

对于唐诗的评价，总起来看，陆游最为称赏的是盛唐李杜，以及高岑；对中唐的推重次于盛唐，主要集中在元稹、白居易、刘禹锡、李贺诸人；对晚唐则是以否定的态度

---

① 《元好问文编年校注》(全三册)，狄宝心校注，中华书局，2012年，第91—92页。
② 转见孔凡礼、齐治平《陆游资料汇编》，中华书局，1962年，第215—216页。

为主，而对初唐则基本上是略而不谈。

陆游注重诗人人品的正直，看重诗人性格的豪迈奔放，强调诗人的才气纵横。其《方德亨诗集序》云："诗岂易言哉，才得之天，而气者我之所自养。有才矣，气不足以御之，淫于富贵，移于贫贱，得不偿失，荣不盖愧，诗由此出，而欲追古人之逸驾，讵可得哉？"所谓"才"和"气"都是主体气质的组成成分，是形成作家和诗人文学才能的重要主观因素。这种才能，有的是得之于先天自然禀赋，有的则得之于后天的习染熏陶和培植涵养。尤为重要的是，主体要有一个正直坚定的精神世界，去驾驭这种文学才能，方可在进行具体的诗歌创作中加以实践。否则，诗歌成就也势必会乏善可陈，并无是处。盛唐时期的重要诗人如李白、杜甫、高适、岑参等，无论在人品气质还是诗歌才能诸方面，都符合陆游的标准。正是在这个意义上，陆游才肯定了杜甫、岑参等盛唐诗人。

陆游也注重诗歌的现实意义。其之所以对于盛唐诗歌情有独钟，就在于这一时期的诗歌具有他所看重的关注社会人生的现实意义，对于中唐诗歌的部分认可，以及对于晚唐诗歌的完全否定，基本出发点也在于此。

一、关于盛唐

（一）李白

陆游是南宋"中兴诗人"的代表，他的诗歌创作素有"小李白"之称。明毛晋《剑南诗稿跋》云："孝宗一日御华文阁，问周益公（必大）曰：'今代诗人，亦有如唐李太白者乎？'益公以放翁对。由是人竞呼为小李白。"[1] 由此可知其创作与李白诗歌的承传关系。

陆游的七言古诗受李白影响非常深刻，譬如其《长歌行》云：

> 人生不作安期生，醉入东海骑长鲸。犹当出作李西平，手杖旄钺清旧京。
> 金印煌煌未入手，白发种种来无情。成都古寺卧秋晚，落日偏傍僧窗明。
> 岂其马上破贼手，哦诗长作寒螀鸣！兴来买尽市桥酒，大车磊落堆长瓶。
> 哀丝豪竹助剧饮，如巨野受黄河倾。平时一滴不入口，意气顿使千人惊。
> 国仇未报壮士老，匣中宝剑夜有声。何当凯还宴将士，三更雪压飞狐城！

陆游受李白的影响，体现在精神气质和主题选择上，就是那些抒发壮志难酬、报国无门的作品，与李白诗歌中相同题材的作品是一脉相承的。淳熙元年（1174）九月，陆游离蜀州通判任，回成都时客居僧寺多福院，作了《长歌行》诗。诗中抒写了诗人平生的理想和抱负，抒发了壮志难酬、报国无门的愤懑之情。全诗感情热烈充沛，气势豪迈奔放，一如长江出峡、骏马奔驰，是陆诗中独具风格的抒情佳作。清方东树称之为陆游诗

---

① 载祝尚书《宋集序跋汇编》（全五册）卷第三〇，中华书局，2010年，第1424页。

的"压卷"之作。此诗与李白的《将进酒》一样，都是乐府旧题。二诗都充满了昂扬豪迈之概，浩然坦荡之气和浓郁的积极浪漫主义色彩，可以说，在精神气质上，陆游和李白是息息相通的，陆游对李白诗风的继承和发扬也是一目了然的。

再如像《五月十一日夜且半》《梦从大驾出征，尽复汉唐故地》《醉歌》等作品和李白的某些作品一样，均具有雄壮阔大的气势、瑰丽奇特的想象和出人意表的夸张。其《异梦》《九月十六日夜梦驻军河外》等诗，也都呈现出酣畅淋漓、气壮山河之感。在这些诗中，陆游往往通过梦境、幻境来表现和寄托在现实中无法实现的报国志向。据研究者统计，《剑南诗稿》中明确标明以"梦"为题的诗作就有 127 首，加上其他内容中出现"梦"意象的诗作共 990 首，计 1 108 次。[①] 在歌颂抗金诗篇中，有时也用夸张、联想来表达民族自豪感和乐观主义精神，高唱抗战理想和建功立业的豪情壮志，如《夜读兵书》《三月十七日夜醉中作》等，奇情壮采，旷达豪爽。

陆游对李白的崇敬是发自肺腑的，在其《澹斋居士诗序》(详见前引) 中，陆游将李白之诗与《诗经·国风》相提并论。接受李白、杜甫之诗"为百代法"，其原因在于"悲愤积于中而无言"，不得已才发而为诗，这样的诗才具有真挚情感，才能感发人心，如苏武、李陵、陶潜、谢灵运、李白、杜甫等人，便是受自己内心情感的激发，才创作出富有感人至深的诗歌佳作。而《诗经》向来被人尊为儒家经典，其诗意、诗风之典雅纯正，是后世为人与为诗所需尊奉的典范。陆游将李白之诗与《诗经》相提并论，并肯定其诗"为百代法"，推尊见赏之意溢于言表。相近的意思在其他地方，陆游也多有表白，将李杜二人看成楚骚的后继者：

屈宋死千载，谁能起九原？中间李与杜，独招湘水魂。自此竞摹写，几人望其藩？(《白鹤馆夜坐》节录) 濯锦沧浪客，青莲澹荡人。才名塞天地，身世老风尘。士固难推挽，人谁不贱贫。明窗数编在，长与物华新。(《读李杜诗》) 夜梦有客短褐袍，示我文章杂诗骚。措辞磊落格力高，浩如怒风驾秋涛。起伏奔蹴何其豪，势

分类补注《李太白诗》明嘉靖玉几山人刊本

---

① 唐启翠《陆游诗歌梦意象研究》，载《海南师范学院学报》，2005 年第 2 期。

尽东注浮千艘。李白杜甫生不遭，英气死岂埋蓬蒿。（《记梦》节录）

陆游在创作中也竭力模仿李白的诗风，如"手把白玉船，身游水精宫。方我吸酒时，江山入胸中"（《醉歌》）、"天为碧罗幕，月作白玉钩。织女织庆云，裁成五色裘"（《江楼吹笛饮酒大醉中作》），如将其置于李白集中，亦难分辨。故钱锺书先生《谈艺录》云："放翁颇欲以'学力'为太白飞仙语，每对酒当歌，豪放飘逸，若《池上醉歌》《对酒歌》《饮酒》《日出入行》等篇，虽微失之易尽，如桓宣武之于刘越石，不无眼小面薄声雌形短之恨，而有宋一代中，要为学太白最似者，永叔、无咎，有所不逮。"[①] 所论中肯，可谓知言！

陆游对李白的学习，如果仅仅限于章法句法等技术层面，则不过是皮毛而已。真正继承太白的人格精神，学习其诗歌豪放飘逸、昂扬阔大的诗歌美学风貌，才能得到了李白诗歌艺术的精髓和灵魂。

（二）杜甫

陆游近万首诗歌，内容相当丰富，突出地反映特定时代的社会面貌。抗金复国，恢复汉宫威仪是他一生的理想，也是时代的主题。所以，其诗"多豪丽语，言征伐恢复事"（《鹤林玉露》）。那种理智清醒的政治见解和情感上的爱憎好恶融会，共同形成了陆游这一类诗歌的洪亮声调和阔大气势，这很接近杜甫相关题材内容诗歌的风格，因而获得一代"诗史"的称誉。陆游一生敬仰和推重杜甫，陆诗中多处提及杜甫，如《夜登白帝城楼怀少陵先生》《读杜诗》《龙兴寺吊少陵先生寓居》等。认为"天未丧斯文，杜老乃独出"（《宋都曹屡寄诗且督和答》），给予杜甫很高的评价，并自觉地学习和继承了杜甫的诗歌精神。其诗友刘应时《读放翁剑南集》评曰："放翁前身少陵老，胸中如觉天地小。平生一饭不忘君，危言曾把奸雄扫。"[②] 元人高明亦云："陆务观诗，大概学杜少陵，间多爱君忧时之语"[③]。均指出陆游对杜甫诗歌的传承。

首先，陆游在人格理想上全面追踪老杜

杜甫人格精神的核心，在于对儒家入世观念的全面接受和服膺。他一生始终以儒家思想作为自己安身立命的根本，积极建功立业，"致君尧舜上，再使风俗淳"，年轻时就立下了这样的宏伟抱负。面对权奸当道、安史之乱、藩镇割据、宦官专权的艰难时世，尽管自身际遇蹭蹬，沉沦偃蹇，但他并未因此而放弃对理想的追求。他始终秉持着强烈的爱国心和责任感，总是在关注国家安危和人民疾苦，"济时敢爱死，寂寞壮心惊"（《岁暮》）、"安得广厦千万间，大庇天下寒士俱欢颜，风雨不动安如山。呜呼！何时眼前突兀见此屋，吾庐独破受冻死亦足"。而且，这种精神并不因自身遭际的凄凉落寞、穷达荣

---

① 钱锺书《谈艺录》，三联书店，2007 年第 2 版，第 320 页。

② 载刘应时《颐庵居士集》卷一，转引自《陆游资料汇编》，中华书局，1962 年，第 24 页。

③ 载清陆时化《吴越所见书画录·宋渭南公晨起诗卷》卷一，转引同上，第 111 页。

辱而有所改变，真正恪守着"富贵不能淫，贫贱不能移，威武不能屈"（《孟子·滕文公下》）的儒家精神。

陆游承继杜甫的这种理想人格精神。其《跋周侍郎奏稿》曰："一时贤公卿与先君游者，每言及高庙盗环之寇，乾陵斧柏之忧，未尝不相与流涕哀恸。虽设食，率不下咽引去，先君归，亦不复食也。"《跋傅给事贴》云："亲见当时士大夫相与言及国事，或裂眦嚼齿，或流涕痛哭，人人自期以杀身翊戴王室，虽丑裔方张，视之蔑如也！"中原沦陷，宋室南迁，国家处在偏安一隅、风雨飘摇的巨大动荡之中，这就是陆游所生活的社会环境，也是陆游所受爱国主义教育的最早启蒙。陆游从小受到这种精神的濡染和感召，于是，诗人年届弱冠之时便立下"上马击狂胡（或作夫），下马草军书"的英雄志愿，"安得铁衣三万骑，为君王取旧山河"（《纵笔二》），终其一生，始终不渝。

夔州是杜甫晚年重要的滞留地。乾道七年（1171），陆游抵达此地，感慨万千，提笔写下《夜登白帝城楼怀少陵先生》：

> 拾遗白发有谁怜？零落歌诗遍两川。人立飞楼今已矣，浪翻孤月尚依然。
> 升沉自古无穷事，愚智同归有限年。此意凄凉谁共语？夜阑鸥鹭起沙边。

诗句表达了对先贤的崇敬，也寄寓了对老杜漂泊天涯、凄凉零落身世和遭遇的同情和哀悯。数百年之后，二人共同的理想与相似的遭际，在此时此刻得到极大的呼应和共鸣。同样的情感，陆游在此后的许多诗中多有点染，如《游锦屏山谒少陵祠堂》《草堂拜少陵遗像》《龙兴寺吊少陵先生寓居》《感旧六首其六》《读杜诗二首》等。

在《东屯高斋记》中，陆游更是将关注的重心放到杜诗深广的天下苍生和家国情怀内涵上：

> 予至夔数月，吊先生之遗迹，则白帝城已废为丘墟百有余年。……而高斋负山带溪，气象良是。……予太息曰："少陵，天下士也。早遇明皇、肃宗，官爵虽不尊显，而见知实深，盖尝慨然以稷卨自许。及落魄巴蜀，感汉昭烈诸葛丞相之事，屡见于诗。顿挫悲壮，反复动人，其规模志意岂小哉。然去国寖久，诸公故人熟睨其穷，无肯出力。比至夔，客于柏中丞、严明府之间，如九尺丈夫俯首居小屋下，思一吐气而不可得。予读其诗，至"小臣议论绝，老病客殊方"之句，未尝不流涕也。嗟夫，辞之悲乃至是乎！荆卿之歌，阮嗣宗之哭，不加于此矣。少陵非区区于仕进者，不胜爱君忧国之心，思少出所学佐天子，兴正观、开元之治，而身愈老，命愈大谬，坎壈且死，则其悲至此，亦无足怪也。

杜甫晚年流寓夔州，其身世之凄凉，处境之坎壈，莫不使人扼腕叹息。陆游对此自然也感慨不已，联想到自己宦游夔州、英雄失路的切身际遇，对杜甫当初的所历所思，自然也就感同身受，可谓同病相怜，惺惺相惜，对杜甫的感叹又何尝不是对自己的叹惋。对老杜的人格理想和价值取向，陆游是深为叹服的，正是在这一点上，陆游与杜甫可以说是隔代知音，这也是陆游全面追踪、倾心学习杜甫的根本原因之所在。正如清吴之振《宋诗钞·剑南诗钞》陆游小传云："若放翁者，不宁皮骨，盖得其（杜甫）心也。所谓爱君忧国之诚，见乎辞者，每饭不忘。故其诗浩瀚崒嵂，自有神合。"所见极是。

其次，陆游在诗歌创作的风格技巧和表现手法上步武老杜

陆游早年曾从江西诗派的曾几学诗，其自云"忆在茶山听说诗，亲从夜半得玄机"（《追怀曾文清公呈赵教授赵近尝示诗》），曾几曾将其平生所学之"玄机"尽传陆游。其重要内容之一，便是被江西诗派奉为"诗祖"的老杜诗风。陆游学习和继承了杜诗的这种风格，其《剑南诗稿》中的许多诗篇都抒发了诗人沉郁悲愤的情感：如《老马行》《书叹》《夜读兵书》等抒发诗人英雄失路、报国无门的无限悲慨；《感事》《闻虏乱次前辈韵》《醉歌》等，对投降派的种种罪恶勾当进行了严厉控诉；《秋获歌》《农家叹》《岁暮感怀》等同情百姓凄苦和悲惨遭遇。这些诗篇在整体的风格走向和美学风貌上，与杜甫诗歌"沉郁顿挫"的审美倾向是前后相继的。其《关山月》一诗，将"笛里谁知壮士心，沙头空照征人骨"与"朱门沉沉按歌舞"相对照，批评当朝权贵们歌舞升平，不修战备，忍令沦陷区人民过着水深火热的生活，表现了诗人对投降派的极大愤慨，同时也发抒了诗人个人的苦闷和悲壮。这与杜少陵的"朱门酒肉臭，路有冻死骨"一诗所表现出来的悲愤难抑是异代同调的。杨万里云其"重寻子美行程旧，尽拾灵均怨句新"（《跋陆务观剑南诗稿二首》），清姚鼐亦云："放翁激发忠愤，横极才力，上法子美，下揽子瞻，裁制既富，变境亦多。"（《今体诗钞序目》）洵为确评。[1]

陆游认为学习杜甫要从大局着眼，要得其意，"诗艺"与"诗意"兼重。务观举杜甫《岳阳楼》诗论述（见前不赘），并以杨亿之流为反例：

> 如《西昆酬唱集》中诗，何曾有一字无出处者，便以为追配少陵，可乎？且今人作诗，亦未尝无出处，渠自不知，若为之笺注，亦字字有出处，但不妨其为恶诗耳。（《老学庵笔记》卷七）近世注杜诗者数十家，无一字一义可取。盖欲注杜诗，须去少陵地位不大远，乃可下语。不然，则勿注可也。今诸家徒欲以口耳之学，揣摩得之，可乎？（《跋柳书苏夫人墓志》）

所谓"少陵之意"，是他的诗歌所体现出的深广的社会政治内容，忧国忧民的博大情怀，忠君爱国的人格理想，波澜老成的诗歌技法，以及沉郁顿挫的美学风貌。为文作诗之要诀正在得前代古作者之意，做到熟读暗诵杜诗等前代经典，深味其意，才能"超然自得"。读诗如此，作诗亦当如此。注解杜诗者务须博闻强识，达到"去少陵地位不大

---

① 参阅吴中胜、钟峰华《"放翁前身少陵老"——论陆游学杜》，载《杜甫研究学刊》，1999 年第 3 期。

远"，才能更为深刻地理解杜诗的精神内涵与艺术风貌。明乎此，方可得老杜诗学的精髓。否则，徒然斤斤于寻章摘句，探求字字出处，最终也难逃"恶诗"之谥。

陆游在作诗技巧和表现手法上，也主张要沉吟熟读杜诗，全面步武老杜。陆《杨梦锡集句杜诗序》云："前辈于《左氏传》、太史公书、韩文、杜诗皆熟读暗诵，虽支枕据鞍间，与对卷无异。久之，乃能超然自得。"这实际上也是其本人的经验之谈。陆游对杜集沉潜熟玩，烂熟于心，内化为自己的诗材诗料，达到了随心所欲、信手拈来的地步。所以，他在诗歌艺术上的一个重要特点就是点化活用杜诗，而且为数极多。如《楼上醉歌》："划却君山湘水平，斫却桂树月更明"，句下自注云："太白诗：'划却君山好，平铺湘水流。'老杜诗：'斫却月中桂，清光应更多。'"再如《春行》："猩红带露海棠湿，鸭绿平堤湖水明"，句下自注曰："杜子美'晓看红湿处，花重锦官城'，李太白'蜀江红且明'，用'湿'字、'明'字，可谓夺造化之功，世未有拈出者。"《杂赋六首》其三"家业贫原宪，年龄老伏生"之语，则是点化杜诗《寄岳州贾司马六丈巴州严八使君两阁老五十韵》"弟子贫原宪，诸生老伏虔"而来。[1]

有时直接使用杜诗语典，如上引《夜登白帝城楼怀少陵先生》诗，"浪翻孤月"用杜甫《宿江边阁》"薄云岩际宿，孤月浪中翻"句，"人立飞楼"用杜甫《白帝城最高楼》"城尖径昃旌旆愁，独立缥缈之飞楼"句。杜甫云"凌云健笔意纵横"（《戏为六绝句》其一），陆游则云"参谋健笔落纵横"（《次韵子长题吴太尉云山亭》）；杜甫云"未掣鲸鱼碧海中"（《戏为六绝句》其四），陆游则云"手掣鲸鱼意未平"（《睡起》）；杜甫云"千秋万岁名，寂寞身后事"（《梦李白二首》其二），陆游则云"著书亦何急，寂寞身后名"（《晚步》）；杜甫云"香稻啄余鹦鹉粒"，陆游则云"红稻不须鹦鹉啄"（《江上散步寻梅偶得三绝句》其二）。

陆游是宋代创作中使用杜诗典故最多的诗人之一，他在诗中精心结撰、苦心安排的对仗，可视作杜甫"为人性僻耽佳句"以来，精心锤炼语言艺术的传统所产生的影响。尽管陆诗中慷慨有壮气的是少数，但他不仅学习杜诗的句法，一些五七言诗也直接学习和模仿杜诗。[2]可以说，陆游在句法、章法、对仗、使事诸方面步武老杜，是"标准"的宋诗，代表了宋诗风格的最后形成，完成了从"唐音"到"宋调"的华丽转身和完美嬗变。

（三）岑参

陆游早期《夜读兵书》诗云："孤灯耿霜夕，穷山读兵书。平生万里心，执戈王前驱。战死士所有，耻复守妻孥。"足见投笔从戎、杀敌报国，是他一直以来具有的宏愿。因此，他对从军生活十分热衷和向往，对于大量描写边塞奇丽风光和军营豪壮生活的盛唐边塞诗人高适和岑参，非常喜爱。陆游少时即喜读岑参诗，当他于乾道九年（1173）摄知

---

① 参阅杨理论《陆游与杜甫——一个诗学阐释的视角》，载《杜甫研究学刊》，2007 年第 4 期。
② 左汉林《陆游学杜甫诗考辨》，《宁夏大学学报》（人文社科版），2012 年第 4 期。

嘉州事时，便搜集岑参遗诗刻之，并作《跋岑嘉州诗集》曰：

予自少时，绝好岑嘉州诗。往在山中，每醉归，倚胡床睡，辄令儿曹诵之，至酒醒或睡热乃已。尝以为太白、子美之后，一人而已。今年自唐安别驾来摄犍为，既画公象斋壁，又杂取世所传公遗诗八十余篇刻之，以传知诗律者，不独备此邦故事，亦平生素意也。

在陆游心目中，岑参是仅次于李、杜的唐代大诗人。又作《夜读岑嘉州诗集》云：

公诗信豪伟，笔力追李杜。常想从军时，气无玉关路。公诗多从戎西边时所作
至今蠹简传，多昔横槊赋。零落财百篇，崔嵬多杰句。
工夫刮造化，音节配韶濩。我后四百年，清梦奉巾屦。
晚途有奇事，随牒得补处。群胡自鱼肉，明主方北顾。
诵公天山篇，流涕思一遇。

在这首诗中，陆游肯定了岑参诗歌多方面的艺术成就。他认为，岑参的诗不仅笔力豪伟，成就非凡，直追李杜，堪与之媲美。而且，其诗歌的题材内容大多写军旅生活，因而十分具有现实意义。"工夫刮造化，音节配韶濩"，在审美风尚和音节韵调上，岑参诗歌也做到了用语稳健，风格豪壮，描写景物曲尽其妙，音节韵调上承韶濩的典雅纯正。

岑参边塞诗的题材内容和艺术精神，构成了其诗歌的主要特色，陆游对岑参的学习接受，也大致基于这两个方面。岑参描写边塞风光和军旅生涯的诗作如《走马川行奉送出师西征》《轮台歌奉送封大夫出师西征》《天山雪歌送肃治归京》《白雪歌送武判官归京》《初过陇山途中呈宇文判官》《送李副使赴碛西官军》《北庭西郊侯封大夫受降回军献上》等，大多脍炙人口，历久不衰。所以，在陆游的诗中，描写军旅生活的诗篇，也所在多有，如《山南行》《南郑马上作》等，是描述南郑从军见闻的篇章。在嘉州任上还写出了像《三月十七日夜醉中作》《八月二十二日嘉州大阅》《闻动乱有感》《金错刀行》等著名的怀念南郑从戎生活的代表作。以后也对此段生活屡有回忆，如"楼船夜雪瓜洲渡，铁马秋风大散关"（《书愤》）、"大散关头北望秦，自期谈笑扫胡尘"（《追忆征西幕中旧事四首》其一）、"四十从戎驻南郑，酣宴军中夜连日"（《九月一日夜读诗稿有感走笔作歌》），等等。

岑参边塞诗的一个独特之处，在于尚奇，善于通过想象奇巧、夸张奇异和比喻奇特，来描摹黄沙大漠、冰雪严寒和火山热海，给读者展现雄奇瑰丽、光怪陆离，充满浪漫主义色彩的边塞风光。杜甫《渼陂行》诗云："岑参兄弟皆好奇，携我远来游渼陂。"于是后人评价岑参边塞诗时也多就"好奇"二字而发，如"岑参语奇体峻，意亦造奇"（《河岳

英灵集》卷中)、"超拔孤秀，度越常情"(《唐才子传》卷三)、"岑尤陟健，歌行磊落奇俊"①、"嘉州之奇峭，入唐以来所未有，又加以边塞之作，奇气益出"②，等等。陆游在艺术风格上也明显受岑参的影响。现实中的陆游无法驰骋边塞，从戎生涯也极短暂，但强烈的爱国感情，使他借助浪漫主义的表现手法，通过想象幻觉特别是梦境来体现抒发。如"三更抚枕忽大叫，梦中夺得松亭关"(《楼上醉书》)、"凉州女儿满高楼，梳头已学京都样"(《五月十一日夜且半梦从大驾亲征》)。尤其是那首著名的《十一月四日风雨大作》："僵卧孤村不自哀，尚思为国戍轮台。夜阑卧听风吹雨，铁马冰河入梦来。"由景入诗，缘情写志，将现实和梦境巧妙地交融在一起，产生了强大的艺术魅力，历来脍炙人口。

二、关于中唐

陆游对于中唐诗歌的评价不多，但所论均为有的放矢，有感而发。元白诗歌是中唐时期有代表性的诗歌流派之一，陆游一方面肯定元白诗歌取得的成就，同时也看到了元白诗歌所具有的缺陷。其《程君墓志铭》云："进士程君有章，字文若，以五字诗为贽，卓然有元和遗风。予刮目视之。"其《示子遹》亦云："数仞李杜墙，常恨欠领会。元白才倚门，温李真市郐。"

所谓"元和遗风"，大致说来当指中唐元和年间(806—820)，元稹、白居易诗歌所呈现出的诗歌风格。李肇《唐国史补》卷下云："元和以后，为文笔则学奇诡于韩愈，学苦涩于樊宗师；歌行则学流荡于张籍；诗章则学矫激于孟郊，学浅切于白居易，学淫靡于元稹，俱名为元和体。"③认为元和以后流行的新文风、诗风，是由韩愈等元和时的著名作家开创的，所以总称之为元和体。另一说是指元、白诗中次韵相酬的长篇排律和包括艳体在内流连光景的中短篇杂体诗。《旧唐书·元稹白居易传》载："稹聪警绝人，年少有才名，与太原白居易友善。工为诗，善状咏风态物色。当时言诗者，称元、白焉。自衣冠士子，至闾阎下俚，悉传讽之，号为元和体。"元稹、白居易同为新乐府运动的倡导者，二人文学观点相同，作品风格相近。他们强调诗歌的讽喻作用，写有大量反映现实的作品，都擅长于新乐府、七言歌行、长篇排律等诗体，注意诗歌语言的平易浅切和通俗性。在中唐诗坛上，元白的影响很大。《旧唐书·元稹白居易传》史臣曰："若品调律度，扬榷古今，贤不肖皆赏其文，未如元、白之盛也。"

陆游在《程君墓志铭》中所言之"元和遗风"，是针对程有章呈给自己看的五言诗在题材内容和艺术形式两方面都受到了元白诗风的影响而言的，很明显是以褒扬为主，对元白诗风的态度是积极而肯定的。但相对于李白、杜甫非凡的诗歌成就而言，元稹、白

---

① ［明］王世贞《艺苑卮言》卷四，载《历代诗话续编》，中华书局，1983年，第1006页。

② ［清］翁方纲《石洲诗话》卷一，引自《岑参诗笺注》，廖立笺注，中华书局，2018年，第840页。

③ 转引自《元稹集》(上下册)附录五《丛说》，冀勤点校，中华书局，2015年，第972页。

居易诗歌仅仅得到了李杜诗歌粗浅外在的皮毛，至于其内在深刻的精髓，则还没有学到，"元白才倚门"，尚徘徊于门外而不得其入，尚未登堂，焉能入室？则对元白诗风的批评之意也是显见的。

在内容方面，尽管元白诗歌的新乐府诗是关注现实的，所谓"文章合为时而著，歌诗合为事而作"（白居易《与元九书》）①，但其所写并非亲身经历之事，因而显得针对性不强，有隔靴搔痒之嫌。表达方式上，元白诗歌在语言方面太过通俗浅切，直白发露，失却了诗之为诗的含蓄蕴藉。再加上陆游以《诗经》、楚辞的高标来衡量后世的诗歌创作，难免有一代不如一代之感，杜甫之诗，各方面的成就非常之高，当然可视为《诗经》、楚辞优良传统在唐代的遗响。而发展到元白之诗，已经有等而下之、不尽如人意之处。

韦应物和刘禹锡也是陆游赞誉的中唐诗人。对于韦应物，陆游《跋赵渭南诗集》曰："唐人如韦苏州五字，赵渭南唐律，终身所作多出此，故能名一代云。"《题庐陵萧彦毓秀才诗卷后》诗云："诗句雄豪易取名，尔来闲澹独萧卿。苏州死后风流绝，几许工夫学得成？"

《剑南诗稿》明毛氏汲古阁刊本

韦应物是中唐艺术成就较高的诗人，其五律一气流转，情文相生，耐人寻味，五、七绝清韵秀朗，笔致明丽，为后世所许，其五古成就最高。由于其五古主要以学陶渊明为主，兼受谢灵运、谢朓的影响，所以其五古风格冲淡闲远，语言简洁朴素，偶有秾丽秀逸之调。所谓"韦苏州五字"，当即指此。晚唐诗人赵渭南（嘏）因为专注于学习他的五言诗，长于七律，以致竟能称名一代，足见其五言诗的成就之高，影响之深远。

陆游认为，与雄豪的诗歌相比，韦应物这种"闲澹"风格的诗歌，必须下工夫才能作得很好，在他身后，这种诗风已经绝迹了。言下之意，不仅肯定了韦应物诗歌的闲澹风格，而且也盛赞了此种风格之由来在于工夫，而这种工夫是一种不可言传的内功，不易习得，因而后人很少能写出好的诗歌来，而赵渭南、萧彦毓当属其中的凤毛麟角者。

刘禹锡的《竹枝词》，当时就已声名远播，后世也屡受赞誉。晚唐温庭筠曰："京口

① 《白居易集》（全四册），顾学颉校点，中华书局，1979年，第962页。下引不赘。

贵公子，襄阳诸女儿。折花兼踏月，多唱柳郎词。"（《秘书刘尚书挽歌词二首》其二）① 据《邵氏闻见后录》卷十九载："夔州营妓为喻迪孺扣铜盘，歌刘尚书《竹枝词》九解，尚有当时含思宛转之艳。"② 又据胡仔《渔隐丛话》云："余尝舟行苕溪，夜闻舟人唱吴歌，歌中有此后两句，余皆杂以俚语。岂非梦得之歌，自巴渝流传至此乎？"（按：指"东边日出西边雨，道是无情还有情"句）清王士禛诗云："曾听巴渝里社词，三闾哀怨此中遗。诗情合在空舲峡，冷雁哀猿和竹枝。"（《戏效元遗山论诗绝句三十六首》其三十五）可见竹枝词对他诗风的影响。其实，《竹枝词》原本属巴渝俚音，夷歌蛮舞，一般绝少人注意及。从刘禹锡等人开始，发现其风格含思宛转，颇有《淇澳》之艳，才受到瞩目，并加以改造，注入了一些文人化的元素，乃从而传写之，于是新词旧曲，大放异彩，不仅丰富了诗歌的体裁样式，也增加了诗歌的表现手法，在文学史上别辟境界，功不可没。故陆游也一再肯定刘禹锡《竹枝词》的成就：

> 老来百念尽消磨，无奈云安入梦何。壮忆公孙剑器舞，愁思宾客竹枝歌。（《思夔州二首其一》）百事不学学作诗，不作《白纻》作《竹枝》。（《睡起遣怀》）山花白似雪，江水绿于酝。《竹枝》本楚些，妙句寄凄怆。何当出清诗，千古续遗唱。（《将离江陵》）

杜甫晚年流寓夔州的诗歌，向来被诗论家公认为杜诗中的精品，陆游将刘禹锡的《竹枝词》与杜甫夔州诗歌相提并论，认为二者各具特色，各有千秋，都能够写出夔州的风物特色，这也从另一个侧面表明了陆游对它的肯定和赞誉。陆游也肯定《竹枝词》"妙句寄凄怆"的艺术表现力，能够寄托诗人的失意落寞，抒发凄凉怆然的个人情感，同样表明自己对《竹枝词》的喜爱和推重。

李贺本是唐宗室郑王李亮的后裔，是中唐的浪漫主义诗人，又是中唐到晚唐诗风转变期的一个代表诗人。如前所述，其诗大多是慨叹生不逢时，喜欢在神话故事、鬼魅世界里驰骋，构造谲诡迷离之境，抒发时光易逝的感伤情绪，故世人称之为"诗鬼"。陆游《赵秘阁文集序》曰："魏陈思王，唐太白、长吉，则又以帝子及诸王孙，落笔妙古今，冠冕百世。"不仅肯定其帝子王孙的高贵出身，称美其"落笔妙古今，冠冕百世"的超群诗才，而且还将其与曹植、李白这些声名显赫、早有定评的卓然大家相提并论，认为其诗像陈思王和李太白的诗歌一样，成就极高，足可垂范后世，为后人借鉴效法。李贺诗歌成就确实可圈可点，但比肩太白，难免言过其实，奖饰过分。

刘长卿有"五言长城"之誉，陆游《老学庵笔记》卷五云：

> 刘随州诗："海内犹多事，天涯见近臣。"言天下方乱，思见天子而不可得，得

---

① 《温庭筠全集校注》（全三册），刘学锴校注，中华书局，2021 年，第 266 页。
② ［宋］邵博《邵氏闻见后录》，刘德权、李剑雄点校，中华书局，1983 年，第 151 页。下引不赘。

天子近臣亦足自慰矣。见天子近臣已足自慰，况又见之于天涯乎！其爱君忧国之意，郁然见于言外。

这段言语并未对刘长卿的诗艺作出轩轾，而是肯定诗人的"爱君忧国之意"，这与陆游自身的人格理想是一致的，见出其论诗的标准依然恪守儒家正统"诗教"藩篱，而不敢稍逾规矩。

三、关于晚唐

对于"江西诗派"所崇尚的晚唐诗，陆游的态度通常是否定的，"李白杜甫生不遭，英气死岂埋蓬蒿？晚唐诸人战虽鏖，眼暗头白真徒劳"（《记梦》）、"陵迟至元白，固已可愤疾。及观晚唐作，令人欲焚笔"（《宋都曹屡寄诗且督和答》），鄙弃之情溢于言表。他如"唐末，诗益卑。而乐府词高古工妙，庶几汉魏"（《跋后山居士长短句》）、"大中以后，诗衰而倚声作"（《跋〈花间集〉二》），则述及词兴起的缘由。

但事实上，陆游虽严斥晚唐，而其诗在创作实践上技法、风格等实得力于晚唐。方回《瀛奎律髓》卷四云："放翁诗出于曾茶山，而不专用江西格，间出一二耳。有晚唐，有中唐，亦有盛唐。"并说陆诗与许浑诗神似："学唐人丁卯桥诗，逼真而又过之者，王半山、陆放翁集中多有其作。"（《沧浪会稽十咏序》）清潘德舆亦云："剑南闲居遣兴七律，时仿许丁卯之流，非冤之也。'放翁云：'文章光焰伏不起，甚者自谓宗晚唐。'然翁闲居遣兴七律时或似此，虽圆密稳顺，一时可喜，而盛唐之气魄，中唐之情韵，杳然尽矣。"① 钱锺书先生则指出："放翁五七律写景叙事之工细圆匀者，与中晚唐人如香山、浪仙、飞卿、表圣、武功、玄英格调皆极相似，又不特近丁卯而已。"②

陆游在创作实践中，特别是其晚年返居乡野的诗作中，仍与贾、姚诗风藕断丝连。其五言律诗中颇有风格近于贾、姚者，如下面两首均为庆元元年夏（1195），陆游步入古稀之年时所作：

> 巢山避世纷，身隐万重云。半谷传樵响，中林过鹿群。
> 虫镂叶成篆，风瀫水生纹。不踏溪桥路，仙凡自此分。《巢山》
> 飑飑荷离水，翩翩燕出巢。苔添雨后晕，笋放露中梢。
> 世路千重浪，生涯一把茅。款门僧亦绝，无句炼推敲。《四日二十三日作》

再如庆元五年冬74岁"诗虽苦思未名家"（《斋中弄笔偶书示子聿》），开禧三年春82岁

---

① ［清］潘德舆《养一斋诗话》卷五，朱德慈辑校，中华书局，2010年，第74、67页。
② 钱锺书《谈艺录》，三联书店，2007年第2版，第317页。

"若论此时吟思苦，纵磨铁砚也成凹"(《小园春思》)，同年冬"改诗眠未稳"(《书枕屏四首其三》)，嘉定元年秋 83 岁"穿透天心得句归"(《东园》)，可见年迈耄龄的陆游是颇染锻炼苦吟之风的。

钱锺书先生《谈艺录》云，皎然《诗式》言"三偷"，陆游于晚唐诗并有之。

陆游对于唐诗的见解，虽零星琐碎，不成系统，但归纳串联起来，还是足以窥见其关于宋代唐诗研究的美学品格及其学术表达的大致态度、理念和观点，有助于加深我们对陆游的全面研究和理解，也有助于对宋代唐诗研究这一领域的深入开掘与进一步探索。

第五章

沉潜与积淀：宋代唐诗研究的主要文献

对于任何一种学术研究而言，文献的价值和意义都是十分重要的。缺少必要的文献支撑，研究也就成了无源之水、无本之木，研究成果的成色和含金量也势必大打折扣。同时，已有研究成果作为该研究领域中的重要文献，也是进一步推进新研究的基础。文献的积累、挖掘和整理也有一个筚路蓝缕、承前启后的过程，宋代唐诗研究的文献也是如此。

宋代唐诗研究的文献主要集中于别集、总集、选本、诗话、论诗诗、历史文献等重要的典籍中。

第一节　基本典籍

一、别集

"立功、立德、立言"向来被古人视为"三不朽"之事，"年寿有时而尽，荣乐止乎其身。二者必至之常期，未若文章之无穷。是以古之作者，寄身于翰墨，见意于篇籍，不假良史之辞，不托飞驰之势，而声名自传于后"（曹丕《典论·论文》），所以，"立言"是传统士人重要的价值取向之一。唐代诗人们"立言"的欲望并不逊色于任何其他历代诗人，大都希望能在有生之年将自己的诗稿编成诗集，付与梨枣，刊刻以传诸后世。李白一生曾多次托人将诗稿编集。即使落魄如杜甫者，漂泊湖湘时随身携带的最重要物件不是金银细软，而是他的诗稿。而元稹与白居易则更是未雨绸缪，在生前就为自己的诗稿编好了集子。不难见出唐代诗人对于自己呕心沥血之作传播流布的特别看重。但是，唐代诗人们煞费苦心创制的杰作佳构，经过晚唐五代多年的战乱兵燹，已经损失多多，许多珍贵的本子都失传了。

明胡应麟云："唐诗之盛，无虑千家，流传至宋，半已亡佚。"（《诗薮》杂编卷二）宋刘麟《元氏长庆集序》（宣和六年刻本）曰："《新唐书·艺文志》载其当时君臣所撰著文集篇目甚多，《太宗集》四十卷，至武后《垂拱集》百卷，今皆弗传。其余名公巨人之文，所传盖十一二尔。如《梁苑文类》《会昌一品》《凤池稿草》《笠泽丛书》《经纬》《冗余》《遗荣》《雾居》，见于集录所称道者，毋虑数百家。今之所见者，仅十数家而已，以是知唐人之文亡逸者多矣。"①因此，如何抢救、挖掘和整理这些珍贵的唐诗文献，就成为摆在宋代文人学者们面前的一个艰巨的、极富挑战意义的、浩大的文化工程。宋代发达的社会经济条件和"稽古右文"的文化政策，使得宋代唐诗研究呈现出空前的繁荣局面。宋人在唐诗研究文献方面，诸如对唐诗总集、别集和选本的搜集、辑录、校勘、编纂、刊印等，作出了非常大的贡献，成为宋代唐诗研究领域中的一个重要内容。其中，尤其是宋人对唐人别集的搜集、整理、辑佚，是宋人对唐诗研究发展所作出的最大贡献之一。严羽《沧浪诗话·考证》云："予尝见《方子通墓志》云：'唐诗有八百家，子通所藏有五百家。'"可见当时宋人对唐人别集搜集的盛况。

对唐人诗文集的编辑与整理，现可考者，主要集中在一批唐代著名诗人的集子上，如杜审言、李白、杜甫、韦应物、颜真卿、韩愈、柳宗元、孟郊、卢仝、元稹等。而参与编辑整理的，也是当时一批声望卓著、学问淹博的重要诗人与学者，如柳开、穆修、曾巩、欧阳修、孙仅、苏舜钦、刘敞、王安石、乐史、宋敏求、留元刚、沈侯、王钦臣、王琪、韩琮、王洙、王彦辅、沈晦、赵彦清、洪适、胡如埙等。②

具体而言，乐史、宋敏求、曾巩三人编辑整理《李翰林集》；孙仅、苏舜钦、王洙、刘敞、王安石、王淇、王彦辅等编辑整理《杜工部集》；沈侯、宋敏求、留元刚三人整理《颜鲁公集》；柳开、穆修、欧阳修三人编辑整理《昌黎先生集》；穆修、沈晦、李石等人编辑整理《柳河东集》；韩钦臣、韩综整理《韦苏州集》；穆修整理《韩愈集》《柳宗元集》；韩盈、胡如埙分别编《玉川子诗集》，陈起编《李贺歌诗》；刘麟所编《元氏长庆集》等。而宋敏求以一人之力，编辑整理多部唐人诗文集，如《李白集》《颜真卿集》《刘禹锡集》《孟郊集》等，成为其中的佼佼者。而其中尤以杜甫集的编纂用功最勤，孙仅、苏舜钦、王洙、王淇分别所编《杜工部集》，刘敞编《杜子美外集》，王安石编《杜工部诗后集》，黄伯思《校定杜工部集》，等等。

除了整理、编辑、刊刻外，对唐人作品集进行校注，是宋人对唐诗文献所做的又一重要贡献。如欧阳修于韩愈《昌黎集》、王淇于杜甫《杜工部集》的校勘即为其例。这些校注本都是注家历经多年、多方搜求比勘、精心结撰之作。据欧阳修《记旧本韩文后》所记，可知校勘《昌黎集》乃始于其二十四岁进士及第后"官于洛阳"之时，此后"凡三十年间，闻人有善本者，必求而改正之。其最后卷秩不足，今不复补者，重增其故也"。以三十年的时间和精力对韩愈集进行"求而改正之"者，足见其用力之勤。

对唐人作品集进行校注的一个突出现象是"千家注杜"局面的出现，即对杜甫诗文的辑补、校勘、编年、笺注等，成为文学史上少有的奇观。

① 载《皕宋楼藏书志》（全七册）卷七十，许静波点校，浙江古籍出版社，2016年，第1257页。
② 王辉斌《论北宋诗人与唐诗的关系》，《四川文理学院学报》（社科版），2009年第1期。

北宋初年，杜集版本十分混乱。宝元二年（1039），王洙编成《杜工部集》20卷，其中18卷为诗，共1 405首；二卷为赋笔杂著，共29篇。景祐三年（1036），苏舜钦编成《杜子美别集》，录诗380余首。皇祐五年（1052），王安石编成《杜工部诗后集》，录诗200余篇。北宋后期黄伯思编《校定杜工部集》，所收杜诗已达1 446首。嘉祐四年（1059），王淇"暇日与苏州进士何君瑑、丁君修得原叔（王洙）家藏及古今诸集，聚于郡斋而参考之，三月而后已。义有兼通者，亦存而不敢削，阅之者固有浅深也。而又吴江邑宰河东裴君煜取以覆视，乃益精密，遂镂于版，庶广其传"①。"自后补遗、增校、注释、批点、分类、编韵之作，无不出于二王之所辑梓"②，成为此后所有杜集的祖本，亦成为宋代杜诗研究的起点。

南宋嘉泰、开禧间（1201—1207），蔡梦弼辑《杜工部草堂诗笺》，收诗达1 454首。这一时期，各家主要关注的仍然是杜甫诗作的搜求汇集，尚未对其进行认真的研读和注释，属于"千家注杜"的起步阶段，为嗣后大规模校注提供了基本的素材。

两宋交替之际，出现了多种杜诗注本，如薛苍舒、杜田、赵彦材、鲁訔、师尹诸家注都较有价值。由于注本繁而不便检阅，于是集注本应运而生。宋代出现的杜诗集注本共约有200多种，但大多已经亡佚。传世的重要集注本有以下数种：

1. **郭知达撰《九家集注杜诗》**（原名《杜工部诗集注》）三十六卷，初刊于淳熙八年（1181），已佚。所谓"九家"是指王安石、宋祁、黄庭坚、王洙、薛苍舒、杜田、鲍彪、师尹、赵彦材九人，其中前三人之言皆源出诗话、杂著之类。

2. **蔡梦弼编《杜工部草堂诗笺》**（或附以《诗话》二卷、《年谱》二卷）五十卷，编定于嘉泰四年（1204），稍后刊行。现存各本中以北京图书馆所藏开禧年间刻本为最善。此本为会笺本，所集之笺注出自王安石、苏轼等二十余人，间亦有蔡氏己见。

3. **黄希、黄鹤父子撰《黄氏补千家集注杜工部诗史》** 三十六卷，书成于嘉定九年（1216），初刊于宝庆二年（1226），今存宋、元刻本。另有《四库全书》本。此本号称"千家集注"，实收注家也不过151人，主要的也仅有王洙、赵彦材等十数家，余仅偶尔引及。此本编纂态度精审，尤以编年的成就为特出，多为后代注家所采用。

4. **高崇兰编集、刘辰翁评点《集千家注批点杜工部诗集》** 二十卷，初刻于元大德七年（1303），后代翻刻本极多，今存者以元至大元年（1308）校刻本为最善。此本所集注家不足百家，其价值全在于批点。

5. **佚名编《分门集注杜工部诗》**，收入《四部丛刊》。此本的价值在于体例上的独特之处，它将杜诗按题材内容分为七十二门，但失之琐碎，归属亦未尽妥当，而且舛误甚多。

二、总集

一般而言，总集是古代对多人著作合集的称呼。《隋书·经籍志四》："总集者，以

---

① ［宋］《杜工部集后记》，载《全宋文》（第48册），上海辞书出版社，2006年，第192—193页。

② 张元济《宋本杜工部集·跋》，商务印书馆，1957年据上海图书馆所藏宋本影印。

建安之后，辞赋转繁，众家之集，日以滋广，晋代挚虞，苦览者之劳倦，于是采摘孔翠，芟剪繁芜，自诗赋下，各为条贯，合而编之，谓为《流别》。是后文集总钞，作者继轨。属辞之士，以为覃奥而取则焉。"马其昶《〈桐城古文集略〉序》："总集盖源于《尚书》《诗三百篇》，洎王逸《楚词》、挚虞《流别》后，日兴纷出，其义例可得而言。"[①]上述两段资料将总集编纂的源起、流变及代表作所做的概述，大致是可信的。不同之处在于，《隋书·经籍志四》认为总集始于建安之后，而马其昶则追溯至先秦时期的《尚书》《诗经》，将其上限推远了数百年。中国的传统儒家，对书籍以经、史、子、集四部来划分，《楚辞》排在集部第一的位置。以此看来，中国最早的总集是《楚辞》，而非《诗经》，因为《诗经》属于经部不属于集部。现存的文学总集中，萧统的《昭明文选》是至关重要的。总集编辑体例通常有二：一为网罗宏富的"全集式"总集，如清代严可均编《全上古三代秦汉三国六朝文》，一为择优选精而辑成的"选集式"总集，如梁代萧统编《文选》。按收录时代范围，可分为通代总集，如明代张溥编的《汉魏六朝百三名家集》，和断代总集，如宋代姚铉编的《唐文粹》。按所收录作品的体裁，可分为专辑历代同一体裁作品的总集，如清代陈元龙等编的《历代赋汇》；专辑一个朝代某一种体裁作品的总集，如清代董浩等编的《全唐文》；汇集各种体裁作品的总集，如宋代李昉等编的《文苑英华》。

　　宋代推行"右文"政策，重视文化建设，注意保存前代文化典籍，开国不久便组织大批人力，陆续修成《文苑英华》《太平御览》《太平广记》《册府元龟》四部大书。私家修纂方面，则出现有姚铉《唐文粹》、郭茂倩《乐府诗集》等。其中，《文苑英华》《唐文粹》《乐府诗集》，几部大型总集，保存了大量的唐诗文献，对于当时和后世的唐诗研究都产生了深远的影响。

（一）《文苑英华》

　　太平兴国七年（982），宋太宗下令从《太平御览》纂修人马中抽调李昉、宋白、徐铉等将近半数人力，加上杨徽之、苏易简等共二十多人重新编纂一部继《文选》之后的总集，即《文苑英华》。李昉（925—996），字明远，深州饶阳（今属河北）人，一说真定（今河北正定）人。五代汉乾祐年进士。历仕晋、汉、周三代，累官为翰林学士，归宋，加中书舍人。太宗时，擢

宋太宗像（台北故宫博物院藏）

①　马其昶《抱润轩文集》卷三，清宣统元年安徽官纸印刷局石印本。

参知政事，拜平章事。参编《旧五代史》，主编《太平御览》《太平广记》《文苑英华》，与后来的《册府元龟》合称"宋四大书"，于保存古代文献颇有贡献。

该书从是年九月起开始纂修，讫雍熙三年十二月（987），耗时四载余完成。全书一千卷，时代上上继《文选》，起自萧梁，下讫晚唐五代。选录作家近 2 200 人，作品近 2 万篇。体例编排上，按文体分赋、诗、歌行、杂文、中书制诰、翰林制诰等 39 类。每类之中又按题材分若干子目，如"诗"分为天部、地部、帝德、应制、应令、省试、朝省、乐府、音乐、人事等类，天部又分日、月、星、雨、风等类。如赋类下分天象、岁时、地、水、帝德、京都等 42 小类。书中约十分之一是南北朝作品，十分之九是唐人作品，多数是根据当时流传不多的抄本诗文集收录的，保存了大量有价值的文献资料。

后南宋周必大校刻于吉安，宋本仅存一百五十卷。明胡震亨说"唐人诗得传，实藉此书为多"（《唐音癸签》卷三十一）。校记里还附注有别本的异文，史料价值极大，可以用以辑补、校勘唐人的诗文集，有利于作家作品的考订。明人佚名辑《宋之问集》二卷、《沈佺期集》四卷，清人徐树古辑李商隐《樊南文集》八卷，《全唐诗》编纂，以及今人陈尚君等先生的唐诗辑佚等工作，端赖此书之功。

（二）《唐文粹》

《唐文粹》，一百卷。北宋姚铉于大中祥符四年（1011）编竣。《唐文粹》选录《文苑英华》中唐人作品，以古体诗为依归，不收四六文、近体诗，序言"止以古雅为命，不以雕篆为工，故侈言曼辞，率皆不取"[①]。分为二十余体：古赋九、诗十三、颂五、赞二、表奏书疏七、文四、论五、议四、古文八、碑十七、铭五、记七、箴诫铭一、书十二、序八、传录纪事二。每体又分若干类（如赋体分十九类），共收文、赋 1 104 篇，诗 961 首。

《唐文粹》中所收 150 余位大多是唐代诗坛的主流诗人，其中选录诗作 15 首以上的诗人有刘长卿、李华、王维、韩愈、王昌龄等，20 首以上的有孟郊、皮日休、陆龟蒙、元稹、顾况、张籍、刘禹锡等，30 首以上的有白居易、张说等，40 首以上的有陈子昂、吴筠等，选录诗作最多的是李白，达 60 首。

《唐文粹》在风格、体制及内容编排上，不同于《文苑英华》，具有自身的独特价值。它对后世整理唐诗文献、研究唐诗具有不可替代的功能。《唐文粹》的诗歌部分所收诗人的作品，大部分亦见于《文苑英华》，但却有高骈、孟迟、卢仝、裴迪等 20 多位作者不见于其中。由于它与《文苑英华》选录标准不同，所收诗很多并不见于《文苑英华》，有不少唐人诗文正是因为被选进了《唐文粹》，才赖以保存下来，为后世《全唐文》《全唐诗》的收辑及辑补唐人文集作出了贡献。即使选相同的诗人，也有不少作品《文苑英华》未收，《唐文粹》却加收录。《唐文粹》所收唐人诗作在补充《文苑英华》之缺上显示出特殊价值。由于材料来源不同，《唐文粹》在与存世唐人别集互校时，提供了与《文苑英华》

---

① ［宋］姚铉《唐文粹序》，载《全宋文》（第 13 册），上海辞书出版社，2006 年，第 283 页。

不同的另一种文本，对唐代诗文的校勘具有很重要的作用。

姚铉《唐文粹序》也是一篇关于唐代文学的重要文献。其序中概述唐诗的发展历程，"有唐三百年，用文治天下，陈子昂起于庸蜀，始振风雅。由是沈、宋嗣兴，李、杜杰出，六义四始，一变至道"。认为自陈子昂"始振风雅"，历经沈佺期、宋之问、李白、杜甫，才"一变至道"。他还认为唐以来流传的诗赋选本"率多声律，鲜及古道，盖资新进后生干名求试者之急用尔"，所以集中只选古今乐章、乐府辞和古调歌篇。他在《唐文粹》中的选录标准，是他自身诗歌观念和美学倾向的体现，对于纠正唐末、五代以来所形成的衰靡文风，开导欧阳修、梅尧臣等人进行诗文革新，具有一定的积极作用。

（三）《乐府诗集》

《乐府诗集》是北宋郭茂倩编纂的一部总括我国古代乐府诗的著名诗歌总集，凡一百卷，是现存收集乐府歌辞最完备的一部。主要辑录汉魏到唐、五代的乐府诗兼及先秦至唐末的歌谣，共5千多首。

《乐府诗集》对唐诗研究具有多方面的价值。它为研究唐人乐府诗，以及唐代诗人对乐府旧题创造性学习和运用，提供了信实可靠的历史原貌和充分翔实的原始文本。《乐府诗集》收集了唐代不同时期40多位诗人的400余首新乐府诗，并将历代同题乐府诗按时代先后顺序排列在一起，人们可从其提示的本事和感情基调中，对这些诗加以对比分析，从中梳理出唐人对乐府旧题诗的学习借鉴、继承与创新，以及他们不同的创作个性。其中尤以中唐乐府诗数量最多。这些乐府诗题材风格多样，音韵节奏谐和，文字流畅圆美，清晰地反映出唐代乐府诗的发展状况，为后人研究唐代乐府诗提供了大量极有价值的文本依据。《汉书·艺文志》载："自孝武立乐府而采歌谣，于是有代、赵之讴，秦、楚之风，皆感于哀乐，缘事而发，亦可以观风俗，知薄厚云。"《乐府诗集》以音乐曲调分类，每类乐府诗前的解题，有助于人们通过前后对比中，了解音乐类型及其风格神韵的演变过程。从而也为唐诗与音乐关系的研究，提供了可资借鉴的线索。①

（四）《唐诗纪事》

《唐诗纪事》是南宋计有功编纂的一部唐代诗歌总集，凡八十一卷。计有功，生卒年不详，字敏夫，号灌园居士，临邛（今四川邛崃）人。宣和进士。绍兴中历知简、眉、嘉等州。

《四库全书》将《唐诗纪事》收于集部诗文评类，可见在四库馆臣眼中，此书就不单是一部诗歌总集，而是兼具批评功能和批评价值的理论著作。是书采录繁富，共收录自唐初至唐末1 150位诗人的部分诗作，以事系诗，以诗系人，以人序时，以先后编次，井井有条，详略适当。或纪本事与品评，或考作者世系爵里，或录佚诗，既是唐代诗歌

---

① 参阅胡建次《南宋唐诗文献工作的深化》，《五邑大学学报》(社科版)，2005年第1期。

总集，又是唐宋有关诗评的汇编。《唐诗纪事》为唐诗研究保存了大量宝贵的资料，于唐诗研究之助可谓功不可没。

计有功自序云："唐人以诗名家，灭没失传，不可胜数。寻访三百年间文集、杂说、传记、遗史、碑记、石刻、宦游四方，残篇遗墨，一联一句，悉收采缮录。"（《唐诗纪事校笺》附录）由于其视野广阔，态度客观，不仅着重对大家名篇多加采撷，而且顾及妇女、僧侣、佚名、方外、仙道，乃至地位更为低微者的佳作，网罗散佚，不拘一格。《四库提要》曰："唐人诗集不传于世者，多赖是书以存。其某篇为某集所取者，如《极玄集》《主客图》之类，亦一一详注。今姚合之书犹存，张为之书独藉此编以见梗概。犹可考其孰为主，孰为客，孰为及门，孰为升堂，孰为入室。则其辑录之功，亦不可没也。"

《唐诗纪事》所保存的资料也有助于唐诗的校勘工作。郭绍虞《宋诗话考》："实则是书之长，不仅不传于世者多赖以存，即脍炙人口者，亦有足资校勘之处。吴骞《论诗绝句》云：'画壁当年事久徂，歌来皓齿定非诬。如何直上黄沙句，真本翻归计敏夫。'自注：'王之涣《凉州词》黄河远上白云间，《唐诗纪事》作黄沙直上白云间；吴修龄笃信之，以为的不可易。'此亦足资异闻，故录之以告读是书者。"[①]《唐音癸签》卷三十一曰："（此书）收采之博，考据之详，有功于唐诗不细。"本书所汇集诗歌品评的批评方式，亦丰富了我国文学批评的形式，甚有参考价值。

考录作者行事为了达到"庶读其诗，知其人"的目的，使读者更好地理解作品的思想、内容，其人可考者做简略考察，重要诗人则详考行事。记述李白、杜甫、韩愈、白居易等人仕履诗事，其来有自，亦较翔实。

《唐诗纪事》的不足也是明显的。由于材料辑掇之多，其间不能无鲁鱼亥豕之误，亦不免榛楛勿剪，但仍不失为研究唐代诗歌必备的参考文献之一。

三、选本

选本属于总集的一种，是如梁代萧统编《文选》那样择优选精而辑成的"选集式"总集，故又可称为选集或选本。宋人编辑唐诗选本，基本的目的是"宗唐"，借以体现各自的诗学主张与审美倾向。同时，为学习唐诗提供足资借鉴的可靠范本，尽可能满足"善学唐"者的唐人读本之要求。另外，选本的编辑，某种意义上，也是对昭明太子"文选学"优良传统的继承，凭此可以抬高编选者的身份，也属于文人自我标榜的手段之一。正因此，故自姚铉编《唐文粹》始，编辑、刻印唐人诗文选本便成为一时之风气，宋李昉等人编纂的大型文学总集《文苑英华》可为其中最具代表性者。但《唐文粹》与《文苑英华》二者均为诗、文合刊本，在当时尽管闻名于世，对于崇尚唐诗、雅好"唐音"的宋代诗人而言过于卷帙浩繁，并不是一个理想的选本。所以，王安石《唐百家诗选》事实上

① 郭绍虞《宋诗话考》，中华书局，1979 年，第 74—75 页。

成了北宋的第一部有影响唐诗选本。由于此书未收李白、杜甫等大诗人的诗作，或许是为弥补这一不足，王安石不久又编选了又一部唐宋诗选本《四家诗选》，"四家"即杜甫、欧阳修、韩愈、李白四人。将杜甫排在第一位，重点突出了杜甫在唐诗史上的地位，也将欧阳修的诗歌编入其中，紧随老杜之后，也算作是王安石在"唐音"和"宋调"之间的一种折中调和艺术吧，但也由此开了后人将唐宋诗合选并刊之先河。王安石这两种唐诗选本的问世，影响甚巨。其后，编选唐诗选本即因此而在有宋一代形成了一种高潮，如《唐五言诗》《唐七言诗》《唐贤诗苑》《唐诗主客集》《唐名僧诗》《唐诗该》《唐杂诗》《唐省试诗集》《唐诗续选》，即皆问世于这一时期。纵观有宋一代，各种唐诗选本不下百种。当这些唐诗选本以写本或刊本的形式流向广大的唐诗消费市场时，不仅为那些宗唐学唐的诗人们提供了一份优秀的唐诗读本，选家的诗学企向与审美偏好，也都借此而得以传播流布，这对于当时诗人们的"善学唐"，促进与推动诗歌由"唐音"向"宋调"的转变，其作用显然是不可低估的。

关于唐诗选本，本著在前文《宋代唐诗选本存目述略》中已经有过较为详尽、全面的胪列，为节省篇幅，此处不再辞费。

四、诗话

本书前文《宋代诗话的总体概貌》中曾论及，诗话是一种论诗之体，是中国古代诗歌理论批评的一种重要形式，也是中国诗歌鉴赏、诗歌批评，诗人、诗派及记录诗人故实的主要著作形式。这种诗话体式，是中国诗歌繁荣发展的产物。清章学诚《文史通义·诗话》云："诗话之源，本于锺嵘《诗品》。"[1]诗话正式出现在宋代，第一部诗话是北宋中叶欧阳修的《六一诗话》。在这以后，诗话创作，蔚成风气。

早期的宋诗话以记事为主，都是有关诗人和诗作的琐事轶闻，所谓"论诗及事"。欧阳修《六一诗话》自序说其宗旨在于集琐事，资闲谈。司马光《温公续诗话》也如此。二人在这两种诗话著作中，共论及唐五代如王之涣、王维、李白、杜甫、刘长卿、元稹、白居易、韩愈、孟郊、贾岛、姚合、李贺、温庭筠、王建、韩偓、李煜等三十多位诗人，均为唐代影响深远的著名诗人，也大都属于北宋诗人的师法对象。二人对这些唐代诗人诗作，或"辨句法"，或"备古今"，或"正讹误"，进行了不同程度上的品评，虽然认识不尽相同，但于当时"善学唐"诗人们的来说，无疑会起到一种指导性或者引领性的作用的。

后来，逐渐增加了考订辨证、谈论句法一类的内容，所谓"论诗及辞"。诗话进一步发展，是较多地谈论有关诗歌创作问题，加强了理论批评色彩。如《岁寒堂诗话》《白石道人诗说》《沧浪诗话》等。尤以《沧浪诗话》为著，对后世产生深远影响（详见前述）。

---

① 《文史通义校注》（全三册）卷五《内篇五》，叶瑛校注，中华书局，2014年，第559页。

由吴文治先生主编、凤凰出版社（原江苏古籍出版社）1998年初版、2006年再版的《宋诗话全编》(全十册)，集宋代诗话之大成，共收录宋代诗话562家，其中原已单独成书的有170余种，另有近400家原无诗话辑本传世的诗论家有辑本收入。本书以人立目，除收录其原已单独成书的诗话，并广为搜辑其散见于诗话文集、随笔、史书和类书等诸书中的论诗之语，是汇集宋代诗话资料最为完备的大型图书。

这些宋诗话中保留了大量的关于唐诗的材料，而这些材料都是研究唐诗的重要文献。由于宋诗话的数量过于庞大，此处择其要者略作论列，难免挂一漏万。

（一）《六一诗话》

欧阳修所作《六一诗话》是我国文学理论史上以"诗话"为名的第一部著作，开后代诗歌理论著作新体裁形式。是作者退居汝阴后而集，目的是以资闲谈。其言说方式正是"泛应曲当"，随事生说，各则诗话条目之间的排列并没有固定和必然的逻辑联系。但另一方面，其诗学主张却又一以贯之。

关于《六一诗话》，本书第二章《文学批评史视野下的〈六一诗话〉》一节，已有过详尽论述，此不赘言。

（二）《温公续诗话》

《温公续诗话》，又名《续诗话》，是北宋政治家、史学家司马光(1019—1086)撰写的一部诗歌评论集。光字君实，号愚叟，陕州夏县(今属陕西)人，世称涑水先生。宝元进士，历仕仁宗、英宗、神宗、哲宗四朝，卒于相位，封温国公。主持编纂中国历史上第一部编年体通史《资治通鉴》。

《续诗话》内容，一是品评、鉴赏前代及时人的一些名诗，如评杜甫《春望》诗，前已引及，兹不赘。对魏野诗的评价云："魏野处士，陕人，字仲先，少时未知名。尝题河上寺柱云：'数声离岸橹，几点别州山。'时有幕僚，本江南文士也，见之大惊，邀与相见，赠诗曰：'怪得名称野，元来性不群，借冠来谒我，倒屣起迎君。'仍为延誉，由是人始重之。其诗效白乐天体。"如评寇准诗"才思融远"，并举寇准十九岁任巴东知县时所写诗为证，"野水无人渡，孤舟尽日横"，明显是脱胎于韦应物《滁州西涧》句"野渡无人舟自横"。品评林逋，则举其《山园小梅》名句"疏影横斜水清浅，暗香浮动月黄昏"，认为"曲尽梅之体态"。

《温公续诗话》二是书中记载、议论一些文人轶事、趣闻及诗歌的创作经过。如：

> 唐之中叶，文章特盛，其姓名湮没不传于世者甚众。如河中府鹳雀楼有王之涣、畅诸诗。畅诗曰："迥临飞鸟上，高谢世人间。天势围平野，河流入断山。"王诗曰："白日依山尽，黄河彻海流。欲穷千里目，更上一层楼。"二人者，皆当时贤士所不数，如后人擅诗名者，岂能与之哉！（述王之涣、畅诸）李长吉歌"天若有情天

亦老"，人以为奇绝无对。曼卿对"月如无恨月常圆"，人以为勍敌。（述李贺、石延年）
杜甫终于耒阳，槁葬之。至元和中，其孙始改葬于巩县，元微之为志。而郑刑部
文宝谪官衡州，有《经耒阳子美墓诗》，岂但为志而不克迁，或已迁而故冢尚存邪？
（述杜甫）北都使宅，旧有过马厅。按唐韩偓诗云："外使进鹰初得按，中官过马不教
嘶。"注云："乘马必中官驭以进，谓之过马。既乘之，然后踸踔嘶鸣也。"盖唐时方
镇亦效之，因而名厅事也。（述韩偓）

虽然零章碎句，不成片段，但妙言隽语，亦时有灼见。故四库馆臣对这部诗话有精
当评价："光德行功业，冠绝一代，非斤斤于词章之末者。而品第诸诗，乃极精密。"

（三）《中山诗话》

《中山诗话》又称《刘贡父诗话》，作者刘攽（1023—1089），字贡父，临江新喻（今江西新余）
人。庆历进士，官至中书舍人。《四库提要》云："此本名曰《中山》，疑本无标目，后人用其
郡望追题，以别于他家诗话也。……北宋诗话惟欧阳修司马光及攽三家为最古。此编较欧
阳、司马二家虽似不及，然攽在元祐诸人之中，学问最有根柢。其考证论议，可取者多。"
是书除了进行诗歌评论外，兼及记载当时文坛的一些掌故、趣闻、轶事。如：

> 孟东野诗，李习之所称："食荠肠亦苦，强歌声不欢。出门如有碍，谁谓天地
> 宽。"可谓知音。今世传《郊集》五卷，诗百篇。又有集号《咸池》者，仅三百篇，其
> 间语句尤多寒涩，疑向五卷是名士所删取者。东野与退之联句诗，宏壮博辩，若不
> 出一手。王深父云："退之容有润色也。"

刘攽认为作诗的要务是立意，如果立意不高，辞藻再美也算不得上乘之作，"世效古
人平易句，而不得其意义，翻成鄙野可笑"。在文学理论上，他推重"质愿宏壮""含蓄
深远"的诗歌，反对为追求平淡而陷入"质多文少"的误区，主张作诗应该除去鄙俗。此
书的缺陷，亦为四库馆臣批评：

> 其论李商隐《锦瑟诗》，以为令狐楚青衣之名，颇为影撰。其论"赫连勃勃蒸土"
> 一条，亦不确当。不但解杜甫诗"功曹非复汉萧何"句，考之未审，为晁公武所纠。
> 至开卷第二条所引刘子仪诗，误以《论语》"师也辟"为"师也达"；漫无驳正，亦不
> 可解。所载嘲谑之词，尤为冗杂。

（四）《后山诗话》

《后山诗话》作者陈师道（1053—1102），字无己，又字履常，号后山居士。作为江西诗

派重要诗人，陈师道论诗沿袭苏、黄余绪，推崇"以故为新，以俗为雅"，与黄庭坚"点铁成金"说相合。他认为"子美之诗，奇、常、工、易、新、陈，莫不好也"，以为"学诗当以子美为师"。于讲究法度规矩之外，师道又重性情，尤为看重自然平易的诗风：

陈师道像

孟嘉落帽，前世以为胜绝。杜子美《九日诗》云："羞将短发还吹帽，笑倩旁人为正冠。"其文雅旷达，不减昔人。故谓诗非力学可致，正须胸肚中泄尔。

望夫石在处有之。古今诗人，共用一律，惟刘梦得云："望来已是几千岁，只似当年初望时。"语虽拙而意工。黄叔达，鲁直之弟也，以顾况为第一云："山头日日风和雨，行人归来石应语。"语意皆工。江南有望夫石，每过其下，不风即雨，疑况得句处也。

这些主张，又略异于江西派论诗之旨。对于各种文体的艺术特征，后山也极力加以维护："诗文各有体，韩以文为诗，杜以诗为文，故不工矣"；"退之以文为诗，子瞻以诗为词，如教坊雷大使之舞，虽极天下之工，要非本色"。以"以文为诗"论韩诗，以"以诗为词"论苏词，成为后世的经典评语，屡为后世所沿用称引。

《后山诗话》共七十余则，重记事和摘句，以对作家作品的批评为主，如"王摩诘云：'九天阊阖开宫殿，万国衣冠拜冕旒。'子美取作五字云：'阊阖开黄道，衣冠拜紫宸'，而语益工"。关于诗句之源亦有自己的考证与比对，如：

老杜云："长镵长镵白木柄，我生托子以为命。黄独无苗山雪盛，短衣数挽不掩胫。"往时儒者不解黄独义，改为黄精，学者承之。以余考之，盖黄独是也。《本草》赭魁注："黄独，肉白皮黄，巴、汉人蒸食之，江东谓之土芋。"余求之江西，谓之土卵，煮食之类芋魁云。

韦苏州诗云："怜君卧病思新橘，试摘才酸亦未黄。书后欲题三百颗，洞庭须待满林霜。"余往以为盖用右军帖中"赠子黄甘三百"者，比见右军一帖云："奉橘三百枚。霜未降，未可多得。"苏州盖取诸此。

《后山诗话》尽管也沿袭了宋诗话的著述体例和风格，非体大思精之作，但也体现了后山的重要诗学思想，保存了大量的唐诗研究文献，因而在我国诗话发展史上有一定地位。关于此书的得失，《四库提要》评曰：

> 至谓陶潜之诗切于事情而不文，谓韩愈《元和圣德诗》于集中为最下，而裴说《寄边衣》一首诗格柔靡，殆类小词，乃亟称之，尤为未允。其以王建《望夫石》诗为顾况作，亦间有舛误。疑南渡后旧稿散佚，好事者以意补之耶？然其谓诗文宁拙毋巧，宁朴毋华，宁粗毋弱，宁僻毋俗；又谓善为文者，因事以出奇，江河之行，顺下而已，至其触山赴谷，风抟物激，然后尽天下之变。持论间有可取。其解杜甫《同谷歌》之黄独、《百舌》诗之谗人，解韦应物诗之新橘三百，驳苏轼《戏马台》诗之玉钩、白鹤，亦间有考证。

持论客观有据，大致是允当的。

（五）《石林诗话》

《石林诗话》又作《叶先生诗话》。作者叶梦得（1077—1148），字少蕴，号肖翁、石林居士。苏州吴县（今苏州）人。绍圣进士，历任中书舍人、翰林学士，官至尚书左丞，后任江东安抚使。学问博洽，精熟掌故，兼善诗文。存世另有《建康集》《石林词》《石林燕语》《避暑录话》等。

《石林诗话》传本有一卷本、三卷本两种，现通行本《历代诗话》本分上、中、下三卷，九十条，另附《拾遗》三则。主要记录唐宋间诗坛掌故、轶事，同时也有作者的审美评价。尽管叶氏没有系统的理论构架，但他论诗比较精当，是一部有特色的重要诗话。

《石林诗话》提倡自然工妙的诗歌风格，主张"意与境会"、圆融无碍的"自然"美学趋尚，继承发展了王昌龄、苏轼美学思想，对江西诗派末流片面讲究"法度"、使事与刻板模拟的倾向进行了否定，但并不排斥适当的炼字。譬如对杜甫诗中使用"双字"所形成的超绝工妙的艺术效果极为欣赏：

> 诗下双字极难，须使七言、五言之间，除去五字三字外，精神兴致，全见于两言，方为工妙。唐人记"水田飞白鹭，夏木啭黄鹂"为李嘉祐诗，王摩诘窃取之，非也。此两句好处，正在添"漠漠""阴阴"四字，此乃摩诘为嘉祐点化，以自见其妙，如李光弼将郭子仪军，一号令之，精彩数倍。不然，如嘉祐本句，但是咏景耳，人皆可到，要之当令如老杜"无边落木萧萧下，不尽长江滚滚来"，与"江天漠漠鸟双去，风雨时时龙一吟"等，乃为超绝。近世王荆公"新霜浦溆绵绵静，薄晚林峦往往青"，与苏子瞻"泯泯炉香初泛夜，离离花影欲摇春"，可以追配前作也。

"双字"主要指迭音词，迭音词运用得好，可以达到一种写情描状的艺术化境，"精

303

神兴致"于此可见。上述诗句因为各自用了"绵绵""往往""邑邑""离离"等双字，不仅增添其音韵美，令形象更生动鲜明，而且还拓展了诗歌境界，使其更具审美张力。

《石林诗话》重视含蓄的诗歌意境，对"以文为诗"的宋诗倾向进行了清算。"含蓄"是我国古代诗学的一个非常重要的范畴，它既是常用的艺术表现手法，又是基本的诗歌风格，也是我国古典诗歌的审美理想和审美特征。《文心雕龙·隐秀》所谓"使玩之者无穷，味之者不厌矣"；《二十四诗品》"含蓄"一品中所谓"不著一字，尽得风流"；《六一诗话》里亦记载梅尧臣的一段论述"必能状难写之景，如在目前，含不尽之意，见于言外，然后为至矣"，皆为"含蓄"之意。叶梦得正是继承这些传统，而在《石林诗话》中将其发扬光大：

> 七言难于气象雄浑，句中有力，而纡徐不失言外之意。自老杜"锦江春色来天地，玉垒浮云变古今"，与"五更鼓角声悲壮，三峡星河影动摇"等句之后，尝恨无复继者。韩退之笔力最为杰出，然每苦意与语俱尽。《和裴晋公破蔡州回》诗所谓"将军旧压三司贵，相国新兼五等崇"，非不壮也，然意亦尽于此矣。不若刘禹锡《贺晋公留守东都》云，"天子旌旗分一半，八方风雨会中州"，语远而体大也。

推重杜诗具有雄浑有力而又韵味深远的特点。不满于杜甫之后这种诗越来越少的现状，"尝恨无复继者"。其因盖出于"以文为诗"，将批评的矛头指向了宋诗的弊端，并对之进行了批评。宋代的"以文为诗"正是继承韩愈的衣钵，否定韩愈诗的"意与语俱尽"，即是动摇宋代的"以文为诗"的根基。同时，肯定"含蓄"风格，也就否定宋诗的"以文为诗"倾向，而还诗歌以本来面目。

叶梦得以禅喻诗，对人们深入形象地领悟诗歌意境具有重要意义。又谓：

> "池塘生春草，园柳变鸣禽"，世多不解此语为工，盖欲以奇求之耳。此语之工，正在无所用意，猝然与景相遇，借以成章，不假绳削，故非常情所能到，诗家妙处，当须以此为根本，而思苦言难者往往不悟。

谢灵运"池塘"两句颇受诗家称颂，盖因其自然天成，净美不俗。但此佳句并非苦思冥想所得，而是"无所用意"，在心灵一片空灵淡泊，物我两忘，物我为一的虚静状态下，"猝然与景相遇"。在物我观照中，引起心灵震动，自然外物融于空灵澄碧的诗人内心，以致心有所悟，了然于心而应之于手，"借以成章"，发而为诗。这个过程，犹如禅宗的"妙悟"，醍醐灌顶，豁然开朗。在此状态下，诗人往往不假思索，意象便猝然而生，诗人"悟"得意象不必经过一个艰苦的思考过程，而是得于心而会以意，在至微至妙之间，神应思彻，遂造神妙。叶梦得用极简练的语言准确地概括出了这一基本心理过程。

（六）《诗话总龟》

《诗话总龟》原名《诗总》，共十卷，书成于宣和五年（1123），北宋阮阅编。阅字闳休，一字美成，自号散翁、松菊道人，舒城（今属安徽）人。元丰进士，历任钱塘幕官、巢县知县、郴州知州，以中奉大夫袁州知州致仕。善吟咏，有诗名，人称"阮绝句"，著有《松菊集》《郴江百咏》《巢令君阮户部词》等。《诗总》经南宋人增改，题作《诗话总龟》，以上二种，今皆不传。

《诗话总龟》的编纂体例，当仿自《太平御览》《册府元龟》等宋代类书，并有晚唐《风骚旨格》等诗格著作的痕迹。"得一千四百余事，共二千四百余诗，分四十六门而类之"[1]，大体上是因诗存事，以事为纲，分门增广。四十六门分别为圣制、忠义、讽喻、达理、博识、幼敏、志气、知遇等，材料则采自诸家小史、别传、杂记、野录，引书近百种，荟萃繁富。作者之旨，在于对各种杂著中的诗作、诗事、诗话分类编纂，以便阅读鉴赏。编者有较为重视诗歌理论批评的倾向。

后经明宗室月窗道人改编，名《百家诗话总龟》或《增修诗话总龟》，分为前后集各五十卷（通行本前集仅四十八卷）。今有《四部丛刊》影印月窗本、清缪荃孙校本。1987年，人民文学出版社据《四部丛刊》本排印，补入所脱两卷，由周本淳、陈新校点，收入郭绍虞主编《中国古典文学理论批评专著选辑丛书》。此书采集诗话和笔记小说近两百种，分门别类，注明出处，保存史料颇为丰富。

（七）《苕溪渔隐丛话》

《苕溪渔隐丛话》，南宋胡仔撰，共一百卷，五十余万字。前集六十卷成于绍兴十八年（1148），后集四十卷成于乾道三年（1167）。《四库提要》云："其书继阮阅《诗话总龟》而作。前有自序，称阅所载者皆不录。二书相辅而行，北宋以前之诗话大抵略备。"所言大致不差。胡仔（1110—1170），字元任，徽州绩溪（今属安徽）人。寓居吴兴（今浙江湖州）苕溪，自号苕溪渔隐。其一生蹭蹬仕途，著书自娱，以终天年。

《丛话》编排体例上，按时代先后，以人为纲而知人论世，同时又增设长短句等门类，编排较为合理，大纲细目，罗列有序，极便检索。对于众多诗人诗作，依据全面安排，但又不忽略一般诗人的原则，突出重点，如李白二卷，杜甫十三卷，韩愈四卷，苏轼十四卷，黄庭坚五卷。其后集自序："余尝谓开元之李杜，元祐之苏黄，皆集诗之大成者。故群贤于此四公，尤多品藻，盖欲发扬其旨趣，俾后来观诗者，虽未染指，固已能知其味之美矣。"

资料搜辑上，《总龟》写于北宋末年，时严元祐党禁，故不载有关元祐党人苏黄的诗话，构成先天缺陷；《丛话》成书于南宋初，当时党禁已除，苏黄诗风复炽，故补充了大

---

① ［宋］阮阅《诗总序》，转见郭绍虞《宋诗话考》，中华书局，1979年，第24页。

量有关苏黄诗话，为形势使然。在资料的学术考辨方面，胡仔态度严谨，要言不烦，且是非自明。此外，如李清照《词论》等重要文论作品，也赖《丛话》而得以保存，大大增加了《丛话》的学术价值。

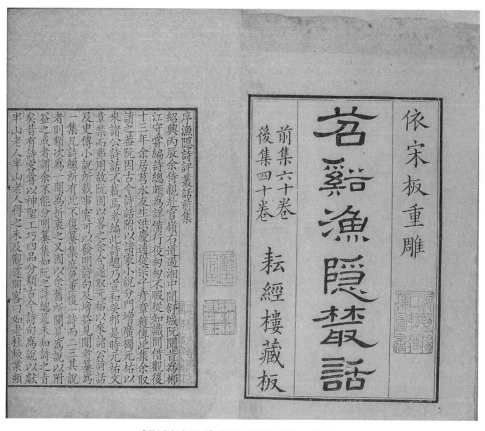

《苕溪渔隐丛话》清乾隆初耘经楼依宋版刊本

理论视野上，《丛话》的资料纂集并非简单罗列，而是自有其论诗宗旨在，并于称引之外，又常略加评说。受当时江西诗派影响，其大力推尊元祐诗坛领袖苏轼、黄庭坚，并上溯至杜甫。但并不褊狭，如其后集自序慨叹："诗道迩来几熄，时所罕尚，余独拳拳于此者，惜其将坠，欲以扶持其万一也。嗟余老矣！命益蹇，身益闲，故得以编次。"力挽狂澜的理论热情和自信甚高，故其说不乏真知灼见。胡仔论诗强调"自得"，如前集卷三九评苏轼《卜算子》"拣尽寒枝不肯栖"句："文章之妙，语意到处即为之，不可限以绳墨也。"同时又指出诗歌创作，贵在含蓄而忌直露，如后集卷一五评杜牧《宫词》(监宫引出暂开门)："意在言外，而幽怨之情自见，不待明言之也。诗贵夫如此，若使人一览而意尽，亦何足道哉。"

《渔隐丛话》前集自序后面有南宋光宗"绍熙甲寅 (1194) 槐夏之月陈奉议刊于万卷

堂"字样，当为最初刻本。较早的还有元翠岩精舍校定重刊本（已残）。而清乾隆初杨传启耕耘楼依宋重刊本，则较为完整。至于列入丛书的，《说郛》为删节本，《海山仙馆丛书》本、《四部备要》本，则均为足本。今通行的是 1962 年人民文学出版社、1980 年补正重印的廖德明校点本。

（八）《诗人玉屑》

《诗人玉屑》二十卷（亦有二十一卷本），南宋魏庆之撰。魏字醇甫，号菊庄，建安（今福建建瓯）人。宋理学家游九功有诗赞曰："子方青春志紫霄，种菊幽探计何早？一枝可爱况千丛，想应苦吟被花恼。"（《题魏醇父菊庄》）[1]宋黄昇《诗人玉屑序》云："有才而不屑科第，惟种菊千丛，日与骚人佚士觞咏于其间。"[2]知其过着以种菊、赋诗为乐的隐逸生活。庆之与当时诗人有广泛交往，这给他辑录南宋诗话带来不少方便。

黄昇序曰："方今海内诗人林立，是书既行，皆得灵方；取宝囊玉屑之饭，瀹之以冰瓯雪碗，荐之以菊英兰露，吾知其换骨而仙也必矣。"可知以"玉屑"名书，正谓是书对诗人而言是宝囊玉屑，得之即可受益无穷。魏庆之博观诗家论诗之片言和短札，撷取其中有补于诗道者，编辑成帙，正如沙里淘金，这点点玉屑，都出自锦心，这也就是《诗人玉屑》命名的来由。书中多记南宋人论诗之语，较重理论、作法和诗人评藻，采集较富，可与《渔隐丛话》相参证，以见宋人诗学理论之一斑。

《四库提要》开篇言明《诗人玉屑》"是编前有淳祐甲辰（1244）黄昇序"，却又说"庆之书作于度宗时（1265—1274）"，不知所据何本。《玉屑》评论的对象，上自《诗经》《楚辞》，下迄南宋诸家。前十一卷辑录诗艺、体裁、格律、表现方法、诗论诗评、诗格诗法、诗学鉴赏等内容，按类编排，十二卷以后以人为纲，以时为序，具体品评两汉以下历代诗人诗作。

《诗人玉屑》传本俱为二十卷。然北京图书馆另有日本宽永十六年（1639）刻本，经王国维先生以宋本校过者，则独有二十一卷。现通行本中，上海古籍出版社 1982 年版与中华书局 2007 版均为二十一卷本，由于两社的历史渊源，用的是同一母本——即是由王国维先生次子王仲闻先生整理的，以古松堂本为底本，校以日本宽永十六年刻本，参酌明嘉靖本，并全部移录王国维据宋本校宽永本的校语，使读者既可窥见宋本之面目，又可获见王国维在校勘上的成就。应该说，二者都是目前较全、较精的本子。

（九）《岁寒堂诗话》

《岁寒堂诗话》二卷，南宋张戒著。原书已佚，现本是从《永乐大典》中录出，加上《说郛》本内容综合而成。分上下两卷，上卷为理论批评总纲，下卷专论杜甫主要诗篇。

---

① 载宋佚名撰《诗家鼎脔》卷下，清文渊阁四库全书本。
② ［宋］黄昇《诗人玉屑序》，载《全宋文》（第 336 册），上海辞书出版社，2006 年，第 379 页。

张戒诗论正统色彩浓厚，主张温柔敦厚，不冒犯君上，但《岁寒堂诗话》主要针对苏黄诗风和江西诗派的弊病而发，与严羽有比较相近的论点。他强调咏物要为言志服务，不应该为咏物而咏物，反对将形式技巧放在创作的首位。但他同时十分重视诗歌的艺术形式，要求诗歌在道出人的心事的同时要含蓄有余韵。

《四库提要》云（是书）"通论古今诗人，由宋苏轼、黄庭坚上溯汉魏《风》《骚》，分为五等。大旨尊李杜而推陶阮。始明言志之义，而终之以无邪之旨，可谓不诡于正者"，大抵不差。《岁寒堂诗话》论及古今诗人，认为"诗妙于子建，成于李杜，而坏于苏黄"。只有使"苏黄习气净尽"，方可以论唐人诗。在苏黄被奉为诗坛圭臬的情况下，诗话对苏黄习气提出批评，颇为难得。

《岁寒堂诗话》中有关唐诗的见解，本书第二章第三节《张戒〈岁寒堂诗话〉对江西诗派的反动》中已经有过详尽论述，此不赘。

（十）《沧浪诗话》

《沧浪诗话》是严羽所著关于诗的理论批评著作，约写成于南宋理宗绍定、淳化间。因其系统性、理论性较强，是宋代最负盛名、对后世影响最大的一部诗话。全书分为诗辨、诗体、诗法、诗评、考证五章。《诗辨》阐述理论观点，是整个《诗话》的总纲。《诗体》探讨诗歌的体制、风格和流派；《诗法》研究诗歌的写作方法，《诗评》评论历代诗人诗作，从各个方面展开了基本观点。《考证》对一些诗篇的文字、篇章、写作年代和撰人进行考辨，比较琐碎，偶尔也反映了作者的文学思想。五个部分互有联系，合成一部体系严整的诗歌理论著作，在诗话发展史上是空前的。正由于此，它受到世人的普遍重视。

《沧浪诗话》论诗，是针对宋诗的流弊而发的。它对诗歌的形象思维特征和艺术性方面的探讨，论诗标榜盛唐，主张诗有"别才""别趣"之说，重视诗歌的艺术特点，批评了当时以文字、才学、议论为诗的弊病，对江西诗派尤表不满。又以禅喻诗，强调"妙悟"，对明清的诗歌评论影响颇大。此书有关唐诗的见解，已在第二章第四节《严羽〈沧浪诗话〉关于唐诗美学品格的见解》中有过详尽论述，此亦不赘。

五、论诗诗

所谓"论诗诗"，即以诗论诗，是以诗的形式来阐发关于诗歌的见解，进行理论批评的方式之一，也是具有中国传统文化特色的文学批评形式之一。它既是"论"，同时又是"诗"，是一种特殊的诗。陈伯海在《唐诗学史稿》中曾对论诗诗作广义与狭义两种划分："如果将以诗论诗分为广义和狭义两种，则广义的以诗论诗就是在诗中论到有关诗的问题，而这样的诗不一定专为论诗而作。如杜甫的《春日忆李白》云：'白也诗无敌，飘然思不群'。《寄李十二白二十韵》云：'笔落惊风雨，诗成泣鬼神'等。狭义的以诗论诗当是用诗的形式专论诗的问题，是专为论诗而作，也就是我们常说的论诗诗。如杜甫的

《戏为六绝句》，后世如元好问的《论诗绝句二十首》皆是。诗是唐人生活的伴侣，不可须臾离开。所以广义的以诗论诗比比皆是，难以穷尽。狭义的以诗论诗则从杜甫《戏为六绝句》开始，为后世论诗诗之先声。"①宋金之际，作为一种文学批评形式被自觉地运用起来，南宋江湖派诗人戴复古有意于仿杜，作《论诗十绝》侧重阐述诗歌原理，成为宋代论诗诗的代表之作。清钱大昕《十驾斋养新录·论诗绝句》曰："元遗山论诗绝句，效少陵'庾信文章老更成'诸篇而作也。王贻上仿其体，一时争效之。厥后宋牧仲、朱锡鬯之论画，厉太鸿之论词、论印，递相祖述，而七绝中又别启一户牖矣。"②可见，以诗的形式发表批评见解，不仅限于诗歌领域，还扩大到了论画、论词、论印，乃至论曲、论剧，可谓风行一时，蔚成风气。

宋代诗歌的创作队伍及作品的数量，较之唐朝都有迅猛增长，论诗诗也迎来了一个发展高峰。两宋期间，诗人名家如梅尧臣、欧阳修、王安石、苏轼、黄庭坚、陈师道、秦观、陆游、杨万里、范成大、戴复古等，各家诗集中都留有数量不菲的论诗之作。论诗诗之所以在宋代流行并且取得丰硕成果，郭绍虞先生对个中原因做了深刻分析："论诗诗之流行于宋代亦自有故。盖以（1）宋诗风格近于比兴，长于议论而短于韵致，故极适合于文学的批评；有时可以阐说诗学的原理，有时可以叙述学诗的经历，有时更可以上下古今，衡量前代的著作。（2）宋诗风气，又偏于唱酬赠答，往返次韵，累叠不休，于是或题咏诗集，或标榜近作，或议论断断，或唱和霏霏，或志一时之胜事，或溯往日之游踪，有此二因，则论诗诗之较多于前代，固亦不足为奇了。"③可谓一语中的，精辟独到。

据郭绍虞、钱仲联所编《万首论诗绝句》，其中所录宋代论诗绝句77家352首，作者占该书所录诗家之9.96%，诗作数量占该书所录作品之3.80%，实际数量则远不止此。④北宋时期参与论诗绝句一体创作的诗家不多，据《万首论诗绝句》所收录北宋论诗绝句仅18家51首，即使宋初诗坛上颇有影响的诗人如梅尧臣、苏舜钦、欧阳修等，所作亦寥寥。欧、梅偏好古体，欧阳修有《水谷夜行寄子美圣俞》、梅尧臣有《答韩三子华韩五持国韩六玉汝见赠述诗》之类的五古论诗诗。欧阳修另有论诗绝句三首，但内容平平，乏善可陈，不过是岁月流逝、物是人非之叹，基本上与诗歌批评无涉：

> 东阁三朝多大事，菅丘二载足闲辞。近诗留作归荣集，何日归田自集诗？（《题东阁集后》）兴来笔力千钧劲，酒醒人间万事空。苏梅二子今亡矣，索寞滁山一醉翁。（《马上默诵梅圣俞诗有感》）苏梅久作黄泉客，我亦今为白发翁。卧读杨蟠一千首，乞

---

① 陈伯海《唐诗学史稿》，河北人民出版社，2004年，第130页。

② ［清］钱大昕《十驾斋养新录 附余录》卷十六，载《嘉定钱大昕全集》（增订本，全11册），陈文和主编，凤凰出版社，2016年，第441页。

③ 郭绍虞《中国文学批评史》，百花文艺出版社，1999年，第247页。

④ 参阅《论诗绝句研究》，复旦大学李良博士论文，2011年5月。

渠秋月与春风。(《读杨蟠章安集》)

王安石论诗绝句尚有可观处，如《题张司业诗》与《示俞秀老二首其二》：

　　苏州司业诗名老，乐府皆言妙入神。看似寻常最奇崛，成如容易却艰辛。题张
　　君诗何以解人愁，初日红蕖碧水流。未怕元刘妨独步，每思陶谢与同游。示俞

　　前首称赏张籍乐府诗"妙入神"的艺术成就，指出其"看似寻常最奇崛"的艺术特点和创作的艰辛；其后两句是名句，常为人所称引。后首则称赞其友俞紫芝的诗清逸出尘，不输元稹、刘禹锡，直追陶渊明、谢灵运。惜仅此二首，可谓凤毛麟角。
　　北宋诗坛另一大家苏轼，其所作之论诗绝句亦不多。遍觅乃得三首，有两首在前章《苏东坡与唐诗》一节已述及，一为《观静观堂效韦苏州诗》，一为《记游庐山》中"帝遣银河"诗，此不赘。兹举另一首，《金门寺中见李西台与二钱 (惟演、易) 唱和四绝句戏用其韵跋之其四》：

　　五季文章堕劫灰，升平格力未全回。故知前辈宗徐庾，数首风流似《玉台》。

　　"帝遣银河"诗前有小引："世传徐凝《瀑布》诗云'一条界破青山色'，至为尘陋。又伪作乐天诗称羡此句，有'赛不得'之语。乐天虽涉浅易，岂至是哉！乃戏作一绝。"苏轼嘲讽徐凝咏庐山瀑布诗"至为尘陋"，是"恶诗"，只是形似。形似只是对事物的外形进行简单模仿，是现象的再现，未能得其精髓，不能叫艺术。而李白诗神似，则折射反映出审美对象的最本质的特征。
　　苏黄并称，然而师法杜甫最力者乃黄庭坚，在论诗绝句方面除《病起荆江亭即事十首》若干篇什外，其余论诗之作均不足观。其中七、八、九云：

　　文章韩杜无遗恨，草诏陆贽倾数公。玉堂端要真学士，须到儋州秃鬓翁。属东坡
　　闭门觅句陈无己，对客挥毫秦少游。正字不知温饱味？西风吹泪古藤州。
　　张子耽酒语謇吃，闻道颍州又陈州。形容弥勒一布袋，文字江河万古流。属张耒

　　陈师道有论诗诗 (绝句) 八首，分别为《赠吴氏兄弟三首》《赠魏衍三首》《赠寇国宝三首其一》与《绝句》一首。末《绝句》云：

　　此生精力尽于诗，末岁心存力已疲。不共卢王争出手，却思陶谢与同时。

　　苏门另一诗人张耒所作论诗绝句有《观苏仲南诗卷》《读仲南和诗》《读吴怡诗卷二

首》《漫成七首其一》，计为五首。末一首云：

> 应敌诗才惭古人，牵情春色空闲身。铺排物色虽甘拙，消散闲愁亦有神。

苏门晁补之有五言论诗绝句《答李令》一首，其诗云：

> 知音惭李令，问我复何为。道义惟添睡，功名只有诗。[①]

其弟晁说之，颇受东坡赏识，有论诗之作《杜诗》一首，亦颇堪玩味。与欧阳修"诗穷而后工"说，可为同一机杼。诗云：

> 古人愁在吾愁里，庾信江淹可共论。孰似少陵能叹息，一生牢落识乾坤。[②]

较之北宋，南宋论诗绝句，参与人数和创作数量明显增多，形式上渐趋多样，而且大型组诗形式开始频频出现，如吴可《学诗诗》、戴复古"论诗十绝"等，所讨论诗学问题也比较广泛。陆游一些谈创作得失的论诗绝句，如《与儿辈论李杜韩柳文章偶成》《题庐陵萧彦毓秀才诗卷后》，以及杨万里对本朝诗人的评价，诗坛上的一些热点问题如活法、诗禅等，亦多于论诗绝句中有所反映。

南宋初，周紫芝有论诗绝句《次韵庭藻读少陵集》三首，其诗云：

> 李杜文章万丈高，就中诗律少陵豪。风流自是渠家事，奴仆从来可命骚。
> 濯锦江头把一杯，碧鸡坊口草堂开。十年剑外无相识，黄四娘家几度来。
> 玉烛初调大历年，先生偶脱万兵前。谁教早献千金赋，可得看囊更有钱。[③]

细味周紫芝诗意，就律诗而论，其推崇杜甫律诗，抑李扬杜之意甚明。

王十朋《游东坡十一绝其二》云：

> 出处平生慕乐天，东坡名自乐天传。文章均得江山助，但觉前贤畏后贤。[④]

论东坡一生沉浮宦海，仕途颇多风波，仰慕白乐天"似出复似处"之思想，并以为东

① [宋]晁补之《鸡肋集钞》载《宋诗钞》(全四册)，中华书局，1986年，第1129页。
② [宋]晁说之《嵩山文集》卷九，转见华文轩等《古典文学研究资料汇编》(全三册)(杜甫卷 上编 唐宋之部)，中华书局，1964年，第152页。
③ [宋]周紫芝《太仓稊米集》卷二十八，转见同上，第266页。
④ 郭绍虞、钱仲联、王遽常《万首论诗绝句》，人民文学出版社，1991年，第80页。

坡之诗可与乐天并列，甚而超越其上。"但觉前贤畏后贤"则是杜甫"不觉前贤畏后生"之反用，亦可见杜论诗绝句对后世之影响。

杨万里一生作诗甚多，诗论卓然独立，论诗诗作甚夥，《万首论诗绝句》收其论诗绝句凡32首。其涉及唐人唐诗之什主要者有：《书王右丞诗录》《读唐人及半山诗》《读元白长庆二集诗》《读笠泽丛书》（三首）等。兹择其《书王右丞诗录》《读唐人及半山诗》《读元白长庆二集诗》《读退之李花诗》数首依次胪列如下：

> 晚因子厚识渊明，早学苏州得右丞。忽梦少陵谈句法，劝参庚信谒阴铿。书王
> 不分唐人与半山，无端横欲割诗坛。半山便遣能参透，犹有唐人是一关。读唐人
> 读遍元诗与白诗，一生少傅重微之。再三不晓渠何意，半是交情半是私。读元白
> 近红暮看失燕脂，远白宵明雪色奇。花不见桃惟见李，一生不晓退之诗。读退之

陆游"六十年间万首诗"，其所作论诗诗亦夥，《万首论诗绝句》载其论诗绝句30首，主要有《与儿辈论李杜韩柳文章偶成》《读杜诗》《读唐人愁诗戏作》（三首）、《读许浑诗》《读乐天诗》《九月一日夜读诗稿有感走笔作歌》《示子遹》等有关论唐诗之什。举前二首如下：

> 吏部仪曹体不同，拾遗供奉各家风。未言看到无同处，看得同时已有功。与儿辈
> 千载诗亡不复删，少陵谈笑即追还。常憎晚辈言诗史，清庙生民伯仲间。读杜诗

第一首论李杜韩柳诸人之诗，前三人之不同处，王安石早有论列（见前《渔隐丛话》所引），李白清丽自然与韩愈粗豪奇崛，此或为陆游所谓的不同处。《渔隐丛话》前集卷一亦有言及："老杜、李太白、韩退之早年皆学建安，晚乃各自变成一家耳。"又朱熹《跋病翁先生诗》云："李杜韩柳初亦皆学《选》诗者，然杜韩变多，而柳李变少。"是说诸家之诗均对前人有所学习借鉴，但又不局守前人家法，能够有所变化，最终自出机杼，自成一家，此之谓陆游所说的不同。李、杜、韩、柳四家之诗本自各有独特之面目而不同，但学诗的路径是相同的，陆游在教示儿辈学诗时也要参透此点，确是陆游学诗的会心之处。

第二首论述杜甫，放翁称赏杜诗可与《诗经》中《清庙》《生民》诸诗相比肩，足以垂范后世。对一般文士称赞杜甫作品为"诗史"陆游深表不满，盖放翁所重于杜诗者，就在于其主题的纯正，及其"穷年忧黎元，叹息肠内热"（杜甫《自京赴奉先县咏怀五百字》）的爱国忧民之心。陆游对老杜推重如此！

戴复古为南宋末江湖诗派中成就较大的重要诗人，有《论诗十绝》，诗前小引曰："昭武太守王子文，日与李贾、严羽共观前辈一两家诗及晚唐诗，因有《论诗十绝》。子文见之，谓无甚高论，亦可作诗家小学须知。"其中涉及唐诗之论有如下二首：

> 文章随世作低昂，变尽风骚到晚唐。举世吟哦推李杜，时人不识有陈黄。其一

飘零忧国杜陵老，感寓伤时陈子昂。近日不闻秋鹤唳，乱蝉无数噪斜阳。其六①

文学风尚随着时代的变迁，自然也会与世推移，盖一时有一时之所擅。唐代诗风从初唐陈子昂的风骨峥嵘，到盛唐时的气象雄壮，再到晚唐之际的衰飒委顿，这种变化即是明显之例。而近世吟哦之人但重李白、杜甫，而于近人陈师道、黄庭坚则不识，也是时代变迁的结果，其感喟可谓深沉悲凉，耐人寻味。今不如昔之感是明显的，实本于老杜"杨王卢骆当时体"（《戏为六绝句其二》）之意，亦与杜诗"不薄今人爱古人"（《戏为六绝句其五》）之说差堪近似。

六、序跋、书信

宋人喜欢议论的风神体现在各方面，以序跋书信等小品文的形式，品评唐人诗歌的优劣得失，并从中总结其创作经验，是其表现喜议论、"善学唐"方面的又一种表现方式。宋人在这方面的成就可以说浩如烟海，但宋人究竟写了多少这方面的序跋，确切数量恐怕难以落实。据目前已经出版刊行的几部著名的宋代文论选本，如由郭绍虞、王文生编纂，上海古籍出版社 1979 年出版的《中国历代文论选》（第二册）；陶秋英编选、虞行校订，1984 由人民文学出版社出版的《宋金元文论选》；2008 年由上海教育出版社出版，羊列荣、刘明今《中国历代文论选新编·宋金元卷》，所收与此相关的序跋、书信近百篇，见出宋人多喜在这类文章中言谈、品评唐人诗歌，的确蔚成风气。

其中比较有影响的篇什有田锡《贻陈季和书》、柳开《应责》《昌黎集后序》、王禹偁《答张扶书》、杨亿《西昆酬唱集序》、石介《上赵先生书》、晁补之《海陵集序》、姚铉《唐文粹序》、穆修《唐柳先生集后序》、范仲淹《唐异诗序》、欧阳修《答吴充秀才书》《论尹师鲁墓志》《书梅圣俞稿后》、曾巩《南齐书目录序》、王安石《上人书》、苏轼《答谢民师书》《书黄子思诗集后》、苏辙《上枢密韩太尉书》、黄庭坚《与王观复书一、二》《答洪驹父书三》、秦观《韩愈论》、杨万里《江西宗派诗序》、朱熹《诗集传序》等文。这些文章大都出自宋代的文章大家之手，如柳开、穆修、石介倡导古文，是宋代古文运动的先声，直接开启嗣后以欧阳修为首的文学革新运动。而苏黄则是北宋后期元祐诗坛上的先锋和江西诗派的开山祖。在这些序跋和书信中，他们先后对元结、李白、杜甫、张谓、元稹、白居易、韩愈、柳宗元、吕温、孟郊等人进行了不同程度的品评。其中山谷《答洪驹父书三》"老杜作诗"云云，则成了北宋诗人于序跋中品评唐人之作的经典性评价。

田锡在《贻宋小著书》中云："锡以是观韩吏部之高深，柳外郎之精博，微之长于制诰，乐天善于歌谣，牛僧孺辨论是非，陆宣公条奏利害，李白、杜甫之豪健，张谓、吕温之雅丽。锡既拙陋，皆不能宗尚其一焉。但为文为诗，为铭为颂，为箴为赞，为赋

---

① 郭绍虞、钱仲联、王遽常《万首论诗绝句》，人民文学出版社，1991 年，第 119—120 页。

为歌，氤氲吻合，心与言会，任其或类于韩，或肖于柳，或依稀于元白，或仿佛于李杜。"①其以"豪健"评李白、"雅丽"评张谓、"高深"评韩愈、"精博"评柳宗元等，虽无新见，确也中肯。

《书黄子思诗集后》是苏轼为《黄子思诗集》写的一篇跋文（前述已引，不赘），文章以书法为喻评论诗歌，指出于平淡朴素之中寓深远意境方为好诗。对苏李的"天成"、曹刘的"自得"、陶谢的"超然"、李杜的才气，以及柳宗元、韦应物"发纤秾于简古，寄至味于淡泊"，都给予高度评价。尤其对自然天成、"美在咸酸之外"的诗，似乎更加推崇。

黄庭坚《与王观复书一》："好作奇语自是文章病，但当以理为主，理得而辞顺，文章自然出群拔萃。"肯定老杜夔州后之诗、韩愈自潮州还朝后文章所达到"不烦绳削而自合"的艺术境界，并指出其原因在于"理得"。这个"理"，不同于理学家的"理"，而是文理，也包括客观事物之理。

其他对唐代诗人及诗作评价的多篇序跋、书信，都是唐诗研究的珍贵文献。它们所面对的接受对象都是品评者的亲朋好友，或门生故吏等，从传播学的角度讲，尤其对于当时的"善学唐"者，以及有志于实现由"唐音"向"宋调"转变的宋代诗人而言，其影响是深远的。

其他，关于"文人序跋、书信等载体对唐诗的研究与探讨"本著第三章第一节已有详述，兹从略。

第二节　历史典籍

一、史籍

（一）《新唐书》

《新唐书》由北宋宋祁、欧阳修、范镇、王畴、宋敏求、刘羲叟等撰。较之《旧唐书》，《新唐书》在体例、笔法和风格上要完整严谨得多，而且文采粲然，评骘得当。据赵翼《廿二史札记·新唐书》载："观《新唐书·艺文志》所载唐代史事，无虑数十百种，皆五代修唐书时所未尝见者，据以参考，自得精详。又宋初绩学之士，各据所见闻，别有撰述。"②许多列传中采用了小说、文集、碑志、逸史和政书等文献，这对修唐书都是十分有益的资料。

---

①　［宋］田锡《咸平集》卷第二《书一》，罗国威校点，巴蜀书社，2008年，第34页。

②　《廿二史札记校证》(全二册) 卷十六，王树民校证，中华书局，2001年，第342页。此本下引不赘。

前曾引《新唐书》论及有唐一代文风三次大的转变，第一次为高祖、太宗时期，包含唐初阶段，约略百年，文尚"雄浑"，以燕、许为代表；第二阶段即盛唐时期，第三阶段始自中唐大历、正元间。史臣们认为中唐以后才是唐代文风的极盛期，"完然为一王法，此其极也"，主要原因在于韩愈、柳宗元、李翱、皇甫湜等人所倡导的古文运动。其中提及唐诗的代表人物如杜甫、李白、元稹、白居易、刘禹锡、李贺、杜牧、李商隐等，语甚嘉许，"皆卓然以所长为一世冠，其可尚已"，推尊之意甚明。

对于杜甫诗风对后世的影响及其"诗史"的地位极为推崇，以为"浑涵汪茫，千汇万状"，不仅享誉当世，"少与李白齐名，时号'李杜'"，而且"沾丐后人多矣"。不仅如此，还为杜甫本人与其先祖杜审言专门立了传。关于李白，《新唐书·文艺列传》也有精彩的记录（详见前述），对于我们全面了解李白，不失为是一个极好的切入点。

《新唐书·文艺列传》记载时人对当世文风的见解，精辟得当，要言不烦，成为后世对这一时文风、诗风进行价值判断时，所经常引用的重要学术资源：

> 开元中，（张）说与徐坚论近世文章，说曰："李峤、崔融、薛稷、宋之问之文如良金美玉，无施不可。富嘉谟如孤峰绝岸，壁立万仞，浓云郁兴，震雷俱发，诚可畏也，若施于廊庙，骇矣。阎朝隐如丽服靓妆，燕歌赵舞，观者忘疲，若类之《风》《雅》，则罪人矣。"坚问："今世奈何？"说曰："韩休之文如大羹玄酒，有典则，薄滋味。许景先如丰肌腻理，虽秾华可爱，而乏风骨。张九龄如轻缣素练，实济时用，而窘边幅。王翰如琼杯玉斝，虽烂然可珍，而多玷缺。"坚谓笃论云。

此外，沈佺期、宋之问、王勃、杨炯、卢照邻、骆宾王、王维、孟浩然、王昌龄、崔颢等许多著名诗人的事迹也多有著录，为后世了解这些诗人保存了珍贵的史料。

《新唐书·志第五十·艺文四》："丁部集录，其类三：一曰楚辞类，二曰别集类，三曰总集类。凡著录八百一十八家，八百五十六部，一万一千九百二十三卷；不著录四百八家，五千八百二十五卷。"其中别集 736 家 750 部，7 668 卷；总集类 75 家 99 部，4 223 卷。其中有唐人集约 350 部，北宋初中期宋人所保存唐诗文献的少有遗漏。兹举部分，以供略览：

《崔融集》六十卷、《李峤集》五十卷、《陈子昂集》十卷、《沈佺期集》十卷、《宋之问集》十卷、《杜审言集》十卷、《富嘉谟集》十卷、《刘希夷集》十卷、《王维集》十卷、《高适集》二十卷、《贾至集》二十卷、《储光羲集》七十卷、《苏源明前集》三十卷、《李白草堂集》二十卷、《杜甫集》六十卷、《岑参集》十卷、《王昌龄集》五卷、《刘长卿集》十卷、《戎昱集》五卷、《李泌集》二十卷、《顾况集》二十卷、《崔元翰集》三十卷、《杨凝集》二十卷、戴叔伦《述稿》十卷、《李吉甫集》二十卷、《武元衡集》十卷、权德舆《童蒙集》十卷、《韩愈集》四十卷、《柳宗元集》三十卷、令狐楚《漆奁集》一百三十卷、《韦武集》十五卷、《皇甫镛集》十八卷、《武儒衡集》二十五卷、《刘禹锡集》四十卷、《元氏长庆集》一百卷、《白氏长庆集》七十五卷、《白行简集》二十卷、《刘希夷诗集》四卷、《崔颢诗》一卷、《綦毋潜诗》一卷、《祖咏诗》一卷、《李颀诗》一卷、《孟浩然诗集》三卷、《韩翃诗集》五卷、《司空曙诗集》二卷、《卢纶诗集》十卷、《耿㳒诗集》二卷、《崔峒诗》一卷、《韦应物诗集》十卷、《王建集》十卷、《杨巨源诗》一卷、《孟郊诗集》十卷、《张籍诗集》七卷、《李涉诗》一卷、《李贺集》五卷、李绅《追昔游诗》三卷。(恐繁不赘，下略)

(二)《资治通鉴》

《资治通鉴》，简称《通鉴》，是北宋史学家司马光主编的一部多卷本编年体史书，共294卷，又考异、目录各30卷，历十九年告成。它起自周威烈王二十三年 (前403)，终于五代后周世宗显德六年 (959)，以时间为纲，事件为目，涵盖十六朝1 362年的历史。

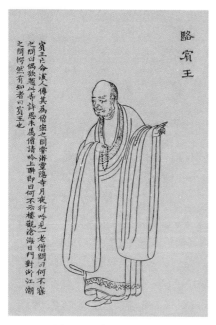

骆宾王 (清《晚笑堂画传》)

宋神宗认为此书"鉴于往事，有资于治道"(《资治通鉴·新注序》)，故定名为《资治通鉴》。它是中国第一部编年体通史，在中国官修史书中占有极重要的地位。

《资治通鉴》重在"资治"，故对文化、艺术、宗教着墨无多。"史者儒之一端，文者儒之余事"，司马光认为"文"乃"儒之余事"，否定了"文"存在的独立地位，事实上等于取消了"文"的存在。其中"文"的内涵未必完全等同于今天的"文学"，但部分地接近于当下文学的意涵，所以这样的文学观不能不说是保守落后的。鉴于此，司马光只关注"有所讥讽"的诗赋，如卷一〇四赵壹作歌、卷一百三十四百姓为袁粲作歌等则采之。

在《通鉴》中，我们也约略窥见司马光对唐代文学包括诗歌的态度和意见：

行俭有知人之鉴，初为吏部侍郎。前进士王剧、咸阳尉栾城苏味道皆未知名，行俭一见谓之曰："二君后当相次掌铨衡，仆有弱息，愿以为托。"是时剧弟勃与华阴杨炯、范阳卢照邻、义乌骆宾王皆以文章有盛名，司列少常伯李敬玄尤重之，以为必显达。行俭曰："士之致远，当先器识而后才艺。勃等虽有文华，而浮躁浅露，岂享爵禄之器邪！杨子稍沉静，应至令长；余得令终幸矣。"既而勃度海堕水，炯终于盈川令，照邻恶疾不愈，赴水死，宾王反诛，剧、味道皆典选，如行俭言。行俭为将帅，所引偏裨如程务挺、张虔勖、王方翼、刘敬同、李多祚、黑齿常之，后多为名将。(《唐纪十九》)

裴行俭有知人之鉴，能识人于微时，被后世誉为"初唐四杰"的王杨卢骆，当时尚未显达，裴行俭即依据自己的识鉴对几人的个性与前程进行了分析预测，后果一一应验，我们也由此得以了解"四杰"的相关资料。

　　像杜甫这样大名鼎鼎、在文学史上通常都要大书特书的经典作家，《通鉴》甚至只提到一次，"乙巳，上御宣政殿，册太子。百官睹太子仪表，退，皆相贺，至有感泣者，中外大喜。而王叔文独有忧色，口不敢言，但吟杜甫题《诸葛亮祠堂》诗曰：'出师未捷身先死，长使英雄泪满襟。'闻者哂之。"（《唐纪五十二》）可知杜甫在当时诗名之盛。柳宗元文学地位远逊于杜甫，但因为是政治人物，司马光却把他的《梓人传》《种树郭橐驼传》两篇大作收录起来。其中也记载了柳宗元、刘禹锡等人因受王叔文党案牵连而被贬官别州的情形，对我们知人论世，进一步了解诗人诗作不无裨益：

> 　　王叔文之党坐谪官者，凡十年不量移，执政有怜其才欲渐进之者，悉召至京师；谏官争言其不可，上与武元衡亦恶之，三月，乙（己）酉，皆以为远州刺史，官虽进而地益远。永州司马柳宗元为柳州刺史，朗州司马刘禹锡为播州刺史。宗元曰："播非人所居，而梦得亲在堂，万无母子俱往理。"欲请于朝，愿以柳易播。会中丞裴度亦为禹锡言曰："禹锡诚有罪，然母老，与其子为死别，良可伤！"上曰："为人子尤当自谨，勿贻亲忧，此则禹锡重可责也。"度曰："陛下方侍太后，恐禹锡在所宜矜。"上良久，乃曰："朕所言，以责为人子者耳；然不欲伤其亲心。"退，谓左右曰："裴度爱我终切。"明日，禹锡改连州刺史。（《唐纪五十五》）

　　《通鉴》写白居易很多，因为他是翰林学士，多次上书，时时评论朝政。"上闻太子少傅白居易名，欲相之，以问李德裕。德裕素恶居易，乃言居易衰病，不任朝谒。"（《唐纪六十二》）可知白居易也曾受李德裕排挤。这些诗人的仕途浮沉，对其诗歌的内容、情感，以至风格流向，不可能不产生影响，所以，对于理解诗人的作品也就不无裨益。

　　鉴于晚唐藩镇割据，朝廷由于无力制衡，不得不采取姑息态度的史实，司马光对杜牧论述相关问题的文章如《罪言》《原十六卫》《战论》《守论》《注〈孙子〉序》等十分欣赏，将其全部摘要叙入《资治通鉴·唐纪六十》。

　　关于元稹，《唐纪五十七》有一段叙述：

> 　　初，膳部员外郎元稹为江陵士曹，与监军崔潭峻善。上在东宫，闻宦人诵稹歌诗而善之；及即位，潭峻归朝，献稹歌诗百余篇。上问："稹安在？"对曰："今为散郎。"夏，五月，庚戌，以稹为祠部郎中、知制诰；朝论鄙之。会同僚食瓜于阁下，有青蝇集其上，中书舍人武儒衡以扇挥之曰："适从何来，遽集于此！"同僚皆失色，儒衡意气自若。

由此可知，元稹以诗见知于东宫太子，太子即位后擢升元稹为祠部郎中、知制诰。但却因此而为朝论所鄙，被中书舍人武儒衡目之为逐臭青蝇，见出诗人从政仕途之艰难。又如韩愈，乃文起八代之衰，积极捍卫儒家道统的文人，但却对其文学成就只字不提，只收录其《谏迎佛骨表》及《送文畅师序》。

这种以史学家经世致用功利观视角看待文学和文化的方法和态度，在《通鉴》中是明确的。虽然关于这方面的材料断金碎玉，吉光片羽，但正因为其稀少，所以才弥足珍贵。

（三）《唐会要》

《唐会要》一百卷，北宋王溥（922—982）撰。溥字齐物，并州祁县（今属山西）人，五代宋初政治人物，历任后周太祖、世宗、恭帝、北宋太祖两代四朝宰相。宋乾德二年（964）罢相，改太子少保。五年，加太子太傅。开宝二年（969），迁至太子太师。太平兴国初年（976），封祁国公。七年去世，谥文献。

《唐会要》乃王溥续苏冕《唐九朝会要》与崔铉、杨绍复等撰《续会要》而作，重加整理，并入唐末史事，建隆二年（961）编成定本，是我国现存最早的一部会要。全书共分514目，分门别类地具体记载唐朝各种典章及其沿革，保存了两《唐书》未载的史实，为研究唐代政治、经济、军事、文化等各方面的情况提供了第一手资料，向来为唐代文学、历史的研究者所重视。

《唐会要·贡举中》主要涉及唐代科举内容的记载，兹举如下：

> 贞观八年（634）三月三日诏，进士试读一部经史。
> 调露二年（680）四月，刘思立除考功员外郎。先时，进士但试策而已。思立以其庸浅，奏请帖经，及试杂文。自后因以为例程。（诗赋开始涉及）
> 开元二十四年（736）十月，礼部侍郎姚奕请进士帖左氏传、周礼、仪礼，通五与及第。
> 天宝十三载（754）十月一日，御勤政楼，试四科举人，其辞藻宏丽，问策外更试诗赋各一道（制举试诗赋，从此始）。
> 乾元初（758），中书舍人李揆兼礼部侍郎。揆尝以主司取士，多不考实，徒峻其堤防，索其书策，殊不知艺不至者，居文史之囿，亦不能摛其词藻，深昧求贤意也。及其试进士文章日，于中庭设五经及各史，及《切韵》本于床，而引贡士谓之曰："国家进士，但务得才。经籍在此，各务寻检。由是数日之间，美声上闻。"[1]

由上可知，唐代从开国初历以后各朝，科举考试的内容迭经改易，从开国起，有大

---

① ［宋］王溥《唐会要》（全三册）卷七十六，中华书局，1960年，第1379—1393。下引不赘。

约六十年的时间，进士科作为最重要的科举形式之一，其考试的内容主要是策文，并不涉及诗歌。至高宗、武后时期，考试的内容由试策文一场变为试帖经、杂文、策文三场，三场考试之法，遂成为后世进士试的定制。以诗赋作为考试的内容及取士依据的定制，是在开国一百多年后的玄宗开天年间才最后定型的。而这时，经过百年来的发展，已经从当初的弃旧图新、多姿多彩，开始向昂扬阔大、声律风骨兼备的盛唐气象迈进了。"诗言志，歌咏言"，作为一种文学形式，诗歌的主要功能在于抒情言志，既有审美功能，也承担一定的社会功能，同时，也是展现个人才具的主要方式与途径之一。

不难想见，当一个人在特定的时空之下，能够写出切合当下具体情境，内容深邃，且表达精准，富于文采，对于此人声望的扩大与提升，肯定会大有裨益，类似的例子不胜枚举，曹植的《七步诗》、王勃的《滕王阁诗及序》、李贺的《高轩过》等，不一而足。因此，社会上对于诗歌的推重也就不难理解。而唐人的应试诗也确有许多佳作，脍炙人口的如祖咏《终南望余雪》："终南阴岭秀，积雪浮云端。林表明霁色，城中增暮寒。"（《全唐诗》本。题下小注：有司试此题，咏赋四句即纳。或诘之，曰意尽。）钱起《省试湘灵鼓瑟》："善鼓云和瑟，常闻帝子灵。冯夷空自舞，楚客不堪听。苦调凄金石，清音入杳冥。苍梧来怨慕，白芷动芳馨。流水传潇浦，悲风过洞庭。曲终人不见，江上数峰青。"（同上本），等等。同时，应试诗的体裁通常都是五言律诗，限定十二句，而且用韵也有限制。亦有突破框框的，如上举祖咏诗，因为作得好，而成了佳话。这样，从题目、体裁，到句数、用韵等都有客观依据，便于试官具体把控，因此，诗赋成为科举考试的得力工具之一。唐人科举考试办法和内容上的变化，正是对诗歌在社会上的地位这一重要变化的反映。而诗歌在科举中的地位，又反过来促进了诗歌的创作与繁荣，可以说，诗歌与科举之间的关系，事实上是一个双向互动的过程。《唐会要》卷七十五载：

> 武德七年，高祖谓吏部侍郎张锐曰："今年选人之内，岂无才用者。卿可简试，将来欲縻之好爵。"于是遂以张行成、张知运等数人应命，时以为知人。裴行俭为吏部侍郎，时李敬元盛称王勃、杨炯、卢照邻、骆宾王等，为之延誉，引以示裴行俭。行俭曰："才名有之，爵禄盖寡。杨应至令长，余并鲜能令终。"是时苏味道、王剧未知名，因调选。行俭一见，深礼

卢照邻（清《晚笑堂画传》）

异之，仍谓曰："有晚生子息，恨不见其成长，二公十数年，当居衡石，愿记识此辈。"其后果如其言。行俭尝引偏裨将，有程务挺、张虔勖、崔智巩、王方翼、党令毗、刘敬同、郭待封、李多祚、黑齿常之，尽为一时之名将。

这一则《通鉴·唐纪十九》亦曾引录，情节小异。我们也借此了解诗人们在时人眼中的形象，对于理解其诗作应当有所助益。《唐会要》卷三十载：

> （太和九年七月）时上好诗，每吟杜甫《曲江行》云："江头宫殿锁千门，细柳新蒲为谁绿。"乃知天宝已前，曲江四面皆有行宫台殿，思复升平故事，故为楼殿壮之。

杜甫诗名在其在世时并未像后世那般显赫，不过，中唐以后，杜甫诗歌的流布也还是有上达天听的机会。即以上举之例言之，唐文宗喜欢吟诵的杜诗，恐怕不仅仅是因其"一饭不忘君"主题的政治正确，更多的是可以从其诗中想见、追忆当年开天盛世时曲江周边宫殿巍峨的盛况，以及歌舞升平的盛唐气象，今昔之感，溢于言表。杜诗被目为"诗史"，自非虚名。《唐会要》卷五十七载：

> 初，穆宗在东宫，素闻李吉甫之名。及即位，既见德裕，尤重之。禁中书诏大手笔，多令德裕草之。常与李绅、元稹，俱在翰林，以学识才名深相款密。

中唐穆宗时期，李德裕、李绅、元稹，都是身居台阁、位至宰辅的显宦诗人，他们都曾在翰林共事，学识才名，枰鼓相当，且都受知于穆宗。因此，他们彼此之间惺惺相惜，构成一个事实上的文人高官集团，这些对他们个人诗风的形成亦有深远的影响。

（四）《舆地纪胜》

《舆地纪胜》，共二百卷，是南宋王象之（1163—1230）积多年之功编纂的一部地理总志，成书于嘉定、宝庆间。王字仪父，婺州东阳（今属浙江）人，庆元二年（1196）进士，曾任潼川府（今四川三台）文学、长宁军（今四川永宁）文学、分宁（今江西修水）县令。遍历江、淮、荆、闽等地，长于地理之学。

该书以南宋统治区为限，起行在所临安府，迄剑门军，共计府、州、军、监一百六十六，以"纪胜"为宗旨，每一府州，一般分为府州县沿革、风俗形胜、景物、古迹、官吏、人物、仙释、碑记、诗、四六等十二门，间亦变通而有所分合。该书突破了传统地理志的四至八到、"佐明王扼天下之吭"（唐李吉甫《上元和郡县图志序》）这一传统模式，力求人文和地理融合，尤其专注于人文内容，以大量篇幅记录名胜古迹、古今人物、碑刻诗词、名言隽语等与文学关系密切的内容，引录唐宋诗歌和典籍为数极多。正如其自言"收拾天下郡县山川之精华，使人于一寓目之顷，而山川俱若效奇于左右"(宋李埴《〈舆地纪胜〉序》)①。后人以其体例谨严详赡、考证该洽精到，为当时所称道。

《舆地纪胜》所录唐人唐诗甚多，粗略统计，仅"诗"一门中就引诗千余，其他各门条目中所录亦达五百多条。有的诗句不见收于他书，仅见于此，具有十分重要的文献价值。《舆地纪胜》所引录唐诗与地域文化关系至为密切，不仅保存地域的风俗习惯及消失的古迹，而且也加深了当地的文化底蕴，提升了文化的影响力，促进了文化的可持续发展。由于王象之编纂的指向性十分明确，"山川之英华，人物之奇杰，吏治之循良，方言之异闻，故老之传记，与夫诗章文翰之关于风土者皆附见焉"(王象之自序)，都在纂辑之列，所以凭借《舆地纪胜》所引录的唐诗，也可以了解当时唐诗流布的地域分布情况。譬如卷八十二"楚襄王庙"条：韦应物诗云"却因恍惚高唐梦，赢得风流千载名"。检《韦苏州集》《韦苏州诗集》《韦江州集》，此句不见于韦应物诸别集，亦未载于《全唐诗》，只见于《舆地纪胜》。

《舆地纪胜》中收录的与地域相关的唐诗十分丰富，不仅在"诗"一门中专列诗，而且在其他各门中条目下引用唐诗。譬如钱塘湖，卷二临安府为例，收录白居易的《钱塘湖春行》《湖上夜饮》《西湖留别》，以及方干的《旅次钱塘》等。此外，还有嘉兴府的净照堂诗、平江府的吴江太湖笠泽虹桥诗和怀古诗、镇江府的金山寺诗、严州的钓台诗，等等。

宋代崇尚佛道的风气颇浓，各地均有香火兴旺的宫观庙宇，尤以江南为盛，唐人对此的吟诵屡见不鲜。《舆地纪胜》收录与佛道相关的唐诗亦富：涉及台州天台山的有——孟浩然《越中天台逢太一子》《越中游天台送太一子》，刘长卿《夜宴洛阳程九主簿送杨三山往天台》，李郢《送僧之台州》，孟郊《送超上人归天台》，司空曙《寄天台》，沈亚文《送文颖上人游天台》，陆龟蒙《宿天台桐柏观》《寄题天台国清寺齐梁体》，皮日休《天竺寺八月十五夜桂子》，方干《因话天台胜异仍送罗道士》等；专吟庐山及其周围寺观的有——李白《望庐山瀑布》《庐山东林寺夜怀》《赠李腾空》，徐凝《庐山瀑布》，贯休《再游东林寺作五首》，白居易《宿西林寺》《遗爱寺》《建昌江》，杨衡《宿青牛谷》，廖凝《题修江寺》等。《舆地纪胜》中引录的唐诗就地域分布看，主要集中在江南东西二路和两浙东西二路的绍兴府、宁国府、建康府、镇江府、江州、台州、安吉州等，大体以江南东路为中心辐射全国。②

就所收录唐代诗人的时代分布而言，《舆地纪胜》的作者似乎并不厚此薄彼，历朝历代均有所涉及。初唐诗人有五人，宋之问、杜审言、李峤、陈子昂；盛唐以李、杜为代表，兼及孟浩然、二张；中唐分大历和元和二体，前者以钱起等十才子为代表，主要以元结、刘长卿为主，后者以元结、白居易、元稹、刘禹锡、韩愈等人为代表；晚唐以杜

---

① ［宋］王象之《舆地纪胜》，赵一生点校，浙江古籍出版社，2012 年，第 1 页。下引不赘。

② 参阅涂智敏《〈舆地纪胜〉引唐诗研究》，广西师范大学硕士论文，2016 年 6 月。

牧、皮日休、罗隐、陆龟蒙等人为代表。

总之，《舆地纪胜》保存的唐诗文献十分丰富，是研究唐诗的重要资料库。

二、类书及其他

（一）《太平广记》

《太平广记》是宋代李昉、扈蒙、李穆、徐铉等十二人奉宋太宗之命编纂的一部大型类书。因成书于宋太平兴国年间，和《太平御览》同时编纂，故名《太平广记》。全书五百卷，目录十卷，按题材分为九十二类，又分一百五十余细目。主要取材于汉代至宋初的野史小说及释藏、道经等和以小说家为主的杂著。基本上都属于志怪性质的故事，是一部按类编纂的古代小说总集，代表了中国文言小说的主流。《广记》中有许多涉及唐人唐诗本事、逸事，为后世了解唐人唐诗保存了珍贵文献。兹举数例，以飨读者：

> 李太白初自蜀至京师，舍于逆旅。贺监知章闻其名，首访之，既奇其姿，又请所为文。白出《蜀道难》以示之，读未竟，称叹数四，号为"谪仙人"。白酷好酒，知章因解金龟换酒，与倾尽醉。期不间日，由是称誉光赫。贺又见其《乌栖曲》，叹赏苦吟曰："此诗可以泣鬼神矣！"曲曰："姑苏台上乌栖时，吴王宫里醉西施。吴歌楚舞欢未毕，西山犹衔半边日。金壶丁丁漏水多，起看秋月堕江波，东方渐高奈乐何。"或言是《乌夜啼》，二篇未知孰是。又《乌夜啼》曰："黄云城边乌欲栖，归飞哑哑枝上啼。机中织锦秦川女，碧纱如烟隔窗语。停梭向人问故夫，欲说辽西泪如雨。"白才逸气高，与陈拾遗子昂齐名，先后合德。其论诗云："梁陈已来，艳薄斯极，沈休文又尚以声律。将复古道，非我而谁欤？"玄宗闻之，召入翰林，以其才藻绝人，器识兼茂，便以上位处之，故未命以官。尝因宫人行乐，谓高力士曰："对此良辰美景，岂可独以声伎为娱？傥时得逸才词人吟咏之，可以夸耀于后。"遂命召白。时宁王邀白饮酒，已醉。既至，拜舞颓然。上知其薄声律，谓非所长，命为宫中行乐五言律诗十首。白顿首曰："宁王赐臣酒，今已醉，傥陛下赐臣无畏，始可尽臣薄技。"上曰："可。"即遣二内臣掖扶之，命研墨濡笔以授之。又命二人张朱丝栏于其前，白取笔抒思，略不停缀，十篇立就，更无加点。笔迹遒利，凤跱龙拏，律度对属，无不精绝。其首篇曰："柳色黄金嫩，梨花白雪香。玉楼巢翡翠，珠殿宿鸳鸯。选妓随雕辇，征歌出洞房。宫中谁第一，飞燕在昭阳。"玄宗恩礼极厚，而白才行不羁，放旷坦率，乞归故山。玄宗亦以非廊庙器，优诏许之。尝有《醉吟诗》曰："天若不爱酒，酒星不在天。地若不爱酒，地应无酒泉。天地既爱酒，爱酒胡愧焉？三杯通大道，五斗合自然。但得酒中趣，勿为醒者传。"更《忆贺监知章》诗曰："欲向东南去，定将谁举杯？稽山无贺老，却棹酒船回。"后在浔阳，复为永王璘延接。累谪夜郎，时杜甫赠白诗二十韵，多叙其事。白后放还，游赏江表

山水，卒于宣城之采石，葬于谢公青山。范传正为宣歙观察使，为之立碑，以旌其隧。初，白自幼好酒，于兖州习业，平居多饮。又于任城县构酒楼，日与同志荒宴其上，少有醒时。邑人皆以白重名，望其重而加敬焉。出《本事诗》(卷二〇一《才名·李白》)①

　　许宣平，新安歙人也。唐睿宗景云中，隐于城阳山南坞。……城市人多访之，不见。但览庵壁题诗云："隐居三十载，石室南山巅。静夜玩明月，明朝饮碧泉。樵人歌垄上，谷鸟戏岩前。乐矣不知老，都忘甲子年。"好事者多咏其诗。有时行长安，于驿路洛阳同华间传舍是处题之。天宝中，李白自翰林出，东游，经传舍，览诗吟之，嗟叹曰："此仙诗也。"乃诘之于人，得宣平之实。白于是游及新安，涉溪登山，累访之不得，乃题其庵壁曰："我吟传舍诗，来访真人居。烟岭迷高迹，云林隔太虚。窥庭但萧索，倚柱空踟蹰。应化辽天鹤，归当千岁余。"是冬野火燎其庵，莫知宣平踪迹。出《续仙传》(卷二四《神仙·许宣平》)

这两段故事形象地描绘出李白超逸的才气和不羁的天性。

　　杜甫，审言之孙，少贫不自振，客吴越齐赵间，举进士不第。天宝间，奏赋三篇，帝奇之，使待制集贤院。数上赋颂，因高自称道，且言："先臣恕、预以来，承儒守官十一世。迨审言以文章显，臣赖绪业，自七岁属辞，且四十年。然衣不盖体，常寄食于人。窃恐转死沟壑，伏惟天子哀怜之。若令执先世故事，则臣之述作，虽不足鼓吹六经，至沉郁顿挫，随时敏给，杨雄、枚皋，可企及也。有臣如此，陛下其忍弃之！"禄山乱，天子入蜀，甫避走三川。会严武节度剑南，往依焉。武以世旧，待甫甚善，亲至其家。甫见之，或时不巾，而性褊躁傲诞。尝醉登武床，瞪视曰："严挺之乃有此儿！"武亦暴猛，外若不为忤，中衔之。好论天下大事，高而不切。然数尝寇乱，挺节无所污。为诗歌，情不忘君，人怜其忠云。出《摭言》(卷二六三《轻薄·杜甫》)

这段文字娓娓叙述了杜甫的生平遭际，也给杜甫的光辉形象蒙上几许灰尘。可见金无足赤，人无完人。

　　李贺，字长吉，唐诸王孙也，父瑨肃，边上从事。贺年七岁，以长短之歌名动京师。时韩愈与皇甫湜览贺所业，奇之，而未知其人。因相谓曰："若是古人，吾曹不知者，若是今人，岂有不知之理？"会有以瑨肃行止言者，二公因连骑造门，请其子。既而，总角荷衣而出，二公不之信，因面试一篇。贺承命，欣然操觚染

① ［宋］李昉等《太平广记》(全十册)，中华书局，1961年，第1511—1512页。下引不赘。

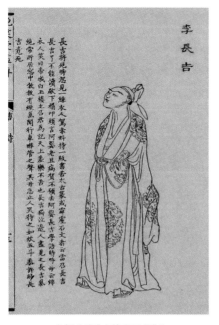

李贺（清《晚笑堂画传》）

翰，旁若无人，仍目曰《高轩过》，曰："华裾织翠青如葱，金环压辔摇玲珑。马蹄隐隐声隆隆，入门下马气如虹。云是东京才子，文章巨公。二十八宿罗心胸，殿前作赋声磨空。笔补造化天无功，元精耿耿贯当中。庞眉书客感秋蓬，谁知死草生华风。我今垂翅负天鸿，他日不羞蛇作龙。"二公大惊，遂以所乘马，命联镳而还所居，亲为束发。年未弱冠，丁内艰。他日举进士，或谤贺不避家讳，文公时著《辨讳》一篇，不幸未壮室而终。出《摭言》(卷二〇二《儒行 怜才 高逸·韩愈》) 李贺以歌诗谒吏部韩愈，时为国子博士分司。时送客出归，极困，门人呈卷，解带旋读之。首篇《雁门太守行》云："黑云压城城欲摧，甲光向日金鳞开。"却插带，急命邀之。出《云溪友议》(卷一七〇《知人·韩愈》)

这两则材料生动描述了韩愈怜才知人、求贤若渴的举动，李贺稚气未脱、濡墨挥毫的情状，读来令人不禁对李贺的天才早夭感到惋惜。由此可知韩愈与李贺之间交往的一段因缘，亦可考见唐代以诗干谒、提携风气之一斑。

贺知章西京宣平坊有宅，对门有小板门，常见一老人乘驴出入其间。积五六年，视老人颜色衣服如故，亦不见家属。询问里巷，皆云是西市卖钱贯王老，更无他业，察其非凡也。常因暇日造之，老人迎接甚恭谨，唯有童子为所使耳。贺则问其业，老人随意问答。因与往来，渐加礼敬，言论渐密，遂云善黄白之术。贺素信重，愿接事之。后与夫人持一明珠，自云在乡日得此珠，保惜多时，特上老人，求说道法。老人即以明珠付童子，令市饼来。童子以珠易得三十余胡饼，遂延贺。贺私念宝珠特以轻用，意甚不快。老人曰："夫道者，可以心得，岂在力争？悭惜未止，术无由成。当须深山穷谷，勤求致之，非市朝所授也。"贺意颇悟，谢之而去。数日，失老人所在。贺因求致仕，入道还乡。出《原化记》(卷四二《神仙·贺知章》)

此则记载看似荒诞不经，但有助于后人了解贺知章人生情趣与价值观念的变化，也有助于对其诗歌的理解。亦辑有一些不太著名诗人的掌故逸闻，涉笔成趣，足以解颐：

李翱江淮典郡，有进士卢储投卷，翱礼待之，置文卷几案间。因出视事，长女及笋，闲步铃阁前，见文卷，寻绎数四，谓小青衣曰："此人必为状头！"迨公退，李闻之，深异其语。乃令宾佐与邮舍，具白于卢，选以为婿。卢谦让久之，终不却其意，越月随计。来年果状头及第，才过关试，径赴嘉礼。催妆诗曰："昔年将去玉京游，第一仙人许状头。今日幸为秦晋会，早教鸾凤下妆楼。"后卢止官舍，迎内子，有庭花开，乃题曰："芍药斩新栽，当庭数朵开。东风与拘束，留待细君来。"人生前定，固非偶然耳。出《抒情诗》(卷一八一《贡举·李翱女》)

宣宗因重阳赐宴群臣，有御制诗。其略曰："款塞旋征骑，和戎委庙贤。倾心方倚注，叶力共安边。"宰臣以下应制皆和。上曰："宰相魏谟诗最出。"其两联云："四方无事去，神豫抄秋来。八水寒光起，千山霁色开。"上嘉赏久之，魏蹈舞拜谢。群寮耸视，魏有德色，极欢而罢。出《抒情诗》(卷一九九《文章·唐宣宗》)

唐罗隐与周繇分深，谓隐曰：阁下有《女障子》诗极好，乃为绝唱。隐不喻何为也。曰："若教解语应倾国，任是无情也动人。"是隐《题花诗》，隐抚掌大笑。出《抒情诗》(卷二五二《诙谐·罗隐》)

唐赵璘仪质琐陋，成名后为婿，薛能为俟相，乃为诗嘲谑。其略曰："巡关每傍樗蒲局，望月还登乞巧楼。第一莫教娇太过，缘人衣带上人头。"又曰："不知元在鞍轿里，将为空驮席帽归。"又曰："火炉床上平身立，便与夫人作镜台。"出《抒情诗》(卷二五七《嘲诮·薛能》)

唐处士周顗洪儒奥学，偶不中第，旅浙西。与从事欢饮，而昧于令章，筵中皆戏之。有宾从赠诗曰："龙津掉尾十年劳，声价当时斗月高。唯有红妆回舞手，似持双刃向猿猱。"周答曰："十载文场敢惮劳，宋都回鹢为风高。今朝甘被花枝笑，任道樽前爱缚猱。"出《抒情诗》(卷二五七《嘲诮·周顗》)

会昌中，边将张暌防戍十有余年，其妻侯氏绣回文，作龟形诗，诣阙进上。诗曰："暌离已是十秋强，对镜那堪重理妆。闻雁几回修尺素，见霜先回制衣裳。开箱叠练先垂泪，拂杵调砧更断肠。绣作龟形献天子，愿教征客早还乡。"敕赐绢三百匹，以彰才美。出《抒情诗》(卷二七一《妇人·张暌妻》)

(二)《太平御览》

《太平御览》为北宋李昉、李穆、徐铉等十八学者奉敕从太平兴国二年 (977) 开修，到太平兴国八年 (983) 历时六年编纂完成。初名《太平总类》，后经太宗按日阅览，改题今名。本著采群书而类集之，包罗万象，以天、地、人、事、物为序，据《周易·系辞》"凡天地之数五十有五"之说，分五十五门而编为一千卷。引书浩博，多达 1 690 种 (近人马念祖编《水经注等八种古籍引用书目汇编》称其经核实后为 2 579 种)，今不传者十之七八。

《御览》征引宏富，不但是一部重要的综合性资料工具书，而且是保存五代之前佚书最为丰富的类书。关于唐代文学，其中也有许多珍稀资料，譬如：

《明皇初录》曰：杜甫后漂寓湘、潭间，羁旅鹢鹕于衡州耒阳县，颇为令长所厌。甫投诗于宰，宰遂以牛炙、白酒以遗甫。甫饮过多，一夕而卒。集中犹有《赠聂耒阳诗》也。（卷八六三《饮食部·炙》）

唐杜甫《义鹘行》曰：阴崖二苍鹰，养子黑柏颠。白蛇登其巢，吞噬恣朝餐。雄飞远求食，雌者鸣辛酸。力强不可制，黄口宁半存。其父从西来，翻身入长烟。斯须领健鹘，愤懑寄所宣。斗上捩孤影，无声来九天。修鳞脱远枝，巨颡拆老拳。高空得蹭蹬，短草辞蜿蜒。折尾能一掉，饱肠今已穿。生虽灭众雏，死亦垂千年。物情有报复，快意贵目前。兹实鸷鸟最，急难心炯然。功成失所往，用舍何其贤。近经潏水湄，此事樵夫传。飘萧觉素发，凛欲冲儒冠。人生所与分，亦在顾眄间。聊为《义鹘行》，永激壮士肝。（卷第九二六《羽族部·鹘》；《文苑英华》亦收录，略有异文）

《国朝杂记》曰：沈佺期以工诗著名，燕公张说尝谓之曰：“沈三兄诗，直须还他第一。”（卷五八六《文部·御制上》；《文苑英华·才名·东方虬》亦收录，曰出《国史异纂》）

《国史补》曰：德宗以二月一日为中和节，宴百僚赋诗，群臣奉和，诏写本赐戴叔伦于容州，天下荣之。（卷五八六《文部·御制上》）[1]

《太平御览》中所收有关唐诗的资料在整部书中所占的比例并不高，主要集中在文部，其他职官、人事、羽族部、饮食部等，虽有些零星的片言只语，但都不成片段。即从这些已有的材料来看，可以说基本上涵盖了唐诗发展的各个阶段，初盛中晚均有所涉及。就所涉及的诗人而言，也基本上是在当时既已声闻遐迩，在后世也享誉士林的著名诗人，如初唐四杰、李杜、元白、大历十才子等等。所关注的重点也无非是诗人的逸闻趣事，颇类后世诗话中的“论诗及事”与“论诗及辞”。

其中，整首收录诗人诗作的情况还不多见，羽族部全文所录杜甫的《义鹘行》是一个突出的个案。不过，若干材料的意义确实不可低估，譬如卷五九九《文部十五》所录的元稹对杜甫诗歌的评价，源出于元稹的《唐故工部员外郎杜君墓系铭》，是一篇视野恢宏、见解独到的论诗佳作。该文在详细论述了我国文学史上的现实主义传统之后，高度评价了杜甫的现实主义诗风的历史作用，一反盛唐以来长期冷落杜甫、忽视杜诗的社会潮流，第一个对杜甫及其现实主义传统作出了前所未有的高度评价，由此奠定了杜甫在中国古典诗词中的“诗圣”地位，“自后属文者以稹论为是”，其文学批评的意义十分深远。

不难看出，《太平御览》中所收有关唐诗的某些资料，与《册府元龟》《太平广记》等书的相关部分内容迹近重复或雷同，基本的原因其实仍然归结为他们的史料来源大致是相同的，包括刘昫《唐书》、吴兢等所编一百三十卷本《唐书》，还有《唐会要》及历朝实录在内的各种官方史料文献。

---

[1] 上引诸条均见宋李昉等《太平御览》，四部丛刊三编影宋本。

（三）《册府元龟》

"册府"是帝王藏书的地方，"元龟"是大龟，古代用以占卜，有龟鉴之意。初名《历代君臣事迹》，真宗谓侍臣曰："朕此书盖欲着历代事实，为将来典法，使开卷者动有资益也。"（《续资治通鉴长编》卷六十二）诏令王钦若、杨亿等辑。全书广泛取材于正史、实录，不取笔记、杂史。真宗序曰："君臣善迹，邦家美政，礼乐沿革，法令宽猛，官师议论，多士名行，靡不具载，用存典刑。凡勒成一千一百四门，门有小序，述其指归。分为三十一部，部有总序，言其经制，凡一千卷。"本书是宋代存世最大的著作，在《四库全书》中篇幅居第二（仅次于《佩文韵府》），其中唐朝、五代史料极其丰富。《册府元龟》虽与《太平御览》卷数相同，但各卷容量较大，所以总字数超过《太平御览》一倍，有939万余字。

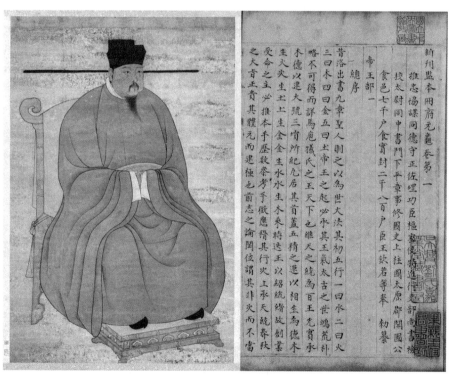

宋真宗像（台北故宫博物院藏）　　　　《册府元龟》明蓝格抄本

该书征引繁富，成为后世文人学士运用典故、引据考证的一部重要参考资料。其中唐、五代史事部分，是其精华所在，不少史料为该书所仅见，具有重要的文献校勘价值。关于唐诗的文献也十分丰富，胪列数条如下，以窥其一斑：

　　宋之问父令文，有勇力而工书，善属文，世人以为三绝。之问以文词知名，弟

之悌有勇力，之逊善书，议者云各得父之一绝。之问后至越州长史，之逊至太原尹。（卷七七七《总录部·名望》）①

沈佺期善属文，尤长五言之作，与宋之问齐名，时人称为"沈宋"，佺期官至太子詹事，有集十卷。弟佺交及子亦以文词知名。（卷八四〇《总录部·文章》）

宋之问弱冠知名，尤善于五言诗，当时无出于右，为尚方监丞左奉宸内供奉。则天幸洛南龙门，令从官赋诗，左史东方虬诗先成，则天以锦袍赐之；及之问诗成，则天称其词愈高，夺虬袍以赏。（同上）

杜审言雅善五言诗，为洛阳丞坐事，贬授吉州司户参军，又与州寮不叶。司马周季重与员外司户郭若讷，共构审言罪状，系狱，将因事杀之。既而季重等于府中酣宴，审言子并年十二，怀刃以击之。季重中伤而死，并亦为左右所杀。季重临死曰："吾不知杜审言有孝子，郭若讷误我至此！"审言因此免官，还东都，自为文祭并。后则天召见审言，将加擢用，问曰："卿欢喜否？"审言蹈舞谢恩，因令作《欢喜诗》，甚见嘉赏，终修文馆直学士，有文集一十卷。（同上）

陈子昂苦节读书，尤善属文。初为《感遇诗》三十首，京兆司功王适见而惊曰："此子必为天下文宗。"后为武攸宜管记，文翰皆委之，有文集十卷，友人黄门侍郎卢藏用为之序。（同上）

初唐时期，诗歌承齐梁余绪，注重声律，追求绮艳文华，沈佺期、宋之问、杜审言、王杨卢骆、陈子昂等一大批诗人前后继踵，递相祖述，在律诗格律的定型及诗风的转变方面作出了杰出的贡献。《册府元龟》在诸如《台省》《总录》《幕府》《宪官》《贡举》等门类下保存了许多唐代诗人的轶事，涉及诗人的家世、仕履、诗风及文学成就等多方面的内容。上述诸条，就是如此。

李白少与鲁中诸生孔巢父、韩准、裴政、张叔明、陶沔等隐于徂来山，时号"竹溪六逸"。自后待诏翰林，辟永王璘从事。（卷七七七《总录部·名望》）

唐李白，字太白。少有逸才，志气宏放，飘然有超世之志。天宝待诏翰林。白既嗜酒，日与酒徒醉于酒肆。尝沉醉殿上，引足令高力士脱靴，由是斥去。乃浪迹江湖，终日沉饮。时侍御史崔宗之谪官金陵，与白诗酒唱和。尝月夜乘舟自采石达金陵，白衣宫锦袍，于舟中顾瞻笑傲，旁若无人。（卷八五五《总录部·旷达》）

杜甫天宝末献《三大礼赋》，玄宗奇之，召试文章，授京兆府兵曹参军。甫与李白齐名，而白自负文格放达，而讥甫龌龊。有文集六十卷。（卷八四〇《总录部·文章》）

杜甫，字子美，为严武剑南节度参谋简校，尚书工部员外郎。于成都浣花里结庐枕江，纵酒啸咏，与田畯野老相狎荡，无拘检。武过之，有时不冠，其傲诞如

---

① 《册府元龟（校订本）》（全12册），周勋初等校订，凤凰出版社，2006年，第9003页。下引不赘。

此。（卷八五五《总录部·旷达》）

韦陟为御史大夫，拾遗杜甫上表，论"房琯有大臣度、真宰相器，圣朝不容"，词旨迂诞。肃宗令崔光远与陟及宪部尚书颜真卿同讯之。陟因入奏曰："杜甫所论房琯事，虽被贬黜，不失谏臣大体。"上由此疏陟。（卷五一五《宪官部·刚正》）

唐杜甫，本襄阳人也。为右拾遗。房琯罢相，甫上疏言琯有才，不宜罢免。肃宗怒，贬琯为刺史，出甫为华州司功参军。时关畿乱离，谷食踊贵。甫寓居成州同谷县，自负薪采樵，儿女饿莩者数人。久之后，依严武于成都。武卒，郭英乂代武镇成都。英乂武人粗暴，无能刺谒。乃游东蜀，依高适，既至而适卒。及蜀中大乱，甫以其家避难荆楚，扁舟下峡，未维舟而江陵乱，因游衡山，寓居耒阳，卒。（卷九五三《总录部·不遇》）

王维以诗名盛于开元、天宝间，凡诸王驸马豪右贵势之家，无不拂席迎之。代宗时，弟缙为宰相，尝谓缙曰："卿之伯氏，天宝中诗名冠代。"位至尚书右丞。（卷七七七《总录部·名望》）

王维有俊才，尤工五言诗，独步于当时，染翰之后，人皆讽诵。位至尚书右丞。（卷八四〇《总录部·文章》）

高适好学，以诗知名，濩落不事家产。侨居梁宋间，薄游州县，求丐取给。天宝中海内无事，干进者注意文词。适赋诗以气质自高，时得佳句，每诗朝出，夕遍人口。李林甫奏授汴州封丘尉。（卷八四一《总录部·文章》）

　　盛唐之际，王维、孟浩然等人的山水田园诗，高适、岑参的边塞诗蔚为壮观，声闻遐迩，尤其是李白的横空出世，及其后杜甫的接踵而至，共同把唐诗的精神内涵和艺术水准推到了空前的高度，成为后世不可企及的高峰。他们的逸闻趣事在《册府元龟》中自然会有大量的篇幅，譬如王维的洒脱、李白的放诞、杜甫的困窘、高适的豪迈，都有生动的记载，诗人们的音容笑貌、神情气质，以及他们在为人、为诗方面修为所呈现出来的大唐气象，也都由此而跃然纸上。

　　李端登进士第，工诗。代宗大历中，与韩翃、钱起、卢纶等文咏唱和，驰名都下，号"大历十才子"。时郭尚父少子暧，尚代宗女升平公主，贤明有才思，尤喜诗。而端等多在暧之门下，每宴集诗赋，公主坐视帘中，诗之美者赏百缣。暧因拜官会十子，曰："诗先成者赏。"时端先献警句，云："薰香荀令偏怜小，傅粉何郎不解愁。"主即以百缣赏之。钱起曰："李校书诚奇才，此篇宿构也。愿赋韵正之，请以起姓为韵。"端即襞笺而献曰："方塘似镜草芊芊，初月如钩未上弦。新开金埒教调马，旧赐铜山许铸钱。"暧曰："此愈工也"。端自校书郎授杭州司马，卒。（卷八四一《总录部·文章》）

　　李益，宰相揆之族子。登进士第，长于歌诗。德宗贞元末，与宗人李贺齐名，每作一篇，必为教坊乐人以赂求取，唱为供奉歌词。其《征人歌》《早行篇》，好事者尽为屏障，如"回乐峰前沙似雪，受降城外月如霜"之句，天下以为歌词。位至礼部尚书。（同上）

元稹，字微之，聪警绝人，年少有才名，与太原白居易友善。工为诗，善状咏风态物色，当时言诗者称"元白"焉。积至工部侍郎、平章事，卒于武昌军节度使。居易至刑部尚书致仕。（七七七《总录部·名望》）

白居易，宪宗元和初，应才识兼茂明于体用科，授盩厔尉、集贤校理。文词富艳，尤精于诗，笔自雠校。至结缓畿甸，所著歌诗数十百篇，皆意在讽赋箴时之病，补政之缺。士君子多之，往往流闻禁中。宪宗纳谏思理，渴闻谠言，乃召入翰林为学士。（卷五五〇《词臣部·选任》）

白居易友爱过人，兄弟相待如宾客。弟行简子龟儿，多自教习，以至成名，当时友悌无以比焉。官终刑部尚书。（卷八五二《总录部·友悌》）

白居易初对策高第，擢入翰林。欲奋厉效报，兼济生灵；蓄意未果，望风为当路者所挤。流徙江湖，四五年间，几沦蛮瘴。自是宦情衰落，无意于出处，唯以逍遥吟咏为事。（卷八五五《总录部·旷达》）

中唐以后，大历十才子李端、卢纶、吉中孚、韩翃、钱起、司空曙、苗发、崔峒、耿沣、夏侯审，及元和年间的韩愈、柳宗元、孟郊、贾岛、李贺、刘禹锡、元稹、白居易，先后辉映诗坛。而从艺术成就上来看，韩愈、孟郊、贾岛、李贺等都是"韩孟诗派"的代表人物，开一代之新风，其中以韩愈成就最高。刘禹锡、元稹、白居易三人则是"新乐府"的主要倡导者和代表诗人。特别是元白二人所开创的"元和体"，以"善状咏风态物色"为长，且篇幅浩大，多为长篇排律或七言歌行，譬如白居易的《长恨歌》《琵琶行》和元稹的《连昌宫词》等。尤为重要的是，元白二人文学观基本相同，他们都强调诗歌的讽喻作用，写有大量反映现实的作品；作品风格相近，注重诗歌语言的平易浅切和通俗性。

李绅六岁而孤，母卢氏教以经义。绅形眇小而精悍，能为歌诗。乡赋之年，讽诵多在人口。位至宰相。（卷八四一《总录部·文章》）

李商隐能为古文，不喜偶对。尝为令狐楚从事，慕楚章奏，始为今体。章奏博学强记，下笔不能自休，尤善为诔奠之词。累为宾佐，有表状集四十卷。（同上）

李商隐，字义山，与太原温庭筠、南郡段成式齐名，时号"三才子"。商隐后至东川节度判官、检校工部郎中，庭筠至隋县尉，成式至江州刺史。（卷七七七《总录部·名望》）

温庭筠苦心砚席，尤长于诗赋。初举进士至京师，人士翕然推重。然士行尘杂，不修边幅，能逐弦吹之音，为侧艳之词。公卿家无赖子弟相与酬饮，由是累年

不第。后为襄阳巡官，失意归江东。庭筠著述颇多，而诗赋韵格清拔，文士称之。（卷八四一《总录部·文章》）

　　司空图，僖宗时为中书舍人，未几以疾辞。晚年为文，尤事旷达，尝拟白居易《醉吟传》为《休休亭记》。有文集三十卷。（同上）

　　晚唐五代时期，随着大唐王朝综合国力的衰减与最终的政息人亡，唐诗虽然也代有续作，甚至也不乏李商隐、杜牧、温庭筠这样的大诗人，但总体上已是强弩之末，无复盛唐时期的阔大昂扬与慷慨豪迈，大多是哀婉幽怨的浅吟低唱和夕阳晚照般的感伤咏叹。上述所引各条，虽不是与他们各自诗歌的内容直接相关，但从知人论世的角度言之，还是为我们理解他们的诗歌提供了丰富的背景资料，因而其可贵性也就不言而喻。

　　《册府元龟》的许多材料与其他几部书《太平广记》《太平御览》的内容有重复乃至雷同之处，这就涉及它的材料来源问题。宋代四大书有关唐代的材料来源大致上相同的，几乎都不出前代的史籍，如《旧唐书》《唐实录》《通典》等。再者，由于《册府元龟》在宋四大书中成书最晚，所以，不排除它借鉴和利用当朝其他已经竣工史籍或类书如《唐会要》《太平广记》《太平御览》及《资治通鉴》等的可能性，因此，若干材料的雷同也就不可避免。尽管如此，我们也仍然珍视这些材料的可贵性，毕竟，这也体现了编纂者选择与辑录这些材料的共同倾向，以及由此彰显出来的他们的诗学趋向，为我们了解那个时代的文学风尚提供了一个难得的契机与合适的路径。

（四）《玉海》

　　《玉海》是南宋王应麟（1223—1296）编撰的一部类书，共二百卷（卷末附《辞学指南》四卷）。分天文、地理、官制等二十一门，每门下各分子目。征引详核，在《玉海》的各个类目当中，不仅保存丰富的历史文献资料，尤其是唐代文学的相关文献，还提供代表这些文献来源的图书目录，有别于一般的类书。王字伯厚，号深宁居士。祖籍浚仪（今河南开封），生于庆元府鄞县（今宁波鄞州区）。淳祐进士，官至礼部尚书兼给事中。对经史百家、天文地理均有研究，熟悉掌故制度，长于考证。一生著作甚丰，还有《困学纪闻》《小学绀珠》《通鉴地理考及通释》《诗地理考》《通鉴答问》《汉书艺文志考证》《深宁集》《玉堂类稿》《诗稿》等著作。

　　《玉海》中《艺文》一门共二十九卷（自卷

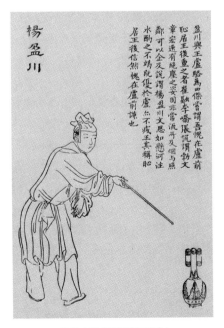

杨炯（清《晚笑堂画传》）

三十五至卷六十三），编排次序大体依照传统的经史子集四部分类法，分四十四个子目，著录古今四部图书。其中每一类，大都用提要、概述的形式撮举其要，对异说或略作考证；而每一条目下辑录的相关文献范围广泛，充分显示了私家类书包罗众有的特点。所收录的诗人从初唐的沈佺期、宋之问、王勃、杨炯、卢照邻，到盛唐的王维、高適、王昌龄、李白、杜甫，到中晚唐的元稹、白居易、韩愈、柳宗元、李商隐、杜牧、孟郊、贾岛、陆龟蒙等等，但真正涉及诗人在诗歌方面相关情况内容则相对薄弱，编者王应麟似乎更在意体例的完备，及个人在事功方面的成就。这与王本人的生平经历有一定的关系。不过，其中还是保存了许多关于唐诗方面具有批评性质的文字，兹择其要者胪列如下：

《唐开元八诗》《孙逖传》：开元中，以起居舍人入为集贤修撰。时海内少事，帝赐群臣十日一宴。宰臣萧嵩会百官，赋《天成》《元泽》《维南有山》《杨之华》《三月》《英英有兰》《和风》《嘉木》等八篇，继雅颂体，使逖序所以然。（卷五十九《艺文·诗歌》）[1]

《唐赐刺史诗》《许景先传》：开元十三年，帝自择刺史许景先等十一人。治行，诏宰相、诸王、御史以上，祖道洛滨，盛具，奏太常乐，帛舫水嬉，命高力士赐诗，帝亲书且给笔纸，令自赋，赍绢三千遣之。许景先由吏部侍郎为刺史治虢，大理卿源光裕郑州，兵部侍郎寇泚宋州，礼部侍郎郑温琦邠州，大理少卿袁仁敬杭州，鸿胪少卿崔志廉襄州，卫尉少卿李昇期邢州，太仆少卿郑放定州，国子司业蒋挺湖州，左卫将军裴观沧州，卫率崔诚遂州，凡十一人。（同上）

《唐赐三杰诗》《宋璟传》：开元十七年，为尚书右丞相，张说为左丞相，源乾曜为太子太傅，同日拜。有诏太官供食，太常奏乐，会百官尚书省东堂。帝赋《三杰诗》，自写以赐。苏晋序：咨日于朔，择时于秋，对命王庭，受职公府。（同上）

《唐曲江亭应制诗》《刘太真传》：德宗贞元四年九月癸丑重阳节，赐百僚宴于曲江亭。帝自赋诗，以"清"字为韵，仍敕宰相择文人应制赓和，李泌等请群臣皆和。诗成，帝自加考校，以李纾、太真等四人为上，于邵、鲍防等四人为中，张濛二十三人为下，与择者四十一人《会要》作三十三人。惟泌、晟、燧三宰相无所差次。按曲江为宴乐之地，所谓"江头宫殿锁千门"是也。（同上）

以上四种，《唐赐三杰诗》是玄宗赐给臣下的嘉勉诗，其他均为应制诗。通常认为，应制诗是臣僚侍奉皇帝所作、所和的诗，形式上大都为五言六韵或八韵的排律，内容多

① 《玉海艺文校证》（全三册）卷二十五《诗》，武秀成、赵庶洋校证，凤凰出版社，2013年，第1224—1225页。该社将《玉海》中《艺文》一门单独做成专书，原卷三十五《易上》编为卷一，依次类推。下引不赘。

为歌功颂德，少数也陈述一些对皇帝的期望。在艺术上，这些诗大部分平庸乏味，无足称道，不过是在某种特定场合下用来表达某种政治态度的工具，形式大于内容，实用性大于艺术性。所以，这类诗历来不为诗评家所重，湮没无闻在所难免。

《唐开元朝英集》《志》总集类：《朝英集》三卷。开元中，张孝嵩出塞，张九龄、韩休、崔沔、胡皓、贺知章所撰送行歌诗。（同上）

《唐正声诗集》《旧史》：孙季良开元中为集贤院直学士，撰《正声诗集》三卷。元思敬撰《诗人秀句》两卷。（同上）

《唐杜甫诗》《书目》：二十卷。王洙序云："《甫集》初六十卷，定取千四百五篇，凡古诗三百九十九，近体千有六，分十八卷。别录赋及杂著二十九篇为二卷。合二十卷。"又《外集》一卷，三十五首，吴铸为序。（同上）

张九龄（清《晚笑堂画传》）

《唐开元朝英集》为张九龄等人给张孝嵩出塞的送别诗，是个合集；《唐正声诗集》为孙季良所撰，还有元思敬所撰《诗人秀句》，均为别集。唯《唐杜甫诗》不仅引《唐书·杜甫传赞》，肯定杜诗"善陈时事，律切精深"的"诗史"特征；且注引程颐评语："诗之盛，莫如唐。唐人善论文，莫如韩愈。愈之所称，独高李杜。"由此可见王氏态度。

《唐河岳英灵集》《志》总集类：殷璠二卷。《书目》：集常建至阎防二十四人诗，总二百三十首。各序其诗格于首，序曰：贞观标格渐高，开元风骨始备。（同上）

《唐中兴间气集》《志》：高仲武二卷。《书目》：集至德、大历名人钱起、张众甫等二十六人诗一百三十二首，序云：五言诗一百四十七首，七言附之。略品叙其诗格，且摘警句列于首。以至德兴复，风雅复振，故名。（同上）

《唐诗》《唐诗类选》《志》：李戡《唐诗》三卷。《李戡传》：常恶元和有元白诗，多纤艳不逞，而世竞重之。乃集诗人之类夫古者，断为《唐诗》，以讥正其失。《志》：顾陶《唐诗类选》二十卷。大中校书郎。《书目》：凡一千二百三十二首，分二十卷。（同上）

《唐百家诗选》《书目》：二十卷，以明皇、德宗所制为首。（同上）

《唐绝句诗》 宋朝淳熙中，洪迈编《唐人绝句诗》为六轶。后入翰林，孝宗召对，偶及宫中书扇事，迈因以所编进，上命置复古殿书院。迈自序谓"初编得五千四百篇，后采乐府、小说诸诗，撮其可读者合为八十二卷"。（同上）

《唐三教珠英》《志》：《三教珠英》一千三百卷。《目》十三卷，张昌宗、李峤、崔湜、阎朝隐、徐彦伯、张说、沈佺期、宋之问、富嘉谟、乔侃、员半千、薛曜等撰。（卷五十四《艺文·总集文章》）

以上《唐三教珠英》《唐诗》《唐诗类选》诸书，均为唐诗选本，除《唐百家诗选》《唐绝句诗》为宋人所选外，其余各书均为唐人所选，所谓"唐人选唐诗"。前已述及，"唐人选唐诗"所知有130多种，存世仅有十余种。作为一种文学批评形式，这些选本所选大都各有偏重，体现选家一定的目的，具有重要的文学批评史意义。而宋人选唐诗的成就较逊于唐人，较有影响的选本有王安石《百家诗选》、洪迈《唐诗绝句选》等。关于唐代、宋代的唐诗选本，本著此前有较为细致的论列，兹不赘。

> 朱文公曰：古今之诗，凡有三变。盖自书传所记，虞夏以来，下及汉魏，自为一等；自晋宋间颜谢以后，下及唐初，自为一等；自沈宋以后，定著律诗，下及今日，又为一等。然自唐初以前，其为诗者固有高下，而法犹未变。至律诗出，而后诗之与法，始皆大变，以至今日，益巧益密，而无复古人之风矣。欧阳文忠公曰：古者登歌清庙，太师掌之。诸侯之国，亦各有诗，以道其风土性情。至于投壶飨射，必使工歌，以达其意，以为宾乐。盖诗者，乐之苗裔与？汉之苏李，魏之曹刘，得其正始；宋齐而下，得其浮淫流侠；唐之时，子昂、李杜、沈宋、王维之徒，或得其淳古淡泊之声，或得其舒和高畅之节，而孟郊、贾岛之徒，又得其悲愁郁堙之气。敖陶孙器之评诗曰：魏武帝如幽燕老将，气韵沉雄。曹子建如三河少年，风流自赏。鲍明远如饥鹰独出，奇矫无前。谢康乐如东海扬帆，风日流丽。陶彭泽如绛云在霄，舒卷自如。王右丞如秋水芙蓉，倚风自笑。韦苏州如园客独茧，暗合音徽。孟浩然如洞庭始波，木叶微脱。杜牧之如铜丸走坂，骏马注坡。白乐天如山东父老课农桑，事事言言皆着实。元微之如李龟年说天宝遗事，貌悴而神不伤。刘梦得如镂冰雕琼，流光自照。李太白如刘安鸡犬，遗响白云，核其归存，恍无定处。韩退之如囊沙背水，惟韩信独能。李长吉如武帝食露盘，无补多欲。孟东野如埋泉断剑，卧壑寒松。张籍如优工行乡饮，酬献秩如，时有诙气。柳子厚如高秋独眺，霁晚孤吹。李义山如百宝流苏，千丝铁网，绮密瑰妍，要非适用。（卷五十九《艺文·诗歌》）

朱熹对唐代文学发展的看法，承《唐书·文艺列传序》而来，其基本走向大致相近；都认为诗歌是发展变化的，但变化的内容并不相同。朱熹虽是正统的理学家，但其文学观并不保守，并不专主"载道"，他在意的是那种"道其风土性情"的诗歌，而且"必使工歌以达其意，以为宾乐"。所以，朱熹十分留意诗歌那种"淳古淡泊之声，舒和高畅之节"的情感色彩与风格流向。他用一连串精妙恰切、生动形象的妙喻，评价了陈子昂、沈佺期、宋之问、李白、杜甫、王维、孟浩然、韦应物、张籍、韩愈、柳宗元、元稹、白居易、刘禹锡、孟郊、贾岛、李贺、杜牧、李商隐近二十位唐代诗人的诗风，如"王右丞如秋水芙蓉，倚风自笑"，"孟浩然如洞庭始波，木叶微脱"，"李太白如刘安鸡犬，遗响白云，核其归存，恍无定处"，"白乐天如山东父老课农桑，事事言言皆着实"，"李长吉如武帝食露盘，无补多欲"，"孟东野如埋泉断剑，卧壑寒松"，"李义山如百宝流苏，千丝铁网，绮密瑰妍，要非适用"，等等，体现了他独到的艺术匠心和深刻的审美洞察力。

三、书目

（一）《崇文总目》

《崇文总目》是北宋最大的官修书目，北宋景祐中王尧臣等编辑。"崇文"指崇文院，为宫廷藏书处。《崇文总目》上承唐代《开元群书四部录》之余绪，下启清代《四库全书总目》之先河，跨越八百多年，共著录北宋前期图书 3 445 部，计为 30 669 卷。清代纂修《四库全书》时，据天一阁所藏不完整抄本与《永乐大典》引文辑为十二卷。《提要》赞之"册府之骊渊，艺林之玉圃"。后经钱东垣、钱侗等续辑并考释，编成五卷，补遗一卷，为今通行本。《崇文总目》著录丰富、体例完备，按经史子集四部分四十五类。其中集部三类十卷：总集类二卷、别集类七卷、文史类一卷。其编纂体例，有叙有释，颇具简约精审的文学史与学术史风范。

总集类所载录唐诗文献有：《文苑英华》一千卷、《文粹》五十卷、僧慧净《续古今诗苑英华集》十卷、崔融《珠英学士集》五卷、李寿昌《乐府集》十卷、孙季良《正声集》三卷、窦常《南薰集》三卷、元结《箧中集》一卷、曹恩《起予集》五卷、韦縠《才调集》十卷、李吉甫《丽则集》五卷、殷璠《河岳英灵集》一卷、顾陶《唐诗类选》二十卷、《元白三州唱和诗》一卷、高仲武《中兴间气集》二卷、殷璠《丹阳集》一卷、姚合《极元集》一卷、韦庄《又元集》一卷、刘吉《江南续又元集》十卷、陈康图《拟元类集》十卷、张籍《垂风集》十卷。（下略）

别集所载录唐诗文献有：《唐太宗集》一卷、《许恭宗集》十卷、《东皋子集》二卷、王勃《雕虫集》一卷、《盈川集》二十卷、《卢照邻集》十卷及《幽忧子》三卷、《崔融表集》三卷、《罗隐集》二十卷及《吴越掌记集》三卷、顾云《苕川总载集》十卷、《王秉集》五卷、《骆宾王集》十卷、《陈拾遗集》十卷、《宋之问集》十卷、《沈佺期集》十卷、《张九龄集》二十卷、《吴筠集》五卷、《李翰林别集》十卷、《杜甫集》二十卷、《岑参集》十卷、《欧阳詹集》十卷、独孤及《毗陵集》二十卷、《吕温集》十卷、《权文公集》五十卷、《韩愈集》四十卷、《柳子厚集》三十卷、《会昌一品集》二十卷、《姑臧集》五卷、《樊川集》二十卷、《丹阳集》一卷、《沈亚之集》九卷、温庭筠《握兰集》三卷及《金荃集》十卷、《李翰林集》二十卷、《杜工部小集》六卷、《高适诗》一卷、《李嘉祐诗》一卷、《姚合诗》一卷、《马戴诗》一卷、《王昌龄诗》一卷、《孟浩然诗》三卷、《韦应物诗》十卷、《王建诗》二卷、《钱起诗》一卷、《李端诗》三卷、《韩翃诗》五卷、《司空曙诗》二卷、《武元衡诗》一卷、《元稹长庆集》十卷、《孟郊诗》五卷、《张籍诗》七卷、《玉川子诗》一卷、《刘宾客集外诗》三卷。（下略）

文史类所载录唐诗文献有：王昌龄《诗格》二卷、《昼公诗式》五卷、姚合《诗例》一卷、贾岛《句图》一卷及《诗格》一卷、倪宥《诗图》一卷、炙毂子《诗格》一卷、佚名《诗格》一卷、元兢《古今诗文秀句》二卷、僧元鉴《续古诗人秀句》二卷、《律诗大格》一卷、王起《大中新行诗格》一卷。[1]

（二）《遂初堂书目》

《遂初堂书目》一卷，南宋尤袤（1127—1194）辑，曾经后人续辑。是记载尤氏家藏图书的简目，凡四十四类，分经部九门，史部十八门，子部十二门，集部五门，共收录图书三千余种。所设杂艺、谱录等类目，均为创例。其著录图书间有重复，则标其不同版本，为中国最早的版本目录。袤字延之，号遂初居士，晚年号乐溪、木石老逸民，无锡（今属江苏）人。绍兴进士，官至礼部尚书兼侍读。谥文简。博学多识，家富藏书，诗学江西派，风格平淡，为"中兴四大家"之一。有《遂初小稿》六十卷，已散佚。清人辑有《梁溪遗稿》。

其别集类所收唐诗文献主要有：《唐太宗集》《明皇集》《王勣东皋子集》《许敬宗集》《陈子昂集》《张曲江集》《苏颋集》《张说集》《骆宾王集》《卢照邻集》《崔融集》《王勃集》《杨炯集》《宋之问集》《元次山集》《高适集》《王维集》《独孤及集》《沈亚之集》《萧颖士集》《杜甫集》《李白集》《韩文公集》《柳宗元集》《李翱集》《皇甫湜集》《孟东野集》《欧阳詹集》《刘禹锡外内集》《元稹长庆集》《白居易长庆集》《吕温集》《权德舆集》《陆宣公翰苑集》《常衮集》《杨炎集》《程晏集》《李程集》《梁肃集》《李卫公会昌集》《孙樵集》《孙逖集》《杜牧集》《沈云卿集》《李义山集》《牛僧孺集》《陈黯集》《顾况集》《符载集》《蒋防集》《刘子夏集》《李翰集》。（下略）

总集类载唐诗文献主要有：《唐五言诗》《唐七言诗》《续增五言七言诗》《乐府诗集》《唐百家诗选》《唐中兴间气集》《唐河岳英灵集》《唐又元集》《大历浙东联句》《群英联句》《声画集》《玉堂新咏并后集》《唐才调集》《唐诗类选》等。

文史类有：《诗史音辨》《诗史总目正异》《诗话集类》《诗苑类格》《叙事诗话》《诗谈》《韵语阳秋》《黄微诗话》《周少隐诗话》《王明之诗话》《王性之诗章并后记》《渔隐丛话》《笔墨闲录》《见见录广类》《诗话隽永》《静照诗话》《唐宋诗话》《洪驹父诗话》《诗

---

① 参阅宋王尧臣等《崇文总目》，商务印书馆，1937年，第325—375页。

话总龟》《汉皋诗话》《归叟诗话》等。①

（三）《郡斋读书志》

全称《昭德先生郡斋读书志》，南宋晁公武撰。传世有两种宋刊本，内容互有不同。四卷本初刻于袁州，通称袁本；二十卷本初刻于衢州，通称衢本。清末王先谦合校袁、衢两本为一本。是我国现存最早的提要类的私家藏书目录。所著录书后世多失传，赖此目得以考见大概。1990 年上海古籍出版社出版《郡斋读书志校证》。

晁公武（约 1100—约 1180），字子止，号昭德先生，巨野（今属山东）人。绍兴二年（1132）进士。曾为四川转运使井度属官；后知恭州、荣州、合州、泸州；隆兴间入为吏部郎中、监察御史兼枢密院检详文字，侍御史；乾道为四川安抚制置使，临安府少尹，累官至吏部侍郎。公武曾协助井度写书、刻书和校书。井度好藏书，"历二十年，所有甚富"，晚年以五十箧藏书赠送公武，"合吾家旧藏，除其重复，得二万四千五百卷有奇"。绍兴年间，晁在知荣州任上，利用闲暇之余，"日夕躬以朱黄，雠校舛误，终篇辄撮其大旨论之"，完成《郡斋读书志》初稿。②

除去重见者，此书著录图书实为 1 492 部，尤以唐、宋（北宋和南宋初）书籍为完备，基本涵盖了南宋前各类重要的著作，可补正史如两《唐志》和《宋史·艺文志》之缺。依当时通行的经、史、子、集四部之法分类，部下设类，经部十类、史部十三类、子部十八类、集部四类，共四十五类。书首有总序，每部之前有大序称"总论"，四十五个类目中有二十五个前有小序，小序未标明，通常置该类第一部书的提要中。每类之内，各书大体依时代先后编次。史部立史评类，集部立文说类，均具有开创的意义。

集部其类有三：一曰楚辞类，二曰别集类，三曰总集类。唐五代别集大多集中在别集上、中两部分，著录唐五代别集 171 部、1 385 卷，涉及作家、诗人 145 位。著录顺序为唐、五代，以时代先后编排，在分布中又以普通文人别集在先，僧人别集其次，妇人别集殿后。

别集类有关唐诗的文献著录有：《王绩东皋子》五卷、《杨盈川集》二十卷、《王勃集》二十卷、卢照邻《幽忧子集》十卷、《骆宾王集》十卷、《陈子昂集》十卷、宋之问《考功集》十卷、《沈佺期集》五卷、《杜审言集》一卷、《张说集》三十卷、《李峤集》一卷、张九龄《曲江集》二十卷、《王维集》十卷、《储光羲集》五卷、《王昌龄诗》六卷、《常建诗》一卷、《刘长卿集》十卷、《孟浩然诗》一卷、李白《李翰林集》二十卷、《岑参集》十卷、《李嘉祐诗》二卷、《高适集》十卷及《别诗》一卷、《贾至集》十卷、《钱起诗》二卷、《韩翃诗》五卷、《杜甫集》二十卷及《集外诗》一卷、《皇甫冉诗》二卷、《郎士元诗》不分卷、《顾况集》二十卷、《陈蜕诗》一卷、《卢纶诗》一卷、《耿沣诗》二卷、《韦应物集》十卷、李端《司马集》三卷、

---

① ［宋］尤袤《遂初堂书目》，商务印书馆，1935 年，第 26—34 页。
② 　晁公武《郡斋读书志自序》，引见《全宋文》（第 210 册），上海辞书出版社，2006 年，第 168 页。

《李益诗》一卷、《王建诗》一卷、《柳琰诗》一卷、武元衡《临淮集》二卷、《羊士谔诗》一卷、《麹信陵集》一卷、《杨巨济诗》一卷、《欧阳詹集》十卷、《韩愈集》四十卷、《柳宗元》三十卷、刘禹锡《刘梦得集》三十卷及《外集》十卷、《孟东野诗集》十卷、《吕温集》十卷、《张籍诗集》五卷、白居易《白氏长庆集》七十一卷、戴叔伦《述稿》十卷及《外诗》一卷、《戎昱集》三卷、元稹《元氏长庆集》六十卷、李绅《追昔游》三卷。（下略）

　　总集类文献著录的顺序为先文选类总集，后诗文选本及唱和集之类，也以时代先后编排。总集类中有关唐诗的文献著录有：武三思等《珠英学士集》五卷、《丽泽集》五卷、高仲武《中兴间气集》三卷、窦常《南熏集》三卷、孟棨《本事诗》一卷、佚名《续本事诗》二卷、段成式《汉上题襟集》十卷、皮日休陆龟蒙《松陵集》十卷、佚名《宋唐类诗》二十卷、蔡省风《瑶池新咏集》一卷。四部丛刊本卷五下《附志》总集类载《文苑英华》一千卷、柯梦得《唐贤绝句》一卷、赵师秀《众妙集》一卷及《二妙集》一卷、《花蕊夫人诗》一卷、乐史《登科记》三十卷、马总《意林》三卷等。

　　衢本中有"文说类"，为《读书志》首创，主要收录文评、诗格、文谱以及辨证方面的内容，有关唐诗的内容有《金针诗格》一卷、《续金针诗格》一卷、《李公诗苑类格》三卷、《杜诗刊误》一卷、《天厨禁脔》三卷。《读书志》将诗话归入子部"小说类"，录晁氏家藏诗话七部十六卷，包括欧阳修、司马光、苏轼、王直方、刘攽、陈师道等人之作。

（四）《直斋书录解题》

　　南宋陈振孙所撰《直斋书录解题》，是继《郡斋读书志》后又一部重要的私人藏书目录。陈振孙（1179—1262），初名瑗，字伯玉，号直斋，浙江安吉人。端平间为浙西提举，历官至宝章阁待制，卒赠光禄大夫。振孙性喜藏书，为南宋大藏书家、目录学家。周密《书籍之厄》云："近年惟直斋陈氏书最多，盖尝仕于莆田，传录夹漈郑氏、方氏、林氏、吴氏旧书至五万一千一百八十余卷，且仿《读书志》作解题，极其精详，近亦散失。"[①] 原本久佚，清代编《四库全书》时从《永乐大典》中辑出二十二卷，为现通行本。所录图书颇多亡佚，凭此目可见大概。全目共著录图书 3 039 种，分经史子集四部、五十三类。其中集录七类，分别是楚辞、总集、别集、诗集、歌词、章奏、文史。

　　集部七类中，著录保存唐诗文献最多的是在总集、别集和诗集类中。如总集类有元结《箧中集》一卷、殷璠《河岳英灵集》二卷、芮挺章《国秀集》三卷、令狐楚《御览诗》一卷、高仲武《中兴间气集》二卷、韦縠《才调集》十卷、佚名《搜玉小集》一卷，令狐楚和李逢吉《断金集》一卷、顾陶《唐诗类选》二十卷、段成式等《汉上题襟集》三卷、皮日休与陆龟蒙《松陵集》一卷、孟棨《本事诗》一卷、《文苑英华》一千卷、王安石《唐百家诗选》二十卷和《四家诗选》十卷、《唐僧诗》三卷、柯梦得《唐绝句选》五卷、林清之《唐绝句选》四卷等。

---

① ［宋］周密《齐东野语》，张茂鹏点校，中华书局，1983 年，第 217 页。

别集类著录有《卢照邻集》十卷、《骆宾王集》十卷、《陈拾遗集》十卷、《宋之问集》十卷、《沈佺期集》十卷、张说《张燕公集》十卷、张九龄《曲江集》十卷、王维《王右丞集》十卷、李白《李翰林集》三十卷、杜甫《杜工部集》二十卷、《贾幼几集》十卷、《元次山集》十卷、《吴筠集》十卷、高適《高常侍集》十卷、刘长卿《刘随州集》十卷、《戎昱集》五卷、韩愈《昌黎集》四十卷及《外集》十卷、柳宗元《柳柳州集》四十五卷及《外集》二卷、李观《李元宾集》五卷、欧阳詹《欧阳行周集》五卷、元稹《元氏长庆集》六十卷、白居易《白氏长庆集》七十一卷、《刘宾客集》三十卷及《外集》十卷、沈亚之《沈下贤集》十二卷、孟郊《孟东野集》十卷、杜牧《樊川集》二十卷及《外集》一卷、李商隐《李义山集》八卷及《玉溪生》三卷、司空图《一鸣集》一卷等。

　　诗集类有杜审言《杜必简集》一卷、薛稷《薛少保集》一卷、《乔知之集》一卷、孟浩然《孟襄阳集》三卷、崔颢《崔颢集》一卷、《祖咏集》一卷、《崔国辅集》一卷、《綦毋潜集》一卷、《储光羲集》五卷、《常建集》一卷、王昌龄《王江宁集》一卷、《李颀集》一卷、《崔曙集》一卷、《杜工部集集注》三十六卷、《卢纶集》十卷、《李益集》二卷、孟郊《孟东野集》一卷、《张司业集》八卷、《王建集》十卷、李贺《李长吉集》一卷、《卢仝集》三卷、《刘叉集》二卷、杨巨源《杨少尹集》五卷、窦叔向《窦拾遗集》一卷、贾岛《贾长江集》十卷、姚合《姚少监集》十卷、《庄南杰集》一卷、《李涉集》一卷、《张南史集》一卷、《王涯集》一卷、《朱庆馀集》一卷、《李义山集》一卷、温庭筠《温飞卿集》七卷、《张祜集》十卷、许浑《丁卯集》二卷、《李远集》一卷、《于鹄集》一卷、《李群玉集》三卷、《司空表圣集》十卷、《聂夷中集》一卷、韩偓《香奁集》二卷、《入内廷后诗集》一卷及《别集》三卷、韦庄《浣花集》一卷、杜荀鹤《唐风集》三卷、《曹松集》一卷、《无可集》一卷、僧贯休《禅月集》十卷、僧齐己《白莲集》十卷、《薛涛集》一卷、《鱼玄机集》一卷，等等，约两百位唐人诗集。

　　该书八个类目有小序，用以说明类目的增创和内容的变化。每书各详其卷帙多少、撰人姓名及官称、成书及内容起止、重要序跋摘录等，间有史书考订，谓之"解题"，譬如：

　　《陈拾遗集》十卷　唐右拾遗射洪陈子昂伯玉撰。黄门侍郎卢藏用为之序。又有《别传》系之卷末。子昂仕武后，既不遇，以父丧家居。县令段简贪暴，取货弗厌，致之狱以死，年才四十二。子昂为《明堂议》《神凤颂》，纳忠贡，谀于孽后之朝，大节不足言矣。然其诗文在唐初，实首起八代之衰者。韩退之《荐士诗》言"国朝盛文章，子昂始高蹈"，非虚语也。卢序亦简古清壮，非唐初文人所及。

　　《杜工部集》二十卷　唐左拾遗检校工部员外郎剑南节度参谋襄阳杜甫子美撰。案：《唐志》六十卷，《小集》六卷。王洙原叔搜裒中外书九十九卷，除其重复，定取千四百五篇，古诗三百九十九，近体千有六。起太平时，终湖南所作，视居行之次若岁时为先后。别录杂著为二卷，合二十卷，宝元二年记，遂为定本。王琪君玉嘉

339

祐中刻之姑苏，且为后记。元稹《墓铭》亦附第二十卷之末。又有遗文九篇，治平中太守裴集刊，附集外。蜀本大略同，而以遗文入正集中，则非其旧也。世言子美诗集大成，而无韵者几不可读。然开、天以前文体大略皆如此，若《三大礼赋》，辞气壮伟，又非唐初余子所能及也。

以上俱参引上海古籍出版社 1987 年徐小蛮、顾美华点校本。

（五）《通志·艺文略》

《通志》二百卷，南宋郑樵（1104—1162）撰。樵字渔仲，自号溪西逸民，南宋兴化军莆田（今福建莆田）人。不应科举，居夹漈山上，为学三十年，世称夹漈先生。该书成书于绍兴三十一年（1161），为《史记》之后纪传体通史的代表。分本纪、年谱、略、世家、列传。纪传自三皇至隋，依各史抄录，有今失传之本，可供校勘。略共二十，自上古至唐，记氏族、六书、七音、天文、地理、都邑、礼、谥、器服、乐、职官、选举、刑法、食货、艺文、校雠、图谱、金石、灾祥、昆虫草木。二十略颇具创见，体现其“总天下之大学术”的宗旨，也是全书的精华所在。本著与《通典》《文献通考》合称“三通”，端在其略。

《艺文略》为《通志》二十略之一，对于历朝历代的藏书和著作都加以著录，详今而略古，既记现存的著作，亦记历代散佚亡缺的著作。在分类上，先分十二大类，大类下再分小类，小类中再分种。在著录的体例上，先述著者时代及仕履，次及书籍内容提要，兼及其记事本末、撰著特点、取材来源、传播情由，并考订真伪，其“辨章学术，考镜源流”（章学诚《校雠通义序》）之意甚明，堪与诸史文志互为表里，是考据北宋前历代著述的重要参考依据，自然也是保存唐诗文献的重要渊薮。

《通志·艺文略》别集四所载有关唐诗文献有：《唐太宗集》四十卷、《高宗集》八十六卷、《中宗集》四十卷、《睿宗集》十卷、武后《垂拱集》一百卷和《金轮集》十卷、《陈叔达集》十五卷、《窦威集》十卷、《褚亮集》二十卷、《虞世南集》三十卷、《萧瑀集》一卷、《沈齐家集》十卷、《薛收集》十卷、《杨师道集》十卷、《庾抱集》十卷、《王勣集》五卷、《郎楚之集》五卷、《魏徵集》二十卷、《许敬宗集》八十卷、《于志宁集》四十卷、《上官仪集》三十卷、《李义府集》四十卷、《岑文本集》六十卷、《刘子翼集》二十卷、《殷闻礼集》一卷、《陆士季集》十卷、《刘孝孙集》三十卷、《郑世翼集》八卷、《崔君实集》十卷、《李百药集》三十卷、《孔绍安集》五十卷等，据笔者大略统计，涉及 342 人，共 373 种。

别集诗歌类载唐诗文献有：李峤《杂咏诗》十二卷、《刘希夷诗》四卷、《崔颢诗》一卷、《綦母潜诗》一卷、《祖咏诗》一卷、《李颀诗》一卷、《孟浩然诗》三卷、《包融诗》一卷、《皇甫冉诗》集三卷、《严维诗》一卷、《张继诗》一卷、《李嘉祐诗》一卷、《郎士元诗》一卷、《张南史诗》一卷、《畅当诗》二卷、《郑常诗集》四卷、《苏涣诗》一卷、《朱湾诗集》四卷、《吉中孚诗》一卷、《朱放诗》一卷、《刘方平诗》一卷、《常建诗》一卷、《曲信陵诗》一卷、

《章八元诗》一卷、《秦系诗》一卷、《钱起诗》一卷、《李端诗》三卷、《韩翃诗集》五卷、《司空曙诗》二卷、《卢纶诗集》十卷、《耿沛诗集》二卷、《韦应物诗集》十卷、《崔峒诗》一卷等，涉及 159 人，共 169 部。

总集诗歌类载有唐诗文献有：蔡省风《瑶池新咏集》三卷、崔光集《百国诗》四十三卷、僧惠净集《续古今诗苑英华集》二十卷、刘孝孙集《古今类聚诗苑》三十卷、郭瑜集《古今诗类》七十九卷、《歌录集》八卷、李康成《玉台后集》十卷、崔融集《珠英学士集》五卷、孙季良集《正声集》三卷、窦常集《南薰集》二卷、元结集《箧中集》一卷、曹恩集《起予集》五卷、韦縠集《才调集》《天归集》十卷、刘明素集《丽文集》五卷、《丽则集》五卷、顾陶集《唐诗类选》二十卷、李戡集《唐诗》三卷、《奇章集》四卷、柳元集《同题集》十卷等，涉及 40 余人，57 部。

诗评类载唐诗文献有：殷璠撰《河岳英灵集》一卷、元兢《诗格》一卷、王昌龄《诗格》一卷、昼公《诗式》五卷、僧皎然《诗评》三卷、王起《大中新行诗格》一卷、姚合《诗例》一卷、贾岛《诗格》一卷、王叡《炙毂子诗格》一卷、元兢《古今诗人秀句》二卷、黄滔《泉山秀句集》三十卷、王起《文场秀句》一卷、李洞集《贾岛句图》一卷、《倪宥诗图》一卷、徐蜕《诗律大格》一卷、《杜氏诗律诗格》一卷、徐三极《律诗洪范》一卷等 44 部。[①]

（六）《文献通考·经籍考》

《文献通考》三百四十八卷，宋元之际马端临撰。元大德十一年（1307）成书，记载上古到宋宁宗时的典章制度沿革。门类较杜佑《通典》分析详细，计有田赋、钱币、户口、职役、征榷、市籴、土贡、国用、选举、学校、职官、郊社、宗庙、王礼、乐、兵、刑、经籍、帝系、封建、象纬、物异、舆地、四裔二十四门。除因袭《通典》外，兼采经史、会要、传记、奏疏、论议及其他文献等，于宋代制度尤称详备，不少为《宋史》诸志所无。自序谓引古经史谓之"文"，参以唐宋以来诸臣之奏疏、诸儒之议论谓之"献"，故名曰《文献通考》。其旨在"推寻变通张弛之故"，比杜佑从典章制度"探政理"更进一步。

马端临（1254—1323），字贵与，一字贵舆，号竹洲，饶州乐平（今江西乐平人），宋相马廷鸾之子。南宋咸淳九年（1273）漕试第一。元初任慈湖、柯山两书院山长。著《文献通考》，历二十余年始成，熟知宋时士大夫的议论，书中收采很多。以身当宋亡，对宋末朝廷的腐败，时有愤慨批评。另有《多识录》《大学集注》等书，俱失传。

《文献通考》中《经籍考》共七十六卷，集部所载保存了大量的唐诗文献，其"考"论部分，是马端临自己的看法，综合百家，往往能有独到之见。

其集部别集类所及唐诗文献有：《唐太宗集》三卷、王绩《东皋子》五卷、《杨盈川集》二十卷、《王勃集》二十卷、卢照邻《幽忧子集》十卷、《骆宾王集》十卷、《陈子昂集》十卷、宋之问《考功集》十卷、《沈佺期集》五卷、《杜审言集》十卷、《张燕公集》三十卷、《李

---

① 本篇参阅宋郑樵《通志》卷七十《艺文略》第八，清文渊阁四库全书本。

峤集》一卷、张九龄《曲江集》二十卷、《王右丞集》十卷、《储光羲集》五卷、《王昌龄诗》六卷、《常建诗》一卷、《刘长卿集》不分卷、《孟浩然诗》一卷、李白《李翰林集》二十卷、《岑参集》十卷、《李嘉祐诗》二卷、《高适集》十卷、《贾至集》十卷、《杜工部集》二十卷、《读杜诗》二十卷、校订《杜工部集》二十二卷、《戎昱集》三卷、《韩昌黎集》四十卷、欧阳詹《欧阳集》十卷、吕温《吕衡州集》十卷、白乐天《长庆集》七十一卷、元稹《长庆集》六十卷及《外集》一卷、戴叔伦《述稿》十卷及《外诗》一卷。(下略)

集部诗集类载：《杜必简集》一卷、《薛少保集》一卷、《乔知之集》一卷、《孟襄阳集》三卷、《崔颢集》一卷、《祖咏集》一卷、《綦毋潜集》一卷、《储光羲集》一卷、《常建集》一卷、《王江宁集》一卷、《李颀集》一卷、《崔曙集》一卷、《杜工部诗集》三十六卷、《门类杜诗》二十五卷、《王季友集》一卷、《陶翰集》一卷、《秦隐君集》一卷、《岑嘉州集》一卷、《李嘉祐集》一卷、《皇甫冉集》一卷、《皇甫曾集》一卷、《郎士元诗》一卷、《包何集》一卷、《包佶集》一卷、《顾况集》二卷、《韩翃集》五卷、《钱考功集》二卷、《耿㳘集》一卷、《韦苏州集》十卷、《罗维集》一卷、李端《司马集》三卷、《司空文明集》三卷、《卢纶诗》一卷、《李益诗》一卷、《孟东野诗集》十卷、《魏信陵集》一卷、《朱做诗》一卷、《长孙佐辅集》一卷、《柳宗元诗》一卷、《张籍诗集》五卷、《王建集》一卷、《李长吉集》四卷。(下略)

总集类著录有关唐诗文献有：僧慧净《续古今诗苑英华》、《珠英学士集》五卷、李康成《玉台后集》十卷、《丽泽集》五卷、元结《箧中集》一卷、芮挺章《国秀集》三卷、佚名《搜玉小集》一卷、令狐楚《御览诗》一卷、《窦氏联珠集》五卷、殷璠《河岳英灵集》二卷、高仲武《中兴间气集》三卷、令狐楚和李逢吉《断金集》一卷、孟棨《本事诗》一卷、《南熏集》三卷、段成式等《汉上题襟集》三卷、顾陶《唐诗类选》二十卷、皮日休与陆龟蒙《松陵集》一卷、《奇章集》四卷、《续本事诗》一卷、韦縠《才调集》十卷、《文苑英华》一千卷、王衍《烟花集》五卷、王安石《唐百家诗选》二十卷和《四家诗选》十卷、《唐宋类诗》二十卷。(下略)[①]

四、笔记

宋人笔记保存着大量的唐诗文献材料，兹择要述其大略。

(一)《北梦琐言》

原帙三十卷，五代宋初孙光宪撰。作于荆州，其地古称云梦之北，故名。记载唐五代朝野轶闻、士大夫言行和社会风俗，其中颇多诗人逸事。今本二十卷，已有残缺。清末缪荃孙另从《太平广记》辑出佚文四卷，刊入《云自在龛丛书》。1960年中华书局上海编辑所据此断句、校勘出版；1981年上海古籍出版社林艾园校点本又据中华本再事校

---

① 本篇参阅元马端临《文献通考 经籍考》(上下册)，华东师范大学出版社1985年，第1325—1649页。

勘；2002 年中华书局贾二强点校本仍用缪本作为底本，以傅增湘所校明刻本主校，并用商本、卢本以及前两本复校，更上层楼。本著引用均参此本。

孙光宪（896—968），字孟文，自号葆光子。陵州贵平（今属四川仁寿县东北）人。事南平三世，累官至荆南节度副使、检校秘书少监；归宋，官黄州刺史。其词大部分收入《花间集》，与集中多数作品绮艳有所不同。另有《续通历》，已佚；文集多种，皆不传。其《北梦琐言序》曰：

> 唐自广明乱离，秘籍亡散，武宗已后，寂寞无闻，朝野遗芳，莫得传播。仆生自岷峨，官于荆郢，咸京故事，每愧面墙，游处之间，专于博访。顷逢故凤翔杨玭少尹，多话秦中平时旧说，常记于心。他日诸宫见元澄中允，款狎笑语，多符其说。元公谓旧族一二子弟曰："诸贤生在长安，闻事不迫富春，此则存好问之所宏益也。"厥后每聆一事，未敢孤信，三复参校，然始濡毫。非但垂之空言，亦欲因事劝戒。三纪收拾筐箧，爰因公退，咸取编连。先以唐朝达贤一言一行列于谈次，其有事类相近，自唐至后唐、梁、蜀、江南诸国所得闻知者，皆附其末，凡纂得事成三十卷。《禹贡》云"云土梦作乂"，《传》有"畋于江南之梦"，鄙从事于荆江之北，题曰《北梦琐言》，琐细形言，大即可知也。虽非经纬之作，庶勉后进子孙，俾希仰前事，亦丝麻中菅蒯也。通方者幸勿多诮焉。

说明了此书的搜集编纂经过，以及主要内容。"朝野遗芳""咸京故事"是其重点关注的对象，且主要集中在唐武宗迄五代十国的史事。是书编纂的目的，正如作者所言，并不敢以"经纬之作"自期，而是"勉后进子孙"，有所借鉴。其中涉及有关唐诗的资料也所在多有，对于唐诗研究者来说，弥足珍贵。如卷一"李太尉抑白少傅"条云：

李德裕（明《三才图会》）

> 白少傅居易，文章冠世，不跻大位。先是，刘禹锡大和中为宾客时，李太尉德裕同分司东都。禹锡谒于德裕曰："近曾得《白居易文集》否？"德裕曰："累有相示，别令收贮，然未一披，今日为吾子览之。"及取看，盈其箱筐，没于尘坌。既启之而复卷之，谓禹锡曰："吾于此人，不足久矣。其文章精绝，何必览焉。但恐回吾之心，所以不欲看览。"其见抑也如此。衣冠之士，并皆忌之，咸曰："有学士才，非宰臣器。"识者于

其答制中见经纶之用，为时所排，比贾谊在汉文之朝，不为卿相知。人皆惜之。葆光子曰："李卫公之抑忌白少傅，举类而知也。初，文宗命德裕论朝中朋党，首以杨虞卿、牛僧孺为言。杨、牛，即白公密友也。其不引翼，义在于斯，非抑文章也，虑其朋比而掣肘也。"

卷二"放孤寒三人及第"条所附"科松荫花事"，可见当时士林风会、人物风神及论诗之好恶：

葆光子尝有同僚，示我调举时诗卷，内一句云"科松为荫花"，因讥之曰："贾浪仙云：'空庭唯有竹，闲地拟栽松。'吾子与贾生，春兰秋菊也。"他日赴达官牡丹宴，栏中有两松对植，立命斧斫之，以其荫花。此侯席上，于愚有得色，默不敢答，亦可知也。

（二）《唐语林》

原本有十卷（《郡斋读书志》）、十一卷（《中兴馆阁书目》《宋史·艺文志》）、八卷（《直斋书录解题》）本多种异说，北宋王谠撰。谠字正甫，长安（今陕西西安）人。元祐中官少府监丞，曾入苏轼门下。全书选录唐至宋初五十种笔记、杂史，仿《世说新语》体例，分为五十二门。内容丰富，记载唐代的政治史实、宫廷琐事、士大夫言行、文学家轶事、风俗民情、名物制度和典故考辨等，可与新旧《唐书》相参证。原本久已失传，仅存明嘉靖初齐之鸾所刻残本两卷（存十八门）；清修《四库全书》时辑为八卷，前四卷据残本重分卷次，后四卷则据《永乐大典》辑出，按世次编排，不分门类。今传有武英殿聚珍本、惜阴轩丛书本、墨海金壶本、守山阁丛书本、广雅书局丛书本等。1957年古典文学出版社据守山阁丛书本标点排印。今有周勋初校证本，末有辑佚一卷。

唐代士人中诗人很多才情也高，而《唐语林》一个明显的偏好便是好诗，出口成章、自成一格的诗才大受重视。如：

李白名播海内，明皇见其神气高朗，轩然霞举，上不觉忘万乘之尊，与之如知友焉。尝制《胡无人》云，"太白入月敌可摧"。及禄山犯阙，时太白犯月，皆谓之不凡耳。（卷二186则）刘希夷诗曰："年年岁岁花相似，岁岁年年人不同。"其舅即宋之问也，苦爱此两句，知其未示人，恳乞此两句，许而不与。之问怒，以土囊压杀之。刘禹锡曰："宋生不得死，天报之矣！"（卷五651则）

此外，像苏味道的"火树银花合"（卷五第650则），白居易的"野火烧不尽"（卷三412则），李贺的"黑云压城城欲摧"（卷三413则），杜牧"绿叶成阴子满枝"（卷七901则）等，都脍炙人口，名闻遐迩。人们对能够写出好诗的诗人还是念念不忘，心向往之的。再譬如关于王维的记载：

> 长安菩萨寺僧弘道，天宝末，见王右丞为贼所囚于经藏院，与左丞裴迪密往还。裴说："贼会宴于太极西内，王闻之泣下，为诗二绝，书经卷麻纸之后。"弘道藏之，相传数世。其词云："万户伤心生野烟，百官何日更朝天？秋槐叶落空宫里，凝碧池头奏管弦。"又云："安得舍尘网，拂衣辞世喧。倏然策藜杖，归向桃花源。"（卷二 190 则）王维好佛，故字摩诘。性高致，得宋之问辋川别业，山水胜绝，清源寺是也。维有诗名，然好取人句。"行到水穷处，坐看云起时。"《英华集》中诗也。"漠漠水田飞白鹭，阴阴夏木啭黄鹂。"李嘉佑诗也。（卷二 267 则）

这些不仅是士林轶事，也是诗坛佳话，更是不可多得的研究唐诗的珍贵文献。

（三）《梦溪笔谈》

《梦溪笔谈》，北宋科学家、政治家沈括（1031—1095）撰，成书于 11 世纪末。该书是一部笔记本百科全书式著作，英国科学史家李约瑟评价为"中国科学史上的里程碑"。

本著包括《笔谈》（26 卷）、《补笔谈》（3 卷）和《续笔谈》（1 卷）三部分，收录了沈括一生的所见所闻和见解。作者自言其创作是"不系人之利害者"（《自序》），出发点则是"山间木荫，率意谈噱"（同上）。括字存中，杭州钱塘（今浙江杭州）人。嘉祐进士。熙宁中参与王安石变法。五年（1072）提举司天监。八年使辽，绘其山川形势、人情风俗，作《使契丹图抄》奏上。次年任翰林学士，权三司使。后知延州（治今陕西延安）。元丰五年（1082）以徐禧失陷永乐城（今陕西米脂西北）事，连累坐贬。晚年居润州（今江苏镇江），筑梦溪园，撰《梦溪笔谈》。

从内容上说，《梦溪笔谈》以多于三分之一的篇幅记述并阐发自然科学知识，这在笔记类著述中是少见的。如《技艺》正确而详细记载了"布衣毕昇"发明的泥活字印刷术，这是世界上最早的关于活字印刷的可靠史料，深受国际文化史界重视。"辩证"门谈韩愈画像条，使后人了解从北宋就产生并沿袭下来的一个错误：把五代韩熙载的写真当成韩愈的画像。此外，北宋其他一些重大科技发明和科技人物，均属科技史上珍贵史料，亦赖本书记载而传世。

《梦溪笔谈》中有二十多个条目记述的内容属文学类，因此，它在文学方面的价值也受到不少研究者的重视。特别是其中关于唐代诗歌的材料，是关于唐诗研究的重要文献。倒装和侧重是唐诗创作中常用的技法，《梦溪笔谈》卷十四《艺文》中对此有分析与探讨，涉及诗歌创作中的具体写作方法和杜诗对后世的影响：

> 韩退之集中《罗池神碑铭》有"春与猿吟兮秋与鹤飞"。今验石刻，乃"春与猿

吟兮秋鹤与飞"。古人多用此格，如《楚词》"吉日兮辰良"，又"蕙肴蒸兮兰籍，奠桂酒兮椒浆"，盖欲相错成文，则语势矫健耳。杜子美诗"红稻啄余鹦鹉粒，碧梧栖老凤凰枝"，此亦语反而意全。韩退之《雪》诗"舞镜鸾窥沼，行天马度桥"，亦效此体，然稍牵强，不若前人之语浑成也。

在《补笔谈》卷二《艺文》中，沈括记载了当时关隶书和八分书体混淆的现状，并作了简明分析：

> 今世俗谓之隶书者，只是古人之"八分书"，谓初从篆文变隶，尚有二分篆法，故谓之"八分书"。后乃全变为隶书，即今之正书、章草、行书、草书，皆是也。后之人乃误谓古八分书为隶书，以今时书为正书，殊不知所谓正书者，隶书之正者耳。其余行书、草书，皆隶书也。杜甫《李潮八分小篆歌》云："陈仓石鼓文已讹，大小二篆生八分。苦县光和尚骨立，书贵瘦硬方通神。"苦县，老子《朱龟碑》也。《书评》云："汉魏牌榜碑文和华山碑皆今所谓隶书也。杜甫诗亦只谓之八分。"又《书评》云："汉魏牌榜碑文非篆即八分，未尝用隶书。"知汉魏碑文皆八分，非隶书也。

沈括认为八分书是篆文向隶书过渡的一种书体，而人们多误以为八分书就是隶书，其实隶书包括了楷书、章草、行书、草书书体。而杜甫《李潮八分小篆歌》里说得很清楚是"大小二篆生八分"，既证实了当时八分书的演变情况，又保存了有关杜甫诗歌的重要文献。

《梦溪笔谈》该书包括祖本在内的宋刻本早已散佚。现所能见到的最古版本是元大德九年（1305）东山书院刻本，现收藏于中国国家图书馆。

（四）《遁斋闲览》

《遁斋闲览》为陈正敏于宋崇宁、大观年间（1102—1110）编著。陈自号遁翁，生卒年不详，福建南平人。著有《遁斋闲览》《剑溪野语》等。

《遁斋闲览》十四卷，原书久佚。《郡斋读书志》著录于子类小说类，《直斋书录解题》在《剑溪野语》条下注称陈"别有《遁斋闲览》十四卷，未见"；《宋史·艺文志》则著录于子类小说家类。《说郛》（涵芬楼本）卷三十二有节编本，四十四条，作范正敏撰。《诗话总龟》《渔隐丛话》《草堂诗话》《竹庄诗话》《诗话总龟》《诗人玉屑》《诗林广记》《宋诗纪事》《能改斋漫录》等亦曾摘引其文，去其重见者，诸书所引共七十三条。所记多作者平昔见闻，分名贤、野逸、诗谈、证误、杂评、人事、谐噱、泛志、风土、动植等。

是书论诗以意趣为宗，主张作诗不仅应当以意为主，"随意造语"，而且应当援意入景，涉景成趣。将审美主体之"意"，与审美对象之"趣"融为一体，互为表里，方可形成诗之"意趣"。"意趣"本为传统诗论中重要审美范畴之一，偏重诗人审美意识之表现，而于宋代日趋成熟，严沧浪"兴趣"论诗，尤为有名，可为以此论诗的翘楚。书中认为，唐人《题西山寺》诗"终古碍新月，半江无夕阳"亦"尽得西山之景趣"（《诗人玉屑》卷十七引）；"东坡咏梅一句云：'竹外一枝斜更好。'语虽平易，然颇得梅之幽独闲静之趣。"（同上）遁翁认为作诗应当尊重事实，不应"失事实"。今略引数则，以资品鉴：

> 杜牧《华清宫》诗云："长安回望绣成堆，山顶千门次第开。一骑红尘妃子笑，无人知是荔枝来。"尤脍炙人口。据《唐纪》，明皇以十月幸骊山，至春即还宫，是未尝六月在骊山也。然荔枝盛暑方熟，词意虽美而失事实。（《渔隐丛话》前集卷二十三引）

> 杜甫《赠高适》诗云："脱身簿尉中，始与捶楚辞。"韩愈《赠张功曹》诗云："判司卑官不堪说，未免捶楚尘埃间。"杜牧《寄小侄阿宜》诗云："参军与簿尉，尘土惊劻勷。一语不中治，鞭捶身满疮。"以此明唐之参军、簿尉，有过即受笞杖之刑，今之吏胥也。（同上卷十三引）

> 或问王荆公……曰："评诗者谓甫期白太过，反为白所诮。"公曰："不然。甫赠白诗云'清新庾开府，俊逸鲍参军。'但比之庾信、鲍照而已。又曰：'李侯有佳句，往往似阴铿。'铿之诗又在庾、鲍下矣。饭颗之嘲，虽一时戏剧之谈，然二人者名既相逼，亦不能无相忌也。"（同上卷六引）

（五）《云麓漫钞》

《云麓漫钞》是南宋赵彦卫所撰笔记集。彦卫字景安，祖籍浚仪（今河南开封），靖康之难时移居江阴（今属江苏）。约生于绍兴十年（1140），卒于嘉定初年（1210前后）。《直斋书录解题》卷十一曰："《云麓漫钞》二十卷，《续钞》二卷，通判徽州赵彦卫景安撰。《续》二卷，乃《中庸说》及《汉定安公补纪》也。彦卫绍熙间宰乌程，有能名。"属最早的概括性记载。《四库提要》大体上沿袭陈氏之说。清人陆心源《宋诗纪事补遗》云："赵彦卫，字景安，浚义（仪）人。魏王廷美七世孙。隆兴元年进士。绍熙间宰乌程，通判徽州、台州，开禧间知徽州，著有《云麓漫钞》。"[1]此说较之前说，增加了一点关于其家世和科第的信息，稍具体，但总体仍嫌简略。

是书初名《拥炉闲话》，十卷；后并刻为十五卷，始改今名。全书凡10万余字，353则，记载了许多有关宋代及宋以前历代政治、经济、军事、典章制度、地理沿革、文化艺术、人物事迹、风土人情、花草虫鱼、阴阳五行以及八卦图谶等方面的材料。其内容记宋时杂事者约占十之三，考证名物者约占十之七。书中还著录了一些后世失传的记载，尤其是引用文人的逸诗逸文，这些都极具价值。其中，卷七"韩退之南溪诗"则，作者从诗作内容中分析了诗人同游之逸事；卷十四"韩退之文二首不见于集"则，记录了韩愈所

---

① 引自《云麓漫钞》附录一，傅根清点校，中华书局，1996年，第270页。下引不赘。

作的《潮州谢孔夫子㽵状》《嵩山题名》之原文等许多篇幅，记录和保存了关于唐诗的重要文献。卷十"杜少陵故武卫将军挽词"则，体现赵氏对于作者诗意用词的理解与体会：

> 杜少陵故武卫将军挽词，有曰："赤羽千夫膳，黄河十月冰。"修可注云："家语：赤羽若日，白羽若月。千夫膳，言所膳者千兵也。"师曰："古诗云：'桃花乱落如红雨'，赤羽，言落叶也。"此章言将军善舞剑及弯弧，故曰："舞剑过人绝，鸣弓射兽能。铦锋行恌顺，猛噬失跧腾。赤羽千夫膳，黄河十月冰。横行沙漠外，神速至今称。"则赤羽谓箭，言弦不虚发，发必得兽，可以供千军之膳。苟如所注，则不与下句对，而意殊远矣。

（六）《邵氏闻见后录》

该书三十卷，南宋邵博撰。博字公济，洛阳人。《直斋书录解题》《四库提要》均收于子部小说家类。据自序，当成书于绍兴二十七年（1157）。《四库提要》云："是编盖续其父书，故曰《后录》。其中论复孟后诸条，亦有与《前录》重出者。然伯温所记多朝廷大政，可裨史传；是书兼及经义、史论、诗话，又参以神怪俳谐，较《前录》颇为琐杂。又伯温书盛推二程、博乃排程氏而宗苏轼。……谈诗亦多可采。"其论诗谓应于所本之外出以新意，如云：

> 古今诗人，多以记境熟语或相类。鲍明远云："昔如鞲上鹰，今似槛中猿"；杜子美云："昔如纵壑鱼，今如丧家狗"；王荆公云："昔如下击三鹠拳，今如倒曳九牛尾。"李太白云："沙墩至梁苑，二十五长亭"；杜牧之云："故乡七十五长亭。"……刘梦得云："药性病生谙"；于鹄云："病多谙药性。"唐人云："中流见树影，两岸闻钟声"；张祐云："树影中流见，钟声两岸闻。"诸名下之士，岂相剽窃者邪？（卷十八）
>
> 少陵："陶冶性情存底物。"本颜之推："至于陶冶性情，从容讽谏，入其滋味，亦乐事也。"又少陵："悲君随燕雀，薄宦走风尘。"本陈胜与人佣耕之语也。又少陵："上君白玉堂，侍君金华省。"本班固自叙："时上方向学，郑宽中、张禹，朝夕入说《尚书》《论语》金华殿中也。"又少陵："露井冻银床。"本《晋书·乐志·淮南篇》："后园凿井银作床，金瓶素绠汲寒浆"也。又少陵："春水船如天上坐。"本沈云卿："船如天上坐，人在镜中行。""船如天上去，鱼似镜中悬"也。或以此论少陵之妙。予谓少陵所以独立千载之上者，不但有所本也，三百篇之作，果何本哉？（卷十七）

他认为，袭用陈言不应该简单地重复前人之句，即使沿用也必须切合语境，并且应该使古人之语衍生出更为丰富的审美意蕴。对于消极、无意识的暗合，他是坚决反对的。

除了鉴赏品评诗人诗作之外，邵博也精于对诗中词语、僻典的考索。如：考"二八飞泉绕齿寒"之"二八"，指"井"也（卷十七）；考"大刀头"，乃"还"也（卷十八）；释杜甫《饮中八仙歌》之"衔杯乐圣称世贤"，"世贤"有误，应为"避贤"，用李適之"避贤初罢相"诗语也（卷十八）。等等，皆可为一家言。其论《长恨歌》"孤灯挑尽未成眠"句，论王安石集句体，以及所记诗人轶事、诗本事等，均可参考。另外，是书对唐诗的关注所见甚多，涉及的内容相当广泛，都是研究唐诗的重要文献资源库。

该书传本有明津逮秘书本、明汲古阁写本等。1918 年商务印书馆据曹秋岳抄本及何小山校本排印，将此书列入《宋元人说部书》中，三十卷；1936 年商务印书馆再出丛书集成初编本《后录》；1983 年中华书局以商务本为底本，出版此书三十卷本。

（七）《鸡肋编》

是书三卷，南宋庄绰撰。绰字季裕，泉州惠安（今属福建）人，绍兴初在世。内容翔实，主要记述各地风土、轶事遗闻，兼考证古义，其资料价值一向为人们所公认。《四库提要》说其价值可与周密《齐东野语》相比拟。

此书论及诗人及诗作的地方极多，书中提到的诗人不下百人，以两宋诗人为多，相对而言所记唐朝诗人较少，不过杜甫是个例外，是书中记载最多的唐代诗人，同时也兼及其他唐代诗人。如卷上载"李杜及苏李"条：

> 李杜、苏李之名尤著于世者，以历代所称，兼于文行故也。余尝以一绝记其闻者："大义终全显汉廷（李固、杜乔），名标八俊接英声（李膺、杜密）。文章万古犹光焰（李白、杜甫），疑是天私李杜名。"

将李、杜与汉代的李固、杜乔及李膺、杜密等人相提并论，肯定了李杜在诗坛的地位。卷中"用俗语"条又云：

> 谚有"巧媳妇做不得没面餺饦"与"远井不救近渴"之语，陈无己用以为诗云："巧手莫为无面饼，谁能救渴需远井？"遂不知为俗语。世谓少陵"鸡狗亦得将"，用"嫁得鸡，逐鸡飞，嫁得狗，逐狗走"，或几是也。

庄绰认为，杜甫诗歌才能和成就非凡，能将常用俗语俚语入诗，并能化俗为雅，化腐朽为神奇，做到雅俗共赏，各得所宜。卷下载"天性与宿习"条：

> 天下之事，有不学而能者，儒家则谓之天性，释氏则以为宿习，其事甚众。唐以文称，如白乐天七月而识"之无"二字。权德舆三岁知变四声，四岁能为诗。韩退之自云："七岁读书，十三而能文。"杜子美亦自谓："七龄思即壮，开口咏凤凰。九

龄书大字，有作成一囊。"若李泌之赋"方圆动静"，刘晏之正"朋"字，岂学之所能至哉？以羊祜识厦环之处推之，则宿习为言，信矣！

将杜甫与白居易、权德舆、韩愈等人等量齐观，认为他们都是天才，"岂学之所能至哉！"绝非一般人所能望其项背。杜甫"七龄"就能写诗，且他人难以企及，是一位罕有的天才。

（八）《容斋随笔》

该书七十四卷，南宋洪迈撰。分《随笔》《续笔》《三笔》《四笔》《五笔》五集。原计划每集各十六卷，但《五笔》未毕而卒，止成十卷，共 1 220 则。与沈括《梦溪笔谈》、王应麟《困学纪闻》，是宋代三大最有学术价值的笔记。其自序曰："予老去习懒，读书不多，意之所之，随即纪录，因其后先，无复诠次，故目之曰随笔。淳熙庚子（1180）。"写作时间前后逾二十年，是其多年博览群书、勤于笔耕的结果。

本书内容繁富，议论精当，是一部涉及领域极为广泛的著作，自经史诸子百家、诗词文翰以及历代典章制度、医卜、星历等，无不有所论说，而且其考证辨析之确切，议论评价之精当，皆备受称道。《四库提要》云"南宋说部终当以此为首"，不仅在中国历史文献上有着重要的地位和影响，而且对于中国文化的发展亦意义重大。

其中关于唐诗方面的材料十分丰富。在卷四《李宓伐南诏》中，洪迈以高适《李宓南征蛮诗》为依据，引用其诗序云：

> 天宝十一载，有诏伐西南夷，丞相杨公兼节制之寄，乃奏前云南太守李宓涉海自交趾击之，往复数万里，十二载四月，至于长安。君子是以知庙堂使能，而李公效节。予忝斯人之旧，因赋是诗。其略曰："肃穆庙堂上，深沉节制雄。遂令感激士，得建非常功。鼓行天海外，转战蛮夷中。长驱大浪破，急击群山空。徜道忽已远，悬军垂欲穷。野食掘田鼠，晡餐兼蕀僮。收兵列亭候，拓地弥西东。泸水夜可涉，交州今始通。归来长安道，召见甘泉宫。"

据此，洪迈指出《旧唐书》《新唐书》中有关李宓败死记载之误"则宓盖归至长安，未尝败死，其年又非十三载也"来考证《资治通鉴》所记此事为"十三载"之误，同时，又考证《旧唐书》"李宓率兵击蛮于西洱河，粮尽军旋，马足陷桥，为客罗凤所擒"，及《新唐书》"宓败死于西洱河"之误。

不仅如此，是书也记载和保存了许多涉及唐代诗人的轶事、掌故，对于唐诗的鉴赏、诗艺的议论，以及理论上的探讨，也有许多独特精到的见解，披沙拣金，足资参考：

韦苏州集中有《逢杨开府》诗云："少事武皇帝，无赖恃恩私。身作里中横，家藏亡命儿。朝持樗蒲局，暮窃东邻姬。司隶不敢捕，立在白玉墀。骊山风雪夜，长杨羽猎时。一字都不识，饮酒肆顽痴。武皇升仙去，憔悴被人欺。读书事已晚，把笔学题诗。两府始收迹，南宫谬见推。非才果不容，出守抚惸嫠。忽逢杨开府，论旧涕俱垂。"味此诗，盖应物自叙其少年事也，其不羁乃如此。李肇《国史补》云："应物为性高洁，鲜食寡欲，所居焚香扫地而坐。其为诗，驰骤建安以还，各得风韵。"盖记其折节从事也。《唐史》失其事，不为立传。高适亦少落魄，年五十始为诗，即皆天分超卓，不可以常理论云。应物为卫正，天宝间所为如是，而吏不敢捕，又以见时政矣。（卷二）

李益、卢纶皆唐大历十才子之杰者，纶于益为内兄，尝秋夜同宿。益赠纶诗曰："世故中年别，余生此会同。却将悲与病，独对朗陵翁。"纶和曰："戚戚一西东，十年今始同。可怜风雨夜，相问两衰翁。"二诗虽绝句，读之使人凄然，皆奇作也。（卷九）

杜子美《丹青引赠曹将军霸》云："先帝天马玉花骢，画工如山貌不同。是日牵来赤墀下，迥立阊阖生长风。诏谓将军拂绢素，意匠惨淡经营中。斯须九重真龙出，一洗万古凡马空。玉花却在御榻上，榻上庭前屹相向。至尊含笑催赐金，圉人太仆皆惆怅。"读者或不晓其旨，以为画马夺真，圉人、太仆所为不乐。是不然。圉人、太仆盖牧养官曹及驭者，而黄金之赐，乃画史得之，是以惆怅，杜公之意深矣。又《观曹将军画马图》云："曾貌先帝照夜白，龙池十日飞霹雳。内府殷红玛瑙盘，婕好传诏才人索。"亦此意也。（续笔卷三）

王勃等四子之文，皆精切有本原。其用骈俪作记序碑碣，盖一时体格如此，而后来颇议之。杜诗云："王杨卢骆当时体，轻薄为文哂未休。尔曹身与名俱灭，不废江河万古流。"正谓此耳。"身名俱灭"，以责轻薄子；"江河万古流"，指四子也。韩公《滕王阁记》云："江南多游观之美，而滕王阁独为第一。及得三王所为序、赋、记等，壮其文

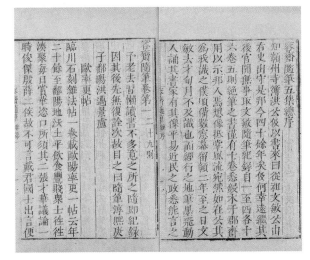

《容斋随笔》清乾隆末扫叶山房据明崇祯马元调本影刻本

辞。"注谓："王勃作游阁序。"又云："中丞命为记，窃喜载名其上。词列三王之次，有荣耀焉。"则韩之所以推勃亦不浅矣。勃之文今存者二十七卷云。（四笔卷五）

历代目录家十分重视《容斋随笔》，自成书以来，诸多史志、公私书目都有著录，陆续收载它的丛书将近十种，刻本和抄本颇多。宋刻本主要有嘉定中章贡本、建宁本以及建溪本、绍定本四种。明代版本有会通馆活字本、李瀚本、雪堂仿宋活字本，照宋抄本等等，其中最有影响的是崇祯三年（1630）马元调刊本。清代版本多依据马本，主要有扫叶山房版和新丰洪氏十三公祠版。现当代，容斋随笔有多种整理本，如上海古籍出版社本、吉林文史出版社本、北京燕山出版社本等，本书则皆据中华书局 2005 年孔凡礼点校本。

（九）《老学庵笔记》

本书十卷，陆游撰。老学庵系陆游晚年书斋名，其《老学庵》诗曰："穷冬短景苦匆忙，老学庵中日自长。"题下自注："予取师旷'老而学，如秉烛夜行'之语名庵。"其写作时间约在宋淳熙末年（1190）到绍熙末年（1195）期间。另有《老学庵续笔记》，已佚。《说郛》《永乐大典》中存有佚文。

《笔记》内容丰富，记述士林谈议，市井轶闻，间采民间传说。又因其留蜀甚久，故记蜀中事颇多。考订诗文，全书共 576 则中有 233 则文字涉及对诗歌的评论鉴赏、本事考辨、创作方法、作家风格的辨析，由此可见其理论和见解。也有许多论及唐人、唐诗，兹举数则于下，以窥一斑：

> 柳子厚诗云："海上尖山似剑芒，秋来处处割愁肠。"东坡用之云："割愁还有剑芒山。"或谓可言"割愁肠"，可但言"割愁"。亡兄仲高云："晋张望诗云：'愁来不可割。'此'割愁'二字出处也。"（卷二）

> 今世所道俗语，多唐以来人诗。"何人更向死前休"，韩退之诗也；"林下何曾见一人"，灵澈诗也；"长安有贫者，为瑞不宜多"，罗隐诗也；"世乱奴欺主，年衰鬼弄人。海枯终见底，人死不知心"，杜荀鹤诗也；"事向无心得"，章碣诗也；"但有路可上，更高人也行"，龚霖诗也；"忍事敌灾星"，司空图诗也；"一朝权入手，看取令行时"，朱湾诗也；"自己情虽切，他人未肯忙"，裴说诗也；"但知行好事，莫要问前程"，冯道诗也；"在家贫亦好"，戎昱诗也。（卷四）

> 唐韩翃诗云："门外碧潭春洗马，楼前红烛夜迎人。"近世晏叔原乐府词云："门外绿杨春系马，床前红烛夜呼卢。"气格乃过本句，不谓之剽可也。（卷五）

> 杜子美《梅雨诗》云："南京西浦道，四月熟黄梅。湛湛长江去，冥冥细雨来。茅茨疏易湿，云雾密难开。竟日蛟龙喜，盘涡与岸回。"盖成都所赋也。今成都乃未尝有梅雨，惟秋半积阴气令蒸溽，与吴中梅雨时相类耳。岂古今地气有不同耶？（卷六）

> 张继《枫桥夜泊》诗云："姑苏城外寒山寺，夜半钟声到客船。"欧阳公嘲之云："句则佳矣，其如夜半不是打钟时。"后人又谓惟苏州有半夜钟，皆非也。按于邺

《褒中即事》诗云："远钟来半夜，明月入千家。"皇甫冉《秋夜宿会稽严维宅》诗云："秋深临水月，夜半隔山钟。"此岂亦苏州诗耶？恐唐时僧寺，自有夜半钟也。京都街鼓今尚废，后生读唐诗文及街鼓者，往往茫然不能知，况僧寺夜半钟乎？（卷十）

　　余在蜀，见东坡先生手书一轴曰："黄幡绰告明皇，求作白打使，此官亦快人意哉！"味东坡语似以"白打"为搏击之意。然王建《宫词》云："寒食内人长白打，库中先散与金钱。"则白打似是博戏耳，不知公意果何如耳。（续笔记）

《直斋书录解题》赞游"生识前辈，年及耄期，所记见闻，殊有可观"，《四库提要》称其"轶闻旧典，往往足备考证"，所言不虚。

（十）《鹤林玉露》

是书十八卷，南宋罗大经（约 1195—1253？）撰。大经字景纶，号儒林，又号鹤林，庐陵（今江西吉安）人。宝庆二年（1226）进士，历仕至抚州军事推官，翌年被弹劾罢官。从此绝意仕途，闭门读书，潜心著述。取杜甫《赠虞十五司马》诗"爽气金天豁，清谈玉露繁"之意，写成《鹤林玉露》一书；分甲乙丙三编，每编六卷。大经有经邦济世之志，书中对南宋偏安江左、秦桧专权、百姓疾苦等均有议论，其中有不少记载，可与史乘参证，补缺订误。尤为重要的是对历代文学流派、文艺思想、作品风格，作过中肯而又精辟的评论，颇具文学史料价值。如：

　　作文迟速　李太白一斗百篇，援笔立成。杜子美改罢长吟，一字不苟。二公盖亦互相讥嘲，太白赠子美："借问因何太瘦生，只为从前作诗苦。"苦之一辞，讥其困雕镌也。子美寄太白云："何时一樽酒，重与细论文。"细之一字，讥其欠缜密也。（甲编卷六）

　　杨太真　武惠妃薨，明皇悼念不已，后宫数千，无当意者。或言寿王妃杨氏之美，绝世无双。帝见而悦之，乃令妃自以其意乞为女官，号"太真"，更为寿王娶韦昭训女。潜纳太真宫中，宠遇如惠妃，册为贵妃，与卫宣公纳伋之妻无以异。白乐天《长恨歌》云："杨家有女初长成，养在深闺人未识。天生丽质难自弃，一朝选在君王侧。"为尊者讳也。近时杨诚斋《题武惠妃传》云："桂折秋风露折兰，千花无朵可天颜。寿王不忍金宫冷，独献君王一玉环。"词虽工，意亦未婉。唯李商隐云："龙池赐酒敞云屏，羯鼓声高众乐停。夜半宴归宫漏永，薛王沉醉寿王醒。"其词微而显，得风人之体。（乙编卷二）

　　诗人胸次　李太白云："划却君山好，平铺湘水流。"杜子美云："斫却月中桂，清光应更多。"二公所以为诗人冠冕者，胸襟扩大故也。此皆自然流出，不假安排。（乙编卷三）

云日对　叶石林云："杜工部诗，对偶至严，而《送杨六判官》云'子云清自守，今日起为官'，独不相对，切意'今日'字当是'令尹'字传写之讹耳。"余谓不然，此联之工，正为假"云"对"日"。两句一意，乃诗家活法，若作"令尹"字，则索然无神，夫人能道之矣。且送杨姓人，故用子云为切题，岂应又泛然用一令尹耶？如"次第寻书札，呼儿检赠篇"之句，亦是假以"第"对"儿"，诗家此类甚多。(乙编卷四)

李杜　李太白当王室多难、海宇横溃之日，作为歌诗，不过豪侠使气，狂醉于花月之间耳。社稷苍生，曾不系其心胸，其视杜少陵之忧国忧民，岂可同年语哉！唐人每以李、杜并称，韩退之识见高迈，亦惟曰："李杜文章在，光焰万丈长。"无所优劣也。至本朝诸公，始至推尊少陵。东坡云："古今诗人多矣，而惟以杜子美为首，岂非以其饥寒流落，而一饭未尝忘君也与？"又曰："《北征》诗识君臣大体，忠义之气，与秋色争高，可贵也。"朱文公云："李白见永王璘反，便从臾之。诗人没头脑至于如此。杜子美以稷、契自许，未知做得与否，然子美却高，其救房琯亦正。"(丙编卷六)

　　本书另有十六卷本（如明刊稗海本），为后人重编，不全。1983年中华书局出版王瑞来十八卷点校本，本书皆据此。

结　语

　　宋代是继唐朝之后中国文学发展史上的又一个重要时期，这一时期就诗歌而言，创作上实现了从"唐音"到"宋调"的转换，且形成了独具特色的诗学批评体系，唐诗研究是其中的一个重要分支，是学界长期以来关注的学术热点之一，自然也是一个值得继续深入研究的课题。

　　宋人对唐诗的研究及其诗学话语机制的构建，必以文献资料的整理为滥觞，这一工作首先是从辑佚和校勘入手的，所做工作艰苦而卓有成效。宋辑唐人别集、选集、总集数量甚多，各具特色。在辑佚、校勘唐诗文献的基础上，宋人从更深层次对唐人唐诗有关文献资料予以整理加工，这便是宋人所开展的集注和编年工作。注家们各以自己所历、所知、所感、所识，对不同唐人唐诗作出论释阐说，这使宋人对唐人唐诗的接受呈现出各擅一途、百花齐放的繁盛局面。譬如唐诗选本《唐百家诗选》《万首唐人绝句》《三体唐诗》等，这些选本及其注释的刊刻印行，不仅为后世的唐诗研究提供了重要的资料和参考，也在一定程度上促进了唐诗的传播和欣赏。此外，在志传、总集、丛书、类书、碑刻等中也有许多相关文献留存。它们是本书立论得以开展的逻辑基础，也是对宋代唐诗研究成果的完整总结。

　　宋代唐诗研究的广泛展开与不断演进，及其诗学话语体系构建的又一表现，是理论批评与学术探讨的逐步深入。宋代诗学体系的主要构成及其载体除选本、诗话外，还有笔记、志传、评点、注释，及文人在相互交往中所写的序、跋、书信等。宋人对唐诗的批评探讨不仅关注单个诗人诗作，而且对唐代某个特定历史时期的诗歌发展及其特征，或对具有创作共性的诗人群体进行分析，尤其注重立足于审视唐诗发展的视角，结合自身所持诗学主张，对唐诗发展、特征及其内蕴规律进行整体性观照。在大量的笔记、序跋、书信和诗论中，有关唐诗的见解时有所见，其中不乏真知灼见。梳理和归纳这些见解，也就成了了解和把握宋代唐诗研究和诗学话语体系构建的一个重要渠道和方式。

　　考察和探究唐宋文学这种前后相继、递相祖述的演进及其关系，其意义也就不只是一个还原历史的单一向度和简单操作，而是具有了追溯与考究宋人对唐诗已有创作经验学习借鉴的指向与呈现，也兼具了诗学体系与批评价值指向的双重意涵。具体说来，本书的工作主要围绕下述诸端展开：

第一，标本与范式：宋代唐诗选本的批评价值指向与文学批评史意义

作为一种文学批评方式的选本，至少在先秦已开始萌芽。唐人选唐诗，是我国文学批评史上出现的一个新景观，其意义不仅在于丰富了原有文学批评的内容与形式，更重要的是开启了下一代唐学与唐诗研究的新领域、新途径、新格局，构成了后世特别是明清之际文学批评实践的重要组成部分。"唐诗选"或者"选唐诗"，逐渐成为一种独有的文化现象，以致唐以后蔚成风气，代不乏人，且高潮迭起，佳作屡屡。拙著将宋代唐诗选本这一独特的文化和文学批评现象，置于宋代文学发展的广阔背景下，对其文学批评史意义进行了考察。

第二，总结与升华：宋代诗话的文学批评史意义

诗话是中国古代一种独特的论诗体裁，属于中国古代诗歌理论批评的一种专著形式。宋代唐诗研究成就中的一个突出亮点是诗话这一论诗形式的发达。宋诗话将各自存在的诸种因素汇集整合为一体，用以论诗，从而以鲜明的特色构成与其他有关诗学论著的本质区别，使中国古代诗学著述领域出现了一种前所未有的体裁样式，为中国古代文学理论批评提供了一种新颖独特的著述形式。同时，它也是中国古代文学理论批评走向专门化的载体和重要标志之一。宋诗话对诗歌创作的得失进行探讨，总结出其经验教训，归纳升华出诗歌创作的艺术规律。同时，诗话对诗歌艺术的鉴赏提供了必要的指导和一般的原则，对诗歌的批评也给以理性的关照。可以说，宋诗话丰富了宋代唐诗研究的学术表达表形式。

第三，演进与深化：其他载体中的理论批评与学术探讨

宋人对唐诗的学习与研究是全方位的，既有文献的辑佚整理，也有大量选本、诗话等载体的相继问世。与此同时，从一般的文人学者，到业有专攻的史学家、理学家等，宋人在其他载体中诸如史籍、书信、笔记、志传、序、跋等，以各自的角度和立场，对唐诗的发展历程、美学风貌及艺术规律等进行了发掘。一般文人大多执着于形而下的观照，更多地集中在对诗法、诗艺，及诗人诗作个性特征的探讨。史学家和理学家则从求实与功利角度出发，注重考索诗作的社会功能，强调诗人诗作有补于世的实际功用。梳理和归纳这些见解，也就成了拙著了解和把握宋代唐诗研究的又一项重要工作内容。

第四，接受与借鉴：宋代唐诗研究与宋诗创作之关系

宋代诗歌的发展是在对前代诗作特别唐诗的继承、消化、吸收、转换的过程中建构起来的，宋诗创作与唐诗创作手法、美学观念和诗学趣尚的接受与消解关系至为密切。由于"宋初三体"及梅、欧、苏、王等人的共同努力，前后相继，终于基本上打破了唐代近三百年形成的诗歌传统与基本的创作模式。此后，苏黄等人大力取径杜甫，熔炼诸家，推陈出新，开"江西一派"，使诗歌终于完成了从"唐音"到"宋调"的转换。因此，考察宋代唐诗研究与宋诗创作之间的关系，也是本书的重要内容。

第五，沉潜与积淀：关于重要文献的整理

宋人的唐诗文献资料，浩如烟海，既包括宋人对前代留存下来的唐人别集、选集、总集进行的辑佚、校勘等成果，也包括诗人自己修撰的史籍、志传、丛书、类书等，其中包含了大量相关资料。譬如宋人对杜诗的研究，就出现了"千家注杜"的盛况，产生了大批宋人所开展的杜诗集注和编年成果，工作艰苦而成效卓著。对这些文献的梳理、考索，也就成了本书进行的工作内容之一。

本书以诗学思维为方法论，以文学批评史为切入点，尝试将以唐诗为底色的宋代唐诗研究这一独特的文化和文学批评现象，置于宋代文学发展与诗学体系构建的宏阔背景下，从宋代唐诗研究的层面分布、演进历程、研究方法及其特征、历史地位诸方面，考察其是如何与这一时期的学术背景、学术潮流和文学风会，特别是与诗歌创作的交融互动关系，并对其话语机制的生成进行细致的梳理与概括，推原其传承演变轨迹，凸显其隐在的稳定内核与基本精神，探究这一时期唐诗研究的美学品格及其学术表达，以期更好地把握其呈现、演进及规律，进而察来知往，以古鉴今，深化对原有问题的研究，为未来的研究提供新的门径。①

虽然本书对上述诸问题进行了梳理、回顾、整理和总结，在"考镜源流，辨章学术"方面做了一定的尝试和努力，但囿于学识和能力，自身的不足亦不必讳言：第一，对唐诗研究美学品格的探讨上还显得较为浮泛和单薄，大部分内容止步于鉴赏性、考证性及阐释性研究，对唐诗本身与唐诗研究美学品格的抽绎研究仍显欠缺，对唐诗作为独特范型的本体性研究也还有待加强。第二，在唐诗研究的学术表达上，亦即在具体问题的论列上，个中一些材料和论述也尚嫌粗糙缺略，离学科发展的时代要求尚有差距。因此，对唐诗研究史的通观、细致的把握，仍有待进一步开拓。第三，唐诗研究的对象和范围仍有待进一步拓展。譬如对碑铭、墓志、方志、子部、儒释道中的所存文献尚没有给予足够的重视和关注，挖掘尚欠深入；元明清及近代诗学文献中对宋代唐诗研究和诗学机制构建的论述、阐释，诸如明清诗话、同光体、钱锺书《谈艺录》等关于唐诗研究与宋代诗学的文献及论述，亦未及轩轾，均有待来日进一步补充完善。"旧学商量加邃密，新知培养转深沉"（朱熹《次陆子静韵》），所以今后的唐诗研究应该以更加开放宏通的视域、更为深邃的理性辨识，不断拓展研究领域，广泛扩展研究对象，从而将唐诗研究推上一个新台阶。

---

①　参阅胡建次《新时期以来唐诗研究研究述论》，载《思想战线》，2003 年第 6 期。

后　记

　　2002 年 9 月，秋风嫋嫋木叶下之际，我离开工作了 10 年之久的河北省沽源县，南下上海，到复旦大学中文系随刘明今教授攻读硕士。2005 年 7 月，以题为《宋代唐诗选本研究》的论文毕业，获得硕士学位。本书就是在硕士论文的基础之上增补修订而成，第一章除个别地方略有拓展外，基本上维持了硕士论文的原貌，以后各章则均为近年来陆续增补所成，其中部分章节曾在刊物上公开发表过，此次收入书中后又多有订讹补正。说"批阅十载，增删五次"，虽不免有些大言不惭，但也不算太夸大其词，至少时间跨度上已远不止十年了。

　　岁月不居，时光如流，转瞬二十载光阴已成既往，但当初时空转换后带来的新鲜感，及由此而产生的紧张和焦虑，当然也还有些许自适与欢欣，时至今日依然清晰如昨，挥之不去。

　　那时，复旦中文系文学批评史专业及相应的教研室，是中文系乃至复旦大学的品牌专业或明星学科，具有全国范围内为数不多的文学批评史专业博士点，是该领域里的重镇。前辈学者郭绍虞、刘大杰、朱东润、王云熙、顾易生等先生都曾在此领域中耕耘树艺，积学经年，成就辉煌。郭先生 1930 年代的《中国文学批评史》和朱先生 1940 年代的《中国文学批评史大纲》成为该学科的奠基之作；1980 年代王、顾两先生主编的三卷本《中国文学批评史》，和郭先生主编的四卷本《中国历代文论选》一道被列为全国高校文科教材，1990 年代王、顾两先生领衔撰著的七卷本《中国文学批评通史》先后荣获上海市哲学社科特等奖、国家优秀图书奖、国家教委优秀教学成果一等奖、上海文学艺术优秀成果奖，被誉为是该领域中的一部"集大成之作"。其后王运熙、黄霖先生主编的中国古代文学理论体系，包括《原人论》《范畴论》和《方法论》三部专著，为探索和总结我国民族文学理论的特色作出了新的努力。鸿风懿采，俊才云蒸，可谓人物炳焕，极一时之盛。

　　业师刘明今教授是一位笃志向学，潜心著述，且成就卓著的一流学者。先生不仅是七卷本《中国文学批评通史》的主要撰著人之一，承担了第四卷《宋金元卷》中的金元部分，和第五卷《明代卷》中的诗文批评各章节的撰写，总的撰著量当在五六十万字。而且还著有《辽金元文学史案》《中国古代文学理论体系方法论》《中国修辞学通史・明代卷》（诗文词部分）及《中国分体文学学史・戏剧学卷》（三卷本）等大作近 200 万字之巨，并有大量论文散见于各种学术刊物中。先生祖籍四川大邑，1944年生于重庆，是川内的名门望族。1967年毕业于复旦大学中文系，旋即到山西大同煤矿子弟中学执教多年，返沪后任上海昆剧团编剧，期间有多部剧作刊行或搬演。回中文系后一直从事古代文学研究与教学工作，直至荣休。

先生不仅是名重学界、享誉士林的学者，也是慈祥谦和、温润蔼然的长者。我入学时，妻子下岗经年，一子尚幼，人事关系、组织关系和户口都迁到了复旦，跟原先的单位完全脱了钩，这就意味着我必须在没有任何经济收入的前提下完成三年学业。幸而系里为贫困生提供了一些助学岗位，同门的师弟也需要资助，但先生念我家累甚重，帮我申请到了做他一学期助教的岗位，这样每月就有一部分经费打到饭卡上，解决了我的燃眉之急。问学期间，曾多次到先生位于长乐路的寓所造访，每次叨扰，先生和师母都势必留饭，佳肴美馔，言笑晏晏，至今令人难忘。那时，先生九十岁高龄的母亲虽然满头白发，但耳聪目明，反应敏捷，谈吐和举止都极优雅，我们每次去和离开的时候，都要跟老人家打招呼。老人家的记忆力也很好，差不多能叫得出每一位到访的学生的名字。明今师也每次都踩着叮咚作响的木楼梯把我们送到楼下，目送我们走出小区大门才挥别上楼。先生是市昆剧团的大牌编剧，对于昆曲的音律、唱腔也都十分精通，自己也可以吹拉弹唱。而且先生还是复旦大学业余昆剧团的骨干，每周二下午在五教边工会的活动室里，总能传出悠扬婉转的丝竹之声，先生是每场必到。有一位袁姓师妹亦擅此道，有时在先生家里师生一道演唱昆曲，令我们不胜羡慕。有一次，先生通过市昆剧团的人脉，送给我和师弟，及邬国平先生门下的两位高足每人一张天蟾舞台的昆曲票，让我们去看沪上昆曲名角梁谷音的新剧《琵琶行》，大概是想借此物色有无可造之材，以便将他在戏曲方面的造诣及见地倾囊相授。可惜我没有艺术细胞，也不大喜欢节奏极慢的水磨腔，所以无法表现出浓厚的兴趣，辜负了先生的一番盛意，其他几位似乎也如此。但后来却有两位师妹从先生处得了真传，获益良多。其中的一位，还曾经将鲁迅先生的名著《伤逝》改编成昆曲并任导演，在学校的相辉堂公演后一炮而红，似乎还到外校演出过。

我入学时，王运熙、顾易生二先生已经荣休，没有可以亲聆謦咳还的机会了，只记得似乎在教研室的资料室里曾经见过一位慈眉善目、白白胖胖的长者，在浏览书架上的书，因为不认识未敢冒昧请安，后据别的老师说，那就是大名鼎鼎的顾易生先生。顾先生出生于豪富之家，父辈是银行家，先生大学本科读的是法律，起先工作于银行，在金融界有待遇优渥的差事。但由于钟情于古典文学，后来还是报考了朱东润先生的研究生，并留校作了老师，日后成为名重一时的著名学者。后来有一年我到汕头大学参加一个古代文论的学术年会，碰到了许多复旦校友，其中有顾先生的高足、任教于香港岭南大学的汪春泓教授。席间聊起复旦往事，得知我和同去的刘竞飞兄是学文批史出身，就给我们谈起了顾先生的轶事。说是以前每次到顾先生家里去上课，顾先生总会讲起汪精卫的轶事以资谈笑，春泓教授说，当初不明白是什么意思，后来才悟出，自己也姓汪，原来顾先生是借此打趣自己。王云熙先生是在从图书馆回北区路上岔路口等红绿灯时偶遇到的，中等身材，精精瘦瘦，神情矍铄。虽然不曾亲聆教诲，但在系里资料室十四大教授的名榜上看到过照片，所以一眼就认出。王先生一向身体欠佳，晚年目力减退。据说曾被外卖小哥撞倒，受了重伤，缠绵病榻数年，竟因此而不治。先生本可以向快递员索赔，但虑及其经济状况未予追究，先生的宽厚于此可见。

那时文批史教研室的台柱子有黄霖、蒋凡、杨明诸先生，黄先生是掌门人，用蒋凡先生的话说是"掌控全局"的人。汪涌豪、吴兆路、邬国平诸先生当时尚属中生代，潜力甚巨，后来都成了学界大咖。周兴陆、羊列荣先生是新生代，或许刚刚留校不久吧。周兴陆先生曾是我论文的评议人之一，不久前去了北大任教。罗淑华、周维昭先生那时尚未入职。

名校名师，都是稀缺资源。愚钝如我，何德何能，何其有幸，能够享受到这样的机会？推想应该是前世修来的福分，更是上天对我的格外眷顾吧。名校名师应该出高徒，但反求诸己，似乎有点辜负了母校和恩师们的栽培作育之恩。惭愧自己一直沉浸在俗世生活中狗苟蝇营，得过且过，目空四海，心雄万夫，有旷达，有不屑，也有许多无谓的郁闷和徒劳的挣扎。虽焚油继晷，兀兀经年，但迄今学术上并无什么建树，也没有什么亮丽的成果足以傲人傲世。现在的这本小书，不过是一些浅见，虽非体大精思之作，但也曾呕心沥血，勉强可以算作对自己初涉古典文学研修领域的一个回顾，也是对领我入门的恩师的一个交代和感恩吧。

刘勰《文心雕龙·宗经》云："后进追取而非晚，前修文用而未先。"不论"前修"还是"后进"，每个人的禀赋、能力和机运各有不同，在纷纷攘攘尘世中的际遇也各有差等，文章学术也一样。鲁迅先生《华盖集·这个与那个》一文中也曾说过，"智识高超而眼光远大的先生们开导我们：生下来的倘不是圣贤、豪杰、天才，就不要生；写出来的倘不是不朽之作，就不要写；改革的事倘不是一下子就变成极乐世界，或者，至少能给我（！）有更多的好处，就万万不要动！"圣贤、豪杰、天才距我何啻云泥。至于文字，文如精金美玉，市有定价，毋须劳心。即便是速朽的东西，也仍然还会敝帚自珍。不经十月怀胎之苦，何能深味分娩之痛。知我者为我心忧，不知我者谓我何求。

感谢刘明今先生，感谢当初文批史教研室及中文系所有给予过我教诲和提携的师长们；感谢我的家人、同事、同学和旧雨新知们，没有大家的鼓励鞭策，我恐怕不会走得很远；感谢中西书局的总编辑张荣先生在百忙中为我润色书名，特别要感谢责任编辑唐少波兄，他的辛勤劳作是本书得以顺利问世的保障，唐兄的学养、敬业和坦诚，也一直为我所景仰。

远山长，云山乱，晓山青。轻舟晚，猿声遥，滔滔云烟远。

赵鸿飞

癸卯年八月秋分日于海上守愚室

主要参考文献

［001］焦循. 孟子正义［M］. 沈文倬, 点校. 北京：中华书局, 1987.

［002］班固. 汉书（全十二册）［M］. 北京：中华书局, 1962.

［003］王聘珍. 大戴礼记解诂［M］. 王文锦, 点校. 北京：中华书局, 1983.

［004］毛亨. 毛诗传笺［M］. 汉 郑玄, 笺. 唐 陆德明, 音义. 孔祥军, 点校. 北京：中华书局, 2018.

［005］司马迁. 史记（全十册）［M］. 北京：中华书局, 1982.

［006］程树德. 论语集释［M］. 程俊英, 蒋见元, 点校. 北京：中华书局, 1990.

［007］永瑢, 等. 四库全书总目（全二册）［M］. 北京：中华书局, 1965 年影印清刻本.

［008］胡震亨. 唐音癸签［M］. 清文渊阁四库全书本.

［009］萧子显. 南齐书［M］. 北京：中华书局, 1972.

［010］刘勰. 增订文心雕龙校注（全三册）［M］. 黄叔琳, 注. 李详, 补注. 杨明照, 校注拾遗. 北京：中华书局, 2012.

［011］严羽. 沧浪诗话［M］. 普惠, 孙尚勇, 杨遇青, 评注. 北京：中华书局, 2014.

［012］晁公武. 郡斋读书志校证［M］. 孙猛, 校证. 上海：上海古籍出版社, 1990.

［013］欧阳修, 宋祁. 新唐书［M］. 北京：中华书局, 1975.

［014］崔令钦. 教坊记（外三种）［M］. 吴企明, 点校. 北京：中华书局, 2012.

［015］欧阳修. 欧阳修全集（全六册）［M］. 李逸安, 点校. 北京：中华书局, 2001.

［016］胡应麟. 诗薮［M］. 光绪广雅书局丛书本.

［017］董诰, 等. 全唐文（全十一册）［M］. 北京：中华书局, 1983 年影印嘉庆内府本.

［018］元结. 唐元次山文集［M］. 清文渊阁四库全书本.

［019］杨万里. 杨万里集笺校（全十册）［M］. 辛更儒, 笺校. 北京：中华书局, 2007.

［020］何文焕. 历代诗话（全二册）［M］. 北京：中华书局, 1981.

［021］丁福保. 历代诗话续编（全三册）［M］. 北京：中华书局, 1983.

［022］叶燮. 原诗［M］. 清康熙叶氏二弃草堂刻本.

［023］陈振孙. 直斋书录解题［M］. 徐小蛮, 顾美华, 点校. 上海：上海古籍出版社, 1987.

［024］阮元. 揅经室集（全二册）［M］. 邓经元, 点校. 北京：中华书局, 1993.

［025］蔡正孙. 诗林广记［M］. 常振国, 绛云, 点校. 北京：中华书局, 1982.

［026］马端临. 文献通考（全十四册）［M］. 上海师大古籍所，华东师大古籍所，点校. 北京：中华书局，2011.

［027］陶宗仪. 说郛［M］. 清文渊阁四库全书本.

［028］胡仔. 渔隐丛话［M］. 清文渊阁四库全书本.

［029］何良俊. 四友斋丛说［M］. 中华书局，1959.

［030］脱脱，等. 宋史（全四十册）［M］. 北京：中华书局，1977.

［031］计有功. 唐诗纪事校笺（全八册）［M］. 王仲镛，校笺. 北京：中华书局，2007.

［032］洪迈. 万首唐人绝句［M］. 清文渊阁四库全书本.

［033］谢枋得. 谢叠山先生评注（四种合刊本）［M］. 清光绪八年京都豫章别业刻本.

［034］高棅. 唐诗品汇（全七册）［M］. 汪宗尼，校订. 葛景春，胡永杰，点校. 北京：中华书局，2015.

［035］司马光. 资治通鉴（全二十册）［M］. 元 胡三省，音注. 北京：中华书局，1956.

［036］方回. 瀛奎律髓［M］. 清文渊阁四库全书本.

［037］李焘. 续资治通鉴长编（全二十册）［M］. 上海师大古籍所，华东师大古籍所，点校. 北京：中华书局，2004.

［038］沈括. 梦溪笔谈［M］. 金良年，点校. 北京：中华书局，2015.

［039］刘克庄. 刘克庄集笺校（全十六册）［M］. 辛更儒，笺校. 北京：中华书局，2011.

［040］锺嵘. 锺嵘诗品笺证稿［M］. 王叔岷，笺证. 北京：中华书局，2007.

［041］彭定球，等. 全唐诗（全二十五册）［M］. 北京：中华书局，1960.

［042］范晔. 后汉书（全十二册）［M］. 北京：中华书局，1965.

［043］周弼. 三体唐诗［M］. 清文渊阁四库全书本.

［044］魏庆之. 诗人玉屑（全两册）［M］. 王仲闻，点校. 北京：中华书局，2007.

［045］吴之振，吕留良，等. 宋诗钞（全四册）［M］. 北京：中华书局，1986.

［046］王安石. 临川文集［M］. 清文渊阁四库全书本.

［047］蔡上翔，詹大和，等. 王安石年谱三种［M］. 北京：中华书局，1994.

［048］苏轼. 苏轼诗集（全八册）［M］. 王文诰，辑注. 孔凡礼，点校. 北京：中华书局，1982.

［049］辛文房. 唐才子传笺证（全三册）［M］. 周绍良，笺证. 北京：中华书局，2010.

［050］刘禹锡. 刘禹锡集（全二册）［M］. 刘禹锡集整理组，点校. 卞孝萱，校订. 北京：中华书局，1990.

［051］普济. 五灯会元（全三册）［M］. 苏渊雷，点校. 北京：中华书局，1984.

［052］叶适. 叶适集（全三册）［M］. 刘公纯，等，点校. 北京：中华书局，1961.

［053］王建. 王建诗集校注［M］. 尹占华，校注. 成都：巴蜀书社，2006.

［054］孔平仲. 孔氏谈苑［M］. 杨倩描，徐立群，点校. 北京：中华书局，2009.

［055］张文成. 游仙窟校注［M］. 李时人，詹绪左，校注. 北京：中华书局，2010.

［056］李昉，等. 太平广记（全十册）［M］. 北京：中华书局，1961.

［057］薛居正，等. 旧五代史（全六册）［M］. 北京：中华书局，1976.

［058］庄绰. 鸡肋编［M］. 萧鲁阳，点校. 北京：中华书局，1983.

［059］孟元老. 东京梦华录注［M］. 邓之诚，注. 北京：中华书局，1982.

［060］柳永. 乐章集校注［M］. 薛瑞生，校注. 北京：中华书局，2015.

［061］佚名. 都城纪胜［M］//上海师范大学古籍整理研究所. 全宋笔记（全120册）. 郑州：大象出版社，2019.

［062］吴自牧. 梦粱录新校注［M］. 阚海娟，校注. 成都：巴蜀书社，2013.

［063］李心传. 建炎以来朝野杂记［M］. 徐规，点校. 北京：中华书局，2000.

［064］范成大. 吴船录［M］//范成大笔记六种. 北京：中华书局，2002.

［065］岳珂. 桯史［M］. 吴企明，点校. 北京：中华书局，1981.

［066］邓子勉. 明词话全编（全八册）［M］. 南京：凤凰出版社，2012.

［067］钱谦益. 牧斋初学集［M］. 四部丛刊景明崇祯本.

［068］赵崇祚. 花间集校注［M］. 杨景龙，校注. 北京：中华书局，2014.

［069］王灼. 碧鸡漫志［M］//唐圭璋. 词话丛编（全六册）. 北京：中华书局，1986.

［070］朱弁. 曲洧旧闻［M］. 与《师友谈记》《西塘集耆旧续闻》合刊. 孔凡礼，点校. 中华书局，2002.

［071］张耒. 张耒集（全二册）［M］. 李逸安，等，点校. 北京：中华书局，1999.

［072］王夫之. 宋论［M］. 舒士彦，点校. 北京：中华书局，1964.

［073］赵翼. 廿二史札记校证（全二册）［M］. 王树民，校证. 北京：中华书局，2001.

［074］程颢，程颐. 二程集（全四册）［M］. 王孝鱼，点校. 北京：中华书局，1981.

［075］张载. 张载集［M］. 北京：章锡琛，点校. 北京：中华书局，1978.

［076］黄宗羲，全祖望. 宋元学案（全四册）［M］. 陈金生，等，点校. 北京：中华书局，1986.

［077］吕留良. 吕留良全集（全十册）［M］. 俞国林，编. 北京：中华书局，2015.

［078］苏轼. 苏轼文集（全六册）［M］. 明 茅维，编. 孔凡礼，点校. 北京：中华书局，1986.

［079］陈师道. 后山谈丛［M］. 李伟国，点校. 北京：中华书局，2007.

［080］韩愈. 韩愈文集汇校笺注（全七册）［M］. 刘真伦，岳珍，校注. 北京：中华书局，2010.

［081］何汶. 竹庄诗话［M］. 常振国，绛云，点校. 北京：中华书局，1984.

［082］屠隆. 考盘余事［M］. 秦跃宇，点校. 南京：凤凰出版社，2017.

［083］洪迈. 容斋随笔（全二册）［M］. 孔凡礼，点校. 北京：中华书局，2005.

［084］王聘珍. 大戴礼记解诂［M］. 王文锦，点校. 北京：中华书局，1983.

［085］魏徵，等. 隋书（全六册）［M］. 北京：中华书局，1974.

［086］叶适. 水心集（全三册）［M］. 刘公纯，等，点校. 北京：中华书局，1961.

［087］罗大经. 鹤林玉露［M］. 王瑞来，点校. 北京：中华书局，1983.

［088］蔡绦. 铁围山丛谈［M］. 冯惠民，沈锡麟，点校. 北京：中华书局，1983.

［089］林逋. 林和靖集［M］. 清文渊阁四库全书本.

［090］刘知几. 史通［M］. 四部丛刊影明万历刊本.

［091］张邦基. 墨庄漫录［M］. 与《过庭录》《可书》合刊. 中华书局，2002.

［092］惠洪. 冷斋夜话［M］. 与《风月堂诗话》《环溪诗话》合刊. 陈新，点校. 北京：中华书局，1988.

［093］元好问. 元好问诗编年校注（全四册）［M］. 狄宝心，校注. 北京：中华书局，2011.

［094］田锡. 咸平集［M］. 罗国威，校点. 成都：巴蜀书社，2008.

［095］吕祖谦. 宋文鉴（全三册）［M］. 齐治平，点校. 北京：中华书局，1992.

［096］陈应行. 吟窗杂录［M］. 明嘉靖二十七年崇文书堂刻本.

［097］仇兆鳌. 杜诗详注（全五册）［M］. 北京：中华书局，1979.

［098］曾巩. 曾巩集（全二册）［M］. 陈杏珍，晁继周，点校. 北京：中华书局，1984.

［099］欧阳修. 归田录［M］. 李伟国，点校. 与《渑水燕谈录》合刊. 北京：中华书局，1981.

［100］文莹. 湘山野录［M］. 与《玉壶清话》合刊. 郑世刚，杨立扬，点校. 北京：中华书局，1984.

［101］陆游. 老学庵笔记［M］. 李剑雄，刘德权，点校. 北京：中华书局，1979.

［102］孙光宪. 北梦琐言［M］. 贾二强，点校. 北京：中华书局，2002.

［103］叶寘. 爱日斋丛抄［M］. 与《浩然斋雅谈》《随隐漫录》合刊. 孔凡礼，点校. 北京：中华书局，2010.

［104］倪思. 经鉏堂杂志［M］. 明万历潘大复刻本.

［105］陈善. 扪虱新话［M］. 民国校刻儒学警悟本.

［106］王正德. 余师录［M］. 清文渊阁四库全书本.

［107］王谠. 唐语林校证（全二册）［M］. 周勋初，校证. 北京：中华书局，1987.

［108］方勺. 泊宅编［M］. 许沛藻，杨立扬，点校. 北京：中华书局，1983.

［109］晁说之. 晁氏客语［M］. 宋百川学海本.

［110］钱易. 南部新书［M］. 黄寿成，点校. 北京：中华书局，2002.

［111］何薳. 春渚纪闻［M］. 张明华，点校. 北京：中华书局，1983.

［112］方岳. 深雪偶谈［M］. 清曹琰抄本.

［113］杨炯. 杨炯集笺注（典藏本）［M］. 祝尚书，笺注. 北京：中华书局，2016.

［114］王士禛. 王士禛全集（全六册）［M］. 济南：齐鲁书社，2007.

［115］李商隐. 李商隐诗歌集解（全五册）［M］. 刘学锴，余恕诚，集解. 北京：中华书

局，1988.

［116］周敦颐. 周敦颐集［M］. 陈克明，点校. 北京：中华书局，1990.

［117］邵雍. 邵雍集［M］. 郭彧，整理. 北京：中华书局，2010.

［118］董逌. 广川画跋［M］. 清十万卷楼丛书本.

［119］岑参. 岑参诗笺注［M］. 廖立，笺注. 北京：中华书局，2018.

［120］元稹集（上下册）［M］. 冀勤，点校. 北京：中华书局，2015.

［121］白居易. 白居易集（全四册）［M］. 顾学颉，校点. 北京：中华书局，1979.

［122］温庭筠. 温庭筠全集校注（全三册）［M］. 刘学锴，校注. 北京：中华书局，2021.

［123］邵博. 邵氏闻见后录［M］. 刘德权，李剑雄，点校. 北京：中华书局，1983.

［124］潘德舆. 养一斋诗话［M］. 朱德慈，辑校. 北京：中华书局，2010.

［125］陈与义. 陈与义集（全二册）［M］. 吴书荫，金德厚，点校. 中华书局，2007.

［126］辛弃疾. 辛弃疾集编年笺注（全六册）［M］. 辛更儒，笺注. 北京：中华书局，2015.

［127］陶元藻. 全浙诗话（全三册）［M］. 俞志慧，点校. 北京：中华书局，2013.

［128］杨亿. 西昆酬唱集注［M］. 王仲荦，注. 中华书局，1980.

［129］陈起. 江湖小集［M］. 清文渊阁四库全书本.

［130］白居易. 白居易诗集校注（全六册）［M］. 谢思炜，校注. 北京：中华书局，2006.

［131］苏轼. 东坡志林［M］. 王松龄，点校. 北京：中华书局，2002.

［132］竹添光鸿. 左传会笺［M］. 于景祥，柳海松，整理. 沈阳：辽海出版社，2008 年影印本.

［133］黄庭坚. 黄山谷先生全集［M］. 清同治七年义宁冲和堂刊本.

［134］翁方纲. 复初斋文集［M］. 上海：上海古籍出版社，2002.

［135］黎靖德. 朱子语类（全八册）［M］. 王星贤，点校. 北京：中华书局，1986.

［136］陆九渊. 陆九渊集［M］. 钟哲，点校. 北京：中华书局，1980.

［137］李白. 李太白全集（全三册）［M］. 清 王琦，注. 北京：中华书局，1977.

［138］汪荣宝. 法言义疏（全二册）［M］. 陈仲夫，点校. 北京：中华书局，1987.

［139］刘昫，等. 旧唐书（全十六册）［M］. 北京：中华书局，1975.

［140］张金吾. 金文最（全二册）［M］. 北京：中华书局，1990.

［141］吴子良. 荆溪林下偶谈［M］. 清文渊阁四库全书本.

［142］王守仁. 王文成公全书（全四册）［M］. 王晓昕，赵平略，点校. 北京：中华书局，2015.

［143］李东阳. 李东阳集（全四册）［M］. 周寅宾，钱振民，校点. 长沙：岳麓书社，2008.

［144］陆游. 陆游全集校注（全二十册）［M］. 钱仲联，马亚中，主编. 杭州：浙江古籍出版社，2015.

［145］章学诚. 文史通义校注（全三册）［M］. 叶瑛，校注. 北京：中华书局，2014.

［146］佚名. 诗家鼎脔［M］. 清文渊阁四库全书本.

［147］王溥. 唐会要（全三册）［M］. 北京：中华书局，1960.

［148］王象之. 舆地纪胜［M］. 赵一生，点校. 杭州：浙江古籍出版社，2012.

［149］李昉，等. 太平御览［M］. 四部丛刊三编影宋本.

［150］王钦若，等. 册府元龟（校订本）（全十二册）［M］. 周勋初，等，校订. 南京：凤凰出版社，2006.

［151］王尧臣，等. 崇文总目［M］. 上海：商务印书馆，1937.

［152］尤袤. 遂初堂书目［M］. 上海：商务印书馆，1935.

［153］周密. 齐东野语［M］. 张茂鹏，点校. 北京：中华书局，1983.

［154］郑樵. 通志［M］. 清文渊阁四库全书本.

［155］马端临. 文献通考 经籍考（上下册）［M］. 上海：华东师范大学出版社 1985.

［156］赵彦卫. 云麓漫钞［M］. 傅根清，点校. 北京：中华书局，1996.

［157］苏轼. 苏轼词编年校注（全三册）［M］. 邹同庆，王宗堂，校注. 北京：中华书局，2002.

［158］黄庭坚. 黄庭坚诗集注（全五册）［M］. 任渊，等，注. 北京：中华书局，2003.

［159］王应麟. 玉海艺文校证（全三册）［M］. 武秀成，赵庶洋，校证. 南京：凤凰出版社，2013.

［160］李群玉，等. 唐代湘人诗文集［M］. 黄仁生，陈圣争，校点. 长沙：岳麓书社，2013.

［161］查慎行. 苏诗补注［M］. 王友胜，校点. 南京：凤凰出版社，2013.

［162］钱大昕. 嘉定钱大昕全集（增订本）（全十一册）［M］. 陈文和，主编. 凤凰出版社，2016.

［163］佚名. 宋史全文（全九册）［M］. 汪圣铎，点校. 北京：中华书局，2016.

［164］元好问. 元好问文编年校注（全三册）［M］. 狄宝心，校注. 北京：中华书局，2012.

［165］梁启超. 王安石评传［M］. 上海：世界书局，1935.

［166］王国维. 海宁王静安先生遗书［M］. 长沙：商务印书馆，1940.

［167］叶德辉. 书林清话［M］. 北京：中华书局，1982.

［168］叶昌炽. 藏书纪事诗［M］. 上海：古典文学出版社，1958.

［169］孙锦标. 通俗常言疏证［M］. 邓宗禹，标点. 北京：中华书局，2000.

［170］陆心源. 皕宋楼藏书志（全七册）［M］. 许静波，点校. 杭州：浙江古籍出版社，2016.

［171］莫友芝. 藏园订补郘亭知见传本书目［M］. 傅增湘，订补. 傅熹年，整理. 北京：中华书局，2009.

［172］傅增湘. 藏园群书经眼录（第 2 版）［M］. 北京：中华书局，2009.

［173］余嘉锡. 四库提要辨证（全四册）［M］. 中华书局，2007.

［174］鲁迅. 汉文学史纲要［M］. 南京：凤凰出版社，2009.

［175］闻一多. 唐诗杂论［M］. 北京：中华书局，2009.

［176］陈寅恪. 金明馆丛稿二编［M］. 上海：上海古籍出版社，1980.

［177］傅璇琮，张剑. 宋才子传笺证 北宋后期卷［M］. 沈阳：辽海出版社，2011.

［178］傅璇琮，程章灿. 宋才子传笺证 南宋后期卷［M］. 沈阳：辽海出版社，2011.

［179］高步瀛. 魏晋文举要［M］. 陈新，点校. 北京：中华书局，1989.

［180］北京大学古文献研究所. 全宋诗（全 72 册）［M］. 北京：北京大学出版社，1998.

［181］唐圭璋. 全宋词（全五册）［M］. 北京：中华书局，1965.

［182］曾枣庄，刘琳. 全宋文（全 360 册）［M］. 上海：上海辞书出版社，2006.

［183］李修生. 全元文（全六十册）［M］. 南京：江苏古籍出版社 1999.

［184］孙琴安. 唐诗选本六百种提要［M］. 西安：陕西人民教育出版社，1987.

［185］张宏生，于景祥. 中国历代唐诗书目提要［M］. 沈阳：辽海出版社，2014.

［186］傅璇琮，陈尚君，徐俊. 唐人选唐诗新编（增订本）［M］. 北京：中华书局，2014.

［187］钱锺书. 宋诗选注［M］. 北京：人民文学出版社，1958.

［188］钱锺书. 谈艺录［M］. 北京：生活·读书·新知三联书店，2007.

［189］郭绍虞. 宋诗话考［M］. 北京：中华书局，1979.

［190］郭绍虞. 宋诗话辑佚（上下册）［M］. 北京：中华书局，1980.

［191］郭绍虞. 清诗话续编（全四册）［M］. 富寿荪，校点. 上海：上海古籍出版社，2016.

［192］郭绍虞. 中国文学批评史［M］. 天津：百花文艺出版社，1999.

［193］郭绍虞，钱仲联，王遽常. 万首论诗绝句［M］. 北京：人民文学出版社，1991.

［194］胡云翼. 宋诗研究［M］. 上海：商务印书馆，1935.

［195］朱光潜. 诗论［M］. 上海：上海古籍出版社，2000.

［196］朱东润. 中国文学批评史大纲［M］. 上海：上海古籍出版社，2001.

［197］宗白华. 艺境［M］. 北京：北京大学出版社，1999.

［198］缪钺. 诗词散论［M］. 上海：上海古籍出版社，1982.

［199］程千帆. 古诗考索［M］. 上海：上海古籍出版社，1984.

［200］程千帆. 两宋文学史［M］. 石家庄：河北教育出版社，2000.

［201］祝尚书. 宋人总集叙录［M］. 北京：中华书局，2004.

［202］祝尚书. 宋人别集叙录（全二册）［M］. 北京：中华书局，1999.

［203］祝尚书. 宋集序跋汇编（全五册）［M］. 北京：中华书局，2010.

［204］曾枣庄. 宋代序跋全编（全八册）［M］. 济南：齐鲁书社，2015.

［205］刘志伟. 文选资料汇编（全二册）［M］. 北京：中华书局，2013.

［206］华文轩，等. 古典文学研究资料汇编（全三册）［M］. 北京：中华书局，1964.

［207］金涛声，朱文彩. 李白资料汇编·唐宋之部（全二册）［M］. 中华书局，2007.

［208］陈友琴. 白居易资料汇编［M］. 北京：中华书局，1962.

［209］洪本健. 欧阳修资料汇编（全三册）［M］. 北京：中华书局，1995.

［210］周义敢，周雷. 梅尧臣资料汇编［M］. 北京：中华书局，2007.

［211］孔凡礼，齐治平. 陆游资料汇编［M］. 北京：中华书局，1962.

［212］湛之. 杨万里范成大资料汇编［M］. 北京：中华书局，1964.

［213］傅璇琮. 黄庭坚和江西诗派资料汇编（全二册）［M］. 北京：中华书局，1978.

［214］莫砺锋. 江西诗派研究［M］. 济南：齐鲁书社，1986.

［215］吴晟. 黄庭坚诗歌创作论［M］. 南昌：江西人民出版社，1998.

［216］缪钺，等. 宋诗鉴赏辞典［M］. 上海：上海辞书出版社，1987.

［217］陈良运. 中国诗学批评史［M］. 南昌：江西人民出版社，2001.

［218］蔡镇楚. 中国诗话史［M］. 长沙：湖南文艺出版社，1988.

［219］刘德重，张寅彭. 诗话概说［M］. 合肥：安徽教育出版社，2009.

［220］陈伯海. 唐诗学史稿［M］. 石家庄：河北人民出版社，2004.

［221］周裕锴. 宋代诗学通论［M］. 上海：上海古籍出版社，2019.

［222］程杰. 北宋诗文革新研究［M］. 呼和浩特：内蒙古教育出版社，2002.

［223］漆侠. 宋学的发展和演变［M］. 石家庄：河北人民出版社，2002.

［224］漆侠. 宋代经济史（上册）［M］. 上海：上海人民出版社，1987.

［225］程民生. 宋代地域经济［M］. 开封：河南大学出版社，1992.

［226］章培恒，骆玉明. 中国文学史（全三册）［M］. 上海：复旦大学出版社，1997.

［227］袁行霈，等. 中国文学史（全四册）［M］. 北京：高等教育出版社，2003.

［228］罗宗强，陈洪. 中国古代文学史（二）［M］. 上海：华东师范大学出版社，2000.

［229］罗宗强. 隋唐五代文学思想史［M］. 北京：中华书局，2003.

［230］刘扬忠. 中国古代文学通论·宋代卷［M］. 沈阳：辽宁人民出版社，2005.

［231］吴怀祺. 中国文化通史·两宋卷［M］. 北京：中共中央党校出版社，2000.

［232］叶坦，蒋松岩. 中华文化通志·宋辽夏金元文化志［M］. 上海：上海人民出版社，
1998.

［233］顾易生，蒋凡，刘明今. 中国文学批评通史·宋金元卷［M］. 上海：上海古籍出
版社，1996.

［234］张秀民. 中国印刷史［M］. 上海：上海人民出版社，1989.

［235］张国良. 新闻媒介与社会［M］. 上海：上海人民出版社，2001.

［236］陈序经. 中国南北文化观［M］. 台北：牧童出版社，1976.

［237］雷纳·韦勒克. 近代文学批评史［M］. 杨自伍，译. 上海：上海译文出版社，2005.